教育部人文社会科学研究「历代浙江词通论」项目资助，批准号为09YJA751053。

浙江省哲学社会科学规划重点课题，编号为08CGZW001Z。

宁波大学人文科学研究后期资助项目，编号为XHQ0901。

许伯卿 著

浙江韵史

钟振 题

浙江大学出版社
ZHEJIANG UNIVERSITY PRESS

目　　录

绪论　本课题研究的现状、意义和方法，以及本书的基本内容和主要观点

……………………………………………………………………………………（ 1 ）

第一章　光辉起点——张志和《渔歌子》及其他………………………（ 7 ）

　　第一节　张志和的生平与著作…………………………………………（ 7 ）

　　第二节　张志和《渔歌子》的文化内涵………………………………（11）

　　第三节　张志和《渔歌子》的成就和影响……………………………（19）

　　第四节　盛中唐其他浙江词家…………………………………………（26）

第二章　浙水春愁——晚唐五代浙江词…………………………………（30）

　　第一节　晚唐五代浙江词特色和风格形成的社会文化背景…………（30）

　　第二节　比生命更永久，比心灵更辽阔——晚唐五代浙江词人笔下
　　　　　　的江南………………………………………………………（40）

　　第三节　岁月白发苍苍，青春依然红颜——皇甫松词中的情感体验
　　　　　　和时空感慨………………………………………………（52）

第三章　钱潮涌起——繁盛期的两宋浙江词（上）……………………（61）

　　第一节　两宋浙江词的繁荣及其原因…………………………………（61）

　　第二节　格律—风雅词派在浙江的形成和发展………………………（77）

第四章　钱潮涌起——繁盛期的两宋浙江词（下）……………………（138）

　　第一节　南宋时期浙江豪放词派的繁荣和发展………………………（138）

　　第二节　两宋浙江词坛上的婉约派……………………………………（183）

　　第三节　两宋浙江词坛上的追和词人、檃栝词人和宗教词人………（221）

第五章　曲折向前——元明浙江词的新变、洄溯与重振 …………………（229）

　　第一节　元代浙江词的新变及其创作成就 ………………………（229）

　　第二节　明代浙江词的洄溯与振作 ………………………………（258）

　　第三节　明末浙西乡邑词派复兴词学的传薪之功 ………………（318）

　　第四节　明代浙江女性词人及其杰出表现 ………………………（335）

第六章　风正帆悬——清代浙西词派与浙江词的复兴………………（343）

　　第一节　清代浙江词坛概况 ………………………………………（343）

　　第二节　浙西词派的形成及其前期成就 …………………………（372）

　　第三节　中后期浙西词派的发展与新变 …………………………（383）

　　第四节　非浙西词派词人浏览 ……………………………………（400）

　　第五节　清代浙江女性词人对前途和命运的探索 ………………（416）

余　论　百川归海——四大家与近代浙江词的集成和成熟 …………（441）

参考文献………………………………………………………………（460）

浙江历代重要词家索引………………………………………………（468）

绪论　本课题研究的现状、意义和方法，以及本书的基本内容和主要观点

这是一个新课题，尚无其他学者专门从事系统研究。登陆中国期刊网，虽查到 20 余篇以浙江区域词为对象的论文，但讨论清代浙西词派者多达 17 篇。台湾学者张少真曾撰《清代浙江词派研究》，但该文所谓"浙江词派"即大陆词学界所言"浙西词派"。在公开出版的学术专著中，金一平先生著、同济大学出版社 2002 年出版的《柳洲词派——一个独特的江南文人群体》，陈雪军先生著、上海古籍出版社 2009 年出版的《梅里词派研究》，二书所论乃清初嘉兴地区两个地方词派的创作及其影响。徐志平先生著、杭州出版社 2008 年出版的《浙江古代诗歌史》，附带论及历代浙江词，但由于不是全书的重点，内容简略。此外，张如安先生《汉宋宁波文学史》及《元代宁波文学史》，辟有讨论宋、元宁波词的章节。

浙江是经济强省、文化大省，自古就是文场笔苑。唐宋以来，更是众体俱兴，作手如林。优越的环境资源、独特的地方文化、杰出的词学人才与特殊的历史机遇相结合，遂使浙江词成熟早、发展充分、成就辉煌。这种状况理应在学术研究上得到相应的重视和反映：事实上，浙词研究已成为重要而迫切的学术课题，应当引起学术界特别是词学研究者的高度重视。

具体说，本课题研究的意义主要有二：一是通过对历代浙词创作情况和创作成就的全面、具体的考察与研究，彰显浙江古代作家在词体创作上取得的杰出成就，为浙江建设文化大省添砖加瓦；二是完成首部地方性词史专著《浙江词史》，填补地方性词史撰写的空白，使词学研究也获得某种突破。

本课题研究的基本思路是：首先，对历代浙江各地区词家词作进行搜集、整理，以史为经，以地为纬，明确其在浙江词史上的位置。接着，在宏观概括介绍的基础上，围绕题材内容的开拓和词艺、词境的发明与创造两条线，对各地区重要词派、词家进行重点述评，而重中之重则是词艺、词境的发明、创新、深化及其具体特色。这样做的目的有二：一以展现其成就，二以显示其影响。最后，也是最关键的一点，就是力求反映浙江词发展、演变的脉络及其规律，特别是在大中华

1

格局中浙江地方性经济、政治、环境和文化对历代浙江各地区词体创作的影响及表现。

总之,本课题研究试图将纵向的史的研究和横向的个案研究相结合,从地域文化、家族传承以及词体自身的演变等角度,对浙江词的流变作全景式的探求。基于此,本课题研究努力遵循以下三条治学原则:追踪史实、借重理论、不废考据。本课题研究还拟引入统计学方法,以使各种文献的梳理和运用更精确,所获观点、结论更令人信服。

作为本课题研究的最终成果,本书的基本内容是集中论述历代浙江词的创作特色和演变情况。兹依章节设置,将全书内容胪陈如下:

绪论,概述浙江词史研究的现状、意义和方法,以及本书的基本内容和主要观点。

第一章《光辉起点——张志和〈渔歌子〉及其他》,辨明词作所涉及的地理位置,集中论述张志和《渔歌子》组词突出的词史地位、丰富的文化内涵、深广的词学影响,及其赋予唐代浙江词的艺术个性,附带介绍盛中唐其他几位浙籍词人。

第二章《浙水春愁——晚唐五代浙江词》,主要论述皇甫松、吴融、钱俶等晚唐五代浙江词人清丽、凄迷、感伤的创作特色,以及形成此种特色的多重社会政治和区域文化因素。

第三章、第四章《钱潮涌起——繁盛期的两宋浙江词》(上、下),详细论述两宋浙江词的全面繁荣和辉煌成就,如不同词派的发展壮大、群星璀璨的创作群体、词体艺术的丰富多彩、不断涌现的名家名篇、杰出词家的突出表现等。

第五章《曲折向前——元明浙江词的新变、洄溯与重振》,积极发掘、充分展现元明浙江词的成就和新变,着重叙述洄溯与低迷中的蕲向和努力,探讨元明浙江词中落的根本原因,从而揭示词在明末曲终奏雅、重回高音区的发展规律,以及民族冲突、地域风习、家族传统等文化因素,在此历史进程中的积极作用。

第六章《风正帆悬——清代浙西词派与浙江词的复兴》,集中论述浙西词派的文化渊源、词学思想、发展历程、创作成就及其局限性,兼论非浙西词派词家和各自的创作特色,以及清代女性词家的创作情况。

余论《百川归海——四大家与近代浙江词的集成和成熟》,以谭献、朱祖谋、张尔田、王国维等名家为例,论述近代浙江词以集成和熔铸为手段,最终开辟新境界的近代化过程,在突出地方文化作用、词家主观努力及个人贡献的同时,彰显词体创作和发展的基本规律。

最后附录撰写本书的主要参考文献。

若以少总多,本书的主要观点有:

1.浙江词发展脉络清晰,艺术内涵独特,词学意义重大,应予专门讨论,独立成史。

2.浙江文化具有儒雅与激越、精致与恢廓、持守与变通等双重特性,这些特性在浙词的成长、发展过程中,得到具体的反映。

3.优越的环境资源、独特的地方文化、杰出的词学人才与特殊的历史机遇相结合,遂使浙江词成熟早、发展充分、成就辉煌。

4.与其他省份的情况不同,浙江词有光辉的起点。唐代金华张志和是目前所知最早的浙江著名词家,其《渔歌子》五阕,不仅自身具有很高的艺术成就,已成为词史上的名篇,而且开启了隐逸词的先河,成为后世隐逸词的嚆矢和楷模,并直接催生隐逸词的典型类别——渔父词。

5.从西北、中原传播而来的词体,在浙江发展到晚唐时期,已沉浸在本地清丽、秀美的风物、风情之中,散发出浓郁的江南山村水乡情味,新安皇甫松词就是其杰出代表。当然,这尚是浙江本地文化在物质和感性层面对词体创作所产生的初步影响,深层次的影响则有待两宋和明清。

6.两宋是浙江词史上的鼎盛期,成就辉煌,影响深远。析而言之,主要表现在以下几个方面:

①笔者据唐圭璋先生《全宋词》统计,两宋浙江有籍历可考之词作者 237 人,存词 4717 首,均居南北诸省之冠。

②笔者曾专门统计出"宋词名篇三百首"(实为 317 首,有因受选评次数相同而一并入选者),在 76 位"宋词名家"中,浙江有 16 人,数量仅次于江西(17 人),居第二位;其中周邦彦拥有 18 首名篇,仅次于辛弃疾(31 首)和苏轼(25 首);入选"宋词名篇三百首"的浙江词作计 75 首,占 24％的份额,与江西并列第一。

③浙江在宋代产生了不少在词史上有重要和深远影响的著名词家,如张先、周邦彦、陆游、吴文英、周密、王沂孙、张炎等。其中,只有陆游归属豪放派。不过,后来的戴复古、黄机、吴潜、李曾伯等人,也都是较有影响的豪放词家。此外,舒亶词思致妍密,尚存五季遗风,亦小有影响;朱淑真则以其主要诉说不幸婚姻和内心苦闷的《断肠词》而打动世人,是宋代唯一能够追步李清照的女性词人。

④宋代骚雅词派(或曰醇雅词派、雅词派、格律词派)的主导和主体都是浙江人。其中,周邦彦的词史地位尤为突出,在两宋词史上都有结北开南的重要作用,南宋柴望、高观国、卢祖皋、吴文英、杨缵、孙惟信、周密、王沂孙、张炎、陈允平诸家,无一不是瓣香周氏而又卓然自成一家。此派名家只有姜夔、史达祖、张辑三家不是浙江人,但都长期生活于浙江地区。由此可见宋代浙江文化对词体创作的深刻影响。

　　⑤浙江地方文化,特别是以杭州西湖为中心的南方都市山水文化,在宋词中得到最鲜明的表现;宋元易代之际,西湖在词中甚至成为宋世繁华的历史见证和南宋故国的象征。

　　⑥宋代浙江词在百花齐放的基础上,已逐渐形成具有浙江区域文化特色的词体风格,最终确立起了尚艺、崇雅、尊情、重寄的词学理念,对后世有重大影响,清代浙西词派实结胎于此时。

　　7.元明两朝是词史上所谓的中衰期,浙江词也处于相对低迷的发展阶段;但与当时其他地区比较而言,浙江词依然取得了不俗的成就。其具体表现是:

　　①词家、词作数量众多。《全金元词》于元词录212人、3721阕,其中浙江词人39家、浙江词作533首,分别占18%和14%的比例。到明代,浙江词则得到更充分的发展,成果也更多。在《全明词》所录1390余人近20000首词作中,有浙江词人374家、浙江词作6714首,分别占27%、34%的比例。在《全明词补编》629家、5021首词作中,则有浙江144人、1634首词作,分别占23%、33%的比例。

　　②产生了不少优秀词家。元代如朱晞颜、赵孟頫与赵雍父子、陈孚、张雨、张可久、李孝光、凌云翰等;明代浙江的优秀词家更多,如刘基、张肯、瞿佑、贝琼、马洪、陈霆、魏大中、茅维、屠隆、徐渭、彭孙贻、陈洪绶、卓人月、来集之、朱一是、李渔、金堡、张煌言、陆钰父子,以及女词人商景兰、徐灿、李因、柳如是、黄氏姊妹等,特别是刘基、陈霆、张煌言、李渔、金堡、徐灿诸家,皆可于大词史立足。① 徐灿则被认为是可以追步李清照的女性词家。

　　③总体看,元明360多年间,浙江词的发展呈“山”字形态势,即元初、元末明初、明末三个时期成就较高,优秀词家多集中在这三个时期。元初名家多南宋遗民,元明之际名家多为乱世能臣,明末名家则多为反清、抗清的志士和英雄。元明浙词佳篇,每出自忠烈慷慨伟人和隐忍坚贞之士。其中刘基、陈霆、李渔、金堡、张煌言、徐灿数家,成就最高。

　　④明末浙江词坛,尤其是浙西词坛,呈现出鲜明的地域性、家族性特征,并得到词家的理性体认,由此形成多个以乡邑为活动中心的区域性词派,如“西泠词派”、“柳洲词派”、“梅里词派”等。与地域性相关联的,是某些词派的家族性背景。如柳洲词派背后的曹氏、魏氏和钱氏,梅里词派背后的王氏、朱氏、李氏和沈氏。

---

　　①　按:以其政治态度和人生阅历为主要依据,本书将金堡、李渔及商景兰、徐灿、李因、柳如是、黄氏姊妹几位女性词人,归入明代讨论。

⑤浙江文化中持守、激越的一面,在元明杰出词人身上,得到比较充分的体现。

8.清代是大词史上的中兴期,也是浙江词的中兴期,浙江词又重现辉煌。其具体表现有:

①名家辈出,佳作如林。龙榆生先生选编《近三百年名家词选》,入选词家66人、词作488首,而浙江即有词人21家、词作168首,分别约占32％、34％的比例。钱仲联先生选编《清词三百首》,入选词家94人、词作300首,入选浙江籍词家22人、词作81首,亦分别约占23％、27％的比例。浙江词人入选龙选者,依次是曹溶、释淡归(金堡)、徐灿、彭孙遹、毛奇龄、朱彝尊、李良年、李符、厉鹗、严元照、龚自珍、项廷纪(鸿祚)、俞樾、张景祁、谭献、沈曾植、朱孝臧(祖谋)、俞陛云、张尔田、王国维和邵瑞彭;入选钱选者,依次是曹溶、金堡、徐灿、沈谦、毛奇龄、朱彝尊、彭孙遹、李良年、李符、厉鹗、吴锡麟、吴藻、龚自珍、项鸿祚、张景祁、谭献、沈曾植、朱祖谋、张尔田、秋瑾、王国维和邵瑞彭。二选入选词家略有不同,但所有入选词家都无愧名家称谓,许多词家即使置之两宋,也毫不逊色。

②在以廓清明词颓靡风气为己任、与其他词派争雄的过程中,以朱彝尊为领袖的梅里词派后来居上,独领风骚,明末浙西几个区域性词派遂由此汇合而成声势浩大、影响有清一代的"浙西词派"。本书有时亦简称"浙派"、"浙西派"。

③浙西词派初祖为曹溶,前期领袖为朱彝尊,中期领袖为厉鹗,后期执牛耳者乃吴锡麟,郭麐则有"浙派殿军"称号,而苏州吴县的戈载被严迪昌先生《清词史》称为"'浙派'词风最后坚守者"。其实,之后姚燮、黄燮清,下迄王诒寿、李慈铭、朱祖谋等,法乳并未断绝。限于体例,郭、戈二家不在本书讨论范围之内。

④当其雍、乾鼎盛期,浙派势力范围不仅远出浙西杭嘉湖,而且越过浙江,向北发展。鼎盛期浙派词人群,按籍贯和活动范围概括和区分,除本土浙西杭嘉湖浙派词人群外,尚有苏南苏州的吴中浙派词人群和苏北扬州的皖籍浙派词人群。本书所论,乃浙江本土之浙派。

⑤浙西词派自朱彝尊创始起,历经康、雍、乾、嘉、道五朝,直至晚清,仍绵延不绝,是清代词史上影响最深广、流衍时间最长久的一个词派。该派作词,远祧宋代骚雅词派,清真、白石、梦窗、玉田、草窗、碧山诸家制作便是其艺术渊薮;但其中、后期领军人物,皆能从现实出发,作适当变通,以古为程,自己而出。从中不难发现浙江文化恢廓、变通的素质和自我更新的生命力。

⑥清代浙江各地区非浙西词派词家,个性鲜明,成就突出,是清代浙江词多姿多彩的生动写照,同样值得重视。

⑦浙江女性词发展到清代,词家、词作数量均远超宋、元、明。更重要的是,

还出现了像吴藻这样无愧须眉、超越时代的杰出词家,成为徐灿之后的艺术高峰。女侠秋瑾,不仅用词,更用她的生命,谱写了一曲惊天动地的女性颂歌;而她的词作,则成为女性命运和出路问题的绝好回答。

9.近代是中国历史上的大变革时代,词家的人生阅历和艺术视野空前广阔,词体的文体属性和表现功能遂得以较为全面而彻底地实现。近代浙江颇多具有重要影响的杰出词家,谭献、朱祖谋、张尔田、王国维等人,都既是重要的词作者,也是著名的词学理论家。王国维更是传统词学的终结者和近现代词学的开启人。近代浙江词家努力的方向,实即大词史的发展方向。

本书第一次对浙江词进行全面、深入的考察和研究,一编在手,浙江历代各地区词体创作的情况和成就,以及浙江词的发展脉络,都可了然在目,从而对弘扬、推广浙江文化有补苴和襄助之功。第二,作为词学研究领域内第一部地方性通代词史,希望本书能为同类词史著作的撰写提供有益的经验。第三,由于本课题研究建立在对历代浙江各地区词家、词作的掌握和评介之上,因此完成后的《浙江词史》客观上也将成为一部"浙江历代词选",适合多层次读者阅读,可起到普及浙江词的作用。

最后,需要说明的是,本书所谓浙江词,乃指古代浙江词人创作的词作;所谓浙江词史,乃指词这种文体在浙江一地的发展、演变过程,时间上起于中唐,下迄于近代。而地域范围皆以今浙江省行政区划为准。所谓"浙江词人",除浙籍土著词家外,还包括少数长期甚至一生在浙江生活的词人,较典型的如宋人张镃、张桂、张枢、张炎祖父,及赵构、葛立方、周密等。至于如何确定词家的归属地,笔者主要依据师祖唐圭璋先生所辑《全宋词》、《全金元词》,饶宗颐、张璋二先生所纂《全明词》及周明初、叶晔二先生所辑《全明词补编》,张宏生先生主编之《全清词》及其补编,近人周庆云先生所撰《历代两浙词人小传》①,以及中华书局刊行之《中国文学家大辞典》各卷,进行判断。其他非浙籍词人在浙江短期为官或生活期间所创作的词作,有重要影响者,如中唐白居易与北宋柳永、苏轼的杭州词,南宋李清照的金华词等,则在适当的章节中作简要的交代,但不进行专论,以免枝蔓和缠夹。

---

① 周庆云撰《历代两浙词人小传》,江苏广陵古籍刻印社 1988 年版。

第一章 光辉起点——张志和《渔歌子》及其他

盛中唐时代,是词体的发轫期。浙江词从一开始便紧跟历史的步伐,昂立潮头。虽然词人和词作数量都很少,却出现了张志和这样彪炳千古的重要作家。张志和(743 或 744①—774)是目前所知最早从事词体创作的浙江词家。其《渔歌子》(又称《渔父》)五阕,特别是首阕,不仅自身具有很高的艺术成就,已成为词史上的名篇,而且开启了隐逸词的先河,成为后世隐逸词的嚆矢和楷模,并直接催生隐逸词的典型类别——渔父词。流传到日本后,还成为日本词学的滥觞。张志和及其《渔歌子》因此成为浙江词史的光辉起点。

第一节 张志和的生平与著作

张志和是一位具有传奇色彩的人物。虽然现存张志和的传记资料都很简略,但断管残汁、吉光片羽,仍能显示其卓尔不群之处。其中,最早、最详细且最可靠的记叙,乃颜真卿《颜鲁公集》卷九《浪迹先生玄真子张志和碑铭》一文。文曰:

> 士有牢笼太虚,攒掇玄造,摆元气而词锋首出,轧无间而理窟肌分者,其唯玄真子乎!
>
> 玄真子,姓张氏,本名龟龄,东阳金华人。父游朝,清真好道,著《南华象罔说》十卷。又著《冲虚白马非马证》八卷。代莫知之。母留氏,梦枫生腹上,因而诞焉。
>
> 年十六,游太学,以明经擢第。献策肃宗,深蒙赏重,令翰林待诏,授左金吾卫录事参军。仍改名志和,字子同。
>
> 寻复贬南浦尉,经量移,不愿之任,得还本贯。既而亲丧,无复官情,遂扁舟垂纶,浮三江,泛五湖,自谓"烟波钓徒"。著十二卷,凡三万

---

① 据傅璇琮主编《唐才子传校笺》卷三"张志和"条,中华书局 2000 年版,第 690 页。

言,号《玄真子》,遂以称焉。客或以其文论道纵横,谓之造化鼓吹。

京兆韦诣为作《内解》。玄真又述《太易》十五卷,凡二百六十有五卦,以有无为宗,观者以为碧虚金骨。

兄浦阳尉鹤龄,亦有文学,恐玄真浪迹不还,乃于会稽东郭买地结茅斋以居之。闭竹门,十年不出。吏人尝呼为掏河夫,执畚就役,曾无忤色。又欲以大布为褐裘,嫂徐氏闻之,手为织纴。一制十年,方暑不解。所居草堂,橡柱皮节皆存,而无斤斧之迹。文士效柏梁体作歌者十余人。浙东观察使御史大夫陈公少游闻而谒之,坐必终日。因表其所居曰"玄真坊"。又以门巷湫隘,出钱买地,以立闲闳,旌曰"回轩巷"。仍命评事刘太真为叙,因赋柏梁之什,文士诗以美之者十五人。既门隔流水,十年无桥,陈公遂为刊造,行者谓之"大夫桥"。遂作《告大夫桥文》以谢之。常以豹皮为席,骢皮为膰,隐素木几,酌斑螺杯,鸣榔擎杖,随意取适。垂钓去饵,不在得鱼。肃宗尝锡奴婢各一,玄真配为夫妻,名夫曰"渔僮",妻曰"樵青"。人问其故。"渔僮使捧钓收纶,芦中鼓枻;樵青使苏兰薪桂,竹里煎茶。"

竟陵子陆羽、校书郎裴修尝诣问:"有何人往来?"答曰:"太虚作室而共居,夜月为灯以同照,与四海诸公未尝离别,有何往来?"性好画山水,皆因酒酣,乘兴击鼓吹笛,或闭目,或背面,舞笔飞墨,应节而成。

大历九年秋八月,讯真卿于湖州,前御史李崿以缣帐请焉。或挥洒,横拂而纤纩霏拂,乱枪而攒毫雷驰。须臾之间,千变万化,蓬壶仿佛而隐见,天水微茫而昭合。观者如堵,轰然愕贻。在坐六十余人,玄真命各言爵里、纪年、名字、第行,于其下作两句题目。命酒,以蕉叶书之,授翰立成。潜皆属对,举席骇叹。竟陵子因命画工图而次焉。真卿以舴艋既敝,请命更之。答曰:"傥惠渔舟,愿以为浮家泛宅,沿泝江湖之上,往来茗雪之间,野夫之幸矣!"其诙谐辩捷,皆此类也。

然立性孤峻,不可得而亲疏。率诚淡然人,莫窥其喜愠。视轩裳如草芥,屏嗜欲若泥沙,希迹乎大丈夫,同符乎古作者,莫可测也。忽焉去我,思德兹深。曷以置怀?寄诸他山之石。铭曰:

邈玄真,超隐沦。齐得丧,甘贱贫。泛湖海,同光尘。宅渔舟,垂钓纶。辅明主,斯若人。岂烟波,终此身!

大历九年即公元774年。这年秋天,在颜真卿湖州任所,有一场规模很大的文士雅集,张志和当场挥毫泼墨,技艺绝伦,成为焦点式人物。据《全唐诗》卷八百二十一皎然《奉应颜尚书真卿观玄真子置酒张乐舞破阵画洞庭三山歌》,知张志和所绘乃太湖洞庭三山。由此亦可见其间除绘画外,还有文学创作。今天虽不能看出《渔歌子》的唱和活动是否在其中,但就释皎然诗歌与张志和绘画的旨趣看,皆在山水之乐,而这与《渔歌子》的题旨也是一致的。

又,颜文中叙述到张志和的死时有"忽焉去我"之句,说明死得很突然,或许就在这次集会后不久。果然,安徽祁门润田《张氏宗谱》云:"张志和,卒于唐大历九年(774),祖籍金华。"此谱又载陈少游所撰《唐金吾志和玄真子先生行状》,开篇即云:"先生生还造化越十一载,子儒奉先生遗书若干卷远来淮南。"就是说张志和死后第十一年,其子张儒来找时任淮南节度使的陈少游,请陈为其父作传,陈少游遂作这篇《行状》,最后落款"建中五年春月吉旦"。建中五年即兴元元年,亦即公元784年。由此逆推11年,正是大历九年即774年。这也就是说,在湖州集会后不久,张志和即去世了。颜真卿于是撰《浪迹先生玄真子张志和碑》,且有"忽焉去我"之叹。

其后,又有李德裕撰《玄真子渔歌记》,专门谈及张志和那组著名的《渔歌子》。文曰:

> 德裕顷在内庭,伏睹宪宗皇帝写真求访玄真子《渔歌》,叹不能致。余世与玄真子有旧,早闻其名,又感明主赏异爱才,见思如此,每梦想遗迹。今乃获之,如遇良宝。於戏!渔父贤而名隐,鸱夷智而功高,未若玄真隐而名彰,显而无事,不穷不达,其严光之比欤!处二子之间,诚有裕矣。长庆三年甲寅岁夏四月辛未日,润州刺史兼御史大夫李德裕记。[①]

《新唐书》卷一百九十六《隐逸传》本传,就是在颜、李二文的基础上完成的。按,李文所谓"唐穆宗长庆三年"有误,当为"长庆二年"即公元822年,此时距张志和去世已有49年。[②] 其时,《渔歌子》已成为享誉隆盛的名篇,并流传到日本,成为日本填词的滥觞。

再后,张彦远《历代名画记》卷十,亦记载志和"自为《渔歌子》,便画之,甚有逸思"。又后,南唐沈汾《续仙传》卷上《玄真子》篇,虽于人物道行多夸大想象之词,却补充了较为详细的词学活动:

> 玄真子姓张,名志和,会稽山阴人也。博学能文,进士擢第。善画,饮酒三斗不醉。守真养气,卧雪不冷,入水不濡,天下山水皆所游览。

---

① 文渊阁四库全书本《会昌一品集》别集卷七。

② 参阅陈耀东《张志和〈渔歌子〉的流传和影响》,载《浙江师范学院学报》1983年第4期。

鲁国公颜真卿与之友善。

　　真卿为湖州刺史日，与门客会饮，乃唱和为《渔父词》。其首唱即志和之词，曰："西塞山边白鹭飞，桃花流水鳜鱼肥。青箬笠，绿蓑衣。斜风细雨不须归。"真卿与陆鸿渐、徐士衡、李成矩共唱和二十余首，递相夸赏，而志和命丹青剪素写景夹词。须史，五本花木禽鱼山水，景象奇绝，踪迹古今无比，而真卿与诸客传习叹伏不已。

　　其后，真卿东游平望驿。志和酒酣为水戏，铺席于水上，独坐饮酌，啸咏其席，来去迟速，如刺舟声。复有云鹤随覆其上，真卿亲宾参佐观者莫不惊异。于水上挥手以谢真卿，上升而去。今犹有传宝其画在于人间。

另外，若此文大体属实，据末段则约略可知，张志和乃在774年深秋或冬季在苏州吴江平望驿酒后戏水溺亡。但又似乎不是简单的戏水溺亡事件，因为张志和浮家泛宅，水性很好，正如其《渔歌子》词句所云，"舴艋为家西复东"，"能纵棹，惯乘流，长江白浪不曾忧"。观其欣然与潇洒，或许是道家所谓"水解"吧。当然，也有乘醉为之，以求解脱的嫌疑。《平望志》卷五"古迹"云："望仙亭一名平望亭，相传张志和于此升仙，故名。宋咸淳中建，明成化中殊胜寺僧宗式重建，下临莺脰湖，景物颇胜。"

　　根据以上文献，应当基本可以断定张志和的生卒年，且《渔歌子》五阕系张志和所作。但稍加留意，便会发现，在张志和的籍贯和《渔歌子》的著作权这两个问题上，仍有疑惑。

　　先说张志和的籍贯。一般文献皆称志和为金华人，但《续仙传》和《历代名画记》皆称其为会稽人。关于《渔歌子》的作者，绝大多数文献皆称为张志和所作，但中唐朱景玄《唐画断》（即《唐朝名画录》）却说："初，颜鲁公典吴兴，知其高节，以《渔歌》五首赠之。张乃为卷轴，随句赋象，人物、舟船、鸟兽、烟波、风月，皆依其文，曲尽其妙，为世之雅律，深得其态。"

　　笔者以为，颜真卿与张志和友善，李德裕与张志和乃世交且获其真迹，是不会在这些最基本问题上出错的。那么，为什么后人误将其说成会稽人呢？又说《渔歌子》乃颜真卿所作呢？关于第一个问题，笔者以为，当与志和在会稽隐居较长时间有关，误把隐居地当成了籍贯地。至于第二个问题，笔者以为，情况应当是这样的：张志和首倡《渔歌子》，颜真卿和之，且将和作赠与志和；张志和便综合己作和颜作，酝酿构思，进行绘画创作。如此理解，则朱景玄所言并没有错，只是不全面而已。

第二节　张志和《渔歌子》的文化内涵

张志和现存著作很少,据学者考证,仅有《玄真子》三卷,诗词九首,诗词均见载《全唐诗》卷三百零八。① 使他获得崇高文学史地位的则是五首《渔歌子》词,尤其是首阕,已成文学史和词史上的名篇。

还是让我们先来细读张志和的五首词作吧。词曰:

> 西塞山前白鹭飞,桃花流水鳜鱼肥。青箬笠,绿蓑衣,斜风细雨不须归。

> 钓台渔父褐为裘,两两三三蚱蜢舟。能纵棹,惯乘流,长江白浪不曾忧。

> 雪溪湾里钓鱼翁,蚱蜢为家西复东。江上雪,浦边风,反著荷衣不叹穷。

> 松江蟹舍主人欢,菰饭莼羹亦共飧。枫叶落,荻花干,醉泊渔舟不觉寒。

> 青草湖中月正圆,巴陵渔父棹歌还。钓车子,掘头船,乐在风波不用仙。②

首阕首句中的"山前",本作"山边",今依吴本《尊前集》、《唐宋诸贤绝妙词选》、《唐诗纪事》、《诗话总龟》、《诗人玉屑》,改作"山前"。

《渔歌子》,唐教坊曲,《金奁集》入黄钟宫。其调式为单片"七七三三七",二十七字,四平韵。现存最早作品即为唐张志和所撰《渔歌子》五首。这组《渔歌子》在流传和接受的过程中,积淀了丰富的文化内涵,甚至成为封建文人的心灵慰藉和精神家园。但是,这组词中的地名,特别是"西塞山"、"长江"、"青草湖"、"巴陵"等所指究竟为何处,长期以来一直有分歧,迄今未有定论。笔者在查阅大量文献资料的基础上,仔细辨析,多方求证,终于弄清楚词中地名的确切所指。

先来看第一首。此阕中的"西塞山",并非刘禹锡《西塞山怀古》诗中所言大冶(今湖北黄石)"西塞山",而是皮日休《西塞山泊渔家》诗中所言之"西塞山",即地处今浙江湖州西郊弁南乡樊漾湖村境内的西塞山。南宋山水画家李结曾卜居于此,作《西塞渔社图卷》,并请好友范成大、周必大等人题跋,范跋云李结"经营

---

① 参阅陈耀东《张志和著作考》,载《浙江学刊》1982 年第 1 期。
② 曾昭岷、曹济平等编著《全唐五代词》(上),中华书局 1999 年版,第 25—26 页。

苕、霅间"，"不胜健羡"，冀"候桃花水生，扁舟西塞，烦主人买鱼沽酒，倚棹讴之，调赋沿溪，词使渔童樵青辈，歌而和之。清飙一席，兴尽而返。松陵具区，水碧浮天，蓬窗雨鸣，醉眠正佳"。其人其事其情，俨然张志和再世。按：唐肃宗尝赐张志和奴婢各一，志和配为夫妻，名夫曰"渔僮"，妻曰"樵青"，事见颜真卿《颜鲁公集》卷九《浪迹先生玄真子张志和碑》一文。而倪思《经钼堂杂志》卷一"张志和"条则径云："吴兴人指南门二十余里下菰、菁山之间一带远山为西塞山也，山水明秀，真是绝境。"此外，明栗祁《万历湖州府志》卷四记载："尚书严震直墓在西塞山。"按：严震直为明初乌程即今湖州人，官至工部尚书，号西塞山翁。因此，当地村民又称西塞山为尚书坟山。陈子龙《吴兴》诗云："更闻西塞下，渔唱落轻舟。"清官修《大清一统志》卷二百二十二云："西塞山，在乌程县西南二十五里，有桃花坞，下有凡常湖。唐张志和游钓于此，作《渔父词》曰：（略）。"陆心源、周学浚等纂《湖州府志》卷十九亦云："西塞山，在城西二十五里。唐张志和词：'西塞山前白鹭飞，桃花流水鳜鱼肥。'下有桃花坞、凡常湖，张志和游钓于此。"此类记载，尚有不少。

历代文献记载足以证明，浙江湖州也有一西塞山，唐张志和《渔歌子》词所言西塞在湖州。然直至俞陛云先生撰《唐五代两宋词选释》，仍以为"词言'西塞'、'巴陵'、'松江'、'霅溪'、'钓台'，地兼楚越，非一舟能达，则此词亦托想之语，初非躬历"，将张志和笔下的"西塞"、"巴陵"，视为"楚地"。其实，宋人王楙《野客丛书》卷二十九即已辨明："有两西塞，一在霅川，一在武昌。案《唐书·张志和传》，谓颜真卿为湖州刺史，志和来谒，真卿以舟蔽漏请更之。志和曰：'愿浮家泛宅，往来苕、霅间。'又志和词中有'霅溪湾里钓鱼翁'之句。明此，知志和之'西塞'正在霅川。而在武昌乃曹武成王用师之城。洪内翰作《西塞渔社图》，亦尝辨此。而《漫录》乃谓志和'西塞'在武昌，所见亦误矣。"可惜未能引起后世学者足够的重视。

按：樊漾湖，位于西塞山北侧，面积今约百亩，西塞山水流入该湖，经七里玄通江北走，汇入西苕溪。不过，当地村民则呼其为"青草湖"。访诸耆老，言樊漾湖本名青草湖，因雨季经常山洪泛滥，水势湍急，霅然有声，故又被当地人形象地称为"泛霅湖"。汉代名将樊哙驻军西塞山时，适逢洪水暴发，便率领军民抗洪抢险，制服水患。当地居民为纪念樊哙，遂谐"泛霅湖"之音，称为"樊常湖"，意谓樊将军永在。又将湖边的便民庵改为樊哙庙，供奉樊哙神像，香火不断。后来，"樊常湖"又被谐音为"凡常湖"、"樊漾湖"、"凡洋湖"。自张志和《渔歌子》词出，樊漾湖与西塞山便紧密相连，成为湖州重要的文化景观和旅游资源，成为历代高人胜士的留连之地。

在了解西塞山、樊漾湖地理位置的基础上,再来看第一首词的一、二两句,词人垂钓的地点已大致可定。白鹭生息之地,必有大片水域以供觅食,有茂密树林以供栖息,可知词人当背山面湖垂钓,山乃西塞山,湖则樊漾湖。湖水之流动极为缓慢,钓者既观"桃花流水",则所在多半临江;钓者又见"鳜鱼肥",则所在多半临湖,盖江、湖交汇处,水中氧气充足,营养丰富,为游鱼溯洄产卵、生息之所,当然也是渔人、钓者盘桓之地。"桃花流水"、"鳜鱼肥"这两个条件兼而有之,则所处多半是江、湖即玄通江与樊漾湖的接合部,亦即第三阕所言"雪溪湾"。

接着看第二首。此阕中的"钓台",并非富春江上的严子陵钓台,而是湖州城西二十里许西苕溪上被称作"石堂子"的大礁石。此石与西塞山相望,仅三里之遥。据了解,石上原有钓台遗址。上世纪五六十年代,湖州航运管理部门为了疏通西苕溪航道,多次轰炸此石,没能成功,只得在石上安装航标灯塔。与"钓台"相应,"长江白浪不曾忧"之"长江"便是指西苕溪。洪水泛滥时节,西苕溪急流直下,白浪翻滚,威势与凶险不减长江。按:中原惯呼水为"河",江南则惯称水为"江"。这里的"长江",固然是用泛称为特称,指代西苕溪;但也不排除是作者自矜胸襟阔大,借长江以自豪,用的是双关的修辞手法。

钓台既距西塞山不远,桃树又是南方极寻常之果木,而鳜鱼亦太湖流域习见之物种,故西苕溪钓台也能像第三首中的雪溪湾一样,可以同时满足"西塞山前白鹭飞"与"桃花流水鳜鱼肥"两个条件。如此说来,第一首词竟有些像概述,是这五首词的总领、统辖,所言垂钓地点可以兼指西苕溪钓台和雪溪湾。不过,笔者以为,在西苕溪钓台垂钓的隐喻、象征意味,要远大于它的实际意思。因为当流而钓,其安全、便捷、舒坦和成效都不及岸边,但那份孤迥绝尘、临清瞰远、擅奇含秀的心灵体验,却是居岸垂钓难以拥有的。或许,这就是词人先钓台而后雪湾的缘故吧。两相权衡,将首阕所言钓捕地点定在雪溪湾,似更合乎情理。

那么,第三首中的"雪溪湾",又在何处呢?先说"雪溪"。雪溪,亦称雪川,指苕溪自湖州至太湖段。按:苕溪有二,出天目山之南者为东苕溪,流经临安、余杭、德清诸县;出天目山之北者为西苕溪,流经孝丰、安吉、长兴等县。两溪在湖州城西杭长桥合流后,亦因水流湍急,雪然有声,遂称雪溪。雪溪北流三十里,歧分为众多港汊,分别经由环城河、小梅、新塘、长兜、大钱诸道口注入太湖。

前文已言,西塞山下的青草湖或曰樊漾湖,有一条约七里长的水流与西苕溪相连,名曰玄通江,玄通江与青草湖的交接处,就是雪溪湾。如首阕所描绘,雪溪湾确是垂钓的好去处,后人干脆叫做钓鱼湾。宋末元初湖州人韦居安《梅磵诗话》卷下有云:"乡人钱牧叔谦别墅在西门外,地名张钓鱼湾,即唐人元真子张志和钓游处。水亭三间,扁曰'鱼湾风月',诸公多有赋咏。"可见,垂钓雪溪湾的优游、闲逸甚至风雅，是西苕溪钓台所不及的。再往后，连"张"字也省去。《万历湖州府志》卷四云："钓鱼湾，（乌程）县治北三里，张志和钓鱼处。"董斯张《崇祯吴兴备志》卷十五云："钓鱼湾，在乌程县西三里，古称张志和钓鱼处。"

紧接着的"江上雪"，所言又为何处何物？答：这里的"江"即苕溪，"雪"指芦花，当地俗呼为"苕"。唐人杨倞注《荀子·劝学》即云："苕，苇之秀也。"宋人潜说友《咸淳临安志》卷三十六"苕溪"条引《耆老传》云："夹岸多苕花，每秋风飘散，水上如飞雪然，因名。"

还有"浦边风"之"浦"。《说文解字》："浦，濒也。"《玉篇》："水源枝注江海边曰浦。"晋周处《风土记》："大水有小口别通曰浦。"故此"浦"不是泛指，而是定向指"雪溪湾"。另外，还可以从词意获得佐证。此阕首句言垂钓，乃静处溪湾；次句言舟行，是漂泊水上。第三句紧承第二句，言舟行所见情景；第四句则照应首句，言垂钓时的感受。唯其风中敛志静思，末句之出才显得十分自然。按："荷衣"一语，因屈原《离骚》之"制芰荷以为衣兮，集芙蓉以为裳"，从而具有高蹈避世的隐逸内涵。《文选六臣注》吕延济注孔稚珪《北山移文》云："芰制、荷衣，隐者之服。"

事实上，这一首是张志和自道其生计和行踪。据颜真卿《浪迹先生玄真子张志和碑》一文记载："真卿以舴艋既敝，请命更之。（志和）答曰：'傥惠渔舟，愿以为浮家泛宅，沿泝江湖之上，往来苕、霅之间，野夫之幸矣！'"

再来看第四首。首句"松江蟹舍"之"松江"实指松陵镇，"蟹舍"则指以蟹飨客的人家。按：松江，在苏州吴江境内，上接太湖，为吴淞江源头，盛产大闸蟹；在松江与太湖交接处，松陵镇宅焉，为吴江县治所在。宋人范成大《吴郡志》卷十八："松江，在郡南四十五里，《禹贡》'三江'之一也。……今按：松江南与太湖接，吴江县在江渍。垂虹跨其上，天下绝景也。"清人钱大昕《十驾斋养新录》"松江"条云："唐人诗文称松江者，即今吴江县地，非今松江府也。松江首受太湖，经吴江、昆山、嘉定、青浦，至上海县合黄浦入海，亦名吴松江。"松陵在太湖东南，湖州在太湖正南，以小舟出湖州小梅口，一个时辰即可到达，往来非常便捷。

最后看第五首。此词中的地名，其歧解有过于首阕者。事实上，首句中的"青草湖"，与岳阳洞庭湖无关；上文已经说明，青草湖是西塞山旁樊漾湖的本称、俗称。方志中则多称凡常湖。宋人谈钥《嘉泰吴兴志》卷三："凡常湖，在（乌程）县西二十七里。"清徐凤衔《乌程县志》卷三云："凡常湖在县西二十七里，受西塞山之水而入龙溪。西塞山在府城西南二十五里。"按：东、西二苕溪，当地统称为龙溪。

需要特别说明的是，第二句中的"巴陵渔父"，在这里是一个具有象征意味的比喻,是作者借《楚辞·渔父》中的渔父以自况,手法与第三首末句之"荷衣"相类,起到前后呼应和卒章示意的作用。按:巴陵(今湖南岳阳)与洞庭是屈原被流放时的历经之地,屈原曾临湖写下《湘君》、《湘夫人》等著名诗篇;屈原一直都处于进退、用藏的矛盾之中,曾因此受到巴陵渔父的嘲笑和劝导。张志和于此乃借言渔父,表示要选择一种与屈原不同的、避世远害的生活态度和人生道路。

故五首词中,唯"巴陵"不是实指。这是创作的需要。从题旨看,"巴陵渔父"不但是本首的"词眼",也是五首词共同的"词眼",是作者借《楚辞·渔父》彰显自己对高洁、自由人格精神的追慕和矜守。俞陛云先生所谓"托想之语",仅此一"巴陵渔父"耳。

有学者认为,志和曾贬"南浦尉",应该到过楚地,"巴陵"为确指。其实,颜真卿《浪迹先生玄真子张志和碑》一文已经说得很清楚:"寻复贬南浦尉,经量移,不愿之任,得还本贯。"可见志和并没有去南浦(今重庆万州)就任。此其一。其二,词中既言"钓车子",可见目的在于垂钓,又言所乘乃"掘头船",是一种头尾不显著的简陋小船。以一叶小舟而能横泛太湖、长江、洞庭,恐怕不太现实;纵能,也艰险无比,恐怕很难会有边划船边唱曲的轻松悠闲。而且,说词人从太湖一路钓捕到洞庭,然后才回来,也不通情理。故"巴陵"绝非确指,而是借用。

顺便说一说"钓车子"。钓车子,又叫钓车,就是轮竿,亦即在鱼竿上装一个线轮以放线收线。唐人韩愈、元结、张籍、李商隐、陆龟蒙、徐寅等人的诗中,均曾写到钓车,陆龟蒙诗中更是多次吟咏。宋代著名画家马远所作《寒江独钓图》中,鱼竿上也装有轮子。

仔细玩味,末章第二句内涵丰富,颇有深意。既自称"巴陵渔父",又言"还",而客观上不可能乘一舟往来于洞庭、太湖,故此"巴陵渔父"必为"托想之语"无疑,而由一"还"字则曲折可知词人经过一番思想斗争,终于选定挣脱名缰利锁,回到夙愿中的世外桃源,去过清苦艰难却自由自在的洁净生活。一路"棹歌",充分体现出词人在找回真淳自我后的轻快和愉悦。末尾三句,更是进一步具体表现这种在物质和精神上都无待于外的、自给自足的欣慰和满足。

据颜真卿《浪迹先生玄真子张志和碑》,大历九年(774)秋八月,在颜真卿湖州刺史任所,有一场六十余人参加的盛大雅集。席间,张志和挥毫泼墨,进行与《渔歌子》同类题材的绘画创作,"或挥洒横拖而纤矿霭拂,乱枪而攒毫雷驰。须臾之间,千变万化,蓬壶仿佛而隐见,天水微茫而昭合",引得"观者如堵,轰然愕贻"。又,张彦远《历代名画记》卷十云:"(志和)自为《渔歌子》,便画之。"沈汾《续仙传》卷上亦记载:"真卿为湖州刺史日,与门客会饮,乃唱和为《渔父词》。"《全唐诗》卷八百二十一皎然《奉应颜尚书真卿观玄真子置酒张乐舞破阵画洞庭三山歌》一诗,亦佐证志和所绘确系太湖景观。此外,志和之兄松龄(即鹤龄),恐其弟浪迹江湖不返,遂于越州会稽(今浙江绍兴)城东买地结茅斋以居之。志和于大历九年(774)作《渔歌子》词五阕,松龄随即"和答弟志和"一阕以劝其归。词云:

> 乐在风波钓是闲,草堂松径已胜攀。太湖水,洞庭山,狂风浪起且须还。

词中明言"太湖水,洞庭山",又是一证。按:太湖中有洞庭山,分东、西二山。东山古称胥母山,又名莫厘山,原系湖中小岛,元明以后始与陆地相连成半岛;西山为太湖中最大岛屿,古称包山,一作苞山,又名夫椒山。东、西洞庭山,皆为太湖名胜之地。

综上所述,笔者以为,张志和五首《渔歌子》词所描述的,都是以湖州为活动中心的太湖地区的风土景物,作者借分咏西塞山、钓台、雪溪湾、松江和青草湖的渔钓生活,从不同角度表达隐逸的志操与乐趣。这组词与其绘画相互配合,彼此映照,形成一个文化整体。本书所要讨论的则是单纯的词体创作。

从孕育环境、激发因缘和创作时间来看,这组写于逝世前不久的《渔歌子》,无疑是张志和一生文学创作的最高成就。

法国史学家兼批评家丹纳在其名著《艺术哲学》一书中,将种族、环境、时代列为影响人类文明的三大因素;其中,环境,首先是指自然环境。[①] 事实上,人作为生物进化的产物,始终在接受自然环境的包围、陶冶和熔铸;即使在今天,人类的生命和生活仍必须主要依赖自然,审美的资源和标准仍主要是自然。就中华民族而言,自然审美始于魏晋六朝,催生出山水诗;到唐代则开始取得辉煌成就,孕育出山水田园诗派。张志和的《渔歌子》便是从这样的环境中孕育出来的一株奇葩。

从自然环境看,《渔歌子》所描写的是太湖沿岸的生活情景。太湖流域濒临江湖河海,气温水柔,草木茂盛,山川秀丽,水网密布,物产丰富,渔猎樵采种植皆宜。水有柔滑的一面,又有凶险的一面,虽"望之多烟云之思",而"涉之或风波之惧"[②]。层叠的山峦,纵横的河道,茂密的草木,缤纷的色彩,这样复杂多变的环境,固然倍增探索、驾驭的艰险,但也使人们变得机警灵活,适应性强。所以,在江南水乡泽国、丘陵山地生长的人们,既具柔慧之资,又有悍勇之质,柔中寓刚,刚柔并济。六朝以来,江南文化更多表现柔的一面,但刚的一面继续存留,唐宋

---

① [法]丹纳著《艺术哲学》第四编,人民文学出版社1988年版。
② (唐)韦夏卿撰《东山记》,见文渊阁四库全书本《文苑英华》卷八百二十九。

时代的江南文化仍体现出柔中寓刚的特征。李绅《过吴门二十四韵》诗有云："里吟传绮唱，乡语认欸讴。……旧风犹越鼓，余俗尚吴钩。"元稹《春分投简阳明洞天作》诗亦云："郡邑移仙界，山川展画图。……似木吴儿劲，如花越女姝。牛侬惊力直，蚕妾笑睢盱。……闾阎随地胜，风俗与华殊。"白居易《和微之春日投简阳明洞天五十韵》和曰："勾践遗风霸，西施旧俗姝。"①直到晚唐，诗人仍感叹："嘻嘻尔风师，吴中多豪士。"②随着南北交融的深入，经济文化重心的南移，江南逐渐成为全国最发达的地区，江南士大夫往往多才多艺，且集风流与儒雅、柔慧与刚勇、豪迈与隐忍、精致与务实、开放与包容等多种南北文人的不同特征于一身。骆宾王、贺知章、张旭、顾况、贯休，当然还有张志和，皆杰出其间。在《渔歌子》词中，实际上也隐含了两种价值取向和精神品质，即乐观豪放、拼搏进取与委运任化、闲适旷迈，显露出南北融会、儒道合一的特征。也许正是这种品质和特征，使《渔歌子》成为后来同类作品企慕的典范。

从创作时间看，张志和写这组《渔歌子》时，已度过十多年隐居生活，处世态度、思想性格都非常成熟和稳定。当然，这是就作者的立场和毅力而言；在超旷闲适的外表之下，其实也包扎着悲凉和冲突。一个像"巴陵渔父"那样"西复东"四处漂泊的人，却口口声声说自己"不须归"、"不曾忧"、"不叹穷"、"不觉寒"、"不用仙"，潜台词是否正好相反？一个人如果对自己的选择和现实处境甘之如饴，早已习与性成，浑然不觉，是不会产生这么清醒而强烈的自我警戒意识的。当然，这丝毫不影响我们对张志和的评价；相反，我们对他能以坚定的隐逸姿态对抗尘世，放射出高洁的人格光辉，奉献诚挚的敬意。如果把五首《渔歌子》进行一番比较，不难发现，后四首都在念念不忘自己迥异世俗的生存姿态，只有第一首最多自然描写，最少自我意识。五首之中，只有这一首成为脍炙人口的名篇，自有道理。

我们还可以从这组《渔歌子》的激发因素，来烛照张志和的心灵地图，探索他的心路历程，加深对作品本身的理解。颜真卿守湖州，志和即往见之，以《渔歌子》与真卿等人唱和；又在当年的湖州集会上现场泼墨，技惊全场；而去世又那么奇特，且极可能是有意为之的水解。这一系列看似偶然的事件，是否有一条贯穿其间的线索？笔者的回答是肯定的。这条线索就是张志和似乎急于向世人宣布什么，演示什么，证明什么。那么，宣布什么呢？从他答谢颜真卿赠舟时所言"愿

---

① 《全唐诗》卷四百四十九，人民文学出版社 1996 年版，第 5062 页。

② 吴融《祝风三十二韵》，见《全唐诗》卷六百八十五，人民文学出版社 1996 年版，第 7871 页。

以为浮家泛宅"诸语,可推断他是在强调隐逸心志;当众挥毫,且技惊全场,则演示高人乃在世外;以词调相唱和,则进一步演示"野夫"以"民调"吟唱隐逸生活的旨趣;戏水自沉,则是以看似独特、实则效仿屈原的死亡方式向世人证明方外高人宁赴清流而死的迥异凡俗的决绝与英勇。这么分析,或许有求之过深的嫌疑,但公元774年张志和一连串惊世骇俗的举措,又令人不能不这么思考。

如此看来,《渔歌子》从诞生之日起就已拥有丰邃的文化学意义,而非一般的词体创作了。一言以蔽之,即隐逸文化。它既是张志和本人隐逸思想、理想的表白,也是一般企慕、尝试隐逸的人们所追求的高境,更是广大失意赍恨者可以用来抵抗俗世、逍遥游方的精神乐园。丹纳说:"无论什么时代,理想的作品必然是现实生活的缩影。"①同样,张志和的《渔歌子》也是时代投影于其心灵的产物。

张志和十六岁即蒙德宗赏识,擢明经,赐美名,任职内廷,诚可谓少年得志,恩荣备至。但也许正因为过于顺利,少不更事,对可能到来的人生打击缺乏最基本的心理预警和承受能力。果然,受宠爱不久,便坐事远贬,既而丁忧,雪上加霜,终于一蹶不振,乃至看破红尘,从此浪迹江湖,一去不返,借老庄哲学作遁世的甲胄。当然,这些都是按常理推论所得。因为追求功名事业是人类自我实现的本能,是天赋人权,没有不得已的伤心事,绝望至极,有谁愿意退隐水滨林下,与草木虫鱼鸟兽为伍?事实也证明,年轻的张志和是积极入世的,而进退用藏的转折点又出现在遭受打击之后。这就使我们有理由认为,是年轻的张志和承受不了现实的撞击而遁世作"逍遥游"的。

但自我实现、祈求永生是世间一切事物的本能要求,即使最脆弱的生命,也会竭力进行光合作用,开花结果。"博学,工辞章,事亲孝","严奉家庙,恤诸孤","立朝正色,刚而有礼,非公言直道,不萌于心","善正、草书,笔力遒婉,世宝传之","天下不以姓名称,而独曰鲁公"②的颜真卿,就是张志和的雨露和阳光啊。颜真卿守湖州,对于本人来说,是人生的一个低谷;但对于张志和而言,也许就是企盼已久的、唯一的自我实现的机会。张志和何等聪明,当然要及时把握,紧抓不放,借以怒放自己生命的光华。笔者以为,这也许就是张志和为何一年之内急于完成那么多人生重大事件的缘由和驱动力。

如此分析,则《渔歌子》已然成为一组光风霁月的弥撒曲和安魂曲。看似超迈洒脱、闲逸俊发的逍遥游,原来竟是英勇悲壮、视死如归的天堂之旅!

---

① [法]丹纳著《艺术哲学》第四编第二章,人民文学出版社1988年版,第290页。

② (宋)欧阳修、宋祁撰《新唐书》卷一百五十三,中华书局1997年版,第4854、4859、4861页。

张志和的《渔歌子》在中唐时期出现，并且一出现就大受欢迎，不是一个孤立的文化现象，它昭示了中唐时期的时代精神和审美风尚已发生重大转变，"不是对人世的征服进取，而是从人世的逃遁退避"，"心灵的安适享受占据首位"①。沿着这个内转继续向心灵的纵深处蔓延，便到达晚唐五代最为敏感、细腻的神经末梢。这个时代气运与浙江地域文化相结合，便孕育出了晚唐五代浙江词。

第三节　张志和《渔歌子》的成就和影响

综览前贤所论，张志和《渔歌子》之艺术成就和词史地位，历历在目。概括起来，内容大致有二：一为总论；二是细论。细论又可析为两端：一侧重内容，一侧重格调。

总论则称《渔歌子》乃古今楷模。胡仔《苕溪渔隐丛话》后集卷二云："古今诗人，以诗名世者，或只一句，或只一联，或只一篇，虽其余别有好诗，不专在此，然传播于后世、脍炙于人口者，终不出此矣，岂在多哉？如……'西塞山前白鹭飞（下略）'，此玄真子也。"刘熙载《艺概》卷四云："张志和《渔歌子》'西塞山前白鹭飞'一阕，风流千古。东坡尝以其成句用入《鹧鸪天》，又用于《浣溪沙》，然其所足成之句，犹未若原词之妙通造化也。"杨希闵《词轨》卷一引陈懿叔语云："唐代独绝之词，为北宋所未有。"陈廷焯《词坛丛话》则宣言："有唐一代，太白、子同，千古纲领。"

细论言内容则称有"风人之旨"。叶梦得《岩下放言》卷上云："前辈风流略尽，念之慨然。小栖谷隐，要不可无方外之士时相周旋。余非鲁公，固不能致志和，然亦安得一似之者而与游也。"楼钥《攻媿集》卷七十八《跋李晋明所藏东坡书渔父词》云："元真子先生为鲁公客，后又为坡、谷所称，至隐括其诗篇，大书之，其与屈灵均答问于江滨者何异耶？"黄升《花庵词选》卷一云："极能道渔家之事。"辛元房《唐才子传》卷三云："自撰《渔歌》，便复画之，兴趣高远，人不能及。"先著《词洁》发凡云："唐人之作，有可指为词者，有不可执为词者，若张志和之《渔歌子》仍是风人之别体，后人因其制，以加之名耳。夫词之托始，未尝不如此。"刘熙载《艺概》卷四云："太白《菩萨蛮》、《忆秦娥》，张志和《渔歌子》，两家一忧一乐，归趣难名。或灵均《思美人》、《哀郢》，庄子'濠上'近之耳。"张德瀛《词徵》卷一云："词有与风诗意义相近者，自唐迄宋，前人巨制，多寓微旨。如李太白'汉家陵阙'，《兔爰》伤时也。张子同'西塞山前'，《考槃》乐志也。"陈廷焯《云韶集》卷一云："此中

---

① 李泽厚著《美的历程》第八章《韵久之致》，安徽文艺出版社 1994 年版，第 150 页。

有真乐,难与俗人言也。"俞陛云《唐宋词选释》云:"自来高洁之士,每托志渔翁,访尚父于磻溪,讽灵均于湘浦,沿及后贤,见于载籍夥矣。而轩冕之士,能身在江湖者,实无几人。志和固手把钓竿者,而词言'西塞'、'巴陵'、'松江'、'雪溪'、'钓台',地兼楚越,非一舟能达,则词亦托想之语,初非躬历。① 然观其每首结句,君子固穷,达人知命,襟怀之超逸可知。'桃花流水'句,尤世所传诵。"刘大杰《中国文学发展史》云:"张志和……这种爱自由爱自然的人生观,反映到文学上,正与王维、孟浩然们所代表的自然诗派相合,因此在渔父词里充分地表现出他的潇洒出尘的人格,和那种恬淡闲雅的作风。"夏承焘《中唐时代的文人词》一文也认为这首词"实际上是描写士大夫爱自然、爱闲适、爱自由的心情。……也是对仕途不满的一种表示"②。

言格调则称有"逸思远韵"。张彦远《历代名画记》卷十云:"张志和……书迹狂逸。自为渔歌,便画之,甚有逸思。"胡仔《苕溪渔隐丛话》后集卷三十九载鲍慎由《夷白堂小集》引黄庭坚语云:"张志和《渔父词》雅有远韵。"黄苏《蓼园词评》云:"数句只写渔家之自乐其乐,无风波之患,对面已有不能自由者,已隐跃言外,蕴含不露,笔墨入化,超然尘埃之外。"张德瀛《词徵》卷五云:"张子同词,逍遥容与。"吴瑞荣《唐诗笺要》后集卷八附词云:"作者浮家泛宅,品格最高,宜其叶属潇洒乃尔。"

这些观点,无疑都是正确的。如果立一主脑将这些观点统辖起来,则是《渔歌子》超越现实的理想主义。儒家高悬的社会理想本来就不容易实现,艰难困窘的人生境况每使人萌生遁世之心,道家崇尚自然、委任运化、全性葆真、逍遥自在的人格理想和真朴、自然、浑成、虚静、冲淡、广大的审美高境,则时时引诱人们挣脱现实羁绊、憧憬世外桃源,而江南青山碧水的怡人景色、丰富充裕的生活资源、源远流长的隐逸传统,更为众多失意落魄的人们提供了坚实而又迷人的遗世独立的生存环境和生活保障,理想主义于是袅袅蒸腾,氤氲其间。换言之,《渔歌子》便是上述数方面因素的激荡、交汇的结果。"艺术家根据他的观念把事物加以改变而再现出来,事物就从现实的变为理想的。"③笔者以为,张志和的这组《渔歌子》,之所以能获得历代词家的交口称赞,就在于它写出了士大夫阶层的人格理想和审美追求。这是《渔歌子》所取得的最高成就。

---

① 按:张志和词中的地名问题,已辨析如前,俞氏"地兼楚越"诸语有误。若言志和措词至少在客观上有引人遐思、突出题旨之效,则是矣。

② 《唐宋词欣赏》,百花文艺出版社 1981 年版,第 13 页。

③ [法]丹纳著《艺术哲学》第五编,人民文学出版社 1988 年版,第 337 页。

　　笔者以为,《渔歌子》所取得的主要成就,古人已基本论及。惟古人论文艺,喜遗貌取神,缺少具体分析,不能反映其中的逻辑性和层次性。故这里拟补充一二。

　　首先,《渔歌子》描绘的是一个可以自给自足甚至丰衣足食的生存环境。春天,西塞山前白鹭飞翔,山下是桃花流水,斜风细雨正好滋润劳碌的面庞;夏天,垂钓雪溪湾里,目赏江上苕花,怀纳浦边凉风;秋天,枫叶簌簌,荻花茫茫,徜徉青草湖中,直到月华如水;有了这些美好,冬天就算不得什么了。再来看衣食住行等生活资源。饮食有鳜鱼、螃蟹、菰饭、莼羹,穿戴有箬笠、蓑衣、褐裘、荷衣,栖息有渔舟,出行有蚱蜢舟,渔猎资源和用具则有雪溪湾、钓鱼台、渔舟、钓子车、掘头船。寂寞?孤独?朋友就在不远处居住,只要愿意,就去打个牙祭:"松江蟹舍主人欢,菰饭莼羹亦共餐。"试问,还有比这样的生活更完美无缺的吗!

　　其次,《渔歌子》所描绘的秀丽、淡雅而又生动的江南山水,有水墨画一般的意境美。关于这一点,吴调公先生曾做过详细分析,笔者愿借用吴先生的话来做小结。"词人兼画家的张志和……把高远的情思外化为清空的意境,又把质朴玲珑的语感,提炼为翛然脱俗的冲淡意趣,从而使他的词作形成了独树一帜的高蹈风格。"又说:"唯其是烟波钓徒的诗中之画,就不同于唐代著名画家大、小李将军的青绿重彩,以及其中所显示的那种帝王宗室的富贵堂皇气派。张志和这幅'烟波垂钓图',显然是另一路,属于王维一派,是写意画。画中景物,无不有水墨淋漓之意。……而为了表现自己的率性归真,寄情缥缈,则又把整个画面,建构为'斜风细雨'的审美内涵,归于'平淡'二字。"①

　　同时,作品还写出了不同季节风景各自的特色。第一首所写是春天的景色,具有鲜明的色彩美、意境美。青碧的山,洁白的鹭,粉红的桃花,清澈的流水,黄绿底纹、黑色斑点的鳜鱼,青笠绿蓑、静静垂钓的渔父,斜吹的风,濛濛的细雨,远景与近景,静穆与活泼,鲜明与朦胧,生机与淡泊,执着与超脱,既对比鲜明,又温柔散淡。若言整体的色彩效果,也许只能用"柔丽"来形容;若言整体意境的营造,确实有"平淡"的蕲向。种种令人神往的好处,大概只有借用"世外桃源"一语才能表达。

　　第三,词中塑造出了一个遁迹江湖、怡情山水、安贫乐道的渔父形象。渔父的生涯,并不如词中所写的这样美好,如前所论,作品也未必没有流露出怨嗟;但是,作者却通过看似自然实则高超的艺术技巧,抓住太湖流域春、夏、秋三季的景物特征,诸如春之绚丽、夏之活泼、秋之萧疏,使之与抒情主人公高洁的情怀融合

------

　　① 《唐宋词鉴赏辞典》(唐五代北宋卷),上海辞书出版社1997年版,第13—16页。

起来，成为衬托、烘托人物形象的背景，向读者推出一个在桃源仙境中安闲自处的渔父形象。但是，五首作品中，渔父的形象又是有所区别的；只有结合起来，才是完整的渔父形象。

比如在第一首中，周围的景物都是充满生机活力和清新意趣的，处于画面中心的渔父自然不可能是冷漠麻木的存在，所以安闲恬静的外表恰恰在暗示读者，眼前这个渔父一定有一颗温热丰富的心灵。他在想什么呢？沉醉于眼前的美景，像景物一样让心灵也接受细雨的洗礼和滋润。还是心思早已逸出画面，神驰远方。篇末的"不须归"其实已流露出一个秘密，说明渔父并没有完全或一直沉醉于环境或专注于垂钓，而是有清楚的意识，至少某个时刻回到清楚的状态，理性地表达出热爱周围环境而不愿回归俗世的愿望。不过，因为前面有了深厚的铺垫和渲染，读者已被深深诱惑，彻底融化，对渔父"不须归"的表白并不觉得突兀，反而觉得这是抒情主人公思想感情的自然流露。而且这三个字，又使全词的意境从"无我"陡然转入"有我"，有助于凸显人物的精神世界。事实上，正因为有"不须归"三字，才终于使前面所有的清新与美丽成为人物精神世界的表征，由一般的写景抒情上升到超尘脱俗、皈依自然的高境。

如果说第一首透露的尚是渔父的精神世界，从第二首开始，则更多是表现渔父努力顺应自然、尽情享受自然馈赠的生活境况，因而也更具生活气息。但又正因为如此，后四首更多地表现出了抒情主人公的自觉自主的行为和意识，多人间气而少清空美，于意境营造反不及第一首来得清丽隽永。就具体内容而言，第一首几乎全写自然之美，"箬笠"、"蓑衣"两样穿戴也似乎重在"青"、"绿"的色彩而非其性能，而词中透露人物情感的词语仅有最后"不须归"三字，但这可以看成是对眼前美丽丰饶的环境倾心相悦的自然流露。第二首中，则每句皆可见人工、人力和人意，"褐裘"、"蚱蜢舟"、"棹"是人工，"能纵"、"惯乘"是人力，"不曾忧"是人意，读者所见多为渔父生存的努力和战胜自然的本领与信心。第三首中，首句人物即出场，次句见其生活手段和状况，末句则见其多少有点刻意的放任和自白。第四首中，首句写作客煮蟹人家，次句写与主家共进"菰饭"、"莼羹"，末句则写饮后归舟、乘醉卧眠。第五首次句写渔父"棹歌"而还，三、四句各写一种捕鱼的大型工具，末句则全是渔父的表白。所以，就自然美而言，首阕最优，三、四阕次之，二、五阕又次之。这也是为什么首阕能成为脍炙人口的名篇而余篇无闻的主要原因。

不过，我们也应该看到，如果没有后四章的衬托，第一首也很难凸显出来。而且，从内容上看，第一首与后四首的关系，有些像序幕和场次的关系；第一首描绘渔父生存的大环境、大背景，后四首则选择几个典型的角度、层面去揭示渔父的生活内容和精神世界。事实上，首阕里的渔父处于超现实的环境中，尚未经受俗世的急风暴雨和险恶浪涛；后四首则写出了一个历经磨难而早已跳出红尘、变得从容闲雅的渔父形象。这么看，首阕的理想主义色彩就非常鲜明了。所以，五首《渔歌子》乃是一个不可分割的整体。

第四，曲调流畅，音节自然，语言朴素，色泽清丽，风格俊爽，读之使人神清气爽，亲近愉悦，飘然有出尘之心。一与二，三与四，自由酣畅又大致对仗的语句亦如春溪淙淙，而于结句汇聚，自然生成"不须归"的情感漩涡。前文曾说"不须归"三字透露出作者的思想感情，乃理性分析；其实，在轻快的阅读过程中，读者毫不觉察，甚至觉得非如此则不足以表达心旷神怡的心境。吴调公先生也说："至于通篇音节的自然、简短、随和、淳朴，它们恰恰体现了作者平易近人的情调，并与作品色彩的'淡'糅和起来，而汇为'平淡'的风格。无意雕琢，情趣极深。"①

《渔歌子》曲名，最早见载于唐崔令钦《教坊记》，大概源自民间渔歌。《渔歌子》又称《渔父》、《渔父词》，刘禹锡《自江陵沿流道中》诗中即有"月夜歌谣有《渔歌》"之句。笔者据曾昭岷、曹济平、王兆鹏、刘尊明四先生编著《全唐五代词》统计，唐五代时期以"渔父"为题材的隐逸词为 84 阕，它们具体是：《拨棹子》39 阕（释德诚），《渔父》30 阕（无名氏 15、张志和 5、李珣 3、李煜 2、欧阳炯 2、顾况 1、和凝 1、张松龄 1），《渔歌子》7 阕（李珣 4、孙光宪 2、顾敻 1），《欸乃曲》5 阕（元结），《渔父引》2 阕（李梦符），《阿那曲》1 阕（柳宗元）。这些词作，无一例外，都产生于张志和《渔歌子》之后。在敦煌词中，有两首调寄《浣溪沙》的作品中应当特别提及，它们是：

> 浪打轻船雨打篷，遥看篷下有渔翁。蓑笠不收船不系，任西东。 即问渔翁何所有？一壶清酒一竿风。山月与鸥长作伴，五湖中。

> 卷却读书上钓船，身披蓑笠执鱼竿。棹向碧波深处去，几重滩。 不是从前为钓者，盖缘时世掩良贤。所以将身岩薮下，不朝天。

第一首的题旨与风格，均与张志和《渔歌子》类似，而第二首则可以看作是对催生这类山水隐逸词的社会原因的诠释。可惜已很难弄清楚它们的作者和具体的创作时间，无法得知它们与张志和词作的渊源关系。不过，就艺术性而言，它们与张志和的《渔歌子》特别是其第一首，确尚有一定差距。从这个角度讲，说张志和的《渔歌子》是后世隐逸词特别是文人山水隐逸词的滥觞，并不为过。

综上所述，《渔歌子》是作者热爱自然、热爱生命、热爱自由的人格理想和审美追求的集中反映，在多方面都取得了很高的艺术成就，故前人有"唐代独绝之

---

① 《唐宋词鉴赏辞典》（唐五代北宋卷），上海辞书出版社 1997 年版，第 16 页。

词"、"千古纲领"、"风流千古"诸誉。事实证明,这些评价并非溢美之词。《渔歌子》作为隐逸词的嚆矢和楷模,还直接催生出隐逸词的一个典型类别——渔父词。杨海明先生在《唐宋词史》一书中也曾做过很精辟的概括:"张词色彩鲜明,音节流畅,既有文人诗笔之清丽淡雅,却又保持了民间渔歌的通俗清新,正显示了它是文人试作而获成功的一首佳作。"①

《渔歌子》在当时就产生了较大的影响,颜真卿、陆羽、徐士衡、李成矩、柳宗元等人都曾各和五首。其兄松龄恐弟浪迹不归,亦答和一首。南卓、柳宗元亦有和章。惜诸家所和,大多失传。宋时坊间唱本《金奁集》卷末曾附录十五首《渔父》词,曹元忠《金奁集跋》以为就是颜真卿、柳宗元等人的和作,其作者却未能一一考定。目前几种通行的《全唐五代词》都将它们归到"无名氏"名下。但它们毕竟是张志和《渔歌子》影响下的产物,从题材内容到艺术风格,都属同类作品,不宜忽视。兹将十五首《渔父》词抄录如下:

> 远山重叠水萦纡,水碧山青画不如。山水里,有岩居,谁道侬家也钓鱼。
>
> 钓得红鲜劈水开,锦鳞如画逐钩来。从棹尾,且穿腮,不管前溪一夜雷。
>
> 桃花浪起五湖春,一叶随风万里身。车宛□,饵轮囷,水边时有羡鱼人。
>
> 五岭风烟绝四邻,满川凫雁是交亲。风触岸,浪摇身,青草灯深不见人。
>
> 雪色髭须一老翁,时开短棹拨长空。微有雨,正无风,宜在五湖烟水中。
>
> 残霞晚照四山明,云起云收阴又晴。风脚动,浪头生,定是虚篷夜雨声。
>
> 极浦遥看两岸花,碧波微影弄晴霞。孤艇小,信横斜,那个汀洲不是家。
>
> 洞庭湖上晚风生,风触湖心一叶横。兰棹快,草衣轻,只钓鲈鱼不钓名。
>
> 舴艋为身力几多,江头雷雨半相和。珍重意,下长波,半夜潮生不奈何。

---

① 杨海明著《唐宋词史》,天津古籍出版社1998年版,第86页。

　　垂杨湾外远山微,万里晴波浸落晖。击楫去,本无机,惊起鸳鸯扑鹿飞。

　　冲波棹子槭头船,青草湖中欲暮天。看白鸟,下长川,点破潇湘万里烟。

　　料理丝纶欲放船,江头明月向人圆。尊有酒,坐无毡,抛下渔竿踏水眠。

　　风搅长空浪搅风,鱼龙混杂一川中。藏远溆,系长松,尽待云收月照空。

　　舴艋为家无姓名,胡芦中有瓮头清。香稻饭,紫莼羹,破浪穿云乐性灵。

　　偶然香饵得长鳟,鱼大船轻力不任。随远近,共浮沉,事事从轻不要深。

这十五首作品的作者,包括颜真卿、陆羽、徐士衡、李成矩、南卓、柳宗元等人。其中颜真卿(709—784)祖籍琅玡临沂,京兆长安人,曾任浙西节度使、湖州刺史。陆羽(733—?)为复州竟陵(今湖北天门)人,至德元载避乱居湖州,与皎然为忘年交,大历八九年间同为湖州刺史颜真卿幕客。南卓生卒年里不详,曾任婺州刺史。柳宗元(773—819)为河东(今山西永济)人,生长京师,但其父曾避乱居湖州。徐士衡、李成矩二人俱为颜真卿守湖日同时唱和张志和《渔歌子》者,生卒年里俱不详。十五首词作中,"五岭风烟绝四邻"、"垂杨湾外远山微"、"冲波棹子槭头船"三阕,境界阔大,写景生动,形象鲜明,整体俱佳;"钓得红鲜辟水开"、"桃花浪起五湖春"、"残霞晚照四山明"、"洞庭湖上晚风生"四阕中,皆有佳句,或描述,或写景,或状物,色泽鲜丽,精警动人。只是与张志和"西塞山前"一阕相比,稍欠浑成。

　　此外,唐释德诚即船子和尚有《拨棹子》三十九阕,除前三外,余皆为七七三三七句法,与张志和《渔歌子》相同。五代时期,南唐后主李煜撰《渔父》二首,前蜀李珣、后晋和凝各撰《渔父》一首。入宋,《渔歌子》受到苏、黄的热情赞赏,苏轼将其改写为《浣溪沙》和《鹧鸪天》,黄庭坚则改写为《浣溪沙》。两宋之交的张元干,填《渔家傲——题玄真子图》一阕,对志和表示钦慕。就连高宗皇帝也一口气和作《渔父词》十五首,见载《宝庆会稽续志》。陆游则仿作《渔歌子》五首,王谌亦留有《渔父词》七首。在金朝,则有完颜璹所作《渔父》二首、赵秉文所作《渔歌子》二首。至元,有赵孟頫所撰《渔父》二首,赵妻管道升《渔父词》四首,另有道士张雨所作《渔父词——赞船和尚》二首、吴镇所作《渔父》二十首、周巽所作《渔歌子》八首。清代最有名的渔父词,当推纳兰性德的这首《渔歌子》:

> 收却纶竿落照红。秋风宁为剪芙蓉。人淡淡，水濛濛。吹入芦花
> 短笛中。

以上仅是粗略列举。若编辑一本《古今渔父词》，必定是洋洋大观。谭正璧《中国文学家大辞典》"张志和"于是写道："他的渔歌后世用为词调之一体，故被推为词家之祖。"

名篇佳作的影响是巨大的。张志和的《渔歌子》不仅对我国词学的发展发挥了重要作用，而且直接催生了近邻日本的词学，使填词成为国际性的文化事业，成为中日两国文化交流的历史见证。在其诞生仅 49 年后，《渔歌子》就传到了日本，并得到日本宫廷的赓和，成为日本词学的滥觞，时在唐宪宗长庆三年、日本嵯峨天皇弘仁十四年(823)。日本著名学者神田喜一郎《日本填词史话》据日本平安朝滋野贞主等人编撰的诗文总集《经国集》卷十四记载，嵯峨天皇仿作五首，十七岁的有智子公主奉和二首，名儒滋野贞主奉和五首。神田写道："由此可知，我国填词的历史是自嵯峨天皇君臣酬唱的作品开始的。"①

有张志和的《渔歌子》为开路先锋，是浙江词的幸运和骄傲。"良好的开端是成功的一半"，光耀千秋的《渔歌子》似乎已经预示，浙江词必将迎来一个辉煌灿烂的盛世，走过一条繁花匝地的发展道路。

第四节　盛中唐其他浙江词家

据曾昭岷、曹济平、王兆鹏、刘尊明四先生编著《全唐五代词》正编，盛中唐时期，有姓名可考者，除张志和外，盛中唐浙江词家仅尚有志和兄张松龄、吴二娘两位。

张松龄，生卒年不详，一作鹤龄，志和兄，婺州金华人，约于代宗朝任浦阳(今属金华)尉。松龄曾恐其弟志和浪迹江湖不还，遂于越州会稽城东买地结茅斋以居之。大历九年(774)志和撰《渔歌子》五阕，松龄亦和一阕。词云：

> 乐在风波钓是闲，草堂松径已胜攀。太湖水，洞庭山，狂风浪起且
> 须还。

此词首句首先肯定了隐逸江湖自有其乐趣和闲适，但次句还是将发出召唤，拳拳之意、殷殷之情令人动容，洋溢着一股浓浓的亲情。"已胜攀"三字，写盼望时间的长久，说明这样的召唤，已经有好多次了。三、四句，看似写景，其实不然，它们

---

① ［日］神田喜一郎著，程郁缀、高野雪译《日本填词史话》，北京大学出版社 2000 年版，第 10 页。

只是在为推出末句做准备,是末句强烈抒情的物质基础。如果说第二句的召唤尚是婉转的、含蓄的,末句的召唤则是直白的、热烈的,同时又是关切的、忧虑的。故全篇都是召唤之词,道出了张松龄对弟弟无限的关爱和深切的忧虑。虽然就艺术性而言,不及志和原作,但其间涌动的亲情则是令人动容的。

吴二娘,生卒年不详,杭州名妓,与白居易同时。①存词一首,调寄《长相思》。词云:

> 深黛眉,浅黛眉,十指苁蓉云染衣。巫山行雨归。　巫山高,巫山低。暮雨潇潇郎不归。空房独守时。

按,此词一说乃白居易守苏州时所作,云吴二娘乃"江南名姬",上片字词亦颇不同,道是:"深画眉,浅画眉,蝉鬓鬅鬙云满衣。阳台行雨时。"究竟为谁所作,已殊难断定。姑两存其说,以俟考证。

本词写闺妇之怨,颇具艺术感染力。作者借用巫山神女的典故,运用对比衬托的手法,生动描述闺中女子对丈夫的深切思念,以及由此形成的孤苦凄清的形象,朦胧婉丽,情真意切,语浅意深,宋人黄升《花庵词选》卷一认为"非后世作者所及"。

又据曾昭岷等人编著《全唐五代词》副编,盛中唐时期,与词有关的作家,有姓名可考者,尚有贺知章、崔国辅两位。既入副编,自不能看作严格意义上的词作,但正如该书《编纂凡例》所云:"副编所录,部分是属诗属词难以考定之作;部分是已考定是诗而非词之作,这类作品若摒而不录,则难以反映历代文献载录、传播词作的历史状况,故录入以备考。"具体到贺、崔二人,则贺知章所作《咏柳》或曰《柳枝》、《杨柳枝》、《柳枝词》属前者,崔国辅所作《采莲子》属后者。②

贺知章(659—744),字季真,越州永兴(今杭州萧山)人。崇道,明州(今浙江宁波)四明山为道教圣地之一,遂自号"四明狂客"。证圣元年(695)及第,授国子四门博士。迁太常博士。玄宗开元十年(722),与张说等同修《六典》,后转太常少卿。十三年,迁礼部侍郎,后改工部侍郎。二十六年,迁太子宾客、银青光禄

---

① 事迹首见白居易《白氏长庆集》卷二十五《寄殷协律——多叙江南旧游》:"五岁优游同过日,一朝消散似浮云。琴诗酒伴皆抛我,雪月花时最忆君。几度听鸡歌白日,亦曾骑马咏红裙。(予在杭州日,有歌云:"听唱黄鸡与白日。"又有诗云:"著红骑马是何人?")吴娘暮雨潇潇曲,自别江南更不闻。(江南吴二娘曲词云:"暮雨潇潇郎不归。")"其后,宋陈应行《吟窗杂录》卷五十、明杨慎《升庵诗话》卷四、清叶申芗《本事词》卷上亦有记载。

② 分别参见曾昭岷等编著《全唐五代词》下册第953、960页考证文字,中华书局1999年版。

大夫,兼正授秘书监,故人称"贺监"。天宝三年(744)卒,年八十六。

在事实上,贺知章的《咏柳》,基本是被当作诗歌来接受和传播的。兹姑视其为词,聊为申述。作品写道:

> 碧玉妆成一树高,万条垂下绿丝绦。不知细叶谁裁出,二月春风似剪刀。

此篇构思新奇,形象迭出,语言精炼,情调优雅,节奏明快,色泽轻柔,风格清新,看似浑成,实则用力,技巧高超;正因为太刻意,"剪裁"痕迹太重,与词体轻唇利吻、柔美流畅的特性有一定距离,所以显得"诗味"较重而"词味"较轻。

崔国辅,生卒年不详,山阴(今属绍兴)人,一说吴郡(今江苏苏州)人。玄宗开元十四年(726)进士,任山阴尉,后为许昌令。入为左补阙、起居舍人。天宝中,任礼部员外郎、集贤院直学士。坐与王铣近亲,贬竟陵郡司马。所作《采莲子》,除明董逢元《唐词纪》外,《乐府诗集》、《万首唐人绝句》、《全唐诗》皆收作诗。词曰:

> 玉溆花争发,金塘水乱流。相逢畏相失,并着采莲舟。

一、二两句写景,已有匆促之意,三、四两句写情,实多患失之心。"相逢畏相失",不是个中人、过来人,恐难道出。又,首句第四字一作"红",次句第四字一作"碧",但显然不及"争"与"乱"贴切。"争",惜春伤逝而自怜也;"乱",及时珍重而无能为力也。如此看,则"并着采莲舟"亦慰情聊胜无而已。总体看,此篇看似浅近,实则构思精巧,含思婉转,"诗意"胜过"词味"。

另外,孔范今主编《全唐五代词释注》于崔国辅名下仅收录《丽人曲》一首,曰:"红颜称绝代,欲并真无侣。独有镜中人,由来自相许。"写丽人自矜其美,不落俗套而又平易自然,但《乐府诗集》、《万首唐人绝句》、《石仓历代诗选》、《全唐诗》等文献均录其为诗。

诗词兼称的现象,主要集中在唐词。这主要是因为词在唐代尚处于发展初期,诗词的界限不够明确,特别是唐代的词调大多短小,有的在形式上和绝句没什么两样,一旦被乐人谱曲传唱,就很难判定是诗是词了。明人杨慎《升庵集》卷五十七"锦城丝管"条即云:"唐人乐府,多唱诗人绝句。"《杨柳枝》与七言绝句本无差别,而崔作又曾与滕迈、杨巨源、刘禹锡、韩琮等人的作品一起,被著名歌女周德华传唱[1],遂被当成词作。崔国辅诗作入词,情况想必差近。何况唐人很早就有演唱绝

---

① 参阅唐范摅撰《云溪友议》卷下"温裴黜"条,辽宁教育出版社2000年《新万有文库》本《唐·五代·宋笔记十五种》第一册收录,第49页。

句的习惯,"旗亭赌唱"即一显例。①

　　总之,盛中唐时代,浙江词尚处于刚刚起步的阶段,作家作品都很少。严格说来,知识产权明晰、完全没有疑义的作家作品,就是张志和的五首《渔歌子》和其兄张松龄的一首和作。公元 774 年秋,张志和的《渔歌子》在浙江词坛横空出世,并且一出现就取得骄人的成就,耸动文坛。它不仅是"唐词之宗祖"②、浙词之源头,还是隐逸词之嚆矢、日本词学之滥觞。其在词史、文学史和文化史上的地位是不言而喻的。

　　此外,从总体看,浙江词从一开始便显示出鲜明的浙江地域色彩:秀美的风景,精致的风物,柔艳的风情。等到晚唐五代,词体的发展重心也随着经济重心、文化重心的南移而南移,其地方性特色就更加鲜明地表现出来了。

---

①　见唐薛用弱撰《集异记》"王涣之"条,文渊阁《四库全书》本。
②　施蛰存《北山四窗》第五十四条,上海文艺出版社 2000 年版,第 159 页。

第二章　浙水春愁——晚唐五代浙江词

本章所谓晚唐，上起唐敬宗宝历初(825)，下迄唐哀帝天祐末(907)；所谓五代，上起朱温篡唐(907)，下迄北宋建国(960)。合之，即本章所谓晚唐五代，共历 136 年。这里乃沿用学术界的习惯说法，事实上五代的下限要更晚些；因为北宋建国时，南唐、吴越等国尚在。晚唐五代是浙江词形成鲜明个性的历史阶段，它着力表现基于浙江地区秀丽风景、精致风物和柔美风情的士大夫文人伤逝、迷茫、渴望有所皈依的精神风貌，表现出靡丽、感伤的时代风格。

第一节　晚唐五代浙江词特色和风格形成的社会文化背景

中唐以后，浙江词进入自己的成长期。迷恋江南水乡秀丽风光与婉美风情、倾吐男女相思之苦、细诉对世事无常与人生短促的感伤，成为晚唐五代浙江词的鲜明主题。于是，最具江南水乡风物、风情特征的"水"、"杨柳"、"采莲"等，成为词家偏爱的题材；柔情和艳情、乡思和相思，成为词家的主要旨趣，风格则由盛中唐时的爽朗清新一变而为靡丽、感伤和飘忽。皇甫松是本期最有代表性的词家。这里首先就本期浙江词风格形成的社会文化背景，做一番探讨和分析。

一、残酷的政治环境是晚唐五代浙江词特色、风格形成的首要因素

安史之乱后，唐王朝开始陷入藩镇割据的局面，加上党争和宦官专权，政治黑暗混乱，国家风雨飘摇，日趋陵夷。唐穆宗长庆(821－824)以后，中兴希望破灭，士人自感前途无望，生活平庸，心态内敛，感情则日趋敏感、细腻。黄巢起义使唐王朝彻底崩溃，最终进入五代十国时期，北方主要有五个王朝前仆后继，南方则被分割成若干个小国。这些短期政权的建立者和继承者，十之八九都是武夫悍将，草菅人命，鲜廉寡耻，苟且偷安，缺乏政治抱负。欧阳修曾浩叹："夫乱国之君，常置愚不肖于上，而强其不能，以暴其短恶；置贤智于下，而泯没其材能，使

君子、小人皆失其所，而身蹈危亡。……自古治君少而乱君多，况于五代，士之遇不遇者，可胜叹哉！"①在这样的政治格局中，士大夫阶层治国平天下的人生理想已失去实践和实现的基础和前提，建功立业的理想成为无源之水、无本之末。动荡分裂的政治格局颠覆、摧折了晚唐五代文人的既有信仰和精神支柱，恐慌、彷徨之下，他们只能如飘萍断梗随波逐流，苟全性命于乱世。依附于昏暴、苟且小政权的文士，仰人鼻息，战战兢兢，自然不可能志存高远，胸襟磊落，意志坚强；相反，惧世、厌世、混世、谀世，明哲保身，得过且过，及时行乐，醉生梦死，则必然成为他们生存和生活的法则。

事实上，身处乱世昏暴苟且政权之下，文士地位低下，命运悲惨，不仅被剥夺了理想和抱负，而且连生命也无法保障，往往朝不保夕，身首异处。晚唐五代是一个"置君犹易吏，变国若传舍"②，"君君臣臣父父子子之道乖，而宗庙、朝廷、人鬼皆失其序"③的混乱时期。

唐宪宗以后，有七位皇帝都是宦官所立，宪宗、敬宗则直接死于宦官之手，其他数位帝王之死，亦与宦官有关。朝政的混乱黑暗可想而知。在唐文宗朝那场著名的"甘露事变"中，自宰相王涯以下朝官被杀者六七百人。宦官专权之外，还有朋党之争。一党执政，即对另一党打击报复，必欲置对方于死地而后快。至于寄食各藩镇幕府中的文人，其地位和命运更是等而下之。而自"懿、僖以来，王道日失厥序，腐尹塞朝，贤人遁逃，四方豪英，各附所合而奋。天子块然，所与者惟佞愎庸奴，乃欲郭横流、支已颠，宁不殆哉！观繁、朴辈不次而用，掉豚臑拒狄牙，趣亡而已。一韩偓不能容，况贤者乎？"④

朱温欲篡唐，更是大行杀戮。唐室大臣，惶惶不可终日。陶岳《五代史补》卷一"杨凝式佯狂"条云：

> 杨凝式父涉为唐宰相，太祖之篡唐祚也，涉当送传国玺。时凝式方冠，谏曰："大人为宰相，而国家至此，不可谓之无过。而更手持天子印绶以付他人，保富贵，其如千载之后云云何？其宜辞免之。"时太祖恐唐室大臣不利于己，往往阴使人来，采访群议，缙绅之士及祸甚众。涉常不自保，忽闻凝式言，大骇曰："汝灭吾族！"于是神色沮丧者数日。凝式恐事泄，即日遂佯狂。时人谓之"杨风子"也。

① 《新五代史》卷三十一《周臣传第十九》传论，中华书局1986年版，第346页。
② 《新五代史》陈师锡序，文渊阁《四库全书》本。
③ 《新五代史》卷十六《唐家人传论》，中华书局1986年版，第173页。
④ （宋）欧阳修、宋祁撰《新唐书》卷一百八十三赞语，中华书局1997年版，第5390页。

宰相尚且如此,一般士人可想而知。到了天祐年间,篡权已如离弦之箭,所过处血光四溅。既"遣朱友恭、氏叔琮、蒋玄晖等行弑,昭宗崩",复"遣蒋玄晖杀德王裕等九王于九曲池。六月,杀司空裴贽等百余人",又"遣人告枢密使蒋玄晖与何太后私通,杀玄晖而焚之,遂弑太后于积善宫。又杀宰相柳璨,太常卿张延范车裂以殉"。① 对于朱温嗜杀、滥杀的凶残行径,《资治通鉴》卷二百六十五的记述更骇人听闻,文曰:

> 柳璨恃朱全忠之势,恣为威福。会有星变,占者曰:"君臣俱灾,宜诛杀以应之。"璨因疏其素所不快者于全忠,曰:"此曹皆聚徒横议,怨望腹非,宜以之塞灾异。"李振亦言于朱全忠曰:"朝廷所以不理,良由衣冠浮薄之徒,紊乱纲纪,且王欲图大事,此曹皆朝廷之难制者也,不若尽去之。"全忠以为然。……自余或门胄高华,或科第自进,居三省台阁,以名检自处,声迹稍著者,皆指为浮薄,贬逐无虚日,播绅为之一空。

> 六月戊子朔,敕裴枢、独孤损、崔远、陆扆、王溥、赵崇、王赞等并所在,赐自尽。

> 时全忠聚枢等及朝士贬官者三十余人于白马驿,一夕尽杀之,投尸于河。初,李振屡举进士,竟不中第,故深疾播绅之士。言于全忠曰:"此辈常自谓'清流',宜投之黄河,使为浊流。"全忠笑而从之。振每自汴至洛,朝廷必有窜逐者,时人谓之"鸱枭"。

> 全忠尝与僚佐及游客坐于大柳之下,全忠独言曰:"此柳宜为车毂。"众莫应。有游客数人起应曰:"宜为车毂。"全忠勃然厉声曰:"书生辈好顺口玩人,皆此类也。车毂须用夹榆,柳木岂可为之。"顾左右曰:"尚何待!"左右数十人捽言"宜为车毂"者,悉扑杀之。

延及五代,"领节旄为郡守者,大抵武夫悍卒,皆不知书,必自署亲吏代判,郡政一以委之,多擅权不法"②,情况进一步恶化,文人无用论一时极盛。后汉小吏出身的权臣杨邠即宣称:"为国家者,但得帑藏丰盈,甲兵强盛,至于文章礼乐,并是虚事,何足介意也!""少游侠,无行,拳勇,健步,日行二百里,走及奔马"的后汉另一权臣史弘肇亦曰:"安朝廷,定祸乱,直须长枪大剑,至如毛锥子,焉足用哉!"③不过,这只是事情的一面。另一方面,文士虽然体力弱小,但拥有智谋,悍

---

① (宋)欧阳修撰《新五代史》卷一《梁本纪第一》,中华书局1986年版,第9—10页。
② (宋)李焘撰《续资治通鉴长编》卷六,中华书局2004年版,第150页。
③ (宋)薛居正撰《旧五代史》卷一百零七《汉书第九》,文渊阁《四库全书》本。

将武夫认为会对自己构成潜在的威胁,所以骨子里又特别嫉恨文士,必欲除之而心安。《五代史补》中就有两条这样的记载。卷二"秦王掇祸"条云:

> 秦王从荣,明宗之爱子,好为诗。判河南府,辟高辇为推官。辇尤能为诗,宾主相遇甚欢。自是出入门下者,当时名士。有若张杭、高文蔚、何仲举之徒,莫不分廷抗礼,更唱迭和。
>
> 时干戈之后,武夫用事。睹从荣所为,皆不悦。于是,康知训等窃议曰:"秦王好文,交游者多词客。此子若一旦南面,则我等转死沟壑,不如早图之。"……未几,及祸。高辇弃市。

卷五"高祖以谶杀赵子童"条记述了一位知书爱民、重义舍利、才略度量过人、为主子计深远的将军形象。可惜这样一位部下,却因为郭威的无端猜忌而见杀。文曰:

> 高祖之入京师也,三军纷扰,杀人争物者不可胜数。时有赵子童者,知书善射,至防御使。观其纷扰,窃愤之。乃大呼于众中曰:"枢密太尉志在除君侧以安国,所谓兵以义举,鼠辈敢尔,乃贼也,岂太尉意耶!"于是持弓矢于所居巷口,据床坐,凡军人之来侵犯者,皆杀之。由是居人赖以保全者数千家,其间亦有致金帛于门下用为报答,至堆集如丘陵焉。子童见而笑曰:"吾岂求利者耶?"于是尽归其主。高祖闻而异之,阴谓世宗曰:"吾闻人间谶云赵氏合当为天子,观此人才略度量近之矣。不早除去,吾与汝其可保乎?"使人诬告,收付御史府,勒而诛之。

群雄并起,城头变幻大王旗,文士往往无所适从,讨好一方,必然开罪另一方,一旦对方得势,厄运亦随之而来。《五代史补》卷二"徐寅摈弃"条就记载了这样一则故事,文曰:

> 徐寅登第,归闽中,途经大梁,因献太祖《游大梁赋》。时梁祖与太原武皇为仇敌。武皇眇一目,而又出自沙陀部落,寅欲曲媚梁祖,故词及之,云:"一眼胡奴,望英威而胆落。"未几,有人得其本示太原者,武皇见而大怒。及庄宗之灭梁也,四方诸侯以为唐室复兴,奉琛为庆者相继。王审知在闽中,亦遣使至。遽召其使,问曰:"徐寅在否?"使不敢隐,以无恙对。庄宗因惨然曰:"汝归语王审知,父母之仇,不可同天。徐寅指斥先帝,今闻在彼中,何以容之?"使回,具以告。审知曰:"如此,则主上欲杀徐寅尔。今杀则未敢奉诏,但不可用矣。"即日戒阍者,不得引接徐寅。坐是,终身止于秘书正字。

黄巢农民军中虽曾有"遇儒则肉，师必覆"①的歌谣，但对于拒降的文士，亦格杀勿论。转战至闽中时，便将隐居的长乐诗人周朴杀害，《唐才子传》卷九有云："乾符中，为巢贼所得，以不屈，竟及于祸。远近闻之，莫不流涕。"入主长安期间，亦多杀戮士人。农民军对归附的士人自然欢迎，但对不肯相从甚至与农民军为敌者，则绝不放过。"黄巢在京，尚让为相，改乾符之号为金统元年，见在百司，并令仍旧。忽一日有人潜书七言四韵帖在都堂南门，讥讽颇深。伪相大怒，应堂门子及省院官并令剜眼倒悬，以令三省。又奏请宣下诸军大队内收得文官会吟诗者，宜令就营屏除。如只是识字者，宜令将内役使。是时，京城内外杀戮三千余人，百司惊惶，皆至逃窜。其七言四韵诗曰：'自从大驾去奔西，贵落深坑贱出泥。邑号尽封元谅母，郡君变作士和妻。扶犁黑手翻持笏，食肉朱唇却吃齑。唯有一般平不得，南山依旧与天齐。'②韦庄的《秦妇吟》诗亦述及农民军的烧杀行为："内库烧为锦绣灰，天街踏尽公卿骨。"

南方军阀不像北方军阀那样嗜杀，西蜀、南唐的君主甚至优宠文士，与北方相比，南方文人的生存环境尚称宽松，但文士同样不免灾祸，弃置不用的就更多了。南唐后主李煜杀害潘佑、李平，即一显例。前蜀王建父子，淫乱无度，至于侵夺臣下妻女。《蜀梼杌》卷上即载王建欲夺潘炕美妾赵解愁，王衍强夺王承纲之女。而同卷所载以下事实，更能说明文士的实际处境。文曰：

> （乾德三年）十月，以韩昭为吏部侍郎，判三铨。昭受贿徇私，选人诣鼓院诉之，又嘲曰："嘉眉邛蜀，侍郎骨肉。导江青城，侍郎亲情。果阆二州，侍郎自留。巴蓬集璧，侍郎不异。"衍召而问之，昭曰："此皆太后、太妃、国舅之亲，非臣之亲。"衍默然。……
>
> 四年二月，文明殿试制科。白衣浦禹卿对策，其略曰："今朝廷所行者，皆一朝一夕之事；公卿所陈者，非乃子乃孙之谋。暂偷目前之安，不为身后之虑。衣朱紫者，皆盗跖之辈；在郡县者，皆狼虎之人。奸谀满朝，贪淫如市。以斯求治，是谓倒行！"执政皆切齿，欲诛之。……
>
> （林）罕字仲默，温江人，博通经史，献《车驾还都赋》，除温江主簿，迁太子洗马。落托不羁，文多讥刺，执政恶之，故不大用而卒。

《五代史补》卷一记载了荆南节度使成汭杀害士人郑准的故事。文曰：

> 郑准不知何许人，性谅直，能为文，长于笺奏。成汭镇荆南，辟为推

---

① 《新唐书》卷二百二十五下《黄巢传》。
② （后蜀）何光远撰《鉴戒录》卷一，文渊阁《四库全书》本。

官。泂尝仇杀人，惧为吏所捕，改姓郭氏。及为荆南节度使，命准为表，乞归本姓。准援笔而成。……其表甚为朝廷所重。

后因泂生辰，淮南杨行密遣使致礼币之外，仍贶《初学记》一部。准忿然，以为不可。谓泂曰："夫《初学记》盖训童之书尔。今敌国交聘，以此书为贶，得非相轻之甚耶！宜致书责让。"泂不纳。准自叹曰："若然，见轻敌国，足彰幕府之无人也。参佐无状，安可久处？"请解职。泂怒其去，潜使人于途中杀之。

卷三"马希范杀高郁"条记载了马希范中敌离间之计而诛杀谋臣的故事。文曰：

高郁为武穆王谋臣，庄宗素闻其名。及有天下，且欲离间之。会武穆王使其子希范入觐，庄宗以希范年少，易激发，因其數奏敏速，乃抚其背曰："国人皆言，马家社稷必为高郁所取，今有子如此，高郁安得取之耶？"希范居常嫉郁，忽闻庄宗言，深以为然。及归，告武穆，请诛之。武穆笑曰："主上战争得天下，能用机数，以郁资吾霸业，故欲间之耳，若梁朝罢王彦章兵权也。盖遭此计，必至破灭。今汝诛郁，正落其彀中，慎勿言也。"希范以武穆不决，祸在朝夕。因使诬告郁谋反而族灭之。自是军中之政往往失序，识者痛之。

同卷"戴偃摈弃"条又记载了成为一国之主后的马希范迫害诗人戴偃的故事：

戴偃，金陵人，能为诗，尤好规讽。唐末雁乱，游湘中。值马氏有国，至文昭王以公子得位，尤好奢侈，起天策府，构九龙、金华等殿。土木之工，斧斤之声，昼夜不绝。偃非之，自称玄黄子，著《渔父诗》百篇以献，欲讥讽之。故其句有："总把咽喉吞世界，尽因奢侈致危亡。"又曰："若须抛却便抛却，莫待风高更水深。"文昭览之，怒。一旦，谓宾佐曰："戴偃何如人？"时宾佐不测，以偃为文昭所重。或对曰："偃诗人，章句深为流辈所推许。方今在贫悴，大王哀之，置之髯参短簿之间足矣。"文昭曰："数日前献吾诗，想其为人，大抵务以鱼钓自娱尔。宜赐碧湘湖，便以遂其性，亦优贤之道也。"即日使迁居湖上，乃潜戒公私不得与之往还。自是，偃穷饿日至，无以为计。乃谓妻曰："与汝结发，已生一男一女，今度不惟挤于沟壑，亦恐首领不得完全。宜分儿遁去，庶几可免。不然，旦夕死矣。"于是，举骰子与妻约曰："彩多得儿，彩少得女。"既掷，偃彩少，乃携女相与恸哭而别。

卷四"梁震裨赞"条则记载了士人迫于军阀势力而不得不出仕、委曲求全的情形："梁震,蜀郡人,有才略,登第后,寓江陵。高季兴素闻其名,欲任为判官。震耻之,然难于拒,恐祸及。因谓季兴曰:'本山野鄙夫,非有意于爵禄。若公不以孤陋,令陪军中末议,但白衣从事可矣。'季兴奇而许之。自是震出入门下,称前进士而已。"卷五"江为临刑赋诗"条则记载了诗人江为被闽政权杀害的故事。临刑前江为索笔赋诗一首曰:"衙鼓侵人急,西倾日欲斜。黄泉无旅店,今夜宿谁家?"闻者莫不伤之。可见南方并非乐土,而是同样弃满危机和凶险,只是北方多了几个特别嗜杀的军阀而已。

干戈扰攘,人命危浅,道义失堕,在肉体和精神的双重摧挫之下,晚唐五代文士开始分化,形成多个具有不同人格的群体。或见风使舵,攀龙附凤;或为虎作伥,助纣为虐;或投机取巧,浑水摸鱼;或玩世不恭,放浪形骸;或缄默寡言,明哲保身;或藏形匿影,归隐林泉;至于持正守道、刚直不阿者,则鲜矣。概括起来,则不外乎三种情形,即放纵、隐逸和雅正。若从晚唐五代词体创作的具体情况出发进行考察,则所谓放纵,主要表现在沉迷酒色歌舞;所谓隐逸,主要表现在对江南秀丽山水风光的依恋以及遁归自然的欣喜;所谓雅正,则主要表现在能比较严肃认真地看待和思考社会、人生问题。更进一步,就晚唐五代词的题材内容而言,则表现为艳情、闺情、写景、咏物、风土、羁旅、隐逸、闲愁等类型成为词家热衷的对象。

二、经济重心南移,浙江逐渐成为士大夫文人向往的居所

安史之乱后,北方在战乱和天灾的双重破坏下凋敝零落,南方却保持了相对的安定富足。南方河网密布,"凡东南郡邑,无不通水",水运便利,又因为有大运河与中原紧密联系,"故天下货利,舟楫居多,转运使岁运米二百万石输关中"①。国家的经济命脉逐渐维系于东南一隅,《新唐书·权德舆传》所谓"江淮田一善熟,则旁资数道。故天下大计,仰于东南"。吕温《吕衡州集》卷六《故太子少保赠尚书左仆射京兆韦府君神道碑》亦云:"天宝之后,中原释末,辇越而衣,漕吴而食。"五代十国时,北衰南荣、经济重心南移的趋势更为显著。江南本以气候湿润、风光秀美、人情柔和见称,再加上经济的发达和相对的安定,遂成为文人士大夫向往的栖居之地。

当然,经济重心的南移,除主要受国家政治的影响外,还与当时我国南北气候、水文、植被、土壤等自然环境的变化密切相关。而这些自然条件的变化,则不但关乎农业经济的发展,还直接影响到人居环境的优劣。事实是,晚唐五代时

① 李肇撰《唐国史补》卷下。

期,中国南北两方在气候、水文、植被、土壤等数方面,都呈现出北方恶化而南方优化的倾向。

先言气候。历史上我国的气候演变大致是冷暖交替,但总趋势是由暖变冷。唐宋之际,我国的气候经历了由暖转寒的变化,北方变得更为寒冷,相对温暖的南方遂成为北方人向往的地区。次言水文。唐宋时期,黄河中下游地区在年度和季节上雨量分布都不均匀,而该地区黄土和褐色土的涵水性能又较差,无雨时干旱,雨大则水土流失,致使墒情不断恶化,旱化现象日渐加重,受此影响,北方的河流、湖泊流量缩小,数量减少,使人居环境恶化。相反,长江中下游地区气候稳定,雨量丰富,江河、湖泊众多,虽然红壤的保水性能也不佳,但因为有相对充足的降水,故该地区逐渐成为全国主要的产粮区。再言植被。由于上述两个原因,加上北方开发较早,又长期是中央政权的势力范围,再加上改朝换代、军阀割据等战乱,天然植被破坏严重,使人居环境严重恶化。相比之下,南方草木丰茂,物产富饶,统治者的征调又多折钱捐,便于农民在生产粮食的同时,扩大经济作物的种植,所以南方的植被反而因此具有了天然、人工的双重美或融合美。最后说一下土壤。唐宋时期,江南土壤呈优化态势,尤其是环太湖的苏南浙北地区,所在皆膏腴之地,地沃而物夥,已成为举世公认的人间天堂。而红壤本身的色彩,与青山绿水、粉墙黛瓦等江南物象一样,也是上佳的背景色。以上四方面其实是一个相互影响和制约的有机构成,相违则俱损,相得则益彰,而唐宋时期的江南诚可谓四美兼济了。[①]

有这样的生态环境为基础,加上北方移民和南方统治者的开发,江南的物质经济遂空前繁荣,成为世人向往的人间胜境,两浙更是首善之区,而浙西都会杭州、浙东都会越州,简直就是人间天堂了。白居易《白氏长庆集》卷五十五《卢元辅除杭州刺史制》称:"江南列郡,余杭为大。"他在做杭州刺史时,曾在《答微之夸越州州宅》诗中说:"知君暗数江南郡,除却余杭尽不如。"后来又到苏州为官,在《自到郡斋,仅经旬日,方专公务,未及谯游,偷闲走笔,题二十四韵,兼寄常州贾舍人、湖州崔郎中,仍呈吴中诸客》诗中又夸赞苏州:"甲郡标天下,环封极海滨。"回到北方后,对杭、苏二州念念不忘,每每苏、杭并称。他在《见殷尧藩侍御忆江南诗三十首,诗中多叙苏杭胜事,余尝典二郡,因继和之》诗中深情写道:"江南名郡数苏杭,写在殷家三十章。君是旅人犹苦忆,我为刺史更难忘。境牵吟咏真诗国,兴入笙歌好醉乡。为念旧游终一去,扁舟直拟到沧浪。"杜牧就曾连续两年请

---

① 参阅郑学檬著《中国古代经济重心南移和唐宋江南经济研究》第一章第三节,岳麓书社 2003 年版。

求宰相让自己到杭州任职，以供养家庭。① 自从钱氏割据两浙，建立吴越政权，杭州更一跃而成为两浙最繁华的都会。五代宋初的陶穀在其《清异录》卷上中即云："轻清秀丽，东南为甲；富兼华夷，余杭又为甲。百事繁庶，地上天宫也。"苏、杭从此并称"人间天堂"，相沿至今。

不过，若单是富庶，未必能真正赢得文人的欢心。当时以富庶名者，尚有常州、湖州、越州等多处，比如常州被李华推为"关外名邦"②，湖州甚至得到顾况"江表大郡，吴兴为一"、"物土所产，雄于楚越"③的评价，但他们并没有赢得人间天堂的桂冠式的美誉。苏、杭二地除了富贵之外，还有一点是士大夫文人所钟情的，那就是秀美的风光和绮丽的风情。白居易在《元微之除浙东观察使，喜得杭越邻州，先赠长句》诗就说："稽山镜水欢游地，犀带金章荣贵身。官职比君虽校小，封疆与我且为邻。郡楼对玩千峰月，江界平分两岸春。杭越风光诗酒主，相看更合与何人。"在《和三月三十日四十韵》诗中更明确表明自己眷念苏杭的原因："杭土丽且康，苏民富而庶。"众所周知，这两句是互文。白居易不但富庶、美丽并举，且以"丽"当先。正因为如此，所以他在著名的《忆江南》词中回忆杭州，最鲜明的感受就得自它的胜景："山寺月中寻桂子，郡亭枕上看潮头。"而紧接着回忆苏州的赏心乐事，则是："吴酒一杯春竹叶，吴娃双舞醉芙蓉。"崔国辅《题预章馆》诗亦云："杨柳映春江，江南转佳丽。吴门绿波里，越国青山际。"如此水土，如此物产，如此风情，当然只有在天上才能领略得到的。顺便说一句，白居易等人的诗词创作，还有他们的"名人效应"，也都反过来提升了杭、苏的知名度，无数读者从这里获得对古城杭、苏的美好印象和心理认同，使它们成为文人心目中理想的栖居地。必须承认，杭州此后的发展，也与白居易这类文人的诗意赞美，有密切的关系。

唐宋时期，有三次大规模的避乱江南风潮，即中唐安史之乱时期、晚唐五代时期和南宋初期。安史之乱以后，江南就一直就是北方士人避乱的最佳去处。《旧唐书·权德舆传》即云："两京蹂于胡骑，士君子多以家渡于江东。"《全唐文》卷六百三十一吕温《祭座主故兵部尚书顾公文》云："天宝季年，羯胡内侵，翰苑词人，播迁江浔，金陵、会稽文士成林。"其中，浙江的杭州、湖州、越州、嘉兴、衢州等地都是吸引北方士人的主要地区。

事实上，唐朝中后期的国家赋入，主要即来自江南，尤其是浙江。《全唐文》

---

① 参阅景遐东著《江南文化与唐代文学研究》第二章，人民文学出版社 2005 年版，第 83 页。
② （唐）李华撰《李遐叔文集》卷四《常州刺史厅壁记》，文渊阁《四库全书》本。
③ （唐）顾况撰《湖州刺史厅壁记》，《全唐文》卷五百二十九。

卷七百四十八杜牧《李讷除浙东观察使兼御史大夫制》云："西界浙河,东奄左海,机杼耕稼,提封七州。其间茧税鱼盐衣食半天下。"是言浙东地区。《全唐文》卷五百三十四李观《浙西观察判官厅壁记》云:"浙右之疆,包流山川,控带六州,天下之盛府也。国之盈虚于是乎在。"是言浙西地区。可见两浙地区,安史之乱后已成为唐王朝最主要的经济来源。

三、主要由于上述两个原因,广大文士遂逐渐抛弃或淡忘了修齐治平的远大理想,转而沉迷于世俗生活,荒纵士风逐渐形成,孕育出了一种新型的厌世、混世、玩世的士大夫人格——江南风流才子。

自从能直立行走于天地之间,人类与其他生物便有了一个最明显的区别,那就是人必须追求生命的意义,需要附着于某种精神,这意义和精神便是他生命的脊梁。一旦探寻意义的通道受阻,精神支柱失去现实的基础,生命也就可能开始堕落的旅程。古谚云:"从善如登,从恶如崩。"世间没有比堕落更容易的事了。

不幸的是,晚唐五代恰恰就是一个易于制造生命堕落的历史时期。《旧五代史》卷四十三引康澄奏章云:"贤人藏匿深可畏,四民迁业深可畏,上下相徇深可畏,廉耻道消深可畏,毁誉乱真深可畏,直言蔑闻深可畏。此深可畏者六也。"《新五代史》卷三十四《一行传》序说得更直切:"呜呼,五代之乱极矣,《传》所谓'天地闭,贤人隐'之时欤! 当此之时,臣弑其君,子弑其父,而搢绅之士安其禄而立其朝,充然无复廉耻之色者皆是也。"又说:"五代之乱,君不君,臣不臣,父不父,子不子。至于兄弟、夫妇人伦之际,无不大坏,而天理几乎其灭矣!"可以想见当时的世风和士风。饱读诗书而又无法有所作为的文士,只能将他们的热情和才力消磨在世俗的享乐和表达上。而江南秀美的风光、柔艳的风情、发达的经济,则成为为渊驱鱼、为丛驱雀的三股强大的诱惑力量。杜文玉先生则分别将南唐、西蜀的士风概括为"狂躁重教"、"浮靡重金"。笔者认为,这个概括无疑是正确的;但还不够全面,还应加上杜先生对北方士风的概括即"离世趋势混事",并综合起来看,才算全面。①

经过一段时间的汰洗和沉淀,一种新型的士大夫人格在南方形成,后来的学者将具有这种人格的文士概括为"江南风流才子"。郑学檬先生对此曾有论述,他说:"从唐以后,随着江南经济的发展,物质生活、文化生活空前丰富,因而在城市出现了一批讲究物质享受,精通琴棋书画、诗词音律的文士,他们在行事上与

---

① 　参阅杜文玉著《夜宴——浮华背后的五代十国》之《苦闷:夜宴者的心态》,中华书局2006年版。

皓首穷经的士子不同,喜交游,风雅不羁,才华出众。"且以韩熙载、李煜、孙晟、欧阳彬、罗隐等人为例加以说明,并小结说:"五代十国时期,江南'风流才子'的出现,预示着商品经济的发展,城市物质生活、文化生活繁富之后,文化意识开始新的变化:他们才华洋溢,多才多艺,醉心有较高文化价值的艺术天地和精神生活;追求物质享受,标新立异,对所谓'玩物丧志'、'玩人丧德'的圣贤之言,并不尊奉;政治思想上不蹈绳墨,有点儿越轨,为当权卫道士所不悦;富有某种创造力。"①以温庭筠为代表的花间词人也多是这样一些风流才子。不过,我们应当注意到,郑先生的话是从正面阐述的,肯定多于否定;笔者这里着眼的则是其负面的消极因素,是要讨论这些消极因素对词体创作可能产生的影响。

那么,江南风流才子给词体创作带来的影响是什么呢?从上面的分析已不难看出,他们的影响主要表现在情感的俗艳和风格的柔靡与绮丽。以相思为主题,描写越地艳情、闺情的作品多起来了;以乡思为主题,描写两浙风光、风物、风情的作品多起来了;而惴惴不安的生存状态和郁郁不得志的人生困境则使他们无论面临何种题材,其作品都往往浸润人生短促、世事无常的感伤与感慨。这在中唐词家甚至张志和那里,已略显端倪,但在晚唐五代词家这里,感伤的情绪已是盘根错节、无处不在了。

影响晚唐五代浙江词取材和风格的原因当然不止以上三方面,本节仅论述其荦荦大端而已。

第二节　比生命更永久,比心灵更辽阔
——晚唐五代浙江词人笔下的江南

从西北、中原传播而来的词体,在浙江发展到晚唐时期,已沉浸在本地清丽、秀美的风物、风情之中,散发出浓郁的江南山村水乡情味,新安皇甫松词就是其杰出代表。当然,这尚是浙江本地文化在物质和感性层面对词体创作所产生的初步影响,深层次的影响则有待两宋和明清。

据曾昭岷、曹济平等四先生所辑《全唐五代词》正副编所录,晚唐五代浙江籍词人有:婺州东阳滕迈(生卒年不详),存《杨柳枝》1首;湖州姚合(781?—846),存《杨柳枝》5首,另有存目词《杨柳枝》1首;睦州施肩吾(生卒年不详),存《杨柳枝》、《步虚词》各1首;睦州分水何希尧(生卒年不详),存《杨柳枝》1首;越州朱庆余(生卒年不详),存《采莲子》1首;睦州新安皇甫松(生卒年不详),存《天仙

---

①　郑学檬著《五代十国史研究》,上海人民出版社1991年版,第223、226页。

子》2 首、《浪淘沙》2 首、《杨柳枝》2 首、《折得新》2 首、《梦江南》2 首、《采莲子》2 首、《竹枝》6 首、《抛球乐》2 首、《怨回纥》2 首,共 22 首,另有存目词《竹枝》、《应天长》、《荷叶杯》各 1 首;越州山阴吴融(? —903),存《水调》1 首;杭州临安钱俶(929—988),存《木兰花》1 首,另存失调名词 1 首;新城罗隐(833—910),存《柳枝词》2 首。[①] 存目词系误系误收,姑不论。合计,则晚唐五代浙江共产词人 9 家、词作 37 首。

为详细了解晚唐五代浙江词的创作特色,现在逐篇辨析的基础上,将上述 37 首词的题材构成情况[②],列表显示如下:

晚唐五代浙江词题材构成表

序　号	题　材	数　量	百分比(%)
1	咏物	19	51.35
2	艳情	6	16.22
3	怀古	3	8.11
4	闲愁	3	8.11
5	风土	2	5.41
6	写景	2	5.41
7	边塞	1	2.70
9	游仙	1	2.70
10	人物	1	2.70
11	咏怀	1	2.70

统计显示,晚唐五代浙江词人的取材共有 11 类,最热衷的则是咏物题材,这类作品有 19 首,所占比例已过半,为 51.35%。其次是艳情词,有 6 首,占 16.22%的比例。再次就是怀古、闲愁两类,皆有词 3 首,所占比例为 8.12%。风土、写景两类,各有词 2 首。其余 4 类各有词 1 首。若与晚唐五代时期最具代表性的词总集《花间集》进行比较,就可以更清楚地看出本期浙江词在取材上的个性特色。

---

① 婺州,今金华;东阳,今金华东阳;睦州,今杭州建德;新安,今杭州淳安;吴兴,今湖州;分水,今杭州桐庐西北分水镇;越州、山阴,今绍兴;临安,今杭州西郊临安;新城,今杭州富阳。

② 本书题材分类标准和各题材类型界定,均依据拙著《宋词题材研究》,中华书局 2008 年版《绪论》。

500首花间词题材构成

序　号	类　　型	数　量	百分比（％）
1	闺情	223	44.60
2	艳情	107	21.40
3	咏物	41	8.20
4	风土	25	5.00
5	羁旅	18	3.60
6	写景	18	3.60
7	怀古	13	2.60
8	闲愁	12	2.40
9	隐逸	8	1.60
10	边塞	7	1.40
11	交游	6	1.20
12	神话	6	1.20
13	宫廷	5	1.00
14	科举	5	1.00
15	人物	5	1.00
16	宗教	5	1.00
17	咏史	4	0.80
18	节序	3	0.60
19	闲适	3	0.60
20	哲理	3	0.60
21	亲情	1	0.20
22	咏怀	1	0.20

　　在《花间集》中,闺情、艳情两类,即占去66％的份额,咏物词只有41首,占8.20％的比例,而怀古词、闲愁词仅分别有词13首、12首,各占2.60％和2.40％的比例。风土、写景两类词作所占比例也低于浙江词。人们常言"词为艳科",且以晚唐五代词为根据。现在看来,这个结论只是就大体而言;具体到浙江词,艳化倾向虽已明显,但尚未形成压倒性的绝对优势。特别值得注意的是,晚唐五代浙江词中没有闺情词。这与晚唐五代时期"男子作闺音"的词体创作习惯亦颇不相类。

　　从上面的统计和比较可以看出,晚唐五代浙江词在题材内容上的特色主要有两点:一、留恋江南风物;二、伤逝情绪严重。下面先来讨论第一点,即晚唐五代浙江词人对家乡风物的无比留恋。

　　这一点比较容易理解。热爱家乡乃人之常情，更何况浙江确实很美丽，更何况身处异乡或逆境中的人最眷念故土。江南是柔美的，浙江又柔美之尤者；山水柔美，于人亦然，乃以女子为尤物。漂泊、羁留北方而落魄不偶的游子，自然无限怀念他们柔美的江南，那生他、养他、给他情感慰藉的故土。漫无涯际的思念里，江南的一草一木，都会自觉不自觉地联翩而来，从他们的毫端滴落，击穿长夜，洇红幽梦。

　　在故乡众多美丽的风物中，什么是他们的私衷偏爱？是堤边那生命力旺盛、可以随处生长而又柔美多姿的杨柳。什么是他们的至爱、心灵的慰藉？是那广袤的江南和在江南翘首等待的柔美女子。是的，即使在今天，要我们列举一种江南最具代表性的风物，大概仍非杨柳莫属；而最让我们魂牵梦绕、倾心相悦的无疑还是那江南女子。难怪在晚唐五代词人的作品里，一下子突然出现那么多婀娜妩媚的柳枝和江南美女了。不够刚强，有点柔弱？也许是吧。但兵荒马乱、苛捐杂税，生命和生存都难以保证，又哪来劲骨和勇力！所以，杨柳、女子那样看似脆弱而却无比顽强、虽然易逝却十分美丽的事物，就成为晚唐五代浙江词人的钟爱了。

　　在 37 首词作中，共有咏物词 19 首，咏杨柳者过半，为 10 首；这 10 首咏柳词全部调寄《杨柳枝》或《柳枝词》。另外，尚有 2 首《杨柳枝》被皇甫松改造成了怀古词。且看词人如何让笔下的杨柳来代言他们彷徨、愁苦的心声：

　　　　三条陌上拂金羁，万里桥边映酒旗。此日令人肠欲断，不堪将入笛中吹。

　　　　　　　　　　　　　　　　　　　　　　——滕迈《杨柳枝》

　　　　黄金丝挂粉墙头，动似狂颠静似愁。游客见时心自醉，无因得见谢家楼。

　　　　叶叶如眉翠色浓，黄莺偏恋语从容。桥边陌上无人识，雨湿烟和思万重。

　　　　江上东西离别饶，旧条折尽折新条。亦知春色人将去，犹胜狂风取次飘。

　　　　二月杨花触处飞，悠悠漠漠自东西。谢家咏雪徒相比，吹落庭前便作泥。

　　　　江亭杨柳折还垂，月照深黄几树丝。见说隋堤枯已尽，年年行客怪春迟。

　　　　　　　　　　　　　　　　　　　　　　——姚合《杨柳枝》五首

　　　　伤见路边杨柳春，一重折尽一重新。今年还折去年处，不送去年离别人。

　　　　　　　　　　　　　　　　　　　　　　——施肩吾《杨柳枝》

大堤杨柳雨沉沉,万缕千条惹旧恨。飞絮满天人去远,东风无力系春心。

——何希尧《柳枝词》

灞桥晴来送别频,相偎相倚不胜春。自家飞絮犹无定,争解垂丝绊路人。

一簇青烟锁玉楼,半垂栏畔半垂沟。明年更有新条生,恼乱春风卒未休。

——罗隐《柳枝词》二首

杨柳有二义,其一是杨树和柳树的合称,其二是单指柳树。古代诗词里的杨柳一般是指柳树,因为它有细长的枝条,比杨树更具美感。杨柳是一种极寻常的树种,我国南北均有生长。杨柳与送别的关系,杨柳与文学中送别题材的关系,源远流长,由来已久。《诗经·小雅·采薇》"昔我往矣,杨柳依依;今我来思,雨雪霏霏"的描述,至今仍能让我们感受到那份离乡背井的感伤。汉乐府《横吹曲》中已有《折杨柳》,说明至迟在汉代,即有折柳相送的习俗。汉末阮瑀《驾出北郭门行》诗云:"驾出北郭门,马樊不肯驰。下车步踟蹰,仰折枯杨枝。"长安城东的灞桥,折柳赠别更成为一道文化景观。《三辅黄图》卷六"桥"条即云:"霸桥在长安东,跨水作桥,汉人送客至此桥,折柳赠别。"宋人程大昌《雍录》卷七"渭城"条亦云:"汉世凡东出函、潼,必自霸陵始,故赠行者于此折柳为别也。"遂成习俗。梁元帝萧绎《折杨柳》诗写道:"垂柳复垂杨,同心且同折。"萧子显《燕歌行》写道:"浮云玉叶君不知,思君惜去柳依依。"顾野王《芳树》诗写道:"幽幽桂叶落,驰道柳条长。折荣疑路远,用表莫相忘。"江总的《折杨柳》写道:"春心自浩荡,春树柳攀折。共此依依情,无奈年年别。"隋代无名氏的《送别》诗写道:"杨柳青青著地垂,杨花漫漫搅天飞。柳条折尽花飞尽,借问行人归不归?"

到唐代,折柳相送之风已盛行,长安城东的灞桥因交通位置重要更成为祖席离歌之地。诚如罗隐所云:"灞桥晴来送别频。"李白《忆秦娥》词曰:"年年柳色,霸陵伤别。"《劳劳亭》诗云:"春风知别苦,不遣柳条青。"王之涣《送别》诗云:"近来攀折苦,应为别离多。"王维《送元二使安西》诗曰:"渭城朝雨浥轻尘,客舍青青柳色新。劝君更尽一杯酒,西出阳关无故人。"杜甫《柳边》诗云:"汉南应老尽,灞上远愁人。"张籍《蓟北秋思》云:"客厅门外柳,折尽向南枝。"张泌《咏柳》诗云:"世间惹恨惹饶此,可是行人折赠稀?"裴说《柳》诗也唱道:"高拂危楼低拂尘,灞桥攀折一何频。思量却是无情树,不解迎人只送人。"折柳的含义已定位在赠别和离愁上。久而久之,一闻折柳,便起乡思与相思。李白《春夜洛阳闻笛》诗即已写道:"谁家玉笛暗飞声,散入春风满洛城。此夜曲中闻折柳,何人不起故园情?"

为什么杨柳意象与送别文学之间,会产生这么密切的关系呢?笔者以为,这与杨柳独特的姿态和生长属性直接关联。笔者曾撰文指出,比兴源自人从自然中所获得的类比感悟。① 杨柳有柔软的下垂的枝条,枝条上有容易枯黄凋零的叶片,那是生命柔弱、易逝的表现;有随风四散的雪花似的柳絮,那是生命不能自主、茫然无助而又不肯屈服、四处求生的表现,多么像离别时无可攀附而又努力延伸的思绪;杨柳的枝条又是那么茂密,即使在风中,也仿佛依依的帘幕,那是生命相互依赖的表现;枝条上的细长的叶片,恰似女子的双眉,一旦随风轻拂,那是最惹人怜惜的姿态;但是,脆弱、柔软的杨柳,又是生命力旺盛的,落籽生根,插柳成荫,这是平凡生命最大的愿望和最大的骄傲。茂密的柳枝里跳动着比兴悦耳的鸣叫,"柳"谐"留","丝"谐"思","絮"谐"绪",干脆就把柳叶叫做"柳眉"吧,一树柳色在渡头依拂,回首望去,是否就是那位身着绿罗裙的女子在风中伫立?果然,晚唐五代无名氏《望江南》词就唱道:"湖上柳,烟柳不胜垂。宿露洗开明媚眼,东风摇弄好腰肢。烟雨更相宜。环曲岸,阴覆画桥低。线拂行人春晚后,絮飞晴暖风时。幽意更依依。"

"柳"既谐"留",首先当然是挽留;挽留不得,只能互道珍重;既去,则相思生,担忧生,盼归之情生。故折柳相送者,其意甚多:首示挽留,罗隐词所谓"争解垂丝绊路人"是也;次表惜别,何希尧词所谓"飞絮满天人去远,东风无力系春心"是也;三祝平安,笔者上文已有分析,而清人褚人获《坚瓠广集》卷四亦云:"送行之人,岂无他枝可折而必折柳者,非谓津亭所便,亦以人之去乡,正如木之离土,望其随地皆安,一如柳之随地可活,为之祝愿耳。"四劝早归,其实仍是殷勤挽留之意,前引隋人《送别》诗"柳条折尽花飞尽,借问行人归不归"、李隐商《杨柳枝》词所谓"为报行人休尽折,半留相送半迎归"是也。

不过,在晚唐五代之前,与杨柳有关的诗文,其背景尚多是北方。中唐以来,北方地区生态环境的恶化,经济和文化重心南移,杨柳自身品种结构的变化,杨柳的生长地就主要是江南了,杨柳意象也就逐渐成为江南风景和文化的典型象征。杨柳作为江南意象,典型地体现了江南物华繁茂的富庶景象、水乡清柔的秀丽风光和歌儿舞女之乐的欢乐场景。② 而折柳,则依然是送别和离愁的象征和寄托;同时,受战乱影响,折柳已拥有的文化内涵还进一步得到强化。故晚唐五代浙江词人所创作的 10 首咏柳词,无一例外,都表达离愁别绪、相思之苦。另外两阕《杨柳枝》,虽被皇甫松写成了怀古词,仍是从"离别"这个传统意蕴出发和展

---

① 参阅拙文《〈诗经〉比兴探源》,载《中国韵文学刊》1997 年第 1 期。
② 参阅石志鸟著《杨柳:江南区域文化的典型象征》一文,载《南京师大学报》2007 年第 3 期。

开的,仍可划归广义的咏柳词和离别词。

除了咏柳,晚唐五代浙江词人所咏之物尚有鹧鸪、荔枝、莲花、红烛、核桃、莲子、桃花、杏花和一种催酒用的绣球。这些事物,均出自皇甫松词;除催酒球为两首《抛球乐》所咏外,其余诸物都分别见于 6 首《竹枝》词,其中第四首合咏蜡烛、核桃,第六首合咏桃花、杏花。所咏风物,催酒球为娱乐用品,南北皆有;核桃虽南北皆生,但品种各异,既入《竹枝》歌咏,则当为南方品种;其余花鸟等则皆为江南特有风物,表现的都是女子相思主题。

说到这里,有必要解释一下晚唐五代词艳化的缘由。笔者以为,原因主要有四:一是身处割据政权,文士往往胸无大志,易于沉沦世俗;二是经济重心南移,江南城市繁荣,市民娱乐文化也随之兴起,对文士有诱惑作用;三是南方主要割据政权的统治者爱好声色文艺,对世风和士风的艳俗化起到了推波助澜的作用;最后,则是南方女子确实比较柔美动人,亦善解风情。事实上,自《诗经》郑风、卫风和南朝乐府民歌以来,南方女子多情、温柔、善良、美丽的特征和魅力,早已为世人所公认。曹植《曹子建集》卷五《杂诗六首》其四云:"南国有佳人,容华若桃李。"萧统《昭明太子集》卷三《蕤宾五月》云:"莲花泛水,艳如越女之腮。"至迟在初唐,即已形成"吴娃"、"越艳"、"郑婉"、"秦妍"、"荆姝"之类的说法。王勃《采莲赋》即有云:"是以吴娃、越艳,郑婉、秦妍,感灵翘于上节,悦瑞色于中年。"但诗人们提得最多的还是"吴娃"与"越艳"。《李太白文集》卷九《经乱离后,天恩流夜郎,忆旧游书怀,赠江夏韦太守良宰》云:"吴娃与越艳,窈窕夸铅红。呼来上云梯,含笑出帘栊。对客小垂手,罗衣舞春风。"《李群玉诗集》卷上《长沙九日登东楼观舞二首》其一云:"南国有佳人,轻盈绿腰舞。……越艳罢前溪,吴姬停白纻。"韩偓《韩内翰别集》之《三月二十七日,自抚州往南城县,舟行见拂水蔷薇,因有是作》诗云:"绿刺红房战褭时,吴娃越艳醺酣后。"孙光宪《河传》词云:"木兰舟上,何处吴娃越艳,藕花红照脸。"可见越女的美艳,着实让诗人动情。王昌龄《浣纱女》诗云:"钱塘江畔是谁家,江上女儿全胜花。"李叔卿《江南好》词云:"湖上女,江南花,无双越女春浣纱。"李贺《南园十三首》其一云:"花枝草蔓眼中开,小白长红越女腮。"

与咏物题材性质较近的是写景和风土两类,分别有词作 2 首,都出自皇甫松笔下,写景词是两首《浪淘沙》,风土词是两首《采莲子》,词中反映出的也仍都是江南的景物和风情。而两首《采莲子》所咏,还是活泼与多情的南国女子。也因为这个原因,笔者把其中的第二首即"船动湖光滟滟秋"一阕,同时界定为人物词。

咏物、风土题材已然,则艳情题材自然有过之而无不及。艳情词共有 6 首,5 首出自皇甫松之笔,即《天仙子》2 首、《梦江南》2 首和《怨回纥》第二首,第六首是朱庆余所作《采莲子》(隔岸花草远濛濛),其中让人魂牵梦绕的人物依然是浙江美丽多情的女子。

由上可知,浙江女子已与浙江其他风物一样,成为美丽江南、美丽浙江的一种化身和象征了。如果没有这些女子,江南就不成其为江南了,浙江也不成其为浙江了。

接着再来讨论第二点,即晚唐五代浙江词中浓重的伤逝情结。

其实,从上面所举词作和所做的分析中,我们已能深切感知晚唐五代浙江词的伤逝、伤感情韵了。笔者以为,晚唐五代浙江词中浓重的伤逝情结,主要源自动荡不安的时代政治。美好的人事本就已够让人担忧的了,身处一个分裂割据、动荡不安的时代,自然更容易感发人的怀旧、伤逝情绪。

不过,这样的解释还不能让人信服。因为当时动荡不安的是整个中国,并非浙江一地。为什么浙江词中的伤逝情绪比较浓重呢?答曰:除了社会动荡这个时代政治因素外,还与浙江山水风物的美丽迷人、词家的性格与处境两个因素密切相关。又因为伤逝情绪最集中的是怀古词和闲愁词,所以不妨以这两类题材的作品及其作者为例,加以分析说明。且来看创作怀古词、闲愁词的是哪几位词家。答曰:怀古词的作者是皇甫松(2 首)和吴融(1 首);闲愁词的作者是皇甫松(2 首)和钱俶(1 首)。

皇甫松是睦州新安人,即今杭州淳安人,著名古文家皇甫湜之子,工于诗词,兼擅文章,却终生未仕,是韦庄所谓"有奇才"而"无显遇"的"衔冤抱恨"之人①。后文将详论,此处从简。吴融、钱俶两位又是什么样的词家呢?吴融乃"未擢科第"而"久负屈声"之人②,钱俶则吴越末代君主而终纳土归宋者。要之,皆胸有远志奇才而抑郁不遇之人也。怀古词与闲愁词出自此等人物笔下,就非常自然了。

但还有一个疑问必须弄清楚,才能解释浙江词中怀古词、闲愁词多于《花间集》平均数的原因,即上述几位浙江词家的浙江性格。笔者在《绪论》部分业已交代,浙江文化具有双重特性,多种二元矛盾并存,如儒雅与激越、刚强与隐忍、精致与恢廓、持守与变通等。受此地方文化熏陶,士大夫的文化心理构成亦往往具有双重性,成为性格复杂、奇特的人物。比如皇甫松之父皇甫湜,就是一位既曾登贤良方正科、为文能"援笔立就",又"辨急使酒,数忤同省",被裴度称为"不羁之才"的人物。③ 与其父相比,皇甫松有过之而无不及。据《唐摭言》卷十"韦庄奏请追赠近代人不及第者"条,"松,丞相奇章公表甥,然公不荐。因襄阳大水,遂

---

① （五代）王定保撰《唐摭言》卷十"韦庄奏请追赠近代人不及第者"条。

② 《唐摭言》卷五"切磋"条。

③ 《新唐书》卷一百六十七,中华书局 1997 年版,第 5267－5268 页。

为《大水辨》，极言诽谤。有'夜入真珠室，朝游瑇瑁宫'之句。公有爱姬名真珠。"于尊长尚如此，遑论同侪。可见亦是多才而不能容物之人。然其《自纪》诗云："皇天后地力，使我向此生。贵贱不我均，若为天地情。我家世道德，旨意匡文明。家集四百卷，独立天地经。寄言青松姿，岂羡朱槿荣。昭昭大化光，共此遗芳馨。"①又俨然人伦楷模。

又如吴融，《唐摭言》卷五"切磋"条云："吴融，广明、中和之际，久负屈声。虽未擢科第，同人多赞谒之如先达。有王图，工词赋，投卷凡旬月，融既见之，殊不言图之臧否，但问图曰：'更曾得卢休信否？何坚卧不起，惜哉！融所得，不如也！'休，图之中表，长于八韵。"而孙光宪《北梦琐言》卷四"吴融侍郎文笔"条则云："唐吴融侍郎，策名后，曾依相国太尉韦公昭度，以文笔求知。每起草，先呈皆不称旨。吴乃祈掌武亲密，俾达其诚，且曰：'某幸得齿在宾次，唯以文字受眷。虽愧荒拙，敢不著功。未闻惬当，反甚忧惧。'掌武笑曰：'吴校书诚是艺士，每有见请，自是吴家文字，非干老夫。'由是改之，果惬上公之意也。散版出官，寓于江陵，为僧贯休撰诗序，以唐来唯元、白、休师而已。又祭陆龟蒙文即云：'海内文章，止鲁望而已。'自相矛盾，于时不免识者所讥。"仿佛又是一个见风使舵、任意褒贬的人物。辛文房《唐才子传》卷六"吴融"条云："初力学，富辞，调工捷。天复元年元旦，东内反正，既御楼，融最先至，上命于前座跪草十数诏，简备精当，曾不顷刻，皆中旨，大加赏激……为诗靡丽有余，而雅重不足。"似亦可佐证吴融为人和为文的双重性。

再如钱俶，也是个评价不一的人物。钱俶虽身份尊贵，但政治环境复杂，处境艰难，其言行及心理亦每有矛盾之处。欧阳修《新五代史》卷六十七传云："钱氏兼有两浙几百年，其人比诸国号为怯弱，而俗喜淫侈，偷生工巧，自镠世常重敛其民以事奢僭……又多掠得岭海商贾宝货。当五代时，常贡奉中国不绝。及世宗平淮南，宋兴，荆、楚诸国相次归命，俶势益孤，始倾其国以事贡献。"且论曰："考钱氏之始终，非有德泽施其一方，百年之际，虐用其人甚矣。"批评钱氏怯弱、奢侈、暴虐。而《宋史》卷四百八十则评价说："然甚俭素，自奉尤薄，常服大帛之衣，帏帐茵褥皆用紫绨，食不重味。颇知书，雅好吟咏。……性谦和，未尝忤物。……善草书。"且言"俶自建隆已来贡奉不绝，及用兵江左，所贡数十倍。"又叙俶既代兄倧而立，又保其善终。我们从中不难发现钱俶以下矛盾之处：性格确实怯弱，面对强敌一味示弱，而为讨好强敌，对下则横征暴敛，不遗余力；既行僭越，而又善待废君，显示出善良、忠厚的一面；又如他立身谨慎，性格谦和，而又严刑拷

---

① 《全唐诗》卷三百六十九录此诗，题《古松感兴》。

逼、盘剥百姓,甚至劫掠商贾,干起海盗的勾当,于文艺则擅长草书,而为诗则清幽精密①。比照《新五代史》和《宋史》的不同记载,可知钱氏的暴敛实有不得已的苦衷。对此,清人吴任臣看得比较透彻。其《十国春秋》卷八十二《忠懿王世家》论云:"竭十三州之物力,以供大国,务得中朝心。国以是而渐贫,民亦以是而得安。谚曰:'皮之不存,毛将安附?'呜呼!殆非所以论吴越矣。"其实钱俶和李煜一样,也是位文雅风流之君。如果没有强敌虎视眈眈,其性格中的矛盾成分或许可以削弱、减少许多;但身不逢时,在政治格局的夹缝中被挤压成了畸形人物。

通过考察与分析,我们已了解皇甫松、吴融和钱俶基于时代政治的悲剧性人格。进取之心人皆有之,时代却毫不留情地将其扼杀,郁勃之情无法正常伸张铺展,闲愁的产生及其舒解就自然而然,而怀古更是一种直接、有效的宣泄渠道了。

现在就请先看怀古词。此期共有怀古词3首,皇甫松作《杨柳枝》2首,吴融作《水调》1首。兹录如下:

> 春入行宫映翠微,玄宗侍女舞烟丝。如今柳向空城绿,玉笛何人更把吹。
>
> 烂漫春归水国时,吴王宫殿柳丝垂。黄莺长叫空闺畔,西子无因更得知。
>
> ——皇甫松《杨柳枝》二首
>
> 凿河千里走黄沙,浮殿西来动日华。可道新声是亡国,且贪惆怅后庭花。
>
> ——吴融《水调》

也许本是想借年复一年的柳绿和莺啼来写帝、妃爱情的悲剧,但由于有生与死、历史遗迹与烂漫春色的对比映照,遂使这种悲剧性显得沉痛、绵长,于是就有了怀古的意味,从艳情词而一变为怀古词。作者用《杨柳枝》的民歌形式抒发文人的思古之幽情,生死相映,今昔比照,既保持了《杨柳枝》原有的柔丽色泽、绵长情味,又将帝妃之爱与历史兴废相联系,极大地丰富了作品的内涵,提高了《杨柳枝》的品位。吴融的《水调》,言隋炀帝不能吸取历史教训,紧步陈叔宝后尘,终于重蹈覆辙。"可道新声是亡国,且贪惆怅后庭花",句法劲峭,语意凸兀,促人反省。相比之下,皇甫松的两首《杨柳枝》情味悠长,艺术感染力也更强,似乎有明

---

① 全唐诗卷八录其诗一首,曰《宫中作》:"廊庑周遭翠幕遮,禁林深处绝喧哗。界开日影怜窗纸,穿破苔痕恶笋芽。西第晚宜供露茗,小池寒欲结冰花。谢公未是深沉量,犹把输赢局上夸。"可以斑窥钱俶诗格。

显的学习李白《苏台览古》的痕迹。李白诗云："旧苑荒台杨柳新，菱歌清唱不胜春。只今惟有西江月，曾照吴王宫里人。"

皇甫松词和李白诗在写景和意境的营造上，都比较接近。既对古代帝妃的艳情故事及其流风遗韵怀有一份欣赏与同情，更有对历史兴亡的深沉慨叹。借用清人周济《宋四家词选》评价秦观的说法，这是将历史兴亡打并入艳情，是一种有益的尝试，有利于提高词体的地位，促进词体的发展，值得肯定。

再来看3首闲愁词。它们是皇甫松的两首《摘得新》和钱俶的《木兰花》残句：

酌一卮，须教玉笛吹。锦筵红蜡烛，莫来迟。繁红一夜经风雨，是空枝。

摘得新，枝枝叶叶春。管弦兼美酒，最关人。平生都得几十度，展得茵。

——皇甫松《摘得新》

帝乡烟雨锁春愁，故国山川空泪眼。

——钱俶《木兰花》

皇甫松的两首《摘得新》，也许主题并不积极，只是劝人及时行乐，但谁又能说愉悦生命本身不是重要的人生课题呢？不是没有远大的襟抱，不是不追求伟大的理想，但时世如此，教人不得不放弃一切；生命其实脆弱得不堪一击，所有的美好都可能转瞬即逝，在战乱的罅隙中求生的人，一如繁红会在风雨中凋零。所以，哪怕是最细微的美好，也是应当去珍惜的啊。"残红一夜经风雨，是空枝"，说得多么沉痛！人既无法选择、改变自己的时代，逆来顺受也许就是最好的抵挡方式；当时代的风雨袭来，即使是国王也无可奈何。"帝乡烟雨锁春愁，故国山川空泪眼"，寄人篱下的国王钱俶与普通文士其实同样脆弱，同样茫然无措。可问题是，只要生命还在，就得有所依附，就得去爱，哪怕仅仅是苟且偷生，哪怕仅仅是依附于回忆。所以风雨凄凄的江南，花草凋零的江南，依然是他们生命的根据。钱俶不愧是国王，对痛苦的感受也比常人来得阔大，来得沉重。你听他说，春愁如烟雨无涯无际，无法挣脱，伤心流泪又有什么用呢？虽然已经失去，泪眼婆娑里，远望去似乎一片烟雨迷濛，我的"帝乡"和"故国"啊，如果我的游魂归去，你博大的胸怀还能容它寻找一个渺小的归宿吗？一个国王混到这个份上，其实生不如死，不杀他比杀他还要狠呢。① 所以，笔者认为，钱俶这两句，具有非常强大的

---

① 陈师道《后山诗话》云："吴越后王来朝，太祖为置宴，出内妓弹琵琶。王献词曰：'金凤欲飞遭掣搦，情脉脉，看即玉楼云雨隔。'太祖起，拊其背曰：'誓不杀钱王。'"

概括力,写出了晚唐五代所有江南词人的精神状态。虽是残句,竟胜完篇。正因为如此,笔者才将它鉴定为咏怀词。

特别需要注意的是,本期还诞生了一首边塞词,即皇甫松的《怨回纥》第一首:

> 白首南朝女,愁听异域歌。收兵颉利国,饮马胡卢河。　毡毛腥膻久,穹庐岁月多。雕窠城上宿,吹笛泪滂沱。

这首词写南方籍征人长期在西北边陲征战的困苦生活,以及他的恋人或妻子被漫长的期待所煎熬的情形。上片的“白首”和下片的“久”、“岁月多”,使上片的“愁”与下片的“泪滂沱”显得自然而真切。切入点小,而开掘深广,感情浓厚、强烈,是一首杰出的咏愁之词。

皇甫松、吴融、钱俶三家词已论述如上,其他晚唐五代浙江词家的作品,也同样或多或少地显露出上述两大特色。如滕迈的《杨柳枝》写道:

> 三条陌上拂金羁,万里桥边映酒旗。此日令人肠欲断,不堪将入笛中吹。

第三句或作“近日令人肠断处”。据唐人李吉甫《元和郡县图志》卷三十二记载,“万里桥,架大江水,在县南八里。蜀使费祎聘吴,诸葛亮祖之。祎叹曰:‘万里之路,始于此桥。’因以为名。”可见本词的一二两句所表现的是江南风物。而由三四两句,又可见其基调乃“令人肠欲断”的愁情词。再如著名的苦吟诗人姚合,留有《杨柳枝》五阕,而风格颇不类其诗,竟只叙离愁别绪。可见当时《杨柳枝》已形成约定俗成的题旨和风格。《杨柳枝》的作者还有施肩吾、何希尧和罗隐,而尤以施作最为有神:

> 伤见路边杨柳春,一重折尽一重新。今年还折去年处,不送去年离别人。

学术界的一般解释都将抒情主人公定为烟花女子,称其像路边的杨柳枝一样任人攀折,年复一年,送走一个又一个青楼过客,自己却永远也得不到真正的、专一的爱情。其实,今天的读者也完全可以更宽广地理解此词,它表现的是人世间的聚散无常,和对真挚感情的追念。

在时代伤逝情绪的熏染下,甚至连游仙词也充满愁苦。且看施肩吾的《步虚词》:

> 何人步虚南峰顶,鹤唳九天霜月冷。仙词偶逐东风来,误飘数声落尘境。

《乐府诗集》引唐人吴兢《乐府解题》说："《步虚词》,道家曲也,备言众仙缥缈轻举之美。"但施肩吾当时弃世高蹈,隐居洪州(今江西南昌)西山,自然没有好心情,所以便设计出一个凄清寂寥的虚幻境界,借以表现自己超然物外、洁身自处的襟抱。国运决定文运,反之,文运亦可觇国运。晚唐五代浙江词人之所以对江南乡土无比眷念,其实质无非是想为受伤的心灵寻找慰藉和疗救罢了。无论如何,故乡永远是我们灵魂的庇护所。

第三节　岁月白发苍苍,青春依然红颜

——皇甫松词中的情感体验和时空感慨

晚唐五代时期,浙江词家尚为数甚少,总共只有 9 家,在文学史上比较著名的人物有姚合、朱庆余、皇甫松、吴融和罗隐。若就词史而言,则皇甫松是唯一一位比较重要的作家,他对本期浙江词特色和风格的形成,起着决定性的作用,在大词史上也是一位特色鲜明、卓有成就的作家。

皇甫松,生卒年不详,一作皇甫嵩,字子奇,自号檀栾子,睦州新安(今杭州淳安)人,唐代著名古文家皇甫湜之子。松工于诗、词,亦擅文,但终生未中进士。据五代王定保《唐摭言》卷十,唐昭宗光化三年(900)十二月,韦庄奏请追赐孟郊、李贺、皇甫松、李群玉、陆龟蒙、赵光远等人进士及第,称诸人"俱无显通,皆有奇才。丽句清辞,遍在时人之口;衔冤抱恨,竟为冥路之尘"。《全唐诗》卷三百六十九录其诗、词凡 13 首及断句 1 联,卷八百九十一又收其词 18 首,但有 6 首重复。《花间集》选录其词 12 首。今依曾昭岷、曹济平、王兆鹏、刘尊明四先生所辑《全唐五代词》,皇甫松共存词 22 首。此外,尚著有《醉乡日月》三卷、《大隐赋》一卷和《大水辨》、《牛羊日历序》、《齐夔凌纂要》等;《大隐赋》并序见存于《文苑英华》卷九十九,《醉乡日月》详载唐人饮酒令①,尚有残文见存于《说郛》、《古今说部》、《五朝小说》、《唐代丛书》、《类说》、《水边林下》等书,《牛羊日历序》亦有残文一节见录于《资治通鉴》卷二百四十三考异,余皆佚。其生平事迹仅在《唐摭言》卷十及《唐诗纪事》卷五十三中有寥寥数语的记载。

皇甫松出生于浙江,童年和少年时期都是在江南度过的。后随父长期生活、游历于长安,屡次参加科举考试,都名落孙山。失意彷徨之下,经常借酒浇愁,与

---

① (宋)陈振孙《直斋书录解题》卷十一云:"唐人饮酒令,此书详载,然今人皆不能晓也。"

世浮沉,并萌生厌世、弃世的想法。他在《大隐赋》里的开篇,就将这种处境和心情交代得十分清楚:"萍漂上国,迨逾十年。遨游不出于醉乡,居处自同于愚俗。"时人康骈深表同情,他在《剧谈录》卷下"元相国谒李贺"条中曾说:"自大中、咸通之后,每岁试春官者千余人,其间章句有闻,亹亹不绝,如何植、李玫、皇甫松……以文章著美;温庭筠……以词赋标名;……皆苦心文华,厄于一第。然其间数公,丽藻英词,播于海内。"足见皇甫松确实文采杰出,名动一时。

上文已论及,晚唐五代是一个出产"风流才子"的时代。皇甫松没有成为像温庭筠那样的人物,也许与他的身世背景有关。其父皇甫湜性格褊直,狷急耿介①,他与李翱一起师从韩愈学习古文,但结果却是,"翱得其正,湜得其奇"②。而其论文也以"怪"、"奇"为宗,以为"意新则异于常,异于常则怪矣;词高则出众,出众则奇矣"③;在当时古文创作"宜难"、"宜易"的争论中,实为"宜难"派首领,为晚唐古文家孙樵所祖尚。皇甫湜盛赞顾况的诗"骏发踔厉,往往若穿天心,出月胁,意外惊人语,非寻常所能及,最为快也",也是从新奇着眼。可见其论诗与论文观点一致。既然他教子是那样的严厉,其文学观点对皇甫松也不可能没有影响。具体说,就是既坚持雅正传统,又情不自禁地要求有所背叛和突破。

具体到词体创作,皇甫松也是介于新旧之间,既有传统诗歌的品位,又渗透进了新的审美情趣,时露绮丽和妩媚。与温庭筠一味的粉泽秾艳相比,皇甫松应是一位懂得欣赏少女纯真活泼之美的词家。

皇甫松今存词22首,按题材内容来分,有咏物词8首,艳情词5首,风土词2首,怀古词2首,闲愁词2首,写景词2首,人物词1首,边塞词1首。其中,《采莲子》(船动湖光滟滟秋),既是风土词,又是人物词,故一阕两计。艳情词占存词的22.73%。与温庭筠相比,与晚唐五代词的代表性总集《花间集》相比,这个比例都是很小的。而且没有闺情词,没有染上"男子作闺音"的时代风气,在存词较多的晚唐五代词家中,这一点也是比较特殊的。就风格而言,皇甫松的词感情自然深切,语言清新雅正,没有过分的秾艳和香腻,具有明显的诗化倾向,显示出从民间词向文人词的过渡色彩。或者说,表现出

---

① (唐)高彦休《唐阙史》卷上"裴晋公大度"(附"皇甫郎中褊直")条云:"皇甫郎中湜气貌刚质,为文古雅,恃才傲物,性复褊而直。……又尝命其子松录诗数首,一字小误,诃詈且跃呼杖。不及,则擒啮其臂,血流及肘而止。其褊急之性率此类也。"

② (清)章学诚《文史通义》外篇卷二《皇甫持正文集书后》。《四库全书简明目录》卷十五"《皇甫持正集》六卷"条亦曰:"其文与李翱同出韩愈。愈文谨严而奇崛,翱得其谨严,湜得其奇崛。"

③ 《皇甫持正集》卷四《答李生第一书》,文渊阁《四库全书》本。

作家虚心学习、效仿民间词的努力。在这一点上,他与韦庄比较相似。从创作态度和词体风格上讲,皇甫松之词仍保留着诗歌的基本属性,尚是诗人之词。

在皇甫松现存词作中,写得最好的词作是两首《梦江南》、《摘得新》(酌一卮)和《采莲子》(船动湖光滟滟秋),其次则是《浪淘沙》二阕、《天仙子》二阕、《杨柳枝》二阕以及《采莲子》(菡萏香莲十顷陂)。此外,《竹枝》是皇甫松学习、效仿民歌的产物,艺术性虽然平平,但清新自然,在晚唐五代词中显得难能可贵。而《怨回纥》二阕,一写戍边战士及其亲人的愁苦,一写征人出发时与亲人或恋人的离愁别绪,都真切感人,内容充实,没有无病呻吟的卑弱柔靡;尤其是"白首南朝女"一阕,突出边塞羁愁,悲悯而刚健,更是晚唐五代词中的别调。总体看,皇甫松词最鲜明的特征有四:一是浙北鲜明的江南地域特色,二是情感的深挚细腻,三是弥漫的惆怅或潜藏的忧愁,四是深沉的时空感慨。后三个特征往往是融合在一起的,交融成一种浓郁的、苍茫的愁情、愁思。正因为如此,皇甫松的词既新鲜别致,又容易打动人,感染人,引人追缅类似的往事,既沉浸其中,又获得一定程度的宽慰和解脱。

且看皇甫松的两首《梦江南》名作:

> 兰烬落,屏上暗红蕉。闲梦江南梅熟日,夜船吹笛雨潇潇,人语驿
> 边桥。

> 楼上寝,残月下帘旌。梦见秣陵惆怅事,桃花柳絮满江城,双髻坐
> 吹笙。

这两首词作的结构基本一致,都是首二句写抒情主人公现在身处的环境,第三句扣题,点明相思的时间、地点,最后两句才托出念念不忘的往事。晚唐五代时期的词作,所咏即调名。此二篇既名"梦江南",就是他乡游子追忆江南往事。

且看词人所忆何事,何事让他牵挂不舍。先看第一首。开篇两句,写卧室内的陈设,以富于特征性的物象点染出了一个适于梦境的环境和氛围。兰烬、红蕉,是幽艳、香暖和静谧,由"落"而"暗",既暗示无眠,又是写环境催眠;夜晚无眠,看香烛渐成烬,屏上的红蕉没入幽暗,无法看清,画屏上的江南风物遂触发起词人对江南往事的缅怀。"闲梦"一句扣题,并点明往事发生的时节。"梅熟日",一般人都解为黄梅时节,这自然没错;不过,浙江人有他们更真切的感受,这就是可爱的梅子成熟了。不过,浙北最美味的水果并不是黄梅,而是杨梅。杨梅是浙

北的珍果,至迟在宋代即成贡品,成熟也是在五月,所谓黄梅时节。① 皇甫松乃睦州新安人,其所谓梅,殆即杨梅。正如《世说新语·识鉴》记载张翰"在洛见秋风起,因思吴中菰菜羹、鲈鱼脍",皇甫松亦因久困长安而思念起家乡的杨梅,又想起与杨梅有关的人和事,想起因采梅、食梅而相识或同游的恋人,当在情理之中。一个诗人,久试不第,困居京城,失意彷徨之时,自然没有什么比故乡和故乡的恋人更让他感到温暖和慰藉的了。一想到故乡的恋人,自然是满页的美好,哪怕是在"夜船"上,哪怕是"雨潇潇",哪怕是在即将分手的"驿边"! 就像当代一首流行歌曲里唱的,"今天是个好天气,因为我和你在一起;正好天上在下着雨,雨天无人迹。今天是个好天气,因为我和你在一起,正好天上在下着雨,雨天难忘记"②。夜雨潇潇,船中吹笛,桥边私语,欢情依旧,如在目前,又恍如隔世,昨日之乐事已成今日之凄苦!

第二首的写法与第一首相似,但感情更趋强烈,形象更为鲜明。开篇即言"寝",是为下文说"梦"设伏。"残月下帘旌",不但表明失眠时间之长,而且写出心境的破碎和凄婉。首阕尚称"闲梦",这里就直言长夜难眠的"惆怅"了。所为何事? "秣陵事"。在秣陵到底发生了什么事? "桃花柳絮满江城,双髻坐吹笙"。暮春三月,桃花流水,柳絮回风,芳草如茵,一位梳着双髻的少女席地而坐,吹奏着悠扬的笙乐,好一派凄迷梦幻景象! 如今在梦中想见,更觉是水影幻花,一晌贪欢,令人神伤! 陈廷焯《云韶集》卷一谓之"凄艳",《词则·大雅集》更谓之"婉转凄清"。

再来看皇甫松的一首《摘得新》:

> 酌一卮,须教玉笛吹。锦筵红蜡烛,莫来迟。繁红一夜经风雨,是
> 空枝!

---

① 《欧阳文忠集》卷八十七《端午贴子皇帝合六首》其二即云:"彩索盘中结,杨梅粽里红。宫闱九重乐,风俗万方同。"《东坡全集》卷一百十五《皇太后阁六首》其五亦云:"上林珍木暗池台,蜀产吴包万里来。不独盘中见卢橘,时于粽里得杨梅。"释祖可《杨梅》诗云:"五月杨梅已满林,初疑一颗价千金。味方河朔蒲桃重,色比泸南荔子深。飞艇似闻新入贡,登盘不见旧供吟。诗成欲寄山中旧,恐起头陀爱渴心。"陆游《项里观杨梅》诗云:"山前五月杨梅市,溪上千年项羽祠。小伞轻舆不辞远,年年来及贡梅时。"陆游于诗末特地注明:"乡俗谓杨梅止曰梅。"可见浙北一带,所谓梅即杨梅。因梅思人、因梅怀人,则肯定比其成为贡品的时间更早。李白《叙旧赠江阳宰陆调》诗即云:"江北荷花开,江南杨梅熟。正好饮酒时,怀贤在心目。"而宋人田锡似乎对杨梅格外钟情。其《三月二十八日书怀》诗云:"惜春将尽自徘徊,巷馆残阳户半开。芳树更无莺舌语,故巢空有燕归来。音书杜绝家千里,愁愤消磨酒一杯。地狭长沙何所适,行谣方忆摘杨梅。"卷十六《和温仲舒感怀》又云:"郡斋松盖翠斜欹,客至鸣琴泛酒卮。江上正当摇落景,天涯空惜太平时。雪残幽谷春难到,兰茂深林众岂知。上国三千五百里,杨梅熟日是归期。"

② 语出歌曲《今天是个好天气》,李海鹰作曲、陈小奇作词。

这首词的题旨无疑是消极的、感伤的。作者将人生比喻为一场筵席和一树鲜花，劝告人们莫负良辰美景，及时行乐。杜秋娘《金缕曲》云："劝君莫惜金缕衣，劝君须惜少年时。有花堪折直须折，莫待花残空折枝。"此曲意思相仿，但说得更为透彻，节奏和措词更为紧密劲峭，隐然透露出一股悲凉之感。这种心态和感情，显系晚唐五代乱世的折射。况周颐《餐樱庑词话》说得好："词以含蓄为佳，亦有不妨说尽者。皇甫子奇《摘得新》云：'繁红一夜经风雨，是空枝。'语淡而沉痛欲绝。"刘大杰先生论及此曲时，亦写道："用清丽的字句，描写景物，而其中又寄寓着哀怨的感慨，虽侧艳而不淫靡，但其情调低沉。"①

情调低沉的远不止以上几阕。《天仙子》二阕，借助神仙故事，抒写对美好事物得而复失的遗憾、怅惘和悔恨。《浪淘沙》二阕借写江水流沙，抒写人世沧桑的感慨。《花间集》汤显祖评本卷一评其一云："桑田沧海，一语破尽。红颜变为白发，美少年化为鸡皮老翁，感慨系之矣。"李冰若《栩庄漫记》评其二云："此首亦有受谗畏讥之意，寄托遥深，庶几风人之旨。"再如《杨柳枝》二阕，借言柳枝年年空绿，写江山依旧而物是人非的兴亡之慨。尤其是首阕，径言本朝，有感而发，以常新的柳色反衬日趋衰微的晚唐王朝，在鲜明的对比中凸现昔盛今衰之慨，使人倍感苍凉。《怨回纥》二阕，其一写征人"吹笛泪滂沱"，其二写征人"别离惆怅泪"，自然满是怨恨和感伤。六首《竹枝》也多反映可望而不可即的相思和离别之苦。即使两首《抛球乐》，写及时行乐，也仍是匆促、悲凉心理的外露。

皇甫松词中真正欢快的篇章，就是两首《采莲子》了。且看原词：

> 菡萏香连十顷陂举棹，小姑贪戏采莲迟年少。晚来弄水船头湿举棹，更脱红裙裹鸭儿年少。

> 船动湖光滟滟秋举棹，贪看年少信船流年少。无端隔水抛莲子举棹，遥被人知半日羞年少。

整个江南，仿佛就只剩下这片水域尚荡漾着欢乐；而所有的欢乐，又仿佛全集中到这几个少女身上。莲花是娇艳和圣洁的象征，出淤泥而不染；莲子（莲蓬）是清纯和爱情的象征，"莲子"即"怜子"；而少女，则是人伦中美丽、活泼、自由、圣洁的代表。当少女与莲相遇，成为"采莲女"的文化意象，自然就成为人世间最理想的美好与自由的象征。更何况是一群嬉戏笑闹的、情窦初开、纯真无邪的采莲女！莲叶田田，红裙亭亭，笑语盈盈，岁月苍苍的江南，在战乱和苦难的罅隙，青春依然如红莲般绽放！这是皇甫松心中所有欢乐和慰藉的源泉。《望江南》中与他同

---

① 刘大杰著《中国文学发展史》（中），上海古籍出版社1984年版，第542页。

船吹笛、驿桥私语的双鬟少女，是否就是这些采莲女当中的一个？桃花、柳絮之后，还有红莲如火，抛却《望江南》的惆怅，便是《采莲子》的欢愉了。

所以，皇甫松无疑是晚唐五代时期浙江词家中用情最真、体验最深的一位。在他的词作中，江南和江南女子，其实已无法截然分开，而是乡情和爱情的结合体。只要轻叩他心房的门环，乡愁便袅袅升腾，不绝如缕，随风悠扬。岑参《春梦》诗云："枕上片时春梦中，行尽江南数千里。"良有以也。

与深挚、忧郁的情感体验相关联的，有时甚至互为表里的，是皇甫松词中深沉的时空感慨。上文已有涉及，这里再略作申述。且以他的《浪淘沙》第一首为例：

> 滩头细草接疏林，浪恶罾船半欲沉。宿鹭眠鸥飞旧浦，去年沙嘴是
> 江心。

前三句看似纯为写景，但联系结句来看，才知写景之外别有深意。结句说现在的沙嘴去年还在江心，则首句的"滩头"当为新滩。新滩形成的原因乃是"浪恶"，从上游挟带来的泥沙沉淀淤积所致。一年过去了，滩头已细草丛生，与岸边的疏林连成一片。白鹭、江鸥早已把这里当做理想的栖息地，将这里视为"旧浦"了。足见风浪之急，沙沉之快。大有沧海桑田的感慨，表现手法却纡曲有致。而"浪恶罾船半欲沉"一句，也不可轻易放过，写凶险环境中生命、生活的艰难和脆弱，亦是社会现实的折射和比拟。但换一个角度，罾船欲沉而未沉，又凸显了生命的抗争和顽强，词境阔大。全篇四句，三开一合，结句出人意表，点而未破，收束有力，言尽而意不尽。读来确实让人感到生命的脆弱和蓬莱水浅、东海扬尘的沧桑悲凉，难怪汤显祖要起红颜白发的浩叹。

第二首的时空感受则更为幽秘，在表现手法上也有创新。词云：

> 蛮歌豆蔻北人愁，浦雨杉风野艇秋。浪起鹡鸰鸣不得，寒沙细细入
> 江流。

皇甫松是江南人，困居北方，一定时常被北方风物触发起思乡之情，可是本词却只言北人在江南的艰难处境以及由此而来的强烈羁愁，突出北人在江南的风雨、寒秋和江涛中蜷居野艇、彻夜不眠，想象自己一如细沙被卷入浩荡汹涌的江流。北人在江南如此艰难，自己在北方又何尝不是如此！所以，表面写南方的北人，其实是写北方的自己。这种遥揣之法，是皇甫松经常使用的艺术手段。

比如《怨回纥》第一首，言征人遥想由于自己离乡日久，他所怀念的女子应该已经白头了，而且因为怕引起离恨，甚至愁听异域之歌，这便是遥揣；通过遥揣，打通了江南和塞北，让征人和闺妇共处词人想象的时空，达到同时表现写征人和闺妇两地相思之苦的目的，时空跨度遥深而又妥帖自然，体现了相当高的艺术技巧。

再如《天仙子》(踯躅花开红照水),首二句写刘郎回家途中之景①,但语意双关,既为江南水乡常见的景物,又以杜鹃花的别名"踯躅"暗喻刘郎因依恋仙女徘徊不前,以习于雌雄对啼的鹧鸪②在山口盘旋暗喻刘郎对仙女的依依不舍。三四两句写其跋涉万里,经年始归,而已历数世,人物皆非,自然无比懊恼,则其对仙境必更为眷念了。但最后两句,却宕开一笔,写山中仙女肯定也在后悔,悔恨自己托付错了人,其实这是刘郎在悔恨,在内疚,显得含蓄蕴藉,委婉曲折。可见使用遥揣之法,每每能使作品的情感意蕴层折无限,耐人寻味。恰如清人吴瞻泰《杜诗提要》卷八分析杜甫《月夜》诗时所云:"怀远诗说我忆彼,意只一层。即说彼忆我,意亦只两层。惟说我遥揣彼忆我,意便三层。又遥揣彼不知忆我,则层折无限矣。"皇甫松此词,显然有异曲同工之妙。作者通过遥揣和悬想,使不同艺术时空融为一体,构成一个完整的意境,使作品获得巨大的潜能和深厚的意蕴。

《天仙子》是将仙凡两界打通,前引《杨柳枝》第二首则是将古今、盛衰、幽明和南北同时贯通。据清人曹锡彤《唐诗析类集训》卷九,"唐有吴王宅,在长安禁城东"。唐人祖咏《宴吴王宅》有诗云:"吴王承国宠,列第禁城东。"按,唐太宗第三子李恪(619—653)曾封吴王。如此,则皇甫松此词极可能写于困居长安时。词人从眼前的吴王宅遗迹,和吴王宅边的绿柳以及柳丛里的莺啼,遥想起江南的古吴国,又进一步遥想起吴宫里的美女西施:当吴王凯旋而归,正志满意得,又得美人西施,锦上添花,该是何等美好幸福。那时的吴宫一定处处春光,充满喜庆和欢乐。可后来呢?如今呢?如今正是春天,遥想江南的吴宫旧址,也一定是柳枝披拂,莺啼婉转,但茂密的柳绿和婉转的莺啼正好反衬了宝殿、香闺的荒败,除非真有在天之灵,西子恐怕永远也不会再看到这大好的春色,听到这悦耳的莺啼了。诚可谓遥揣层折。至于作者是否有为吴王李恪英年屈死③,致使唐王朝可能失去一位贤君而遗恨的隐情,则不得而知;若有,则其意深长矣。笔者以为,首阕既咏玄宗误国,本阕再咏李恪屈死,皮里春秋,颇合人情事理。姑聊备一说。

---

① 《太平御览》卷四十一引刘义庆《幽明录》云:"东汉明帝永平年间,浙江剡县人刘晨、阮肇共入天台山采药,迷不得返。忽于溪边遇二女子,资质绝妙,并邀至其家中成亲,留居半年。后二人思乡心切,二女乃指示归路,送其回家。既归,亲旧零落,邑屋改异,无复相识。问得七世孙,传闻上世入山,迷不得归。"

② (明)李时珍《本草纲目·禽部·鹧鸪》云:"鹧鸪性畏霜露,早晚稀出,夜栖,以木叶蔽身,多对啼,今俗谓其鸣曰:'行不得也哥哥。'"

③ (后晋)刘昫撰《旧唐书》卷七十六云:"恪又有文武才,太宗常称其类己。既名望素高,甚为物情所向。长孙无忌既辅立高宗,深所忌嫉。永徽中,会房遗爱谋反,遂因事诛恪,以绝众望,海内冤之。"

再如《梦江南》由眼前的室内陈设而远梦江南,进而梅雨、江城,再而夜船、驿桥、桃花、柳絮,最终定格在恋人依偎,时空感受也不可谓不深沉。

最后,附带说一下皇甫松词中所反映的浙北地区的江南地域特色。首先,词调本身的江南文化色彩,如《梦江南》、《杨柳枝》、《采莲子》和《竹枝》,一看便知所写内容与江南有关,后三调更直接来自江南民歌;其次,题材内容中的江南色彩,如《天仙子》写剡县东汉刘、阮入天台山遇仙故事,《采莲子》、《竹枝》对江南女子情感世界的反映;第三,词中密集的水国意象,如《天仙子》中的"鹭鸶"、"水蒰花发秋江碧"、"踯躅花开红照水"、"鹧鸪飞绕青山觜",《浪淘沙》中的"蛮歌豆蔻"、"蒲雨杉风"和"鸩鹈"众多物象,《杨柳枝》中的"烂漫春归水国时"、"柳丝垂"、"黄莺长叫",《摘得新》中的"繁红一夜经风雨",《梦江南》中的"红蕉"、"江南梅熟"、"桃花柳絮满江城",《采莲子》中的"菡萏香莲十顷陂"、"晚来弄水船头湿"、"船动湖光滟滟秋",《竹枝》中的"槟榔花发鹧鸪啼"、"木棉花尽荔枝垂"、"并蒂芙蓉"等,《怨回纥》中的"南朝白头女"、"吹管杏花飘"、"江路湿红蕉"等等;四是词中的江南女子形象,如《天仙子》中的天仙,《杨柳枝》中的西子,《梦江南》中"双髻坐吹笙"的少女,《采莲子》中的"小姑"、"无端隔水抛莲子"的少女、《竹枝》中"待郎归"、"眼应穿"的女子,《怨回纥》中的"白首南朝女"和"隔篸桃叶"。最后,则是皇甫松词所具有的江南文化的柔婉感伤气质。受其父影响,皇甫松的性格中虽然较多狷介因素,但得自时代和命运的感伤、消沉以及南方人的优柔,仍渗透了他的词作。

综合起来看,正如本节开头部分所概括的那样,皇甫松词仍属诗人之词,仍习惯于或不自觉地用诗的眼光看待词体,用写诗的态度和手法来填词。更准确地说,是在晚唐诗的基础上添加词的色彩和因素。这样的"以诗为词"与后来苏、辛等人有明确理论主张和实践行为的自觉的革新词体的"以诗为词",有本质区别。前者是对诗体进行尝试,后者是对词体进行变革。正因为皇甫松的词体创作仍保留了很重的诗歌成分,所以在词体艳俗化、萎靡化的晚唐五代,反显得不同凡响,成为可与韦庄、孙光宪、李珣、鹿虔扆、李煜等人相并列的少数几个晚唐五代词家之一。清人陈廷焯《白雨斋词话》卷七对皇甫松赞誉有加,尝曰:"唐人皇甫子奇词,宏丽不及飞卿,而措词闲雅,犹存古诗遗意。唐词于飞卿而外,出其右者鲜矣。五代而后,更不复见此种笔墨。"李冰若《花间集评注·栩庄漫记》亦称:"子奇词不多见,而秀雅在骨,初日芙蓉春月柳,庶几与韦相同工。至其词浅意深饶有寄托处,尤非温尉所能企及,鹿太保差近之耳。"就连深喜《清真词》的郑振铎先生,也认为皇甫松词"独具朗爽之致,不入侧艳一流"[1]。

---

[1]　郑振铎著《插图本中国文学史》第三十一章,北京出版社 2001 年版,第 427 页。

　　值得高兴的是,皇甫松词还对后来的浙江词,产生了很好的影响,并非如陈廷焯所言,"五代而后,更不复见此种笔墨"。比如宋初浙江著名词人张先,其词清疏秀雅,就有皇甫松的影响在里面。近人夏敬观手批《张子野词》也曾指出:"子野词凝重古拙,有唐、五代遗音。"当然,这已是下一章的话题了。

第三章　钱潮涌起——繁盛期的两宋浙江词(上)

宋代是浙江词的繁盛期,流派众多,名家辈出,佳作如林。一些词家,如张先、周邦彦、陆游、陈亮、朱淑真、戴复古、吴文英、王沂孙、张炎等人,已成为大词史上的经典作家,产生了巨大而深远的影响。更重要的是,在此期间,浙江词在百花齐放的基础上,已逐渐形成具有浙江区域文化特色的词体风格,最终确立起了尚艺、崇雅、尊情、重寄的词学理念,对后世有重大影响,清代浙西词派实结胎于此时。

第一节　两宋浙江词的繁荣及其原因

两宋时期,浙江词全面繁荣,具体表现有:一、作家人数众多,作品数量庞大;二、产生了许多优秀作家、经典作品;三、题材内容丰富,艺术风格多样,但同时已形成具有本地文化特色的主导风格。

唐圭璋先生曾撰《两宋词人占籍考》,统计出两宋时期浙江共有词人200人,占全国各省之冠。[1] 先生开拓之功,泽被后学;只是筚路蓝缕,尚略有遗漏。笔者兹根据朱德才先生主编之《增订注释全宋词》[2],对两宋浙江词人的区域分布及其存词情况进行统计。结果如下表:

两宋浙江词人区域分布及其存词数量表

序号	姓名	籍历	存词	序号	姓名	籍历	存词
1	钱惟演	杭州临安	2	7	赵抃	衢州西安	1
2	林逋	杭州钱塘	4	8	元绛	杭州钱塘	2
3	杨适	宁波慈溪	1	9	张伯端	台州天台	27
4	张先	湖州乌程	165	10	刘述	湖州吴兴	1
5	谢绛	杭州富阳	3	11	滕甫	金华东阳	2
6	叶清臣	湖州乌程	2	12	俞紫芝	金华	3

---

① 唐圭璋著《宋词四考》,江苏文艺出版社1959年版。

② 朱德才主编《增订注释全宋词》(全四册),文化艺术出版社1997年版。

续 表

序号	姓名	籍历	存词	序号	姓名	籍历	存词
13	强至	杭州钱塘	1	41	沈晦	杭州钱塘	1
14	沈括	杭州钱塘	4	42	莫蒙	湖州雪川	5
15	方资	金华婺州	1	43	沈与求	湖州德清	4
16	韦骧	杭州钱塘	11	44	郑刚中	金华	1
17	圆禅师	湖州甘露寺	1	45	如晦	绍兴明心寺	1
18	王仲甫	衢州	7	46	潘汾	金华	6
19	陈济翁	金华永康	3	47	虞某	杭州钱塘	1
20	琴操	杭州	2	48	吕渭老	嘉兴	134
21	舒亶	宁波慈溪	51	49	林季仲	温州永嘉	1
22	喻陟	杭州睦州	1	50	潘良贵	金华婺州	1
23	朱服	湖州乌程	1	51	葛立方	湖州吴兴	39
24	丁注	湖州吴兴	1	52	朱翌	宁波鄞县	3
25	周邦彦	杭州钱塘	186	53	王之望	台州	26
26	净端	湖州归安	5	54	吴芾	台州仙居	1
27	毛滂	衢州江山	204	55	陆凝之	杭州余杭	3
28	周玉晨	杭州钱塘	1	56	史浩	宁波鄞县	182
29	刘焘	湖州长兴	12	57	赵构	杭州临安	15
30	沈蔚	湖州吴兴	22	58	关注	杭州钱塘	3
31	周铢	宁波鄞县	1	59	王十朋	温州乐清	20
32	陈克	台州临海	55	60	吴淑姬	湖州	5
33	李光	绍兴上虞	14	61	刘镇①	温州乐清	2
34	江纬	衢州三衢	1	62	毛开	衢州信安	42
35	吴益	湖州归安	1	63	倪偁	湖州归安	33
36	刘一止	湖州归安	42	64	朱淑真	杭州钱塘	25
37	徐伸	衢州三衢	1	65	魏杞	宁波鄞县	2
38	叶祖义	金华婺州	1	66	姚宽	绍兴嵊县	5
39	左誉	台州天台	3	67	汤思退	丽水青田	1
40	吕本中	金华	27	68	张珍奴	湖州吴兴	1

① 《全宋词》中有两位刘镇。其一字子山,一字可升,号方叔,温州乐清人,南宋前期人。另一位字叔安,号随如,南宋中期南海(今属广东)人。

序　号	姓　名	籍　历	存　词	序　号	姓　名	籍　历	存　词
69	洪惠英	绍兴会稽	1	99	徐似道	台州黄岩	5
70	仪珏	杭州临安	1	100	何澹	丽水括苍	5
71	黄中铺	金华义乌	2	101	陈亮	金华永康	74
72	陆淞	绍兴山阴	2	102	俞灏	杭州	1
73	曹冠	金华东阳	63	103	叶适	温州永嘉	1
74	葛郯	湖州归安	30	104	章良能	丽水	1
75	甄龙友	温州永嘉	4	105	张镃	杭州临安	86
76	范端臣	金华兰溪	2	106	蔡幼学	温州瑞安	1
77	管鉴	丽水龙泉	68	107	杜旟	金华	3
78	陆游	绍兴山阴	145	108	杜旃	金华	1
79	唐婉	绍兴	1	109	赵昂	杭州	1
80	王崈	湖州吴兴	2	110	李廷忠	杭州袟潜	15
81	姜特立	丽水	21	111	谢直	台州黄岩	1
82	周辉	杭州	2	112	高似孙	宁波鄞县	4
83	沈瀛	湖州归安	90	113	王居安	台州黄岩	2
84	朱藻	丽水缙云	1	114	吴礼之	杭州钱塘	20
85	高宣教	金华	1	115	高翥	宁波余姚	2
86	严蕊	台州	3	116	应傃	舟山昌国	1
87	徐逸	台州天台	1	117	张拭	宁波四明	1
88	沈端节	湖州吴兴	45	118	王澡	宁波四明	2
89	王自中	温州平阳	1	119	戴复古	台州黄岩	46
90	周颉	湖州长兴	1	120	龚大明	杭州仁和	6
91	唐致政	金华	1	121	史弥巩	宁波鄞县	1
92	楼锷	宁波鄞县	1	122	叶秀发	金华	1
93	梁安世	丽水括苍	1	123	郑清之	宁波鄞县	1
94	黄岩叟	宁波四明	1	124	陈耆卿	台州临海	2
95	楼钥	宁波鄞县	1	125	林表民	台州临海	1
96	张良臣	宁波四明	3	126	薛师石	温州永嘉	7
97	许及之	温州永嘉	1	127	高观国	绍兴山阴	108
98	张颙	嘉兴檇李	1	128	卢祖皋	温州永嘉	96

续 表

序 号	姓 名	籍 历	存词	序 号	姓 名	籍 历	存词
129	徐照	温州永嘉	5	159	许棐	嘉兴海盐	20
130	林正大	温州永嘉	41	160	陈策	绍兴上虞	2
131	洪咨夔	杭州於潜	44	161	吴文英	宁波四明	341
132	曹豳	温州瑞安	2	162	翁元龙	宁波四明	20
133	方千里	衢州信安	93	163	翁孟寅	杭州钱塘	5
134	苏泂	绍兴山阴	2	164	丁宥	杭州钱塘	4
135	黄机	金华东阳	96	165	赵希彭	宁波四明	2
136	宋自道	金华	1	166	刘澜	台州天台	4
137	宋自逊	金华	7	167	李霜涯	杭州临安	1
138	俞文豹	丽水括苍	1	168	虞珏	绍兴会稽	5
139	赵希迈	温州永嘉	2	169	楼杙	宁波鄞县	3
140	吴渊	湖州德清	6	170	章谦亨	湖州吴兴	9
141	吴潜	湖州德清	256	171	王同祖	金华	3
142	吴淇	宁波庆元	1	172	杨伯嵒	杭州临安	1
143	赵汝迕	温州乐清	1	173	李彭老	湖州德清	22
144	楼采	宁波鄞县	8	174	李莱老	湖州德清	17
145	姚镛	绍兴剡溪	1	175	刘浩	温州瑞安	1
146	尹焕	绍兴山阴	3	176	徐俨夫	温州平阳	1
147	夏元鼎	温州永嘉	30	177	陈景沂	台州天台	3
148	王埜	金华	3	178	王淮	台州天台	1
149	方君遇	湖州	1	179	柴望	衢州江山	13
150	史隽之	宁波鄞县	1	180	张桂	杭州临安	2
151	王柏	金华	1	181	张枢	杭州临安	12
152	黄中	金华婺州	1	182	叶隆礼	嘉兴	1
153	楼槃	宁波鄞县	2	183	陈著	宁波鄞县	122
154	赵孟坚	嘉兴海盐	11	184	陈若水	宁波四明	1
155	马光祖	金华婺州	1	185	徐霖	衢州西安	1
156	马天骥	衢州	1	186	杨缵	杭州钱塘	3
157	薛泳	台州天台	1	187	史铸	绍兴山阴	1
158	陆叡	绍兴会稽	3	188	吴大有	绍兴嵊县	1

续　表

序　号	姓　名	籍　历	存　词	序　号	姓　名	籍　历	存　词
189	陈允平	宁波四明	209	214	张淑芳	杭州西湖	3
190	胡仲弓	杭州临安	1	215	王易简	绍兴山阴	7
191	薛梦桂	温州永嘉	4	216	唐珏	绍兴越州	4
192	潘希白	温州永嘉	1	217	曹穑孙	温州瑞安	1
193	莫起炎	湖州霅川	1	218	杨舜举	金华	1
194	牟巘	湖州吴兴	9	219	曾寅孙	绍兴山阴	1
195	徐理	绍兴会稽	1	220	张炎	杭州临安	302
196	何梦桂	杭州淳安	47	221	郑文妻	嘉兴秀州	1
197	叶阊	金华	1	222	邵桂子	杭州淳安	4
198	曹良史	杭州钱塘	1	223	苏小小	杭州钱塘	1
199	王茂孙	绍兴会稽	2	224	陈义	温州乐清	4
200	朱晞孙	宁波鄞县	1	225	张幼谦	浙东	3
201	周容	宁波四明	1	226	罗惜惜	浙东	1
202	周密	湖州吴兴	153	227	姚卞	嘉兴嘉禾	1
203	朱嗣发	湖州乌程	1	228	章台柳	杭州临安	1
204	倪君奭	宁波四明	1	229	元净	杭州天竺寺	1
205	汪元量	杭州钱塘	58	230	南轩	杭州智果寺	1
206	王沂孙	绍兴会稽	68	231	严抑	湖州吴兴	1
207	韦居安	湖州吴兴	1	232	沈长卿	湖州归安	1
208	柴元彪	衢州江山	8	233	鲁訔	嘉兴海盐	1
209	范晞文	杭州钱塘	1	234	芮烨	湖州乌程	1
210	叶李	杭州临安	1	235	芮辉	湖州乌程	1
211	仇远	杭州钱塘	120	236	赵彦逾	宁波四明	1
212	董嗣杲	杭州临安	2	237	王孝严	湖州吴兴	1
213	杨均	嘉兴海宁	3	/	/	/	/

　　统计结果显示,两宋时期,浙江地区共有词家 237 人,占全部宋词作者 1539
人的 15.4%;共有词作 4716 首,占全部宋词作品 21203 首的 22.24%。另外,据
近人周庆云《历代两浙词人小传》,尚有余杭陆维之、湖州宋伯仁、乌程钱选、严陵
胡汲古、天台陈刚、姚江陈又新等 6 家,因词作已佚,没有计入。从现存词家和词
作的数量看,宋代浙江词取得的成就已很可观。

若按存词数量多寡为序,则存词数量在 100 首以上者有 14 人,在 50 首以上者有 26 人,在 20 首以上者有 48 人,在 10 首以上者有 57 人,在 5 首以上者有 77 人。兹将存词数量在 10 首以上者,列表显示如下:

存词 10 首以上之宋代浙江词家一览表

序 号	姓 名	存 词	序 号	姓 名	存 词
1	吴文英	341	30	洪咨夔	44
2	张 炎	302	31	刘一止	42
3	吴 潜	256	32	毛 开	42
4	陈允平	209	33	林正大	41
5	毛 滂	204	34	葛立方	39
6	周邦彦	186	35	倪 偁	33
7	史 浩	182	36	葛 郯	30
8	张 先	165	37	夏元鼎	30
9	周 密	153	38	张伯端	27
10	陆 游	145	39	吕本中	27
11	吕渭老	134	40	王之望	26
12	陈 著	122	41	朱淑真	25
13	仇 远	120	42	沈 蔚	22
14	高观国	108	43	李彭老	22
15	卢祖皋	96	44	姜特立	21
16	黄 机	96	45	王十朋	20
17	方千里	93	46	吴礼之	20
18	沈 瀛	90	47	许 棐	20
19	张 镃	86	48	翁元龙	20
20	陈 亮	74	49	李莱老	17
21	管 鉴	68	50	赵 构	15
22	王沂孙	68	51	李廷忠	15
23	曹 冠	63	52	李 光	14
24	汪元量	58	53	柴 望	13
25	陈 克	55	54	刘 焘	12
26	舒 亶	51	55	张 枢	12
27	戴复古	46	56	韦 骧	11
28	何梦桂	47	57	赵孟坚	11
29	沈端节	45	/	/	/

　　我们还可以从名家、名作的产出率，来认识宋代浙江词的繁荣和成就。据拙著《宋词题材研究》上编第二章《宋词名篇题材构成考察》统计所得《宋词名篇三百首及其所属题材类型一览表》，共有宋词名家 71 人（含"无名氏"2 人）、宋词名篇 308 首（含"无名氏"作品 2 首）。其中，浙江籍历的词家共 16 人，他们是周邦彦（17 首）、陆游（10 首）、吴文英（10 首）、张炎（8 首）、张先（6 首）、王沂孙（5 首）、陈亮（4 首）、朱淑真（4 首）、周密（4 首）、吕本中（2 首）、钱惟演（1 首）、林逋（1首）、毛滂（1 首）、陈克（1 首）、戴复古（1 首）、汪元量（1 首），共有宋词名篇 76 首。如此，则浙江宋词名家和名篇分别占所有宋词名家和名篇的 23.19％、24.84％。需要说明的是，所谓名家名篇，是相对的概念，在宋代浙江词史上，有不少佳作都未能进入拙著《宋词题材研究》统计所得"宋词名篇三百首"之列，而这些佳作其实也是可以称为"名篇"的。故本书在具体论述中，有时所称"名篇"，未必尽依拙著《宋词题材研究》的统计结果。

　　兹将上述 16 名家 76 名作，用列表的方式具体展示出来，以便让读者更清楚地了解宋代浙江著名词家和经典词作。

宋代浙江著名词家与经典词作一览表①

序号	词作者	词调名（别名）	词作首句	选评次数	名次	题材类型
1	周邦彦	兰陵王	柳阴直	78	14	咏物
2	张　先	天仙子	水调数声持酒听	76	16	闲愁
3	陆　游	诉衷情	当年万里觅封侯	73	18	咏怀
4	陆　游	钗头凤	红酥手	70	20	艳情
5	张　炎	高阳台	接叶巢莺	70	20	咏怀
6	陆　游	卜算子	驿外断桥边	68	22	咏物
7	吴文英	风入松	听风听雨过清明	68	22	艳情
8	周邦彦	满庭芳	风老莺雏	66	23	写景
9	陈　亮	水调歌头	不见南师久	66	23	交游
10	周邦彦	六丑	正单衣试酒	65	24	咏物
11	王沂孙	齐天乐	一襟余恨宫魂断	65	24	咏物
12	吴文英	八声甘州	渺空烟四远	63	25	写景

---

　　① 本表中的"评选次数"和"名次"，即拙著《宋词题材研究》第二章《宋词名篇题材构成考察》中《宋词名篇三百首及其所属题材类型一览表》中的"评选次数"和"名次"。统计所依据的词选、词史、词论、诗史和文学史等各类编著、论著共 112 种。

续表

序号	词作者	词调名（别名）	词作首句	选评次数	名次	题材类型
13	王沂孙	眉妩	渐新痕悬柳	60	28	咏物
14	周密	一尊红	步深幽	57	30	咏物
15	吴文英	莺啼序	残寒正欺病酒	53	33	艳情
16	吴文英	唐多令	何处合成愁	53	33	艳情
17	张炎	解连环	楚江空晚	53	33	咏物
18	周邦彦	西河	佳丽地	49	36	怀古
19	周邦彦	苏幕遮	燎沉香	49	36	羁旅
20	周邦彦	瑞龙吟	章台路	48	37	艳情
21	周邦彦	少年游	并刀如水	47	38	艳情
22	张炎	八声甘州	记玉关踏雪事清游	45	39	交游
23	周邦彦	玉楼春	桃溪不作从容住	40	44	艳情
24	周邦彦	蝶恋花	月皎惊乌栖不定	40	44	艳情
25	张先	青门引	乍暖还轻冷	40	44	闲愁
26	张先	木兰花	龙头舴艋吴儿竞	38	46	节序
27	陈亮	念奴娇	危楼还望	38	46	怀古
28	张炎	南浦	波暖绿粼粼	37	47	咏物
29	张先	一丛花令	伤高怀远几时穷	37	47	闺情
30	陆游	夜游宫	雪晓清笳乱起	36	48	咏怀
31	吴文英	浣溪沙	门隔花深梦旧游	35	49	艳情
32	周邦彦	夜飞鹊	河桥送人处	33	51	艳情
33	陆游	汉宫春	羽箭雕弓	33	51	咏怀
34	陈亮	水龙吟	闹花深处层楼	33	51	闺情
35	毛滂	惜分飞	泪湿栏干花著露	33	51	艳情
36	陆游	眼儿媚（秋波媚）	秋到边城角声哀	31	53	边塞
37	林逋	相思令	吴山青	30	54	闺情
38	吕本中	采桑子	恨君不似江楼月	29	55	闺情
39	吴文英	高阳台	修竹凝妆	27	57	闲愁
40	周密	曲游春	禁苑东风外	27	57	写景
41	陆游	鹧鸪天	家住苍烟落照间	26	58	隐逸
42	王沂孙	高阳台	残雪庭阴	26	58	交游
43	陈克	菩萨蛮	绿芜墙绕青苔院	26	58	写景
44	张炎	月下笛	万里孤云	25	59	咏怀

续　表

序号	词作者	词调名(别名)	词作首句	选评次数	名次	题材类型
45	王沂孙	天香	孤峤蟠烟	25	59	咏物
46	朱淑真	减字木兰花	独行独坐	23	61	闺情
47	周　密	法曲献仙音	松雪飘寒	23	61	咏物
48	陆　游	鹊桥仙	茅檐人静	22	62	羁旅
49	张　炎	清平乐	采芳人杳	22	62	羁旅
50	朱淑真	谒金门	春已半	22	62	闺情
51	朱淑真	蝶恋花	楼外垂杨千万缕	22	62	闲愁
52	钱惟演	木兰花	城上风光莺乱语	22	62	闲愁
53	汪元量	莺啼序	金陵故都最好	22	62	怀古
54	周邦彦	解语花	风销绛蜡	21	63	节序
55	陆　游	鹊桥仙	一竿风月	21	63	隐逸
56	陆　游	谢池春	壮岁从戎	21	63	咏怀
57	张　先	千秋岁	数声鶗鴂	21	63	闲愁
58	王沂孙	水龙吟	晓霜初著青林	21	63	咏物
59	周邦彦	解连环	怨怀无托	20	64	艳情
60	吴文英	祝英台近	采幽香	20	64	写景
61	吴文英	贺新郎	乔木生云气	20	64	怀古/咏物
62	张　炎	念奴娇(壶中天)	扬舲万里	20	64	写景
63	周邦彦	花犯	粉墙低	19	65	咏物
64	周邦彦	风流子	新绿小池塘	19	65	艳情
65	吴文英	祝英台近	剪红情	19	65	节序
66	吕本中	南歌子	驿路侵斜月	19	65	羁旅
67	周邦彦	琐窗寒	暗柳啼鸦	18	66	羁旅
68	周邦彦	夜游宫	叶下斜阳照水	18	66	羁旅
69	吴文英	齐天乐	三千年外残鸦事	18	66	怀古
70	张　炎	清平乐	候蛩凄断	18	66	咏怀
71	周　密	玉京秋	烟水阔	18	66	羁旅
72	周邦彦	大酺	对宿烟收	17	67	咏物
73	张　先	醉垂鞭	双蝶绣罗裙	17	67	艳情
74	陈　亮	贺新郎	老去凭谁说	17	67	交游
75	朱淑真	清平乐	恼烟缭雾	17	67	艳情
76	戴复古	水调歌头	轮奂半天上	17	67	咏怀/咏物

69

更进一步,还可以具体了解两宋浙江词在省内不同地区的地域分布情况。兹据前文《两宋浙江词人区域分布及其存词数量表》,按当代行政区划,将浙江省内各地区词家词作的分布情况列表显示如下:

浙江各地区宋代词家和词作的分布情况
(以地区首字声母排序,附各地区名家、名作数)

地 区	词 家	词 作	名 家	名 作
杭州	48	1012	6	32
湖州	38	989	2	10
嘉兴	9	173	0	0
金华	28	308	2	6
丽水	8	99	0	0
宁波	31	971	1	10
衢州	11	372	1	1
绍兴	22	378	2	15
台州	17	182	2	2
温州	22	227	0	0
舟山	1	1	0	0
浙东	2	4	0	0

统计显示,杭州、宁波、湖州、绍兴和金华,是宋代浙江词最为繁荣的五个地区。无论是一般作家、作品数量,还是名家、名篇的数量,均成就可观。杭州先后作为吴越国和南宋的都城,是浙江的政治文化中心,乃浙江的首善之区,自然聚集了为数最多的词家,而优秀词家、词作自然也比其他地区多。除上述五个地区外,衢州、台州、温州地区的词体创作也有较好的群众基础,像衢州的毛滂、柴望、毛开,台州的戴复古、陈克、严蕊和温州的卢祖皋等人,也都是具有一定词史地位的优秀词家。嘉兴、丽水二地,相对薄弱;不过,元明之后,嘉兴则成为词学重镇,领一时风骚。只有舟山一地,以其隔处海中,斯文道微,成绩几乎缺如。总体看,以一省之大,能取得以上成绩,确实有为之作专史、立专论的必要。

在这里,我们不能小觑富庶的山水园林城市杭州所具有的独特而巨大的吸引力。本书第二章曾提及中唐白居易等人在诗词创作中对杭州的赞美及其影响。在这里,我们又不能不提及宋代两代大词家的贡献。北宋前期,柳永来杭州,写下著名词篇《望海潮》(东南形胜),使杭州的名气再攀高峰。北宋中期,苏轼任职杭州,又写下脍炙人口的诗词,终于使杭州咬定了"天堂"的封号。苏轼前后两次仕杭,写下许多与杭州有关的作品。像绝句《饮湖上初晴雨后》,一般读者都耳熟能详,而他远离杭州后所写的一首小词,其实更能让我们领略、回味到杭州的美好。词云:

> 灯火钱塘三五夜。明月如霜,照见人如画。帐底吹笙香吐麝,此般风味应无价。　寂寞山城人老也。击鼓吹箫,乍入农桑社。火冷灯稀霜露下,昏昏雪意云垂野。

这首词便是《蝶恋花·密州上元》。一个在杭州生活过的人,离开杭州到外地做官,哪怕赶上像元宵这样盛大的节日,心头想念的也仍是杭州,试想杭州该有多么大的诱惑力! 杭州的富庶、美丽和清雅,已经成为人们心目中最理想的栖居之所。必须承认,在两宋时期,杭州的知名度和影响力,是盖过苏州的。杭州几乎要独享"天堂"的美誉了。

众所周知,文学价值的确立,在于其个性化品格和风格的形成。具体到宋代浙江词,则在题材内容和艺术风格两方面,都逐渐形成自己的特色,并在词史的发展演变过程中发挥了巨大而深远的影响。从某种意义上说,这是浙江词在全面繁荣后,由普及到提高、由量变到质变的生动表现。犹如聚沙成塔,优秀作品和经典作品的产生,需要以大量的群众性创作为基础。宋代浙江词名家名篇的产生,再次印证了这个基本的规律。

先来看两宋浙江词的题材内容。笔者在撰写《宋词题材研究》时,曾对全宋词 21200 多首作品逐篇进行辨析,确定其题材类型。现在,笔者又将浙籍词家的作品,审阅一过,最终确定每一首词的题材类型;本书所持分类标准和方法,则一仍其旧。以此为基础,笔者统计出宋代 4716 首浙江词的题材构成。请看下表:

宋代浙江词的题材构成①

序　号	题　材	数　量	百分比(％)
1	咏物	652	13.75
2	艳情	574	12.10
3	写景	526	11.09
4	祝颂	483	10.18
5	闺情	481	10.14

---

①　本表及下文的《全宋词题材构成》一表,均根据朱德才先生主编的《增订注释全宋词》进行统计。少数词作题材模糊,很难确定为某一类题材,只得两计。两表中的"百分比",系该类词作数量所占全部宋代浙江词或全宋词的比例。

续　表

序　号	题　材	数　量	百分比(%)
6	交游	399	8.41
7	羁旅	327	6.89
8	燕逸	281	5.92
9	节序	266	5.61
10	咏怀	225	4.74
11	闲愁	175	3.69
12	宗教	98	2.07
13	谈艺	91	1.92
14	闲适	91	1.96
15	怀古	60	1.27
16	燕栝	45	0.95
17	游仙	42	0.89
18	风土	35	0.74
19	宫廷	27	0.57
20	祭悼	27	0.57
21	未详	27	0.57
22	人物	18	0.38
23	哲理	14	0.30
24	亲情	13	0.27
25	科举	11	0.23
26	仕宦	10	0.21
27	故事	9	0.19
28	家庭	5	0.11
29	军旅	3	0.06
30	咏史	3	0.06
31	边塞	2	0.04
32	悯农	2	0.04
33	世相	2	0.04
34	生活	1	0.02
35	时事	1	0.02

如果将宋代浙江词的题材构成,与全宋词做一番比较,就可以直观而准确地显示出浙江词在取材上的特殊性来。兹亦用列表的方式,将全宋词的题材构成,统计如下:

全宋词题材构成

序　号	类　型	数　量	百分比(％)
1	祝颂	3351	15.80
2	咏物	3011	14.20
3	艳情	2610	12.31
4	写景	1923	9.07
5	交游	1791	8.45
6	闺情	1743	8.22
7	节序	1314	6.20
8	羁旅	1160	5.47
9	隐逸	1100	5.19
10	咏怀	1011	4.77
11	闲愁	644	3.04
12	未详	427	2.01
13	宗教	405	1.91
14	宫廷	388	1.83
15	闲适	267	1.26
16	怀古	250	1.18
17	谈艺	228	1.08
18	风土	163	0.77
19	游仙	134	0.63
20	祭悼	112	0.53
21	檃栝	103	0.49
22	亲情	92	0.43
23	科举	79	0.37
24	仕宦	71	0.33
25	人物	70	0.33
26	故事	43	0.20
27	世相	40	0.19

续　表

序　号	类　型	数　量	百分比（%）
28	哲理	34	0.16
29	神话	31	0.15
30	军旅	27	0.13
31	边塞	24	0.11
32	咏史	22	0.10
33	生活	21	0.10
34	时事	18	0.08
35	悯农	10	0.05
36	家庭	8	0.04
37	寓言	3	0.01

　　统计显示,两宋浙江词的题材类型多达 34 种,与全宋词相比,仅缺神话和寓言 2 类,充分说明浙江词的题材内容是十分丰富的。其次,就各题材类型作品的数量看,存词数量在 100 首以上的题材类型有 11 类,依次为咏物、艳情、写景、祝颂、闺情、交游、羁旅、隐逸、节序、咏怀、闲愁;若论存词数量在 50 首以上者,则还需加上宗教、谈艺、闲适、怀古 4 类;若论存词数量在 10 首以上者,则又应加上隐逸、游仙、风土、宫廷、祭悼、人物、哲理、亲情、科举、仕宦 10 类。题材内容的丰富多彩,既是作品全面、充分反映社会生活深广度的一个直观显示,也是创作繁荣的证明。

　　但与全宋词相比,浙江词在取材上还是有明显区别的。最主要的区别就是祝颂词数量仅列第四,名列第一、第二和第三的是咏物、艳情和写景三类,分别占 13.75%、12.10%、11.09% 的份额。同时,前三类作品,数量分别递减 78 首、48 首和 43 首,对于一省而言,这个差额还是比较大的。其次则是闺情作品所占份额也比在全宋词中大,超过了 10%。第三是羁旅、闲愁、宗教等类作品,所占比例都超过全宋词。

　　由此可见,与全宋词相比,宋代浙江词的题材内容较多绮艳的风花雪月成分,更为敏感细腻,传统色彩更浓。追溯其成因,既首先与晚唐五代词体在南方的发展及由此而形成的绮艳作风有关,也与在晚唐五代亦已出现的江南风流才子这个都市士人群体关系密切,因为他们正是词体创作的主力军。同时,还与浙江地区较为开放的江南民间风情有关。这一点直到今天,仍表现明显。比如在笔者工作过的宁波大学附近的农村①,只要天气许可,晚上多举办露天交际舞会,而且据笔者观察,参加者不少,加上围观的,人数很可观,间接反映了浙江地区的民间风情。

以上是就宋代浙江词的总体而言,若论其发展的阶段性,则浙江词的全面繁荣是在南宋。从《两宋浙江词人区域分布及其存词数量表》可知,北宋仅有词家31家,而南宋词家则有206家。② 由此出发,笔者依据朱德才先生主编之《增订注释全宋词》、周庆云所撰《两浙历代词人小传》进行统计,北宋有词758首,涉及题材类型25种;而南宋有词达3958首,涉及32种题材类型。

北宋浙江词题材构成表

序　号	题材	数量	百分比(%)
1	艳情	188	24.04
2	咏物	92	11.76
3	闺情	90	11.51
4	写景	89	11.38
5	交游	82	10.49
6	羁旅	54	6.91
7	祝颂	54	6.91
8	节序	40	5.12
9	闲愁	33	4.22
10	宗教	30	3.84
11	闲适	25	3.20
12	隐逸	12	1.53
13	咏怀	11	1.41
14	故事	9	1.15
15	谈艺	9	1.15
16	怀古	8	1.02
17	宫廷	7	0.90
18	仕宦	6	0.77

南宋浙江词题材构成表

序　号	题材	数　量	百分比(%)
1	咏物	560	14.14
2	写景	436	11.01
3	祝颂	429	10.84
4	闺情	391	9.88
5	艳情	386	9.75
6	交游	317	8.01
7	羁旅	273	6.90
8	隐逸	269	6.79
9	节序	226	5.71
10	咏怀	214	5.41
11	闲愁	142	3.59
12	谈艺	82	2.07
13	宗教	68	1.72
14	闲适	66	1.67
15	怀古	52	1.31
16	檃栝	45	1.14
17	游仙	40	1.01
18	风土	30	0.76

---

① 按,宁波大学所在的半路涨,离宁波市及宁波下属的镇海区,距离都较远,已是典型的农村地区。

② 李光是"中兴四大名臣"之一,本章计算南宋浙江词人,即自光始;陈克以上则计入北宋词人行列。

续　表　　　　　　　　　　续　表

序　号	题　材	数　量	百分比(%)	序　号	题　材	数　量	百分比(%)
19	风土	5	0.64	19	未详	25	0.63
20	祭悼	4	0.51	20	祭悼	23	0.58
21	科举	2	0.26	21	宫廷	20	0.51
22	悯农	2	0.26	22	人物	17	0.43
23	未详	2	0.26	23	哲理	14	0.35
24	游仙	2	0.26	24	亲情	13	0.33
25	人物	1	0.13	25	科举	9	0.23
26	世相	1	0.13	26	家庭	5	0.13
/	/	/	/	27	仕宦	4	0.10
/	/	/	/	28	军旅	3	0.08
/	/	/	/	29	咏史	3	0.05
/	/	/	/	30	边塞	2	0.05
/	/	/	/	31	生活	1	0.03
/	/	/	/	32	时事	1	0.03
/	/	/	/	33	世相	1	0.03

可见到南宋时期,浙江词在作家人数、作品产量、反映社会生活的深广度等方面,都远胜北宋。其主要原因乃是北宋灭亡,国家政权南迁,定都临安(今杭州),浙江获得自东晋永嘉南渡以来的又一次大开发的机会,成为南宋的政治、文化和经济中心,人才密集,浙籍词人数量也跃居全国各地区之冠,词体创作全面繁荣,不仅人数众多,作品丰富,而且取题广泛,流派并起,词坛真正形成百花齐放的景象。

当然,宋代浙江词的艺术风格虽然可称多样化,但不可否认的是,已形成总体的或曰主导的艺术风格。这就是以张先为探路人、以周邦彦为奠定者的,折衷、调和秦、柳的化俗为雅的富艳精工的艺术风格。学者每称清真于两宋词史有"结北开南"之功,其实主要就是针对格律—风雅词派而言的。北宋时期,作者较少,仅有张先、周邦彦、刘焘等人;南渡以后,高观国、卢祖皋、吴文英、翁元龙、张枢、陈允平、王沂孙、周密、李彭老、李莱老、柴望、杨缵、仇远、张炎诸家,线索昭昭,脉络井然,是宋代浙江词坛上声势、影响和成就都最为浩大的创作流派。

除以周、姜、吴为主导的主流风格而外,宋代浙江词尚有几种流派和作风应予讨论。其一是沿着苏轼所开创的道路发展而来的豪放疏宕风格,李光、刘一止、史浩、王十朋、毛开、倪偶、曹冠、葛郯、管鉴、陆游、沈瀛、陈亮、张镃、李廷忠、戴复古、薛师石、洪咨夔、黄机、宋自逊、曹幽、吴渊、吴潜、王埜、赵孟坚、章谦亨、陈著、汪元量、何梦桂,一路顺流而下,作手如林,声势颇张,是两宋浙江词坛唯一可与格律—风雅词派抗衡的词派。其二是远绍花间与南唐、近祧二晏与欧秦的清切婉丽词风,如钱惟演、林逋、谢绛、韦骧、舒亶、毛滂、沈蔚、陈克、吕本中、吕渭老、葛立方、朱淑真,以及王之望、姜特立、沈端节、吴礼之、许棐等人。最后,附带论及几类创作方式或社会身份较为特殊的词家,如庚和词人、檃栝词人、宗教词人等。

第二节 格律—风雅词派在浙江的形成和发展

马兴荣、吴熊和、曹济平三先生主编之《中国词学大辞典》"格律词派"条云:"北宋以周邦彦为代表的大晟词派和南宋以姜夔为代表的风雅词派,因深谙词之声韵,作词严守音律,并致力于创制新调,因此各有格律词派之称。"而"风雅词派"条又云:"南宋中后期词的流派。……姜夔等人非仅擅词笔,且精通音律,在词的体制上承袭北宋乐府流风,亦复参究周邦彦等人的技法、风格而有所变化发展,其风雅词派之影响及于清代。"在笔者看来,所谓格律词派、风雅词派,一就形式体制言,一就内容旨趣言,互为表里,实可合为一派。同时,在实际创作中,对格律的严格遵守,自然会导致对词句的推敲锻炼,词乐的雅化和词句的雅化往往是同时展开、一起获得的。既如此,名之曰"格律—风雅词派"可也。

此外,上述二词条告知我们,格律派的灵魂是周邦彦,而风雅派的灵魂则是姜夔;兹言"格律—风雅词派",则周、姜乃其两大关键性词家。但若细究其源流,则远非如此简单,而是有一个发展演变的历程。周之前,姜之后,都有一些重要词家于此派建功甚伟,需要述及。事实上,格律—风雅词派的产生和发展,浙江词家贡献巨大;在开创阶段和几个关键的过渡转变时期,都可以看到浙江词家活跃的身影。在两宋浙江词坛,可以清楚地看到宋代格律—风雅词派的发展脉络;宋代格律—风雅词派的形成和发展,浙江词家起到了主要作用。

以数位重要的开拓型词家为标志,宋代格律—风雅词派在浙江的形成和发展,大致可分为以下几个阶段:

一、张先于格律—风雅词派的形成有开创之功

据南宋学者王明清《玉照新志》卷一,宋仁宗时有两张先,皆字子野,一为博

州人,一为湖州人。这里所论,乃湖州张先,词史名家。

张先(990—1078),字子野,乌程(今湖州)人。仁宗天圣八年进士。明道间,曾为宿州掾。康定初,以秘书丞知吴江县。庆历三年,为嘉禾判官。皇祐二年,晏殊知永兴军,辟为通判。五年,知渝州。嘉祐三年,知安州。熙宁间,以尚书都官郎中致仕,来往于杭州、吴兴之间,与苏轼、杨绘、李公择、柳瑾等人吟咏唱和,为众人所推仰。一生创作勤勉,至老不衰,年八十九而卒,葬湖州弁山多宝寺。诗集久佚,《全宋诗》辑得 25 首。有《张子野词》,《全宋词》录存 165 首。张先一生致力于词的创作,亦主要以词名世。历来论者每每津津乐道"张三中"、"张三影"[①],强调张先词本身的特色,这固然没错;但笔者以为,不少学者对张先的词史地位,尤其是张先拓展词体表现功能、加强词律建设的贡献,重视不够。事实上,宋词史上备受研究者重视的格律词派,张先实导夫先路。

众所周知,词调源于曲调,唐词多咏本调,词乐合一,声意相从,是词体发展的自发阶段。若一定要以"派"言之,就是"曲调派"了。崔令钦《教坊记》所载三百二十四个曲调,约有半数衍为词调;李清照《词论》所谓"自后郑卫之声日炽,流靡之变日烦,已有《菩萨蛮》、《春光好》、《莎鸡子》、《更漏子》、《浣溪沙》、《梦江南》、《渔父》等词,不可遍举"。但经过中晚唐和五代时期的动乱,乐人流散,曲调失传,入宋后,词乐就所剩寥寥了,能掌握和运用词乐的人则更少。沈括在《梦溪笔谈》卷五《乐律》中就已指出:"今声、词相从,惟里巷间歌谣,及《阳关》、《捣练》之类,稍类旧俗。然唐人填曲,多咏其曲名,所以哀乐与声,尚相谐会。今人则不复知有声矣。哀声而歌乐词,乐声而歌怨词,故语虽切而不能感动人情,由声与意不相谐故也。"但词体早已成熟、独立,且有进一步发展的欲求。于是,词律与词谱就应运而生了。

词律有两重意义,一是指词的音律,一是指词的格律。词的音律,乃是与词乐有关的乐律、宫商、曲调谱式、叶乐方式以至歌唱方法等音乐上的问题;词的格律,则是来自作词所遵从的各种词调的字数、句式、平仄等体式上和作法上的问题。两者性质不同,但互相联系。由于晚唐五代以来词乐失传,虽然就音乐史而言固需对词之音律问题继续进行深入探讨,但一般说来,这与词的研究与创作已经没有多大关系。词的格律则不然。它体现了"上不似诗,下不似曲"的词体特点。严守格律,是论词的重要艺术标准,迄今仍被作词者奉为金科玉律,谨守不失。词律的基本内容有五:一、一调有一调之律,所谓"调有定句,句有定字,字有

---

① 后人又有"四影"之说。清李调元《雨村词话》卷一"四影"条云:"'张三影',已胜称人口矣。尚有一词云:'无数杨花过无影。'合之应名'四影'。"

定声"。有些词调还一调多体,在定格之外有各种变体,在字数、句读、平仄上略有更改。二、依乐段分片。词调分片,全系于乐曲分段,绝不可根据文义随意变动。三、依词腔押韵。词中的一韵,相当于乐曲中的一均,词调中的押韵之处,称为韵位,是曲中的"顿"、"住"之处,即乐曲中间停顿的地方。四、依曲拍为句。诗句不论四言、五言、七言,大都整齐划一。词句随乐段乐句而长短变化,参差错杂。词调句有长短,字有多寡,完全是依从曲调的节拍而来。词的各种句式,与曲中的乐句相应,乐句参差不齐,因此词多用长短句。五、审音用字。歌词需要"合之管弦,付之歌喉",所以除了讲究平仄,有时还要严分四声与阴阳,以利美声动听。

相应地,词谱也分为两种。一是音谱,也是就曲谱或歌谱,以音乐符号记录曲调,是乐师伶工依曲律而制的声乐谱;再者就是后世仅标平仄、句读的声调谱。每个词调按理都是有音谱的,但在北宋前期,音谱就大多久已失传。故词人填词,大多只是依据声调谱来进行。不过,如果词家精通乐理,谙熟音律,知音识曲,就能更好地处理词、乐相协的问题,在保持词体音乐属性的同时,表达更丰富、细腻而曲折的情感内容,使美听和表意相得益彰。

在两宋词史上,张先是第一位开始自觉注意词律的作家。张先存词165首,共用96调,平均1.72首即换用一个新调。张先作词以小令为主,后期渐多染翰长调,如《泛青苔》、《宴春台慢》、《山亭宴慢》、《谢池春慢》、《少年游慢》、《熙州慢》等。以上诸调多为其自度曲或时调新声。《泛青苔》乃其自度曲,双调,一百零八字,上、下片各十二句五平韵。此调传词仅见此首,载侯文灿《十名家词》本《张子野词》,而《彊村丛书》本不载。该词系张先吴兴泛舟趁兴之作,中有"过晓霁清苔,镜里游人"之句,因取为调名。词作原有序云:"又名《感皇恩》。"盖以其曲调与唐曲《感皇恩》有关联。《钦定词谱》卷三十五录此词,曰:"调见张先词,吴兴泛舟作,即赋题本意也。一名《感皇恩慢》。"以示其与六十七字之《感皇恩》不同。于词末又云:"此张先自度曲,无别词可校。"徐本立《词律拾遗》卷五又取其词"从教水溅罗裙"句,谓"一名《溅罗裙》"。又如《山亭宴慢》,《钦定词谱》卷三十云:"山亭宴,盖自度曲也。"①张先自己在调下注明是"中吕宫"即夹钟宫。《谢池春慢》亦首见于《张子野词》,张先于此调下有词序云:"玉仙观道中逢谢媚卿。"南宋皇都风月主人《绿窗新话》引北宋杨湜《古今词话》云:"张子野往玉仙观,中路逢谢媚卿,初未相识,但两相闻名。子野才韵既高,谢亦秀色出世,一见慕悦,目色相接。张领其意,缓辔久之而去。因作《谢池春慢》以叙一时之遇。"《张子野词》

---

① 按:《钦定词谱》无"慢"字,兹据彊村本《张子野词》正之,而此调之正名一般仍以《钦定词谱》为准。

于此调下同样注明是"中吕宫",应当也是其自度曲。《词律》卷十列李之仪一体,与张词不同。但张词在前,当从《钦定词谱》,以张先所作为正体。《宴春台慢》也首见于《张子野词》,注明是"仙吕宫"。《少年游慢》在《全宋词》中仅存张先一阕,亦或为其自度曲。宋词《熙州慢》调仅见于《张子野词》。《钦定词谱》卷二十四云:"《唐书·礼乐志》天宝乐曲,皆以边地名,若伊州、甘州、凉州之类。按:宋改镇洮军为熙州(治所在今甘肃临洮),本秦汉时陇西郡,亦边地。调名《熙州》,义即取此。"宋洪迈《容斋随笔》卷十四云:"今乐府所传大曲,皆出于唐,而以州名者五:伊、凉、熙、石、渭也。"张先《熙州慢》出于大曲《熙州》无疑,当是摘取其中某一片断而成,故调下注明属般涉调(黄钟羽)。

故上述诸调,或是张先自度曲,或是采用时调新声;但无论是哪一种情况,都有一个共同点,即都是"慢调"。所谓"慢"或"慢调",指慢曲子,相对于急曲子而言。急与慢是按乐曲的节奏来区分的。慢调的字句长,韵少,节奏比较缓慢。王灼《碧鸡漫志》卷五《念奴娇》条下云:"唐中叶渐有今体慢曲子。"可知宋代慢调是从唐代慢曲演化而来的。敦煌词中已有慢曲,晚唐钟辐的《卜算子慢》为现存最早的文人慢曲。宋代慢调大行,如《木兰花慢》、《雨中花慢》、《浣溪沙慢》等。宋末张炎《词源》卷下谓"慢曲不过百余字,中间抑扬高下,丁、抗、掣、拽,有大顿、小顿"云云,表明慢曲的音乐节奏具有抑扬变化和悠扬动听的特点。柳永无疑是宋代大量运用慢曲填词的人,但较早注意并较多运用慢曲的则是张先。张先较早注意到慢曲表情达意的丰富功能和生动效果,创制慢词,于词体实在拓展之功,开词体变革之先河。可见张先是一个精通音律的杰出词家。故苏轼《和致仕张郎中春昼》诗云张先"细琢歌词稳称声",所谓"称声"者即指歌词用字吻合曲调要求。万树《词律》卷三十八亦云:子野"用字繁密,自在苏、辛之上"。正因为精通音律,张先每能当筵作词付与歌儿。宋人王暐《道山清话》即记载:"晏元献为京兆,辟张先为通判。新纳侍儿,公甚属意。先,字子野,能为诗词,公雅重之。每张来,令侍儿出侑觞,往往歌子野所为之词。"晏殊为北宋初年一大词宗,能受其赏识,足见张先词艺之精。也因为精通音律,在实际创作中,张先还能灵活变通。比如《定风波令·再次韵送子瞻》,苏轼《定风波》以平韵夹叶三仄韵,张先两首和词,皆仅和平韵,三仄韵则皆不顾,此乃和韵之变体也。

到了元代,民间流行俚俗的北曲即"小唱",宋人、金人的词便成为雅乐了,元人称之为"大乐",张先的词也成为传唱众口的"大乐"了。元人燕南芝庵《唱论》即云:"近世所谓大乐,苏小小《蝶恋花》、邓千红《望海潮》、苏东坡《念奴娇》、辛稼轩《摸鱼儿》、晏叔原《鹧鸪天》、柳耆卿《雨霖铃》、吴彦高《春草碧》、蔡伯坚《石州慢》、张子野《天仙子》也。"可见在元代,词的地位提高了,而张先的《天仙子》已然名列名曲"排行榜"上。

但是,如果仅通音律,则仍只是一般伶工手段。协律只是词之为词的前提或基本条件。张先之所以能成为宋代格律—风雅词派的探路人,甚至开创者,还在于其词"韵高"、"高古",能够成为人们赏爱、效仿的对象。可以说,早在张先这里,"格律派"和"风雅派"就已经二位一体了。

在历代评论中,清人陈廷焯可说是张先的知音,于张词捧扬最甚。《白雨斋词话》卷一云:"张子野词,古今一大转移也。前此则为晏、欧,为温、韦,体段虽具,声色未开。后此则为秦、柳,为苏、辛,为美成、白石,发扬蹈厉,气局一新,而古意渐失。子野适得其中,有含蓄处,亦有发越处,但含蓄不似温、韦,发越不似豪苏腻柳。规模虽隘,气格却近古。自子野后,一千年来,温、韦之风不作矣,益令我思子野不置。"在《别调集》卷一中,陈氏也有类似的评论:"子野词最为近古,耆卿而后,声色大开,古调不复弹矣。"其《大雅集》卷二评张先《青门引》(乍暖还轻冷)时同样强调:"韵流弦外,神泣个中。耆卿而后,声调渐变,子野犹多古意。"陈氏对张先的许多作品,都称赞有加。《白雨斋词话》卷二评《醉垂鞭》(双蝶绣罗裙)曰:"蓄势在一结,风流壮丽。"《闲情集》卷一评《醉落魄》(云轻柳弱)曰:"情词并茂,姿态横生。李端叔谓子野才短情长,岂其然欤?"又评《碧牡丹·晏同叔出姬》曰:"深情绵邈,晏公闻之,能无动心耶?"《云韶集》卷三评《天仙子》(水调数声持酒听)曰:"绘影绘色,神来之笔。笔致爽直,亦芊绵,最是词中高境。"《大雅集》卷一评《剪牡丹·舟中闻双琵琶》曰:"子野善押'影'字韵,特地精神。"诸如此类,不一而足。所称皆"韵"胜之作。顺带说明,李之仪虽曾言张先"才不足而情有余",但词学批评史上最早褐橥张词之韵的人,也是他。《姑溪居士文集》卷四十《跋吴思道小词》云:"长短句于遣词中最为难工,自有一种风格,稍不如格,便常见龃龉。……至柳耆卿,始铺叙展衍,备足无余,形容盛明,千载如逢当日,较之《花间》所集,韵终不胜。由是知其为难能也。张子野独矫拂而振起之,虽刻意追逐,要是才不足而情有余,良可佳者。"

唐圭璋先生亦称张词之"韵胜"。《唐宋词简释》评《天仙子》(水调数声持酒听)云:"此首不作发越之语,而自然韵高。中间自午至晚,自晚至夜,写来情景宛然。……'云破'句,写景灵动,古今绝唱。'重重'四句,写夜深人静,独处帘内,又因风起而念落花,仍回到惜春送春之意。李易安'应是绿肥红瘦'句,亦袭此,然太着迹,并不如此语之蕴藉有味矣。"评《青门引》(乍暖还轻冷)云:"此首与《天仙子》同为子野韵胜之作。"又评《渔家傲》(巴子城头青草暮)云:"此首和词,疏宕有韵。……下片,答谢别者之情义,尤为深厚。"而钱锺书先生论张先《一丛花令》时更云:"《招魂》:'目极千里兮伤春心。'……《高唐赋》:'长吏隳官,贤士失志,愁思无已,太息垂泪,登高远望,使人心瘁.'二节为吾国词章增辟意境,即张先《一丛花令》所谓'伤高怀远几时穷'是也."①能称"意境"者,自然韵味无穷。

笔者以为,所谓"韵胜",实即"诗味浓厚"之意;更具体些说,乃宋代士大夫所推崇的"疏淡"之美。②由是观之,张先其实也是一个"以诗为词"的词家。惟其如此,才能在继承中有创新,大胆探求。张先是宋代第一个特别重视词家主体性的人③,第一个大量使用词序的人,第一个较多尝试长调慢词的人,第一个较多描写城市风光风情与繁华气象的人。基于这样的创新求变胸襟,张先在艺术表现上也别开生面,如将赋法加入到词中,以小令手法作慢词④,以古乐府手法写词⑤,开辟新的词境⑥,特别善于炼字⑦,善于化用唐人诗句⑧。最后,反映到词的风格上,便是清出、生脆⑨,便是瘦硬、古拙⑩,便是疏宕、发越⑪,便是高雅⑫,

---

① 钱锺书著《管锥编》第三册"全上古三代秦汉三国六朝文"第八则,中华书局1991年版,第875页。

② 孙维城著《宋韵——宋词人文精神与审美形态探论》,专门讨论宋词与韵的关系,以为"'韵'与'平淡'的结合规范了宋代士大夫的形象、气质与精神,并进而规范了艺术的疏淡之美。……是由绚烂入于平常,精能之至反造疏淡,是妙造自然,巧夺天工。"安徽大学出版社2002年版,第17页。

③ (宋)胡仔撰《苕溪渔隐丛话》前集卷三十七记载:有客谓子野曰:"人皆谓公张三中,即心中事、眼中泪、意中人也。"公曰:"何不目之为'张三影'?"客不晓。公曰:"'云破月来花弄影'、'娇柔懒起,帘压卷花影'、'柳径无人,堕轻絮无影',此余平生所得意也。"

④ 夏敬观《映庵词评》评《山亭宴慢·有美堂赠彦猷主人》云:"长调中纯用小令作法,别具一种风味。"

⑤ 夏敬观《映庵词评》论《菩萨蛮》(忆郎还上层楼曲)及《菩萨蛮》(牡丹含露真珠颗)云:"古乐府作法。"

⑥ 见上引钱锺书《管锥编》第三册第875页语。

⑦ 张先特别善于炼字,尤其是"影"字。除前注《苕溪渔隐丛话》所引三处外,尚有许多例。

⑧ 许昂霄《词综偶评》评《剪牡丹》(野绿连空)云:"前阕说舟中,后阕说琵琶。末句即香山所谓'唯见江心秋月白'也。"评《醉落魄》(云轻柳弱)云:"'倚楼人在阑干角',暗用唐诗。"杨慎《词品》卷一论《御街行》(夭非花艳轻非雾)云:"白乐天之词……张子野衍为《御街行》,亦有出蓝之色。"

⑨ (清)周济《介存斋论词杂著》之《宋四家词选目录序论》云:"子野清出处、生脆处,味极隽永。"

⑩ (清)刘熙载《艺概》卷四《词曲概》云:"宋子京词是宋初体,张子野始创瘦硬之体。"夏敬观手批《张子野词》:"子野词凝重古拙,有唐、五代遗音。慢词亦多用小令作法。后来涩体,炼词炼句,师其法度,方能近古。"

⑪ 唐圭璋《唐宋词简释》论《渔家傲》(巴子城头青草暮)云:"北首和词,疏宕有韵。"所谓"发越"则可见上引《白雨斋词话》卷一语中。

⑫ (清)黄苏《蓼园词选》论《醉落魄》(云轻柳弱)云:"'云轻柳弱',写佳人神韵清远。'生香真色',尤为高雅。至'声入霜林','梅'亦能'落',此又是真艺矣。"

便是高简①，便是幽隽②。所有这些特征，几乎都可以看成是某种诗歌风格；换言之，早在北宋前期，张先词就已经具有比较明显的诗化特征了。而这些诗化倾向或曰特征，正是张先词获得士大夫阶层赏爱的最主要和最深刻的原因。毕竟，俗文化一旦走上文人案头笔下，成为文人创作，雅化就势在必行；而这种趋势，又进一步加强了后人对雅化的认同和跟随。事实也证明，张先的词对后世产生了极为深远的影响。除陈廷焯集中表彰外，先著、程洪《词洁》卷一亦曾论及："子野雅淡处，便疑是后来姜尧章出蓝之处。"

不过，认识到这一点的学者，似乎不多。大多数人虽然肯定张先词的新变和转变，但每每将其影响局限在北宋前中期。事实上，张先的影响是深远的。从北宋中期开始，一直贯穿两宋。虽然自周邦彦崛起以后，张先的影响就日渐被掩盖住了，但仍然不绝如缕，时有显露。而且，在周邦彦、姜夔、吴文英等人那里，我们也一样可以看到张先的痕迹。近代词学大师吴梅先生亦曾"倚子野体"作《卜算子慢》一阕，见载于《霜厓词录》。总之，张先是宋代浙江词史上第一个里程碑式的重要词家，他所倡导的风雅蕴藉的格律词派，是宋词史上最重要的一个流派，产生了巨大而深远的影响。从张先出发，经由秦、柳等人，终于在周邦彦那里凝聚到一处，培育出彪炳两宋的一代词宗。

现在，请以几首名篇，来印证上面的论述。先来看张先的第一佳作《天仙子》。词云：

> 水调数声持酒听，午醉醒来愁未醒。送春春去几时回？临晚镜，伤流景，往事后期空记省。 沙上并禽池上暝，云破月来花弄影。重重帘幕密遮灯。风不定，人初静，明日落红应满径。

一般人都以为此词得以传诵，主要是由于下片首二句写"影"的细腻传神，其实这是因循旧说的一知半解。细味这首词，"重重"以下一层数句，最为温暖深永。上片所传达的仅仅是习见的伤春闲愁，下片通过一二两句的过渡和铺垫，写夜来风雨，和风雨之夜人居的静谧、温暖，由此揣想、怜惜风雨中的春花，则显示了较为宽广深挚的爱惜美好事物的情怀。故下片首二句不仅仅是写景，它们在结构上还起着非常重要的过渡和铺垫作用，都是暗写天气的变化，"池上暝"、"云破"写

---

① 钱锺书《管锥编》第一册《毛诗正义》第一五"燕燕"条云："'瞻望勿及，伫立以泣'。……张先《虞美人》：'一帆秋色共云遥，眼力不知人远，上江桥。'……语最高简。"中华书局1991年版，第78页。

② 黄苏《蓼园词选》论《青门引》（乍暖还轻冷）云："落寞情怀，写来幽隽无匹。不得志于时者，往往借闺情以写其幽思。"

83

乌云密布,"月来"、"花弄影"则是写风起。深夜风起云涌之际,人居则"重重帘幕密遮",人们则"初静",进入梦乡,可此时那些美丽娇弱的花草却遭受风吹雨打,正纷纷零落。通过烘衬,词人的敏感心灵和仁厚心肠表达得深曲动人。

在张先词中,《一丛花令》(伤高怀远几时穷)是与《天仙子》差不多齐名的又一名作。此词融爱情故事与人生哲理于一炉,既提升了情事的境界,又使哲理变得真切丰满。词云:

> 伤高怀远几时穷?无物似情浓!离愁正引千丝乱,更东陌、飞絮濛濛。嘶骑渐遥,征尘不断,何处认郎踪? 双鸳池沼水溶溶,南北小桡通。梯横画阁黄昏后,又还是、斜月帘栊。沉恨细思,不如桃杏,犹解嫁东风。

张先作词,工于刻画景物,锻炼词句,有时却不免流于纤巧。但这首"伤高怀远"之作,却是既造语警拔,疏宕发越,又浓情郁勃,情韵幽隽,而说理、抒情又结合得水乳交融,诚如钱锺书先生所云,开辟出一种新境界。

与《一丛花令》风格相仿佛者,是下面这首《千秋岁》:

> 数声鶗鴂,又报芳菲歇。惜春更把残红折。雨轻风色暴,梅子青时节。永丰柳,无人尽日飞花雪。 莫把幺弦拨,怨极弦能说。天不老,情难绝。心似双丝网,中有千千结。夜过也,东窗未白凝残月。

此词写爱情惨遭摧抑的幽怨和坚定不移的信念,而调寄声情激越的《千秋岁》,正可见词人填写此阕时的情感状态。从感情的浓度和强度看,此阕比《一丛花令》所表达的"无物似情浓"更深刻有力,比柳永的名篇《雨霖铃》"此去经年,应是良辰好景虚设,便纵有千种风情,更与何人说"所表达的偶遇而生的爱情来得更永久、纯正。"天不老,情难绝"、"心有双丝网,中有千千结",试问还有比这更坚贞不渝、令人感动的爱情吗?这样的词,实兼有含蓄与发越两重特色,而情韵之高雅自不待言。

张先词集中写寻常情事而韵致高雅的篇章还有很多,《醉垂鞭》(双蝶绣罗裙)也是一显例。就题材而言,这只是一首无聊的赠妓词,没入《花间集》便寻它不着。这首词之所以能成为名篇,全因为有末尾"昨日乱山昏,来时衣上云"二句。这两句好处有三:一是用侧面描写的方法,借言女子服饰之美衬托女子之美;二是用"巫山云雨"的典故,将男性对美女的爱慕含蓄地表达出来,不仅切题,而且显得亦真亦幻,令人回味;三是这两句本身所写的景与物,壮美新奇,让人浮想联翩。总之,末二句可谓神来之笔,有画龙点睛之功,陈廷焯《别调集》卷二甚至说出"蓄势在一结,风流壮丽"这样的赞语。

张词的写法和风格是多方面的。再看下面这首《青门引》：

> 乍暖还轻冷，风雨晚来方定。庭轩寂寞近清明，残花中酒，又是去
> 年病。　楼头画角风吹醒，入夜重门静。那堪更被明月，隔墙送过秋
> 千影。

这是一首非常特别的词作，特别之处在于抒情主人公感觉的敏锐尖新。作者通过对视觉、听觉甚至触觉的描写，把一颗多愁善感的心灵逐层披露出来。最后落眼月夜秋千之影，将数缕思绪挂结其上，稀微幽渺而又抑郁凝重。可见，打通触物与感怀的界限，使其相互生发，是此词的主要写法，而读者也可由此感知词人敏锐尖新的感觉。南宋吴文英作词，论者每谓其善于捕捉、表达敏锐尖新的心灵感触，其实早在张先这里，就已得其先机，导夫先路。后文讨论梦窗词，仍要述及这一点。

此外，张先晚年乡居时所作《木兰花·乙卯吴兴寒食》一词，以节序和风土入词，描写竞渡、踏青等民间游乐活动，在沿袭晚唐五代绮艳风气的宋初词坛，无疑是吹拂进的一股新风，是张先在题材内容上开拓的表现。

据拙著《宋词题材研究》统计，张先词中的名篇共 6 首，今俱已论述如上。若稍为留意，便会发现，其中无一长调慢词。但我们前面曾言，张先对词体的创新和贡献之一，便是开始大量填写长调慢词，又曾言张先每以小令手法创作慢词；现在我们要说，前者是其先进处，而后者则是张先词未完善的地方。前人论其词有所谓"破碎"[①]、"词胜乎情"[②]、"生脆"诸语，都有意无意地说中了张先慢词的缺憾。换言之，张先和他的同时代人一样，仍是一个写令词的能手，虽然个人的创新精神使其较早关注起长调慢词，得时代风气之先，但创作慢词所需要的各种技能并未及时掌握和熟练运用。所以，他的名篇中无一长调慢词也就不足为怪了。而发展到北宋末期，《清真词》中的名篇就多为慢词了。

不过，这里要强调指出的是，虽然张先的慢词成就不高，但从词史角度看，张先试作慢词，恰恰是开风气之先，而这些慢词也因此具有了拓展词体、引导词史发展的功绩，贯穿形成于北宋末、大盛于南宋的格律—风雅词派，其源头必须追溯到张先这里，方为公允。毫不夸张地说，张先是宋词兴盛局面的开创者之一。从词史的角度来评论张先，在北宋前期，只有柳永在词体创新上可与之颉颃。

---

① 李清照《词论》云："张子野……辈继出，虽时时有妙语，而破碎何足名家！"

② （清）沈雄《古今诗话·词话》卷上"少游情词相称"条引蔡伯世语云："子野词胜乎情。耆卿情胜乎词。"

二、成熟期:周邦彦是格律—风雅词派的旗帜和灵魂

在宋词的雅化历程中,周邦彦起着结北开南的重要作用。这个关键作用,在两宋浙江词的发展史上,表现得更为显著。即使是站在大词史的高度看,周邦彦也依然是格律—风雅词派的旗帜和灵魂。

周邦彦(1056—1121),字美成,自号清真居士,钱塘(今杭州)人。父、祖以上事迹不可考。叔父周邠,嘉祐八年(1063)进士,熙宁间任钱塘令,时苏轼通判杭州,多所唱和,年轻的周邦彦亦得与苏轼交游。周邦彦少年时疏隽少俭,不为州里推重,尝游学荆州,而博涉百家之书。元丰初,以布衣入京师。五年,为太学生。七年,献《汴都赋》,受神宗赏识,由外舍生擢为试太学正,文名鹊起。此间常留连于歌台倡楼,写了许多咏妓词。元祐三年,自太学正出为庐州(今安徽合肥)州学教授,秩满转荆州(今湖北江陵)。八年,知溧水县(今属江苏)。绍圣四年还京,为国子监主簿。元符元年,召对崇政殿,重进《汴都赋》,除秘书省正字。徽宗即位,改除校书郎。崇宁三年,迁考功员外郎。大观元年,迁卫尉、宗正少卿,兼议礼局检讨。建中靖国元年,曾至睦州。大观二年冬或三年春,尝至苏州。政和元年,迁卫尉卿,以直龙图阁出知河中府。二年,徙隆德府。六年,改知明州。七年(1117),还京为秘书监,进徽猷阁待制,提举大晟府。[①] 重和元年,复放外任,知顺昌府(今安徽阜阳)。宣和二年移知处州(今浙江丽水),值方腊起义,道梗不赴。未几罢官,提举南京鸿庆宫,辗转避居于钱塘、扬州、睦州(今浙江建德)。三年,返回南京(今河南商丘),卒于鸿庆宫斋厅,年六十六。《宋史》、《东都事略》与《咸淳临安志》均有传。张端义《贵耳集》称其"文章大有可观","笺奏杂著,皆是杰作"。陈郁《藏一话腴》外编卷上称其"诗歌自经史中流出,当时以诗名家者如晁(补之)、张(耒)皆自叹以为不及"。而词体创作的成就最高,张炎《词源》卷下称其"负一代词名"。恰如陈振孙《直斋书录解题》卷十七所称,周邦彦"博文多能,尤长于长短句自度曲"。有《清真集》,又称《片玉集》。

虽然在现当代普通读者心目中,周邦彦的影响并不是很大,其知名度远不及秦、柳、易安和白石;但词史上的周邦彦却是两宋词的一大关捩,其地位的重要性,只有诗化派、豪放派的开创者苏轼可与之比肩。陈廷焯《白雨斋词话》卷一即云:"词至美成,乃有大宗。前收苏、秦之终,复开姜、史之始。自有词人以来,不得不推为巨擘。后之为词者,亦难出其范围。"事实上,周邦彦集大成性质的词学

---

① 有学者认为此系子虚乌有。参见孙虹校注、薛瑞生订补《清真集校注·清真事迹新证》,中华书局 2007 年版,第 66 页。

成就是在北宋时期完成的,而其影响则是在南宋爆发开来的。还有,我们也应该看到,周词的魅力和影响都主要集中在词艺上;所谓"集大成",也主要是针对婉约派、格律派而言。但我们不能因此低估周词的地位和价值,因为词体的健康发展实赖于题材内容和形式技巧的共同发展和相互促进。如果说苏轼拓展了词旨、提高了词境,那么周邦彦则完善了词律、深化了词艺。二者不可偏废,同等重要。相比之下,苏词直抒胸臆,本色自然,有如太白,曲高和寡;而周词典雅精丽,看似邃密幽深,其实有门径法度可循,有几分像杜诗,故人喜道乐学。周词"走红"的事实告诉我们,词体发展到北宋后期,新一轮的或曰又一层面的自觉和嬗变,已经开始。

早在南宋初年,清真词就已在临安城里到处传唱。《樵隐笔录》记载:"绍兴初,都下盛行周清真《兰陵王慢》,西楼、南瓦皆歌之,谓之《渭城三叠》。"晁公武《鹧鸪天》词亦云:"倚栏谁唱清真曲,人与梅花一样清。"淳熙年间,强焕为《片玉词》作序,有云:"暇日从容式燕嘉宾,歌者在上,果以公之词为首唱。"吴文英《惜黄花慢》词序仍云:"次吴兴小泊,夜饮僧窗惜别。邦人赵簿携小妓侑尊,连歌数阕,皆清真词。"直到张炎,犹在《国香》和《意难忘》二词小序中,以能善歌清真词夸赞歌妓。刘辰翁也在《大圣乐》词中说:"伤心处,斜阳巷陌,人唱《西河》。"可见整个南宋,清真词都传唱不衰。与此同时,清真词成为词论家们谈论的对象和资源,各种版本相继出炉。一些词家还把清真词当成取法和效仿的对象,甚至有人用其词替代词谱作为填词的标准,于是出现了杨缵《圈法周美成词》、曹杓《清真词注》、无名氏《周词集解》之类的专书,而在创作领域也出现了方千里、杨泽民和陈允平这类遍和周词的特例。正如陈郁《藏一话腴》外编卷上所云:"二百年来,以乐府为独步,贵人学士、市儇妓女知美成词为可爱。"周词在南宋时期获得了普遍的社会认可,而且越到宋末,声价愈高。

试问周词究竟有多少魅力,能成为时尚和楷模? 概括起来,主要有以下几个方面的表现:

首先,周邦彦妙解音律,多自度曲,于宋词的发展有创调之功。

据《三国志·吴书·周瑜传》,周瑜精意于音乐,时人谣曰:"曲有误,周郎顾。"周邦彦因以自号其堂为"顾曲"。《宋史·文苑传》亦称其"好音乐,能自度曲,制乐府长短句,韵清蔚"。周邦彦在词中常常自比周瑜,矜夸其音乐才能。《蓦山溪》词云:"周郎逸兴,黄帽侵云水。"《六幺令》词云:"惆怅周郎已老,莫唱当时曲。"《意难忘》词云:"解移宫换羽,未怕周郎。"《玉楼春》词则云:"休将宝瑟写幽怀,座上有人能顾曲。"因为其杰出的音乐才能,周邦彦晚年被徽宗任命为大晟府提举官。

如果将《清真集》所用词调浏览一过，便可发现唐宋词史上有许多词调是首次出现的。兹将这些词调抄录如下：《蕙兰芳引》《华胥引》《塞翁吟》《浣溪沙慢》《月下笛》《玲珑四犯》《丁香结》《锁窗寒》《垂丝钓》《凤来朝》《玉团儿》《青房并蒂莲》《双头莲》《隔浦莲》《一剪梅》《四园竹》《解蹀躞》《红林擒近》《侧犯》《大有》《绕佛阁》《渡江云》《玉烛新》《宴清都》《庆春宫》《忆旧游》《花犯》《倒犯》《氐州第一》《还京乐》《绮寮怨》《丹凤吟》《六丑》《瑞龙吟》《红罗袄》《解连环》《大酺》《烛影摇红》《西河》《夜飞鹊》《拜星月》《意难忘》《扫地花》《精蝶儿慢》《万里春》，共 45 调。[①]《扫地花》以下三调，存词各仅 1 首。周邦彦存词 186 首，所用词调多达 116 个，而时调新声即占 40.18％。

其次，周词不仅调数繁多，且格律精严，讲求四声，因而抑扬有致，韵律谐畅，优美动听，最是"当行本色"，被后世词家奉为圭臬。

王国维在《清真先生遗事·尚论三》中说："先生之词，文字之外，须兼味其韵律。……今其声虽亡，读其词者，犹觉拗怒之中，自饶和婉，曼声促节，繁会相宣，清浊抑扬，辘轳交往。两宋之间，一人而已。"虽然与苏轼同时且稍早的沈括，在《梦溪笔谈》卷五《乐律》中就已指出："今声、词相从，惟里巷间歌谣，及《阳关》、《捣练》之类，稍类旧俗。然唐人填曲，多咏其曲名，所以哀乐与声，尚相谐会。今人则不复知有声矣！哀声而歌乐词，乐声而歌怨词，故语虽切而不能感动人情，由声与意不相谐故也。"但由于周邦彦精通音律，除了能自度曲外，又复"增演慢曲、引、近，或移宫换羽为三犯、四犯之曲"（张炎《词源》卷下），"分寸节度，深契微茫"（《钦定四库全书总目》题方千里《和清真集》）。周邦彦作词，无论是依调填写，还是自度新曲，都严守格律，明确词调中每个字的四声，连同为平声的阴阳，同为仄声的上、去、入也不容混用。四字句中，特别注意平分阴阳，仄辨上去。此外，周词还有平去对照，以及隔平配去上、去入之法。经过这些处理，周词的音韵和节奏就变得停匀细密起来，配上乐曲，自然声词相从，轻唇利吻，旋律和婉优美。近人邵瑞彭《周词订律序》尝云："格律止求谐乎喉舌，音律兼求谐乎管弦，世未有喉舌不谐而能谐乎管弦者。……尝谓词家有美成，犹诗家有少陵；诗律莫细乎杜，词律莫细乎周。"所以，当时上至贵族、士大夫，下至乐工、歌妓，无不爱唱周词，一些词家干脆将周词当词谱来使用，少数激赏周词的人甚至将其遍和。

兹举《绕佛阁》一阕，以见周词格律之精严。词曰：

---

① 参阅陶尔夫、诸葛忆兵著《北宋词史》第四章，黑龙江教育出版社 2002 年版，第 422 页。

> 暗尘四敛,楼观迥出,高映孤馆。清漏将短。厌闻夜久签声动书慢。　桂华又满。闲步露草,偏爱幽远。花气清婉,望中迤逦城阴度河岸。　倦客最萧索。醉倚斜桥穿柳线,还似汴堤,虹梁横水面。看浪飐春灯,舟下如箭。此行重见。叹故友难逢,羁思空乱。两眉愁、向谁舒展?

这是一首"双拽头"词,前两叠是第三叠的引子,首叠写佛寺孤馆,次叠写倦客思归,两叠字句相同,完全对仗;两叠末以"厌闻"、"望中"领起的长句,节奏拗折,是抒情主人公努力陈述因"厌"生"望"情绪的表现,而"厌闻"、"望中"二领字还有着意或提示过渡的作用。第三叠首句"倦客最萧索"乃是对"双头"的总结,并由此自然过渡到写"故友难逢,羁思空乱"的感叹。此叠是全词抒情的重点,沿着一、二两叠的渲染和铺垫,第三叠中的情绪明显激扬起来,五、七、九字句和四字句错杂运用,显得节奏急骤,旋律起伏,而三领字("还似"、"看"、"叹")则起到了转身换气和穿针引线的作用,同时也使曲调变得更为激越。再进一步,这首《绕佛阁》还讲求四声,且富于变化。夏承焘先生曾论及"《绕佛阁》之双拽头,且四声多合":"此十句五十字中,'敛'字上去通读,'迤'、'动'、'迥'阳上作去,'出'清入作上;四声盖无一字不合,此开后来方千里、吴梦窗全依四声之例;《乐章集》中,未尝有也。"并且说:"又,《乐章》但守'上去'、'去上',间有作'去平上'、'去平平上'者,尚守之不坚。至清真益出以错综变化,而且字字不苟。"最后,下定语总结说:"四声入词,至清真而变化。"①周词四声运用之妙,夏先生还列举了许多例子,读者自可参阅。

在四声之中,上、去最为重要,巧妙运用,能收奇效。万树《词律》发凡即云:"上声舒徐和软,其腔低;去声激励劲远,其腔高;相配用之,方能抑扬有致。"周邦彦《齐天乐》(绿芜凋尽台城路)一阕,可谓更迭妙用上、去二声的范例。词云:

> 绿芜凋尽台城路,殊乡又逢秋晚。暮雨生寒,鸣蛩劝织,深阁时闻裁剪。云窗静掩。叹重拂罗裀,顿疏花簟。尚有练囊,露萤清夜照书卷。　荆江留滞最久,故人相望处,离思何限!渭水西风,长安乱叶,空忆诗情宛转。凭高眺远。正玉液新篘,蟹螯初荐。醉倒山翁,但愁斜照敛。

龙榆生先生分析道:"这里面的拗句,如'殊乡又逢秋晚'的平平仄平平仄,第三字

---

① 《夏承焘集》第二册《唐宋词论丛》之《唐宋词字声之演变》,浙江古籍出版社、浙江教育出版社 1997 年版,第 64、72 页。

必得用去声,'露萤清夜照书卷'宜用去平平去去平去,'荆江留滞最久'宜用平平平去去上,'离思何限'宜用平去平去。还有领头的'叹'、'正'两字也一定要用去声。此外,连用两仄,如'静掩'、'尚有'、'眺远'、'醉倒'、'照敛',都是去上迭用。只'宛转'全是上声;把这句和上片对比,这两字原可用平仄,因有通融的余地,就不妨随便一些。"①

不过,这样的通融,诚如夏承焘先生所云:"惟其知乐,故能神明于矩矱之中。今观其上下片相同之调,严者固一声不苟,宽者往往二三合而四五离。是正由其殚精律吕,故知其轻重缓急,不必如后来方、杨之一一拘泥也。读周词如不明此义,将谓清真四声之例,犹不如方、杨之纯,则疑子贡贤于仲尼矣。……其四声宽严之别,即其文学死活之分。"②

这就是我们读周词为什么总觉得节奏停匀、韵律谐美的原因。词号称长短句,看起来比律诗自由,其实它比律诗更难写,要求更多,束缚也更多。不过,一旦功夫深厚,技巧纯熟,则有如庖丁解牛,虽手拷脚镣而能轻舞飞扬。此清真词之谓也。

第三,周词,主要是长调,借鉴辞赋布局和铺叙技巧,结构细密,曲折回环,每每突破常规,灵活多变。

我们知道,最早大量填写长调慢词的词家是张先和柳永。按理,题材内容丰富了,思想感情复杂了,篇幅扩大了,叙述的方法、作品的布局与结构也应当作相应的调整。但事实上,张、柳在长调的写作技艺上都没有成熟,张先是以小令手法写慢词,柳永虽然较为熟练,但铺叙的方法多是单纯的时间顺序。其后苏轼以诗为词,带来词体的革新,功绩甚伟,但确实有忽视和损伤词律的弊端。只是苏轼雄才健笔,真情实感足以动人,对词律的一点损伤就可以置之度外了。而且,若就叙述手法而言,苏轼的长调也多是即兴感发调的,以奔放的情感一脉贯通、一气呵成,并不以铺叙和布局见长。

只有到周邦彦这里,他才将长调慢词的铺叙和结构艺术,发展到几乎完善的境地,并成为开启一代新风的旗手。叶嘉莹先生也认为:"周邦彦使词发生了一个大的变化,并不是指内容方面的改变,而是指叙写方式上的改变。"③若与柳永作比较,则"耆卿多平铺直叙,清真特变其法,一篇之中,回环往复,一唱三叹。故

---

① 龙榆生《词曲概论》下编第一章,北京出版社 2004 年版,第 177—178 页。
② 《夏承焘集》第二册《唐宋词论丛》之《唐宋词字声之演变》,第 72 页。
③ 叶嘉莹《北宋名家词选讲》,北京大学出版社 2007 年版,第 301 页。

慢词始盛于耆卿,大成于清真。"①柳永是按时间顺序有条不紊地作流水式的铺叙,周邦彦则打乱时间顺序,完全按照心理和情感的流动、变化来组织故事和材料,或顺序,或倒叙,或插叙,有开有合,有张有弛,曲折回环,辉映交织。打个比方,柳词是线型结构,周词则是腾挪转旋的环型结构或穿插交错的网状结构。所以,若就技巧的复杂和高超而言,清真词显然胜出一筹。比如《六丑·蔷薇谢后作》一阕,转折操纵,用笔极为矫变,设想也新巧奇幻,极具含蓄吞吐之妙。有学者曾逐一指出此词中运用了"比兴"、"离合"、"逆入"、"顿挫"、"虚实"、"正反"、"逆挽"、"呼应"等艺术手段。② 这里先以《兰陵王·柳》为例,加以说明。词云:

> 柳阴直,烟里丝丝弄碧。隋堤上、曾见几番,拂水飘绵送行色。登临望故国。谁识京华倦客?长亭路,年去岁来,应折柔条过千尺。 闲寻旧踪迹。又酒趁哀弦,灯照离席。梨花榆火催寒食。愁一箭风快,半篙波暖,回头迢递便数驿,望人在天北。 凄恻,恨堆积。渐别浦萦回,津堠岑寂,斜阳冉冉春无极。念月榭携手,露桥闻笛。沉思前事,似梦里,泪暗滴。

此词以"柳"为题,乃托物起兴,意在咏别离。作者借折柳送别来表达自己久客思归的抑郁心情。全篇三叠三换头,声韵格律颇为繁复,但周邦彦却写得工稳妥帖,加上南渡时期离别主题的时代效应,此词盛唱一时。毛开《樵隐笔录》即记载:"绍兴初,都下盛行周清真咏柳《兰陵王慢》,西楼、南瓦皆歌之,谓之《渭城三叠》。"③唐圭璋分析道:"此首第一片,紧就柳上说出别恨。起句,写足题面。'隋堤上'三句,写垂柳送行之态。'登临'一句陡接,唤醒上文,再接'谁识'一句,落到自身。'长亭路'三句,与前路回应,弥见年来漂泊之苦。第二片写送别时情景。'闲寻',承上片'登临'。'又酒趁'三句,记目前之别筵。'愁一箭'四句,是别去之设想。'愁'字贯四句,所愁者即风快、舟快、途远、人远耳。第三片实写人。愈行愈远,愈远愈愁。别浦、津堠,斜阳冉冉,别开拓一绮丽悲壮之境界,振起全篇。'念月榭'两句,忽又折入前事,极吞吐之妙。'沉思'较'念'字尤深,伤心之极,遂迸出热泪。文字亦如百川归海,一片苍茫。"④全篇层次分明,却细针

---

① 龙榆生《唐宋词名家词选》引夏敬观《手评乐章集》语,上海古籍出版社 1995 年版,第 87 页。
② 参阅陈如江著《唐宋五十名家词论》,华东师范大学出版社 1992 年版,第 100—101 页。
③ 引自清人冯金伯《词苑萃编》卷二十四,中华书局 1996 年版唐圭璋《词话丛编》,第 2270 页。
④ 唐圭璋《唐宋词简释》,上海古籍出版社 1981 年版,第 126 页。

密线,写得惝恍迷离,跌宕多姿,确有将残丝断线织成锦绣的深细功夫。

周词中,以"章法"著称的词作还有许多。再请看下面这首《夜飞鹊·别情》:

> 河桥送人处,凉夜何其。斜月远堕余辉。铜盘烛泪已流尽,霏霏凉露沾衣。相将散离会,探风前津鼓,树杪参旗。华骢会意,纵扬鞭、亦自行迟。　迢递路回清野,人语渐无闻,空带愁归。何意重经前地,遗钿不见,斜径都迷。兔葵燕麦,向残阳、欲与人齐。但徘徊班草,欷歔酹酒,极望天西。

上下片分述今昔,各司其职,是词的通常写法。但此阕的上下片却是互相勾连着,不可简单地分为今与昔。自开篇一路而下,直读至下片前三句,写河桥上人声渐杳,去路悠长,增愁而归,觉得全词至此,已将送别写完。那么,接着该写归途和别后的孤寂愁苦了吧。但我们读到紧接着的"何意重经前地",方知整个上片连同下片头三句,都是在写追忆。"何意"以下,则是写现在重经故地怀想恋人("遗钿"透露出所忆之人乃为女性)的心情。读者于是明白,此词用的是逆入手法,立足眼下,而由往昔写起,全词由往昔送别、今日忆别两个情景组成,层层铺叙,描述细密,仿佛又一篇《别赋》。

第四,周词言情体物,曲尽其妙,自有感动人心之处。

首先来看一首周词中的名篇《少年游》:

> 并刀如水,吴盐胜雪,纤手破新橙。锦幄初温,兽烟不断,相对坐调笙。　低声问:"向谁行宿?城上已三更。马滑霜浓,不如休去,直是少人行。"

据张端义《贵耳集》记载:"道君(即宋徽宗)幸李师师家,偶周邦彦先在焉,知道君至,遂匿床下。道君自携新橙一颗,云江南初进来。遂与师师谑语。邦彦悉闻之,櫽栝成《少年游》云云。"周密《浩然斋雅谈》亦记载:"宋宣和中,李师师以能歌舞称,时周邦彦为太学生,每游其家。一夕,值祐陵临幸,仓卒隐去。既而赋小词,所谓'并刀如水,吴艳胜雪'者,盖记此夕事也。"这首词所反映的虽然是风月之情,冶荡之事,格调不高,但是以纤笔淡语,表现闺闱中的浓情蜜意,清丽深婉,曲折含蓄,将上层社会的游冶生活表现得鲜活生动,充分反映出周词善于言情和体物的特色。全篇就女性着墨,以闺闱隐私和家常口语入词,尤有异趣。

上片头三句,写女主人公破橙待客的情景,由细微处入手写人物的温存体贴。并刀是好刀,剖切新橙之器具;吴盐是精盐,中和酸橙之佐料。这里既是写实,也是以物品之情致烘托人物的华美。'如水'、'胜雪',一方面是形容并刀之快与吴盐之白,但另一方面也是为了营造一种纯净、柔和、雅致的居室环境,同时还可与女性的体态和肤色相关联。在澄净、精细和温馨的氛围里,镜头摇出来的是"纤手破新橙"。"纤手",说明待客的女主人公是一位女子。这位女子是什么人? 她款待的是什么人? 服务竟如此殷勤雅致? 这样写,不仅充满生活气息,而且剥离了娼家世俗的应接成分,剩下纯净的感情交流,显得无比的温馨、体贴和甜蜜。"锦幄"以下三句,是对居处环境的描写,低垂的帐帷,袅袅的香烟,室温宜人,男子安闲地看着女子调理笙管,准备听她吹奏一曲,大有"未成曲调先有情"的韵味。另外,"锦幄"三句所描写的闺阃环境,温暖朦胧,在事实上还有暗示情事的作用。果然,下片所述,即全为情人之间的私语。更妙的是,仅以一问句一贯到底。读完整个下片,方知是一方告辞,另一方挽留。而由上片所叙,可知告辞者当是男子,而挽留者乃本篇的女主人公。但这些作者都未说破,显得非常空灵。用问话写挽留,却将女方对男子的关切和爱恋在挽留的理由里带出来,这就多了一层曲折,比直写男子告辞而女子挽留更见妙趣。清人孙麟趾《词径》即评价说:"恐其平直,以曲折出之,谓之婉。如清真'低声问'数语,深得婉语之妙。"下片的问话,不仅声口毕肖,使读者如见其人,而且还刻画出外边寒风凛冽、夜深霜浓的情境,与室内的环境形成对照,将挽留者的柔情与辞别者的犹豫,都含蓄地表现出来。长长一句问话,内容丰富,设想周到,极尽温存、体贴和眷念之情;世俗每道娼家无情义,但这里夜深人静时的情人私语,出于肺腑,暖意融融,令人绮思无穷。而全词径以问话结束,不交代男子的去留,留一份期待和猜想给读者,又使作品多了一些深长的韵味。一首短章,而能把人物的情与态都表现得这样周密、细致,韵味隽永,允称名篇。

　　下面这首《蝶恋花》也是周邦彦一篇言情体物的佳制,词云:

　　　　月皎惊乌栖不定,更漏将残,轳辘牵金井。唤起两眸清炯炯,泪花落枕红棉冷。　　执手霜风吹鬓影,去意徊徨,别语愁难听。楼上阑干横斗柄,露寒人远鸡相应。

此阕的主题是离情,乍看仅是按时间顺序一路往下,细看则有曲折。开篇"月皎"三句,写凌晨光景,似为直接的客观描写。读至"唤起"一句,方知乃彻夜未眠人耳闻。何以见得是彻夜未眠? 以其"双眸清炯炯"、"泪花落枕红梅冷"也。其一,若刚被户外声响"唤起",则必睡眼惺忪,而不会"清炯炯";其二,泪落枕上而使红棉枕芯也湿透且变得冰冷,则无眠的时间不会很短。所以,上片两个句群,按事理逻辑,应当掉个个儿,主人公无眠在先,听到乌啼声、汲水声在后。这是一个曲折处。首句"栖不定",非只咏乌,实亦写人;无眠之人,又逢皎洁之月、惊飞之乌,则更难成眠矣。这又是上片大曲折里的小折皱。再往下看。按常理,既有"双眸清炯炯"之人出场,则下文自然会从她落笔了。因此读者不禁要问:是何人?为何伤心流泪?读完下片头三句,知道原来是一对情人面临离别;同时,读者还会明白,上片末二句虽然表面上只写了一个人在伤心流泪,其实是两个人都彻夜未眠。而且,读者也可以确认,这首词的主人公是一位女子。因为在古代,外出营生是男子的职责,故情人离别,除非情况特别,远去的一方肯定是男子。更耐寻味的是,作者似乎不忍心见闻这对伤心人的凄凉痛楚,故下片"执手"三句写分别,仍不从正面着笔,直接写男女主人公的离情别语,而是继续用赋法,对分别时分的男女作客观的描述,看他们在寒风中在伫立,鬓发飘飞,泪眼婆娑,出门的不忍离去,送别的又无法挽留,一别两茫茫,何时再见面,彼此的叮咛嘱咐听得人心酸,不由读者不起恻隐之心。寥寥三句,写尽离人愁苦,与韦庄《菩萨蛮》(红楼别夜堪惆怅)和柳永《雨霖铃》(寒蝉凄切)相比,毫不逊色。结尾两句,写行人远离,只留下村鸡相应之声,北斗斜挂楼头,暗示出行人此去,路途遥远,会面难期,使人更觉凄惋悲凉。下片赋离愁,行人、居者交错叙写,织成一张硕大而细密的离愁别绪之网,章法极为精巧,而末句中的鸡鸣则与首句的乌啼前后呼应,也同样是清真词章法谨严的反映。另外,此词抒写离情,在静的意境中,抓住几点动的景物,如"惊乌"、"更漏"、"辚辘"、"鸡应"等,去表现人物起伏不定的心理,使离愁更为突出,这也是此词在写法上的一个特点。

上述两阕短歌,体物虽善,但重于言情,现在再举一首偏重于体物的长调慢词。且以上文提到的《六丑·蔷薇谢后作》为例,加以说明。词云:

> 正单衣试酒,恨客里、光阴虚掷。愿春暂留,春归如过翼,一去无迹。为问花何在?夜来风雨,葬楚宫倾国。钗钿堕处遗香泽,乱点桃蹊,轻翻柳陌。多情为谁追惜?但蜂媒蝶使,时叩窗槅。　东园岑寂,渐蒙笼暗碧。静绕珍丛底,成叹息。长条故惹行客,似牵衣待话,别情无极。残英小、强簪巾帻,终不似、一朵钗头颤袅,向人敧侧。漂流处、莫趁潮汐。恐断红、尚有相思字,何由见得?

这是一首追惜落花的咏物词,借咏落花寄感伤春,充满了对美好事物凋零易逝的惋惜和哀伤。开篇五句,感慨春归之匆促。"单衣试酒",说明天气已暖,"怅客里光阴虚度"则点明题旨,"愿春暂留"是不忍虚度,"春归如过翼"则是竟成虚度了。词思曲折如此。接下来"为问"三句点题,开始正面描写蔷薇花的凋谢,但"葬楚宫倾国"一句已透露出以美人殒逝比拟落花的手法。果然"钗钿"三句,具体描写蔷薇花的飘零散落,即以美人惨死喻名花摧折,哀艳凄楚。"多情"以下三句,写蔷薇花落,竟无人追惜,只有蜂、蝶时叩窗格,似在教人追惜,把惜悼之情写得十分婉曲。这首词的题目叫"蔷薇谢后作",又作"落花",但整个上片,写的都是蔷薇花凋谢时的情景;到了下片,才开始集中笔墨描写蔷薇花落后的景象,抒发惜悼之情,转入正题。换头"东园"二句,写花谢后,园内了无生机,只有绿阴笼罩,真是春去无迹。"静绕"二句,写多情的词人面对沉寂凄凉的东园,为蔷薇的凋零而叹息。这里,故意用"静"与前面的"岑寂"重复,是复笔,强调写因蔷薇凋谢而显得凄清的环境和心情,似乎蔷薇谢后,整个世界都一片孤寂,令人黯然神伤。走笔至此,似乎已写尽痛惜之情,再无话可说。不料作者却是"心较比干多一窍",宕开一笔,凭空结撰,别开生面。"长条"三句,写脱落花朵的蔷薇枝条,用它小小的尖刺勾住行人的衣服,似有无限离愁别恨,要向人们诉说。拟人手法的运用,使无情之花草,满含深情,心造意设,极无中生有之妙。接下来"残英"数句,言词人不禁弯腰拾起一朵残英,勉强插在头巾上,也算慰情聊胜无吧;但总觉得不如一朵鲜花佩戴在美人头上,摇曳颤袅,惹人怜爱,充满了对落花的怜惜之情。结末"漂流"数句,又由落花想到红叶题诗的典故,因而希望落花不要被流水带走;如果果是那样,就永远都没有被人发现和爱怜的机会了。清人周济《宋四家词选》曾云:"不说人恋花,却说花恋人;不从无花惜春,却从有花惜春;不惜已簪之残英,偏惜欲去之断红。"即言下片极具吞吐含蓄之妙。这首词是周邦彦的自度曲,全词运笔和设想,都极尽转折矫变之能事,未用一直笔、平笔,设想新颖奇幻,充分体现出周词回环曲折、幽深缜密的特色。

第五,周词既善于推敲锻炼,又善于引用、融化前人诗句,尤其是六朝诗和唐诗,故典雅精丽,包孕丰富,既精致工巧,又浑成自然。

无论学者好恶如何、观点如何,但都众口一词,认为周邦彦是杰出的语言大师,其词是高超的艺术精品。一般而言,周邦彦词精雕细刻,语言富艳精工,但也有一些自然清丽的作品。一方面,周邦彦巧妙借用、化用前人诗句,浑融如同己出;另一方面,也善于从生活中捕捉、提炼诗意,熔铸成清新自然的语言。虽然与柳永一样,周邦彦的许多作品,都来自市井,题旨并不比柳词高远,但却剥脱了柳词中的市井俗气。宋末沈义父《乐府指迷》对周邦彦佩服得五体投地,有云:"凡作词当以清真为主,盖清真最为知音,且无一点市井气,下字运意,皆有法度,往往自唐、宋诸贤诗句中来,而不用经史中生硬字面。此所以冠绝也。"宋代格律—风雅词派的殿军张炎同样推崇周邦彦,他在《词源》卷下中说:"美成负一代词名,所作之词,浑厚和雅,善于融化诗句。"还说:"美成词只当看他浑成处,于软媚中有气魄,采唐诗,融化如自己者,乃其所长。"在周词各种语言技巧中,词人、学者似乎最看重其化用前人特别是唐人诗句这一点。魏庆之《诗人玉屑》卷八引陈振孙《直斋书录解题》卷二十一,亦称周词"多用唐人诗檃栝入律,浑然天成"。元人刘肃《片玉词序》更云:"周美成以旁搜远绍之才,寄情长短句,缜密典丽,流风可仰。其征辞引类,推古夸今,或借字用意,言言皆有来历,真足冠冕词林。"于此亦足见周词檃栝前人诗句的技巧和成就。

不过,学者每言周词与唐诗关系密切,却极少论及周词亦每每借用、化用六朝甚至先秦汉魏古诗。事实上,周邦彦对唐前诗特别是六朝诗非常在意,词中亦颇多借用、化用的例子。如《玉楼春》"大堤花艳惊郎目",出自刘宋《清商曲·襄阳乐》"大堤诸女儿,花艳惊郎目";《锁阳台》"五两了无闻",借自鲍照《吴歌三首》之三;《渡江云》"千万丝、陌头杨柳,渐渐可藏鸦",出自梁简文帝《金乐歌》"杨柳可藏鸦"等句;《月中行》"泪尽梦啼中",借自萧纶《代秋胡妇闺怨诗》;《鹤冲天》"鱼戏动新荷",出自谢朓《游东田》"鱼戏新荷动";《蝶恋花》"辘轳牵金井",出自吴均《行路难五首》之四"城上金井牵辘轳";《玉楼春》"酒边谁使客愁轻",出自刘孺《至大雷联句》"讵使客愁轻";《渔家傲》"拂拂面红新着酒",出自庾信《咏画屏风诗二十五首》之二十三"面红新着酒";而《隔浦莲近拍》"曲径通深窈"一句,更借自古诗。

此外,宋人还有檃栝当代名人名句的风气。周词亦多次借用欧阳修、魏夫人、柳永、苏轼、黄庭坚等人诗词中的句子。如《鹤冲天》"无事小神仙",借自魏野《述怀》;《虞美人》"相看羁思乱如云",出自晏几道《玉楼春》"尽教春思乱如云";而《尉迟杯》"无情画舸,都不管、烟波隔前浦。等行人、醉拥重衾,载将离恨归去"数句,则显系化用郑文宝《柳枝词》整首诗的意境。郑诗云:"亭亭画舸系春潭,直待行人酒半酣。不管烟波与风雨,载将离恨过江南。"

当然,最突出、影响也最大的,还是对唐诗的借用和化用。

下面就以几首作品,来具体分析周词的语言之美。先来看这首《满庭芳》:

> 风老莺雏,雨肥梅子,午阴嘉树清圆。地卑山近,衣润费炉烟。人静
> 乌鸢自乐,小桥外、新绿溅溅。凭栏久,黄芦苦竹,疑泛九江船。　年年。
> 如社燕,飘流瀚海,来寄修椽。且莫思身外,长近尊前。憔悴江南倦客,
> 不堪听、急管繁弦。歌筵畔,先安簟枕,容我醉时眠。

此词有两大优点,一是"跌宕之妙",再一便是"声辞之美"。关于跌宕之妙,陈洵《海绡说词》云:"方喜'嘉树',旋苦'地卑';正羡'乌鸢',又怀'芦'、'竹'。人生苦乐万变,年年为客,何时了乎?"言其曲尽人生苦乐的变化。夏孙桐于上片末评曰:"此处顿挫,为后半蓄势。换头处直贯终篇,真觉翩若惊鸿,婉若游龙。"[①]陈

_____

① 引自俞平伯《清真词释》,与《读词偶得》合订,人民文学出版社2000年版,第115页。

匡石《宋词举》卷下云："统观前遍，皆写实境，以情融入景中，'倦客'之苦，在若隐若现之间，极匣剑帷灯之妙。过变以下，如流泉下泻，直抒胸臆，而旋垂旋缩，又如因风成漪，叠澜不定。"至于声辞之美，则议论更多。卓人月《古今词统》卷十二云："'老'字、'肥'字、'费'字，字字俱灵。"沈际飞《草堂诗余正集》云："'衣润费炉烟'，景语也，景在'费'字。"夏孙桐称"地卑"二句为"警句，是五代人语，复堂拈出为词家度尽金针"①。周济称此二句"体物入微，夹入上下文中似褒似贬，神味最远"②。许昂霄《词综偶评》则指出词人借鉴唐诗的地方："'人静乌鸢乐'，杜句也；'黄芦苦竹'，出香山《琵琶行》。"唐圭璋先生《唐宋词简释》补充说："增一'自'字，殊有韵味。"于是，陈廷焯《白雨斋词话》卷一评价道："说得虽哀怨，却不激烈，浓郁顿挫中别饶蕴藉。"俞平伯先生赞叹道："气恬韵穆，色雅音和，萃众美于一篇，会声辞而两得，在本集固无第二首，求之两宋亦罕见其俦。"又说："得力在写景。起笔以下，语语含情，迟暮漂零寄响弦外，而鸢飞水逝复藉无情回映，神味尤远。"甚至"且莫思身外，长近尊前"二句，梁启超亦以为"最颓唐语，却最含蓄"③。事实诚如古今学者所言，此词几乎语语含情，写尽作者的身世飘零之感。

化用前人诗意、诗句而如同己出的佳什，还有下面这首怀古名篇《西河·金陵》：

> 佳丽地，南朝盛事谁记？山围故国绕清江，髻鬟对起。怒涛寂寞打孤城，风樯遥度天际。断崖树，犹倒倚。莫愁艇子曾系？空余旧迹郁苍苍，雾沉半垒。夜深月过女墙来，伤心东望淮水。　　酒旗戏鼓甚处市？想依稀、王谢邻里。燕子不知何世，入寻常、巷陌人家，相对如说兴亡，斜阳里。

开篇"佳丽地"二句，借鉴谢朓《入城曲》"江南佳丽地，金陵帝王州"二句。"山围"四句，化用刘禹锡《石头城》前二句。刘诗云："山围故国周遭在，潮打空城寂寞回。淮水东边旧时月，夜深还过女墙来。"次叠"莫愁"三句，化用古乐府《莫愁乐》，诗中有云："莫愁在何处？住在石城西。艇子打两桨，催送莫愁来。""夜深"二句，化用刘禹锡《石头城》后二句。三叠"想依稀"四句，隐括刘禹锡《乌衣巷》："朱雀桥边野草花，乌衣巷口夕阳斜。旧时王谢堂前燕，飞入寻常百姓家。"张炎《词源》言"清真最长处，在善融化诗句，如自己出"，本阕是一个绝佳的例证。此

---

① 引自俞平伯《清真词释》，与《读词偶得》合订，第 115 页。引者按：复堂，谭献号。
② 引自俞平伯《清真词释》，与《读词偶得》合订，第 115 页。
③ 引自俞平伯《清真词释》，与《读词偶得》合订，第 115 页。

词主要檃栝刘禹锡《石头城》和《乌衣巷》二诗而成,却丝毫没有生硬的痕迹。作为一篇金陵怀古词,作者意在表现对兴亡盛衰的落寞之感,故沉郁苍凉是全词的基调。这首词语言表达上的好处首先就在于化用前人诗句、诗意抒怀而一如己出。甚至,有胜过自己出者。如首叠化用《石头城》前二句,使落寞中蕴含雄壮;次叠化用《石头城》后二句,在苍茫中满含深悲;三叠化刘《乌衣巷》,将沉重的感慨系于新巧的意象。非但如此,更妙的是,此词的每片结尾,总能使词情、词意、词境,由浓厚逐渐延伸到非常的淡远,令人回味无穷。

最后,我们再来看一首字斟句酌的《玉楼春》:

> 桃溪不作从容住。秋藕绝来无续处。当时相候赤栏桥,今日独寻
> 黄叶路。　烟中列岫青无数。雁背夕阳红欲暮。人如风后入江云,情
> 似雨余黏地絮。

此阕在周词中,也属于特别善于言情的佳篇;只因为它在语言修辞上又有过人之意,故将就在此处,聊充例证。首句用东汉刘晨、阮肇入天台山采药而遇二仙女事,暗示词人曾有过一段偶遇而轻别的爱情,并对此深表懊悔,用典精切。第二句便开始显示作者语言上的技巧。常言"藕断丝连",词人却反用其意,曰"秋藕绝来无续处"。"当时"二句以"赤栏桥"与"黄叶路"相对,亦见词人博览、锻炼之功。俞平伯《唐宋词选释》云:"'赤栏桥',这里似不作地名用。顾况《题叶道士山房》:'水边垂柳赤栏桥。'温庭筠《杨柳枝》词:'一渠春水赤栏桥。'韩偓《重过李氏园亭有怀》:'往年同在弯桥上,见倚朱栏咏柳绵。今日独来春径里,更无人迹有苔钱。'诗虽把'朱栏'、'弯桥'分开,而本词这两句正与诗意相合,不仅关合字面。黄叶路点明秋景;赤栏桥未言杨柳,是春景却不说破。"见解甚为精辟。于此足见周氏借鉴、化用前人诗句的功夫。上片末尾言词人在追忆中踽踽独行,下片首二句即承此而来,写词人于无限感伤中放眼远眺以释愁怀,而极望所见,乃苍莽、黯淡而躁动不已。这两句虽化自谢朓《郡内高斋闲望答吕法曹》"窗中列远岫"、温庭筠《春日野行》"鸦背夕阳多"或李商隐《与赵氏昆季燕集》"虹收青嶂雨,鸟没夕阳天",但由于有情与景的交融,因而比以上诗句都更有韵味。无边暮色之中,夕阳的一抹鲜红其实也是词人躁动、泣血之心的象征,"红"字在这里显得分外夺目;词人必定不甘心消沉下去,似乎有什么要喷薄而出。填词至此,显然是一大停顿,意在蓄势。全词所积蓄的能量,在结尾二句终于释放出来;末二句犹如画龙点睛,破壁腾空而起,姿态奇矫,摇人心旌。这一联拗句,是久蓄的情感决堤而出。俞平伯先生说得好:"夫哲理诗情之难兼美,盖自昔而已然。列御寇、庄周岂不远乎,以之入词则恝。彼痴男怨女固词曲之当行也。此所以在最后必要拗这

么一句，若竟不拗则作意落空，亦不会有词了。予岂好拗哉，予不得已也。"①陈廷焯《白雨斋词话》卷一说："美成词有似拙而实工者。如《玉楼春》结句云：'人如风后入江云，情似雨余黏地絮。'上言人不能留，下言情不能已，呆作两臂，别饶姿态，却不病其板，不病其纤，此中消息难言。"所言甚是。这两句确实把词人的追忆、悔恨与苦恼、纷乱的心情表达得准确而细腻。顺便说及，从结构上看，当年"不作从容住"，终于酿成今日之悔恨和心痛，此词的首尾实有照应与关联。

当然，周词中也有一些清新自然的佳作。其中最有名的就是这首《苏幕遮》：

> 燎沈香，消溽暑。鸟雀呼晴，侵晓窥檐语。叶上初阳干宿雨，水面清圆，一一风荷举。　故乡遥，何日去？家住吴门，久作长安旅。五月渔郎相忆否？小楫轻舟，梦入芙蓉浦。

雨后初霁的仲夏美景，久羁他乡的思归情绪，是此词所表现的内容。上片"叶上"三句，写荷叶亭亭出水，迎风摆动，如在目前。王国维《人间词话》称其"真能得荷之神理，觉白石《念奴娇》、《惜红衣》二词，犹有隔雾看花之恨"。俞陛云《两宋词释》称其"笔力清健，极体物浏亮之致"。下片写小楫轻舟的归梦，清新淡雅，别具一格。陈廷焯《云韶集》有云："不必以词胜，而词自胜。风致绝佳，亦见先生胸襟恬淡。"皆中的之语。

若干年前，除个别爱好者外，学术界对周邦彦的评价并不是很高。近年来，伴随宋词艺术学研究的不断深入，周邦彦的艺术成就和词史影响逐渐获得人们的普遍认可。不过，人们对周词的评价仍存在分歧和矛盾。就像当年王国维一样，这边说"永叔、少游虽作艳语，终有品格，方之美成，便有淑女与倡伎之别"（《人间词话》卷上），那边又说"词中老杜，则非先生不可"（《清真先生遗事·尚论三》），可见评价的标准变了，观点也会跟着变。其实，前者是就周词的内容和品格而言，后者乃就周词的艺术性而言。笔者以为，王国维把周邦彦誉为"词中老杜"，含义有两层：一是称其格律精严，使词律几近完善；二是肯定其深厚的艺术修养和高超的艺术技巧。而这，也正是本章所持观点。周邦彦于词史的主要功绩，即在于确立起了一种新的审美标准和创作规范，使格律—风雅词派正式形成。周邦彦从此成为宋代主流词坛的导师和楷模。

三、极变期：以吴文英为标志

周邦彦之后，姜夔和吴文英是格律—风雅词派的两员中军大将，二人都在继

---

① 俞平伯《清真词释》，与《读词偶得》合订，第 91 页。

承周邦彦的基础上,别具特色,自成一家。不过,相比之下,白石距周邦彦稍近,而梦窗更多新变。事实上,生于周、姜之后,立足已难,吴文英遂以刻苦研炼之功,将格律—风雅词的各种技巧几乎都发挥到极点,并独创出不少些自成一体的"吴氏家法"。因此,无论是在取材上,还是在艺术特色上,都具有极鲜明而独特的个性。自吴文英出,格律—风雅词派的词体创作开始发生重要变化,形成一种密丽深曲的艺术风格,影响亦颇为深远。周、姜、吴,实乃宋代格律—风雅词派史上的三鼎足。

吴文英(1200?—1260?)①,字君特,号梦窗,晚号觉翁,四明(今宁波)人。本翁姓,与翁元龙、翁逢龙为亲兄弟,出继为吴氏后。一生未仕,以布衣出入侯门,充当幕僚。理宗绍定间,游幕于苏州转运使署,为常平仓司门客,与施枢、吴潜、冯去非、沈义父等交游。置家于瓜泾萧寺,地邻太湖,号荷塘小隐。淳祐间往来苏、杭,先后游于尹焕、吴潜、史宅之、贾似道之幕,与四人皆有酬答。又与方千里、孙惟信、魏峻、姜夔等交游。景定元年,居绍兴,寄食于荣王赵与芮府中。潦倒终身,晚年困踬以死。有《梦窗词甲乙丙丁稿》,《全宋词》录其词341首。

吴文英人微才秀,是浙江词史上屈指可数的几个最具开创意义的词家之一,也是词史上最为重要的经典词家之一。总体而言,梦窗词所表现的生活面虽然不够广阔,但艺术造诣极高。在笔者所统计得的"宋词名篇三百首"中,吴文英有词 10 首,与晏殊、陆游并列,名列易安之后、贺铸之前。这 10 首词依次为《风入松》(听风听雨过清明)、《八声甘州》(渺空烟四远)、《莺啼序》(残寒正欺病酒)、《唐多令》(何处合成愁)、《浣溪沙》(门隔花深梦旧游)、《高阳台》(修竹凝妆)、《祝英台近》(采幽香)、《贺新郎》(乔木生云气)、《祝英台近》(剪红情)、《齐天乐》(三千年外残鸦事)。还有其他一些作品,如《高阳台·过种山》、《瑞鹤仙》(晴丝牵绪乱)、《琐窗寒·玉兰》、《踏莎行》(润玉笼绡)、《宴清都·连理海棠》、《高阳台·落梅》等等,虽未入选"宋词名篇三百首",但都不失为佳作。

就大体言之,吴文英词体创作的主要特色有二:一是结构深曲,二是辞藻密丽。这两个特色,必须承认,首先主要来对自周邦彦的继承和变化;同时也应指出,在辞藻艳丽、繁缛这一点上,还有对温庭筠的继承和借鉴。如果考虑到词律,则温、周二人对吴文英都有影响。我们知道,温庭筠精通音律,创作时十分讲究音律之美。温词虽为短制,但一调之中,韵多变化;又大量运用双声、叠韵,如"鸳鸯"、"徘徊"、"音信"、"锦屏"等等,更为悦耳美听。温词还善于炼字,特别是动词

---

① 吴文英的生卒年,迄今尚未考定。夏承焘、杨铁夫、陆侃如与冯沅君、陈邦炎、谢桃坊诸家各持一说,兹暂从夏承焘先生。

和虚词，使用精当，使作品具有跌宕流转之妙。这些技巧和特色，也可以可见诸梦窗词。下面，我们将从音律、藻色、结构、情感、意境等几个方面，对梦窗词进行比较详细的分析，以便较为清楚地了解到格律—风雅词派发展变化的新气象、新趋势。

首先，吴文英精通词律，多用周、姜自度曲，但也自创新调。

沈义父于淳祐三年（1243）初识吴文英，此后过从甚密，在相互探讨、切磋的过程中，对词体有了比较明确的认识，并将这些认识概括为四个方面，略云："余自幼好吟诗，壬寅秋，始识静翁①于泽滨。癸卯，识梦窗。暇日相与唱酬，率多填词。因讲论作词之法，然后知词之作难于诗。盖音律欲其协，不协则成长短之诗；下字欲其雅，不雅则近乎缠令之体；用字不可太露，露则直突而无深长之味；发意不可太高，高则狂怪而失柔婉之意。思此，则知其所以为难。"这段话记录在沈氏的著作《乐府指迷》中。今人虽无法根据《乐府指迷》的文字记述，断定这段话就出自吴文英之口，但若说这些观点都曾得到吴文英的认可，或言吴文英亦持此观点，肯定没有疑问。近人吴梅亦认为："二贤交谊，实沆瀣一气，虽谓此书为阐明吴词家法，亦无不可也。"②将上引四条称为吴文英"论词四标准"，是站得住脚的。

梦窗论词四标准，首条便是强调词律，可见词律在他心目中的重要性。事实上，在南宋后期，首重词律已成为所有词作者和词学家的共识。曲词派作家和学者自不待言，即使是诗化派作者和论者，亦渐重词律，笔者在拙著《宋词题材研究》一书下编第三章中有较为详细的论述，此处不赘。《乐府指迷》称梦窗"深得清真之妙"，当然也包括知音守律在内。梦窗用清真词调达七十调之多，像犯调《琐窗寒》、《霜叶飞》、《瑞龙吟》、《渡江云》、《夜飞鹊》、《绕佛阁》、《拜星月慢》、《玉烛新》、《塞垣春》、《宴清都》、《丹凤吟》、《扫花游》、《还京乐》、《塞翁吟》、《丁香结》、《兰陵芳引》、《大酺》、《解蹀躞》、《倒犯》、《花犯》、《六丑》、《忆旧游》、《庆宫春》、《西河》、《昼锦堂》、《隔浦莲慢》、《齐天乐》、《一剪梅》等等都是。我们从梦窗词的小序中，也可得知清真词对他的影响。如《惜黄花慢》序即云："次吴江小泊，夜饮僧窗惜别，邦人赵簿携小妓侑尊，连歌数阕，皆清真词。"周调之外，还用了白石和史达祖的词调，如《惜红衣》、《暗香》、《凄凉犯》、《探春慢》等都是姜夔的自度曲，而《双双燕》、《探芳信》、《三姝媚》则是梅溪的自度曲。借用之外，吴词中颇多

---

① 静翁，指吴文英兄翁元龙，字时可，号处静。
② 吴梅《乐府指迷笺释序》，见蔡嵩云著，人民文学出版社 1981 年版《乐府指迷笺释》，第 92 页。

自度曲。近人刘毓盘《词史》有云:"按本集曰:《西子妆》(引者按,即《西子妆慢》)、《江南春》、《梦芙蓉》、《古香慢》、《霜花腴》、《澡兰香》、《玉京谣》、《探芳新》、《高山流水》。凡自制九曲各注宫调名,惟旁谱不传耳。"另据田玉琪先生统计,梦窗自度曲有 14 种,即尚有《秋思》、《暗香疏影》、《江南春》、《凤池吟》、《惜秋华》、《花上月令》六调。[①] 而王易《词曲史》告诉我们:"《秋思》则采琴曲入词;《暗香疏影》则合白石二调为一;《惜秋华》亦自度;《江南好》与《满庭芳》词,疑亦过腔鬲指之类,《梦行云》则大曲《六幺花十八》之摘遍耳。"在梦窗词小序中,颇多与词乐有关的记载。如"友人泛湖,命乐工以筝、笙、琵琶、方响迭奏",梦窗便为赋《还京乐》云:

> 宴兰湑,促奏丝萦管裂飞繁响。似汉宫人去,夜深独语,胡沙凄哽。对雁斜玫柱,琼琼弄月临秋影。凤吹远,河汉去杳,天风飘冷。　泛清商竟。转铜壶敲漏,瑶床二八青娥,环佩再整。菱歌四碧无声,变须史、翠羽红暝。叹梨园、今调绝音希,愁深未醒。桂楫轻如翼,归霞时点清镜。

不仅可见梦窗知音识曲和对管弦乐器的熟悉,而且还能从中体会到梦窗对音乐的深刻理解和善于表达。又如《高山流水》词序云:"丁基仲侧室善丝桐赋咏,晓达音吕,备歌舞之妙。"《玉京谣》词序云:"陈仲文自号'藏一',盖取坡诗中'万人如海一身藏'语,为度夷则商犯无射宫腔制此赠之。"都是吴文英善于知音制乐的例证。他在《声声慢》词中,甚至像周邦彦那样,以"周郎"自喻:"曲中倚娇佯误,算只图、一顾周郎。"而此词小序更云:"饮时贵家,即席三姬求词。"如果不是通晓音律的当红名角,歌妓们是不会如此追捧的。

其次,梦窗词特别注重研炼字句,不仅具有清真词的精工,更兼飞卿词的秾艳,形成"密丽"的语言风格。

笔者以为,梦窗词特殊的艺术追求,是词体发展到一定历史阶段的必然反映。本来,格律—风雅词派坚持词体的曲词特性,坚持艺术至上,确实可以代表宋词的艺术成就;周邦彦作为此派的一代宗师,已将词体的艺术特性发挥到一个很高很全面的水平。作为集北宋词艺大成的清真词,已成为后人难以逾越的高峰;后来者必须标新立异、特立独行,方能在词史上占据一席之地。南宋中期,姜夔衣钵清真而自成清空一体,幽韵冷香,骚雅峭拔,斯于清真之后,又更立一高

---

① 田玉琪著《徘徊于七宝楼台——吴文英词研究》,中华书局 2004 年版,第 125 页。按,田玉琪先生在此书中对吴文英词的声律特征,有详尽考述,足资参考。

峰。梦窗生当清真、白石之后,想要在词艺上有所突破,辟径自行,独立词坛,实在太难。不少学者动辄轩轾姜、吴,且顺承玉田,以为梦窗不及白石;其实,他们应当明白,在吴文英这里,白石词风已成为他首先要突破的对象。他必须在白石的清空峭拔之外,别造奇境。吴文英走的是一条苦心孤诣、呕心沥血的探索之路。功夫不负有心人,吴文英成功了,梦窗词以其密丽深曲的艺术特色,成为两宋词史上一道亮丽的风景。台湾一代词学宗师郑骞先生在《成府谈词》中曾说:"梦窗词为倚声变调,梦窗以前,未有如是雕琢者。凡一种文体至极盛将衰之时,多以雕镂刻画为工。词函有宋末年,已渐老熟,正合有此一格,以结三百余年之局。"①虽然郑先生的话里带些批评意味,我们却不妨从正面来理解:梦窗词是词体发展至"极盛"、"老熟"阶段的产物,极尽"雕镂刻画"之能事;吴文英竟可称为两宋词艺的集大成者了。

所谓"密丽深曲",内涵丰富,大致而言,"深曲"乃就情韵和结构而言,"密丽"即指其语言风格。其中,"密"主要指词语的堆砌和修辞的繁密;"丽"则主要指语言色泽的明亮和传情的秾艳。"密丽"可说是梦窗词最鲜明的外部特征。"密"是锤字炼句的结果,包括由此而生成的字词的精工、句法的紧凑和意象的繁富,它既是词体雅化的手段,也是词体雅化的极端表现。相比之下,"密"是词体雅化后在修辞上的表现,更多共性;而"丽"则较多反映了词派的风格和词家的个性。人所共知,格律—风雅词派在内容上偏重于言情,绮艳的语言是装饰情感的有效手段。正如王世贞所云:"词须宛转绵丽,浅至儇俏,挟春月烟花于闺幨内奏之,一语之艳,令人魂绝,一字之工,令人色飞,乃为贵耳。"②甚至有学者提出:"词之旨趣,实本风骚,情苟不深,语必不艳。"③事实上,我们也会发现,雅与艳是可以相辅相成的,并非水火不容。屈原早启"香草美人"的比喻象征传统,陆机《文赋》更提出了"诗缘情而绮靡"的著名观点。陈廷焯则明确提出雅艳调和、相资的词学主张:"余固尝言之,根柢于风骚,涵泳于温、韦,以之作正声也可,以之作艳体亦无不可。"④于是出现了"绮怨"、"哀艳"甚至"玩艳"等词学观点。西方文论中,亦多设色传情的论述。美籍德国心理学家、艺术理论家阿恩海姆《艺术与视知觉》认为:"色彩能够表现感情,这是一个无可辩驳的事实。"法国思想家狄德罗《论绘画》甚至认为:"素描赋予本质以形体,色彩赋予本质以生命。"马克思在《政治经

---

① 引自吴熊和主编《唐宋词汇评》两宋卷第四册,浙江教育出版社 2004 年版,第 3330 页。
② (明)王世贞《艺苑卮言》"隋炀帝望江南为词社"条,《词话丛编》,第 385 页。
③ (清)丁绍仪《听秋声馆词话》卷九"明忠烈伟人词"条,《词话丛编》,第 2689 页。
④ 《白雨斋词话》卷五"闲情之作亦不易工"条,《词话丛编》,第 3885 页。

济学批判》中也写道："色彩的感觉是美感的最普及的形式。"前文已说过,吴文英的渊源主要是温庭筠和周邦彦,温、周都是设色传情的行家里手;吴文英作为他们的传人,则将设色传情技巧发挥到极致。

就创作方法而言,梦窗词"密丽"特色的形成,是多种艺术手法综合运用的结果。具体说,主要有以下几种情况:

第一,炼字造句。周邦彦是宋词史上第一个着力于炼字炼句的词家,开一代新风,其后易安、白石、梅溪、梦窗诸人皆精于炼字造句,习气遂深。张炎的学生、元人陆辅之《词旨》云:"用字贵便,炼字贵响,造句贵新。"何谓"响"?"所谓响字者,致力处也。"[1]《词旨》卷下所列举的李清照《如梦令》"绿肥红瘦"、周邦彦《意难忘》"笼灯燃月"、史达祖《双双燕》"柳昏花暝"、吴文英《解蹀躞》"醉云醒雨"等"词眼凡二十六例",就都是"响"字的例证。梦窗后来居上,尤重炼字造句。梦窗论词四标准,中间两条便都是谈论字句问题。细味"下字欲其雅"与"用字不可太露"二句,可了然梦窗在修辞上的蕲向和矛盾;"雅"是高尚追求,而"露"则是心底趣味。怎么办?在"雅"、"露"之间折衷。于是便有了第四条:"发意不可太高","高"是标榜,"不可太高"才是心里话,为什么?"柔婉"是求!论词四标准中,"柔婉"才是最根本的一条。为了获得"柔婉"的审美效果,遂只能在字面上下功夫,用看似优雅或含蓄的字句表达实则冶艳或昂扬的内容。但也正因为锤炼字句时有着明确的目的,所以梦窗词虽"雕缋满眼,而实有灵气行乎其间,细心吟绎,觉味美于方回,引人入胜,既不病其晦涩,亦不见其堆垛。此与清真、梅溪、白石,并为词学之正宗,一脉真传,特稍变其面目耳"[2]。当然,由于特别强调炼字炼句,大有"字字当响"、"语不惊人死不休"的劲头,所以在一般读者看来,梦窗词确实显得词汇繁密、语义隐晦、意象纷沓,使阅读和理解都有一定的障碍和困难,也是实情。

此外,梦窗词之所以显得"密",还与他往往是通过梦境来反映内心的情感和体验有关。这主要是因为吴文英词中所写的爱情都是追悼式的,而梦幻是追忆、哀悼者最易产生的情感状态。梦境是朦胧的、片段的、跳跃的、斑斓的,梦窗词也一以意识或情感的自然流动和变化为秩序、为线索组织材料、编织字句,用联想打破时空局限,使作品的表层语言显得似乎无逻辑可言。如果要让跳跃的、迅变的、颠倒的情感和意识,以及斑斓的情景,都得到最恰当的表达,自然必须十分注

---

① (宋)吕本中《童蒙诗训》"书中响字"条,引自蒋述卓等编著《宋代文艺理论集成》,中国社会科学出版社2000年版,第633页。

② 吴梅《词学通论》,上海古籍出版社2006年版,第67页。

意字句的锤炼及其色彩;而一旦这样做了,其效果自然是"密丽"。

第二,与表达艳情的需要相一致,梦窗词喜用色彩感独特而强烈的字词,色调鲜明、浓深。读其词,总感受到强烈的视觉冲击。或老红、鸦绿、纤白,或寒绿、荒翠、淡墨;在具体运用时,往往注意不同色调的组合,尤其是对比强烈的色彩的搭配。如《拜星月慢·姜石帚盆莲数十,置中庭,宴客其中》中写荷花"绛雪生凉,碧霞笼夜",就是一典型例证。据南京师范大学《全宋词计算机检索系统》之《吴文英词字频表》统计所得,梦窗词中,用"红"字204次,用"翠"字150次,用"清"字144次,用"青"字97次,用"暗"字83次,用"明"74次,用"阴"70次,用"绿"66次,用"黄"63次,用"碧"55次;还有更多色彩感很强的名词,如用"花"304次(在"梦窗词字频表"中占首位),用"春"283次(居第二位),用"云"236次(居第五位),用"秋"222次(居第六位),用"梦"176次,用"月"159次,用"玉"144次,用"水"140次,用"雨"127次,用"烟"112次,用"金"、"影"、"酒"字各89次,用"江"83次,用"梅"79次,用"柳"66次,用"湖"62次,用"素"、"绣"、"雪"字各59次,用"镜"、"画"各57次,用"霜"56次,用"阳"55次,用"银"52次。附带说明,在"梦窗词字频表"中名列第三和第四的则是"风"和"香"。之所以将一些表现暗淡色彩的词汇也列举出来,是因为明亮需要有暗淡做陪衬,方能更显鲜丽,读者可以进行比照。虽然将单个的字从词句中抽出进行统计,并不准确,但大致可以说明问题。所以梦窗词给人的感觉是色彩缤纷、光怪陆离的。恰如张炎《词源》所云,是一幢"眩人眼目"的"七宝楼台"。在五彩缤纷的色彩中,象征热望的红色、黄色等暖色、亮色固然是梦窗喜欢运用的,因为它们可以从反面折射梦窗的凄凉、冷清,是"以鲜明色彩写凄凉"[1];但流露沉郁、迷茫心绪的绀色和蓝色,似乎更能直接反映梦窗的精神世界。绀色,如《澡兰香·淮安重午》:"玉隐绀纱睡觉。"《夜游宫·竹窗听雨,坐久……》:"绀云欹。"《尾犯·甲辰中秋》:"绀海掣微云。"《水龙吟·寿尹梅津》:"绀玉钩帘外。"蓝色,如《声声慢》:"蓝云笼晓。"《过秦楼·芙蓉》:"怨入粉烟蓝雾。"《齐天乐·赠姜石帚》:"蓝浮野阔。"《莺啼序》:"蓝霞辽海沉过雁。"[2]对于梦窗词秾艳密丽的特色,清人况周颐《蕙风词话》卷二有很好的评价:"梦窗密处,能令无数丽字,一一生动飞舞,如万花为春,非若雕璃蹙绣,毫无生气也。"因为设色的目的在于传情,一切都浮游于深情之中,梦窗词中遂有了缤纷的意象和梦幻般的意境。

第三,善用代字。代字即借代。所谓借代,就是用事物的某一典型特征或局

---

① 参阅顾之京整理《顾随:诗文丛论》,天津人民出版社1997年版,第140页。

② 参阅孙望、常国武主编《宋代文学史》(下),人民文学出版社1996年版,第250页。

部构成来指代整个事物的修辞手法。有时,也可能是用与该事物关系密切的典故来代称。由于是提取事物最具典型意义的特征或构成,或相关故事、典故,并把它浓缩成精炼的词语,所以它往往使文学作品显得含蓄、精美,并激发读者的艺术想象力。在吴文英词中,借代是常用的修辞。比如《莺啼序》中,"歌纨金缕"表示与杭女相遇的欢乐,"春宽梦窄"则暗喻爱情遭到挫折,"事往花委,瘗玉埋香"则暗示杭女的亡故。又如用《绕佛阁·赠郭季隐》中用"艳锦"代云彩,《过秦楼·芙蓉》中用"香笼麝水,腻涨红波"形容水上的芙蓉,《渡江云三犯·西湖清明》中以"桂棹"代船,"宝勒"代马,《三部乐·赋姜石帚渔隐》中用"蛮素"代美女,《踏莎行》中用"润玉"称女子的肌肤,"檀樱"称女子的嘴唇,《霜叶飞重九》中以"翠微"代山,等等。当然,梦窗词中见得最多的,还是以"红"、"朱"、"香"代"红花",以"翠"、"绿"、"碧"代"绿叶"。而运用最灵活的,恐怕还是在对月亮的描写时。请看下面这首《玉漏迟·瓜泾度中秋夕赋》:

> 雁边风讯小,飞琼望杳,碧云先晚。露冷阑干,定怯藕丝冰腕。净洗浮空片玉,胜花影、春灯相乱。秦镜满。素娥未肯,分秋一半。　　每圆处、即良宵,甚此夕偏饶,对歌临怨。万里婵娟,几许雾屏云幔。孤兔凄凉照水,晓风起、银河西转。摩泪眼。瑶台梦回人远。

既咏中秋,月亮自然是焦点,词中多处写月亮,作者连用"秦镜"、"素娥"、"婵娟"、"孤兔"四个代字,既避免了重复,又平添许多美好的传说和生动形象。田玉琪先生曾考察并归纳出梦窗词中三十多处以代字言月的情况,认为这些代字的作用有三:一为适应词调的平仄声韵安排,二是避免语言的重复,三则有表达情感的作用。[①]

第四,采炼前人诗句以增强自家风格。吴文英不仅博览前人作品,杜甫、温庭筠、李贺、李商隐、苏轼、周邦彦、姜夔等诗词名家,都是他学习效法的榜样。前面我们曾讨论过周邦彦借用、化用前人诗词的情况;在这一点上,吴文英可谓一脉相承。周邦彦对吴文英的影响是全面的,从观念到创作,都可以发现其间的继承关系;但也正因为这个原因,清真词也和白石词一样,都不可避免地会成为吴文英要努力超越至少是相区别的对象。事实上,这份超越和区别,就是吴文英努力的方向。为了使自己的创作别具特色,吴文英只有从自己的长处和需要出发,有针对性地学习、借鉴古人。本节且以他对李贺、李商隐和周邦彦三家的借鉴和利用为例,加以说明。

---

① 田玉琪著《徘徊于七宝楼台——吴文英词研究》,第85—88页。

张炎《词源》卷下指出:"贺方回、吴梦窗皆善于炼字面,多于温庭筠、李长吉诗中来。"李贺诗歌特色鲜明,迥不类群,而且影响深远。杜牧《李长吉歌诗叙》一文中有非常精彩的评述:

> 云烟绵联,不足为其态也;水之迢迢,不足为其情也;春之盎盎,不足为其和也;秋之明洁,不足为其格也;风樯阵马,不足为其勇也;瓦棺篆鼎,不足为其古也;时花美女,不足为其色也;荒国陊殿,梗莽丘垄,不足为其怨恨悲愁也;鲸呿鳌掷,牛鬼蛇神,不足为其虚荒诞幻也。盖《骚》之苗裔,理虽不及,辞或过之。

由此可见,瑰丽、诞幻是李贺诗歌修辞的两大特色,而梦窗词恰恰也具有这两个特色。两者之间的相似性并非偶然巧合,乃是有意识的继承和发扬。梦窗词集中,颇多化用李贺诗句的例证。如《琐窗寒·玉兰》中的"最伤情,送客咸阳,佩结西风怨",《八声甘州·陪庾幕诸公游灵岩》中的"箭径酸风射眼",《法曲献仙音·放琴客,和宏庵韵》中的"愁未洗、铅水又将恨染",都显系化自李贺《金铜仙人辞汉歌》中的"衰兰送客咸阳道"、"东关酸风射眸子"和"忆君铅泪如清水"三句。《珍珠帘·春日客龟溪》中的"漫泪沾、香兰如笑",则化自《李凭箜篌引》中的"芙蓉泣露香兰笑"。《六丑·壬寅岁元夕风雨》中的"星河潋滟春云热",化自《胡蝶飞》中的"杨花扑帐春云热"。《丹凤吟·赋陈宗之芸居楼》中的"怕遗花虫蠹粉",化自《秋来》诗中的"不遗花虫粉空蠹"。《莺啼序·荷,和赵修全韵》中的"嫣香易落",化自《南园十三首》其一中的"可怜日暮嫣香落"。钱锺书先生曾说李贺"穿幽入仄,惨淡经营,都在修辞设色"[1],我们不妨移评梦窗。

再论吴文英对李商隐诗的学习和化用。《钦定四库全书总目》卷一百九十九论梦窗词云:"其词则卓然南宋一大宗。……盖其天分不及周邦彦,而研炼之功则过之。词家之有文英,如诗家之有李商隐也。"细味话语间的逻辑关系,可知梦窗与义山的相通之处在于"研炼之功"。诚如戈载《宋七家词选》所言:"(梦窗词)以丽密为尚,运意深远,用笔幽邃,炼字炼句,迥不犹人。貌观之雕缋满眼,而实有灵气行乎其间。……此与清真、梅溪、白石并为词学正宗,一脉真传,特稍变其面目耳。犹玉溪生之诗,藻采组织,而神韵流转,旨趣永长。"《词学季刊》创刊号载严复《与朱彊村书》,文中说得更明确:"窃谓梦窗词旨,实用玉溪诗法,咽抑凝固,辞不尽意,而使人自遇于深至。""研炼"、"藻采"、"诗法",这里都是指字面修辞技巧。那么,李诗的语言特色是什么? 辞藻华丽,曲折吞吐,典雅精致。而这

---

① 钱锺书《谈艺录》七《李长吉诗》,中华书局 1988 年版,第 46 页。

些,也正可移评梦窗词。由此可见梦窗与义山之间的继承关系。

当然,对吴文英影响最深的还是周邦彦。沈义父《乐府指迷》即云:"梦窗深得清真之妙。"钱鸿瑛女士从"音律"、"字面词意"、"章法"、"想像"四个方面讨论清真对梦窗的影响,并认为梦窗词"雕琢过分、用典较僻,这与清真词的'浑成'确实有一定距离"①。夏承焘先生也指出:"吴词浓丽绵密,本近周词;周词晦涩之弊,表现在吴词里最为突出。"②笔者一方面承认梦窗词确实不及清真浑成,但同时认为,这是梦窗刻意所为,用"密丽"来与清真、白石等前辈词家相区别,以自成一家。

再次,梦窗词以心理或情感的流动、变化为线索,景因情生,因情造景,杂糅时空,转换频繁,形成绵密深曲的结构特色。这种手法,有点类似今人所谓"意识流"。

学术界对梦窗词历来褒贬不一。黄升《中兴以来绝妙词选》卷十引尹焕语云:"求词于吾宋者,前有清真,后有梦窗。此非焕之言,四海之公言也。"张炎《词源》卷下却批评说:"吴梦窗词如七宝楼台,眩人眼目,碎拆下来,不成片段。"尹焕与梦窗同时,又是梦窗的追随者,褒扬或许有些过分;但张炎的批评也稍嫌苛刻,并且没有真正理解梦窗。张炎的本意也许是说,梦窗词过于雕琢粉饰,而于章法重视不够,以致不能多作结构层次的分析。但事实上,吴文英并未忽视章法;非但没有忽视,反于谋篇布局表现出杰出的艺术才能。张炎既已承认眼前是一座"七宝楼台",又为何只见"眩人眼目"的"七宝",而不见整体的楼台,竟幻想它会支离破碎?岂不知再完整的东西,一经"碎拆",也会"不成片段"?看来,张炎是被梦窗缤纷的藻色刺花了眼,患了只见树木不见森林、只见斑纹不见豹皮的毛病。

前文曾论述清真词在结构上往往匠心独运,吴文英作为世所公认的清真传人,一方面继承了清真词的细密曲折,另一方面又突破清真、白石等人,将词的结构艺术发展到一个崭新的水平。这就是以心理或情感的流动、变化为线索,杂糅时空,转换频繁的结构特色。兹以最长调《莺啼序》为例加以说明。词云:

> 残寒正欺病酒,掩沉香绣户。燕来晚、飞入西城,似说春事迟暮。画船载、清明过却,晴烟冉冉吴宫树。念羁情游荡,随风化为轻絮。 十载西湖,傍柳系马,趁娇尘软雾。溯红渐、招入仙溪,锦儿偷寄幽素。倚银屏、春宽梦窄,断红湿、歌纨金缕。暝堤空,轻把斜阳,总还鸥鹭。 幽兰旋老,杜若还生,水乡尚寄旅。别后访、六桥无信,事往花委,瘗玉埋

---

① 钱鸿瑛《梦窗词研究》,上海古籍出版社 2005 年版,第 305 页。

② 夏承焘校注《词源注》前言第 6 页,人民文学出版社 1981 年版。

香,几番风雨。长波妒盼,遥山羞黛,渔灯分影春江宿,记当时、短楫桃根渡。青楼仿佛,临分败壁题诗,泪墨惨澹尘土。　危亭望极,草色天涯,叹鬓侵半苎。暗点检、离痕欢唾,尚染鲛绡,鿔凤迷归,破鸾慵舞。殷勤待写,书中长恨,蓝霞辽海沉过雁,漫相思、弹入哀筝柱。伤心千里江南,怨曲重招,断魂在否?

《莺啼序》是最长的词调,四叠,凡二百四十字,几同一篇小赋。大容量固然使词家可以叙写非常丰富、复杂的内容,但同时也对结构安排提出了更高的要求。梦窗此词,可为结构词体做示范。陈洵《海绡说词》细析此词云:"第一段伤春起,却藏过伤别,留作第三段点睛。燕子画船,含无限情事;清明吴宫,是其最难忘处。第二段'十载西湖'提起,而以第三段'水乡尚寄旅'作钩勒。'记当时、短楫桃根渡','记'字逆出,将第二段情事,尽销纳此一句中。'临分'、'泪墨','十载西湖',乃如此了矣。'临分'于'别后'为倒应;'别后'于'临分'为逆提;'渔灯分影'于水乡为复笔,作两番钩勒,笔力最浑厚。'危亭望极,草色天涯'遥接'长波妒盼,遥山羞黛','望'字远情,'叹'字近况,全篇神理,只消此二字。'欢唾'是第二段之欢会,'离痕'是第三段之临分。'伤心千里江南,怨曲重招,断魂在否',应起段'游荡随风,化为轻絮'作结。通体离合变化,一片凄迷,细绎之,正字字有脉络。"不难发现,情经而事纬,承转逆应之际,皆一任追念之情牵引。"念"、"梦"、"记"、"叹"、"恨"、"相思"、"伤心",这一连串描述心理活动的词语,将抒情主人公的追念、哀悼之情,表达得深沉绵密、回环婉曲。刘永济先生亦云:"前两段主要是写生离,后两段主要是写死别,中间复以羁游之情,今昔之感,回环往复出之,极穿插错杂之能事。"仅从"正"、"似"、"旋"、"还"、"别后"、"当时"、"仿佛"、"暗"、"尚"、"待"、"长"、"重"等众多表示状态和时间的虚字副词,其左抽右旋、明修暗渡的编织、穿插、点缀之功,即可昭昭在目。刘先生又云:"一段缠绵之情,寓乎其中,又能于极绵密之中,运以极生动之气。"[1]此生动之气,实即真情之流动。前贤论曰:"其芬菲铿丽之作,中间隽句艳字,莫不有沉挚之思,灏瀚之气,挟之流转。……欲学梦窗之致密,先学梦窗之沉着。"[2]诚哉斯言! 这正是《莺啼序》长达二百四十字,却毫无繁冗、拖沓、单调之弊的原因所在。要之,"梦窗之词,则严妆盛饰之美人也"[3]。

复次,密丽的藻色、深曲的结构只是梦窗词的外部特征,梦窗词的本质特征

---

① 刘永济《微睇室说词》,与《唐五代两宋词简析》合订,中华书局 2007 年版,第 191、192 页。

② (清)况周颐《蕙风词话》卷二,唐圭璋《词话丛编》本,中华书局 1986 年版。

③ 刘永济《微睇室说词》,与《唐五代两宋词简析》合订,中华书局 2007 年版,第 192 页。

和核心价值则在于一个"真"字,事真,情真,境真。

戈载谓"实有灵气行乎其间",陈廷焯谓其"在超逸中见沉郁"①,况周颐谓"中间隽句艳字,莫不有沉挚之思",夏敬观谓"梦窗词如汉魏文,潜气内转,不恃虚字衔接"②,吴梅谓其"幽索处则孤怀耿耿,别缔古欢"③,陈匪石谓"梦窗之气深入骨里,弥满行间"④,严复谓梦窗词"咽抑凝回,辞不尽意,而使人自遇于深至";总之,"梦窗是多情之人,其用情不但在妇人女子生离死别之间,大而国家之危亡,小而友朋之聚散,或吊古而伤今,或凭高而眺远,即一花一木之微,一游一宴之细,莫不有一段缠绵之情,寓乎其中。"⑤只有把握这一点,才能从根本上正确地理解和评价梦窗词。首先来看那首脍炙人口的《风入松》:

> 听风听雨过清明,愁草瘗花铭。楼前绿暗分携路,一丝柳、一寸柔情。料峭春寒中酒,交加晓梦啼莺。 西园日日扫林亭,依旧赏新晴。黄蜂频扑秋千索,有当时、纤手香凝。惆怅双鸳不到,幽阶一夜苔生。

唐圭璋先生《唐宋词简释》云:"此首西园怀人之作。"杨铁夫《梦窗词选笺释》云:"此因清明而忆姬之作。"西园曾是词人寓居之所,梦窗词中多次提到。清明是个缅怀亡人的节日,无数往事自然涌上心头,而最令人魂断者莫过于离别。当此时节、心境,听风雨而愁花落,见绿柳而忆别情,多愁善感的诗人自是无限哀痛。加以春寒料峭,唯有一醉,方能聊遣悲凉;偏偏莺啼梦破,仍是独对晓寒。上片,伤春更伤别;下片,触景复思人。老天亦知人憔悴,雨过天又晴;魂牵梦绕恨难移,园景似当年。见之神伤,不见神沮,见比不见强。"依旧"者,虽不忍去,不忍不去也。满园风光,无心细赏,徘徊秋千旁;黄蜂频扑,似寻旧香,撞击人心房。陈洵《海绡说词》云:"见秋千而思纤手,因蜂扑而念香凝,纯是痴望神理。"谭献《谭评词辨》亦云此二句,"是痴语,是深语"。可是,思念只能徒增"惆怅"而已。二结句即写惆怅之浓烈、深广,而表达得又是如此幽婉温厚。庾肩吾《咏长信宫中草》诗云:"全由履迹少,亦欲上阶生。"李白《长干行》诗云:"门前迟行迹,一一生绿苔。"末二句盖本于此,然又比此二诗更见幽忧隐痛。"双鸳",绣着鸳鸯的鞋,代女子双脚。苔本滋生,今因双鸳不到,则曰"一夜"而生,夸张,却全是词人的心理感

---

① 《白雨斋词话》卷二,《词话丛编》本。

② 《忍古楼废话》,《词话丛编》本。

③ 《词学通论》第七章《概论二》,上海古籍出版社 2006 年版,第 68 页。

④ 陈匪石《旧时月色斋词谭》,与《宋词举》等全订,钟振振校点,江苏古籍出版社 2002 年版,第 219 页。

⑤ 《微睇室说词》,与《唐五代两宋词简析》合订,中华书局 2007 年版,第 192 页。

受;言旧日双栖欢爱如在昨日,犹在目前,今则幻灭矣。苔生幽阶,形象地写出了词人因情人离去而产生的无法言说的凄凉、荒芜和隐痛。陈匪石《宋词举》则云:"'苔生'非'一夜'可致,而曰'一夜'者,白驹过隙之旨也。"可为补充。

足见言情乃梦窗所长,而藻色为其余技。像《风入松》这样以言情见长的作品,还有不少。比如同样传播众口的《唐多令》:

> 何处合成愁? 离人心上秋。纵芭蕉、不雨也飕飕。都道晚凉天气好,有明月、怕登楼。   年事梦中休,花空烟水流。燕辞归、客尚淹留。垂柳不萦裙带住,漫长是、系行舟。

对于此词,前人议论颇有分歧。批评梦窗词"质实"的张炎,偏予推选,曰"此词疏快"①;而推尊梦窗词的陈廷焯,反诋为"油腔滑调","最属下乘"②。陈氏所厌,乃在首二句的拆字法;吴世昌《词林新话》亦力贬首二句为不过"拆字先生把戏"。笔者以为,离人逢秋,生愁必多,以"心上秋"合离人之"愁",倒极自然妥帖;如俞陛云《唐五代两宋词选释》所言,"藉字以传情,妙语也"。或许因此,陈廷焯在《别调集》卷二中又改曰此词"语浅情深,不第以疏快见长也"。这就沿着张炎的好评而又推进了一步。全词将伤别和秋思融为一体,写尽好事难再、欢情如梦之感慨,而出语清新明快,颇具民歌韵味。

下面这首《踏莎行》更是思极生梦、梦极生哀的佳篇。词曰:

> 润玉笼绡,檀樱倚扇。绣圈犹带脂香浅。榴心空叠舞裙红,艾枝应压愁鬟乱。   午梦千山,窗阴一箭。香瘢新褪红丝腕。隔江人在雨声中,晚风菰叶生秋怨。

此亦追怀亡姬之作,而出之以梦境。女子之可人,大抵在貌美、态雅、艺绝且情痴也。上片写女子午睡情态,而美貌、雅态、绝艺毕现。从字面看,"痴情"似未涉及,然精心妆扮、歌疲舞倦者,何为也? 可反证其必有所悦之情郎。有人物如此,自然不能忘怀;现实中不再拥有,这份钟情遂泛滥到他的梦境里。设想梦阑人醒,则必将满是悲哀;果然,下片即写梦后哀感。下片首二句用岑参《春梦》诗"枕上片时春梦中,行尽江南数千里"二句意思,而更为凝练有力。"香瘢"一句,则是醉梦留给词人的一个最深刻的印象,既惹人怜惜,又冶艳、柔媚。现实中,彩丝系腕,也确实是女孩子朴素而又娇媚的装饰;按《风俗通》所载,此种装扮或源于端午节系彩丝于腕以避邪的风俗。可是,顷刻间,美好幻灭了,无穷的悲凉凄苦让

---

① 《词源》卷下,《词话丛编》本。

② 《白雨斋词话》卷二,《词话丛编》本。

词人不寒而栗。最后两句,我们不禁想起现代诗人艾青《关于爱情》诗中的名句:"失去了爱情,断了弦的琴,没有油的灯,夏天也寒冷!"一梦醒来,眼前是凄凉迷茫之景,虽在夏日,亦生秋寒。令人动容的是,斯人虽逝,而词人思念之心不渝,满眼迷茫风雨、萧瑟风景之中,梦中人似仍隔江而立。至此,梦境与现实已缠夹一处,分不清哪是真,哪是幻了。或者,最后两句竟是当年分别时的凄风苦雨,为的是与"香瘢"一句的香艳温柔做强烈的对比?不管作哪种解读,都兼有以景托情和融情入景之妙,将词人难以言传的深情和哀思表达得淋漓而恍惚,读之令人思远而魂销。足见梦窗乃一痴心人也。王国维于梦窗词评价并不很高,然《人间词话》于此篇,则云:"介存谓梦窗词之佳者,如天光云影,摇荡绿波,抚玩无极,追寻已远。余览《梦窗甲乙丙丁稿》中,实无足当此者。有之,其'隔江人在雨声中,晚风菰叶生秋怨'二语乎?"梦窗有灵,当谓深契其心也。

此外,像两首《祝英台近》名篇("采幽香"和"剪红情"),也都是"沉痛异常"、"语挚情浓"、"回肠荡气,一往情深"[①]的作品。

最后,谈一谈梦窗词的意境。

由于梦窗词在结构上每以情感和意识的变化、流动连缀、编织素材,杂糅人事、风景,所写又常为追忆或梦境,故词中每多凄迷朦胧、幽邃奇幻之梦幻境界。

上文所举《踏莎行》(润玉笼绡)一阕,即一显例。下面这首《浣溪沙》,亦可为证,词云:

> 门隔花深梦旧游。夕阳无语燕归愁,玉纤香动小帘钩。　　落絮无
> 声春堕泪,行云有影月含羞。东风临夜冷于秋。

杨铁夫《梦窗词选笺释》云:"此亦忆姬之作,人未归而望其归,发而为梦也。全首以一'梦'字为主。"刘永济《微睇室说词》亦云:"所忆不愿实说而托之梦。观此词,知词家所说之梦,不必是真梦,而写来似真,亦写虚为实之法也。"先生诚可谓梦窗解人。首句之"梦旧游"实为"忆旧游",不言"忆"托诸"梦"者,似已寓痴绝于其中矣。"门隔花深",旧游之地,乃一繁花盛开而曲径通幽之处;但当时的静谧幽美环境,现在感到的可能更多是"隔"与"深"了。故首句便已为全篇奠定了基调。"夕阳"二句,是一个特写镜头,写傍晚时分,斜照在户,归燕盘旋,所忆女子举手挑起门帘挂好。这是追忆之景,本由愁而生,故一切都处在悄寂之中,夕阳自是悄寂无声地西沉,连归燕也似愁不堪鸣,只在低空中作躁动不安的飞旋;但这种恍若隔世的感受和印象,反有"此时无声胜有声"的况味,如江潮一般,有感

---

① 唐圭璋著《唐宋词简释》,上海古籍出版社 1981 年版,第 211、212 页。

伤在不知不觉中浸透心田。从上下片的时间推移看,本词所回忆的可能是一对情人的最后一次相会。上片写傍晚时分前往女子住处相会,下片所忆则是晚间情人相处而分离在即的凄怨。因为这是最后一次相会,所以即使有良辰美景,也无心欣赏,而感受到的只有凄凉。"落絮"二句,比兴兼陈,从环境和人物两方面写尽女子临别时的痛楚和幽怨。他们的哀怨似乎连上苍也受到感动,柳絮无声落下,如替人垂泪;言"春堕泪",盖春天亦自伤悼也。此处不言人垂泪,而人自垂泪在先也。"行云"一句也是义兼两端,一写女子临别时低面掩泣,不愿徒增对方的痛苦,这里的"羞"乃"害怕"之义;二写天上行云遮月,仿佛月儿也害怕看见这人间的离别。此二句与上片的"夕阳"句,都运用了拟人的修辞手法,使周围的一切事物都和这对恋人一样,笼罩在愁云恨雾之中,不仅增强了似真似幻的梦境感,而且更为曲折、含蓄地表达了词人的离愁别恨。夕阳、燕子、柳絮、月亮都满面愁容,则人何以堪! 于是,最后一句"东风临夜冷于秋"的感受描述,就显得无比的凄警而自然了。它使我们又一次想起诗人艾青"夏天也寒冷"的话。人们或许会由它联想到薛道衡《奉和月夜听军乐应诏》诗"月冷疑似秋"、柳宗元《柳州二月榕叶落尽偶题》诗"春半如秋意转迷"、韩偓《惜春》诗"节过清明却似秋"之类诗句,特别是贺铸《浣溪沙》"东风寒似夜来些"的词句,但词人却化用得更为凝练、警策,确实做到了"情余言外,含蓄不尽"①。又因为这凄韵悠然的情景交融之美,使全词所描述的一个梦境得以完成。从结构看,全词六句,中间四句侧重反映离别中的女子,首尾两句的主体是词人,故词人既是故事的主人公之一,又是故事的陈述者。全词写词人,则仅首句的"梦"和末句的"冷"二字;合之,则词人所经历的乃一"冷梦",这正是作品的题旨所在。

当然,梦窗词的境界和风格是多样化的。密丽深曲、凄迷幽幻之外,尚有矫健壮阔如《八声甘州》(渺空烟四远)、《贺新郎》(乔木生云气)、《齐天乐》(三千年外残鸦事),清疏明快如《风入松》(听风听雨过清明)、《唐多令》(何处合成愁)、《夜合花》(柳暝河桥)、《望江南》(三月暮)等别具一格的词作。至于《高阳台》(修竹凝妆)一阕,则如近人梁令娴《艺衡馆词选》引麦孺博语所云,"秾丽极矣,仍自清空",又似是两种境界的融合。

总之,梦窗词不但集两宋格律—风雅词派艺术技巧之大成,而且把多种技艺提炼、加强到极致。《钦定四库全书总目》称"词家之有文英,如诗家之有李商隐";若就艺术性而言,吴文英的历史地位竟有越迈李商隐之处。梦窗词在当时就受到世人的广泛推崇,尹焕"此非焕之言,天下之公言也"的特别交代,就是证

---

① 陈廷焯《白雨斋词话》卷一,《词话丛编》本。

明。即使贬梦窗词"质实"的张炎,也在《词源》卷下中写道:"旧有刊本《六十家词》,可歌可诵者,指不一屈,中间如秦少游、高竹屋、姜白石、史邦卿、吴梦窗,此数家格调不伪,句法挺异,俱能特立清新之意,删削靡曼之词,自成一家,各名于世。"沈义父的态度与张炎近似而以褒扬为主。《乐府指迷》极称其"深得清真之妙",并较完整地保存了吴文英的词论。此后,杨慎、彭孙遹、朱彝尊等人亦多有好评,至周济、戈载、冯煦、陈廷焯、况周颐等人而大获盛称。"梦窗词在清代被大力推崇,始于常州派中坚周济","尊崇梦窗词臻于极境的是陈洵"[①]。程千帆、吴新雷二先生亦赞美梦窗虽"上承周、姜,但勇于独创,不守成法;摆脱传统,别开生面"[②]。总体看,梦窗词是获得了越来越多的好评的。宋末的格律—风雅派作家,极少能完全不受梦窗词的影响。事实上,他们在远绍清真的基础上,既摹白石,又拟梦窗;而其间杰出者如周密、陈允平、汪元量、王沂孙、仇远、张炎等人,且能融会两家甚至多家之长,为宋代格律—风雅词派的发展划上一个圆满的句号。正因为此,才有下文"沉积期"的论断。

在这里,一个需要特别注意的事实是,以上所提周密、陈允平、王沂孙、张炎诸人,皆浙人也。可见南宋后期的格律—风雅词派,已经是浙江词人在起主导作用了。

四、沉积期:以张炎为代表

周密、王沂孙、张炎、仇远、陈允平诸人,皆宋末元初时期格律—风雅词派的大将;其中,张炎尤为突出,成就最高,影响也最大。而且"无论从生活遭遇的前后对比,还是从其词风的前后转变看,他都是具有代表性的;'解剖'他一个,便可基本了解其整体"[③]。另外,根据拙著《宋词题材研究》第二章统计,张炎有名篇 8首[④],与晏几道等数,处吴文英(10 首)、贺铸(9 首)之后而居刘克庄(7 首)、张先(6 首)之前,而王沂孙、周密仅分别有名篇 5 首和 4 首。从这个角度讲,张炎也合当此选。第三,在宋末元初词坛,张炎是一位在创作与理论上都取得杰出成就的词家,创作上转益多师,甚至兼采豪放派词风,以之作为宋元之际格律—风雅词派"沉积期"的代表,更有说服力。此外,张炎年辈较周密(1232—1298)、王沂

---

① 钱鸿瑛《梦窗词研究》,上海古籍出版社 2005 年版,第 334、355 页。
② 程千帆、吴新雷著《两宋文学史》,上海古籍出版社 1998 年版,第 430 页。
③ 杨海明《唐宋词史》,天津古籍出版社 1998 年版,第 621 页。
④ 张炎的 8 首名篇依次是:《高阳台》(接叶巢莺)、《解连环》(楚江空晚)、《八声甘州》(记玉关踏雪事清游)、《南浦》(波暖绿粼粼)、《月下笛》(万里孤云)、《清平乐》(采芳人杳)、《壶中天》(扬舲万里)、《清平乐》(候蛩凄断)。

孙(1233—1293)二人为晚,作为元代遗民,习惯上仍系于宋代,而其词学通过他的学生陆行直,在元代发挥了直接的影响。所以从词学承传看,张炎也比较适合作为宋元之间的词学代表,当然包括宋代浙江词在内。"总之,张炎是宋末的大家,是宋词的结束者。"①

张炎的身世和生平,在杨海明先生所著《张炎词研究》一书中,有比较详细的考论。这里只对其生平作一简要的介绍。张炎(1248—1320?),字叔夏,号玉田,晚号乐笑翁,祖籍成纪(今甘肃天水),张俊六世孙,世居临安(今杭州)。曾祖张镃、祖父张濡、父亲张枢,都是有名的词客。张濡于宋末驻守独松关(位于今浙江安吉和德清两县交界处),部下误杀元使廉希贤、严忠范,次年(1276)临安沦陷,张濡被元兵磔杀,张枢亦同时遇害,家产籍没。时张炎年二十九,因而流落江湖。据康熙《常州府志》卷九"陵墓"条记载,"无锡县循郡王张俊墓,高宗御书碑额曰:'安民保泰翌戴元勋之碑。'后杨琏真枷发之。"则知张氏祖坟遭到了与南宋诸帝陵寝同样的命运。至元二十七年(1290),曾被征北上,至大都(今北京)缮写金字藏经,但次年春后即南归。晚年落魄纵游于江浙各地,卖卜为生,与王沂孙、周密、郑思肖、邓牧等遗民交游酬唱。卒于元延祐七年(1320)后,年七十余。有《山中白云词》八卷,《全宋词》录存 302 首。又作《词源》二卷,讨论词的音律和风格。另外,元人袁桷《延祐四明志》卷七存其诗一首。

在宋元之交几位格律—风雅派词家中,张炎的成就是较为全面的。上文已提及,除理论、创作兼擅外,在创作上也转益多师。他的学生陆辅之著《词旨》一卷,自谓"从乐笑翁游,深得奥旨制度之法",认为"周清真之典丽,姜白石之骚雅,史梅溪之句法,吴梦窗之字面,取四家之所长,去四家之所短",便是张炎填词的"要诀"。② 陆氏所言,多在字句间,未必允当,但张炎进出诸家却是肯定的。

大体而言,以 1276 年的国破家亡为转折点,张炎的词体创作可分为前后两个时期。前期的词风流、儒雅,反映的主要是承平公子的贵族生活,风格婉丽淡雅;后期的词则"备写其身世盛衰之感",每有"苍凉激楚"之作③。如果具体些,后期还可以再细分。比如以元世祖至元二十七年被征北上大都为契机,张炎的词风又有了一个非常鲜明的变化,词中多了苍莽雄浑的北国风光,故国之思和身世之感得到增强,风格变得豪壮起来。而 1291 年南归后,漂泊穷愁,词中的家国身世之感更加深沉;为求心灵的平衡与解脱,隐逸超旷思想大为抬头。由于张炎

---

① 陆侃如、冯沅君《中国诗史》下册,人民文学出版社 1983 年版,第 713 页。

② 《词话丛编》第一册,第 301—302 页。

③ 《钦定四库全书总目》卷一百九十九《山中白云词》提要。

前期词存世很少,所以总体看,黍离之悲是张炎词的基本主题,深婉凄怆是它的主体特色。兹将张炎数阶段词体创作的特色和成就,及其艺术渊源,论述如下。

首先,来看张炎前期的词体创作。张炎倾慕清真、白石,论词力主"清空"、"骚雅",我们可以用他前期的词来印证他的词学观。下面这首《南浦·春水》,是张炎的成名作,也是他前期的代表作。词云:

> 波暖绿粼粼,燕飞来、好是苏堤才晓。鱼没浪痕圆,流红去、翻笑东风难扫。荒桥断浦,柳阴撑出扁舟小。回首池塘青欲遍,绝似梦中芳草。　和云流出空山,甚年年净洗,花香不了?新渌乍生时,孤村路、犹忆那回曾到。余情渺渺,茂林觞咏如今悄。前度刘郎归去后,溪上碧桃多少。

邓牧《山中白云词序》云:"《春水》一词,绝唱千古,人以'张春水'目之。"细味此词,并无高情深意,其妙处全在铺展的安详从容、状物的清丽传神。俞陛云《唐五代两宋词选释》云:"论其格局,先写景,后言情,意亦犹人。审其全篇过人处,能运思于环中,而传神于象外也。"所谓"运思于环中",即围绕中心"春水"来组织素材也;"传神于象外"者,谓能抓住各种富有特征的景物,将春水所包蕴的情态和意味一一揭露出来。又因为每每将景物安排在美丽的典故或传说中,以实比虚,语带感情,所以整首词显得意境朦胧、情韵悠长。此词在内容上大致可分为四个意群。首句至"扁舟小"为首层。首句"暖"、"绿",写西湖春水本身的美,接着用燕回苏堤、鱼没浪圆、风戏落花、舟渡荒桥等以春水为背景的镜头,全面展示西湖春日之美。"回首"二句为第二层,由湖水联想到大大小小的池水,写春日池塘之美,表明春水充盈人间,绿意盎然。作者化用谢灵运《登池上楼》"池塘生春草"名句,及此句得自梦境的典故,将现实中的池塘春草,说成是梦境中才有的美景,既贴切,又空灵。至此,春水之美,似乎已经写尽。不意作者宕开一笔,别开生面,将诗思引向为春水提供源源活水的溪流。从过片首句至"那回曾到"是第三层,写溪流中的春水。"和云"句,引人诗情远游,并将溪流拟人化;"洗花香不了",侧面写溪边繁花开放,落花使溪流变成了香溪。循溪而行,自然一路美景。"新渌"二句,化自隋炀帝《野望》诗和秦观《满庭芳》词的"流水绕孤村",但比较隐秘,且脱去原诗原词寒秋般的感伤、低沉气息,而保留了温暖和明丽,这正是"新渌"即春水所带来的。最后,又由第三层的追忆,自然地以情带景,关合主题。"茂林觞咏"用的是王羲之《兰亭集序》典故,末二句用的是刘、阮入天台山遇仙典故,总之都是极优美、诱人的所在,而两则故事的精神则全在春水——流觞之溪与桃源之溪,从而把词作提升到高境。就连高士的雅集、美丽的爱情都离不开春水,则春水之意蕴不可谓不高远了。这里运用的，同样是以实比虚的手法，美丽的故事和传说，赋予春水以无穷的意蕴和魅力。这首词，看似平淡，其实奇崛，虽无宏旨，但有深境，充分体现了张炎前期词清雅婉丽、深情绵邈的特色。我们从中不难看到秦观的柔情、周邦彦的铺陈、姜夔的清空、吴文英的妍雅。

张炎今存词302首，绝大多数都作于后期，名篇佳作也多诞生于后期。兹再按上文的细分，对张炎后期三阶段的词体创作，各取一两例进行论析。1276年，是张炎词体创作风格转变的分水岭。同样是写春天，下面这首《高阳台·西湖春感》，在题旨、意境和风格上，都与《南浦·春水》完全不同。词云：

> 　　接叶巢莺，平波卷絮，断桥斜日归船。能几番游？看花又是明年。东风且伴蔷薇住，到蔷薇、春已堪怜。更凄然，万绿西泠，一抹荒烟。　　当年燕子知何处？但苔深韦曲，草暗斜川。见说新愁，如今也到鸥边。无心再续笙歌梦，掩重门、浅醉闲眠。莫开帘，怕见飞花，怕听啼鹃。

此词乃宋亡后重游西湖时所作。因为兼具家破人亡之痛，故张炎的亡国之恨，远比一般人深刻沉痛。开篇"接叶"三句，直叙眼前景物；暮春时节，莺藏絮卷，傍晚时分，斜照铺水，词人舟游断桥归来。接着"能几番"二句，伤春之情陡生，感盛时之不再，美好之不常，含有无限欷歔。再接着"东风"二句，言春去大半，只有蔷薇孤芳尚在，葬春的丧钟似乎已经敲响。此二句一顺一逆，一纵一收，令人惊悸。结拍"更凄然"三句，递进一层，言浩瀚西湖，于乱后已无一点春色，将亡国破家的深悲巨痛托出。张炎《词源》卷下论作法，认为"最是过片不可断了曲意，须要承上接下"。此阕过片，可为例证。上片既写于"斜日归船"环望"万绿西泠"，则自会有燕子飞入视野，承上；见燕子想起刘禹锡的《乌衣巷》诗，于是油然而生吊古伤今之情。这就使上下片一气贯通，词情更为深沉，词意更为畅通。"韦曲"地处长安南，唐时望族韦氏世居于此。杜甫《赠韦七赞善诗》引时谚云："城南韦、杜，去天五尺。""斜川"，湖名，地处江西星子、都昌二县之间，陶渊明游赏之地，陶作《游斜川》诗云"且极今朝乐，明日非所求"。"韦曲"、"斜川"在这里分别被借作当年的繁华、游赏之地。"苔深"、"草暗"，繁华已烟消云散，剩有青苔登阶、荒草覆地。虽明言长安，实暗指临安。一想到国破家亡的惨剧，自然悲愁攻心；历史上的盛衰总太隔膜，如今降临到自己身上，才感觉分外锋利，有犁肤之痛。这悲愁浓烈而弥漫，无可逃脱，令人窒息。可作者不直接说，而是借用辛弃疾《菩萨蛮》词句"拍手笑沙鸥，一身都是愁"，说连鸥鸟也感到愁恨了。词人感物，无穷深广。尤其是从一个公子王孙、风流雅士一落而为流浪汉时，这种悲痛更是常人不能想象的。下文"无心再续笙歌梦"二句，便是这种心境的反应。"笙歌"，富贵安闲之娱乐；"梦"，风流已为陈迹；"无心再续"，梦也难堪。悲愁深重如此，人何以堪？"掩重门、浅醉闲眠"，销愁唯有"醉"、"眠"而已。末尾"莫开帘"三句，更入一层，言就连飞花啼鹃也不忍再听、不愿再见。通篇词意悲怨，令人呜咽欲绝，所谓"亡国之音哀以思"也。至于情景的虚实结合，结构上的振起与绾合，可以看到梦窗的痕迹；而格调上的柔软、蕴藉又有清真、白石的影响在内。

张炎后期的许多词作，都是将身世之感和亡国之音熔铸一体。如其咏物名篇《解连环·孤雁》即是又一例。词云：

> 楚江空晚。怅离群万里，恍然惊散。自顾影、欲下寒塘，正沙净草枯，水平天远。写不成书，只寄得、相思一点。料因循误了，残毡拥雪，故人心眼。　谁怜旅愁荏苒？漫长门夜悄，锦筝弹怨。想伴侣、犹宿芦花，也曾念春前，去程应转。暮雨相呼，怕蓦地、玉关重见。未羞他、双燕归来，画帘半卷。

本篇是《山中白云词》中咏物词的代表作，它比《南浦·春水》更为杰出。据孔齐《至正直记》，"张叔夏孤雁词，有云'写不成书，只寄得、相思一点'，人皆称之曰'张孤雁'"。孤雁，失群无助之雁也，咏雁即是喻己，是用侧笔抒怀，写自己深沉广大的旅愁。常国武先生于此写道："全词处处写失群的孤雁，而处处又以孤雁失群隐喻自己羁旅漂泊的生涯；处处写孤雁之思群，实际上是处处在隐喻自己的思念故人。是人是雁，亦雁亦人，两者浑然一体。且于苍凉悲壮的风格中，弥见思曲情深之妙。"[①]全词构思精巧，体认细致，深沉婉转，既能穷形尽相，又能寄意深微，而推敲锻炼之功亦非仅于"写不成字，只寄得、相思一点"二句，紧接着的"料因循"三句，"皆遣声赴节，好句如仙"[②]，而"沙净草枯，水平天远"亦属奇对[③]。至于风格，谭献《谭评词辨》云："'想伴侣'二句，清空如话。'暮雨'二句，若浪花之圆蹴，颇近自然。"而"长门夜悄，锦筝弹怨"二句，上用唐人杜牧《咏雁》诗"长门灯暗数声来"，下用钱起《孤雁》诗"二十五弦弹夜月，不胜清怨却飞来"，"暮雨"二句之用崔涂《孤雁》诗"暮雨相呼疾，寒塘欲下迟"，自与清真、梦窗一脉相袭。

当然，词家的风格也会随着处境的改变而改变。张炎北上大都之行，对其词

---

①　孙望、常国武主编《两宋文学史》下册，人民文学出版社 1996 年版，第 364 页。

②　邓廷桢《双砚斋词话》，唐圭璋《词话丛编》，第 2532 页。

③　陆辅之《词旨》卷上。

风的转变有很大的影响。在客观上,他生平第一次有机会目睹满目疮痍的北方,体验广大人民的痛苦,认识到雄伟壮丽的山河因战乱而破败不堪的现实;于是,有意无意地,他的作品中有了感慨、愤激,格律—风雅词派—贯轻贱的辛派豪放词风,也随之渗透进来。如《高阳台》(古木迷鸦)、《凄凉犯·北游道中寄怀》、《声声慢·都下与沈尧道同赋》、《湘月》(行行且止)等阕,都是此期比较优秀的作品,而《壶中天·夜渡古黄河,与沈尧道、曾子敬同赋》则是其中最杰出的作品。词云:

> 扬舲万里,笑当年底事,中分南北?须信平生无梦到,却向而今游历。老柳官河,斜阳古道,风定波犹直。野人惊问,泛槎何处狂客? 迎面落叶萧萧,水流沙共远,都无行迹。衰草凄迷秋更绿,惟有闲鸥独立。浪挟天浮,山邀云去,银浦横空碧。扣舷歌断,海蟾飞上孤白。

沈尧道,名钦,汴人。曾子敬,疑即曾遇,号心传,华亭人,工书画,后入仕于元,任湖州安吉县丞。二人皆与张炎同时被征北上写经。《壶中天》即《念奴娇》,几乎每句皆仄声收脚,音节拗怒,宜于表现豪放的思想感情;张炎此阕,选用短促的入声韵,声情更显郁勃激壮,读之使人慷慨。俞陛云《唐五代两宋词选释》评价此词说:"此为集中杰作,豪气四溢,可与放翁、稼轩争席。"开拍三句,由夜渡黄河想起如今天下归一,当年的对峙和偏安,终究只是徒劳,作为亡国破家之臣,唯有辛酸一笑。这里暗用张孝祥《念奴娇》(洞庭青草)"追想当年事,殆天数,非人力"句意。"须信"二句,一言新朝征召必须北上,二言国破家亡未曾预料,做梦都不曾想到的事而今却成为现实,感慨之沉痛可知。题曰"夜渡",实自傍晚写起。"老柳"三句,即渡河前所见黄河夕照图,有雄浑壮阔之美。"野人"二句,则写当地居民对"南人"夜晚渡河北上的惊奇。于此亦写出征召命下,词人们的仓迫栖惶和旅途的艰辛。"狂"字非言潇洒豪迈,乃"野人"以为夜晚渡河之举为狂也;不过,在客观上,有豪情在焉。下片则具体描写河上所见北国风光。"迎面"三句,极写黄河两岸的萧条旷远。"衰草"二句,上言四望凄迷,尚有衰草犹绿;下言举世茫然,剩有沙鸥自闲。可知此二句义兼比兴,既是写景,亦微寓胸臆。俞陛云《唐五代两宋词选释》亦谓此二句"兼以书感,名句足敌白石",又称下句有"匹夫志不可夺"之意。受潜伏的志气激发,词人的心胸变得昂扬起来,于是有了"浪浮"三句。而这个情感变化,也是和时间的迁移、渡河的进程,同步进行的;事实上,正是月下壮美的黄河夜景激发出了词人的豪情。近前是白浪滔天,远岸则白云绕山,极目远望,河水杳渺,如银河横亘碧空。至此,词人激动的心情达到高潮。结拍二句,显系亦由张孝祥《念奴娇》(洞庭青草)结拍"扣弦独啸,不知今夕何夕"而来,但与张词的放旷相比,显得孤寂苍凉。于湖独啸在"素月分辉,明河共影,表里俱澄澈"之境,而以"独啸"为万象之主;玉田则放怀"海蟾飞上孤白"之境,而终至"歌断"。激昂慷慨之时,悲从中来,遂使"歌断";歌既断而悲益甚,则所见无非悲凉。"孤白",白茫茫一片孤寂;"飞上",迅捷也,暗言心痛神伤之际,竟未留意月已高升。

1291年南归之后,张炎的词风又发生了不小的变化。"由于他脱离了北国风光,重新回到改朝换代后的江南,不可能再作气势雄浑、昂思奔放的豪壮词。加之元朝统治已逐步巩固,南宋灭亡已早成定局,词人对新王朝的不合作态度,只能通过家国兴亡与身世飘零之感来表现。……这又进一步深化了他的情感和词境。"①这里选录两首分别作于1292年和1298年的词作,加以说明。先看较早的《甘州》(即《八声甘州》)一阕:

> 记玉关、踏雪事清游,寒气脆貂裘。傍枯林古道,长河饮马,此意悠悠。短梦依然江表,老泪洒西州。一字无题处,落叶都愁。　载取白云归去,问谁留楚佩,弄影中洲?折芦花赠远,零落一身秋。向寻常野桥流水,待招来、不是旧沙鸥。空怀感,有斜阳处,却怕登楼。

原调下有小序云:"辛卯岁,沈尧道同余北归,各处杭、越。逾岁,尧道来问寂寞,语笑数日,又复别去。赋此曲,并寄赵学舟。"赵学舟,字与仁,亦曾参与写经。"辛卯"为至元二十八年即1291年,"逾岁"则1292年矣。此词写于南归以后,内容是怀念北游生活及感怀,故系于后期创作的第三阶段。不过,因为创作时间距北游不远,所以上片的写景还保留了一些清雄慷慨色彩。《八声甘州》有边塞词的格调,悲壮苍凉,拿它来写家国之痛和身世之感,非常适合。短暂的北游,张炎未有任何收获,南归后他漂泊于浙北、苏南一带。此词便是张炎在北游归来更加落魄失意的心情下写的,此时张炎四十四岁。上片起拍五句,由"忆"字领起,追忆昔日与沈尧道诸友人在北地交游时的情景。"玉关",泛指北方。作者仅用"踏雪清游"、"寒气脆貂裘,傍枯林古道,长河饮马"数语,清雄阔大,描绘出了与江南截然不同的北方的地域风光和生活特点。不仅意兴豪迈,而且可以入画。一个"脆"字,即显出炼字之精,音感、质感呼之欲出。可惜这一次短促的北游只像一场来不及把握的短梦,猛然醒来,发现自己依旧身在江南,面对故国残破的山河,只有空洒老泪了。"短梦"二句折入现在,一句点醒。"西州",古城名,在今南京西。据《晋书·谢安传》,羊昙受到谢安的推重,谢安扶病回都时曾从西州城门而

---

①　陶尔夫、刘敬圻著《南宋词史》,黑龙江人民出版社1994年版,第468页。

入；安死后，羊昙怕触景伤怀，就避而不走西州路。有一次，羊昙大醉，不觉行至西州门，发觉后大哭而去。此处借"西州"指杭州。张炎先世虽为陕西人，但自六世祖张俊以来，便世居杭州，所以他流泪怀念的家乡应该是杭州。此言自己年岁已晚，见故国而生悲慨，不禁落泪。国恨家仇集于一身，悲愁无边无际，无法挣脱。"一字"二句，翻用红叶题诗典故，言在这深悲巨痛面前，语言显得多么苍白无力，你只能承受和感觉，甚至每一片落叶都是凄惨的化身。足见遗民失国，北去南来，俱无佳致。下片表明自己选择山中白云的生活方式，可是仍忍不住眷念故旧。换头改出以疏宕之笔。"载取"一句，结合小序，写友人来访，给孤寂的生活带来一些慰藉和温暖，但仅数日之欢，友人又要回去，回到白云深处像我一样去过他的隐居生活。"问谁"二句，化用屈原《九歌》捐袂、遗佩的典故，写与友人依依惜别、萦怀无已的情谊，乃故作摇曳，以疏间密。"折芦"二句，上句借前人"折梅寄远"典故，寄托留别之意；下句就所折芦花，借喻自己零落如秋获的身世和心境。"向寻常"三句，喻知己难得，言友人既去，平常虽亦能找到二三朋友，但毕竟不是故交。反衬一笔，愈见故交情深。收拍"空怀感"三句，点明感慨，言孤愁之极，只能靠登楼远望来排遣，可是登楼所见，"斜阳正在，烟柳断肠处"（辛弃疾《摸鱼儿》），不登也罢，只能空怀感念而已，真是沮丧到了极点。这里，故人的飘散，自身的孤零，山河的易主，汇合成古今兴亡的沧桑，而这一切怀古伤今，充其量只落得一个"空"字罢了。"怕"字则更道尽一个读书人内里的怯弱，反衬出一个时代的创伤是何等的深刻沉痛。张炎常用"怕"字，除了词人工愁善感的心灵素质，自应还有引发这种"怕"的许多时代和社会因素。纵观全篇，由景到情，由壮及悲，由友情而及国愁家恨，文字极为警策，一股清刚悲怆之气回荡其间，即使全篇有旋折流走之妙，也将读者引入愈渐深沉窈窕的情境中去。此种结构，似有"梦窗家法"在焉。

如果说作于1292年的《甘州》尚余一缕清强之气，那么下面这首写于1298年的《月下笛》则更多凄苦之音了。词云：

> 万里孤云，清游渐远，故人何处？寒窗梦里，犹记经行旧时路。连昌约略无多柳，第一是、难听夜雨。谩惊回凄悄，相看烛影，拥衾谁语？　张绪，归何暮！半零落，依依断桥鸥鹭。天涯倦旅，此时心事良苦。只愁重洒西州泪，问杜曲、人家在否？恐翠袖、正天寒，犹倚梅花那树。

词前有小序，曰："孤游万竹山中，闲门落叶，愁思黯然，因动《黍离》之感。时寓甬东积翠山舍。"可知此词乃自述国破家亡之痛。开篇化用陶渊明《咏贫士》诗"万族各有托，孤云独无依"之句，以孤云自拟，言只身远游，思念故人。思念不得，遂生梦幻。"寒窗"以下四句，即写梦中行经故地。梦中最分明的则是故宫残柳、寒夜扰眠。唐时的连昌宫因元稹《连昌宫词》感叹它的荒凉残破而著名，词人因借指南宋旧时宫苑。"谩惊回"三句写梦后，谓醒来独对烛影，拥衾孤坐，无人共语。词人悲凉的心境，几达极限。如此抑郁之情，必得舒展，方能求得心灵的平衡。下片果然侧重抒发词人飘零的身世。换头以南齐张绪自比，感叹到迟暮之年仍不能回乡，呼应开篇的孤身远游。不幸的身世是词人伤心的根源，一旦触及，则感慨丛生。"半零落"以下，俱为倾诉的内容。词人思念西湖的鸥鹭，忧惧它们零落无多；暗喻故旧凋零，再会难期。断肠人在天涯，最是念家；只恐家破人亡之后，旧居已荡然无存。虽然再见也只是徒掬一抔伤心泪水，可词人无法不思念；家是他的泊宅，亲人、故交则是双桅。游思至此，自然又怀念起天各一方的故交知己，他们是词人最后的依赖。故词人便将感情定格于此，化用杜甫《佳人》诗句，为他们来一个特写："正天寒，犹倚梅花那树。"词人称扬故人洁身自持，坚守气节，堪与梅花凌寒傲放的品格相辉映；笔法曲折而意蕴深厚，写出一代逸民心声。全词感情凄怆缠绵，音律和谐婉转，文辞雅丽蕴藉；在结构上，潜气内转，空际传神，既见法度井然，又极流畅之致。这样的作品，实兼有白石、梦窗二家之长，而无二家之短。

类似的内容和感情在张炎后期词作中经常出现，《思佳客·题周草窗〈武林旧事〉》是一首感情浓烈、表达酣畅的佳作。拙见以为，它比按数据统计而进入"宋词名篇三百首"的两首《清平乐》（"采芳人杳"、"候蛩凄断"），还要动人，还要有力量。词云：

> 梦里蟾蜍说梦华，莺莺燕燕已天涯。蕉中覆处应无鹿，汉上从来不见花。　今古事，古今嗟，西湖流水响琵琶。铜驼烟雨栖芳草，休向江南问故家！

周密《武林旧事》记南宋都城临安的掌故旧闻，其中也寄托了作者的黍离之痛和故国之思。张炎阅后感慨万千，故作此词，给予极高的评价。读之觉有凄厉之声，喷薄而出。刘乃昌先生评曰："小词尺幅千里，含纳古今，哲思深邃，哀婉沉痛，足为一代兴亡作一收拢和归结。"[①]

从上面的举例和分析不难看出，张炎词体创作的风格是多方面的。翻阅《山中白云词》，诚如刘熙载《艺概》卷四所言，"大段瓣香白石，亦未尝不转益多师"。

---

① 刘乃昌选注《宋词三百首新编》，岳麓书社 2000 年版，第 408 页。

除继承、吸收本派历代词家的技巧和经验外，张炎在后期还向豪放词家学习，取精用宏。所以，读者不但经常在张炎词中看到柳永、贺铸、周邦彦、史达祖、吴文英特别是周、吴二家的痕迹，也能感受到苏轼、辛弃疾等人的气派。

事实上，与他差不多同期的周密、王沂孙等人，也都是转益多师的典范。比如"周密词往往逼肖周邦彦"，如《玉京秋》(烟水阔)；"也有不少借鉴姜、吴两家的痕迹。例如《三犯渡江云》(冰溪空岁晚)、《曲游春》(禁苑东风外)、《长亭怨慢》(记千竹万荷深处)之类，显然刻意模拟姜夔"，"又如《齐天乐》(宫檐融暖晨妆懒)、《夜合花·茉莉》、《朝中措》(茉莉拟梦窗)之类，颇得吴文英之风神"；"至于他后期的词，则大体是沿着姜夔的风格，兼与王沂孙、张炎等人互为影响，而趋于清疏、凄咽"。王沂孙作词，虽主要效法姜夔，但也"有借鉴柳永、周邦彦者，如《一萼红·红梅》、《一萼红·初春怀旧》、《三姝媚·次周公谨故京送别韵》、《金盏子》(雨叶吟蝉)以及《琐窗寒》(出谷莺迟)、《应天长》(疏帘蝶粉)之类。有效法吴文英之遣词造句者，如《天香·龙涎香》上片、《露华·碧桃》之类。……此外，他也与同时代的周密特别是张炎互为影响，因而他们词作的风格也比较接近"。① 宋末元初浙江词坛格律—风雅派名家中，只有陈允平拟周而不化，成就也不高。

由此可见，宋元之际的浙江词坛，格律—风雅词派各家在创作手法和艺术风格上都有较强的互补、融合的倾向或要求。这不是偶然的词学现象，它是格律—风雅词派在形式和技艺上精益求精之后的结果。事实上，早在吴文英那里，已将词艺发挥、运用到极致，梦窗词就是词艺的集大成。正因为将各种词艺发挥到极致，梦窗词才未能像清真词那样圆融，也未能像白石词那样清雅，而是具有多种极端的病态之美，诸如张炎特别提出的"质实"，又如浓烈的梦幻境界、眩目的语言色彩、意识流结构方式等。若用今天的文学眼光来看，梦窗无疑是热衷于艺术实验的"现代派"。

梦窗之后，极貌追新的实验作风便回落下来。此后的词家大多是在前辈的哺育、引导下，学习、借鉴已有的经验和技艺，以效法一家为主而兼采别调，周密、王沂孙、张炎莫不如此。即使是崇拜清真的陈允平，也还有不少令词的风格比较接近五代北宋，比如《思佳客》五首就明确标明是"用晏小山韵"，而《百字令·断桥残雪》则学姜夔，《婆罗门引》(两峰插云)则学吴文英，《醋江月·赋水仙》则受张炎影响。所以，总体看，以张炎为代表的宋末元初两浙格律—风雅词派，在词艺上已进入融合、趋同的发展阶段，他们在创作上表现出共同的旨趣和特色，诸如以家国身世之恨为主要表现内容、优雅迂曲的表现形式、富艳精工的修辞技

---

① 　孙望、常国武主编《宋代文学史》下册，人民文学出版社 1996 年版，第 338、354—355 页。

巧、感伤悲凉的词风等。这些旨趣和特征沉积下来,便对后来浙江词学的发展,特别是清代浙派的兴盛,起到了至关重要的作用。鉴于此,本章将此期界定为"沉积期"。

最后,需要补充说明的是,张炎还是宋元之际最重要的一位词学理论家,其所著《词源》二卷,完全可以看成是两宋格律—风雅词派的艺术总结。《词源》的宗旨和主要观点是什么? 归纳起来,就是三点,曰"旨趣高远"、"雅正"和"清空"。前两条相近,可以合一;"清空"则是一种境界,真正达到并不容易。因此,格律—风雅词派的理论核心,实际上正是雅正;讲求词律也好,谋篇布局也好,推敲锻炼也好,目的只有一个,即要使歌词变得醇雅、高贵起来。由张炎逆推,直到张先,格律—风雅词派的共同特征正在于"雅正"二字。遥想北宋前期,张先之所以得到士大夫阶层的认可,主要原因就在于他"韵高"即雅正罢了。

由此我们似乎可以悟出一个道理,凡事要想有最充分的发展,成就稳固的基业,最保险的做法便是承认、接受既有的法则和经验,在体制许可的范围内作各种尝试,精益求精,融会贯通,从而达到目的。从宋代格律—风雅词派在浙江一省的发展、壮大过程,似乎可以发现两浙文化传统中不少值得人们重视和借鉴的经验。

五、其他重要格律—风雅词家扫视

以上四家,是宋代浙江格律—风雅词派发展史上的关键作家。四大家之外,各阶段都尚有其他一些较有特色或较有成就的词家,值得在此一叙。这些词家,主要集中在南宋中期以后,皆可谓清真苗裔。其中成就较高的有高观国、卢祖皋、周密、王沂孙、仇远五家,尹焕、柴望、翁元龙、楼采、李彭老、陈允平等人亦各具一定特色。因北宋仅刘焘一人,亦顺便说及。兹列叙如下:

高观国,生卒年不详,字宾王,号竹屋,山阴(今属绍兴)人。由其词推知,少年时在东越,其后漂泊吴门、淮南、临安等地,一生似未入仕途。曾与史达祖等人结社吟唱,与史并称词坛作手,同为清真传人、白石羽翼。今存《竹屋痴语》一卷。《全宋词》录其词 68 首。

竹屋词主要取法周邦彦,亦响应史达祖,长于咏物,其佳者"工而入逸,婉而多风"[①],可以《解连环·柳》、《金人捧露盘·水仙花》二阕为代表。咏柳词云:"露条烟叶。惹长亭旧恨,几番风月。爱细缕、先窣轻黄,渐拂水藏鸦,翠阴相接。纤软风流,眉黛浅、三眠初歇。奈年华又晚,萦绊游蜂,絮飞晴雪。依依灞桥怨

---

① (清)王奕清《历代词话》卷八引《古今词话》。

别。正千丝万绪,难禁愁绝。怅岁久、应长新条,念曾系花骢,屡停兰楫。弄影摇晴,恨闲损、春风时节。隔邮亭,故人望断,舞腰瘦怯。"咏水仙词云:"唤起一襟凉思,未成晚雨,先做秋阴。楚客悲残,谁解此意登临。古台荒、断霞斜照,新梦黯、微月疏砧。总难禁。尽将幽恨,分付孤斟。从今。倦看青镜,既迟勋业,可负烟林。断梗无凭,岁华摇落又惊心。想莼汀、水云愁凝,闲蕙帐、猿鹤悲吟。信沉沉。故园归计,休更侵寻。"前阕细腻,后阕精警,两首词的共同点是咏物而不见所咏之物,运典纯熟自然,且饱含感情。此外,《齐天乐·中秋夜怀梅溪》一阕思念友人,宛转情深而清俊疏快,它是《竹屋痴语》中最受现当代读者喜爱的一首词作。词云:

> 晚云知有关山念,澄霄卷开清霁。素景分中,冰盘正溢,何曾婵娟千里。危阑静倚。正玉管吹凉,翠觞留醉。记约清吟,锦袍初唤醉魂起。　孤光天地共影,浩歌谁与舞,凄凉风味。古驿烟寒,幽垣梦冷,应念秦楼十二。归心对此。想斗插天南,雁横辽水。试问姮娥,有谁能为寄?

此词作于开禧元年(1205)史达祖出使金国的过程中。方中秋将至,两人相约于届时同赋;故史行宿于河北真定驿,也写了一首《齐天乐》,中有"江南朋旧在许,也能怜天际,诗思谁领"之句。此即词中竹屋所云"记约清吟"了。高观国这首词写旧游寥落之恨,"徊徘宛转,交情如见"(《历代诗余》卷八引姜夔语),有清峭疏快、澄澈幽远之致,高词善于用情的一面得到很好的体现,故能赢得更多读者。说到抒情性,高词中还有几首令词,亦颇有韵味,如《浪淘沙》(啼魄一天涯)、《菩萨蛮》(春风吹绿湖边草)、《少年游·草》等。总体看,高词虽有自家面目,但终觉精实有余而超逸未足,佳作不多。

卢祖皋,生卒年亦不详,字申之,又字次夔,号蒲江,永嘉(今温州)人,宁宗庆元五年(1199)进士。嘉定十一年(1218),为主管刑、工部架阁文字。十三年除秘书省正字,改校书郎、秘书郎。次年正月,迁著作佐郎。十四年十月,除著作郎。十五年九月为将作少监,寻兼直学士院。蒲江为楼钥外甥,学有渊源,诗祖晚唐,与永嘉四灵以诗唱和,今诗集不传。存《蒲江词稿》一卷,以审音谐律、纤丽典雅见长。《全宋词》录其词 96 首。黄升《中兴以来绝妙词选》卷八称其"乐章甚工,字字可入律吕,浙人皆唱之"。

卢祖皋以词知名,尤以怀乡、怀旧、怀人为胜,词风与高观国相近,虽然思力较弱,但比高词明丽洁净,尤善于炼句,词中俊语颇多。如《乌夜啼》中的"柳色津头泫绿,桃花渡口啼红",《菩萨蛮》中的"玉箫吹未彻,窗影梅花月。无语只低眉,闲拈双荔枝"等,清新隽永,色泽明丽。代表作除此二阕外,尚有《贺新郎》(挽住风前柳)、《江城子》(画楼帘幕卷新晴)、《谒金门》(风不定)等篇。且看《贺新郎》一阕:

> 挽住风前柳。问鸱夷、当日扁舟,近曾来否?月落潮生无限事,零落茶烟未久。谩留得、莼鲈依旧。可是功名从来误,抚荒祠、谁继风流后?今古恨,一搔首。　江涵雁影梅花瘦。四无尘、雪飞云起,夜窗如昼。万里乾坤清绝处,付与渔翁钓叟。又恰是、题诗时候。猛拍阑干呼鸥鹭,道他年、我亦垂纶手。飞过我,共尊酒。

词序云:"彭传师于吴江三高堂之前作钓雪亭,盖擅渔人之窟宅,以供诗境也。赵子野约余赋之。"故标题一般写作"钓雪亭"。《绝妙好词笺》引《嘉靖吴江县志》云:"钓雪亭在雪滩,宋嘉泰二年县尉彭法建。"彭法字传师。序中所言"三高",指春秋范蠡、西晋张翰和晚唐陆龟蒙。上片咏三高,发思古之幽情,叹风流之不继;下片扣题赋景,并于陶醉中表明自己效法前贤隐居的心志。全词语言隽丽,格调清俊,意境高远,是卢词中的高唱。黄升《中兴词话》对此词赞赏有加,谓其"无一字不佳,每一咏之,所谓如行山阴道中,山水映发,使人应接不暇"。虽然溢美,但是清景逸兴交融无间,一唱三叹,确有令人神思飞越之感。

蒲江词中像《贺新郎》这样杰出的长调并不多见,相比之下,其令词更多佳篇。如《江城子》写年华老去、壮志难酬的深哀,非常感人。词云:

> 画楼帘幕卷新晴。掩银屏,晓寒轻。坠粉飘香,日日唤愁生。暗数十年湖上路,能几度,著娉婷。　年华空自感飘零。拥春酲,对谁醒。天阔云闲,无处觅箫声。载酒买花年少事,浑不似,旧心情。

此为怀旧。又如《浪淘沙·杜鹃花》写道:

> 啼魄一天涯,怨入芳华。可怜零血染烟霞。记得西风秋露冷,曾浣司花。　明月满窗纱,倦客思家。故宫春事与愁赊。冉冉断魂招不得,翠冷红斜。

此阕名曰咏物,实为怀乡。如《谒金门》写道:

> 风不定,移去移来帘影。一雨林塘新绿净,杏梁归燕并。　翠袖玉屏金镜,日薄绮疏人静。心事一春疑酒病,鸟啼花满径。

此写怀人的怨慕之情。三首小令的共同点则是清新细腻,情韵悠长,纤丽淡雅。

卢祖皋作词,主要取法清真,小令则受五代北宋影响较深;由于才力较弱,长调枯寂者居多,而小令每有佳致,共同点便是张端义《贵耳集》所谓"纤雅"。卢祖皋是南宋浙江格律—风雅词派中以令词偏胜的词家。若以令词论之,卢祖皋完全可归入下一章婉约词派中进行讨论。

高、卢为南宋中后期词家。再来看宋元之际的周密和王沂孙。周、王二家成就,高于高、卢。

周密(1232－1298),字公谨,号草窗,又号萧斋、蘋洲。祖籍济南(今属山东),因自署齐人、华不注山人。曾祖秘,曾为御史中丞,扈从高宗南渡,居于吴兴,遂为湖州(今属浙江)人。章良能外孙、晋子。周密因置业于弁山之阳,遂号弁阳老人、弁阳啸翁。居临四水,又号四水潜夫。少从父周晋宦游浙、闽。景定二年(1261)入临安府幕府,监和剂局。咸淳间历两浙运司掾、丰储仓检察。景炎初(1276),为义乌令。是年杭州沦陷,南宋灭亡,周密湖州之家亦破,自此终身寓杭。入元不仕,与谢翱、邓牧等人交游,抗节特立,著称于时。以故国文献自任,著述宏富,撰有《癸辛杂识》六卷、《齐东野语》二十卷、《武林旧事》十卷、《浩然斋雅谈》三卷等三十余种。又编选《绝妙好词》七卷,录南渡后张孝祥至遗民仇远等词人 132 家,深得时人称许。其词集《蘋州渔笛谱》,一名《草窗词》。《全宋词》录存 153 首。

周密作词,远祧清真,近师白石,而最近梦窗,故后人有"二窗"的合称。又与同时的王沂孙、张炎等人互相影响。其间关系,孙望、常国武二先生《宋代文学史》下册第二十一章有详细论述,足资参考。吴文英甚至还把周密与格律—风雅词派的初祖张先作相比。[①] 可见周密转益多师的艺术渊源。总体看,周密的词风最接近梦窗、玉田,特点是词律谨严,结构缜密,格调秀雅,字句精美。若就内容而言,则草窗词中最有价值的是后期那些抒发亡国之恨和故国之思的篇章。据笔者统计,《一萼红·登蓬莱阁有感》、《曲游春》(禁苑东风外)、《法曲献仙音》(松雪飘寒)、《玉京秋》(烟水阔)四阕,入选"宋词名篇三百首",无疑是草窗词中的代表作。

首先来看周密那首最为脍炙人口的《一萼红》。词曰:

> 步深幽。正云黄天淡,雪意未全休。鉴曲寒沙,茂林烟草,俯仰千古悠悠。岁华晚、漂零渐远,谁念我、同载五湖舟？磴古松斜,崖阴苔老,一片清愁。　　回首天涯归梦,几魂飞西浦,泪洒东州！故国山川,故园心眼,还似王粲登楼。最怜他、秦鬟妆镜,好江山、何事此时游。为唤狂吟老监,共赋销忧。

---

① 　吴文英《踏莎行·敬赋草窗〈绝妙词〉》有云:"杨柳风流,蕙花清润,蘋□未数张三影。"

此词作于亡国破家、客居寄食之后,借写羁旅思乡之情,表达沉痛的家国之恨,声调几近凄厉,是周密后期的代表作,词人性情中的豪宕一面被激发出来①,词风已由当初的婉丽缜密变为悲凉空阔。陈廷焯《白雨斋词话》卷二评此词即云:"苍茫感慨,情见乎词,当为草窗集中压卷。"《法曲献仙音》(松雪飘寒)也表达了类似的黍离之悲。

宋祥兴二年(1279),南宋流亡政权也在厓山彻底覆没,时周密寓居杭州癸辛街,特著《癸辛杂识》以寄愤。在此之前,景炎三年,曾与王沂孙、李彭老、张炎、仇远、唐珏、王易简等十四人结社唱和,分咏龙涎香、白莲、蝉、莼、蟹五题,以纪元僧杨琏真伽发掘宋陵暴行,后由陈恕可结集为《乐府补题》一卷。周密收入其中的几首咏物词,如《水龙吟·白莲》、《齐天乐·蝉》等,也同样寄寓了幽微的遗民家国之恨。

周密先祖本是齐人,北宋灭亡后寓居江南;南宋灭亡后,词人连江南也不能安居。故漂泊羁旅情怀,也是草窗词表达的一个重点,词人往往在离情别绪中表达他的黍离之悲。这方面的代表作便是《玉京秋》(烟水阔)。只是情绪太感伤,表达也过于幽微,缺少感发人心的力量。

至于周密前期词的创作,则可以《曲游春》(禁苑东风外)一阕为代表。词云:

> 禁苑东风外,飏暖丝晴絮,春思如织。燕约莺期,恼芳情、偏在翠深红隙。漠漠香尘隔。沸十里、乱弦丛笛。看画船,尽入西泠,闲却半湖春色。　柳陌。新烟凝碧。映帘底宫眉,堤上游勒。轻暝笼寒,怕梨云梦冷,杏香愁幂。歌管酬寒食。奈蝶怨、良宵岑寂。正满湖、碎月摇花,怎生去得!

此词前有小序云:"禁烟湖上薄游,施中山赋词甚佳,余因次其韵。盖平时游舫,至午后则尽入里湖,抵暮始出,断桥小驻而归,非习于游者不知也。故中山极击节余'闲却半湖春色'之句,谓能道人之所未云。"此词所叙写,乃南宋灭亡前都人士女尽情游玩西湖美景,传达了词人自己的生活感受和审美情趣。周密《武林旧事》卷三对此有更为详尽的记载,可资参考。全词意象轻丽,针脚绵密,雕琼镂玉,精美绝伦;春思芳情,氤氲其间,令人神往。

再来看**王沂孙**(1240?—1310?)。孙字圣与,又字咏道,有碧山、中仙、玉笥山人诸号,会稽(今绍兴)人,家境富有。为人雅逸多情,风流倜傥。终其一生,基本

---

① 周密《弁阳老人自铭》云:"刚肠疾恶,闻见不平,怒发抵掌,毅然亦不少贷也。"见载明朱存理辑撰《珊瑚木难》卷五。

活动于吴越一带,居会稽、杭州之时间尤长。景炎三年,参与悼念宋陵被胡僧盗掘的赋咏活动。入元后曾做过庆元路学正,旋辞归。至元二十三年(1286),曾与徐天佑、戴表元、周密等十四人宴集于杭州杨氏祠堂。其余生平事迹,知之颇少。有词集《花外集》传世,《全宋词》录其词68首。

王沂孙与周密、张炎、蒋捷并称宋末四大词家,尤工于咏物,集中咏物篇什多达31首,大多写得寄托深婉,缜密幽邃。据拙著《宋词题材研究》统计,《齐天乐·蝉》、《妩眉·新月》、《高阳台·和周草窗越中诸友韵》、《天香·咏龙涎香》、《水龙吟·落叶》5阕,皆入选"宋词名篇三百首",可谓碧山词的代表作。且看《齐天乐》咏蝉一阕,词云:

> 一襟余恨宫魂断,年年翠阴庭树。乍咽凉柯,还移暗叶,重把离愁深诉。西窗过雨。怪瑶佩流空,玉筝调柱。镜暗妆残,为谁娇鬓尚如许?　铜仙铅泪似洗,叹携盘去远,难贮零露。病翼惊秋,枯形阅世,消得斜阳几度?余音更苦。甚独抱清高,顿成凄楚。谩想薰风,柳丝千万缕。

王沂孙的咏物词,艺术上颇为高超,既体物,又言志,两者高度结合、完美谐调。作者借咏秋蝉寄寓国破家亡、穷途末路的哀思,悲凉怨慕,字字凄断,感人至深。通篇以人拟蝉,又以蝉写人,刻画蝉声,精妙入神,艰危凄苦,愈转愈深。"病翼惊秋,枯形阅世,消得斜阳几度",写哀蝉临秋的栖惶与凄苦,非常传神,已成名句。秋蝉处境,实为遗民自我身世的写照。通篇蝉与人貌合神似,浑然一体,洵为咏物杰作。其他如咏龙涎香、咏萤、咏落叶诸篇,都是抒写类似思想感情的佳制。

相比之下,写于南宋灭亡前夕的《眉妩·新月》,借咏新月抒发其君国之忧,别具一番滋味。词云:

> 渐新痕悬柳,澹彩穿花,依约破初暝。便有团圆意,深深拜,相逢谁在香径?画眉未稳,料素娥、犹带离恨。最堪爱、一曲银钩小,宝帘挂秋冷。　千古盈亏休问。叹慢磨玉斧,难补金镜。太液池犹在,凄凉处、何人重赋清景?故山夜永。试待他、窥户端正。看云外山河,还老尽、桂花影。

张惠言《词选》云:"此喜君有恢复之志,而惜无贤臣也。"由此可知词中"新月"的比喻与象征意义,以及与之相对应的"谁"与"何人"的具体所指。虽然现实中的君主未必如词中新月那样殷殷期盼,但无肱股之臣可以救亡图存确是实情。对此,作者是有清醒认识的。所以,这首词感时伤世,悲慨极深,故陈廷焯《白雨斋词话》卷二即称其"一片热肠,无穷哀感"。在宋末浙江同类风格的词人当中,王沂孙的词表面上平和恬淡,但其中的那股峭拔郁勃之气,却是非常强烈和鲜明的。故《白雨斋词话》卷二盛赞其"品最高,味最厚,意境最深,力量最重,感时伤世之言,而出之以缠绵忠爱"。

不过,《花外集》中,也不全是一片凄咽之声。王沂孙也有少数词作,反映了词人乐观坚强的信念和情怀。比如《无闷·雪意》:

> 阴积龙荒,寒度雁门,西北高楼独倚。怅短景无多,乱山如此。欲唤飞琼起舞,怕搅碎、纷纷银河水。冻云一片,藏花护玉,未教轻坠。 清致,悄无似。有照水一枝,已挽春意。误几度凭栏,莫愁凝睇。应是梨花梦好,未肯放、东风来人世。待翠管、吹破苍茫,看取玉壶天地。

题曰"雪意",即天欲下雪之意。此词首写人世的阴冷荒凉,引出盼雪之意;接着极写老天欲雪不雪的矛盾,以及雪景的种种美丽;最后写词人吹笛破天,引来漫天飞雪,矛盾终获圆满解决,读来振奋人心。这样的题材和题旨,如果处理不当,会失之粗率,但此词却"笔致翩翩,音调和雅","描色取神,极尽能事"①。可见王沂孙的艺术旨趣也是多方面的。

仇远(1247—1326),字仁近,一字仁父,号近村,又号山村民,人称山村先生,钱塘人。咸淳中即有诗名,与白珽并称吴下,人谓之"仇白"。张雨、张翥、莫维贤皆出其门。景炎三年(1278),与李彭老、张炎、陈恕可、唐珏等13人,感愤于元僧杨琏真伽盗发宋代帝后陵墓,结社赋词,分咏龙涎香、白莲、莼、蝉、蟹五物,以志其家国沦亡之悲,后由陈恕可编为《乐府补题》一卷。宋亡后,以逸民自居,与周密、张炎、方凤等人常相唱和。元大德九年,被迫出任溧阳州学教授,转宝庆路教授,不赴,改将仕郎、杭州路总管府知事。晚年归老西湖,有园在清波门外,偕林昉、白珽、吴大有、胡仲弓等人游名山佛寺,足迹所至,常有题咏。论诗主江西诗派,推尊陈与义。论词则尊姜夔,其词多为写景咏物之作,偏于清空,词风清微要渺,与玉田、草窗为近。曾为张炎《山中白云词》作序,自谓:"予幼有此癖,老颇知难,然已有三数曲流传朋友间,山谣村歌,岂足与叔夏词比哉!"且以为"词尤难于诗"。著有《兴观集》、《金渊集》和《山村遗集》。词有《无弦琴谱》二卷。《全宋词》录入119首,另据《乐府补题》可辑入《齐天乐·蝉》1首,共120首。

仇远存词不少,律协调稳,细研精炼,只是着力虽深而意蕴平常,质量均衡而杰佳不多。《齐天乐·蝉》一阕可为其代表作,词云:

> 夕阳门巷荒城曲,清音早鸣秋树。薄翦绡衣,凉生鬓影,独饮天边

---

① 陈廷焯《云韶集》辑评卷九,葛渭君编《词话丛编补编》,中华书局2013年版,第1597页。

　　风露。朝朝暮暮。奈一度凄吟,一番凄楚。尚有残声,蓦然飞过别枝
去。　齐宫往事谩省,行人犹与说,当时齐女。雨歇空山,月笼古柳,仿
佛旧曾听处。离情正苦。甚懒拂冰笺,倦拈琴谱。满地霜红,浅莎寻
蜕羽。

此篇借咏蝉寄托凄凉痛苦的家国身世之恨。上片写秋蝉在寒冷、荒寂与孤苦中
备受煎熬,但仍不停地诉说。清空高远的天与孤寒困窘的蝉相互映照,营造出一
种蝉脱尘表的意境,表面虽是咏蝉,实写人物心态,隐曲表达出宋末遗民彻底摆
脱家国之恨的渴望,以及不甘屈服、隐忍以行的人格毅力。据《古今注》记载,齐
后忧愤而死,尸化为蝉,栖于庭树,哀鸣不止。下片即借用"齐后化蝉"的传说,巧
妙地将蝉与人联系起来,从咏蝉过渡到写人,暗喻遗民困苦孤独、冀求突破的真
实处境和内心世界。全词咏蝉与写人完美结合,是蝉是人,难于区辨,显得意味
深厚。

　　与咏蝉篇的幽咽沉郁不同,《八犯玉交枝·招宝山观月》是仇远词另一风格
的体现。词云:

　　沧岛云连,绿瀛秋入,暮景欲沉洲屿。无浪无风天地白,听得潮生
人语。擎空孤柱,翠倚高阁恁虚,中流苍碧迷烟雾。惟见广寒门外,青
无重数。　遥想贝阙珠宫,琼林玉树,不知还是何处。倩谁问、凌波轻
步,谩凝睇、乘鸾秦女,想庭曲、霓裳正舞。莫须长笛吹愁去,怕唤起鱼
龙,三更喷作前山雨。

《延祐四明志》卷七云:"招宝山,在(定海)县东八里,一名候涛山,为海控扼。旧
称山下有蚌生明珠,往来波涛之间,渔舟或得之,即光耀逼人,骇浪继作,不可行,
投之乃止。大洋阴晦夕,或见光彩,近则隐藏。"题材会影响到作家的风格,仇远
此阕,亦一佐证。上片写眼前壮美景象,远近相应,虚实相生,动静相衬,高下相
托,秾淡相照,其变幻已有游仙境界;下片于是引入神话传说,通过对幻想中美好
神仙世界的描绘,展现招宝山无法言说的神奇色彩。至此似乎已将招宝山的胜
况说尽,然末三句的折笔却更进一层,似抑实扬,写招宝山还有更神奇壮美的景
象。《历代词话》卷九称"其纵横之妙,直似东坡",有一定道理。

　　在仇远的令词中,《临江仙·柳》写羁愁,《越山青》(四月时)写闺思,深情绵
邈,清切自然,亦可称佳作。兹俱录如下:

　　湘水晓行无酒,楚乡客久思家。空城暗柳老愁芽。燕归才社后,人
老尚天涯。　记得津头轻别,离觞愁听琵琶。东风吹泪落鸥沙。一番
新雨重,飞不起杨花。

四月时,五月时,柳絮无风不肯飞,卷帘看燕归。　雨凄凄,草凄凄,及早关门睡起迟,省人多少诗。

前一首写羁旅漂泊之愁苦,凝重浑厚。"燕归"二句,用燕归之早与人归何迟对比,写滞留之苦。末二句,借雨中杨花不得飞舞喻离愁沉积,归心难诉。后一首借写暮春凄迷景象,写闺思之深苦。时已暮春,燕早归来,风雨交加,芳草凄凄,心灰望望,唯有以昏睡度日。但末二句却以反语出之,则凄苦之深切可想而知。只是按本书的划分,此二阕该算作婉约词了。

除以上九家外,刘焘、尹焕、柴望、杨缵、翁元龙、楼采、李彭老、陈允平几家,也都稍具特色,各有佳作传世,趁便一叙。

刘焘,生卒年不详,字无言,号静修,湖州长兴人。未冠入太学,与陈亨伯等以"八俊"并称。元祐三年苏轼知贡举,称其文章典丽,遂中甲科。建中靖国元年除秘书省正字。政和八年提点淮南东路刑狱。宣和三年自秘书少监提举嵩山崇福宫。七年除秘阁修撰。靖康时,金兵南侵,擅离官守,为李光所劾。焘善书,笔势遒劲。有《见南山集》。《全宋词》录存其词 12 首。

焘长于词,《八宝妆》怀想歌妓,风格在柳永、周邦彦之间。词云:

门掩黄昏,画堂人寂,暮雨乍收残暑。帘卷疏星门户悄,隐隐严城钟鼓。空街烟暝半开,斜日朦胧,银河澄淡风凄楚。还是凤楼人远,桃源无路。　惆怅夜久星繁,碧空望断,玉箫声在何处。念谁伴、茜裙翠袖,共携手、瑶台归去。对修竹、森森院宇。曲屏香暖凝沉炷。问对酒当歌,情怀记得刘郎否。

《转调满庭芳》用口语向孤雁诉说离情,颇为生动。词云:

风急霜浓,天低云淡,过来孤雁声切。雁儿且住,略听自家说。你是离群到此,我共那人才相别。松江岸,黄芦影里,天更待飞雪。　声声肠欲断,和我也、泪珠点点成血。一江流水,流也呜咽。告你高飞远举,前程事、永没磨折。须知道、飘零聚散,终有见时节。

刘焘另有《菩萨蛮·四时四首回文》8 首,虽形式特别,但毕竟系文字游戏,且皆写艳情,意义不大。

尹焕,生卒年不详,字惟晓,号梅津山人,长溪(今福建霞浦)人,寓山阴(今浙江绍兴)。宁宗嘉定十年(1217)进士。嘉熙间通判宁国府,以抚置流民有功,得知府杜范荐。淳祐六年(1246),为两浙运判。七年,除左司郎中。八年,除太府少卿兼左司郎中兼敕令所删定官。出为江西运判。在《梅津集》,不传。仅存词三首。尹与梦窗是密友,为词力学梦窗,梦窗集中与之唱和者多达十首,但从所存三词看,或密丽,或明快,但都缺乏梦窗的真挚婉美。其《唐多令·苕溪有牧之之感》写道:

> 蘋末转清商,溪声供夕凉。缓传杯、催唤红妆。慢绾乌云新浴罢,裙拂地、水沉香。　　歌短旧情长,重来惊鬓霜。怅绿阴、青子成双。说著前欢伴不眂,颺莲子、打鸳鸯。

与梦窗的同类题材之作相比,明快差近,但全无诚挚之意,只有油滑与轻佻,与一般狎客无多区别。

柴望(1212—1280),字仲山,号秋堂,又号归田,江山(今属衢州)人。宋亡,与弟随亨、元亨、元彪隐居不仕,时称"柴氏四隐"。其诗近晚唐体,而黍离之悲,亡国之痛,哀婉动人。有词集《凉州鼓吹》,自序云:"大抵词以隽永委婉为尚,组织涂泽次之,呼噪叫嚣抑末也。白石词感今悼往之趣,托物寄兴之思,殆与《古西河》《桂枝香》同风致。余不敢望靖康家数,白石衣钵,或仿佛焉。"可见他是自觉以清真、白石为词学宗师的。《全宋词》录存其词13首,多伤时之作,词风蕴藉风流。兹举《桂枝香》为例,词云:

> 今宵月色。叹暗水流花,年事非昨。潇洒江南似画,舞枫飘柞。谁家又唱江南曲,一番听、一番离索。孤鸿飞去,残霞落尽,怨深难托。　　又肠断、丁香画雀。记牡丹时候,归燕帘幕。梦里襄王,想念王孙飘泊。如今雪上萧萧鬓,更相思、连夜花发。柘枝犹在,春风那似,旧时宋玉。

杨缵,生卒年不详,字继翁,号守斋,又号紫霞。本鄱阳洪氏,年数岁,出继宁宗杨太后侄杨石为嗣,史弥远视为远器。居钱塘。两为幕僚,三为郡丞,除太社令。官至司农卿、浙东帅。以女选为度宗淑妃,赠少师。能画墨竹。精律吕,善琴,尝自制琴曲二百操,有《紫霞洞谱》,不传。当时号为知音之最,周密、张炎皆出其门,又与张枢、徐理、周密、施岳、李彭老等结为词社,分题赋曲。其论乐、论词均宗周、姜,以协音为能事,有《圈法周美成词》一书,指示作词门径,久佚。所著《作词五要》,附见于张炎《词源》末,前四条论词律,严于协律,对宋末词法影响较大。

杨缵今存词3首,自度曲《被花恼》写惜春伤春的闲愁,守律甚细,一字不苟作;《八六子·牡丹次白云韵》写"蝶凄蜂惨"的暮春时节,牡丹盛开,娇艳迷人,鲜明生动。代表作则为《一枝春·除夕》:

竹爆惊春,竞喧阗、夜起千门箫鼓。流苏帐暖,翠鼎缓腾香雾。停杯未举。奈刚要、送年新句。应自有、歌字清圆,未夸上林莺语。　从他岁穷日暮。纵闲愁、怎减刘郎风度。屠苏办了,迤逦柳欺梅妒。宫壶未晓,早骄马、绣车盈路。还又把、月夜花朝,自今细数。

此词写除夕热闹繁华盛况,脍炙人口,被明人杨慎《词品》选为守岁词的典型。

翁元龙,生卒年不详,字时可,号处静,四明(今浙江宁波)人,吴文英胞兄。近人赵万里辑有《处静词》。《全宋词》录其词20首。翁元龙小令多效五代北宋婉约一路,情韵深婉而用语明快,如《菩萨蛮》写女子"玉纤闲捻《花间集》,赤栏干对芭蕉立。蘼叶晚生凉,竹阴移小床"。长调则学清真,构思、琢语时有新颖之处,如《齐天乐·游胡园书感》、《玲珑四犯》,皆能于寻常情景中自出机杼。且看《齐天乐》一阕:

曲廊连苑吹笙道,重来暗尘都满。种石生云,移花带月,犹欠藏春庭院。年华过眼。便梅谢兰销,舞沉歌断。露井寒蛩,为谁清夜诉幽怨。　人生乐事最少,有时得意处,光阴偏短。树色凝红,山眉弄碧,不与朱颜相恋。临风念远。叹蝶梦难追,鹭盟重换。一片斜阳,送人归骑晚。

与吴文英的密丽生涩相比,翁元龙的词风就显得疏朗明快多了。此词写昔盛今衰、欢乐难再的人生惆怅,出语却轻俊警策,尤其是"种石生云"三句和"树色凝红"三句,意象鲜明,语言精炼,情韵灵动。而末尾"一片斜阳,送人归骑晚",又沉缓凝重,余音袅袅。换头三句散语,直接议论,既是全词题旨的揭发,又与前后形成错落参差之美。这样的风格,显然既受到吴文英等人的影响,也有作者个人的特色。

楼采,生卒年不详,字君亮,鄞县(今属宁波)人。宁宗嘉定十年(1217)进士。周密《绝妙好词》录其词六首。元人陆辅之《词旨》卷上"属对"门多举其佳句,如"花匣幺弦,象奁双陆"、"珠蟹花舆,翠翻莲额"、"汗粉难融,袖香新窃"之类。清人沈雄《古今词话·词评》上卷以"词意具足,而又工力悉敌"评之。笔者以为,当得沈氏此评的应是《瑞鹤仙》"南楼信杳"以下数语,以及"记掩扇传歌,剪灯留语。月约星期,细把花须频数。弹指一襟幽恨,谩空趁、啼鹃声诉。深院宇,黄昏杏花微雨"(《玉漏迟》),"云头雁影占来信,歌底眉尖萦浅晕。淡烟疏柳一帘春,细雨遥山千叠恨"(《玉楼春》),"凝恨极,尽日凭高目断,淡烟芳草"(《二郎神》)等词句。

今观楼采所存词作,知其乃周、姜门徒,又更为绮艳,作为同乡前辈,对梦窗

词风的形成,会有一定的影响。兹举其《瑞鹤仙》全词如下:

> 冻痕销梦草。又招得春归,旧家池沼。园扉掩寒峭。倩谁将花信,遍传深窈。追游趁早。便栽却、轻衫短帽。任残梅、飞满溪桥,和月醉眠清晓。　年小。青丝纤手,彩胜娇髻,赋情谁表。南楼信杳。江云重,雁归少。记冲香嘶马,流红回岸,几度绿杨残照。想暗黄,依旧东风,灞陵古道。

春归时节,花红柳绿,一派生机,可词人却满怀的孤寂与感伤,心眼中唯有"寒峭"、"残梅"、"云重"、"残照",被一片离愁别恨所笼罩。这样的情绪,与南宋末期的国势和国民心态是一致的。全词感情沉挚,转接自然有力,确实颇似梦窗。这样的作品,是当得起"词意具足,而又工力悉敌"的评价的。

李彭老,生卒年不详,字商隐,号筼房,又号漫翁,湖州德清人。淳祐中为沿江制置司属官。景定间,知盐官县。存词22首,与李莱老词合刻为《龟溪二隐词》。彭老与杨缵、张枢、施岳、周密、陈允平等挚友,都是西湖吟社中人,填词学梦窗,研炼字句,力求新巧工致,但较少梦窗的深涩,其佳者有奇逸警拔之致。如《木兰花慢·送客》一阕,将遗民的故国之思,食薇之旨,写得明丽疏快,风流闲雅。词云:

> 折秦淮露柳,带明月、倚归船。看佩玉纫兰,囊诗贮锦,江满吴天。吟边。唤回梦蝶,想故山、薇长已多年。草得梅花赋了,棹歌远和离舷。　风弦,尽入吟篇。伤倦客,对秋莲。过旧经行处,渔乡水驿,一路闻蝉。留连。漫听燕语,便江湖、夜语隔灯前。潮返浔阳暗水,雁来好寄瑶笺。

李彭老作词也喜用代字,是学梦窗之密丽的产物。如《四字令》云:"兰汤晚凉,鸾钗半妆,红巾腻雪初香。擘莲房赌双。　罗纨素珰,冰壶露床,月移花影西厢。数流萤过墙。"写闺中贵妇的孤寂,深婉蕴藉,由于使了许多娇艳的代字,词作显得芳菲铿丽,幽思闪烁。

李彭老还有一首题为"题草窗词"的《浣溪沙》,高度评价周密的清操和周词的清雅,虚实相生,写得风流旖旎,轻捷浑融。词云:

> 玉雪庭心夜色空。移花小槛斗春红,轻衫短帽醉歌重。　彩扇旧题烟雨外,玉箫新谱燕莺中。阑干到处是春风。

最后说一说**陈允平**(1205?—1280?)。允平字君衡,一字衡仲,号西麓,四明(今浙江宁波)人。与张枢、李彭老等酬唱。少从杨简学,试上舍不遇。淳祐三年

(1243)为余姚令,罢去,往来吴越间,留杭甚久,放浪山水。咸淳九年,郡守刘黻于慈湖杨简故居创书院,以允平相其事。德祐年间,授沿海制置司参议官。至元十五年(1278),以仇家告发,被捕,因同官袁洪援救得免。自是杜门不出,扁山中楼曰"万叠云"。宋亡后,征至大都,不受官放还,隐居乡里,与周密、张炎等交往。能诗,尤以词名,有《西麓继周集》、《日湖渔唱》各一卷。今存词共209首。

其词脱胎于清真,《西麓继周集》120余阕,皆和周邦彦词韵,刻意摹拟,题材狭窄,注重字句的锤炼,词风以婉雅平正为主。但小令亦有清丽芊绵、和畅明快者,如二阕调寄《唐多令》的"何处是秋风"、"休去采芙蓉";长调亦有缠绵悱恻、怨慕交集者,如《摸鱼儿·西湖送春》、《绛都春》(秋千倦倚)。而其一般的婉雅平正风格,则可以《齐天乐·泽国楼偶赋》为代表:

> 湖光只在阑干外,凭虚远迷三楚。旧柳犹青,平芜自碧,几度朝昏烟雨。天涯倦旅。爱小却游鞭,共挥谈麈。顿觉尘清,宦情高下等风絮。　芝山苍翠缥缈,黯然仙梦杳,吟思飞去。故国楼台,斜阳巷陌,回首白云何处?无心访古。对双塔栖鸦,半汀归鹭。立尽荷香,月明人笑语。

从"湖光"、"芝山"、"双塔"等字句看,泽国楼似在溧水(今属江苏)境内。此词写作者晚年的漂泊羁旅生活,抒写低徊幽咽的身世之感和残山剩水的亡国之痛,是西麓集中的高作。更为难得的是,此词感情真挚,清疏明快,运典贴切,诚如《词源》卷下所言,"本制平正,亦有佳者"。

不过,笔者私意更喜欢陈允平的两首《唐多令》小词。题"吴江道上赠郑可大"者云:

> 何处是秋风,月明霜露中。算凄凉、未到梧桐。曾向垂虹桥上看,有几树、水边枫。　客路怕相逢,酒浓愁更浓。数归期、犹是初冬。欲寄相思无好句,聊折赠、雁来红。

题"秋暮有感"者云:

> 休去采芙蓉,秋江烟水空。带斜阳、一片征鸿。欲顿闲愁无顿处,都著在、两眉峰。　心事寄题红。画桥流水东。断肠人、无奈秋浓。回首层楼归去懒,早新月、挂梧桐。

音节和畅,色泽明丽,情韵生动,如行云流水,一气呵成。在南宋专事摹拟清真词的几位词家中,允平最有个性,犹存当行本色,故成就最高。这也是笔者将他从模拟、檃栝一派中请出,列入格律—风雅词派的主要原因。

　　本章花较大篇幅,以作家为关键,将宋代浙江格律—风雅词派的发展历程,大体道出。笔者以为,浙江之所以能成为格律—风雅词派最为活跃并取得辉煌成就的地区,当与该地区词家所具有的地方文化特性有很大关系。《宋史·地理志四》称两浙路"人性柔慧……尚浮屠之教。俗奢靡而无积聚,厚于滋味。善进取,急图利,而奇技之巧出焉。余杭、四明,通蕃互市,珠贝外国之物,颇充于中藏"。虽然浙江各地区之间的传统和习尚稍有不同,但可以说是小异而大同。生长或长期生活于斯的文士,自然亦或多或少、或深或浅地具备了这样的文化秉性。物产富饶,则取材不乏;人性柔慧,则词风柔靡而词艺高超;信奉佛教,则善造虚幻空灵之境;俗奢靡、尚奇技,则铺陈夸饰修葺不遗余力;厚于滋味,则长于体验涵咏以求醇厚深美;善进取、急图利,则喜攀附冒进、逞才斗巧。此等秉性、修养,皆格律—风雅词派之所需与所能。总体看,两浙人确实具有巧慧、轻扬、柔弱、奢侈、好讼、趋利重商等文化性格。① 格律—风雅词派于斯大盛,理所当然;两宋格律—风雅词派的重要作家,大多出产于斯,亦自在情理之中矣。

---

① 参阅程民生著《宋代地域文化》第一章第二节,河南大学出版社 1997 年版,第 8—21页。

第四章　钱潮涌起——繁盛期的两宋浙江词(下)

宋代是浙江词史上的鼎盛期,词家众多,词作丰富,流派纷呈。其中格律—风雅词派最称强盛,上一章中已作详细论述。在本章里,再接着讨论豪放派、婉约派,以及其他几种次要但尚有一定特色的创作群体。

第一节　南宋时期浙江豪放词派的繁荣和发展

这里所谓豪放词派,是指注重反映社会现实、强调抒怀言志、词风偏于阳刚的词体创作流派,也就是传统词学所认为的以苏轼、辛弃疾为代表的词派。

若就风格的疏宕豪俊而言,则浙江词的初祖张志和,就是浙江词史上的第一个豪放词家。其所作《渔歌子》五阕,朴素自然,风格俊爽,读之使人神清气爽,飘然有出尘高蹈之心。可惜除了当时短期的唱和活动外,这种风格并没有在浙江扎下根来。紧接着又进入晚唐五代的割据动乱时期,弥漫浙江词坛的是一股浓浓的感伤凄迷情绪,自然谈不上豪放词派的孕育和发展。进入宋代,全国词坛上长期盛行的都是花间、南唐词风;直到苏轼以文坛领袖的身份进军词坛,并以其内容充实、思想积极、风格豪放的词体创作,在词坛开创豪放一体,豪放词派才开始形成。但整个北宋时期,豪放词对浙江词坛的影响都微乎其微;直到靖康之难发生,救亡和恢复成为时代的主旋律,杭州又成为国家的政治中心和词人汇聚的渊薮,情况才发生重大转变。从此,浙江词坛上不断涌现出许多关心现实、咏怀言志、风格豪放的优秀词家,浙江豪放词派终于皇然可观。

撮其精华,两宋浙江的豪放词家计有李光、刘一止、史浩、王十朋、毛开、倪偁、黄中辅、曹冠、葛郯、管鉴、陆游、沈瀛、陈亮、张镃、杜旟、李廷忠、戴复古、薛师石、洪咨夔、黄机、宋自逊、曹豳、吴渊、吴潜、王埜、赵孟坚、章谦亨、陈著、汪元量、柴元彪、何梦桂,一路顺流而下,作手如林,声势颇张,是两宋浙江词坛唯一可与格律—风雅词派抗衡的词派。准例论功,当以李光为"先锋",以陆游为"中军统帅",以陈亮、张镃、戴复古、黄机、吴潜为"五虎上将",以汪元量为"殿军",其余为"偏将军"可也。

不过,偏将之中亦风格鲜明强烈,须特别表出者,如刘一止、毛开、陈著、何梦桂几位。

两宋浙江豪放词派的第一个重要词家便是"中兴四大名臣"①之一的李光。**李光**(1078-1159),字泰发,上虞(今绍兴上虞)人。徽宗崇宁五年(1106)进士,调开化令。宣和末,累迁司封员外郎。钦宗受禅,擢右司谏,为侍御史,言天下财用竭于朱勔、蔡京、王黼,反对弃地事金。高宗即位,擢秘书少监。绍兴元年(1131),除吏部侍郎,历吏部尚书、参知政事。以面斥秦桧"怀奸误国",为桧所恶,上章乞去。除资政殿学士知绍兴府,改提举临安府洞宵宫。过桐江,经严濑,慨然有感,作《水调歌头》(兵气暗吴楚)。绍兴十一年,责授建宁节度副使,琼州(今海南海口)安置。二十年,移昌化军(今海南儋县西北)。八月望夜作《水调歌头·昌化郡长桥》词。桧死,复朝奉大夫。绍兴二十九年卒,年八十二,谥庄简。著有《庄简集》十八卷。《四印斋所刻词》本有其《庄简词》一卷。《全宋词》录存其词共14首。

李光为人刚方正直,力主抗金,原本豪杰,初无意于词章,小词只其陶写之具耳。故"虽处厄穷患难,而浩然自得","间为长短句,皆曲折如志,务尽其所欲言"②,"悲天运,悯人穷,当变风之时,自托乎小雅之才,而词作焉","其词深微浑雄而情独多"③。兹即举上述二阕《水调歌头》为例,加以说明。先看题"兵气暗吴楚"者:

> 兵气暗吴楚,江汉久凄凉。当年俊杰安在?酌酒酹严光。南顾豺狼吞噬,北望中原板荡,矫首讯穹苍。归去谢宾友,客路饱风霜。　　闭柴扉,窥千载,考三皇。兰亭胜处,依旧流水绕修篁。傍有湖光千顷,时泛扁舟一叶,啸傲水云乡。寄语骑鲸客,何事返南荒?

词前有小序云:"过桐江,经严濑,慨然有感。予方力丐宫祠,有终焉之志。"人生在世,首务立功;湮没无闻,其因有三:一谓有能力而没机会,二谓有机会而没能力,三谓没能力也没机会。三者之中,唯第一情形乃真不幸,殆所谓"英雄无用武之地"也。当是时,徽、钦被掳,中原沦陷,英杰之士却遭弃置,其内心的怨愤痛苦可想而知。所以,下片言退隐并非本心,不平之气溢于言表,否则也不会"啸傲"水云乡了;相反,上片的感慨才是题旨所在。东南半壁江山也笼罩在战争乌云之下,满目凄凉,值此危急存亡之秋,人才多多益善,如果苍天有眼,像严光那样的

---

① 其它三位则是邵武(今属福建)李纲、闻喜(今属山西)赵鼎和庐陵(今属江西)胡铨。
② (清)李慈铭《南宋四名臣词序》,载王鹏运辑《南宋四名臣词》,四印斋刻本。
③ 王鹏运《南宋四名臣词跋》,四印斋刻本。

俊杰就理应获得报效国家的机会。如果严光生于当代,他还会作遗世高蹈的选择吗?"酌酒酹严光"一句,内中真是蕴含了无穷感慨!此词直抒胸臆,慷慨激愤,寄托深长,堪称李光的代表作。

再看"昌化郡长桥"一阕:

> 独步长桥上,今夕是中秋。群黎怪我何事,流转古儋州。风定潮平如练,云散月明如昼,孤兴在扁舟。笑尽一杯酒,水调杂蛮讴。　少年场,金兰契,尽白头。相望万里,悲我已是十年流。晚遇玉霄仙子,授我王屋奇书,归路指蓬邱。不用乘风御,八极可神游。

词前有长序云:"昌化郡城之北,长桥跨江,风月之夕,气象甚胜。庚午八月望夜,士友悉赴郡会。杖策独游,颇怀平生故人,作水调歌以自释。予自长年,粗闻养生之术。放逐以来,又得司马子微叙王屋山清虚洞所刻《坐忘论》一编,因得专意宴坐,心息相依。虽不敢仰希乔松之寿,度未即死,庶有会合之期。"序中"庚午",即绍兴二十年(1150)。司马子徽,即唐人司马承祯,先后为武后、睿宗、玄宗召见,晚居王屋山,置坛室以居。《续仙传》云:"司马承祯居玉霄峰,在望蓬莱,常有灵降驾。"接连的打击之后,词人内心仍满是不屈与坚守;虽身处无奈和无聊的贬谪生活,即使满腔怨愤也只能借助神仙之书来抵挡和消磨,但仍无法熄灭其信念和勇气。于是,一有触发,蛰伏和潜藏的信息便会惊跃而起,当空漫舞;又因久受压抑,往往具有更为强烈的感染力和震撼力。李光此词,就是一个例证。中秋,团圆的节日,词人却流寓儋州,试问为何如此?陈年的创伤一经激怒,感情的潮水便喷溅开来。上片写自己谪居儋州,当年的热望已冷却下来,准备安居此地,并作求仙之游。不过,一句"群黎怪我何事"、一句"笑尽一杯酒",已将潜藏的怨愤泄露无遗。于是,一切字表的超越和旷达,都被掀起,读者看到的还是词人当初那颗不甘屈折和失败的赤子之心——身处困境,时逢中秋,词人魂牵梦绕的仍是李纲等当初的同志和战友,仍是能给予自己和恢复大业以希望的圣地——朝廷。这样的胸襟和操守,非圣洁不足以形容了。这样的人物,任凭你怎样压制、打击,也不能将他埋没;"不用乘风御,八极可神游",在体魄无法到达的地方,精神早已在作逍遥之游。

与长调的磊落潇洒相比,李光的短歌更显得风格多样。或雄放,如《渔家傲》(海外无寒花发早)、《鹧鸪天》(踏舞贪看赤脚娘);或幽洁,如《减字木兰花》(芳心一点);或凄苦,如《南歌子》(佳节多离恨);或妩媚,如《临江仙》(画栋朱楼凌缥缈)。且看《渔家傲》之雄放:

> 海外无寒花发早,一枝不忍簪风帽,归插净瓶花转好。维摩老,年

来却被花枝恼。　忽忆故乡花满道,狂歌痛饮俱年少。桃坞花开如野烧,都醉倒。花深往往眠芳草。

"桃坞花开如野烧",这是多么雄奇浪漫的景象!结句"花深往往眠芳草",又显得警策而妩媚,耐人寻味。再看《减字木兰花》之幽洁:

芳心一点,瘴雾难侵尘不染。冷淡谁看,月转霜林怯夜寒。　一枝孤静,梦破小窗曾记省。烛影参差,脉脉还如背立时。

小序云:"客赠梅花一枝,香色奇绝,为赋此词。"可见这是一首咏梅词。词中写梅之耐寒、雅洁、孤寂,分明是词人自喻。上片写梅之艰难处境,下片写归梦中的窗前梅影,最后落笔梦中之人,意味深长。虽所咏之物不同,而其词境却令人想起苏轼的《卜算子》咏孤鸿词来。

最后再看一首凄苦的《南歌子》:

佳节多离恨,难逢笑口开。使君携客上层台。不用篱边凝望、白衣来。　且看花经眼,休辞酒满杯。玉人低唱管弦催。归去琐窗无梦、月徘徊。

调下小序云:"重九宴琼台。"重阳是重要节日,活动内容丰富,但词人由于谪居海外,尽管人在应酬场中,但热闹与他无关,他只有孤独凄凉。更让人不堪的是,连归梦也做它不成,因为彻夜无眠!做不成而偏言"归去琐窗",真是几欲断人肠了。一颗归心,如窗前明月,徘徊复徘徊,照彻悲哀。

李光存词仅 14 首,而特色鲜明,成就不凡。究其根本,则浩然之气积于中,自然之致施于外也。李光又让我们再一次明白一个道理,实力决定魅力,文学创作永远首先是灵魂的事,赤子大人虽受阻于功名,若发而为诗词文章,则往往有奇观。

李光之后,随着恢复信念的确立与深入人心,宋代浙江豪放词的创作便进入一个迅速发展的历史阶段。陆游便是在这样的时代背景下孕育、催生出的一代杰出的豪放派词家,他不仅是宋代浙江词史上理所当然的豪放词派代表作家,也是宋词史上最杰出的豪放词家之一。

陆游(1125—1210),字务观,号放翁,越州山阴(今浙江绍兴)人,陆佃孙、陆宰子、陆淞弟。始生两岁,随父避金军南逃,历尽丧乱之苦。绍兴十三年,进士试落第。二十三年,参加锁厅试为第一。次年(1154),试礼部,名列秦桧孙秦埙前,桧怒,黜落之。二十八年,始以恩荫为福州宁德县主簿,调福州决曹。三十年,擢敕令所删定官,迁大理司直兼宗正簿,罢归山阴。孝宗继位,调枢密院编修官,赐进士出身,兼编类圣政所检讨官。隆兴元年(1163),通判镇江府,力赞张浚北伐。后宋军于符离溃师,张浚被挤去职,陆游亦改任隆兴府通判。乾道二年(1166),又以"交结台谏,鼓唱是非,力说张浚用兵"罪名免职。五年,起为夔州通判。八年三月,王炎宣抚川陕,辟为权宣抚司干办公事兼检法官。在此期间,他身着戎装,驰骋于汉中一带,经历了"铁马秋风大散关"的战斗生涯。同年十月,王炎奉调回临安,陆游改成都府路安抚司参议官。九年,权通判蜀州,摄知嘉州。淳熙元年(1174)春,范成大帅蜀,辟为参议官。三年,权知嘉州,未赴任,言者论其"不拘礼法,恃酒颓放",遂自号放翁。五年,提举福建、江西常平。以擅发义仓米赈灾,给事中赵汝愚劾之,与祠,闲居六年。十二年,起知严州,除军器少监。绍熙元年(1190),迁礼部郎中兼实录院检讨官。嘉泰二年(1202),权同修国史、实录院同修撰,兼秘书监。三年,书成,升宝章阁待制,致仕。后应韩侂胄之请,撰写《南园》、《阅古泉记》。嘉定二年(1209)除夕卒,年八十五。陆游一生,著述颇丰。文有《渭南文集》五十卷,诗有《剑南诗稿》二十卷、《续稿》六十七卷,词则宋时已有单刻本《放翁词》一卷行世。另尚有《老学庵笔记》十卷、《入蜀记》四卷、《家世旧闻》二卷。

陆游是宋代著名的爱国词人,也是宋代浙江豪放词派最杰出的代表作家。《全宋词》录存其词145首,在宋代浙江词人中,存词数量位居第九;但有10首入选"宋词名篇三百首",与吴文英并列第二。如果考虑到综合因素,则陆游的影响力又在梦窗之上,甚至超过宋代浙江第一词家周邦彦。因此,称陆游为宋代浙江第二大词人,是完全可以的。概括讲,陆游词体创作的杰出成就,主要表现在两大方面:一是思想感情积极向上,三是艺术风格多样。

爱国主义是《放翁词》的主旋律,其名篇大多出自那些渴望匡复失地、要求建功立业的作品。据笔者统计,陆游有《诉衷情》(当年万里觅封侯)、《夜游宫·记梦寄师伯浑》、《汉宫春·初自南郑来成都作》、《秋波媚·七月十六日晚登高兴亭望长安南山》、《谢池春》(壮岁从戎)、《鹧鸪天》(家住苍烟落照间)、《鹊桥仙》(茅檐人静)、《鹊桥仙》(一竿风月)、《卜算子·咏梅》、《钗头凤》(红酥手)10首词入选"宋词名篇三百首"。其中,仅有后三首为非"主旋律"作品,此三阕分别为隐逸、咏物、艳情之作。此外,像《水调歌头·多景楼》也是一首高歌爱国主义的雄壮乐章。

在笔者看来,作家可以分为两类:一类是大作家,一类是好作家;写大题材、为大族群、有大气魄者是大作家,写小题材、为小生命、有小聪明者是好作家;有大思想、为人生而艺术者是大作家,具小匠心、为艺术而艺术者是好作家。陆游显然属于大作家的行列。更进一步,笔者以为,一个自觉的诗人和作家,一个健康的为人生而艺术的现实主义者,他的立场和怀抱应涵盖三个层次:为自己和他生活的环境;为他的民族和国家;为人类和这个世界。越是优秀的诗人和作家,越能将三者紧密结合。正如西班牙诗人阿莱桑德雷所言:"我要求给诗人一个象征性的标志:'寄语人类,声援愿望。'"①或葡萄牙作家费尔南多·佩索阿所言:"我的恻然事关人类的普遍性。"②当然,在君主家天下的封建时代,忠君报国已经是臣民最崇高的政治理想和人生追求了;历史的局限,使他们不太可能产生现代知识分子才可能具有的世界主义和人本主义。更进一步,即使在今天,具有爱国主义精神也仍然是一个公民最可钦敬的高尚品格。所以,写下众多爱国主义词篇的陆游,理应享有后人崇高的礼赞。

在陆游的爱国词中,最为脍炙人口的则是下面这首《诉衷情》,词云:

> 当年万里觅封侯,匹马戍梁州。关河梦断何处?尘暗旧貂裘。　胡未灭,鬓先秋,泪空流。此生谁料,心在天山,身老沧洲!

此词乃陆游晚年闲居山阴时所作。陆游壮年时曾在汉中有过一段短暂的军旅生活,那是他一生中最珍贵的记忆,是他一生中抹不去的骄傲与伤痛:骄傲曾经拥有,痛心无法再得;个人的骄傲轻若微尘,国家的委顿则令人痛心疾首。这首词写词人至老未衰的为国远戍的梦想与热忱,悲壮苍凉,充满了烈士暮年、壮心不已的气概。由于权臣当道,词人一生都报国无门,英雄白头,忧愤悲慨交集于心,令人不忍思之,具有极为强烈的艺术感染力。与《诉衷情》一样,《谢池春》也是闲居山阴时的一首词作,内容和风格都很接近。词云:

> 壮岁从戎,曾是气吞残虏。阵云高、狼烽夜举。朱颜青鬓,拥雕戈西戍。笑儒冠、自来多误。　功名梦断,却泛扁舟吴楚。漫悲歌、伤怀吊古。烟波无际,望秦关何处?叹流年、又成虚度。

追忆从军生涯,叹息年华虚掷,功业无成,字里行间满是悲愤、抑郁和无奈。近似的主题,在乾道二年词人被劾落职闲居时,还有更为强烈的表现,且看其《鹊桥仙》词云:

> 家住苍烟落照间,丝毫尘事不相关。斟残玉瀣行穿竹,卷罢《黄庭》卧看山。　贪啸傲,任衰残。不妨随处一开颜。元知造物心肠别,老却英雄似等闲!

---

① 《诗刊》社编《诺贝尔文学奖获得者诗选》,中国文联出版公司 1986 年版,第 396 页。

② [葡萄牙]费尔南多·佩索阿著,韩少功译《惶然录》,上海文艺出版社 1999 年版,第 85 页。

那时词人四十二岁,正值壮年,其激愤可想而知。下片的自嘲和反讽,正是词人雄心未灭的反证。如果将上述三首词作一番比较,不难发现,《诉衷情》《谢池春》中的词人形象已然苍老了许多,但也因此而更多深沉、悲凉的情味。

钱锺书先生在评述陆游的诗作时曾说:"爱国情绪饱和在陆游的整个生命里,洋溢在他的全部作品里;他看到一幅画马,碰见几朵鲜花,听了一声雁唳,喝几杯酒,写几行草书,都会惹起报国仇、雪国耻的心事,血液沸腾起来,而且这股热潮冲出了他的白天清醒生活的边界,还泛滥到他的梦境里去。"[①]在词体创作方面,陆游的情形也差不多。《夜游宫·记梦寄师伯浑》一阕,就是"泛滥到他的梦境里去"的爱国激情。词曰:

> 雪晓清笳乱起,梦游处、不知何地。铁骑无声望似水。想关河,雁门西,青海际。 睡觉寒灯里,漏声断、月斜窗纸。自许封侯在万里。有谁知,鬓虽残,心未死。

这是陆游五十余岁在四川时,写给蜀中隐士师浑甫(字伯浑)的一首词,上片记梦中戍边,下片写醒后感怀,并以冷落的现实反衬梦中的热情,将词人梦寐以求、老而弥坚、要求效力疆场的一片忠悃,吐露无遗。

溯时光之流而上,回到宋孝宗乾道八年七月十六日,时陆游四十八岁,在王炎帐下任职,词人不但积极向王炎献计献策,还身着戎装驰骋于南郑前线。受当时前方有利形势和军旅生活的激发,陆游燃起了收复长安、夺回关中的强烈愿望和必胜信念,于是写下这首《秋波媚·七月十六日晚登高兴亭望长安南山》:

> 秋到边城角声哀,烽火照高台。悲歌击筑,凭高酹酒,此兴悠哉! 多情谁似南山月,特地暮云开。灞桥烟柳,曲江池馆,应待人来!

"高兴亭",寓兴致极高之意。与这亭名一样,陆游此间的心情也是十分"高兴"的。这是国难当头,战事在即,身临前线,要求杀敌卫国,去迎接胜利的豪情逸兴!此词写的就是这样的"高兴"。上片写登亭饮酒,击筑悲歌,意兴深长;下片写云开月出,远眺终南,浮想联翩。按:高兴亭在南郑子城西北,遥对南山,即长安南面的终南山。在下片中,词人以大胆的想象,运用拟人的手法,描绘"明月"、"暮云"、"烟柳"、"池馆"都在期待宋军收复失地、胜利归来的情景,充满浪漫主义色彩。这种乐观主义在南宋爱国词中是不多见的。

---

① 钱锺书《宋诗选注》,人民文学出版社1989年版,第172页。

即使在王炎奉调回临安,自己也改任成都府路安抚司参议官后,锐意进取、恢复中原的人生信念仍未有丝毫的动摇。《汉宫春·初自南郑来成都作》一词,就是这种精神状态的反映。词曰:

> 羽箭雕弓,忆呼鹰古垒,截虎平川。吹茄暮归,野帐雪压青毡。淋漓醉墨,看龙蛇、飞落蛮笺。人误许,诗情将略,一时才气超然。 何事又作南来?看重阳药市,元夕灯山。花时万人乐处,欹帽垂鞭。闻歌感旧,尚时时、流涕尊前。君记取,封侯事在,功名不信由天。

这年陆游四十九岁,衰老将至而壮志未酬,追忆当年在南郑前线时何等豪壮慷慨,如今却闲置后方,不禁悲从中来;一句"何事又作南来",是自问更是责问,写出词人的无奈,更写出词人对苟安现实的不满。悠游安闲非其志,英雄宁可战斗死。所以,成都繁华热闹的生活竟使词人悲慨万分,举城皆乐而他独流涕尊前。词人心中只有一个念头:杀敌复国。所谓"封侯事在,功名不信由天",非言词人要搏取爵禄,只是以爵位代指伟大功勋,这个功勋就是岳飞《满江红》词所言"收拾旧山河"。末三句,是自勉,亦是勉人,是词人永不泯灭的坚强信念的自然流露;越是无望,越是强烈。全词由是振起,读者之心亦由是而激越。至于艺术上的特点,我们不妨来听听陶尔夫先生的评述:"词以对比手法概括前线与后方两种截然不同的生活画面。词人立足眼前,回忆过去,宾主分明。词中选取典型场景,烘托环境,渲染气氛,造成巨大反差以突出去取。上、下片结尾,均用反笔倾诉激愤之情,铿锵有力。值得指出的是全篇刚柔相济,上片境界扩大,气势雄浑,笔力豪纵,下片微具婉丽风情,使全篇别具风韵。"[1]

再往前推移,看陆游四十岁时写的一首《水调歌头·登多景楼》:

> 江左占形胜,最数古徐州。连山如画,佳处缥缈著危楼。鼓角临风悲壮,烽火连空明灭,往事忆孙刘。千里曜戈甲,万灶宿貔貅。 露沾草,风落木,岁方秋。使君宏放,谈笑洗尽古今愁。不见襄阳登览,磨灭游人无数,遗恨黯难收。叔子独千载,名与汉江流。

笔者以为,在《放翁词》里,再没有比此阕更雄快浑茫的词作了。他作都多多少少地带些悲苦或悲愤,只有这一篇是满页的壮烈和雄快。宋孝宗隆兴元年(1163),词人出任镇江府通判,次年二月到任。时金兵占据淮北,虎视江南,镇江成为江防要冲。

---

[1] 陶尔夫、刘敬圻著《南宋词史》,黑龙江人民出版社 1994 年版,第 114 页。

多景楼在镇江北固山上甘露寺内,下瞰大江,三面环水,登楼远望,淮南尽收眼底。十月初,知镇江军方滋邀客登楼游宴,陆游感赋此篇。上片怀古,江山雄浑辽阔,人物英迈杰出,奋战图强之志,横戈跃马之气,浑然一体,读之令人雄壮,催人奋进。下片慨今,首言形势严峻,次美人物风流,更举先烈垂范,最终勉之以奇勋伟节,并以此结出一片希望。全词如江水东注,百折不回,波澜壮阔。

从上面的论述,可以发现,陆游爱国主义思想感情的具体内涵,有一个发展变化的过程。从前期的乐观、坚定,变而为激愤、反讽,再变而为后期的悲凉与无奈。陆游用自己痛苦和挣扎的一生,见证了一个不思进取的偏安政权,是如何习与性成,将屈膝求和、苟且偷安当成安身立命的根本的。于此亦可反证陆游九死不悔、穷老弥坚的爱国、报国的热忱与信念。

除去上述爱国主义主旋律创作外,陆游还有另外三类词作,也每有佳作诞生。这就是以《鹊桥仙》(茅檐人静)、《鹊桥仙》(一竿风月)为代表的闲适词,以《卜算子·咏梅》为代表的咏物词,以《钗头凤》(红酥手)为代表的爱情词。

先言闲适词。陆游一生仕途坎坷,长期被迫闲居在家。在这种情况下,词人只得暂时寄情山水,借遁世隐逸思想和浙江词史上源远流长的渔父词创作传统,来排遣、消解胸中的忧愁苦闷。正因为词人并非真要去隐逸,所以他的渔父词中,仍有一股郁勃不平之气蓄势待出。如《鹊桥仙》写道:

> 华灯纵博,雕鞍驰射,谁记当年豪举? 酒徒一一取封侯,独去作、江边渔父! 轻舟八尺,低篷三扇,占断蘋洲烟雨。镜湖元自属闲人,又何必、官家赐与!

词人说得分明,他之所以去作渔父,乃出于义愤。壮年时期,自己也曾经有过一段积极进取、意气风发的豪壮生活,可后来仍旧被闲置,岁月蹉跎;如今,连酒徒都一一博取了爵位利禄,自己只能退处江湖,做个与世无争的渔父了。“谁记”、“独去”,显然有愤慨不平之意在内。这种心境,自然不可能做一个淡泊宁静、与世无争的渔父。故下片写江湖隐逸生活,仍旧显露出怀才不遇的愤激情绪。“占断”,占尽,言整个镜湖都是自己的,可以纵情游栖;但既言占断,可知尘心未息。末二句翻用唐代诗人贺知章告老还乡、玄宗诏赐镜湖一曲以示优恤的典故,称官家既已置我于闲散,而镜湖本自是闲人的天地,官家又何必多此一举,拿它来赏赐呢?“元自”、“何必”则更将不屑的态度表达得明白而直切。陆游这个“渔父”,与张志和笔下无待而自足的渔父形象,是无法进行类比的;换言之,张志和的《渔父词》确实属隐逸词,而陆游的渔父词,还是归到咏怀词名下更确切些。

下面这首《鹊桥仙》中的渔父,夏承焘先生称他"比严光还要清高"①;但就在这位极为清高的渔父身上,仍可测知那不甘于寂寞、误解的功名事业之心。词云:

一竿风月,一蓑烟雨,家在钓台西住。卖鱼生怕近城门,况肯到、红
尘深处。 潮生理棹,潮平系缆,潮落浩歌归去。时人错把比严光,我自
是、无名渔父。

上片前三句,渔父自报家门,无可争议;但后二句的自我解释,已像民间传说中的那个写"此地无银三百两"的某甲,将内心的秘密泄露出来了。"大隐隐于市",果真没有名利之心,对名利是不会那么紧张和抗拒的。抗拒名利令人起敬,但抗拒本身也表明尚未真正超脱。所以,一曲浩歌之后,寂寞就像罗网中冲突的鱼,宁愿回到汹涌的波涛里去。严光披羊裘垂钓,固然不像地道的渔父,但若有人刻意与他比较,恐怕也未必更加纯粹。一个人自认为是纯粹的渔父,但如果大家都觉得他跟严光差不多,大概确实也相差无几。这样分析,可能有失厚道,但笔者旨在说明,陆游从来就不曾真正想过要做、也根本就不是一个淡泊名利、与世无争的渔父,他孤寂的外壳里面,跳动的永远是一颗关怀国难君忧的赤子之心。事实上,这正是陆游获得我们无限尊崇的最主要原因。

即使像《鹧鸪天》(懒向青门学种瓜)这首渔父词,陶尔夫先生也说它"字里行间仍难免流露出强作旷达的痕迹"②。笔者将这些渔父词归于闲适词名下,更多是借用传统的分类法罢了。

再说咏物词。据笔者统计,陆游共作咏物词6首,4首咏梅花,2首咏海棠,而以下面这首《卜算子·咏梅》最为脍炙人口。词曰:

驿外断桥边,寂寞开无主。已是黄昏独自愁,更著风和雨。 无意
苦争春,一任群芳妒。零落成泥碾作尘,只有香如故。

宋人最喜爱梅花,梅花在事实上已成为宋朝的国花。据笔者统计,《全宋词》中有咏物词3011首,咏花词2189首,而咏梅词就有1041首,占咏物词的34.57%、咏花词的47.56%,遥遥领先于187首桂花词和147首荷花词。③ 在如此众多的咏梅词中,陆游这首《卜算子》则是屈指可数的几首杰作之一。题曰"咏梅",实是在咏一

---

① 唐圭璋、缪钺等撰《唐宋词鉴赏辞典》(南宋·辽·金),上海辞书出版社1996年版,第1391页。

② 陶尔夫、刘敬圻《南宋词史》,黑龙江人民出版社1994年版,第1148页。

③ 参阅拙著《宋词题材研究》上编第三章《宋代咏物词研究》,中华书局2008年版,第121页。

种品格和气节。词中梅花孤独无依、风雨交侵的艰难处境，和甘于寂寞、无视妒恨、虽粉身碎骨而清香如故的秉性，分明是词人自己标格孤高、不畏谗毁、坚贞自守的峻嶒傲骨和人格精神的写照。这种既有形象描绘，又能托物言志，而通体浑成的作品，无疑是咏物词中的精品。陆游在一首《落梅》诗中写道："雪虐风饕愈凛然，花中气节最高坚。过时自合飘零去，耻向东君更乞怜。"可与本词相互辉映生发。事实上，梅花已成为陆游的精神寄托和情感慰藉。他在《梅花绝句》第三首中满怀深情地写道："闻道梅花坼晓风，雪堆遍满四山中。何方可化身千亿？一树梅花一放翁！"有这样的思想感情基础，无怪乎能创作出《卜算子》这样的杰作了。

最后，我们来读一首陆游的爱情词，这就是与那个几乎家喻户晓的凄美爱情故事一起广为流传的《钗头凤》：

> 红酥手，黄縢酒，满城春色宫墙柳。东风恶，欢情薄，一怀愁绪，几年离索。错，错，错！　春如旧，人空瘦，泪痕红浥鲛绡透。桃花落，闲池阁，山盟虽在，锦书难托。莫，莫，莫。

故事说，陆游的原配夫人唐婉，是同郡唐氏士族的一个大家闺秀，婚后伉俪相得，情投意合。不料陆母却对儿媳产生恶感，逼令陆游休弃唐氏。万般无奈之下，夫妻二人被迫分离，唐氏改适同郡宗子赵士程，从此音信隔绝。几年后的一个春日，陆游在家乡山阴（今浙江绍兴）城南禹迹寺附近的沈园，邂逅偕夫同游的唐氏。唐氏征得丈夫同意，派人送来酒肴，聊表抚慰之情。陆游见人感事，百虑交集，遂乘醉赋《钗头凤》一首，信笔题于园壁之上。[1] 如今，经吴熊和先生考证，此词并非为唐婉所作，而极有可能是陆游在蜀中时的冶游之词。[2] 不过，与一般艳情词不同，这首冶游词写得情深意切，缠绵悱恻，凄婉动人，称之为优秀的爱情词并无不可。在爱情不能自主的封建社会，它确实有引起广泛共鸣的现实力量和艺术魅力。

---

① 参阅南宋陈鹄撰《耆旧续闻》卷十、刘克庄《后村先生大全集》卷一百七十八《诗话续集》。

② 吴熊和先生《陆游〈钗头凤〉词本事质疑》一文曰："夏承焘先生……曾断《钗头凤》为蜀中词，盖作于乾道九年至淳熙五年（1173—1178）陆游寓居成都期间，与这时期的《真珠帘》、《风流子》等词性质相近，似亦为客中偶兴的冶游之作，实与唐氏无涉。"又曰："陆游与唐氏的爱情悲剧，是封建礼教的迫害造成的。这件事的真实性，并没有可疑。但要说《钗头凤》是为唐氏而作，则诚多难通之处。《阳春白雪》卷三谓陆游纳驿卒女为妾……《齐东野语》卷十一谓陆游眷一蜀妓……关于《钗头凤》的传说，正与此两事相类。"见《吴熊和词学论集》，杭州大学出版社1999年版，第266、273页。

通过上面的简要论述,陆游在词体创作上所取得的成就,已大致呈现出来。在宋代浙江词史上,陆游也是少数几个最有成就的作家之一。对于宋代浙江豪放词派而言,陆游是当之无愧的"中军统帅"。同时,陆游词所表现出的崇高、执着的爱国主义精神,及其在取材和风格上的多样性,都是宋代一般浙江词家所不能企及的。而借重其诗歌创作成就和整体的历史文化影响,陆游在词史上的影响更进一步得到加强。

至于陆游的词学渊源,前人以为主要是苏、秦二家。如明人杨慎《词品》卷五即云:"放翁词纤丽处似淮海,雄慨处似东坡。"清人谢章铤《赌棋山庄词话》续编卷三亦云:"陆放翁词,佳者在苏、秦之间。"但笔者以为,南渡诸家对陆游的影响更直接,也更大,我们从陆游的词中,可以看到李光、赵鼎、朱敦儒等人的影子。可见陆游转益多师的创作态度。

不过,笔者稍感遗憾的是,陆游虽有超然拔俗、尽扫纤淫的主观追求,但他对词体似乎并无明晰而深刻的科学认识,而这种词学观念上的偏颇和欠缺,则严重妨碍了陆游在词体创作上取得更高成就。以陆游的身世、阅历、才情和学殖,如果能像辛弃疾那样无拘无束、纵笔驰骋,则其词体创作上的成就当不在辛弃疾之下。

事实上,陆游的词体观念是矛盾和困惑的。《渭南文集》卷三十《跋花间集》(其一)云:"《花间集》皆唐末五代时人所作。方斯时,天下岌岌,生民救死不暇,士大夫乃流宕如此,可叹也哉!或者,亦出于无聊故耶?"在这里,陆游视词为诗,要求词体也承担反映社会政治、民生疾苦的重任。他也重视词的"气格"。如《老学庵笔记》卷五有云:"唐韩翃诗云:'门外碧潭春洗马,楼前红烛夜迎人。'近世晏叔原乐府词云:'门外绿杨春系马,床前红烛夜呼卢。'气格乃过本句,不谓之剽可也。"也承认性情在词这种音乐文学创作中的主体性。如同书同卷云:"世言东坡不能歌,故所作乐府词多不协。晁以道云,绍圣初,与东坡别于汴上,东坡酒酣,自歌古阳关,则公非不能歌,但豪放不喜裁剪以就声律耳。"还推崇境界高远、风格浑茫之作。如《渭南文集》卷二十八《跋东坡七夕词后》云:"昔人作七夕诗,率不免有珠栊绮疏惜别之意。惟东坡此篇,居然是星汉上语。歌之,曲终,觉天风海雨逼人。学诗者当以是求之。"但另一方面,他又多次称赏以花间词为代表的晚唐五代词。《渭南文集》卷三十《跋花间集》(其二)则云:"唐季五代,诗愈卑而倚声者辄简古可爱。"卷二十八《跋后山居士长短句》亦云:"唐末,诗益卑,而乐府词高古工妙,庶几汉魏。"在卷十四《徐大用乐府序》中,他惋惜"温飞卿作《南乡》九阕,高胜不减梦得《竹枝》,迄今无深赏音者";在卷二十七《跋金奁集》中,则正面盛赞温庭筠"《南乡子》八阕,语意工妙,殆可追配刘梦得《竹枝》,信一时杰作也"①。最能反映陆游词学观中的矛盾和困惑的,是《渭南文集》卷十四的《长短句序》一文。这是陆游晚年的文字,他这样写道:

> 雅正之乐微,乃有郑、卫之音。……风、雅、颂之后,为骚,为赋,为曲,为引,为行,为谣,为歌。千余年后,乃有倚声制辞,起于唐之季世。则其变愈薄,可胜叹哉!予少时汩于世俗,颇有所为,晚而悔之。然渔歌菱唱,犹不能止。今绝笔已数年,念旧作终不可掩,因书其首以识吾过。

此序充分反映出陆游在词体观念上首施两端、犹豫不决的矛盾态度。同时,也表明陆游对词体的演变缺乏整体的认识。因为词体之兴,乃在隋唐之际,敦煌词和盛中唐文人词,取材广泛,大多是清新、朗健之作;至唐之季世,始衰转为萎靡绮艳。

在众多影响创作实践的因素中,理论无疑是最重要、最直接的一种。受其模糊的词体观念影响,陆游在创作时自然不可能全面突击、奋力施展、纵情挥洒,其收获自然大打折扣,不可能拥有辛弃疾那样的境界和成就。在题材的丰富性、艺术的稳定性、风格的多样性几方面,放翁词都比不上稼轩词。以至后世词论家在评价放翁词时也表现出较大的分歧。南宋后期的刘克庄《后村诗话续集》卷四云:"放翁长短句,其激昂感慨者,稼轩不能过;飘逸高妙者,与陈简斋、朱希真相颉颃;流丽绵密者,欲出晏叔原、贺方回之上。"黄升《中兴词话》云:"余观放翁之词,尤其敷腴俊逸者也。"评价很高。清人陈廷焯《云韶集》卷六云:"放翁词悲而郁,如秋风夜雨,万籁呼号,其才力真可亚于稼轩。"冯煦《宋六十一家词选例言》更云:"剑南屏除纤艳,独为独往,其逋峭沉郁之概,求之有宋诸家,无可比方。"但也有不少学者注意到陆游词的缺点。方东树《昭昧詹言》卷十二说"放翁多门面客气",刘熙载《艺概》卷四说陆词"乏超然之致,天然之韵,是以人得测其所至"②,王国维《人间词话》认为陆词"有气而乏韵",陈廷焯《词坛丛话》说陆词"运曲太多,真气稍逊",沈曾植《海日碎金》说陆词"赋体多而比兴少",等等。如果陆游的词体观念再健全些,投入的精力再多些,相信他在词体创作上会取得更大的成就。

论述完陆游,接下来我们要讨论的便是"五虎上将",即陈亮、张镃、戴复古、

---

① 按,温庭筠今存词 74 首,其中仅有《南歌子》七首,并无调寄《南乡子》者。
② 按:此条内容亦见载于谢章铤《赌棋山庄词话》续编卷三。

黄机、吴潜五位了。兹依次列叙如下:

陈亮(1143－1194)字同甫,原名汝能,婺州永康(今属金华)人,人称龙川先生。为人才气超迈,喜谈兵,下笔数千言立就。尝考古人用兵成败之迹,著《酌古论》。隆兴初,婺州以解头荐,时方与金人议和,亮持不可,上《中兴五论》,不报,退而力学著书十年。淳熙五年,又更名为同,六次诣阙上书,极论时事,直斥当世朝廷大臣,为大臣交沮,归乡里。十一年,醉后大言,被捕入狱,孝宗释之。绍熙元年十二月,复因家僮杀人下狱,以辛弃疾等解救,得不死。四年策进士,光宗亲擢为第一,授建康军节度判官厅公事,未到任而卒,年五十二。端平初,谥文毅。乾道、淳熙年间,浙学兴,性命之说盛,陈亮倡“实事实功”,反对空谈性理,是著名的思想家。其文上关国计,下系生民,反对偏安江左,力主收复中原,充满爱国豪情。陈亮存诗不多,创作成就最大的是词,充满忧国愤世之情,与辛弃疾为友,而词风亦相近。著有《龙川集》四十卷、《龙川词》四卷。中华书局1974年出版校点本《陈亮集》上下册,卷十七为词。《全宋词》录其词74首。

陈亮是宋代浙江豪放派词史上,成就仅次于陆游的杰出词家,也是著名的爱国词人。据叶适《水心先生文集》卷二十九《书龙川集后》,陈亮“又有长短句四卷,每一章就,辄自叹曰:‘平生经济之怀,略已陈矣!’”所谓“经济之怀”,就是抗金恢复的政治抱负,他的词集里最为脍炙人口的那些篇章,亦都是抒发爱国、报国的热情和主张。而这类词中的压卷之作,便是下面这首《水调歌头·送章德茂大卿使虏》:

> 不见南师久,谩说北群空。当场只手,毕竟还我万夫雄。自笑堂堂汉使,得似洋洋河水,依旧只流东。且复穹庐拜,会向藁街逢! 尧之都,舜之壤,禹之封。于中应有,一个半个耻臣戎。万里腥膻如许,千古英灵安在,磅礴几时通? 胡运何须问,赫日自当中!

此词是为章德茂出使金国而作。自“隆兴和议”签订后,宋尊金为叔,自称侄。每年元旦和皇帝生辰,双方皆派人往贺。但南宋使臣在金,常受屈辱。故南宋有志之士,对此极为愤慨。章德茂,名森,为人英雄磊落。受命朝金,本是屈辱之任,章森必不情愿,却挺身往赴,足见其人英概。陈亮来赋送别之歌,虽实难措词,却能由民族节操、英雄气概入手,将屈辱的使命写成了激发、张扬民族豪情、英雄壮举的战斗檄文,读之令人热血沸腾。从中不难读出作者对章森的激励,对国运的关切,以及对萎靡不振的士风的愤激。作者在《上孝宗皇帝第一书》中说:“南师之不出,于今几年矣! 河洛腥膻,而天地之正气抑郁而不得泄,岂以堂堂中国,而五十年之间无一豪杰之能自奋哉?”已寓责问于其间。在《与章德茂侍郎》的信中说:"主上有北向争天下之志,而群臣不足以望清光。使此恨磊魂而未释,庸非天下士之耻乎!世之知此耻者少矣。愿侍郎为君父自厚,为四海自振!"则更近督促。将这两篇文章与词作参看,就可以深切认识到《水调歌头》一词何以能具有如此强烈的政治感召力和艺术感染力了。其间的秘密,概言之,即王灼《碧鸡漫志》卷二所言"自立与真情"。

陈亮的为文一如其为人,表里一致,鲠亮忠直,快人快语,其诗、文、词之间,往往可以参读。他甚至常常在词里直陈救国方略。且看下面这首《念奴娇·登多景楼》:

> 危楼还望,叹此意、今古几人曾会?鬼设神施,浑认作、天限南疆北界。一水横陈,连岗三面,做出争雄势。六朝何事,只成门户私计? 因笑王谢诸人,登高怀远,也学英雄涕。凭却长江,管不到,河洛腥膻无际。正好长驱,不须反顾,寻取中流誓。小儿破贼,势成宁问强对!

多景楼在京口(今江苏镇江)北固山上的甘露寺内,北临大江,登之可以远望。这首词写的就是登楼所见所感,但词中所写内容,竟与作者《戊申再上孝宗皇帝书》中的议论完全一致,俨然一篇据险北伐的御敌策。词的上片即奏议中的这一段:

> 书生以为江南不易保者,是真儿女子之论也。臣尝疑书册不足凭,故尝一到京口、建业,登高四望,深识天地设险之意,而古今之论为未尽也。京口连岗三面,而大江横陈,岸傍极目千里,其势大略如虎之出穴,而非若穴之藏虎也。昔人以为京口酒可饮,兵可用,而北府之兵为天下雄,盖其地势当然,而人善用之耳。臣虽不到采石,其地与京口股肱建业,必有据险临前之势,而非止于靳靳自守者也。天岂使南方自限于一江之表,而不使与中国通而为一哉?

而词的下片就是奏议中的这一段:

> 自晋之永嘉,以迄于隋之开皇,其在南则定建业为都,更六姓,而天下分裂者三百余年。南师之谋北者不知其几,北师之谋南者盖亦甚有数,而南北通和之时则绝无而仅有。未闻有如今日之岌岌然以北方为可畏,以南方为可忧,一日不和,则君臣上下朝不能以谋夕也。罪在于书生之不识形势,并与夫逆顺、曲直而忘之耳。

若以题材内容论,陈亮的这类词作可称为政论词。政论词要写好大不易,须赋予词体以坚实的内容、恢宏的气概、战斗的锋芒、论辩的逻辑和鼓舞的激情,将诗情与政见熔铸一炉,使之足以警玩起懦,振奋人心。实践证明,陈亮是这方面的行家里手。陈廷焯《白雨斋词话》卷一论上引《水调歌头》尝云："同甫《水调歌头》云'尧之都，舜之壤，禹之封。于中应有，一个半个耻臣戎'，精警奇肆，几于握拳透爪，可作中兴露布读。"其实本篇也一样可作露布来读。至于所谓艺术技巧，则当如冯煦《蒿庵论词》所云："龙川痛心北虏，亦屡见于词……忠愤之气，随笔涌出，并足唤醒当时聋聩，正不必论词之工拙也。"笔者以为，词艺未必就是揣称俦色、选调押韵、琢字炼句。或以为词乃小技，"若徒作侧艳之体，淫哇之音，则谓之小也亦宜"①。还是清人张德瀛说得好："陈同甫幼有国士之目，孝宗淳熙五年，诣阙上书，于古今沿革政治得失，指事直陈，如龟之灼。……其发而为词，乃若天衣飞扬，满壁风动。惜其每有成议，辄招妒口，故肮脏不平之气，辄寓于长短句中。读其词，益悲其人之不遇已。"②"精警奇肆"、"天衣飞扬"，难道不正是一种常人无法企及的艺术风格？

　　除上述二阕外，陈亮与辛弃疾酬唱的三首《贺新郎》，也同样是议论风生。且看其中的第一首：

　　　　老去凭谁说？看几番、神奇臭腐，夏裘冬葛。父老长安今余几？后死无仇可雪。犹未燥、当时生发。二十五弦多少恨，算世间、那有平分月。胡妇弄，汉宫瑟。　　树犹如此堪重别！只使君、从来与我，话头多合。行矣置之无足问，谁唤妍皮痴骨？但莫使、伯牙弦绝。九转丹砂牢拾取，管精金、只是寻常铁。龙共虎，应声裂。

此词小序云："寄辛幼安，和见怀韵。"其写作背景，是一则千古流传的词坛佳话——"鹅湖之会"。淳熙十五年(1188)冬，陈亮约朱熹在赣闽交界处的紫溪与辛弃疾会面。陈亮先到上饶，访辛弃疾于带湖、瓢泉，并如期同往紫溪，朱熹竟不至。陈亮与辛弃疾相聚甚欢，盘桓十日方别。别后，辛弃疾惆怅怀思，作《贺新郎》(把酒长亭说)一首以寄意。辛弃疾在词序中写道："陈同父自东阳来过余。留十日，与之同游鹅湖，且会朱晦庵于紫溪。不至，飘然东归。既别之明日，余意中殊恋恋，复欲追路，至鹭鸶林，则雪深泥滑，不得前矣。独饮方村，怅然久之，颇恨挽留之不遂也。夜半投宿吴氏泉湖四望楼，闻邻笛悲甚，为赋《乳燕飞》以见意。又五日，同父书来索词，心所同者如此，可发千里一笑。"按：《乳燕飞》即《贺新郎》。陈亮既来书索词，辛弃疾遂录以寄，亮和之；辛弃疾再用韵，陈亮又和之，如是往返。其唱和之作，今亮存三首，辛存二首。上引之作，是其中最为流传的

---

①　(清)沈祥龙《论词随笔》，唐圭璋《词话丛编》本。

②　《词徵》卷五，唐圭璋《词话丛编》本。

一首,除去一贯的以议论为词的作风外,还有许多深沉的感慨、深刻的隐忧,以及共勉互励的伟大而真挚的友谊。上片论国事,先言年华老去,知音难得;次言人世间黑白颠倒,是非不分。再言数十年过去,中原父老老一辈已凋零殆尽,年轻人哪里还能产生什么仇恨!最后概括说,国家的版图半入敌邦,礼器文物被劫一空,想起来就令人愤恨不已。下片转入抒情,叙写自己与辛弃疾志同道合的深挚友情。首言离别之恨,次言志同道合,话语投机;再言自己立场已定,朋友间又彼此信任、支持,为了抗金复土大业,甘受世人的误解和嘲讽;最后几句既是自励,也是共勉,说只要坚定信念,历经磨炼,必定会做出一番轰轰烈烈的不朽业绩!借助典故,陈亮将一段爱国情、朋友情表达得既坚定又豪迈,既热烈又从容,既深沉又磊落,既朴素又含蓄。

陈亮曾自言作词之法云:"闲居无用心处,却欲为一世故旧朋友作近拍词三十阕,以创见于后来。本之以方言俚语,杂之以街谈巷歌,传搦义理,劫剥经传,而卒归之曲子之律,可以奉百世豪英一笑。"[①]上述诸作,皆可用为例证,来作具体分析。[②]

陈亮的爱国词,雄放恣肆,痛快淋漓,读之令人振奋,这是《龙川词》的主导风格;但陈亮还有"幽秀"[③]的一面。比如这首《水龙吟·春恨》:

> 闹花深处层楼,画帘半卷东风软。春归翠陌,平莎茸嫩,垂杨金浅。迟日催花,淡云阁雨,轻寒轻暖。恨芳菲世界,游人未赏,都付与、莺和燕。　寂寞凭高念远,向南楼、一声归雁。金钗斗草,青丝勒马,风流云散。罗绶分香,翠绡封泪,几多幽怨!正销魂又是,疏烟淡月,子规声断。

题曰"春恨",全篇便紧扣此二字铺展。上片写美好的春光,无人欣赏;下片言寂寞的春恨,无处宣泄。至于题旨,笔者以为,既包含字面所指的相思离别,也无法否认可能寄寓着更为深远的伤时忧国情怀。事实也许是,应同时兼有表里两层题旨。若就艺术手法而言,确属别调。《龙川词》中,风格"幽秀"的词作尚有《虞美人·春愁》、《桂枝香·观木樨有感寄吕郎中》、《点绛唇·咏梅月》等。而《桂枝香》一阕末尾"入时太浅,背时太远,爱寻高躅"三句,显系夫子自道,亦已成词中名句。

---

① (宋)陈亮撰《陈亮集》卷二十一《与郑景元提干》,第329页。
② 参阅孙望、常国武主编《宋代文学史》,人民文学出版社1996年版,第166—167页。
③ (清)王奕清《历代词话》卷八引《词苑》云:"陈同父开拓万古之心胸,推倒一世之豪杰,其《水龙吟》词,乃复幽秀。"唐圭璋《词话丛编》本。

《龙川词》还有一类,既雄快,又幽秀,情韵超旷,意境雄浑,别成一格。如《一丛花·溪堂玩月作》:

> 冰轮斜辗镜天长,江练隐寒光。危阑醉倚人如画,隔烟村、何处鸣榔?乌鹊倦栖,鱼龙惊起,星斗挂垂杨。 芦花千顷水微茫,秋色满江乡。楼台恍似游仙梦,又疑是、洛浦潇湘。风露浩然,山河影转,今古照凄凉。

这首词包括三部分内容:上片首二句总写月照澄江、水天相遇的瑰伟景象;"危阑"句至下片"又疑是、洛浦潇湘"为第二层,写秋月照耀下的江乡景色。最后三句为第三层,情与景俱突变,转入悲凉,使人顿起国家兴亡之感。全词气象宏阔,意境雄浑,声情悲壮,蕴含深邃,大开大合而结构严整,不愧为精品。

"五虎上将"之中,无论思想内容还是艺术成就,陈亮都当之无愧应居于首位。接下来该论述的,便是身份和地位都比较特殊的张镃了。

张镃(1153-1235)字功甫,一字时可,号约斋居士,祖籍成纪(今甘肃天水),徙居临安(今杭州)。循王张俊曾孙、词人张炎曾祖。以祖荫官奉议郎,淳熙十三年直秘阁、权通判临安府。卜筑钱塘桂隐,池馆门墙悉命以佳名,各系以诗。庆元初,为司农寺主簿。三年,为司农寺丞,与宫观。开禧三年,为司农少卿,助史弥远诛韩侂胄,为史所忌,坐事追两官送广德军居住。后复谋诛史,事泄,坐扇摇国本,嘉定四年,除名编管象州。端平二年(1235),卒于贬所。有《南湖集》、《玉照堂词》(又名《南湖诗余》)。《全宋词》共录词86首。

张镃为大臣之后,性豪爽,有心计,多才艺,饶于资财,生活奢侈,交游广泛。据周密《齐东野语》卷二十"张功甫豪奢"条记载:

> 张镃功甫,号约斋,循忠烈王诸孙,能诗,一时名士大夫,莫不交游。其园池、声伎、服玩之丽甲天下。尝于南湖园作驾霄亭于四古松间,以巨铁絙悬之半空,而羁之松身。当风月清夜,与客梯登之,飘摇云表,真有挟飞仙、溯紫清之意。
>
> 王简卿侍郎尝赴其牡丹会云:"众宾既集,坐一虚堂,寂无所有。俄问左右云:'香已发未?'答云:'已发。'命卷帘,则异香自内出,郁然满坐。群妓以酒肴丝竹,次第而至。别有名姬十辈皆衣白,凡首饰衣领皆牡丹,首带照殿红一枝,执板奏歌侑觞,歌罢乐作乃退。复垂帘谈论自如,良久,香起,卷帘如前。别十姬,易服与花而出。大抵簪白花则衣紫,紫花则衣鹅黄,黄花则衣红,如是十杯,衣与花凡十易。所讴者皆前辈牡丹名词。酒竟,歌者、乐者,无虑数百十人,列行送客。烛光香雾,

歌吹杂作,客皆恍然如仙游也。

功甫于诛韩有力,赏不满意。又欲以故智去史,事泄,谪象台而殂。

从这篇小传性质的文字,我们大致可以窥见张镃的才艺、性情和主要事迹,尤其是其豪华奢侈的生活享受。而杨万里《诚斋集》卷九十八《张功父画像赞》更为我们描述出一位具有多面性格、风流潇洒的贵公子形象:

功父久别,喜得邂逅,寒温之外,劳苦之日:香火斋被,伊蒲文物,一何佛也。襟带诗书,步武琼琚,又何儒也。门有珠履,坐有桃李,一何佳公子也。冰茹雪食,珊碎月魄,又何穷诗客也。约斋子方内欤?方外欤?风流欤?穷愁欤?老夫不知,君其问诸白鸥。

这样一位公子王孙,自然也会成为士人乐于交往的对象。在孝宗诗坛,张镃与杨万里、陆游、辛弃疾、姜夔、楼钥等名家均有酬唱。或许有秦人身上遗传的豪勇血性,或许是祖上足为楷模的遗风余烈,或许是交往对象之间的相互激发,无论是行事还是行文,张镃都体现出一般贵公子所没有的潇洒磊落。这样的身世、性情、人格和修养,自然会使他的词体创作也卓尔不群,更具诗化特征[①],也更容易倾向豪放一路,接受杨万里、陆游、辛弃疾诸人的影响。事实上,方回在《读张功父南湖集》一诗中就写道:"端能活法参诚斋,更觉豪才类放翁。"

张镃现存词作,小令多写湖山雅致,咏物写景,受南渡词风影响,风格清逸疏朗,尤近于向子諲、杨无咎诸家。如《昭君怨·园池夜泛》:

月在碧虚中住,人向乱荷中去。花气杂风凉,满船香。　云被歌声摇动,酒被诗情撇送。醉里卧花心,拥红衾。

此词写园池胜景,声色俱美,清丽淡雅,活泼生动,将绮艳的游赏转变成了清雅的精神享受。一看便知有杨万里的影响在内。又如《菩萨蛮·芭蕉》:

风流不把花为主,多情管定烟和雨。潇洒绿衣长,满身无限凉。　文笺舒卷处,似索题诗句。莫凭小阑干,月明生夜寒。

咏物词有寄托方有境界,若能于传统之外翻出新意,则更胜一筹。张镃此词写芭蕉,即兼此双美而有之。一般人写芭蕉,每每与孤独忧愁联系在一起。张镃则别出心裁,上片写芭蕉的清逸风姿,它风流、多情、潇洒,俨然作者夫子自道;下片即写芭蕉与词人之间的感应和默契。拟人手法的运用,使芭蕉成为能够与词人交

---

① 在《南湖诗余》中,张镃多次提到"诗情",可见他诗词一体的词学观。参阅陶尔夫著《南宋词史》第三章第一节,黑龙江人民出版社1994年版,第255页。

流、沟通的生命体。

张镃的慢词则笔力苍劲,大开大阖,与辛弃疾声气相侔。如《八声甘州·秋夜奉怀浙东辛帅》:

> 领千岩万壑岂无人? 惟欠稼轩来。正松梧秋到,旌旗风动,楼观雄开。俯槛何劳一笑,瀚海荡纤埃。余事了凫鹜,闲命尊罍。 江左风流旧话,想登临浩叹,白骨苍苔。把龙韬藏去,游戏且蓬莱。念乡关、偏怜霜鬓,爱盛名、何似展真才。怀公处,夜深凝望、云汉星回。

镃虽然颇多承平贵公子的习性,但并未忘怀于时局和国事。从其参与计除韩侂胄,继而又欲谋去史弥远的经历,知其人为“将种”①,祖风犹存。现在我们从他的词里,可以更真切地了解到这一点。此词写于宁宗嘉泰三年(1203)辛弃疾任绍兴知府兼浙东安抚使时,对辛弃疾闲居二十后年再度出山,寄予了很高的期望,词中有理解,有鼓励,有情谊,以及对胜利的憧憬。类似的思想感情,在另一首奉和辛弃疾的《汉宫春》里表现得更为明显:“江南久无豪气,看规恢意概,当代谁如? 乾坤尽归妙用,何处非予? 骑鲸浪海,更那须、采菊思鲈。应会得,文章事业,从来不在诗书。”

此外,在《贺新郎·李颐正路分见访,留饮,即席书赠》一词中,作者还表达了“我亦秦关归未得,谁念干将醉扶”的家国身世之恨,和“莫叹潇湘居尚远,拥戎韬万骑鸣笳鼓。云正锁,汴京路”的杀敌复土之心。另一阕序云“陈退翁分教衡湘,将行,酒阑索词,漫成”的《贺新郎》词中,词人除表达要求克复旧京的强烈愿望外,还道出了心中对承平时世的深刻隐忧:“只恐清时专文教,犹贷阴山狂虏。卧锦帐、貔貅钲鼓。忠烈前勋赏万恨,望神都、魏阙奔狐兔。呼翠袖,为君舞。”在调寄《满江红》的“贺项平甫起复知鄂渚”一词中,也同样表达了“看可汗生缚洗烟尘”的愿望。可见,抗敌复土,已成为张镃长调爱国词最鲜明的主题。这类寄意恢复的作品,慷慨激越,如歌大风,读之令人振奋。

当然,张镃的长调中也有《满庭芳·促织儿》这种清隽幽美的曲调:

> 月洗高梧,露漙幽草,宝钗楼外秋深。土花沿翠,萤火坠墙阴。静听寒声断续,微韵转、凄咽悲沉。争求侣,殷勤劝织,促破晓机心。 儿时,曾记得,呼灯灌穴,敛步随音。任满身花影,犹自追寻。携向花堂戏斗,亭台小、笼巧妆金。今休说,从渠床下,凉夜伴孤吟。

---

① (宋)叶绍翁《四朝闻见录》丙集“虎符”条云:“镃始预史议诛韩,史以韩为大臣,且近戚,未有以处。张谓史曰:‘杀之足矣。’史退而谓钱、卫曰:‘镃真将种也。’心固忌之。”

上片写听蟋蟀,于寻觅时描绘出一片清幽澄净的月夜美景;下片忆捕蟋蟀、斗蟋蟀,在追忆中勾引出孤寂之思。从中不难体察词人敏锐的生活感受和缜密的艺术构思。

而短歌中也不乏《江城子·凯旋》这种雄壮铿锵的乐章:

> 春风旗鼓石头城。急麾兵,斩长鲸。缓带轻裘,乘胜讨蛮荆。蚁聚蜂屯三十万,军面缚,赴行营。　舳舻千里大江横。凯歌声,犬羊惊。尊俎风流,谈笑酒徐倾。北望旄头今已灭,河汉淡,两台星。

这些都充分说明张镃词体创作的特色和成就是多方面的。张镃为承平贵公子而填词多豪壮之声,除去他本人的性情和际遇外,也与当时整个词坛正处于以辛弃疾为代表的诗化派、豪放派的主导和笼罩之下,有很大关系。因此,也可以说,张镃之入豪放派,时代因素起到了重要作用。

"五虎上将"的第三位是戴复古。**戴复古**(1167-1248),字式之,号石屏,台州黄岩(今属台州)人,敏子。少孤,承父志学诗。从林宪、徐似道游,又登陆游之门,诗益进。性好游历,生平游踪,遍及今浙江、江苏、安徽、湖北、湖南、江西、福建、广东等地,浪迹江湖几五十年,以诗游诸公间,口不谈当世事,为世所称。真德秀尝欲疏荐,力辞而止。绍定中,为邵武军学教授,与郡人严粲、严羽等相善。年近八十,始由其子琦自镇江迎还,居南塘石屏山下,日携从孙探梅观鹤,诗酒自娱,数年后卒。复古是江湖派的前辈,为人耿直,身处江湖,而无谒客行径,不为滥俗应酬之作。有《石屏集》、《石屏词》传世。《全宋词》录存其词46首。

《石屏词》中多交游、隐逸、咏怀之作,现实性较强,风格以雄放为主,兼以绵丽。数量虽然不多,但佳作不少;其中最精彩的则是那些抒写爱国忧时情怀的篇章。下面这首《水调歌头·题李季允侍郎鄂州吞云楼》便是其中的代表作之一。词云:

> 轮奂半天上,胜概压南楼。筹边独坐,岂欲登览快双眸?浪说胸吞云梦,直把气吞残虏,西北望神州。百载一机会,人事恨悠悠!　骑黄鹤,赋鹦鹉,谩风流。岳王祠畔,杨柳烟锁古今愁。整顿乾坤手段,指授英雄方略,雅志若为酬?杯酒不在手,双鬓恐惊秋。

宁宗嘉定十四年(1221),金兵侵扰黄州、蕲州一带,南宋出师抗击,鄂州副都统扈再兴两次挫败对方;金人渡淮,李全又遣兵尾追,将其击败。一时战局对南宋有利。这一年,李埴(字季允)出任沿江制置使兼知鄂州(今湖北武昌),修建了吞云楼。复古登楼览胜,赋词抒怀。身为一介布衣,自然报国无门,复古遂将抗敌复土的希望寄托在像李埴这样的守边大臣身上。词作开篇写吞云楼高耸云天,气势不凡；顺便用南楼的典故，赞美李埴比东晋坐镇武昌的庾亮还要了不起。"筹边"以下五句，围绕楼名发挥，称颂李埴建楼非为观赏，意在筹边，进而展现人物英雄气度。词人希望对方能抓住眼前这一大好时机，不要像过去那样因人事而蹉跎，空留无限忧愁。下片承"恨"而赋，由叙写周围的骚人胜迹，折入忠烈伟人的遗恨，并寄厚望于李埴。最后写李埴的手段和方略能否实现，仍难逆料；一想到人事悠悠，就令人陡生凄凉无望之感，而手中无酒解忧，只能任霜风染白双鬓了。全词豪俊顿挫，感慨深沉，有辛词况味。戴复古《望江南》词曾自言"歌辞渐有稼轩风"，所言不虚。

另一首《满江红·赤壁怀古》，也是石屏词中的佳制。词云：

> 赤壁矶头，一番过、一番怀古。想当时、周郎年少，气吞区宇。万骑临江貔虎噪，千艘列炬鱼龙怒。卷长波、一鼓困曹瞒，今如许！　江上渡，江边路；形胜地，兴亡处。览遗踪、胜读史书言语。几度东风吹世换，千年往事随潮去。问道傍、杨柳为谁春，摇金缕？

赤壁怀古词，最负盛名者莫过于苏轼《念奴娇》（大江东去）一阕。石屏此作，显然是效东坡而有争雄意；现在看来，言胜过恐未必，但亦足称杰作。总体看，激烈之情或过之而飘逸之气则不逮。词中最激烈者，在上片末"今如许"三字，让词人目击心伤的所有国事，全都包扎深藏于此。而最有韵味者，则在末尾四句。"几度"二句写尽历史的冷漠与苍凉；末二句写忧伤的心灵无法承受美景，极具深衷隐痛，显系学杜甫《哀江头》"江头宫殿锁千门，细柳新蒲为谁绿"以及姜夔《扬州慢》"念桥边红芍，年年知为谁生"而来。前人对此词评价甚高。黄升《中兴词话》云："沧州陈公尝大书于庐山寺。王潜斋复为赋诗云：'千古登临赤壁矶，百年脍炙雪堂词。沧洲醉墨石屏句，又作江山一段奇。'"《钦定四库全书总目》卷一百九十九《石屏词》提要甚至认为此篇"豪情壮采，实不减于轼。"

《石屏词》中与此篇风格近似者，尚有《贺新郎·寄丰真州》、《满庭芳·楚州上巳万柳池应监丞领客》，以及《柳梢青·岳阳楼》等作品。这些都是戴复古词体创作的主导和主体。但戴词还有哀婉绵丽的一面，值得一提。且看下面这首《木兰花慢》：

> 莺啼啼不尽，任燕语、语难通。这一点闲愁，十年不断，恼乱春风。重来故人不见，但依然、杨柳小楼东。记得同题粉壁，而今壁破无踪。　兰皋新涨绿溶溶。流恨落花红。念著破春衫，当时送别，灯下裁缝。相思谩然自苦，算云烟、过眼总成空。落日楚天无际，凭栏目送飞鸿。

这是一首悼亡词。据元人陶宗仪《南村辍耕录》卷四记载："戴石屏先生复古未遇时,流寓江右武宁,有富家翁爱其才,以女妻之。居二三年,忽欲作归计,妻问其故,告以曾娶。妻白之父,父怒,妻宛曲解释。尽以奁具赠夫,仍饯以词云:'惜多才,怜薄命,无计可留汝。揉碎花笺,忍写断肠句。道傍杨柳依依,千丝万缕,抵不住、一分愁绪。如何诉! 便教缘尽今生,此身已轻许。捉月盟言,不是梦中语。后回君若重来,不相忘处,把杯酒、浇奴坟土。'夫既别,遂赴水死。可谓贤烈也矣!"若将二句两相比照,不难看出其间有许多关联。《木兰花慢》写的就是重访旧地、追忆亡人的哀伤情怀。全词以平易口语写景叙事,绵丽沉挚,哀婉凄艳。况周颐《蕙风词话》续编卷一论石屏词,以为"绵丽是其本色"。若就此阕而言,确是的评。

接下来讨论黄机。与上述二家相比,黄机较少受人关注。其实,黄机感伤时事之作,极激楚苍凉之致,实有可与辛、陆抗衡者。

黄机,生卒年不详,字几仲,一字几叔,号竹斋,东阳(今属金华)人。尝官于永兴,游迹多在吴楚之间,与岳珂、辛弃疾有唱酬。有《竹斋诗余》一卷。《全宋词》录其词 96 首。

《竹斋诗余》中,有一组次韵"岳总干"即岳飞之孙岳珂的词作,共 7 首。岳珂时任淮东总领兼制置使。《钦定四库全书总目》对此评曰:"岳氏为忠义之门,故机所赠词亦皆沉郁苍凉,不复作草媚花香之语。"如《六州歌头·岳总干檃栝〈上吴荆州启〉以此腔歌之,因次韵》下片有云:"膏肓危病,宁有药,针匕具,献无门。"同调"次岳总干韵"上片有云:"试上金山望,中原路,平于掌,百年事,心未语,泪先倾。"都写得义愤填膺,沉痛哀毁。另有《乳燕飞·次韵徐斯远寄稼轩》一首,中有"满袖斑斑功名泪,百岁风吹雨急"之句,写尽一代英雄的坎坷仕途和南宋王朝的孤危国运。

黄机最有名的词作,是下面这首抒写爱国豪情的《满江红》:

> 万灶貔貅,便直欲、扫清关洛。长淮路、夜亭警燧,晓营吹角。绿鬓将军思饮马,黄头奴子惊闻鹤。想中原、父老已心知,今非昨。 狂鲵剪,於菟缚;单于命,春冰薄。政人人自勇,翘关还槊。旗帜倚风飞电影,戈铤射月明霜锷。且莫令、榆柳塞门秋,悲摇落。

在辛派豪放词家中,黄机的爱国词略显直露,但情豪志壮,慷慨激烈,颇能摇撼人心。此词大约作于理宗绍定末(1233)宋蒙合围蔡州(今河南汝南)、金朝行将灭亡之际,情绪高亢激昂。可贵的是,词人于乐观狂歌之时,犹能有所警惕;但末尾"且莫令"二句,却不幸一语成谶。金朝灭亡后,南宋直接面对更为强大的敌手,"摇落"之期已不远了。

此外，《霜天晓角·仪真江上夜泊》、《霜天晓角·金山吞海亭》和《虞美人》（十年不作湖湘客）等短章，也都写得忠愤淋漓，令人动容。兹依次俱录如下：

> 寒江夜宿，长啸江之曲。水底鱼龙惊动，风卷地，浪翻屋。 诗情吟未足，酒兴断还续。草草兴亡休问，功名泪，欲盈掬。

> 长江千里，中有英雄泪。却笑英雄自苦，兴亡事，类如此。 浪高风又起，歌悲声未止。但愿诸公强健，吞海上，醉而已。

> 十年不作湖湘客，亭堠催行色。浅山荒草记当时，篠竹篱边赢马、向人嘶。 书生万字平戎策，苦泪风前滴。莫辞衫袖障征尘，自苦英雄之楚、又之秦。

但与上引《满江红》一阕比较起来，悲的情绪更浓，而壮的色彩稍逊。

至于那些将羁愁与时艰熔于一炉、借景抒情的篇章，情绪更为低沉，已是满纸感伤。兹举《忆秦娥》及《清平乐·江上重九》二阕：

> 秋萧索，梧桐落尽西风恶。西风恶，数声新雁，数声残角。 离愁不管人飘泊，年年孤负黄花约。黄花约，几重庭院，几重帘幕。

> 西风猎猎，又是登高节。一片情怀无处说，秋满江头红叶。 谁怜鬓影凄凉，新来更点吴霜。孤负茰囊菊盏，年年客里重阳。

文心是国运的间接反映，秋天萧索、凄凉的景物，折射出的是作者漂泊、失落的心灵历程和人生悲凉。不过，与他那些痛心疾首的呼告相比，这样的作品倒是具有更为鲜明的个性色彩和感人至深的情感内涵。可见《竹斋诗余》的艺术风格并不是单一的。

"五虎上将"中的第四位是吴潜。在浙江豪放词家中，吴潜的官运最为亨通。**吴潜**（1196－1262），字毅夫，号履斋，德清人，吴渊弟。嘉定十年（1217）进士，授镇东军节度签判，改广德军。召为秘书省正字，迁校书郎。绍定二年，通判嘉兴府。四年，召为尚右郎官，改吏部员外郎，兼国史编修、实录检讨。五年，迁淮西总领，历知建康府、隆兴府、太平州、庆元府、平江府、镇江府。以言官论列，请致仕。起为翰林学士知制诰兼侍读，改签枢密院事，兼权参知政事。出知福州兼福建安抚使，徙知绍兴府，兼浙东安抚使。淳祐四年，再判庆元府，移判宁国府。景定元年，以谏阻贾似道建储之议，遭沈炎论劾，谪化州团练使、循州安置。三年，卒于循州贬所，赠少师。吴潜为人磊落，不肯附权要，历官直言敢谏，不屈不挠，人品足重。有《履斋遗稿》四卷，词有《履斋诗余》四卷。《全宋词》录存其词256首。

《钦定四库全书总目》卷一百六十三《履斋遗稿》提要云："其诗余则激昂凄

劲,兼而有之,在南宋不失为佳手。"吴潜与辛弃疾、吴文英等人都有唱和,词风亦
受到影响。虽然与梦窗相比,履斋的词艺不够精美浑成,但其词中所蕴涵的情
感、思想的浓度、深度和矛盾复杂,则有过之而无不及,实与辛派潮呼汐应,一脉
相承。且看其名篇《水调歌头·焦山》:

> 铁瓮古形势,相对立金焦。长江万里东注,晓吹卷惊涛。天际孤云
> 来去,水际孤帆上下,天共水相邀。远岫忽明晦,好景画难描。 混隋
> 陈,分宋魏,战孙曹。回头千载陈迹,痛绝倚亭皋。惟有汀边鸥鹭,不管
> 人间兴废,一抹度青霄。安得身飞去,举手谢尘嚣!

嘉熙二三年间(1238－1239),吴潜任镇江知府,遂有此作。镇江地处楚尾吴头,
南北要冲,形势险要,风景壮丽,那座著名的多景楼匾额即题"天下第一江山",历
来是兵家必争之地,也是文人墨客会聚登临之区。词首的"铁瓮"即指镇江古城,
三国时孙权所建,固若金汤,乃称铁瓮。金山、焦山屹立大江中,西东对峙,雄伟
异常。江山既如此险要壮丽,遂引无数英雄竞折腰,历史上许多重要战役都发生
在这里。此词以无比壮阔的江山形势为背景,对千年历史进行富于哲理的思考,
上片写景,下片怀古、抒情、议论,逐层展开而一气舒卷,浑然一体,语言明净圆
熟,意境高远清新,格调豪迈爽朗,置之东坡集中亦可乱真。

与《水调歌头·焦山》写于同一时期的《沁园春·多景楼》,则集中表达"匈奴
未灭"的感慨和沉痛,艺术上也比较成熟。词曰:

> 第一江山,无边境界,压四百州。正天低云冻,山寒木落,萧条楚
> 塞,寂寞吴舟。白鸟孤飞,暮鸦群注,烟霭微茫锁戍楼。凭阑久,问匈奴
> 未灭,底事菟裘? 回头祖敬何刘,曾解把功名谈笑收。算当时多少,
> 英雄气概,到今惟有,废垅荒丘。梦里光阴,眼前风景,一片今愁共古
> 愁。人间事,尽悠悠且且,莫莫休休。

多景楼在镇江北固山上甘露寺内,北临长江,乃登临览胜之所。上片写眼前雄伟
壮丽的"天下第一江山",已成萧条肃杀的边防要塞,"匈奴未灭",自己却被迫告
老还乡;下片转入怀古,慨叹英雄壮志难酬的沉痛,对国家的危亡处境深表忧虑
和无奈,充满悲凉抑郁之气。

《满江红·豫章滕王阁》同样是抒写词人赍志失意的人生悲慨,以及无法驱
遣的感时伤世的忧愤。词曰:

> 万里西风,吹我上、滕王高阁。正槛外、楚山云涨,楚江涛作。何处
> 征帆木末去,有时野鸟沙边落。近帘钩、暮雨掩空来,今犹昨。 秋渐

紧,添离索。天正远,伤飘泊。叹十年心事,休休莫莫。岁月无多人易
老,乾坤虽大愁难著。向黄昏、断送客魂消,城头角。

全词写景精要、清美,感情真挚,忧慨交集,沉郁动人,在历代以滕王阁为题的作
品中,当属上乘。

朝廷的昏庸腐朽,官场的争斗倾轧,使得即使像词人这样仕途顺利的人物,
也极难有实现自己抱负的机会。因此,吴潜的词中经常可见报国无门的慨叹,
《满江红·送李御带珙》便是这种慨叹的集中反映。词云:

> 红玉阶前,问何事、翩然引去?湖海上、一汀鸥鹭,半帆烟雨。报国
> 无门空自怨,济时有策从谁吐?过垂虹亭下系扁舟,鲈堪煮。　拼一
> 醉,留君住。歌一曲,送君路。遍江南江北,欲归何处?世事悠悠浑未
> 了,年光冉冉今如许。试举头、一笑问青天,天无语。

此词作于嘉熙元年(1237)八月,时作者知平江府(今江苏苏州)。李珙志伟才高,
却无人赏识。作者借李氏之杯酒,浇自家胸中之块磊,写尽年光空老、报国无门
的人生困境。其实,作者和李珙的遭遇,也是当时广大仁人志士政治命运的真实
写照。

吴潜忧念国计民生,吟咏所及,每可见高风亮节。如《海棠春·己未清明对
海棠有赋》写道:

> 海棠亭午沾疏雨。便一饷、胭脂尽吐。老去惜花心,相对花无语。
> 羽书万里飞来处,报扫荡、狐嗥兔舞。濯锦古江头,飞景还如许!

四川有"海棠香国"之称,作者见海棠而挂念四川的战况,其爱国之情殷切如此。
羽书,紧急战报。"狐嗥兔舞",指蒙古入侵。早在吴潜写此词的前三年,蒙古就
开始侵扰四川;前一年,蒙哥亲率十万大军自六盘山扑向四川,连败宋军。当蒙
古军队到达合州(今合川)时,遇到守将王坚的顽强抵抗,受挫严重,蒙哥一度准
备退兵。此或即捷报所言内容。听到捷报,词人不禁欢欣鼓舞,心花怒放,祝愿
古老的四川在春天里依然花团锦簇,海棠鲜丽。

当然,履斋词还有另一面。与作者屡遭排抑打击的命运相一致,履斋词中颇
多抒写失意落寞情绪和闲适隐逸情怀的作品。这些作品,或深沉婉曲,或从容浅
近,风格多样。此外,吴潜的闺情词也写得含蓄曲折,耐人寻味。如:

> 池水凝新碧,阑花驻老红。有人独立画桥东。手把一枝杨柳、系春风。
> 鹊绊游丝坠,蜂拈落蕊空。秋千庭院小帘栊。多少闲情闲绪、雨声中。

——《南柯子》

黄昏先自无情绪。更几阵、风和雨。闲把楼头更点数。挑残灯烬，装成香缕，此际凭谁诉？　新词旧曲歌还住。欲说相思渺无处。围定寒炉人不语。暗蛩啾唧，征鸿嘹唳，憔悴都如许。

——《青玉案》

小雨霏微如线，人在暮秋庭院。衣袂带轻寒，睡初残。　脉脉此情何限，惆怅光阴偷换。身世两沈浮，泪空流。

——《昭君怨》

美人一舸横秋水，冉冉烟波里。绿杨也解织离愁，故向东风摇曳、不能休。　是非得失都休计，只有抽身是。橙黄蟹熟正当时，想见双溪风月、待人归。

——《虞美人》

应当说明的是，吴潜的一些闺情词，借言闺情以抒己意，用意曲折深长。上引《昭君怨》一曲已暗示消息，而《虞美人》更透露无遗矣。

总之，吴潜的词体创作，数量可观，题材丰富，内容充实，风格多样，艺术成熟，可圈可点之处甚多，值得我们作更全面深入的研究。

汪元量是宋元之际最著名的遗民词人之一。无论是就其出场时间，还是创作倾向和艺术成就，以汪元量为宋代浙江豪放词派的殿后大将，都最适合不过了。

汪元量（1241－1317?），字大有，号水云，晚号楚狂，自称江南倦客，钱塘（今杭州）人。景定间入宫给事，习书史。度宗咸淳三年，以琴事谢太后、王昭仪。与柴望、马廷鸾等交往。德祐二年（1276），元兵陷临安，随谢太后北行入燕。在大都期间，游燕山，登黄金台，蓟门，与王昭仪清惠时有唱酬。元至元十六年（1279），宋亡，文天祥囚于大都，元量多次前去探视。文天祥为集杜甫诗句，成《胡笳十八拍》，并跋其行吟诗卷。十九年，随瀛国公赵㬎等徙居上都。二十一年，又随从至居延、天山。二十二年，回大都。二十三年，奉使代祀五岳及青城山等。二十五年，上书元世祖，以黄冠南归。二十六年，抵钱塘，与林昉等结为诗社。次年，至江西访曾子良、陈杰、李珏等人。又入湘、川，在蜀二年。至三十年始返杭州，次年于丰乐桥外作小楼五间，为湖山隐处。约卒于元延祐四年后不久。元量是南宋末年著名诗人，同时代人以"诗史"誉之。其诗风格既幽忧沉痛，又快逸奔放，清丽自然。兼善作词。诗词之外，又擅琴能画。《彊村丛书》有《水云词》一卷，《全宋词》辑存其词33首，《全宋词补辑》另辑录25首，合计为58首。

以1276年为界，汪元量的词体创作分为前后两期。早年的宫廷创作，价值不大，径自略去。自元军兵临城下始，其词风大变，辛弃疾、陈亮等人成为他学习的榜样,不事雕琢,直抒胸臆,词风沉郁悲壮,俨然辛派嫡传。也正是基于此种创作倾向的转变,笔者遂将他请入豪放派阵营,并委以殿后的重任。

较早反映这种变化的,是1276年正月十五所作之《传言玉女·钱塘元夕》:

> 一片风流,今夕与谁同乐?月台花馆,慨尘埃漠漠。豪华荡尽,只有青山如洛。钱塘依旧,潮生潮落。　　万点灯光,羞照舞钿歌箔。玉梅消瘦,恨东皇命薄。昭君流泪,手拈琵琶弦索。离愁聊寄,画楼哀角。

元夕词理应写张灯宴游,此词写的却是无军大军围城,沦陷在即,人心惶恐凄楚、茫然不知所措的孤危情状,是典型的亡国之音。这也是词人在政治突变面前,惶惧忧愁心理的反映。内容真实,感情深沉,但过于柔弱。不过,随着事态的不断恶化,词人终于从最初的惶惧中清醒过来,开始用手中的笔,记录下眼前发生的亡国惨剧。

同年三月,元军入城,尽掳宋恭帝、六宫嫔妃、在京官员、太学生共三千人及礼器文物北上。路过常州时,汪元量写下一首《洞仙歌·毗陵赵府,兵后僧多,占作佛屋》,反映乱后常州赵府园林的破败,以小见大,从一个侧面表现战乱对社会的破坏。词曰:

> 西园春暮,乱山迷行路。风卷残花堕红雨。念旧巢燕子,飞傍谁家?斜阳外、长笛一声今古。　　繁华流水去,舞歇歌沉,忍见遗钿种香土。渐橘树方生,桑枝才长,都付与、沙门为主。便关防、不放贵游来,又突兀梯空,楚王宫宇。

词中写道:原来繁华的赵府,如今已被元朝的僧侣占作僧房,连燕子也被迫离开故园;只有女子的钗钿遗落下来,埋入土中。树木不知人事改,主人已换成胡僧,它们仍旧按时滋荣。战事停息不久,戒严尚未取消,连贵游之客也不许前来赵府,整个楼宅变成一座空荡荡的佛寺。作者以看似冷静、客观之笔,以点代面,写乱后的社会变化,心情是十分低沉凄苦的。

路过扬州时,作者又托古慨今,写下《六州歌头·江都》一首:

> 绿芜城上,怀古恨依依。淮山碎,江波逝。昔人非,今人悲。惆怅隋天子。锦帆里,环朱履,丛香绮。展旌旗,荡涟漪。击鼓挝金,拥琼璈玉吹,姿意游嬉。斜日晖晖,乱莺啼。　　销魂此际。君臣醉,魑魅弊。事如飞,山河坠,烟尘起。风凄凄,雨霏霏,草木皆垂泪。家国弃,竟忘归。笙歌地,欢娱地,尽荒畦。唯有当时皓月,依然挂、杨柳青枝。听堤边渔叟,一笛醉中吹。兴废谁知!

"《六州歌头》本鼓吹曲也……音调悲壮,又以古兴亡事实之。闻其歌,使人怅慨,良不与艳辞同科。"①汪元量选择这样的词调来怀古,显然是一种自觉行为。词人发挥想象,通过重现当年隋炀帝恣意游嬉,导致国家灭亡的历史悲剧,抒发现实中国家灭亡的深悲巨痛,写出了历史的冷峻无情。

舟过淮水,有宫人弹琴,汪元量的亡国哀痛再次被激发出来,悲愤难抑,又写下了这首《水龙吟·淮河舟中夜闻宫人琴声》:

> 鼓鼙惊破霓裳,海棠亭北多风雨。歌阑酒罢,玉啼金泣,此行良苦。驼背模糊,马头匼匝,朝朝暮暮。自都门燕别,龙艘锦缆,空载得、春归去。 目断东南半壁,怅长淮、已非吾土。受降城下,草如霜白,凄凉酸楚。粉阵红围,夜深人静,谁宾谁主?对渔灯一点,羁愁一搦,谱琴中语。

亡国是重大历史事件,宋末许多词人都写过,但大多托物寄意,题旨隐晦。汪元量此阕,则以亲身经历为描写和叙述的内容。上片写亡国的巨变,下片写渡淮的感受,并借宫女的琴声,"纪其亡国之戚,去国之苦,艰关愁叹之状"②。全词疏宕周详而沉痛悲愤,是《水云词》中的名篇。

留燕期间诸作,表达遗民之心声,眷怀故国,哀婉凄恻,语直情深。如《人月圆》云:"蓟门听雨,燕台听雪,寒入宫衣。"《望江南·幽州九日》云:"永夜角声悲自语,客心愁破正思家,南北各天涯。"《一剪梅·怀旧》云:"今日思家,明日思家,一团燕月照窗纱。楼上胡笳,塞上胡笳。"即使那些以宋宫人为题材或与宋宫人唱和的词作,也同样充满了亡国之痛和故国之思。其中尤以《满江红·和王昭仪韵》一阕最为传诵,兹录如下:

> 天上人家,醉王母、蟠桃春色。被午夜、漏声催箭,晓光侵阙。花覆千官鸾阁外,香浮九鼎龙楼侧。恨黑风、吹雨湿霓裳,歌声歇。 人去后,书应绝。肠断处,心难说。更那堪杜宇,满山啼血。事去空流东汴水,愁来不见西湖月。有谁知、海上泣婵娟,菱花缺。

元量与王清惠关系甚密,早在亡国前就以琴侍奉左右,刘辰翁《湖山类稿序》即云:"侍禁时,为太皇(按:即理宗)、王昭仪鼓琴奉卮酒。"赵文《书汪水云诗后》亦云:"尝以琴事谢后及王昭仪。"留燕期间,颇有唱和。后元量得以南还,王清惠率旧宫嫔妃赋诗送别。此词上片追忆昔日宋宫繁华,下片代言乡愁,通过具体的形

---

① (宋)程大昌《演繁露》卷十六,《丛书集成初编》中华书局1991年版,第174页。
② 《增订湖山类稿》附录一李珏《书汪水云诗后》,中华书局1984年版,第188页。

象,将一种山河破碎、无家可归的切肤刻骨之痛,传达得十分感人。

南归之后所作的《莺啼序·重过金陵》,是《水云词》中的又一代表作。清人许昂霄《词综偶评》称此词"慨古实以伤今,当与《麦秀》之歌、《黍离》之诗并传"。其词曰:

> 金陵故都最好,有朱楼迢递。嗟倦客、又此凭高,槛外已少佳致。更落尽梨花,飞尽杨花,春也成憔悴。问青山、三国英雄,六朝奇伟。　麦向葵丘,荒台败垒,鹿豕衔枯荠。正朝打孤城,寂寞斜阳影里。听楼头、哀笳怨角,未把酒、愁心先醉。渐夜深,月满秦淮,烟笼寒水。　凄凄惨惨,冷冷清清,灯火渡头市。慨商女不知兴废。隔江犹唱庭花,余音亹亹。伤心千古,泪痕如洗。乌衣巷口青芜路,认依稀、王谢旧邻里。临春结绮。可怜红粉成灰,萧索白杨风起。　因思畴昔,铁索千寻,谩沉江底。挥羽扇、障西尘,便好角巾私第。清谈到底成何事? 回首新亭,风景今如此。楚囚对泣何时已! 叹人间、今古真儿戏。东风岁岁还来,吹入钟山,几重苍翠。

《莺啼序》是最长的词调,共四叠,容量大,宜于铺叙,可谓词中大赋。此词是作者由燕京南归后重过金陵时所作,借言六朝兴亡以抒亡国之痛。首叠总写金陵今昔之变和重访心情,以六朝兴亡和英雄荣枯,传达凭吊之意。次叠描绘金陵的残破景象,表达伤今之情。三叠化用杜牧《泊秦淮》诗意,将吊古与伤今绾合起来,进一步强调人事兴废之痛。末叠转入议论,引用孙吴铁索锁江、西晋清谈误国、东晋大臣不和而徒于新亭对泣等与用金陵故都有关的典故,意在总结南宋失国的历史教训。篇末三句,以眼前山川景物的永恒,反衬人世间的沧桑变化,以寄寓无限感怆。全词有如一篇抒情小赋,将写景与抒情、怀古与伤今,有机结合在一起,思路明晰,层次井然,承转细密而自然,篇幅虽长而浑然一体,是《水云词》中最见艺术功力的作品。

同为宋末遗民的周方,在《书汪水云诗后》中这样评价汪元量的诗:"水云生长钱塘,晚节闻见其事,奋笔直情,不肯为婉娈含蓄,千载之下,人间得不传之史。"此语完全可以移评其词。

以上八家,为宋代浙江豪放词派的主要作家。八巨子之外,尚有许多值得称道的作者和作品。兹择要列叙如下:

刘一止(1078—1160),字行简,号苕溪,归安(今浙江湖州)人。宣和三年进士。绍兴初召试,除秘书省校书郎,迁给事中,封驳不避权贵,忤秦桧罢去。以秘阁致仕,进敷文阁待制。桧死,召赴行在,除敷文阁直学士,复去。绍兴三十年卒,年八十三。有《苕溪集》五十五卷。《全宋词》录存其词 42 首。尝赋《喜迁莺》一阕,盛传于京师,时人号其为"刘早行"①。词云:

> 晓光催角。听宿鸟未惊,邻鸡先觉。迤逦烟村,马嘶人起,残月尚穿林薄。泪痕带霜微凝,酒力冲寒犹弱。叹倦客、悄不禁,重染风尘京洛。 追念。人别后,心事万重,难觅孤鸿托。翠幌娇深,曲屏香暖,争念岁寒飘泊。怨月恨花烦恼,不是不曾经著。这情味,望一成消减,新来还恶。

此词描绘早行情景,字字真切,宛在目前。下片的心理描写,细致入微,思理清晰,真挚动人。经过提炼的口语,使抒情更显得真切、平易。

另一首《踏莎行·游凤凰台》怀古小词,亦写得清爽洒脱,境界开阔,别具风味。词曰:"两水中分,三山半落,风云气象通廖廓。少年怀古有新诗,清愁不是伤春作。六代豪华,一时燕乐,从教雨打风吹却。与君携酒近阑干,月明满地天无幕。"

史浩(1106—1194),字直翁,号真隐居士,鄞县(今属宁波)人。绍兴十五年进士,调余姚尉,历温州教授。孝宗即位,以中书舍人迁翰林学士、知制诰。隆兴元年拜尚书右仆射。首言赵鼎、李光之无罪,岳飞之久冤。出知绍兴府。淳熙五年复相。十年,以太保致仕,封魏国公。绍熙五年卒,年六十九。谥忠定。著有《鄮峰真隐漫录》、《鄮峰真隐词曲》。《全宋词》录存其词 182 首。

史词多寿庆、宴饮、节序之作,以富贵安闲为旨趣,数量虽多而可取者少。《江城子》(片帆初落甬勾东)一阕纪游,写得开合自如,曲折有致,清新活泼。词云:

> 片帆初落甬勾东。碧湖空,满汀风。回首一川,银浪飐孤篷。且驾两椽烟雨里,凭曲槛,泛空濛。 闲移拄杖上晴峰。莫匆匆,伴冥鸿。笑指家山,蘋叶藕花中。脚力倦时呼小艇,归棹稳,月朦胧。

而另一首《清平乐·游石头城》,表明作者并非全然忘记国家的前途和命运。词曰:"石头虎踞,骄虏何能渡?曾是六朝雄胜处,瑞绕碧江云路。当时霸国多贤,风流只解遗鞭。便好扬舲北伐,举头即见长安。"

最值得一提的是,《彊村丛书》刊其《鄮峰真隐大曲》二卷,计 7 套 52 支,近人吴梅跋云:"大曲二卷,有歌词,有乐语,且诸曲之下,各载歌演之状,尤为欧、苏、郑、董诸子所未及。宋人大曲之详,无有过于此者。"是珍贵的乐舞资料。

---

① (宋)陈振孙《直斋书录解题》卷二十一《刘行简词一卷》解题。

王十朋(1112—1171)，字龟龄，号梅溪，温州乐清人。绍兴二十七年进士第一，授绍兴府签判。除著作郎，迁大宗正丞。孝宗即位，知严州，除侍御史。知饶州，移知湖州、泉州。以龙图学士致仕。乾道七年卒，年六十。谥忠文。有《梅溪集》，存词 20 首，皆为咏花之作。

与一般词人咏花工笔细描，又每每邀入闺房之意不同，梅溪诸作遗貌摄神，以揭示花之象征意义为宗旨，最后多以历史和传说中的高人异士如杜甫、谢安、李白、韩愈、屈原、仙人吴刚、林逋、陶潜、何晏、曾慥、白居易、王子猷、苏轼、黄庭坚、李煜等为比拟或寄托，充分说明作者有迥异于常人的词学观念。如《点绛唇·国香兰》写道：

> 芳友依依，结根遥向深林外。国香风递，始见殊萧艾。　雅操幽姿，不怕无人采。堪纫佩。灵均千载，九畹遗芳在。

名义上在咏兰花，而实际上是在歌咏屈原。又如同调"冷香菊"一阕写道：

> 霜蕊鲜鲜，野人开径新栽植。冷香佳色，趁得重阳摘。　预约比邻，有酒须相觅。东篱侧。为花辞职，古有陶彭泽。

也分明是在写陶潜。而同调"暗香梅"一阕，又以林逋为寄托对象。诸如此类，不一而足。这些作品结构单纯，语言朴实，风格清拔；结句概括、收束全篇，干净利落。因此，笔者将梅溪纳入豪放派阵营。

毛开(1116—?)字平仲，号樵隐居士，信安(今衢州常山)人。礼部尚书毛友之子。历宛陵、东阳通判。负才傲世，与尤袤友善。有《樵隐集》，已佚。今传其《樵隐词》。《全宋词》录存 42 首。其词多写自己落拓狂直的个性与报效无门的孤独抑郁，大多风格俊迈，气韵酣畅。代表作为《水调歌头·次韵陆务观陪太守方务德登多景楼》，奇情壮采，发唱警绝，极具豪放特色。词云：

> 襟带大江左，平望见三州。凿空遗迹，千古奇胜米公楼。太守中朝耆旧，别乘当今豪逸，人物眇应刘。此地一尊酒，歌吹拥貔貅。　楚山晓，淮月夜，海门秋。登临无尽，须信诗眼不供愁。恨我相望千里，空想一时高唱，零落几人收？妙赏频回首，谁复继风流？

又如《念奴娇·暮秋登石桥，追和祝子权韵》，将仕途的失意、思隐的惬意与登临的快意融为一体，令人慨然有遗世高蹈之思。"散发"以下数句写景，尤为峻拔高远。词云：

> 十年湖海，叹潘郎憔悴，无心云阁。强起登临惊暮序，目极清霜摇落。散发层阿，振衣千仞，浩荡穷林壑。汍寥无际，镜天收尽云脚。　长

> 啸声落悲风，想沧州万里，当年归约。回首区中无限事，此意谁同商略。
> 欲驾飞鸿，翩然独往，汗漫期相诺。滞留何事，坐令双鬓如鹤。

即使是"尤清丽芊眠，故杨慎《词品》特为激赏"①的《满江红》一阕，也显得怨恨不平，节奏紧促。词云：

> 泼水初收，秋千外、轻烟漠漠。春渐远、绿杨芳草，燕飞池阁。已著单衣寒食后，夜来还是东风恶。对空山、寂寂杜鹃啼，梨花落。　伤别恨，闲情作。十载事，惊如昨。向花前月下，共谁行乐？飞盖低迷南苑路，湔裙怅望东城约。但老来、憔悴惜春心，年年觉。

倪偁（1116—1172），字文举，号绮川，归安（今属湖州）人。少有学行，从张九成学，与芮国瑞友善。绍兴八年进士。为常州教授。官太常主簿。乾道间任太常博士。乾道八年卒，年五十七。有《绮川词》。《全宋词》录存 33 首。绮川词风清新超旷，代表作为《念奴娇·八月十三夜，与宋卿对月赏桂花于光远庵，和李汉老词》：

> 素秋向晚，正洞庭木落，疏林凋绿。惟有岩前双桂树，翠叶香浮金粟。皓月飞来，徘徊树杪，光射林间屋。夜深人静，好风忽起庭竹。　俄顷万籁号鸣，清寒疑乍，听高岩悬瀑。起看碧天澄似洗，应费明河千斛。细酌鹅黄，宴搜奇句，逸气凌鸿鹄。浩歌归去，却愁踏碎琼玉。

状中秋月夜景象，使人如入其境。上片"皓月"以下数句，写月升风起，尤令人感同身受；下片"起看"以下数句，写月夜观感，想象奇伟，格调旷迈，境界高阔澄明，张孝祥同调"过洞庭"一阕，似有得益于此者。

此外，《蝶恋花》（我爱西湖湖上路）写"归来趣"，虽为短章，亦卓荦潇洒，类似上引之《念奴娇》。而《鹧鸪天·九日怀文伯》，以健笔写深情，亦堪称佳作。

黄中辅，生卒年不详，号槐卿，义乌人，元黄溍六世祖，"遗文皆散落，惟所赋乐府犹为人所传诵"②。黄氏存词仅《念奴娇》1 首，词曰：

> 炎精中否，叹人材委靡，都无英物。胡马长驱三犯阙，谁作长城坚壁？万国奔腾，两宫幽陷，此恨何时雪？草庐三顾，岂无高卧贤杰？　天意眷我中兴，吾皇神武，踵曾孙周发。河海封疆俱效顺，狂房何劳灰灭。翠羽南巡，叩阍无路，徒有冲冠发！孤忠耿耿，剑铓冷浸秋月。

---

① 语见《钦定四库全书总目》卷一百九十八《樵隐词》提要。
② （元）黄溍《文献集》卷四《先世墓铭后记》，文渊阁《四库全书》本。

全词大开大阖,意高境阔,风格豪健,忧愤沉郁,慷慨悲壮,颇有几分稼轩气度。

黄氏另存《满庭芳·题太平楼》二残句,道是"快磨三尺剑,欲斩佞臣头",以斑窥豹,可知全词气概。词人与秦桧同时,而太平楼乃秦桧所建,则其胆魄可与胡铨上书乞斩秦桧等人相媲美。这样的词人,自是当之无愧的豪放派。

曹冠,生卒年不详,字宗臣,号双溪居士,东阳(今属金华)人。入太学,秦桧俾教授诸孙,为秦门十客之一。绍兴二十四年,与秦埙同登进士甲科。明年,自平江府教授擢国子录,寻除太常博士,兼权中书门下检正诸房公事。桧死,放罢,被论驳放科名。乾道五年,再中进士。淳熙元年,自临安府通判改任太常寺主簿,被劾罢新任。绍熙元年,知郴州。今传其词集《燕喜词》。《全宋词》录存63首。

冠其人不足称,其词则多有可道者。时人詹效之序其词集有云:"窃尝玩味之,旨趣纯深,中含法度,使人一唱而三叹。盖其得于六义之遗意,纯乎雅正者也。"其词学观可见一斑。词中屡屡抒发建功立业的壮志,以苏轼自期[①],风格亦稍近,惜粗疏而未臻浑成之境。如《夏初临》词云:

> 琴拂虞薰,月裁班扇,麦秋槐夏清和。笋变琅玕,绛榴细簇香罗,绿云初展圆荷,见金鳞、戏跃清波。山丹舒艳,葵花映日,萱草成窠。 浮云富贵,出处无心,好天风月,如意偏多。功名事业,壮怀岂肯蹉跎!待拥雕戈、洗胡尘、须挽天河。醉挥毫,知音为我,发兴高歌。

这样的主题,在《蓦山溪》一词中表达得更为直接:"吾侪勋业,要使列云台,擒颉利,斩楼兰,混一车书道!"曹冠的政治理想和人生抱负概括起来,便是其《浪淘沙·述怀》词所云:"清介百无求,民瘼怀忧。席珍藏器效前修,自负平戎经国略,壮气横秋。二纪叹淹留,寻壑经丘,醉吟适意且遨游。致主丹心犹未老,天意知不?"

《燕喜词》中艺术性较高的作品是《凤栖·梧兰溪》:"桂棹悠悠分浪稳。烟幕层峦,绿水连天远。赢得锦囊诗句满,兴来豪饮挥金碗。飞絮撩人花照眼。天阔风微,燕外晴丝卷。翠竹谁家门可款,舣舟闲上斜阳岸。"曹冠仕途曲折,无所作为,故有不少流连湖山、醉吟风月之作。或许由于暂时抛却了机心,才能体察山水景物的美好与生机。况周颐《蕙风词话》卷二对此词大加称赏,以为下片"飞絮"以下三句,"状春情景色绝佳","展卷微吟,便觉日丽风暄,淑气扑人眉宇"。

葛郯(?—1181),字谦问,号信斋,归安(今湖州)人。仲胜之孙,立方之侄。

---

① 曹冠《惜芳菲·述怀》:"我生嗟在东坡后。"《蓦山溪·乾道戊子秋游涵碧》:"遐想东坡老。"

绍兴二十四年进士。乾道七年,任常州通判。淳熙六年,知抚州。淳熙八年卒。有《信斋词》一卷。《全宋词》录存 30 首。

葛郯词风颇清新遒劲,《水调歌头·舟回平望,久之过乌戍,值雨少憩,向晚复明,再用韵赋二首》是其代表作。其一云:

> 帆腹饱天际,树发渺云头。翠光千顷,为谁来去为谁留?疑是吴宫西子,淡扫修眉一抹,妆罢玉查秋。中流送行客,却立望层楼。　风色变,堤草乱,浪花愁。跳珠翻墨,轰雷掣电几时收。应是阳侯薄相,催我胸中锦绣,清唱和鸣鸥。残霞似相贷,一缕媚汀洲。

下片描绘湖中雨景和诗人胸襟,生动形象,妥贴自若。末二句用拟人手法,写雨后残霞映照汀洲,清新明丽,余味无穷。

另外,《鹧鸪天·咏野梅》刻画梅花形象,高标风致,幽艳凄冷,清峭动人。词云:

> 千树家园锁旧津,谁移数点在孤村?海仙探蕊禽留影,楚客穿花蝶舞魂。　桥断港,水横门,残霞零落晚烟昏。只因留住三更月,暗里香来别是春。

管鉴,生卒年不详,字明仲,龙泉(今属丽水)人。以父泽补官,再调江西常平提干,始家临川。改知泰宁县。佐湖南帅刘珙平剧盗,以功迁建宁府通判。知峡州,再知全州。除湖南提举。淳熙十四年,为广东提刑,权知广州兼经略安抚。移湖北转运。卒年六十三。有《养拙堂词》。《全宋词》据以录存 68 首。

管鉴多祝寿及酬唱之词,廊庑不广,意趣不高。但送别之作偶有佳制妙句。如《水调歌头·龙守沈商卿,三十年故交也。经过,为留五日。临行,以词为别,次韵以谢》云:

> 一雨洗烦溽,天气爽如秋。江山佳处,眼明重见旧交游。去国三千余里,俯视朝宗一水,共笑此生浮。幸我扁舟具,归欲问菰蒲。　叹君才,方进用,岂容休?蓉坡凤沼,情知不为蜀人留。便恐升沉各异,后日相逢无处,别语易成愁。记取平安使,时访荻花洲。

上片写友人到访的喜悦,以及自己闲置远处的境况,但出语洒脱;下片写友人仕途顺利,登程在即,慨叹人生"升沉各异",而友人的进用,自己的失意,也正是朋友"相逢无处"的原因,希望能时常听到友人的消息,惜别之情溢于言表。此阕最诚挚、最动人处便是将仕途"升沉各异"之感寓于惜别之情中,把失意、祝福和希冀融合一体,矛盾、复杂的心情,更显示出友谊的真实。"便恐"三句,堪称佳句。

开篇的写景也为全词奠定了豪健高爽的基调。

另一阕《菩萨蛮·德兴钱别坐间作》则是比较单纯的惜别之作。词云：

> 今日云山堂上客，明朝真个云山隔。人不似行云，相随长短亭。　堂
> 空歌韵响，清切缘云上。留住莫教飞，怕如人别离。

此词篇幅虽短而构思新巧，出语警峭，颇具民歌风味。

《养拙堂词》中还有一首《醉落魄·正月二十日张园赏海棠作》，也是流传较广的一首佳作。词曰：

> 春阴漠漠，海棠花底东风恶。人情不似春情薄，守定花枝，不放花
> 零落。　绿尊细细供春酌，酒醒无奈愁如昨。殷勤待与东风约，莫苦吹
> 花，何似吹愁却。

此词同是构思精巧之作，写惜花伤春之情，但命意坚定，感情浓郁，构思新巧，想象奇特，下字精当，遂有警言佳句。上片"人情"三句，已成名句；下片"殷勤"三句，构想之奇、用情之真，出语之痴，更胜于前。而用情之痴、立意之坚，也使全词振落柔靡，有了不同于一般伤春惜花词的高远境界。

沈瀛，生卒年不详，字子寿，号竹斋，吴兴归安（今湖州）人。绍兴三十年进士。乾道八年为国子录。后为枢密院编修官。淳熙四年除知梧州，旋罢。又曾知江州、任江东安抚使司参议。今传其《竹斋词》一卷，《全宋词》录存 90 首。

《竹斋词》多写乡居生活，清人丁丙《善本书室藏书志》卷十称其"劲气直达，颇思矫涤纤丽之习。惟好作理语，终于斯道去之远耳"。如《减字木兰花》四十余阕，不仅多自是语，且多劝戒语，演绎庄、释之旨，坠入理窟之中，情味索然。故数量虽多，佳作甚少。但《念奴娇》（赏心佳处）、《满江红》（半世飘蓬）、《水调歌头》（潇洒云中鹤）等长调，宛转清丽，具有林泉高致，可见其平生志趣所向。《满江红·九日登凌歊台》一阕，吊古慨今，寄寓杀敌壮志，颇有豪放词派风格，堪称其代表作。词云：

> 姑孰名邦，黄山畔、古台巍立。秋渐老、重阳天气，郊原澄碧。隐隐
> 西州增远望，长江一带平如席。怅英雄、千古到如今，空遗迹。　吴太
> 守，文章伯。寻胜事，酬佳节。拥笙歌千骑，遍游南陌。襟带江城当一
> 面，折冲千里无强敌。更行看、击楫泝中流，妖氛息。

杜旟，生卒年不详，字伯高，号桥斋，金华人。光宗绍熙初前后在世。曾祖汝霖为北宋名儒，胡瑗弟子。杜旟受业于吕祖谦，同时陆游、陈亮等人咸称其文。淳熙、开禧间两以制科荐。与弟旃仲高、斿叔高、旟季高、旞幼高，时称"金华五

高"。有《桥斋集》,不传。

伯高今存词虽仅3首,但豪、婉兼擅,而以豪放为主,广为《草堂诗余》、《词品》、《词综》等书选评。陈廷焯《白雨斋词话》卷六谓其"气魄绝大,音调又极谐,所传不多,然在南宋,可以自成一队"。且看其《摸鱼儿·湖上》:

> 放扁舟、万山环处,平铺碧浪千顷。仙人怜我征尘久,借与梦游清枕。风乍静。望两岸群峰,倒浸玻璃影。楼台相映。更日薄烟轻,荷花似醉,飞鸟堕寒镜。　中都内,罗绮千街万井。天教此地幽胜。仇池仙伯今何在?堤柳几眠还醒。君试问。□此意、只今更有何人领?功名未竟。待学取鸱夷,仍携西子,来动五湖兴。

词人将怀才不遇之感,超迈旷达之意,融入西湖游兴当中,高蹈绝尘,景色亦真亦幻,俨有游仙境界。陈廷焯《放歌集》卷二谓此词"调高响远,绝尘而奔"。另一首《酹江月·石头城》叹恢复无人,更是议论纵横,魄力雄大,亦历来为词论家所称赏。陈亮《龙川集》卷十九《复杜仲高》尝谓"伯高之赋如奔风逸足,而鸣以和鸾,俯仰于节奏之间",移评其词亦十分恰当。

最后一首《蓦山溪·春》则写得芊眠婉转。词云:

> 春风如客,可是繁华主。红紫未全开,早绿遍、江南千树。一番新火,多少倦游人,纤腰柳,不知愁,犹作风前舞。　小阑干外,两两幽禽语。问我不归家,有佳人、天寒日暮。老来心事,唯只有春知,江头路,带春来,更带春归去。

因为词人的理想一直未能实现,故面对大好春光而心生困倦隔膜情怀,心情是非常凝重的,甚至有几分凄凉。况周颐《历代词人考略》谓此词"清新流丽,雅近北宋",其实只说对了它字面上的特点,而未能点透词心。

李廷忠,生卒年不详,字居厚,号橘山,於潜(今杭州临安)人。淳熙八年(1181)进士。庆元元年为於潜教授。嘉定八年知夔州,放罢。词存15首,赵万里辑为《橘山词》。多祝颂、应酬之作,虽风格豪放而立意欠高。《鹧鸪天·九日南楼和范总干韵》、《水调歌头·武昌南楼落成,次王漕韵》二阕,写景爽丽,较有己意,可以一读。兹录前词及后词上片如下:

> 槛外长江浪拍空,萧萧红蓼白蘋风。三秋告稔三农庆,九日追欢九客同。　烟渚北,月岩东。莫嫌光景太匆匆。登龙戏马英雄事,都在南楼一啸中。

> 抚景几今古,遗恨此江山。百年形胜,但见幽草杂枯菅。多少名流

登览,赖有神扶坏栋,诗墨尚斑斑。风月要磨洗,顾我已衰颜。

薛师石(1178—1228),字景石,永嘉(今温州)人。卓荦有大志而隐居不仕,筑屋会昌湖西,名曰瓜庐,因以为号。工书法,时人有铭其祖不得师石书为恨者。绍定元年卒,年五十一。有《瓜庐集》。

师石今存《渔父词》7首,效浙词始祖张志和,俱写隐逸襟抱。时人王缙《薛瓜庐墓志铭》有云:"筑屋于会昌湖上,敲榜击楫,日与渔翁钓叟,相忘于欸乃之间。余旧与读书于长老山。景石坐濬岩,掬流泉,抵掌谈啸,采茶芽松花以茹之,真若忘世然者。"《渔父词》七首即从此种生活中流出。兹俱录如下:

> 十载江湖不上船,卷蓬高卧月明天。今夜泊,杏花湾,只有笭箵当酒钱。

> 邻家船上小姑儿,相问如何是别离?双坠髻,一弯眉,爱看红鳞比目鱼。

> 平明雾霭雨初晴,儿子敲针作钓成。香饵小,茧丝轻,钓得鱼儿不识名。

> 船系兰芷鲙长鲈,曲裾方袍忽访吾。神甚爽,貌全枯,莫是当年楚大夫?

> 春融水暖百花开,独棹扁舟过钓台。鸥与鹭,莫相猜,不是逃名不肯来。

> 夜来采石渡头眠,月下相逢李谪仙。歌一曲,别无言,白鹤飞来雪满船。

> 莫论轻重钓竿头,伴得船归即便休。酒味薄,胜空瓯,事事何须著意求!

与张志和的《渔歌子》相比,景石词既保持了遗世高蹈、洁身自好的隐逸情操,又多了几分清新自然的风土气息。特别是第二阕写情窦初开的渔家女,第三阕写初学垂钓的小儿子,生动可爱,令人过目不忘。不过,"莫是当年楚大夫"、"不是逃名不肯来"、"事事何须著意求"等句,还是透露出许多未能忘怀于尘世、时事的信息。《瓜庐集》中有《题南塘薛圃》诗一首,曰:"门对南塘水乱流,竹根橘底自成洲。中间老子隐名姓,只听《渔歌》今白头。"由此可知薛师石对《渔歌子》这类渔父词的偏爱,其有志秉承张志和遗风亦显然矣。

洪咨夔(1176—1236),字舜俞,号平斋,於潜人。宁宗嘉泰二年进士,授如皋主簿,寻试饶州教授。嘉定中,为成都府通判。寻知龙州,有惠政,如毁邓艾祠,更立诸葛武侯,告其民曰:"毋事仇雠而忘父母。"尤为当时称叹。嘉定十七年,还

175

朝为秘书郎。宝庆元年，迁金部员外郎。以言事忤史弥远，罢。读书故山达七年。绍定六年，弥远死，召为礼部员外郎，即乞进君子退小人，拜监察御史，劾去枢密使薛极等，朝纲大振。端平元年，乞下诏求言，登进诸儒，除殿中侍御史，擢中书舍人，寻兼权吏部侍郎，与真德秀同知贡举，俄兼直学士院。迁吏部侍郎兼给事中，乞为济王立后，擢给事中。三年，进刑部尚书，拜翰林学士、知制诰，卒年六十一。著有《平斋文集》、《平斋词》。《全宋词》录存其词44首。

平斋其人自是英杰，而《平斋词》中的作品亦如《钦定四库全书总目》所云："淋漓激壮，多抑塞磊落之感，颇有似稼轩、龙洲者。"另一方面，清人冯煦《蒿庵论词》也指出，其《沁园春》四首工于发端，皆有振衣千仞气象，惜其下并不称"。如《沁园春·寿淮东制置》上片云：

> 饮马咸池，总辔昆仑，横鹜九州。庆中兴机会，天生山甫；非常事
> 业，天授留侯。左搏龙蛇，右驯虎兕，万里中原谈笑收。功名早，便貂蝉
> 猎猎，飞出兜牟。

可谓虎啸生风。但下片转入祝颂后，粗浅平俗，了无新意与壮采。究其上下不称之因，盖才力不足故耳；亦与其上片述怀、下片祝颂的简单结构有关。相比之下，《贺新郎·寿成都孙宰》一阕，祝语而能形象生动，使上片的豪壮之气延展下来，尚可称浑成之作。词云：

> 露洗秋光透。指岷峨、无边峭碧，与君为寿。万里同随琴鹤到，只
> 愿人情长久。尽头白、眼青如旧。从史功名三尺剑，倚函关、风雨蛟龙
> 吼。谈笑取，印如斗。　从今尽展眉峰皱。看诸郎、翩翩黄甲，班班蓝
> 绶。一簇孙枝扶膝下，翠竹碧梧争秀。便嘉庆、图中都有。花影婆娑清
> 昼永，护新凉、更著丝簧手。欢未尽，剩添酒。

事实上，《平斋词》虽乏"力道"，"浑成"之作反而时或可见。当然，因为缺少力量，磊落忠勇的个性特色也随之变得较为平弱。但平弱之中，也有佳作。如《满江红》、《眼儿媚》二阕，皆淡雅而流丽，颇可诵读。兹俱录如下：

> 送雨迎晴，花事过、一庭芳草。帘影动、归来双燕，似悲还笑。笑我
> 不知人意变，悲人空为韶华老。满天涯、都是别离愁，无人扫。　海棠
> 晚，荼蘼早；飞絮急，青梅小。把风流酝藉，向谁倾倒？秋水盈盈魂梦
> 远，春云漠漠音尘悄。最关情、鹁鸪一声催，窗纱晓。

> 平沙芳草渡头村，绿遍去年痕。游丝下上，流莺来往，无限销
> 魂。　绮窗深静人归晚，金鸭水沉温。海棠影下，子规声里，立尽黄昏。

尤其是后一首,深情婉丽,风流蕴藉,竟有小山、少游滋味。不过,这已是典型的婉约词了。

宋自逊,约1200年前后在世。字谦父,号壶山,金华人。居南昌。父子兄弟俱能诗,而逊名最著。曾谒贾似道,获楮币二十万以造华居。黄升《中兴以来绝妙词选》卷九谓其"文笔高绝,当代名流皆敬爱之。其词集名《渔樵笛谱》"。其集已佚,今存词仅7首。

壶山词好作高人语、丈夫语、率真语、俚俗语、盘空硬语,尤近刘克庄、戴复古诸家之风。如《贺新郎·题雪堂》云:

> 唤起东坡老。问雪堂、几番兴废,斜阳衰草。一月有钱三十块,何苦抽身不早。又底用、北门撝藻。儋雨蛮烟添老色,和陶诗、翻被渊明恼。到底是,忘言好。 周郎英发人间少。谩依然、乌鹊南飞,山高月小。岁月堂堂留不住,此世何时是了。算不满、英雄一笑。我有丰淮千斗酒,把新愁、旧恨都倾倒。三弄笛,楚天晓。

又云《满江红·秋感》云:

> 举扇西风,又十载、重游秋浦。对旧日、江山错愕,鬓丝如许。世事兴亡空感慨,男儿事业谁堪数!被老天、开眼看人忙,成今古。 江上路,喧鼙鼓;山中地,纷豺虎。谩乾坤许大,著身何处?名利等成狂梦寐,文章亦是闲言语。赖双投、酒熟蟹螯肥,忘羁旅。

至于《蓦山溪·自述》、《西江月》(何敢笑人干禄),更直接写山林襟抱,仿佛世外高士。不过,迹其出处行事,则未必尽如其言。谒贾似道而得巨资,乃一显例。但若就词论词,虽有鄙俚村俗之病,亦自是一路。

王埜(?—1260),字子文,号潜斋,金华人。嘉定十三年进士,辟潭帅幕。绍定初,摄邵武县。淳祐初,拜礼部尚书,为江西转运副使、知隆兴府,移知镇江府。迁沿江制置使、江东安抚使。宝祐二年,签书枢密院事。景定元年卒。

王埜今存词仅3首。其一寿母,余二阕皆慷慨论国事,渴望杀敌报国,悲壮激烈,真可置辛、刘、陆、陈诸人集中而无愧色。如《西河》云:

> 天下事,问天怎忍如此!陵图谁把献君王,结愁未已。少豪气概总成尘,空余白骨黄苇。 千古恨,吾老矣。东游曾吊淮水。绣春台上一回登,一回揾泪。醉归抚剑倚西风,江涛犹壮人意。 只今袖手野色里。望长淮、犹二千里。纵有英心谁寄?近新来、又报胡尘起。绝域张骞归来未?

此词写自己虽身遭贬谪而壮怀不灭。首叠责问,次叠悲慨,末叠深忧,忠愤感人。时人曹豳阅后,和作一首,词云:

> 今日事,何人弄得如此?漫漫白骨蔽川原,恨何日已!关河万里寂无烟,月明空照芦苇。 谩哀痛,无及矣。无情莫问江水,西风落日惨新亭,几人堕泪?战和何者是良筹?扶危但看天意。 只今寂寞薮泽里,岂无人、高卧闾里?试问安危谁寄?定相将、有诏催公起。须信前书言犹未?

这首和作,比王词更为愤激,矛头直指当权的投降派。开篇的发问,力透纸背,振聋发聩,可为千古为政者龟鉴。

曹豳(1170—1250),字西士,又字潜夫,号东畎,一作东㳠,瑞安(今属温州)人。嘉泰二年进士,官重庆府司法参军,改知建昌。绍定六年,擢秘书丞兼仓部郎官。端平元年,出为浙西提举常平,移浙东提点刑狱。嘉熙元年,任左司谏,与王万、郭磊卿、徐清叟俱负直声,时号"嘉熙四谏"。迁吏部侍郎不拜。久之起知福州,再以侍郎招,为台谏所阻,以宝章阁待制致仕。淳祐九年卒,年八十。

曹豳存词仅2首,其一为《西河·和王潜斋韵》,已见上述。另一首《红窗迥》(春闱期近也),以劝慰其甥的口吻写举子赶考的路途艰难,滑稽诙谐,而辛酸存焉。

吴渊(1190—1257),字道夫,号退庵,湖州德清人①。吴潜兄。嘉定七年(1214)进士。历任地方官、诸路大员及朝廷要职。曾任兵部尚书、浙西制置使、沿江置制使。宝祐五年(1257),拜参知政事,寻卒,谥庄敏。有《退庵文集》,已佚。今存《退庵遗稿》一卷。《彊村丛书》辑有《退庵词》一卷。《全宋词》录其词6首。

吴渊乃有为之士,《念奴娇》(我来牛渚)、《满江红·乌衣园》二阕,豪迈中见沉郁,皆堪称佳构。兹俱如下:

> 我来牛渚,聊登眺、客里襟怀如豁。谁著危亭当此处,占断古今愁绝。江势鲸奔,山形虎踞,天险非人设。向来舟舰,曾扫百万胡羯。 追念照水然犀,男儿当似此,英雄豪杰。岁月匆匆留不住,鬓已星星堪镊。云暗江天,烟昏淮地,是断魂时节。栏干捶碎,酒狂忠愤俱发。

① 况周颐《历代词人考略》引《德清新志》云:"吴渊、吴潜皆生长德清,非流寓也。"周庆云《历代两浙词人小传》卷三"吴渊"条云:"渊字道夫,号退庵,德清人。父柔胜,秘阁修撰,自宁国徙居。"按,宁国今属安徽。唐圭璋先生《全宋词》亦视吴潜、吴渊兄弟为德清人。

投老未归,太仓粟、尚教蚕食。家山梦、秋江渔唱,晚风牛笛。别墅流风惭莫继,新亭老泪空成滴。笑当年、君作主人翁,同为客。 紫燕泊,犹如昔。青鬓改,难重觅。记携手、同游此处,恍如前日。且更开怀穷乐事,可怜过眼成陈迹。把忧边、忧国许多愁,权抛掷。

《念奴娇》是一首豪迈雄浑,悲壮苍凉的爱国怀古词。上片即景生情,追念英雄业绩,感慨万千;下片慨叹英雄难再,时局危急,忠愤几狂。况周颐《历代词人考略》评曰:"崎嵚磊落,吐属固自不凡。"《满江红》写末路英雄壮志未酬的忧国伤老情怀,悲慨沉痛,深挚感人。

赵孟坚(1199-1277)[①],字子固,号彝斋,太祖十世孙,赵孟頫从兄,海盐(今属嘉兴)人。宝庆二年进士。为湖州掾,入为转运使幕,知诸暨县,终提辖左帑。善书画,时人比之米芾。能作墨花、人物,山水尤奇。工诗文,大都清远绝俗,类其为人。有《彝斋文编》。《全宋词》录存其词11首。

彝斋词中最好的作品,当是这首《风流子·清涵万象阁》:

望极思悠悠。江如练、籁息浪纹收。看帆卷帆舒,往来征艇,鹭飞鹭立,远近芳洲。逝波不舍山常好,只白少年头。杜若满汀,离骚幽怨,鸱夷去国,烟浪遨游。 江南知何许?青林晚,山断处、白云浮。怀古慨今,谁人似我闲愁?叹醉生浪迹,鲈乡蟹舍,殢红怨粉,莲棹菱舟。敲遍阑干,默然竟日凝眸。

《浙江通志》卷四十云"清涵万象阁"条引周密《癸辛杂识》云:"先君出宰富春,重建合江驿。驿后为大阁,扁曰'清涵万象'。"这首词的好处,在于并不说破所忧慨不平者具体为何。只见其人登高望远,心事纵横,感慨丛生,而又无可奈何,其间有家国之愤恨,亦有人生之失意、羁旅之愁思。

相比之下,《沁园春·过天下第一江山呈何守》虽然雄快,却单薄许多。不过词中"万石层梭攒剑堆"、"卷雪轰雷"的胜景,和"长淮北,望中原非远,更展恢规"的祝颂,还是令人颇为快意的。

章谦亨,生卒年不详,字牧之,一字牧叔,吴兴人。绍定三年,知铅山县,为政宽平,人号生佛,家置像而祀。嘉熙三年,为浙东提刑,兼知衢州,风采为一时所称。《全宋词》录存其词9首。《摸鱼儿·过期思稼轩之居,漕留饮于秋水观,赋一词谢之》、《念奴娇·同官相招西湖观梅,用东坡大江东去韵》、《水调歌头·同

---

① 参见王兆鹏著《两宋词人丛考》之《两宋十八家词人生卒年小考》,凤凰出版社2007年版,第231页。

黄主簿登清风峡刘状元读书岩》三阕,皆追慕前贤有所感而作,清雅脱俗,脆圆可爱。兹录《水调歌头》一阕如下:

> 解变西昆体,一赋冠群英。清风峡畔,至今堂以读书名。富贵轻于尘土,孝义高于山岳,惜不大其成。陵谷纵迁改,草木亦光荣。　与仇香,穿阮屐,试同登。石龛虽窄,可容一几短檠灯。千仞苍崖如削,四面翠屏不断,云雾镇长生。最爱岩前水,犹作诵弦声。

谦亨另有《浪淘沙·云藏鹅湖山》一阕,写云遮山隐,雾散山出,颇富逸趣,而构思新巧,浅近通俗,风格明快,已开元人散曲先河。词云:

> 台上凭阑干,犹怯春寒。被谁偷了最高山?将谓六丁移取去,不在人间。　却是晓云闲,特地遮栏,与天一样白漫漫。喜得东风收卷尽,依就追还。

陈著(1214－1297),字子微,号本堂,鄞县人。宝祐四年进士。初监饶州商税,调光州教授。景定元年,任鹭州书院山长。为安福令,入朝任著作郎,出知嘉兴。咸淳四年,改知嵊县。四年后通判扬州。寻改临安签判,擢太学博士。宋亡,隐居四明山中。元大德元年卒,年八十四。著有《本堂集》、《本堂词》。《全宋词》录存其词122首。

《本堂词》多祝寿、应酬之作。宋亡后所作,时有故国之思,较有价值。如《沁园春·次韵刘改之》云:

> 人生功名,在醉梦中,早须掉头。自南宫一券,尘泥偶脱,前程双毂,日月如流。蕙帐真盟,菜羹余味,江上归舟谁得留。谁知道,有邵平瓜圃,何日封侯?　天天又不人由。奈危世山林也有忧。况青岗不助,晋家风鹤,黑云直卷,吴分星牛。分寸残生,万千魔障,他事如今都罢休。关心处,是离离禾黍,故国宗周。

又如同调"旗盖运迁"一阕有云:"回首西湖,伤心前事,覆水如何收上杯?东风好,问如今吹入,谁处楼台?"《水龙吟·牡丹有感》云:"日西斜,烟草凄迷,望断洛阳何处?"无论是直接抒怀,还是咏物寄托,都有遗民的哀痛在里面。

《江城子·重午书怀》一阕,借怀念屈原,抒发亡国之恨和故国之思,是《本堂词》中最动人的篇章:

> 年年端午又今朝。鬓萧萧,思摇摇。应是南风,湘浦正波涛。千古独醒魂在否?无处问,有谁招!　何人帘幕倚兰皋?看飞桡,夺高标。饶把笙歌,供笑醉陶陶。孤坐小窗香一篆,弦绿绮,鼓《离骚》。

世易时移,血痕淡处,生活依旧,端午时节的龙舟赛仍然紧张激烈,只有词人孤坐小窗,冷眼相向,心事浩茫,焚香一炷,抚琴鼓骚。热闹与孤寂的对比,使词人傲岸不屈的形象突显出来。

柴元彪,生卒年不详,字炳中,号泽臞居士,衢州江山人。咸淳四年进士,尝官推察。宋亡,与兄望、随亨、元亨隐居不仕,时称"柴氏四隐"。其诗虽不及兄望,然幽忧悲感之意,往往托诸歌吟。其词大都抒写亡国之恨与羁旅之思。因词风深挚而直切,与兄望有别,乃入豪放派。著有《袜线稿》,已佚。明万历中裔孙复贞等辑入《柴氏四隐集》第二卷,有《四库全书》本。近人周泳先辑有《袜线词》。《全宋词》录其词8首。

《水龙吟》一阕,小序云:"己卯中秋,寓玉山章泉赵石硐家,相留为延桂把菊之会。"己卯,帝昺祥兴二年(1279),可见此词作于宋亡之际。词云:

> 秋云元自无心,那曾系得归心住。阳关酒尽,灞桥人远,也须别去。□□□□,□□□□,□□□□。有哀雁声声,愁蛩切切,悄悄地、听人语。　回首琵琶旧恨,叹西风、□兴如许。江左百年,风流云散,不堪重举。怎得归来,樵歌互答,自相容与。又何须□□,三五蟾光,重阳风雨。

伤心人别有怀抱,难禁轮番摧折,纵然"樵歌互答",也无法"自相容与"了。可惜作品阙文太多。《高阳台·怀钱塘旧游》则作于宋亡之后。词云:

> 丹碧归来,天荒地老,骎骎华发相催。见说钱塘,北高峰更崔嵬。琼林侍宴簪花处,二十年、满地苍苔。倩阿谁,为我起居,坡柳逋梅。　凄凉往事休重省,且凭阑感慨,抚景衔杯。冷暖由天,任他花谢花开。知心只有西湖月,尚依依、照我徘徊。更多情,不间朝昏,潮去潮来。

"凄凉往事"历历在目,不堪回首,吐语浅露而真情动人。

此外,《踏莎行·戊寅秋客中怀钱塘旧游》云:"浅柳平芜,乱烟疏雨。雁声叫彻芦花渚。亭前落叶又西风,断送离怀无著处。　切切归期,盈盈尺素。断魂正在西兴渡。满船空载暮愁来,潮头一吼推将去。"词人胸中郁积的愁闷,通过凄厉的雁鸣、飞舞的落叶、空寂的渡口、怒吼的潮水,表现得淋漓尽致。

何梦桂(1228—?),字岩叟,初名应祈,字申甫,淳安(今属杭州)人。咸淳元年省试第一,廷试一甲三名,授台州军事判官。咸淳十年冬,任监察御史。入元后,屡征不起,筑室小西源,自号潜斋。至少年过七十而卒。有《潜斋文集》十一卷、《潜斋词》一卷。《全宋词》收其词47首。

"岩叟佳句,工于言情者较多,而气格雅近沉着,在南宋人词中,不失为中上之选。"①如《摸鱼儿》云：

> 记年时、人人何处，长亭曾共尊酒。酒阑归去行人远，折不尽长亭柳。渐白首。待把酒送君，恰又清明后。青条似旧。问江北江南，离愁如我，还更有人否？　留不住，强把蔬盘瀹韭。行舟又报潮候。风急岸花飞尽也，一曲啼红满袖。春波皱。青草外，人间此恨年年有。留连握手。叹人世相逢，百年欢笑，能得几回又！

俞陛云《唐五代两宋词选释》评曰："离亭送友，前后一气挥写，笔健而辞婉，意凄而意达，情文相生，结处更有余慨。"

入元后所作，多伤时感慨的内容，尤其缠绵幽咽，不下刘辰翁。如《喜迁莺》云：

> 留春不住。又早是清明，杨花飞絮。杜宇声声，黄昏庭院，那更半帘风雨。劝春且休归去。芳草天涯无路。悄无语。倚阑干立尽，落红无数。　谁诉？长门事，记得当年，曾趁梨园舞。霓羽香消，梁州声歇，昨梦转头今古。金屋玉楼何在？尚有花钿尘土。君不顾。怕伤心，休上危楼高处。

盖积感之民，词多凄楚。类似之作，尚有《摸鱼儿·邵清溪赋，效颦谩作》、《贺新郎·再用韵伤春》等。

只要稍加留意，便不难发现上述词家在取材和风格上，有一个发展演变的过程。南宋前期，民族情绪高涨，保家卫国、杀敌复土是时代的最强音，故爱国题材在他们的创作中占据了主导和主体的地位，风格激壮，虽时有悲慨，但仍满怀坚定信念和乐观精神。南宋中期，宋金对峙局面形成，爱国词人报国无门、爱国无望，遂转向愤激一途，甚至直斥时世。同时受时风影响，取材也走向多样化，祝颂、交游等类作品大增。南宋后期，国势夷陵，日薄西山，末世情绪笼罩整个词坛，词里满是忧愤、牢骚和凄苦。南宋灭亡后，亡国之痛和故国之思，便成为时代的主旋律，成为词家表现的主要内容。

与其他词派相比，豪放词派作家更为贴近时代，关心现实，更多表达词家的胸襟和抱负。与此相应，我们从豪放词家身上和豪放词作里面，也可以发现更为鲜明的发展演变的轨迹，从而把握不同历史时期词家的审美蕲向和创作风格。

---

① 四印斋汇刻宋元三十一家词《潜斋词》王鹏运按语。

第二节 两宋浙江词坛上的婉约派

两宋浙江词坛上的第三大创作流派,便是远绍花间与南唐、近桃二晏与欧秦而形成的婉约派,其词风以清切婉丽为主要特色。在宋代浙江词坛上,从北宋初期直至南宋后期,作者相望。钱惟演、林逋、谢绛、韦骧、琴操、舒亶、朱服、毛滂、沈蔚、陈克、吕本中、沈与求、潘汾、吕渭老、葛立方、王之望、吴淑姬、朱淑真、姚宽、洪惠英、姜特立、沈端节、章良能、高似孙、徐照、吴礼之、许棐、楼槃、楼杖、周容等等,皆此派中人。需要说明的是,这里所谓婉约,是一个内涵相对比较狭窄的概念,因为它已将"格律—风雅词派"及其创作排除在外。因此,它区别于通常所谓的婉约词派,也与拙著《宋词题材研究》上编第一章关于"婉约派"和"婉约词"的界定有很大不同。

婉约派和婉约词虽然肇始于花间、南唐,但又与二者有所不同。其间最主要的表现便是,晚唐五代时期,国家和个人的前途都很迷茫,词家所写大都是现实的悲哀,至多是及时行乐,情调匆促、迷茫,充满不确定性,因此难以表现出鲜明的自立精神和理性特征。进入宋代,这种情况自然要发生改变。宋代"婉约词人抒写哀情则常伴以理性思考,不仅指出现实之可哀,而且连带表现态度,陈说如何应付现实之哀","由于受理性节制,婉约词人之抒哀情,大都哀而不伤,其情之动人处较南唐词虽有所不及,但启益人处往往较南唐为长"。[1] 此其一。其二,宋代文人有很高的身份、地位,其审美以清雅为上;相应地,宋代词人看待美女、美景,也以清丽为上。晚唐五代的士大夫由于政治、事业上较少高远抱负,往往流连歌酒声色,取材主要是男欢女爱,风格大多绮艳颓靡。宋代重文抑武,以文立国,又完善科举制度,使广大士人有了进取入仕的机会,人生际遇和生活境遇都发生了重大变化,所以宋代士大夫文人有极强的自尊、自立和自强意识,极少自甘沉沦者。这样,宋代婉约词人在处理艳情、闺情题材时,就很少晚唐五代时期基于宣欲导淫的轻浮淫艳色彩,而变得有节制,点到即止,委婉曲折,强调含蓄美,不管作品中男女双方身份地位如何,他们所表现出的情感仍主要属于恋爱的范畴,是封建文士喜闻乐道的风流韵事。其三,晚唐五代时期,社会动荡,人命危贱,士大夫文人也是战战兢兢、如履薄冰,生存环境是相当险恶的。这也是滋生及时行乐、自我放纵之类生活观和艺术观的根本原因。北宋时期,由于社会安定,事业进步,生活富足,精神悠闲,修养深厚,艺术精妙,宋代士大夫文人有闲情

---

[1] 余传棚《唐宋词流派研究》,武汉大学出版社 2004 年版,第 61、62 页。

逸致体察生活,欣赏景物,并用清新明丽的语言把见闻和感受细致、精确地表达出来。这些因素结合起来,遂使宋代婉约词形成以清切婉丽为显著特征的审美追求和艺术风格。

在上述婉约词家中,舒亶、毛滂、陈克、吕本中、吕渭老、朱淑真、沈端节、许棐,可称为宋代浙江婉约词八大家。钱惟演、林逋二家,存词虽少而多为佳作,对于两宋浙江婉约词史而言,有如"双拽头",其垂范之功不可小觑。此外,沈蔚、葛立方、姜特立、章良能、高似孙、吴礼之、徐照、楼槃、楼杉、周容诸人,也各有佳篇,姑名之曰"十才子"。从现存词作看,此十子中,沈蔚、吴礼之二家成就较高。兹按此顺序,将两宋浙江婉约词派及其创作情况条叙如下。

钱惟演(962—1034),字希圣,临安人。吴越王钱俶之子,随父归宋,为右屯卫将军。召试学士院,真宗称赏,改太仆少卿。献《咸平圣政录》,命直秘阁,预修《册府元龟》,与杨亿分别为之序。除司封郎中、知制诰,迁给事中,知审官院。大中祥符八年,为翰林学士,迁工部侍郎。坐贡举失实,降给事中。复工部侍郎,擢枢密副使,累迁工部尚书。仁宗即位,拜枢密使。初惟演附丁谓逐寇准,后又挤谓以自解,宰相冯拯恶其为人,乃罢职知河阳。逾年,请入朝,加同中书门下平章事,判许州。天圣七年,改武胜军节度使。明年,改泰宁军节度使,判河南。景祐元年卒,赠侍中。初谥思。庆历中,其家人诉于朝,改谥文僖。其著述现存《家王故事》一卷、《玉堂逢辰录》一卷、《金坡遗事》,有《说郛》本。《西昆酬唱集》存其诗47首。《全宋诗》录其诗二卷。《全宋文》收其文 21 篇。《全宋词》录存其词2首。

惟演屡借联姻阿附皇族,名节有失。然生长于豪贵之家,而喜奖掖人才。留守西京时,通判谢绛、掌书记尹洙、留守推官欧阳修、主簿梅尧臣,齐集幕府,皆北宋诗文革新代表人物。惟演博学能文,擅长诗词,为西昆派重要作家,诗文清丽典雅。

惟演词作虽少,却婉转旖旎,情真意切,颇可吟诵。其中《木兰花》一阕已成词史名篇,词曰:

> 城上风光莺语乱,城下烟波春拍岸。绿杨芳草几时休?泪眼愁肠
> 先已断。　　情怀渐变成衰晚,鸾鉴朱颜惊暗换。昔年多病厌芳尊,今日
> 芳尊惟恐浅。

黄升《花庵词选》评此词曰:"暮年之作,词极悽惋。"胡仔《苕溪渔隐丛话》后集卷三十九引《侍儿小名录》云:"钱思公谪汉东日,撰《玉楼春》词,酒阑歌之,必为泣下。"知此词乃钱氏晚年落职后自伤身世之作。按:《玉楼春》又名《木兰花》。钱

惟演与章献太后结为姻亲,太后死,仁宗清除后党势力,钱惟演罢官谪居汉东(今湖北随县)。暮年失意,衰弱无助,故出语凄楚。上片首二句以乐景写哀情,以一"乱"字透露烦乱心绪;三四两句,进一步以大好春色反衬愁苦心情。下片具体表现词人的衰暮之感:首二句写岁月流逝、身体衰老;末二句今昔对比,强调今日之深愁。昔日慎酒厌酒,今为销愁而耽酒醉酒,衰颓怆楚之情令人动容。曾经的煊赫,落职后的孤苦,形成鲜明对比,此词以绮艳之语寄寓政治情怀,颇为委婉沉痛。这也算是人生不幸词家幸吧。

另一首《玉楼春》咏笋词有"嫩似春荑明似玉,一寸芳心谁管束"之句,不但赋形,亦且传神,可谓善咏笋者。

林逋(968-1028),字君复,钱塘人。少孤,刻意为学。景德中,放浪江淮。归,结庐杭州西湖孤山。居二十余年,未尝入城市。逋所居多植梅,尝畜两鹤,纵之,则上干云霄。因谓之"梅妻鹤子"。仁宗闻其名,赐曰"和靖先生"。有《林和靖集》。《全宋词》录存其词3首。其中《点绛唇》一阕最为有名,词曰:

> 金谷年年,乱生春色谁为主?余花落处,满地和烟雨。 又是离
> 歌,一阕长亭暮。王孙去,萋萋无数,南北东西路。

此词与梅尧臣《苏幕遮》(露堤平)、欧阳修《少年游》(栏干十二独凭春),被王国维《人间词话》并称为"咏春草绝调"。通篇咏草而不见一草字,乃以《楚辞·招隐士》之"王孙游兮不归,春草生兮萋萋"为全词主旨,并化用、绾合谢灵运《悲哉行》之"萋萋春草生,王孙游有情"、王维《山中送别》之"春草明年绿,王孙归不归"、白居易《草》之"又送王孙去,萋萋满别情"等诗句、诗意,将春草这一意象所蕴含和象征的离愁别绪,形象而曲折地展示出来。

与《点绛唇》借物传情不同,另一首《相思令》则是直抒离情。词曰:

> 吴山青,越山青。两岸青山相对迎,争忍有离情? 君泪盈,妾泪
> 盈。罗带同心结未成,江头潮已平。

林逋生当北宋初年,作词仍沿袭花间"男子作闺音"的传统。此词借女子口吻,诉说离情别绪。上片用拟人手法,写青山无知,一任离人来往。"争忍有离情",诘问青山,看似无理,而真情浓烈。下片写爱情受挫,被迫分离,自己只能泪眼相送。"江头潮已平",不直言船家报潮,催促登船,而以水涨潮平暗示开船时辰已到,极为含蓄。全词叠句连韵,节奏紧促,回环往复,声情谐美,有一唱三叹之妙,而用语自然淳朴,具有鲜明的民歌风味。

林逋还有一首《霜天晓角》咏梅词,冰清霜洁,当是作者清雅人格的自拟。钱、林二家存词虽不多,而皆极具艺术品格,由此可知宋代浙江婉约词人起点之

高;而清丽多情的特点,已初步显露出来。这种特点,到"八大家"手里,就表现得淋漓尽致了。

舒亶(1041—1103),字信道,慈溪(今属宁波)人,后迁居鄞县(今属宁波)城内月湖锦里桥。筑室名"懒堂",因以为号。早年受学于楼郁。治平二年(1065)进士第一,调临海县尉。熙宁中,为审官院主簿,使熙河括田有功,迁奉礼郎。八年,召为权监察御史里行,加集贤校理。元丰二年,与李定论奏苏轼作歌诗讪切时事,并上其诗三卷,酿成"乌台诗案"。三年,擢同修起居注,改知谏院。四年,权侍御史知杂事,为知制诰,兼判国子监。五年,拜给事中,权直学士院,为御史中丞。六年,以奏事诈伪,追两秩,勒停。废斥十余年,绍圣元年,始复通直郎,管勾洞宵宫。崇宁初,起知南康军,改知荆南府,进龙图阁待制。二年卒,年六十三,赠直学士。舒亶善属文,尤工诗词,以其人品卑下,故多不传。著有文集一百卷,久佚。民国张宗祥辑有《舒懒堂诗文存》三卷、补遗一卷,收入《四明丛书》。刘毓盘有《辑校舒学士词》一卷。《全宋词》录其词51首。

舒亶虽然人品有亏,而文学才能极高。其词学《花间》,多交游、艳情、咏物、写景之作,风格近似秦观,亦每有仿佛欧阳修者。构思精巧,抒情细腻,意境优美;又常运用白描手法,直抒其情,显得清新自然,明白晓畅。不足之处在于气魄不大,格局偏小。故王灼《碧鸡漫志》卷一评曰:"思致妍密,要是波澜小。"

舒亶最传诵的词作,大多集中在交游题材上。其中最为人称道的作品当是下面这首《菩萨蛮》:

画船槌鼓催君去,高楼把酒留君住。去住若为情,西江潮欲平。 江潮容易得,只是人南北。今日此尊空,知君何日同?

词人借江潮写别情,比拟新鲜,而又贴切自然,更为难得的是写景抒情融为一体,借江潮将离别时的怅惘不安展露无遗,而"君"与"江潮"的重复,"催"与"留"的矛盾,以及"容易"和"只是"的无奈、"今日"与"何日"的期待,则进一步突出了情意的真挚、深长,同时也使作品在一定程度上具有了纯朴、缠绵的民歌风味。

《虞美人·寄公度》也是一首情景交融、情真意切的交游词。词人写道:

芙蓉落尽天涵水,日暮沧波起。背飞双燕贴云寒,独向小楼东畔倚阑看。 浮生只合尊前老,雪满长安道。故人早晚上高台,赠我江南春色一枝梅。

公度,即黄公度(1109—1156),字师宪,号知稼翁,莆田(今属福建)人。与舒亶为友人。此词上片写日暮登楼所见,下片写念远怀人之情,并借南朝宋陆凯折梅题诗寄赠范晔的典故,写出朋友之间互相珍重的情谊。更妙的是,这个典故,还跟

当初在钱别酒会上与朋友分题赋诗的往事相切合。且看《蝶恋花·置酒别公度,座间探题得"梅"》:

> 雪后江城红日晚。暖入香梢,渐觉玲珑满。仿佛临风妆半面,冰帘
> 斜卷谁庭院?　折向樽前君细看。便是江南,寄我人还远。手把此枝
> 多少怨?小楼横笛吹肠断。

可见折梅的典故,在这里是具有虚与实、普遍与特殊的双重涵义的。

《菩萨蛮·次莹中元归韵》则融情于景,以景带情,浑然天成,亦是上上之作。词云:

> 白蘋洲渚垂杨岸,藕花未放青蒲短。斜日画船归,背人双鹭飞。　醉
> 眠金马客,不道风尘隔。红影上窗纱,小庭空落花。

此外,像"明朝便恐各风烟。江山如有恨,桃李自无言。"(《临江仙·送鄞令李易初》)"一回别后一回老,别离容易相逢少。莫问故园花,长安是君家。"(《菩萨蛮·送奉化知县秦奉议》)"两堤芳草一江云,早晚是、西楼望处。"(《鹊桥仙·吕使君饯会》)也都是同类作品中读之令人心旌摇荡、齿颊生香的佳句。

从以上几首交游词,不难发现,舒亶写友情,从不作解释和议论,而是渲染、烘托、直陈;景美、情深、心曲、调婉、体轻,加上一层淡淡的惆怅和伤感,让读者情不自禁地受到感染,融入情境,情思飞扬。所以,虽然是交游的题材,友谊的主题,但仍写得含思婉转,清丽缠绵,走的仍是《花间》、永叔和少游的路线。

当然,也稍有例外。比如《一落索·蒋园和李朝奉》一阕,就以解释和议论取胜。词云:

> 正是看花天气,为春一醉。醉来却不带花归,诮不解、看花意。　试
> 问此花明媚,将花谁比?只应花好似年年,花不似、人憔悴。

词人写赏花活动以及惜花心理,句句不离花,又句句是在写人,惜花实即惜人。作者用质朴自然的语言,直抒从赏花中悟来的人生哲理,不但词旨脱俗,而且饶有生活情趣。更为难得的是,作者语语含情,而思致曲折,将好花常在与人之易老对比,突出了作者对生活和人生的热爱和珍惜;自然,友人和友情也在其中。

友情之外,艳情也是作者擅长的题材。其中最为人称道的是下面这首《蝶恋花》:

> 深炷熏炉扃小院。手拈黄花,尚觉金犹浅。回首画堂双语燕,无情
> 渐渐看人远。　相见争如初不见。短鬓潘郎,斗觉年华换。最是西风
> 吹不断,心头往事歌中怨。

清人丁绍仪《听秋声馆词话》卷一评末二句云："纵不识字人,亦知是天生好语。"

同样是"天生好语"的作品还有《木兰花》(金丝络马青钱路)和《菩萨蛮·别意》。先看《木兰花》:

> 金丝络马青钱路,笑指玉皇香案去。点衣柳陌堕残红,拂面风桥吹细雨。　晓钗压鬓头慵举,恨里歌声兼别苦。西湖一顷白菱花,惆怅行云无觅处!

上片末二句写景,清丽生动;下片末二句寓情于景,明艳而余韵袅袅。再看《菩萨蛮》:

> 江梅未放枝头结,江楼已见山头雪。待得此花开,知君来不来。　风帆双画鹢,小雨随行色。空得郁金裙,酒痕和泪痕。

从措词看,词作的主人公当是一位风尘女子。上片写别后女子的思念。她时常伫倚江楼,从冬等到春,从江梅含苞等到完全绽放,可是仍然没见到心上人。下片回追写别时女子的悲伤。霏霏细雨中,行人乘船远去,只有郁金裙上的酒痕与泪痕,来陪伴她了。妓情词而能如此纯真、含蓄而优美,实不多见。清人王士禛《花草蒙拾》深为叹赏,以为末二句"能杀王龙标"[①]。

以景寓情,是词家惯用手法,但真正能做到像王国维《人间词话》卷下所言"一切景语皆情语"的却很少。舒亶即其一。即便是命题咏物之作,也不例外。如《卜算子·分题得苔》:

> 池台小雨干,门巷香轮少。谁把青钱衬落红,满地无人扫。　何时斗草归,几度寻花了。留得佳人莲步痕,宫样鞋儿小。

此词名为咏"苔",却全用侧面描写和旁衬的手法,尽写苔地上的种种美好。

两宋浙江婉约词派八大家的第二位是毛滂。

毛滂(1060－1124后),字泽民,号东堂居士,衢州江山人。毛维瞻子,元丰七年,以荫入官,为郿州县尉。元祐中,苏轼守杭,滂为杭州法曹,以词受赏于苏轼。旋改饶州法曹。元符元年,知武康县,改建县令舍"尽心堂"为"东堂"。崇宁初,因曾布援引,擢删定官,为言者所论,罢。二年进《恢复河湟赋》,屡次上书蔡京,多干谒之词。大观中居杭州。政和四年,以祠部员外郎假守秀州。宣和六年后,踪迹不可考。有《东堂集》。今存词204首,在两宋浙江词人中名列第五,仅次于吴文英(341首)、张炎(302首)、吴潜(256首)和陈允平(209首)。

---

① 见王士禛撰《花草蒙拾》"舒亶词语"条。唐圭璋《词话丛编》本,第678页。

与舒亶类似,毛滂也是一个品节有亏而文采出众的人物。诗、文、词俱佳,词名尤盛。有意思的是,"其诗有风发泉涌之致,颇为豪放不羁,文亦大气盘礴,汪洋恣肆,与李廌足以对垒,在北宋之末,要足以自成一家"①,而其词则亦与秦观为近。盖其词体观念使然耳。

毛滂存词数量丰富,取材也较广泛,内容涉及祝颂、咏物、交游、节序、写景、艳情、闲适、闲愁、羁旅、故事等等,且每得佳作,饶有情韵,婉丽可诵。试举例略为说明。

先来看他的艳情词。在东堂词中,《惜分飞·富阳僧舍作别语,赠妓琼芳》一阕,传诵最广,是词史上的名篇。词云:

> 泪湿阑干花著露,愁到眉峰碧聚。此恨平分取,更无言语空相觑。 短雨残云无意绪,寂寞朝朝暮暮。今夜山深处,断魂分付潮回去。

据周烨《清波杂志》卷九记载,"元祐间,罢杭州法曹,至富阳,所作赠别也。因是受知东坡。语尽而意不尽,意尽而情不尽,何酷似少游也。"苏轼与滂父维瞻交好,识滂于少年,曾以"文章典丽可备著述"举荐于朝。但正如周烨所言,此词有传情婉曲、含蓄不尽之妙,逼似秦观的同类作品。上片化用前人词句,用比兴象征手法,写临别时对方的悲愁情态。下片则写词人于深山僧舍思念对方,缠绵执著的痴情借助奇幻的想象,表现得深挚动人。"今夜山深处,断魂分付潮回去",已成言情名句。笔者以为,言情之作能成名篇,当在所言之情真挚深刻,情到深处,往往便有妙思佳句。毛滂晚年重经富阳,追念往事,又写了一首《菩萨蛮》,词云:"春潮曾送离魂去,春山曾见伤离处。老去不堪愁,凭阑看水流。 东风留不住,一夜檐前雨。明日觅春痕,红疏桃杏村。"可见词人年轻时的这段恋情是相当深挚的。

东堂词中太多祝颂之作,更让人生厌的是,有不少谀颂蔡京之作。不过,荆榛蔽芾,亦产兰蕙。像《摊破浣溪沙·天雨新晴,孙使君宴客双石堂,遣官奴试小龙茶》,虽为交际场中的应酬祝颂之词,却写得光风霁月,清新飘逸。词云:

> 日照门前千万峰,晴飘先扫冻云空。谁作素涛翻玉手?小团龙。 定国精明过少壮,次公烦碎本雍容。听讼阴中苔自绿,舞衣红。

词序中的"孙使君"名孙贲,字公素,时知衢州。开篇二句写风过云散、阳光灿烂、群峰峥嵘之景,气势磅礴,境界高远,读之使人心胸开张,也为全篇定下雄丽而清朗的格调。紧接着写孙贲命人冲泡名茶小团龙盛情待客的情景,欢愉生动。下片是对主人的夸赞。作者借用于定国、盖宽饶两位贤能风雅的汉代名臣来与孙

---

① 《钦定四库全书总目》卷一百五十五。

贲类比,称颂孙贲不但才能出众,而且风流儒雅。末二句写孙贲政事清明、甚少讼事,故庭生青苔,公余则以歌舞遣兴娱宾。相传西周时召公巡行乡邑,听讼于甘棠树下,后世遂有"棠阴"的典故,"听讼阴中"之"阴"即本于此。但词人在这里化虚为实,言孙贲治郡有方,民无争讼,故草生阶庭。同时,"苔绿"又与下文"衣红"相对,虚实结合,色泽明丽,雍容风流,清朗宜人,潇洒醉人。周笃文、王玉麟二先生说此词"起得高阔,结得清朗,笔致飘逸圆润,虽为应酬之作,却无尘俗气息"①,所评甚是。

再看一首节序词,调寄《临江仙》。词云:

> 闻道长安灯夜好,雕轮宝马如云。蓬莱清浅对觚棱。玉皇开碧落,
> 银界失黄昏。　谁见江南憔悴客,端忧懒步芳尘。小屏风畔冷香凝。
> 酒浓春入梦,窗破月寻人。

此词题为"都城元夕",上片写都城元宵的热闹繁华景象,"玉皇"二句概括得气度恢宏,凝练精警。下片写词人失意落寞的处境和心绪。元宵是宋朝三大节日之首,其繁华和热闹可以想见;但词人身在都城,却懒得出去赏玩,足见其情绪之低落。开篇的"闻说"已揭示在先,这里的"谁见"又强调在后,"憔悴"、"端忧"和"懒"则是坦陈了。"小屏风"一句,进一步细写自己住所的冷清孤寂。此种情形,端的如朱自清先生名文《荷塘月色》所云:"热闹是他们的,我什么也没有。"倘如此结束,便庸常无奇了。此词能成佳作,主要得力于末二句。一个人孤独凄清,只能借几杯闷酒催人梦乡,在短暂的梦境里寻求片刻的慰藉;似乎只有月亮还记得这里住着一个落魄的游子,它穿过残破的窗户,挪移着照在床前。这是典型的以乐景写哀情,难怪柯寓匏要感叹:"真词家佳境也。"②此外,《玉楼春·立春日》也是一首状景细腻贴切、格调清雅洒脱的节序词。

写景词里的佳作也不少,可以《烛影摇红·松窗午梦初觉》、《感皇恩·镇江待闸》和《阮郎归》(雨余烟草弄春柔)为代表。且看《烛影摇红》一阕:

> 一亩清阴,半天潇洒松窗午。床头秋色小屏山,碧帐垂烟缕。　枕
> 畔风摇绿户。唤人醒、不教梦去。可怜恰到,瘦石寒泉,冷云幽处。

《钦定四库全书总目》以为毛滂词"情韵特胜",先著《词法辑评》卷一以为其词"清超绝俗",陈廷焯《白雨斋词话》卷一则以为"毛泽民词,意境不深,间有雅调"。这首词可资证明。夏日炎炎,词人高卧松窗之下,清凉惬意,情由境生,词从心发。

---

① 《唐宋词鉴赏辞典(唐·五代·北宋)》第1072页,上海辞书出版社1988年。
② (清)张宗橚《词林纪事》卷七引,第479页。

上片写景，"清"、"潇洒"二语已露喜悦之色，"垂烟缕"一语更是幻境之浮想。如此佳处，正宜睡梦。果然，下片言情，便借清梦，手法自然又高妙。更妙的是不写梦境，而写风摇绿户唤人醒来时，其人方到"瘦石寒泉，冷云"之最美好的"幽处"！如此制作，只能用"韵"、"清"、"雅"三字来概括了。

《感皇恩·镇江待闸》与《烛影摇红》在风格上有类似之处，尤其是上片的写景："绿水小河亭，朱阑碧甃。江月娟娟上高柳。画楼缥缈，尽挂窗纱帘绣。月明知我意，来相就。"而"明月"二句，显然与上引《临江仙》"窗破月寻人"，颇可类比。

闲适之作可以《浣溪沙·泛舟》为代表。词云："银字笙箫小小童，梁洲吹过柳桥风。阿谁劝我玉杯空？　小醉径须眠锦瑟，夜归不用照纱笼。画船帘卷月明中。"轻捷明快，酣畅放旷，有春风得意之趣。结句"画船"二结句尤为峻洁，已成传诵众口的名句。

顺便指出，以上四首词，在意境的营造，尤其是句法上的"灵活"变化，似乎给稍晚的吕本中不少启发，并在后来的杨万里那里得到更多演示。

闲愁之作可以《玉楼春·立春日》为例。　词云："小园半夜东风转，吹皱冰池云母面。晓披阊阖见朝阳，知向碧阶添几线。　小烟弄柳晴先暖，残雪禁梅香尚浅。殷勤洗拂旧东君，多少韶华聊借看。"上片首二句化用前人而清新活泼，下片首二句赋物平常而体察敏感、细微，都颇耐人咀嚼。

《玉楼春·至盱眙作》则可为羁旅词的代表作。兹录如下：

> 长安回首空云雾，春梦觉来无觅处。冷烟寒雨又黄昏，数尽一堤杨柳树。　楚山照眼青无数，淮口潮生催晓渡。西风吹面立苍茫，欲寄此情无雁去。

盱眙，县名，今属江苏，位于洪泽湖西南淮河口上。从词序和首句看，本篇当作于东归途中；味词意，可能是作者晚年仕途偃蹇时的作品。词中充满凄清、匆促、渺茫、无助之感，很能感动人。

最后，值得一提的是，东堂词中有一组《调笑》联章词，大约作于元祐中后期游汴京之时，分咏八个美女故事，由八首《调笑》加二首《破子》构成，形式完整，是研究宋代戏曲尤其是"调笑转踏"的宝贵资料。

第三位是陈克。

陈克(1081－?)，字子高，自号赤城居士，台州临海人，后侨寓金陵。绍兴四年，吕祉帅建康，辟为都督府准备差遣，敕令所删定官。与建康通判吴若一起，撰《东南防守便利》三卷，略谓"立国东南，当联络淮甸荆蜀之势"，吕祉上奏朝廷，惜不用。绍兴七年六月，随吕祉去淮西庐州(今安徽合肥)抚军。八月郦琼叛宋降刘豫,吕祉遇害。陈克坐是被送吏部,责远小监当。御史石公揆论克每为夸大无稽之语,吕祉信之,置之幕中,凡祉失军情者,皆克所为,故有是命。后以光禄寺丞致仕。或谓克死于兵变,为国捐躯。果如是,则陈克乃两宋之交唯一为国捐躯的著名词家。陈克诗词俱工,其词尤为世所重。有《天台集》,已佚。赵万里辑《赤城词》一卷。朱德才《增订注释全宋词》录其词55首。

陈克的词,颇受前人好评。陈振孙《直斋书录解题》卷二十一谓其"诗多情致,词尤工",卷二十一又谓"词格颇高,晏、周之流亚也"。清人周济《介存斋论词杂著》则认为其词"格韵绝高","以方美成,则又拟于不伦。其温、韦高弟乎?比温则薄,比韦则悍,故当出入二氏之门"。此前明人杨慎《词品》卷四亦谓其词"甚工致流丽"。清人陈廷焯《云韶集》卷四亦云"子高词规模五代,而能得其神髓",《白雨斋词话》卷一又云"陈子高词婉丽闲雅,暗合温、韦之旨",且以为"晁无咎、毛泽民、万俟雅言等远不逮也"。而李慈铭《越缦堂读书记》八《文学》四干脆称其词"皆清绮婉约,直接《花间》,在北宋诸家中,可与永叔、子野抗行一代",至云"吾浙称此事者,莫之先矣"。可见前人对陈克的评价基本一致,即认为其词深得《花间》和北宋婉约词的神韵。

事实正是如此。赤城词中最为传诵的作品,大多是承接《花间》、晏欧而来的婉丽篇章。先来看他这首最为著名的《菩萨蛮》:

> 绿芜墙绕青苔院,中庭日淡芭蕉卷。蝴蝶上阶飞,烘帘自在垂。 玉钩双语燕,宝甃杨花转。几处簸钱声,绿窗春睡轻。

此词写少妇绿窗春睡,题材平常,却深得历代词家好评,个中原因在于造境的深细灵动。深细源自景物的静谧幽深和闺妇由春思而生的敏感,灵动则主要源自写作上的以动衬静和闺思的点到即止。上片写庭院之幽静,以绿芜、苔绕、日淡、蕉卷、蝶飞、帘垂等悄无声息但又自在活动的物态,进行烘托,更显幽静。下片写闺房之幽静,除继续以"杨花转"这个无声的物态进行烘托外,主要是以"双语燕"、"簸钱声"两个声响来反衬。闺妇春思睡浅,幽静正宜;而动自生发,春睡乃轻。不过,究其实,春思才是睡轻的根本原因;否则,纵有几声燕子的呢喃,铜钱的叮当,也不会惊扰沉睡之人。末句只言"春睡轻",写闺妇似睡非睡、朦朦胧胧,点到为止,既将两层意思都概括进来,又委曲带过,显得十分轻灵,引人绮思,"殊觉其香蒨"[①]。

---

① 张宗橚《词林纪事》卷十引卢祖皋语。卢氏此语同时评二词佳句,另两句是《谒金门》中的"檀炷绕窗灯背壁,画檐残雨滴"。

如果说这首《菩萨蛮》还比较含蓄,更多北宋风味;那么,下面这首《谒金门》就是典型的《花间》情调了。词云:

> 愁脉脉,目断江南江北。烟树重重芳信隔,小楼山几尺。　细草孤
> 云斜日,一向弄晴天色。帘外落花飞不得,东风无气力。

词写闺妇于暮春时节因登楼远望,而烟树重遮,小山阻隔,无法纵览江南江北,所见惟有近前的细草、孤云、斜日和落花,内心于是更加寂寞愁苦。雨过天晴,风和日丽,只能徒增烦恼而已。开篇“愁脉脉”一语,是全词的统领和主旨,它既是登高望远的起因,更是期待无望的结果。愁怨、迷茫、柔弱的格调,自与《花间》连续;而词中白描的手法,深长的情感,晓畅的语言,又颇似孙光宪。此外,全词除首句外,通篇皆以含情之景语进行烘托,亦显然是《花间》的遗风余响。陈克身当两宋之交,目睹时艰,历经国难和个人挫折,或许因为这些原因,他才在晚唐五代词人那里找到共鸣,并有意效仿。

下面这首《浣溪沙》也深受读者喜爱。词云:

> 窗纸幽幽不肯明。寒更忍作断肠声。背人残烛却多情。　合下心
> 期唯有梦,如今魂梦也无凭。几行闲泪莫纵横。

这首闺情词,比起前两阕,感情更显深挚热烈,表达也更流畅。上片写寒夜难眠,主人公暗自伤神;下片写相思无望,终至热泪纵横。“合下”二句,凄苦不忍卒读。

作者表现闺情的技巧是非常高明的。有时,甚至全凭意象来显示。且看《豆叶黄》:

> 秋千人散小庭空,麝冷灯昏愁杀侬。独有闲阶两袖风。月胧胧,一
> 树梨花细雨中。

白天时有伙伴嬉戏,尚能暂缓思念的痛苦;一俟人散庭空,夜晚降临,愁如之何!惟有长久的伫立,直到“灯昏”,直到“月胧胧”,直到“细雨”无声地落下。庭院和夜晚虽然还是那么美,但由于女主人公深受相思的煎熬,于是美景也变得凄清迷茫了。末句细雨中的梨花那清丽的形象,分明就是沉浸在无边思念中的这位女子了。

以上几首是闺情词,再来看艳情词。冶游是《花间集》的常见题材,赤城词亦如此。这类词中最有影响的是下面这首《菩萨蛮》:

> 赤阑桥尽香街直,笼街细柳娇无力。金碧上青空,花晴帘影红。　黄
> 衫飞白马,日日青楼下。醉眼不逢人,午香吹暗尘。

此词上片写繁华艳丽的长街景象,下片写贵公子骑马狎妓及其骄横姿态。题材艳俗,而表达蕴藉风流。末二句写贵游公子骄横情形,暗用李白《古风》"大车扬飞尘,亭午暗阡陌"诗意,对其进行讽刺,又使其与一般的艳情词区别开来,反映出作者高于一般艳情词人的地方。

通读陈克现存词作,可以发现作者的用情极为深挚,使得他的艳情词少了轻浮浪荡习气,而多了几分对女性的尊重和关心。如《清平乐·怀人》:"枕边清血,梦好离肠切!笑倚柳条同挽结,满眼河桥烟月。莺啼新晓璁珑,罗窗寂寞春空。只许梦魂相近,此生枉是相逢。"作者还有另一首题作"秋夜怀人"的《临江仙》,从具体内容看,与《清平乐》所怀恐系同一人,是作者偶然相识的一位女子。其情若用作者另一首怀人词《鹧鸪天》中的句子来表达,便是:"赤栏干外梨花雨,还是去年寒食心。"

由于作者经历了靖康之难,目睹了战乱给国家和人民带来的深重灾难,并积极投身抗战事业,所以陈克的词也表现出对国家前途和个人命运的关注和忧虑。比如《临江仙》写金兵南侵的残酷现实和词人饱受丧乱的凄苦心情:

> 四海十年兵不解,胡尘直到江城。岁华销尽客心惊。疏髯浑似雪,衰涕欲生冰。　送老斋盐何处是,我缘应在吴兴。故人相望若为情。别愁深夜雨,孤影小窗灯。

此词自建康寄湖州友人,盖作于绍兴四年(1134)。自宣和七年(1125)金兵侵宋,已届十年。时金兵攻滁州,逼迫建康。陈克写此词时已53岁,进不能兼济天下,退又实在割舍不下,此词表达的正是这种矛盾、痛苦的心情。上片首二句点明形势,饱含愤怒与谴责;次三句写光阴虚度,不能报效国家的悲凉。达则兼济天下,穷则独善其身,自寻归宿。下片首二句抒发的即是退隐情怀。只是身易退而情难抑,下片末三句乃悬想退隐后的孤愁寂寞处境。全词吞吐掩抑,低徊往复,承接严密,形象突出,耐人咀嚼,允称佳作。

有时,陈克甚至直接表现底层人民的辛劳。如《虞美人·张宰祈雨有感》词云:

> 踏车不用青裙女,日夜歌声苦。风流墨绶强跻攀,唤起潜蛟飞舞、破天悭。　公庭休更重门掩,细听催诗点。一尊已咏北窗风,卧看雪儿纤手、剥莲蓬。

虽是应酬之作,但客观上反映了老百姓生计的艰难,并在两种不同生活的对比中得到强化。从这类词作中,不难看出作者对国计民生的深切关注。这也是陈克区别于一般婉约词家的高卓之处。

第四位是吕本中。**吕本中**(1084－1145)，初名大中，字居仁，号紫微。祖籍寿州(今安徽寿县)，后居开封(今属河南)，南渡后家婺州(今金华)，本书遂目为浙江词家。曾祖吕公著、父吕好问俱为名臣。本中少从理学家杨时、游酢、尹焞游，以公著遗表恩授承务郎。元符中，为济阴主簿、秦州士曹参军，辟大名府帅司干官。宣和六年，除枢密院编修官。靖康初，迁职方员外郎，直秘阁，主管崇道观。绍兴六年(1136)，特赐进士出身，擢起居舍人兼权中书舍人。七年，主管太平观，召为太常少卿。上奏陈恢复事业，主张练兵谋帅，增师守淮甸，使江南先有不可动之势，然后伺机出击。八年，迁中书舍人，兼侍讲，兼权直学士院。因忤秦桧，且与赵鼎友善，桧讽御史劾罢之，提举太平观。绍兴十五年，卒于上饶，年六十二，谥文清，学者称东莱先生。史称其才猷可以经邦，风节可以厉世。本中为江西派诗人，诗法出黄庭坚。尝作《江西诗社宗派图》，列陈师道以下二十五人，且以己殿其末。其《紫微诗话》、《童蒙训》论诗之语，皆有精诣。《东莱诗集》有乾道二年曾几后序、庆元二年陆游序，可见其诗学渊源。亦善作词，近人赵万里《校辑宋金元人词》辑有《紫微词》一卷，《全宋词》据以录其词27首。

吕本中所作，多为令词，主要内容是离愁别绪、春花秋月，故其主导和主体风格，仍是花间和宋初的余波，但受其诗学观和时代精神的影响，较花间、宋初更为清新峻洁。且以下面这首《采桑子》为例：

　　恨君不似江楼月，南北东西。南北东西，只有相随无别离。　　恨君却似江楼月，暂满还亏。暂满还亏，待得团圆是几时？

此词上下片分别借月之"普照"和"圆缺"两大特征，正反设喻。上片言对方不似明月能处处随人，常相陪伴；下片言对方又如明月，短暂的团圆之后依然是漫长的分离。两个比喻看似矛盾，实则相反相成，对立统一，从不同角度写尽女主人公因离别难逢而思极生恨的缠绵恋情。全词构思新巧，结构单纯，语浅情深，极具民歌韵味；而重叠、复沓和对比手法的运用，使之更富有回环往复的音韵美。新巧的构思，单纯的结构，清浅的语言，也使词作具有了一般闺情词所没有的清峻、活脱。

与《采桑子》主题、风格都比较接近的还有《踏莎行》梅词，词曰：

　　雪似梅花，梅花似雪，似和不似都奇绝。恼人风味阿谁知，请君问取南楼月。　　记得去年，探梅时节。老来旧事无人说。为谁醉倒为谁醒，到今犹恨轻离别。

此阕借咏梅怀人，同样以巧思见长，但传情更为含蓄潜藏。上片首三句言梅雪相映，景致奇绝；后二句笔锋一转，写主人公见梅而生恼，撩起无限心事，且言有明月作证,设下伏笔。下片方告知梅之恼人的缘由。原来是去年梅绽时节,曾与那人一同月下赏梅。美好总是短暂的。多少年过去了,心里珍藏着的那份记忆,向谁诉说? 只能时常借酒浇愁,悔恨当初就那么轻率地离别了。词中的梅花只是一个线索,一个寄托,言情才是本篇的主旨。主人公则可男可女,不必固执;但从用语和行事看,似乎更像是男子。

这样的例子还有不少。比如《减字木兰花》:

> 去年今夜,同醉月明花树下。此夜江边,月暗长堤柳暗船。　故人
> 何处? 带我离愁江外去。来岁花前,又是今年忆去年。

上片追叙去年某夜分别情景,江边渡头,月明花树,彼此同醉,黯然神伤。下片前二句紧承故人乘船远行而来,写自己江边伫望,思念追随而去。末二句是全词的画龙点睛之笔。追忆之持久不衰,感情之坚贞不渝,由此获得集中而充分的表现。所言可能是爱情,但更像是友情。至情之语每能生哲思而有多解,同样不必拘一。

此外像《采桑子》(乱红夭绿风吹尽)、《清平乐》(故人何处)、《生查子》(残春雾雨余)、《浪淘沙》(柳色过疏篱)、《清平乐》(柳塘新涨)等阕,皆风情旖旎不减花间,而工稳清润则有过之。

说罢私情,再言公心。下面这首《南歌子》是紫微词里最有时代精神的名篇。词云:

> 驿路侵斜月,溪桥度晓霜。短篱残菊一枝黄,正是乱山深处、过重
> 阳。　旅枕元无梦,寒更每自长。只言江左好风光,不道中原归思、转
> 凄凉。

这是作者靖康之乱后流寓江南时所作,故所写虽是羁旅之思,却满含着家国身世之感,成为时代的悲音。上片写旅途所见。首二句乃早行情景,使读者联想起温庭筠《商山早行》诗中的"鸡声茅店月,人迹板桥霜",而题旨亦如温诗开篇所言,乃"客行悲故乡"也。只是吕词所悲故乡又是故国,是沦于敌国而无法回去的地方,故题旨更为重大深远。"短篱"二句,点明已是重阳时节。重阳是把酒赏菊、登高望远、思念故乡和亲朋的日子,而自己只能在乱山深处的旅途中度过,其情之哀可想而知。下片即写其旅思之哀痛。首二句实为互文。旅人无眠,故觉寒夜漫长;而漫漫寒夜,亦易搅破旅人浅睡。但这只是问题的表面。究其根由,乃在故土沦丧,流徙江南。所谓伤心人别有怀抱。末二句终于忍不住将此种深悲隐痛吐露出来,而在表达上又添一层曲折。江南风光美好,历来为生长北方的人所向往。现在词人身在江南,却感受不到喜悦。因为中原沦陷,故土难归,江南

再美,终究不是自己的家园。一念及不能回去的中原故土,凄凉便袭上心头。"只言"是公认,"不道"才是衷情,抑扬之际层递生焉;几重曲折之后,题旨于卒章得到凸显。

这样的深悲隐痛,时时咬噬着作者的心灵,渗透出缕缕殷红。《渔家傲》由眼前牡丹,"记得旧时清夜短,洛阳芳讯时相伴",深感"新来衰病无人管"。《虞美人》写"春风也到江南路",江南也有牡丹,但面对眼前的牡丹,词人却"心情不似少年时",因为他念念不忘的仍是姚黄,"旧时风味老难忘"。这些词作,已走向沉郁和凝重了。

《满江红》(东里先生)一阕,是紫薇词中唯一一首长调,表面上是讴歌寄迹水滨林下、超凡脱俗的隐士,实则夫子自道,最能反映吕本中的精神世界。词云:

> 东里先生,家何在、山阴溪曲。对一川平野,数间茅屋。昨夜冈头新雨过,门前流水清如玉。抱小桥、回合柳参天,摇新绿。　疏篱下,丛丛菊。虚檐外,萧萧竹。叹古今得失,是非荣辱。须信人生归去好,世间万事何时足。问此春、春酝酒何如? 今朝熟。

上片写东里先生的居住环境,清幽宜人;下片主要写东里先生脱俗的胸襟,引人效慕。"叹"和"须信"四句,就是作者由衷的感喟和企羡。全词清润浑成,洵为隐逸词中的佳制。这首词在当时就产生不小影响,直至宋末,陈著仍有和作。胡仔《苕溪渔隐丛话》前集卷五十一即云:"《满江红》一词,吕居仁所作也。余性乐闲退,一丘一壑,盖将老焉。……每一歌之,未尝不击节也。"明人杨慎《词品》卷二谈及此词,亦云:"每独行吟歌之,不惟有隐士出尘之想,兼如仙客御风之游矣。"清人黄苏《蓼园词选》评此词曰:"写村居乐趣,骨秀神清,玲珑高韵,由其天机胜也。朗吟一过,觉陶渊明《归去来辞》后,有此杰作。"

当然,《满江红》毕竟是紫薇词中的别调,吕本中的绝大多数词,诚如王灼《碧鸡漫志》卷二所云,"佳处亦各如其诗"。或如曾季貍《艇斋诗话》所云,"皆精绝","浑然天成,不减唐《花间》之作"。或如清人王奕清《历代词话》卷七引《啸翁词评》所云,"乃工稳清润至此"。总之,吕本中虽然存词不多,但几乎首首可咏,艺术质量非常稳定,自成一家。而其巧思妙语,对后来的杨万里有不小影响,故其词史地位也很重要。

接着讨论吕渭老。

吕渭老,生卒年不详,一作滨老,字圣求,嘉兴人。徽宗宣和末,以诗词闻名。南宋人赵师岩称其诗词"讽咏中率寓爱君忧国意,不但弄笔墨清新俊逸而已。其忧国诗云:'忧国忧身到白头,此生风雨一沙鸥。'又云:'尚喜山河归帝子,可怜麋麂入王宫。'"又《痛伤》诗云:"尘断征车杳,云低房帐深。古今那有此,天地亦何心。"《释愤》诗云:"未湔秽绍血,谁发谏臣章。"可知渭老经历了靖康之难,故诗中多激愤之语。这些诗句,诚如赵师芳《圣求词序》所云:"赤心皆□,诗史气象。"其集中纪年之作,有壬寅(宣和四年,即1122年)所作《水调歌头》。又有甲子(绍兴十四年,即1144年)所作《谒金门·甲子年同寅伯题于壁》,词中有"人已老"、"白发满头愁已到"之语,可知其年岁当与张元干、陈与义、邓肃等人相近。吕渭老尤以词著称,有《圣求词》,共存词134首,《全宋词》据以录入。

在宋代浙江婉约词人中,吕渭老是存词较多的一位。就取材而言,仍以闺情和艳情为主,两类作品即占去近57%的份额。接着是闲愁词,也有14首之多。与陈克、吕本中等人以创作令词为主不同,吕渭老兼擅短调和长调。短调秀逸清新,佳者清丽多情,较多地保存了晚唐和北宋前期令词的风格。由于注重炼句炼字,绘景言情之佳句或有晚唐绝句风味。南渡之际所制短调,亦偶有感慨横生之作。长调则深曲婉丽、精工富艳,与秦观、周邦彦、柳永的同类创作比较接近。总体看,佳制多在短调。也是因为这个原因,笔者将其置于婉约派阵营。

短章佳作有《思佳客》(微点胭脂晕泪痕)、《小重山》(半夜灯残鼠上檠)、《南歌子》(策杖穿荒圃)、《江城子》("晓参垂户宿醒醒"及"闻君见影已堪怜"二阕)、《眼儿媚》(晓钗催鬓语南风)、《扑蝴蝶近》(分钗绾髻)、《一络索》(蝉带残声移别树)、《思佳客》(薄薄山云欲湿花)、《浪淘沙》(凉露洗秋空)、《思佳客》(梦里相逢不记时)、《卜算子》(一日抵三秋)、《豆叶黄》(芰荷香外一声蝉)、《惜分钗》(春将半)、《青玉案》(一尊聊对西风醉)、《好事近》(飞雪过江来)等。长调则有《薄幸》(青楼春晚)、《望海潮》(侧寒斜雨)、《选冠子》二阕、《醉蓬莱》(任落梅铺缀)、《江城子慢》(新枝媚斜日)、《百宜娇》(隙月垂筐)、《鼓笛慢》(拍肩笑别洪崖)、《西江月慢》(春风淡淡)数阕。

兹择其典型而味之。短调言情之作,且先来看这首《小重山》:

> 半夜灯残鼠上檠。上窗风动竹,月微明。梦魂偏记水西亭。琅玕碧,花影弄蜻蜓。　　千里暮云平。南楼催上烛,晚来晴。酒阑人散斗西倾。天如水,团扇扑流萤。

此词小序曰"七夕病中",陈廷焯《别调集》卷二说"病中况味,写来逼真"。其实,生病只是由头,并不是要表现的内容。笔者以为,此词的成功之处,在于它追忆了一段令人心驰神往的爱情故事,其间的美妙并不是情节的曲折动人,而在于采用点染手法,以情布景,以景述情,步步推进,至篇终方拍题。既叙说含蓄,又景色幽美。七夕是有情人相会的日子,而词人却流寓他方,且在病中。病因是否就是离愁不得而知,但离愁确实可以加剧病情。全词虽由病起,竟无一字及病。上片回忆初见那人时情景,但仅有"梦魂"一句,其余全是环境描写。首句言深夜无眠,孤寂凄清。"灯残"既强调深夜,又暗示未眠。"鼠上檠",既写旅舍粗陋,又暗示人物陷入深思,悄无声息。"上窗"二句言窗外风摇竹动,月色朦胧。这样的情境,最易、最宜引发对情事的回忆。果然,"梦魂偏记"的仍是水西亭畔那个明媚的黄昏。夕阳返照,翠竹森森,花草摇曳,蜻蜓飞舞,参加晚宴的客人们陆续来到,在亭畔游赏,虽然作者没有明说,但我们知道那人必在其中。下片紧承上片而来,写天色渐晚,灯烛初上,夏夜晴朗宜人,似乎正为眼前这场晚宴而设。"千里"以下四句,写晚宴开张,友朋欢聚,深夜方散。我们以为作者会像李商隐《无题》诗那样,要借晚宴让两个人"心有灵犀一点通",谁知词人竟只用"酒阑"一句,便将宴会一笔带过。"天如水,团扇扑流萤",原来故事要等散席后才真正开始。整首词,写整个爱情故事,实际上只有最后一句,而且还是借用的!读完全词,我们才明白,词人所写,就是当初的相见和相识。手法非常含蓄,点到即止。"千里"句用王维《观猎》诗,如同己出,状晚景境界高远,气象不凡,也暗示人物开朗的心胸。末二句方将席间遇见并钟情的女子托出,以特写镜头凸显其活泼可爱的姿态。"天如水"句高阔,与"千里"句呼应,写得遇美女时的喜悦,末句用杜牧诗句写女子的天真活泼,惹人怜爱。全词看似浅近简洁,其实构思精巧,剪裁讲究,虚实动静结合,以叙述和描写实现抒情的目的,实为言情的上乘之作。

再看一首《惜分钗》:

> 春将半,莺声乱,柳丝拂马花迎面。小堂风,暮楼钟。草色连云,暝色连空。重重!　秋千畔,何人见,宝钗斜照春妆浅。酒霞红,与谁同。
> 试问别来,近日情悰。忡忡!

《惜分钗》一调仅见于《圣求词》,共两阕,当是吕渭老的自度曲,兹取其一。词调韵脚繁密,节奏紧促,而流走自如,韵律谐美。"重重"、"忡忡"二叠音,既可足韵,又能切意,尤为精彩。杨慎《词品》卷五、卓人月《古今词统》卷九、潘游龙《古今诗余醉》卷四,都曾给予好评。吕词的当行本色由此可见一斑。就词意看,此词所写也是一段难以忘怀的艳情。上片写如今的相思落寞情怀。仲春时节,莺歌燕舞,花遮柳护,正是冶游天气,可马背上的主人公却无心游玩,只是信马由缰,一任春光流逝,直到晚风乍起,暮钟敲响。举目远望,草色无边,暝色四垂,重重叠叠,令人更加郁闷。上片写出了一种浓稠的春愁,但并未指示其缘由,读者也许以为只是一般的伤春情绪。其实不然。看完下片,读者便可知道,春愁实由怀人而起;所怀之人,乃一美丽风流的女子。"秋千"三句,写女子春日秋千嬉戏,淡施粉黛。此为初见。"酒霞"二句,写女子酒后面若桃花,娇艳动人。此为深交。而就人物刻画看,前者写冶容,后者写艳态。如此美丽风流的女子,词人自然欲长相厮守了;一旦别离,伤如之何!"试问"三句即以设问句式,写离愁别绪扰人日盛,不能安宁。此词影响深远。《钦定四库全书总目》卷一百九十八《圣求词》条即以为陆游《钗头凤》词,实因《惜分钗》旧调而变平仄相间为仄韵相间耳"。

《圣求词》善于言情,而动人篇章多为相思怀人之作,是追忆而非直陈。下面这首《思佳客》也是一首极沉挚委曲之章。词云:

> 梦里相逢不记时,断肠多在杏花西。微开笑语兜鞋急,远有灯光掠鬓迟。　辞永夜,失深期,一枝黄菊对伤悲。夜凉窗外闻裁剪,应熨沉香制舞衣。

此词最令人过目不忘之处,在于细节和动作的描写。上片首二句言为伊魂牵梦绕,三四句写女子活泼可爱的姿态,实乃相思之缘由。"微开"二句是互文,写词人远远看见、听见女子一边和人说笑一边着急地弯腰拔鞋,直起腰来又用手指理一理鬓发的情形,敏锐地捕捉到最富女性韵味的生活细节并用非常精当的语言表达出来,给人以鲜明而深刻的印象。这是写女子的娇美,下片则写女子的才艺和辛劳。首三句交代与恋人的分别,进一步形容其痛苦。末二句则以女子灯下裁制舞衣,侧面表现女子的才艺和生活的艰辛,让人倍觉温暖和深挚,颇有古乐府的情味,显得格调高古。清人李调元《雨村词话》卷二评此词曰:"调高韵浑,不易得也。'兜鞋'句尤妙。"基本道出了此词的特点。

吕渭老的情词,并不将情事的叙述作为重点,它们最想表现的是别后深深的思念。至于所怀之人,往往仅用三言两语,至于片言只语,便将其最令人不能忘怀的美好勾勒出来。上举三阕都有此特点。有时,甚至并无一语涉及所怀之人,但相思之情照样让人感动。如《一落索》云:

> 蝉带残声移别树。晚凉房户。秋风有意染黄花,下几点、凄凉雨。　渺渺双鸿飞去。乱云深处。一山红叶为谁愁,供不尽、相思句。

此词寓情景中,以景传情,末句的"相思"方透露出题旨。句句是景语,又句句是在写情,环环催逼,令人抑郁难当。用"一山红叶"为愁着色,意象鲜明而意蕴深沉。盖"红"乃秋魂,是不灭的热情的象征。故陈廷焯《别调集》卷二评曰:"凄紧!"

《卜算子》也同样是直诉相思之情的佳作,词云:

> 一日抵三秋,半月如千岁。自夏经秋到雪飞,一向都无计。　续续

说相思，不尽无穷意。若写幽怀一段愁，应用天为纸。

此词既有一般吕词情意深切的共性，又自具特色。这就是明白晓畅，语意浅近，而谋篇精巧。上下片词意相连，一气呵成。尤其是末二句的夸张，非常新鲜，又因为有了前面的倾诉而显得十分自然，具有民歌特色，反映出作者多方面的艺术素养。

受其一贯风格影响，吕渭老写亲情，也一往情深，令人沉醉。如《青玉案》云：

> 一尊聊对西风醉，况九日、明朝是。曾与茱萸论子细。江天虚旷，暮林横远，人隔银河水。　碧云渐展天无际，吹不断、黄昏泪。若作欢期须早计。如何得似，鬓边新菊，双结黄金蕊。

细读圣求词，深感其情感投入的真切深挚，艺术追求的精巧自然，组运锻炼，情景交融，佳句迭出。而词中凄美的风景，伤感的情调，迷茫的思绪，精丽的语言，每有晚唐绝句滋味。如《南歌子》词云：

> 策杖穿荒圃，登临笑晚风。无穷秋色蔽晴空，遥见夕阳江上、卷飞蓬。　雁过菰蒲远，山遥梦寐通。一林枫叶堕愁红。归去暮烟深处、听疏钟。

又如《南乡子》：

> 小雨阻行舟，人在烟林古渡头。欲挐一尊相就醉，无由，谁见横波入鬓流？　百计不迟留，明月他时独上楼。水尽又山山又水，温柔，占断江南万斛愁。

此词完全可以紧缩成一首五言绝句："小雨阻行舟，烟林古渡头。无由相就醉，明月独登楼。"当然，吕词中的伤感和愁思，除词家个人因素外，也有时代气候的浸润之功在内。

至于精工微妙、妥贴自然的佳句，则比比皆是。如《思佳客》："江上何人一笛横，倚楼吹得月华生。"《南歌子》："远色连朱阁，寒鸦噪夕阳。小炉温手酹鹅黄。掩乱一枝清影在寒窗。"《蝶恋花》："欲诉春情春不管，风枝雨叶空撩乱。"《江城子》："坐南亭，对疏星。萤光点点，偏向竹梢明。"《眼儿媚》："晓钗催鬓语南风，碧涧小桥通。榆阴短短，露光炯炯，满地花红。"《柳梢青》："五湖自有深期，曾指定、灯花细说。燕子巢空，秋鸿程远，音书中绝。"《卜算子》："要见索商量，见了还无计。心似长檠一点灯，到晓清清地。"这些句子，无论是化用还是自铸，都让人过目不忘，咀嚼不尽。

以上所论为《圣求词》中的短调，而前人似乎更看重长调慢词，以为有周、柳、少游之体态。宋人赵师岁《圣求词序》即云："复得圣求词集一编,婉媚深窈,视美成、耆卿伯仲耳。"明人杨慎《词品》卷一云："圣求在宋人不甚著名,而词甚工。如《醉蓬莱》、《扑蝴蝶近》、《惜分钗》、《薄幸》、《选冠子》、《百宜娇》、《豆叶黄》、《鼓笛慢》,佳处不减秦少游。"《钦定四库全书总目》卷一百九十八亦赞同杨慎的看法。当然,也有不同意见。清人冯煦《蒿庵论词》即云："赵师岁序吕滨老,谓其婉媚深窈,视美成、耆卿伯仲。实只其《扑蝴蝶》近之。上半在周、柳之间,其下阕已不称。"事实上,"周词渊源,全自柳出。……特清真有时意较含蓄,辞较精工耳。"①"屯田胜处,本近清真。"②而周、秦同样有可以排比的理由。"秦少游自是作手,近开美成,导其先路。""周、秦两家皆极顿挫沉郁之妙。"③"秦之长,清以和;周之长,清以折;而同趋于丽。"④可见柳、秦、周三家都有追求清雅典丽、缜密深曲的共同薪向,吕渭老有意向三家学作长调,故其长调往往也写得婉媚深窈。

兹举二曲,以供读者吟赏。《望海潮》词云:

> 侧寒斜雨,微灯薄雾,匆匆过了元宵。帘影护风,盆池见日,青青柳叶柔条。碧草皱裙腰。正昼长烟暖,蜂困莺娇。望处凄迷,半篙绿水浸斜桥。　孙郎病酒无聊。记乌丝醉语,碧玉风标。新燕又双,兰心渐吐,嘉期趁取花朝。心事转迢迢。但梦随人远,心与山遥。误了芳音,小窗斜日对芭蕉。

又《扑蝴蝶近》词云:

> 分钗绾髻,洞府难分手。离觞短阕,啼痕冰舞袖。马嘶霜滑,桥横路转,人依古柳。晓色渐分星斗。　怎分剖?心儿一似,倾入离愁万千斗。垂鞭伫立,伤心还病酒。十年梦里婵娟,二月花中豆蔻。春风为谁依旧?

从叙事、情绪、腔调到修辞,确实都可见柳、秦、周三家的影响。

若要用吕渭老自己的词来评价他的词,则其所写情感故事,不外乎《江城子》所云:"闻君见影已堪怜。短因缘,偶同筵。相见无言,分散倍依然。做梦杨花随去也,妆阁畔,绣床前。　觉来离绪意绵绵。写蛮笺,倩谁传?鱼雁悠悠,门外水

---

①　蔡嵩云《柯亭词论》,《词话丛编》本。
②　冯煦《蒿庵论词》,《词话丛编》本。
③　陈廷焯《白雨斋词话》卷一、卷五,《词话丛编》本。
④　董士锡《齐物论斋文集》卷二《餐华吟馆词叙》影印,上海图书馆藏清道光二十年江阴暨阳书院刻本。

如天。欲上西楼还不忍,难著眼,望秋千。"而其总体特色,亦可用《握金钗》词中的"弦上语,梦中人,天外信"来概括。

当然,毕竟是两宋之交的词人,又有过南渡的经历,无论如何压抑和回避,都难免忧时伤世之情。事实上,词人的忧愤还是这样的深广:"飞雪过江来,船在赤栏桥侧。惹报布帆无恙,著两行亲札。　从今日日在南楼,鬓自此时白。一咏一觞谁共?负平生书册。"(《好事近》)这是作者南渡后写给友人的一首词,胡云翼先生《宋词选》评曰:"词虽简短,忧国和忏悔的心情都表达了出来。"可惜以《圣求词》存量之丰,这样的作品实在太少。

第六位是南宋著名女词人朱淑真。

朱淑真,生活于南宋前期,生卒年不详,号幽栖居士,钱塘(今杭州)人,一说海宁(今属嘉兴)人。出生仕宦之家,其父曾官于浙西。幼聪慧,喜读书,擅丹青,通音律,工诗词,风格幽艳。后由父母做主出嫁,尝从其夫宦游往来于吴越、荆楚间。因与丈夫情趣不合,抑郁寡欢,每临风对月,触目伤怀,一寓于笔墨,故诗词中多忧愁怨恨之语。其诗最早为南宋魏仲恭所辑,计二百余首,题曰《断肠诗集》,且为之序。魏序称朱淑真死后,"其诗为父母一火焚之,今所传者,百不一存"。其词亦大多散佚,至明方单独刻为《断肠词》一卷行世。《全宋词》收其词25首。

朱淑真为宋代屈指可数的女诗人,其诗除多写内心苦闷外,尚有咏史、悯农之篇,成就仅略逊于李清照,而其词的风格和成就亦与其诗相当。朱淑真的词继承晚唐五代词风,又深受秦观、欧阳修等人的影响,形成沉婉凄怆、清切明丽的风格,历代词论家对其词多有褒扬之论。魏仲恭序评其词曰:"清新婉丽,蓄思含情,能道人意中事,岂泛泛者所能及?"明人陈霆《渚山堂词话》卷二云:"清楚流丽,有才士所不到。"陆昶《历朝名媛诗词》卷八云:"朱淑真,浙人,才色清丽,罕有比者。"清人陈廷焯《云韶集》卷十云:"淑真词以情胜,凄艳芊绵,除李易安外,无出其右者。"况周颐《蕙风词话》卷四云:"淑真清空婉约,纯乎北宋。"周庆云《历代两浙词人小传》卷十三云:"淑真词绵渺婉约,极合风人之旨。"笔者以为,《断肠词》是当得起这些评语的。

《断肠词》的内容主要由两部分构成:其一感怀身世,吐露恋情;其二咏物写景,寄寓幽怨。无论是直陈,还是托物,两类词有一个共同的主题,就是自伤自怜。受其不幸婚姻影响,朱淑真的词与其诗一样,大多浸染了或浓或淡的愁苦色调,盖陆昶《历朝名媛诗词》卷八所云"由其怨怀多触,遣语容易也"。唯其皆自肺腑间流出,造语天然,故所存25阕,篇篇可诵,佳作纷呈。兹依题材内容,叙论如下:

朱淑真的感怀言情之篇,集中表达了对爱情的追求以及爱情不能自由和长久的幽怨。这类作品几乎篇篇俱佳,杰作颇多。

且来看朱淑真对爱情的大胆表达。《清平乐·夏日游湖》写道:

> 恼烟撩露,留我须臾住。携手藕花湖上路,一霎黄梅细雨。　　娇痴
> 不怕人猜,和衣睡倒人怀。最是分携时候,归来懒傍妆台。

从内容看,此词所写,当是与情人在湖边的密约偷欢。在封建卫道士眼里,取材已越雷池,而"娇痴""睡倒人怀"具体细节的透露,就更是大胆狂悖了。可见朱淑真对爱情的渴望和勇敢的叛逆精神。词人的感情是健康的,因为它源自对不幸婚姻的抗争。在写法上,此词也非常高明而又自然。全篇"根据情节的自然发展,由湖上漫游的闲适,写到旖旎缠绵的欢聚高潮,再由此甜蜜欢聚,写到分离归家后苦思眷恋、芳心无所安托的低落情绪,把情感的高低起伏,抑扬顿挫,表达得惟妙惟肖。下阕大起大落,凡人难觅仙踪,堪为词家绝境"①。此其一。其二,"娇痴"二句的细节描写典型生动。千情万态括而有之,引人无限绮思,诚可谓风流中经史。吴衡照《莲子居词话》卷二将此词与李清照《浣溪沙》进行比较后说:"易安'眼波才动被人猜',矜持得妙;淑真'娇痴不怕人猜',放诞得妙。均善于言情。"此二句使人联想起北朝民歌《地驱乐歌》:"枕郎左臂,随郎转侧。摩挲郎须,看郎颜色。"但朱淑真表达得更妩媚婉曲,更具概括力。同类题材的作品还有《鹊桥仙·七夕》,写"微凉入袂,幽欢生座,天上人间满意",强烈表达要与恋人"朝朝与暮暮"厮守而不是一年一度相会的愿望。

可惜在《断肠词》中,欢愉之词极少,而更多相思怨别之作。请看《谒金门·春半》:

> 春已半,触目此情无限。十二阑干闲倚遍,愁来天不管!　　好是风
> 和日暖,输与莺莺燕燕。满院落花帘不卷,断肠芳草远。

此词写离愁,既率直又婉曲。仲春,正是一年中最美好的时节,词人却触目伤怀,足见其多愁善感。为遣春愁,倚遍栏干,愁情反转深烈,终于忍不住发出一声诘难:"愁来天不管!"这是绝望者自我哀怜的满腔悲愤。下片所写,便是绝望之余的心灰意冷。风和日暖,春光美好,词人却无心观赏,都白白地让莺燕享受了去。人竟不如鸟雀,何等酸楚!爱情也许正如"满院落花",逃不脱萎谢零落的悲惨命运。可即使闭户垂帘,依然抑制不住思念之情。此词虽短,艺术却非常高明。一

---

① 黄嫣梨著《朱淑真研究》,上海三联书店 1997 年版,第 152 页。

是注意炼字。"闲倚遍"之"闲",以轻松反衬沉重,意味深长。"莺莺燕燕"亦非等闲笔墨,乃暗示鸟雀之成双捉对、两情欢洽,用以反衬自己的孤独寂寞。末句最见功力。通篇言"愁",愁从何来? 开篇的"此情"到底指什么? 又与"莺莺燕燕"有什么相干? 词人一直没有道破。至篇终,读者方才明白:"断肠芳草远。"原来这一切都是词人伤离念远的结果。"芳草远",用《楚辞·招隐士》"王孙游兮不归,春草生兮萋萋"典故,这是因,"断肠"则是果。"断肠"二字缩结全篇,而"芳草远"三字点题。通篇一气呵成,自然浑成,感情深挚、热烈,凄苦动人。

与《清平乐》题材内容相近,而风格更近于《谒金门》,艺术感染力也更强的,则是《江城子·赏春》:

> 斜风细雨作春寒。对尊前,忆前欢。曾把梨花,寂寞泪阑干。芳草断烟南浦路,和别泪,看青山。　昨宵结得梦因缘。水云间,悄无言。争奈醒来,愁恨又依然。展转衾裯空懊恼,天易见,见伊难!

这首词写失恋的哀痛。一段铭心刻骨的恋爱经历,无休止地咬噬着词人的心灵。本是"赏春"时节,满心却是离别的痛苦和无望的思念。以愁心"赏春",自然是满眼哀景。上片写词人借酒浇愁,分别时情景仍历历在目,倍感凄冷哀伤,赏春变成了伤春。下片记梦,使人联想起苏轼的《江城子》(十年生死两茫茫)。"梦因缘"自然是美好的,但春梦既灭,则愁恨转深,当初共枕双栖,而今空衾孤身,哀痛之至,终于长歌当哭,发出"天易见,见伊难"的呼告。《江城子》七三四五言相间,错落有致,婉曲多变;又以两个三言句收拍,顿挫有力。以之来传达哀恸、懊恼和不甘,是非常适宜的。

一如其号与集名所昭示的,《断肠词》乃幽栖人之断肠语,是满页的凄凉与悲伤。因其真切、沉痛,这类词作其实很难轩轾其高下,且录数首以备览。如《生查子》二首写道:

> 寒食不多时,几日东风恶。无绪倦寻芳,闲却秋千索。　玉减翠裙交,病怯罗衣薄。不忍卷帘看,寂寞梨花落。

> 年年玉镜台,梅蕊宫妆困。今岁未还家,怕见江南信。　酒从别后疏,泪向愁中尽。遥想楚云深,人远天涯近!

《西江月·春半》低唱:

> 办取舞裙歌扇,赏春只怕春寒。卷帘无语对南山,已觉绿肥红浅。　去去惜花心懒,踏青闲步江干。恰如飞鸟倦知还。澹荡梨花深院。

《菩萨蛮·秋》二首沉吟：

> 秋声乍起梧桐落，蛩吟唧唧添萧索。敧枕背灯眠，月和残梦圆。 起来钩翠箔，何处寒砧作？独倚小阑干，逼人风露寒。

> 山亭水榭秋方半，凤帏寂寞无人伴。愁闷一番新，双蛾只旧颦。 起来临绣户，时有疏萤度。多谢月相怜，今宵不忍圆。

在朱淑真所有的闺怨词中，传诵最广的是下面这首《减字木兰花·春怨》：

> 独行独坐，独倡独酬还独卧。伫立伤神，无奈轻寒著摸人。 此情谁见？泪洗残妆无一半。愁病相仍，剔尽寒灯梦不成。

此词题旨集中，提举简要，结构紧凑，字句精炼，音韵流转又语意促迫，篇幅虽短，波澜却多，读之令人黯然。首二句五个"独"字，将词人被孤寂和愁怨腌透的心灵刻画无遗，是怨极冲口而出的自诉。现实生活是如此冰冷，词人只能向虚空里寻求慰藉，上片三、四两句即写伫立伤神，至于感觉春寒袭人，真是怎一个"愁"字了得！现代人每言生命中有不能承受之轻，对于淑真女士而言，这不能承受之轻便是一个"情"字。本是多情女子，偏偏嫁非其偶，封建礼法又让她无法挣脱束缚，于是只能终日独自哀愁、以泪洗面。下片"此情谁见"一句，既承接上片的孤独伤神，又兼指下片的以泪洗面，一语双关，衔接巧妙而自然。最后两句，概述与细节相结合，道尽自己孤寂愁病的痛苦生活。

再来看《断肠词》中的咏物、写景之作。现存25首词中，有咏物词7首，桂花词1、梅花词2、梨花词1、月词1、雪词2，代表作则是《菩萨蛮·咏梅》：

> 湿云不渡溪桥冷，娥寒初破东风影。溪下水声长，一枝和月香。 人怜花似旧，花不知人瘦。独自倚阑干，夜深花正寒。

将咏梅与抒情合而为一，咏梅即自诉。花寒有人怜，人瘦独自愁，相较之下，其人遭遇更堪悲悯。

材质影响风格，已是公认的文艺规律。与其愁怨基调和婉约风格不同，朱淑真调寄《念奴娇》的两首"催雪"词，立意新颖，清壮朗健，颇有些豪放气概。只是愁人快语，豪放之中，仍难掩愁苦孤独。故二词过片处分别有"应念陇首寒梅，花间无伴，对景真愁绝"和"争奈好景难留，风僝雨僽，打碎光凝色"之语，一弹即破、一吹即散的欢快背后，仍是幽栖居士的一颗伤心。

《断肠词》中写景词多是借景言情之作，像《菩萨蛮·秋》二首、《点绛唇·冬》、《鹧鸪天》（独倚栏干昼日长）数阕，若借《浣溪沙·清明》中的词句来概括，所写皆"恼人光景"也。词人一身孤愁，所以"不忍卷帘看，寂寞梨花落"（《生查子》),"多谢月相怜,今宵不忍看"(《菩萨蛮》)。比较而言,《清平乐》(风光紧急)和《点绛唇·冬》勉强可以算作单纯的绘景词了,而前阕尤为技法高妙。兹录全词如下:

> 风光紧急,三月俄三十。拟欲留连计无及,绿野烟愁露泣。　　倩谁寄语春宵,城头画鼓轻敲。缱绻临歧嘱付,来年早到梅梢。

此词翻用唐代诗人贾岛《三月晦赠刘评事》诗①,构思奇特,匠心独具,耐人寻味。周啸天先生写道:"贾岛原作只是诗人自己寄语朋友,明表惜春之意。而此词却通篇不见有人,全用比兴手法创造了一个童话般的送别场面:时间是三月三十日,行者是春天,送行愁泣者是'绿野',催发者为'风光',寄语之信使为'画鼓',……俨然是大自然导演的一出戏剧。而作者本人惜春之意,即充溢于字里行间,读之尤觉奇趣横生。"②分析鞭辟入里,而女词人的艺术天赋亦由此可窥一斑。

总之,朱淑真的词既有沉婉凄怆的一面,也有清切明丽的一面,而愁怨则一以贯之。其词蓄思沉郁,含情绵邈,形象明丽,造语清雅,韵味悠长,掩有花间、北宋之长,有宋一代女性词手,易安之外,一人而已。

论及朱淑真,便习惯性地联想到李清照。毕竟,她们是两宋女性词坛上的"双子星座"。李清照南渡以后,便主要生活在今浙江地区,最后甚至终老金华,创作出不少名篇佳作。只是因为本书体例局限,加上这些词的地域性并不很强,故不宜在书中细论。但其在金华所写《武陵春》词,却不能不提及。词云:"风住尘香花已尽,日晚倦梳头。物是人非事事休,欲语泪先流。　　闻说双溪春尚好,也拟泛轻舟。只恐双溪舴艋舟,载不动许多愁。"金华即使在今天,知名度也未必很高,但无数年轻学子,都从这首词知道了金华和金华的美景。得易安居士,是金华人修来的福气。

第七位便是沈端节。

沈端节,生卒年不详,字约之,号克斋,吴兴(今湖州)人,迁居溧阳(今属江苏)。据张侃《拙轩集》卷五,乾道三年(1167),知芜湖县,以诗谒周必大,周赠诗有"彭州篇什元飞动,工部交游更老苍"之句。乾道五年,张孝祥自荆州辞官返乡居芜湖,沈端节驰书问候。同年夏,孝祥中暑病逝,沈前往吊唁。乾道八年,主管官告院。淳熙三年(1176),知衡州,五年离任。提举江东茶盐。仕至朝散大夫、

---

① 贾岛原诗如下:"三月正当三十日,风光别我苦吟身。共君今夜不须睡,未到晓钟犹是春。"

② 唐圭璋等撰《唐宋词鉴赏辞典》(南宋·辽·金卷),上海辞书出版社1996年版,第1335页。

江南东路提点刑狱公事。著有《克斋集》，已佚。又有《克斋词》一卷。《全宋词》收录其词45首。

沈端节以词知名，其词大多为咏花和相思怀人之作。《钦定四库全书总目》卷一百九十八《克斋词》提要云："其吐属婉约，颇具风致，固不以《花庵》、《草堂》诸选不见录减价矣。"虽是美言，但仍不够全面。除了继承传统婉约词的题材和风格外，克斋词还表现了较多的时艰和感慨；与同时其他浙江婉约词家相比，克斋词中感伤时世的低徊沉郁之作不但较多而且较好。故其存词虽不多，亦不失为宋代浙江婉约词史上的一位大家。

克斋词中写得最多的是咏花词，共12首，占存词的四分之一强；其中又以咏梅词最多，有8首。另外咏海棠2首，咏桂、菊各1首。这些作品中，虽然也有"醉态天真，半羞微敛，未肯都开了"(《念奴娇》咏海棠)这样的佳句，但总体看，特色不明显，成就一般。

相思怀人是克斋词的又一重要内容，克斋词的基本特色和主导风格就表现在这些作品中。所怀之人主要是爱恋的女子，兼及亲人。先来看两首《虞美人》：

> 去年寒食初相见，花上双飞燕。今年寒食又花开，垂下重帘不许、燕归来。　隔帘听燕呢喃语，似说相思苦。东君都不管闲愁，一任落花飞絮、两悠悠。

> 卧红堆碧纷无数，春事知何许！班班小雨裛梨花，又是清明时候、不归家。　伤春减尽东阳带，人道多情杀。青春留下许多愁，分付与君今夜、一齐休！

这类"吐属婉约，颇具风致"的相思怀人之作还有《菩萨蛮》：

> 春山千里供行色，客愁浓似春山碧。辛自不思归，子规心上啼。　芳意随人老，绿尽江南草。窈窕可人花，路长何处家。

以及《江城子》：

> 秋声昨夜入梧桐。雨濛濛，洒窗风。短杆疏砧，将恨到帘栊。归梦未成心已远，云不断，水无穷。　有人应念水之东。鬖如蓬，理妆慵。览镜沉吟，膏沐为谁容。多少相思多少事，都尽在，不言中。

和《谒金门》：

> 真个忆，花下雨声初息。猛记乌衣曾旧识，丁宁教去觅。　春半峭寒犹力，泪滴两襟成迹。独倚危阑清昼寂，草长流翠碧。

这些体制短小、吐属婉转、风情摇曳的传统型歌曲,从题材内容到表现手法都是婉约词家最得心应手的品种,它们短语情长,含思婉转,音韵谐美,精巧而自然,读后令人齿颊生香。

有时,相思之情还泛滥到咏花词中去,借花草寄托自己郁积的情愫。像《卜算子》咏梅词中的"冷蕊伴疏枝,一笑何时共。江北江南两处愁,忍看花影动"、"客里见梅花,独赏无人共。风度精神总是伊,又是归心动",以及《惜分飞·桂花》中的"秋后情怀君莫问,拼了因他瘦损"、《行香子》咏梅词结句所云"更绮窗前,冰壶畔,看匀妆"。

克斋词中写得最好的,则是融入家国身世之感的作品,上引《卜算子》梅词,已透露出一些信息,代表作则是《南歌子》:

> 远树昏鸦闹,衰芦睡鸭双。雪篷烟棹炯寒光,疑是风林纤月、到船窗。　时序惊心破,江山引梦长。思量也待不思量,泪染罗巾犹带、旧时香。

冯煦《蒿庵论词》对此词极为推崇,他说:"《提要》论沈端节吐属婉约,颇具风致,似尚未尽克斋之妙。周氏济论词之言曰:'初学词求空,空则灵气往来;既成格调求实,实则精力弥满。'克斋所造,已臻实地。而《南歌子》(远树昏鸦闹)一阕,尤为字字沉响,匪仅以婉约擅长也。"此词题旨虽仍是相思怀人,但由于注入了深沉的时代悲痛,从而显得内容坚实,内涵丰富,意味深长,不能仅仅当一首情词来看。事实上,国家的灭亡、故土的沦丧、战乱的持续、交通的阻隔,也确实使许多有情人都天各一方。"时序"二句所陈述的正是这样一种艰难时世。上片写主人公旅途孤寂和思念,下片写现实打碎团圆美梦,只能徒劳地思念。有了国家、民族的灾难做背景,末尾写个人的悲痛就显得更为沉痛、深刻。从"罗巾犹带旧时香"看,主人公对女子的感情是忠贞而持久的;这罗巾应该是女子当初所赠,是爱情的信物,现在只能对之落泪而无能为力了。冯氏以"精力弥满"、"字字沉响"来评价它,受之无愧。

下面这首《卜算子》,也同样当得起冯评。只是所怀之人,已换成了亲人。词云:

> 愁极强登临,毕竟愁难避。千里江山黯淡中,总是悲秋意。　谁插菊花枝?谁带茱萸佩?独倚阑干醉不成,日暮西风起。

这是重九登高望远、思念亲人的一首词。这一天本该是与亲朋团聚的日子,但词人却飘零异乡,独对秋风,触目成愁,挣脱不掉。为什么会这样?"千里江山黯淡中,总是悲秋意"!概括精警,一语中的,道出了战乱年代人民心底的悲凉。

值得注意的是,克斋词中还有一类妙用俗语、体现词家个人旨趣的词作。如《探春令》:

> 旧家元夜,追随风月,连宵欢宴。被那滠、引得滴流地,一似蛾儿转。　而今百事心情懒。灯下几曾忺看。算静中、唯有窗间梅影,合是幽人伴。

和《感皇恩》:

> 和气霭微宵,黄云飘转。东阁观梅负诗眼。满斟绿酒,唱个曲儿亲劝。愿从今日去,长相见。　宝幄欢浓,玉炉香软。彼此宜冬镇长健。绣床儿畔,渐渐日迟风暖。告他事事底,饶一线。

张侃《拙轩词话》对这两首词极为赏识,以为是"用俗语而婉丽"者。此外像《喜迁莺》(暮云千里)、《洞仙歌》(雪肌花貌)、《西江月》(幸自心情稳审),也都是运用俗语较成功的作品,显示出作者发现、提炼民间生活语言的眼光和能力。作者不但学习民间语言,还善于借鉴民歌手法来填词,下面这首《菩萨蛮》就是一首构思巧妙、饶有民歌韵味的词作。词云:"愁人道酒能消解,元来酒是愁人害。对酒越思量,醉来还断肠。　酒醒初梦破,梦破愁无那。干净不如休,休时只怎愁。"

作者积极从民间语言中汲取养分,加以利用,给以婉丽为基本风格的言情之作带来清新、活泼和平易的气息,值得肯定;不过,克斋词的主体和主导风格仍是清切婉丽,写景状物仍以刻画为工。况周颐《蕙风词话》卷二已注意这一点,他说:"宋词名句,多尚浑成,亦有以刻画见长者。沈约之《谒金门》云:'独倚危栏清昼寂,草长流翠碧。'前调云:'寒色著人无意绪,竹鸣风似雨。'《如梦令》云:'忺睡,忺睡,窗在芭蕉叶底。'《念奴娇》云:'醉态天真,半羞微敛,未肯都开了。'刻画而不涉纤,所以为佳。"其中《如梦令》一阕写早秋轻寒和闲愁,寥寥数语,宛若亲历,尤为佳作。

沈端节词风的多样性还不只此。受具体心境、时机的激发,他甚至创作出高旷垒落的《念奴娇》来。词云:

> 寻幽览胜,凭危栏、极目风烟平楚。自笑飘零惊岁晚,欲挂衣冠神武。芳甸时巡,醉乡日化,庭实名花旅。阆风蓬顶,自来不见烽戍。　宴罢玉宇琼楼,醉中都忘却,瑶池归路。俯瞰尘寰千万落,渺渺峰端栖雾。群玉图书,广寒宫殿,一一经行处。相羊物外,旷怀高视千古。

词人借游仙手法,否定"烽戍"罅隙里的"飘零"人生,遗世高蹈,宴游瑶池、月宫,逍遥物外,高视千古。能写出这样的作品,除词家自身因素外,或许还与受张孝祥的影响有关。

通过以上分析,克斋词的特点和成就已基本显现出来。

最后一位,选择许棐。

许棐(?—1249),字忱父(一作忱夫),海盐人。嘉熙中隐居秦溪,种梅数十株,构屋读书,自号梅屋。慕白居易、苏轼为人,室中挂二像事之。好藏书,见无不录,积至数千卷。许棐诗属江湖派,与陈起、刘克庄诸家往还唱和,尤以绝句见长,清俊闲远。为词则祖花间、南唐及宋初。著有《献丑集》、《梅屋诗稿》、《融春小缀》、《梅屋诗余》等。《全宋词》辑存其词 20 首。

笔者在确定两宋浙江词坛婉约派八大家时,曾在许棐、沈蔚和吴礼之三人之间反复权衡,颇费踌躇。最后选定许棐,主要是着眼于梅屋词远祧花间、南唐而迥异流俗的艺术旨趣和"阕阕皆佳"的实际成就。[1] 现存梅屋皆为小令,体式、作风皆远绍花间、南唐及宋初,且几乎全咏闺情。不过,格局虽小而清婉绮丽,含情宛转、姿态摇曳;虽规模、仰息于温、韦、冯诸家,但在江湖派盛行的南宋后期词坛,许棐取法五代及宋初的做法,反显得独树一帜,自成一格。这也是一种十分奏效的求新求变手法。

当然,如果单纯是模仿,许棐是没有入选的理由的。自词体诞生以来,闺情就一直是最主要的题材类型之一,被写得烂熟。许棐却能熟中出新,将同类情感表现得更为鲜明、深微、浓烈,每有令人眼前一亮的审美愉悦。概括起来,梅屋闺情词之精彩,有以下几种情况:

一是注重心理描写,极力写出闺中女子因无法排遣而形成的幽微、曲折和强烈的愁怨心理。如《后庭花》写道:

　　　一春不识西湖面,翠羞红倦。雨窗和泪摇湘管,意长笺短。　知心惟有雕梁燕,自来相伴。东风不管琵琶怨,落花吹遍。

约与许棐同时的陈郁曾在《藏一话腴》中说:"写照非画物比,盖写形不难,写心唯难也。"本阕写人,即以写心传神取胜。西湖美景天下知,这位女子不但一春未至,且对滴翠流红的西湖美景倍感"羞"、"倦"。言"羞",叹人不如花;说"倦",可见对景生妒与久盼归人的折磨。人本衔怨,雨更添愁,泪与雨隔着纱窗点滴相和。情不能已,提笔撼写,可惜意长笺短,郁积的情思仍没有得到宣泄。沉恨细

---

① 唐圭璋先生《词学论丛·读词札记》"梅屋小品"条云:"共十八阕,皆小令,饶有宋初气息。南宋人词,多长短杂陈,幽愤满纸。惟此则特异,盖心在江湖,早忘朝市之风尘矣。十八阕,阕阕皆佳,不图风雨满山,犹有山谷黄莺也。"上海古籍出版社 1986 年版,第 637 页。

思,梁上飞燕犹能常相陪伴,而那人竟一去不归,使自己独居无伴,终春无欢!去小院内弹一曲琵琶聊以自解吧。孰料暮春时节的情景更让人黯然神伤,悲从中来。只见阵阵风过,落花满院,仿佛自己孤寂的青春正衰残而飘零!一念及此,琵琶弦上不禁陡增怨怒。怨极生愤,至于无理,终于迁怒于东风的冷酷无情。全词以心理变化为线索,将女子独守春闺的愁怨刻画得入木三分,颇有宋初小令气息,与晏殊、张先格调近似。

下面这首《喜迁莺》,主题同样是相思怀人,也同样是一首善于表现心理活动的佳作。词云:

> 鸠雨细,燕风斜,春悄谢娘家。一重帘外即天涯,何必暮云遮? 钏金寒,钗玉冷,薄醉欲成还醒。一春梳洗不簪花,孤负几韶华!

“谢娘”在这里是个泛称,即指闺妇。开篇三句写春天伴随着细微的春风、春雨悄然来到,却不见谢娘家有春天的气息,依然沉寂。这里的“悄”一语双关,既指春来无声,又暗示女子独守空闺,感受不到春的生机和活力。所以“春悄谢娘家”一句,并不是单纯的描述,它饱含着作者深切细微的理解和同情。明乎此,“一重”二句的怨愤和控诉才显得衔接自然。一层帘幕即已将主人公阻隔在深院幽闺之中,方寸之遥就是天涯,暮云又何必再助纣为虐,将天空遮蔽呢?显然,女主人公内心深处,藏有一个心上人;她想与他会面,却受阻于家规、礼教之类,无能为力,唯有怨诉而已,唯有消极的反抗而已。下片即写女主人公消极的反抗。她摘下金钏,拔下玉钗,无心梳洗打扮,甚至不惜借酒销愁。就这样凄凉憔悴地度过一春,辜负了多少美好时光。

这首词使我们想起后来《牡丹亭》“惊梦”一出中杜丽娘的感叹:“则为你如花美眷,似水流年,是答儿闲寻遍,在幽闺自怜。”只是未曾有杜小姐“追梦”的勇气和毅力。抑时代使然欤?总体看,这首词细致微妙地写出了一位女子因困守深闺、失去恋爱自由而产生的反抗心理和悲剧心理,确实“堪称是善于刻画女性婉曲心理的佳作”①。诚如唐圭璋先生《读词札记》“梅屋小品”条所云:“一往清丽芊绵,又复哀怨欲绝。”

与《喜迁莺》有异曲同工之妙的,还有《琴调相思引》:

> 组绣盈箱锦满机,倩谁缝作护花衣?恐花飞去,无复上芳枝。 已恨远山迷望眼,不须更画远山眉。正无聊赖,雨外一鸠啼。

---

① 杨海明先生语。载《唐宋词鉴赏辞典》(南宋辽金卷),上海辞书出版社1996年版,第1982页。

暮春时节,风雨交加,百花凋零,闺中人顿起惜花护花之情。她多么希望花朵永驻枝头,美好长在。怎么办呢? 织机上锦缎已快完工,箱子里也满是华美的衣料;对啊,为什么不可以将它们裁制成一件件护花衣,使花儿免遭风雨的侵袭? 哎,其实自己的青春又何尝不如眼前这些飘零的花朵,正遭受命运的摧残,在孤寂中消逝! 整整一个春天,自己都在思念远方的人,深陷痛苦和无望之中,无心梳妆打扮,甚至因为门外眉黛似的远山阻隔了远望的视线,进而对画眉也讨厌起来。想到这里,女子又不禁抬起头,透过雨雾,向远处眺望,直到双眼模糊,一片迷茫。就是这时,不远处传来一只斑鸠的啼叫,"咕咕咕——咕——",落寞而凄凉。依然是相思怀人的主题,依然是痴执、热烈的心灵,而表现手法却更为曲折、含蓄,联想出人意外,又深中肯綮,警策动人。"已恨"二句,与上阕《喜迁莺》"一重"二句,有异曲同工之妙,俱为诉情写心的警句,足可传世。

　　与第一点紧密联系,梅屋词第二个比较精彩的地方,是借重精简而传神的景物描写,用以反衬或陪衬闺怨的痴执、强烈。如《谒金门》写道:

　　　　微雨后,染得杏腮红透。春色好时人却瘦! 镜寒妆不就。　　柳外
一莺啼昼,约略情怀中酒。困起半弯眉印袖,髻松簪玉溜。

一场春雨之后,百花盛开,红杏娇艳,柳外莺啼。但这位女子却对此结怨生恨:"春色好时人却瘦!"于是连梳妆也懒得打理,心情一如中酒般难受。等到心情稍微好转,勉强起得身来,已是一副愁病交加、散妆乱发而让人怜惜的模样。这首词最主要的写法就是将美丽春色与哀怨心情进行对照,从而凸出人情的不堪承受。"染得杏腮红透",真个妩媚得让人嫉妒;"春色好时人却瘦",果然心生妒恨,不愧是基于情景对比的言情佳句。唐圭璋先生《读词札记》评曰:"写情写景,刻画入微,宛然花间遗韵。"

　　再来读《柳枝》,闺中人低吟道:

　　　　冷迫春宵一半床,懒熏香。不如屏里画鸳鸯,永成双。　　重叠衾罗
犹未暖,红烛短。明朝春雨足池塘,落花忙。

仍是相思怀人。春天,一年中最美的时光,天气逐渐回暖的季节,本应快乐、温馨才是。但闺中人因为长夜独守,感受到的却是凄凉和孤苦。连宵的春雨让她更加愁闷,心灰意冷,香也懒得熏,重叠被褥依然觉得通体冰凉,夜深烛尽犹未成眠,哀叹自己还不如画屏上的鸳鸯,可以和对方永不分离。长此以往,自己的青春和爱情注定要在孤苦中消歇;就好比门外池塘边那些美丽的花朵,明天大概都在水面上漂浮着吧。末尾"明朝"二句,以景衬情,含蓄自然,鲜活生动,引人遐思绵绵。即使没有末二句所言春雨,光是独居,已能让闺中人哀怨不已了;现在,出

人意外,多了一场连宵春雨,而且"足"字还表明雨很大,就增进一层,使闺中人的凄凉和绝望更为突出地呈现到我们面前。所以如果就整首词看,末二句的写景实在是神来之笔,出人意表又恰中下怀。而想象中明日池塘落花的潋滟明丽,又反衬了今夜闺中人心情的烦乱、灰冷。唐圭璋先生《读词札记》云:"末句自然生动,无惭名句。"洵为佳评。

以绘景衬情取胜的佳作,还有《鹧鸪天》:

> 翠凤金鸾绣欲成,沉香亭下款新晴。绿随杨柳阴边去,红踏桃花片上行。 莺意绪,蝶心情,一时分付小银筝。归来玉醉花柔困,月滤窗纱约半更。

还是闺中人,还是相思怀人。上片写闺中人停下女红,去户外沐浴雨后的新晴,岸边绿柳成荫,脚下桃红片片。下片写耳边莺鸣、眼前蝶舞,又勾起她相思怀人之情,无奈之下,只得将一腔郁闷和幽怨宣泄到筝弦上。不知不觉,夜晚已经来临。她带着空虚和疲惫,回到屋内,只见月光正透过窗纱,将一角照亮。与上两阕相比,这首词题旨含蓄,景物艳美。"绿随"二句,妍冶绝伦,令人沉醉。而末尾"月滤"一句,则用滤窗烛幽的清冷月光,将闺中人不甘孤寂的幽怨表达得凄清而明朗。

此外,前引《满庭芳》"东风不管琵琶怨,落花吹遍",亦是借景衬情的佳句。这类作品,若借用许棐自己的词句来评价他的词,便是《小重山》所云:"强排春恨剪新词。词未就,莺唱缕金衣。"

梅屋词的第三个特色,是善于用极为平常的生活细节凸显闺中人的娇痴妩媚。比如《虞美人》:

> 杏花窗底人中酒,花与人相守。帘衣不肯护春寒,一声娇嗔两眉攒,拥衾眠。 明朝又有秋千约,恐未忺梳掠。倩谁传语画楼风,略吹丝雨湿春红,绊游踪。

以及《荷叶杯》:

> 鹊踏画檐双噪。书到。和笑拆封看。归程能隔几重山?远约数宵间! 准备绣轮雕辔。游戏。说与百花知。莫教枝上一红飞,留伴玉东西。

前一首中的"帘衣不肯护春寒,一声娇嗔两眉攒,拥衾眠",后一首中的"鹊踏画檐双噪。书到。和笑拆封看",采自生活第一线,原汁原味,鲜活生动,令人过目不忘,非"活色生香"不足以形容。当然,这些细节描写都是和相应的心理描写,还有景物的陪衬,配合运用的。特别是《荷叶杯》一词,心理描写极为精彩。上片"归程"二句,活脱脱写出女子盼望远行人早日归来的急迫心情。下片写闺中人风风火火,立刻准备迎接远行人的归来,甚至做出无理的傻事。她竟然要求百花,一朵也不许凋谢,要留在枝头,等心上人回来宴饮时观赏。

　　总之,读梅屋词,我们惊叹于作者对女性心理细如发丝的感知能力和洞幽烛微的表达能力,以及由此产生的委婉含蓄的艺术效果。素淡之上缀绮艳,轻柔之下多幻想,消沉之际生热望,平静之中藏跌宕,幽细之中见疏朗,从中似乎可以看出皇甫松、孙光宪,以及张先、吕本中的影响。况周颐《历代词人考略》评价说:"梅屋词,生香活色,跌宕风流,小令之特健药也。"诚可谓梅屋解人。

　　"双拽头"、"八大家"之外,尚有"十才子"。这里先介绍沈蔚、吴礼之两位。

　　沈蔚,生卒年不详,字会宗,一说字文伯,吴兴(今湖州)人。生当南北宋之际,与蔡伸、毛滂、胡仔诸人交游唱和,有斋居名"梦蝶"。工诗,曾应诏入朝或在朝为官。坐事贬化州,后归隐吴兴山水间。著有词集,已佚。近人赵万里辑有《沈文伯词》。《全宋词》录存21首。沈词的风格是委婉明丽,除受晏殊影响外,部分受苏轼影响,虽无其雄豪而得其清逸。

　　沈蔚长于绘景,意境清雅,其佳作亦主要产自写景。《天仙子》一阕尤为时人所激赏,词云:

　　　　景物因人成胜概,满目更无尘可碍。等闲帘幕小栏干。衣未解,心先快,明月清风如有待。　　谁信门前车马隘,别是人间闲世界。坐中无物不清凉。山一带,水一派,流水白云长自在。

关于这首词的写作背景,《苕溪渔隐丛话》前集卷五十九有云:"贾耘老有水阁,在苕溪之上,景物清旷。东坡作守时,屡过之,题诗画竹于壁间。沈会宗又为赋小词云……"按:贾收,生卒年不详,字耘老,钱塘人。苏轼知杭州,览观吴山有美堂题诗,以贾收所题为冠,遂与之交游,唱酬极多。后苏轼离去,贾收作亭,名"怀苏"。有诗一编,亦题《怀苏集》,已佚。此词歌咏清雅闲适的环境和心境,流露出比较明显的隐逸情怀,读之使人怡情悦性、超尘脱俗,确实"大有受用"[①]处。从中约略可以看出苏轼的影响来。

　　类似的以清逸见长的作品还有《小重山》和《转调蝶恋花》,兹俱引如下:

　　　　花过园林清荫浓,琅玕新脱笋,绿丛丛。雨声只在小池东。闲敧枕,直面芰荷风。　　长日敞帘栊。轻尘飞不到,画堂空。一尊今夜与谁

---

　　①　潘游龙《古今诗余醉》卷十五云:"'景物因人'句,大有受用,无错看过。"

同？人如玉,相对月明中。

渐近朱门香夹道,一片笙歌,依约楼台杪。野色和烟满芳草,溪光曲曲山回抱。　物华不逐人间老,日日春风,在处花枝好。莫恨云深路难到,刘郎可惜归来早。

《小重山》择景精当、绘声绘色,《转调蝶恋花》气韵流走、遗貌取神,但闲适超然的旨趣,是一致的。同时,沈蔚的这类写景词,每每有要言不烦的哲理表达,既暗示、强化了作品的意蕴,也提升了作品的格调。以《天仙子》一阕最为突出。如"景物因人成胜概"、"明月清风如有待"、"别是人间闲世界"、"坐中无物不清凉"诸语皆是。上引"物华不逐人间老,日日春风,在处花枝好",以及《寻梅》中的"眼前大抵情无那,好景色、只消些个",亦属此类。从中可以看出晏殊对他的影响。

此外,沈蔚的言情之作也有一定特色。《蓦山溪》一阕,运用托笔,将离情曲折传出,耐人寻味。词云:

想伊不住,船在蓝桥路。别语未甘听,更拟问、而今是去？门前杨柳,几日转西风。将行色,欲留心,忽忽城头鼓。　一番幽会,只觉添愁绪。邂逅却相逢,又还有、此时欢否？临岐把酒,莫惜十分斟。尊前月,月中人,明夜知何处？

吴礼之,生卒年不详,字子和,号顺受老人,钱塘人,生平事迹待考。有《顺受老人词》五卷,已佚。今有赵万里辑本《顺受老人词》一卷。《全宋词》收录其词20首。

吴礼之为词,长于言情。其慢词佳处似秦、柳。如《丑奴儿·秋别》云:

金风颤叶,那更饯别江楼。听凄切、阳关声断,楚馆云收。去也难留,万重烟水一扁舟。锦屏罗幌,多应换得,蓼岸蘋洲。　凝想恁时欢笑,伤今萍梗悠悠。谩回首、妖娆何处,眷恋无由。先自悲秋,眼前景物只供愁。寂寥情绪,也恨分浅,也悔风流。

羁旅与艳情,写景与怀人,一气贯注,浑然无间,意境开阔而情思沉挚,造语浅近而达意精切,洵为佳制。末尾"眼前"以下数句,被清人沈雄《古今词话·词评》卷上评为"能以极寻常语言,为极透脱文字"。被沈雄同时称道的还有《雨中花》末尾"酿造"以下数句。其实,《雨中花》整个下片都写得极好:"凭栏念及,夕阳西下,暮烟四起江村。渐入夜、疏星映柳,新月笼云。酝造一生清瘦,能消几个黄昏？断肠时候,帘垂深院,人掩重门。""凭栏"以下数句写景,迷茫清冷,宛在目前。

小令佳处则似晏、欧。如《渔家傲·闺思》云：

> 红日三竿莺百啭，梦回鸳枕离魂乱。料得玉人肠已断。眉峰敛，晓妆镜里春愁满。　绿琐窗深难见面，云笺谩写教谁传？闻道笙歌归小院。梁尘颤，多因唱我新词劝。

情韵与修辞都确实酷似晏、欧的同类作品，而"晓妆镜里春愁满"一句，尤为赋愁的妙句，既贴切又新奇。但吴礼之写得最好的情词，当推下面这首《蝶恋花·别恨》。词云：

> 急水浮萍风里絮，恰似人情，恩爱无凭据。去便不来来便去，到头毕竟成轻负。　帘卷春山朝又暮，莺燕空忙，不念花无主。心事万千谁与诉，断云零雨知何处！

此词直抒刻骨铭心的离愁别恨，其情怨望而呜咽，其词汩汩而峻急；眼前景，身边事，随手拈来，即成佳喻，丝毫不见刻削痕迹。况周颐《历代词人考略》云："此词空中传恨，循环无端，……最为擅场。"

难能可贵的是，顺受词中还有一首哀悼殉情男女的纪实之作，调寄《霜天晓角》："连环易缺，难解同心结。痴骏佳人才子，情缘重，怕离别。　意切，人路绝，共沉烟水阔。荡漾香魂何处？长桥月，断桥月。"词前小序云："王生、陶氏月夜共沉西湖，赋此吊之。"可见作者对人间真挚爱情的心仪首肯，于此亦可佐证其擅长情词并非偶然。

不过，我们发现，与秦柳、晏欧相比，吴礼之词中多了一份无奈和急切。这种特征在《蝶恋花·别恨》一词中已有很明显的表现。在《霜天晓角·秋景》中也有同样的反映，词云：

> 西风又急，细雨黄花湿。楼枕一篙烟水，兰舟漾，画桥侧。　念昔，空泪滴！故人何处觅？魂断菱歌凄怨，疏帘卷，暮山碧。

此词名为写景，亦多设景语，而实抒离情，其情境与上引《蝶恋花》颇为相似。

至于怀古词《生查子·浙江》之直抒感慨，直发议论，就更接近豪放风格了。由此又可见吴礼之思想性格中执着、严肃而又旷达的一面。或许因此，也才有了《瑞鹤仙·秋思》这样"词鄙意高"[1]、"可解醒呼梦"[2]的作品。

其余八子则大致按年代先后介绍如下：

---

[1]　(宋)黄升《中兴以来绝妙词选》卷四评语。
[2]　(明)卓人月《古今词统》卷十四评语。

葛立方(1092？—1164)，葛胜仲长子，字常之，号归愚，祖籍江阴(今属江苏)，南渡后寓居吴兴(今湖州)。早年随父宦游，宣和中以门荫为国子监书库官。绍兴八年(1138)，进士及第。十七年，除秘书省正字。十九年，转校书郎。二十一年，任考功员外郎，兼权中书舍人。二十五年，除吏部员外郎。二十六年，守左司郎中，为贺金生辰使使金。二十七年，权吏部侍郎。二十九年，出知袁州，旋罢职。三十二年，除知宣州，未到任即罢。隆兴二年卒于湖州。著有《归愚集》、《韵语阳秋》、《归愚词》。《全宋词》录存其词39首。

立方博览群书，与父胜仲俱为诗词名家。在宋代浙江婉约词家中，归愚词的题材构成比较丰富。按题材类型统计，计有咏物词12首，祝颂词9首，写景词6首，节序词4首，羁旅词、亲情词各3首，科举、闲适、隐逸之作各2首，怀古、交游、谈艺、闲愁、咏怀之作各1首。不过，如《钦定四库全书总目》卷一百九十八云："其词多平实铺叙，少清新宛转之思，然大致不失宋人规格。"今诵《归愚词》，即使是一般论者所肯定的《满庭芳》咏梅数阕，也不例外，确实雍容舒展有余，而曲折清丽不足。

不过，下面这首《卜算子》咏荷词，不但清新，而且宛转，允为佳作。词云：

> 袅袅水芝红，脉脉蒹葭浦。淅淅西风淡淡烟，几点疏疏雨。　　草草展杯觞，对此盈盈女。叶叶红衣当酒船，细细流霞举。

"水芝"乃荷花别名。荷花出淤泥而不染，娇美清纯，饮酒赏荷是古人常有的一种雅兴，宋代咏荷词多达147首就是一个证明。在众多咏荷词中，本篇之所以能脱颖而出，成为名篇佳作，主要得益于艺术表现上的新颖别致，写活了荷花的清丽形象。一是从多方面、多角度对荷花进行描绘和烘托，把荷花的形象写活了；更明显的艺术技巧则是运用了大量的叠字，凭借叠字丰富而独特的艺术表现力[①]，把荷花的精神、气质也写活了。清人王弈清《历代词话》卷七引宋人周密《草窗词评》云："葛立方《卜算子》词，用十八叠字，妙手无痕，堪与李清照《声声慢》并绝古今。"唐圭璋先生《读词札记》亦本此说："连用十八叠字，妙手无痕，在宋人词中，亦创见之什也。"张德瀛《词徵》卷五则为其溯源："葛常之'袅袅水芝红'词，句皆叠字，如唐人之宛转曲，世谓其源出'青青河畔草'一诗，然屈原《九章·悲回风》及《无量寿经》'行行相值'六语，又为葛词之祖。"词的上片，写荷花甘于微贱，与

---

① 杨仲义先生认为，"复叠之美"有六："尽意美"、"动听美"、"形象美"、"传神美"、"错综美"、"精炼美"。见《诗骚新识》第三章《风骚审美》第四节《字词章句的复叠之美》，学苑出版社1999年版。

蒹葭杂处,并对自己生长的地方充满感情。接着选取几个典型的秋景作点染,写荷花生长环境的秀美,用从侧面烘托荷花秀逸灵动的风神。下片写饮酒赏荷。醉眼朦胧中,荷花就好像亭亭玉立、含情脉脉的秀丽少女,那刚开放一半的花瓣又酷似巨大的酒杯,里面盛满了流霞般的美酒,由少女用修美的手臂高举着,咏荷、宴饮与赏荷在这里妙合为一。通篇构思新巧,匠心自运,妙想联翩,美不胜收。有此一篇,足称词人矣。

姜特立(1125-?),字邦杰,号南山老人,丽水人。靖康中,父绶殉难,补承信郎。孝宗淳熙十一年,蒙恩召试,时年六十。为福建路兵马副都监。迁阁门舍人,同春坊事。光宗即位,除知阁门事。恃恩无忌,为留正所论,夺职与外祠。宁宗嘉泰元年,以和州防御使为庆远军节度使。有《梅山续稿》。

特立为人不足道,但工于诗,宗苏、黄,意境超旷,自然流露,不事雕琢,韩元吉、陆游、杨万里诸家皆称赏之。今存词共 21 首,大多为赠妓、咏花、生朝自寿之作,内容、艺术可称道者无多。但写景篇什中却有值得一读者,如《菩萨蛮》词云:

> 日长庭院无人到,琅玕翠影摇寒瓮。困卧北窗凉,好风吹梦长。 壁月升东岭,冷浸扶疏影。苗叶万珠明,露华圆更清。

又如《画堂春》词云:

> 故园二月正芳菲,红紫团枝。一番草绿谢郎池,人醉如泥。 底事江乡风物,年年独殿芳时?无情燕子背人飞,似愧春迟。

此二阕皆清丽自然之作。但《菩萨蛮》潇洒自在,闲适致远;《画堂春》似隐有垂老失志的怨恨。

言情之作则以《霜天晓角·为夜游湖作》及《浪淘沙》二阕为佳。俱引如下:

> 欢娱电掣,何况轻离别!料得两情无奈,思量尽、总难说。 酒热,凄兴发,共寻波底月。长结西湖心愿,水有尽、情无歇。

> 春事有来期,且喜春归。问春何似去年时?报道今年春意好,随分开眉。 往事莫伤悲,光景如飞,十分潘鬓已成丝。幸是风流犹未减,且醉芳菲。

缅怀中有期待,伤逝中有执着,甚至还有超脱,言情而不泥于情,专而不昵,于是作品就有了一定的格调和高度。可惜这样的作品仅此两阕而已。

章良能(?-1214?),字达之,丽水人。淳熙五年进士。官至参知政事。死谥文壮。存词 1 首,即《小重山》:"柳暗花明春事深。小阑红芍药,已抽簪。雨余风软碎鸣禽。迟迟日,犹带一分阴。 往事莫沉吟。身闲时序好,且登临。旧游无处不堪寻。无寻处,惟有少年心。"人到中年,每多伤逝情怀;最不堪者,那颗少年心不复在矣。

高似孙,字续古,号疏寮,鄞县人,一说余姚人,文虎子。淳熙十一年进士。有才无行。存词4首。其《眼儿媚》词云:"翠帘低护郁金堂,犹自未忺妆。梨花新月,杏花新雨,怎奈昏黄? 春今不管人相忆,欲去又相将。只销相约,与春同去,须到君行。"下片写闺中人既怨春无情离去,复又生出祈请与春同往郎边的奇想,构思新巧。

徐照,字道晖,又字灵晖,号山民,为"永嘉四灵"之一。今存词5首,皆闺中相思之词,大多构思新巧,有《花间》遗韵。如《瑞鹧鸪》云:"雨多庭石上苔文,门外春光老几分。为把旧书藏宝带,误翻残酒湿绡裙。 风头花片难装缀,愁里莺声怯听闻。恰似翦刀裁破恨,半随妾处半随君。"又《阮郎归》云:"绿杨庭户静沉沉,杨花吹满襟。晚来闲向水边寻,惊飞双浴禽。 分别后,忍登临,暮寒天气阴。妾心移得在君心,方知人恨深!"

楼槃,字考甫,号曲涧,鄞人,楼钥孙。举进士,绍定初官庆元府学教谕。词仅存《霜天晓角》咏梅2首。其一云:"月淡风轻,黄昏未是清。吟到十分清处,也不啻、二三更。 晓钟天未明,晓霜人未行。只有城头残角,说得尽、我平生。"其二云:"翦雪裁冰,有人嫌太清。又有人嫌太瘦,都不是、我知音。 谁是我知音?孤山人姓林。一自西湖别后,辜负我、到如今。"俱以梅花口吻出之,极写花魂之孤高,环境之孤寂,身世之孤独,用语浅淡疏朗,仿佛专意为林逋及其梅癖做注脚。

楼杕,字叔茂,号梅麓,鄞人,楼钥孙。淳祐中,历知泰州、邵武军。存词3首。其《菩萨蛮》云:"丝丝杨柳莺声近,晚风吹过秋千影。寒色一帘轻,灯残梦不成。 耳边消息在,笑指花梢待。又是不归来,满庭花自开。"清新明丽,疏快自然,寓曲于直,极富《花间》韵味。顺便提及,楼杕有《沁园春·登候涛山》一阕[①],题材独特,风格豪放。

周容,字子宽,四明人。存词1首,即《小重山》:"谢了梅花恨不禁。小楼羞独倚,暮云平。夕阳微放柳梢明。东风冷,眉岫翠寒生。 无限远山青,重重遮不断,旧离情。伤春还上去年心。怎禁得,时节又烧灯!"陈廷焯《闲情集》卷二评曰:"此词精绝,只写眼前景物而愁恨连绵不解,直令读者神迷所往。"

婉约词清切婉丽,风流蕴藉,贴近人情,含英咀华,每觉性灵摇荡,齿颊生香,

---

① 《延祐四明志》卷七云:"招宝山,在(定海)县东八里,一名候涛山,为海控扼。旧称山下有蚌生明珠,往来波涛之间,渔舟或得之,即光耀逼人,骇浪继作,不可行,投之乃止。大洋阴晦夕,或见光彩,近则隐藏。宋梅麓楼公杕有词云《沁园春》(略)。词镌崖石,今无存。"

实有令格律—风雅、豪放两派难以企及处,加上婉约词多以小令出之,轻唇利吻,便于诵读,故常得读者私淑偏爱。接受者如此,创作者则有过之而无不及。这或许也是两宋浙江婉约词创作取得骄人成就的原因之一吧。此外,还应该看到,浙江山水的温柔秀美,浙江才人的机灵工巧,浙江女子的清丽多情,还有浙江作为首善之区而吸引着众多词人,也都是宋代浙江婉约词繁荣的几个重要因素。

第三节　两宋浙江词坛上的追和词人、檃栝词人和宗教词人

本节主要介绍三类词人:追和词人、檃栝词人和宗教词人。前两类词人创作方式比较特殊,后一类词人社会身份比较特殊。追和词人有三位,即赵构追和唐人《渔父词》,方千里、陈允平追和清真词,但这里只介绍方千里,陈允平因成就较高在前文已有论述。檃栝词人一位,即林正大,专事檃栝前人诗文。宗教词人包括佛子和道士,释家词人可以净端、如晦为代表,道家词人可以龚大明、夏元鼎为代表。

首先来看赵、方两位追和词人。

赵构(1107-1187),字德基,徽宗第九子,宣和三年(1121)封康王。靖康二年(1127)四月,金人掳徽、钦二帝北行。五月,赵构在南京(今河南商丘)即位,用李纲为相,宗泽为汴京留守,力图恢复。旋用黄潜善、汪伯彦诸人,避敌南迁,定都临安。以秦桧为相,乞和于金。绍兴十一年(1141),和议成,割地称臣纳贡。三十二年,传位于孝宗,称太上皇帝。淳熙十四年卒,年八十一,上尊号曰光尧,庙号高宗。因为赵构的一生主要是在浙江度过的,故列入浙江词人队列。

赵构在政治上无所建树,且以乞和、杀害岳飞等抗金将领在历史上留下骂名,但是多才多艺,善丹青,精文翰,妙达音律,尤长于书法。绍兴元年,追和唐人《渔父词》词韵,作《渔父词》15首,充分显示出多方面的艺术素养和填词技巧。兹俱录如下:

　　一湖春水夜来生,几叠春山远更横。烟艇小,钓丝轻,赢得闲中万古名。

　　薄晚烟林澹翠微,江边秋月已明晖。纵远柂,适天机,水底闲云片段飞。

　　云洒清江江上船,一钱何得买江天。催短棹,去长川,鱼蟹来倾酒舍烟。

　　青草开时已过船,锦鳞跃处浪痕圆。竹叶酒,柳花毡,有意沙鸥伴我眠。

扁舟小缆荻花风，四合青山暮霭中。明细火，倚孤松，但愿尊中酒不空。

侬家活计岂能明，万顷波心月影清。倾绿酒，糁藜羹，保任衣中一物灵。

骇浪吞舟脱巨鳞，结绳为网也难任。纶乍放，饵初沉，浅钓纤鳞味更深。

鱼信还催花信开，花风得得为谁来。舒柳眼，落梅腮，浪暖桃花夜转雷。

暮暮朝朝冬复春，高车驷马趁朝身。金挂屋，粟盈囷，那知江汉独醒人。

远水无涯山有邻，相看岁晚更情亲。笛里月，酒中身，举头无我一般人。

谁云渔父是愚翁，一叶浮家万虑空。轻破浪，细迎风，睡起篷窗日正中。

水涵微雨湛虚明，小笠轻蓑未要晴。明鉴里，縠纹生，白鹭飞来空外声。

无数菰蒲间藕花，棹歌轻举酌流霞。随家好，转山斜，也有孤村三两家。

春入渭阳花气多，春归时节自清和。冲晓雾，弄沧波，载与俱归又若何。

清湾幽岛任盘纡，一舸横斜得自如。惟有此，更无居，从教红袖泣前鱼。

说起《渔父词》，读者自然会联想到浙江词史上的第一位杰出作家张志和。张志和的五阕《渔歌子》，是中国词史上第一组真正意义上的《渔父词》，《渔父词》的得名即源自《渔歌子》所咏渔父形象。换句话说，《渔父词》的第一位作者，就是张志和。这是真隐士所写的真正具有隐逸情怀的《渔父词》。其后便陆续有人庚和。本书第一章有详细介绍。赵构这一组《渔父词》也是张志和《渔歌子》影响下的产物。词调下原有小序云："绍兴元年七月十日，余至会稽，因览黄庭坚所书张志和渔父词十五首，戏同其韵，赐辛永宗。"可见是高宗逃亡途中的创作。绍兴元年即1131年。辛永宗，时为御营统制。逃亡时能有这样的雅兴，着实让人称奇。

首先需要说明的是，赵构这组词所庚和的对象，其实并非张志和本人所赋五首《渔歌子》，而是宋时坊间唱本《金奁集》卷末所附录的十五首《渔父》词，即颜真卿、陆羽、徐士衡、李成矩、南卓、柳宗元等人的唱和之作。第一，张志和留下的

《渔歌子》仅五首,赵构所和多达15首,而且赵词中找不到与张词中任何一首词押相同韵字的词作。第二,赵构的十五首作品,其韵字与《金奁集》所载十五词完全相同,只是顺序不一。因此可以得知赵构所和并非张志和原唱。

不过,就词论词,赵构的这十五首《渔父词》,其艺术性并不逊色于张志和的五首《渔歌子》。关于这一点,前人也有同感。南宋后期的廖莹中在《江行杂录》中就说:"至于一时闲适写景之作,则有《渔父词》十五章,又清新简远,备骚雅之体。……观此数篇,虽古之骚人词客,老于江湖,擅名一时者,不能企及。"况周颐《历代词人考略》卷七说得更明确:"唐张志和制《渔父词》,清超绝俗,和者甚多,皆逊原唱。……唯高宗所制同工异曲,几驾原唱而上之。"甚至将赵词的"调高韵远"看成是"中兴气象"。当然,文学创作首重独创,既为庚和,便难逃拟效之名迹,其艺术成就无论如何也无法与原作相提并论。

现在单凭词序中简单的几句话,已无从得知赵构创作这组《渔父词》时的真实心境和真正用意了。是故作镇静、安定人心的高明伎俩?还是仓惶惊恐、疲惫厌倦的心理遁逃?是浙北山温水软、清明秀美自然风光的激发?还是处变不惊、悠然自得的精神远游?抑或竟是比兴寄托、自比渔父的形象写照?也许兼而有之,但一、二两种情况恐怕是最明显也最重要的。因为如是"清超绝俗"、"调高韵远"的词作,按理当赐予文臣,由此引发一场君臣唱和亦在情理之中;但赵构却偏偏赐给了担任御营统制的武臣辛永宗,这就意味颇深了。仅此一件小事,也可看出赵构的机变与城府。

当然,人品不等于文品,我们也不必以人废言。赵构这15首《渔父词》,确实取得了可与前人争锋的成就,应予肯定。具体说,主要表现在以下几个方面:第一,以组词的方式,从不同的角度和层面,刻画出一个超凡脱俗的渔父形象,是对张志和以来"渔父"形象的丰富和发展。《金奁集》所载15阕渔父词,是众人的和作。既是集体创作,则渔父形象亦因人而异。赵构这15首词,则是从不同侧面反映同一渔父形象。第二,除表现渔父超凡脱俗、委运任化的传统形象外,还进一步描述渔父遗世独立、耿介自守的情操。这主要表现在第九首中。第十一首中亦有流露。第三,与题旨的表达相一致,多以清健之笔,勾勒萧疏淡远之景。15首词作,每一首都可以成为反映"林泉高致"的极佳题材。事实上,赵构本人即曾自绘其词。据清人胡敬《西清札记》卷二记载,"宋思陵《逢宵睡起图》,绢本,设色画,溪山云树,孤棹沿流,舟中人作欠伸状,自题行楷书:'谁云渔父是愚翁(下略)。'玺二:'绍兴'、'寿皇书宝'。"第四,写景重在传达意境神韵,不以工笔细描为胜。第五,选取富于野趣和远韵特征的萧疏景致,表达隐逸和脱俗的题旨。与表现渔父形象的高洁品格相一致,同时也受令词篇幅的限制,这些词作在写景时都是以写意为主,摄取景物的最富于象征性的典型特征,如宁静、淡泊、清新、野逸、生趣等,以便烘托、陪衬渔父不同流俗的形象和人格。第六,白描和点染相结合,清淡之中有鲜丽,既得宁静致远之致,又有引人遐思之韵。如第二首中的"江边秋月已明晖",第四首中的"锦鳞跃处浪痕圆",第五首中的"明细火",第八首中的"舒柳眼"、"浪暖桃花",第十二首中的"明鉴里,縠纹生,白鹭飞来空外声",第十三首中的"无数菰蒲间藕花",都是用鲜丽的物象点染疏淡的背景,给人以清新明丽的视觉美感。最后,语言表达清新自然,鲜明生动,简练朴素,是文人情趣与民间风味的结合。当然,这也是塑造渔父这个兼具渔民和士大夫双重属性人物形象的需要。太俗则是真渔民,太雅则是假渔父,皆非张志和法乳所育。

所以,总体看,赵构的《渔父词》是一组成功的和韵作品,颇多新意,也是对渔父词的丰富和发展。就词论词,赵构尚不愧为一个高明的词家。

方千里,生卒年不详,衢州信安人。尝官舒州签判。著有《和清真词》,皆和周邦彦词。是书编次与陈元龙注《片玉集》相同,自第一卷首阕《瑞龙吟》起,至第八卷末《满路花》止,逐首和作。其九、十两卷及第八卷之《归去难》、《黄鹂徙碧树》两首则付诸阙如。

就词律和词艺而言,周邦彦在两宋词史上具有结北开南的重要地位,甚至确实无愧"词中老杜"的美誉。南宋时期,追捧效仿者络绎不绝,在在皆是,甚至出现了专和其词的作者,以杨泽民(1182—?)、方千里和陈允平最为典型,吴文英亦多用清真自度曲。近人杨易《周词订律》取方千里、杨泽民、吴文英、陈允平诸同调词汇校其四声,龃龉者甚少;不过,与梦窗的别开生面、西麓的本色犹存、杨氏的较有个性相比,方氏之和清真便是典型的依样画葫芦了。《钦定四库全书总目》卷一百九十八云:"邦彦妙解声律,为词家之冠,所制诸调,不独音之平仄宜遵,即仄字中上、去、入三音亦不容相混,所谓分刌节度,深契微茫,故千里和词,字字奉为标准。"方氏亦步亦趋,因律填词,字斟句酌,吻合无差,却少有动人乐章,从而背离了文学创作的基本法则,也就失去了文学创作的根本意义。

不过,逐篇阅读方氏所存词,排沙简金,一二阕小令尚可称佳。如《一落索》云:

> 月影娟娟明秀,帘波吹皱。徘徊空度可怜宵,谩问道、因谁瘦? 不
> 见芳音长久,鳞鸿空有。渭城西路恨依然,尚梦想、青青柳。

此词和清真《一落索》:"眉共春山争秀,可怜长皱。莫将清泪湿花枝,恐花也、如人瘦。 清润玉箫闲久,知音稀有。欲知日日倚栏愁,但问取、亭前柳。"同样是写闺思,但千里此阕确实技胜一筹。"帘波吹皱"一句,状景生动如在目前,既贴

切又精警。末二句翻用前人诗句,亦含蓄有余味。

千里集中,以《少年游》一阕为最佳。词云:

> 东风无力扬轻丝,芳草雨余姿。浅绿还池,轻黄归柳,老去愿春迟。　栏干凭暖慵回首,闲把小花枝。怯酒情怀,恼人天气,消瘦有谁知!

此阕和清真《少年游》:"朝云漠漠散轻丝,楼阁淡春姿。柳泣花啼,九街泥重,门外燕飞迟。　而今丽日明金屋,春色在桃枝。不似当时,小桥冲雨,幽恨两人知。"清人丁绍仪极赏此阕,且以为"起二句即寓君子道消小人道长意,措语极婉"[1]。如此,则将一首追忆恋情的艳词,翻新为一首伤老忧生的感怀之作了。丁氏也许求之过深,但细味词句,其间似乎确有一股幽怨不平之气;至少,也是借闺中人来传达类似的心绪。

另外,清人刘体仁《七颂堂词绎》还曾说:"千里和美成词,非不甚工,总是堆炼法,不动宕。唯'鸿影又被战尘迷'一阕,差有气。"仅此一句,已颇露生气,惜不知刘氏自何处阅得此词。

其次说檃栝词人林正大。

檃栝,亦作"隐括",指就原作进行剪裁改写。

林正大,生卒年不详,字敬之,号随庵,永嘉人。宁宗开禧中,为严州学官。正大长于词,所著《风雅遗音》皆取前人诗文,檃栝其意,制为杂曲。效仿苏轼檃栝陶渊明《归去来辞》故例,在每首词之前,仍全载本文。对于檃栝词,因其殊少创意和个性,历来评价不高。不过,林正大有他自己的看法,其自序《风雅遗音》云:

> 古者燕飨则歌诗章。今之歌曲,于宾主酬献之际,盖其遗意。乃若花朝月夕,贺筵祖帐,捧觞称寿,对景抒情,莫不有歌随寓而发。然风雅寥邈,郑卫纷纶,所谓声存而操变者,尤愈于声操俱亡矣。则怀似人之见,得无有感于昔人之思乎?
>
> 世尝以陶靖节之《归去来》、杜工部之《醉时歌》、李谪仙之《将进酒》、苏长公之《赤壁赋》、欧阳公之《醉翁记》类凡十数,被之声歌,按合宫羽。尊俎之间,一洗淫哇之习,使人心开神怡,信可乐也。而酒酣耳热,往往歌与听者交倦,故前辈为之隐括,稍入腔调。如《归去来》之为

---

① 丁绍仪《听秋声馆词话》卷九,见唐圭璋《词话丛编》第三册,中华书局 1996 年版,第 2686 页。

《哨遍》,《听颖师琴》为《水调》,《醉翁记》为《瑞鹤仙》。掠其语意,易繁
而简,便于讴唫,不惟可以燕寓欢情,亦足以想象昔贤之高致。余酷爱
之,每辄效颦而忘其丑也。

余暇日阅古诗文,撷其华粹,律以乐府,时得一二,裒而录之,冠以
本文,目曰《风雅遗音》。是作也,婉而成章,乐而不淫,视世俗之乐,固
有间矣。岂无子云者出,与余同好,当一唱三叹而有遗味焉。

此序虽为林氏自序,大可看作櫽栝派宣言。如此看来,至少在主观上,櫽栝派是
有明确的词学主张和严肃的创作态度的。林氏以为,声操并茂的风雅乃词家正
轨,声存而操变则成词中之郑卫矣。风雅正声,昔贤高致,多在诗文,若撷其精
华,律以乐府,婉而成章,则可以昔贤之高致、古诗文之风雅,来矫正时下的淫靡
习气了。

只是櫽栝的填词方式,已自锢了创新的手脚,很难取得较高成就。《钦定四
库全书总目》卷二百即批评林氏"语意蹇拙,殊无可采"。笔者浏览《和清真词》,
亦遗憾佳篇之难觅。此外,林氏于音律并未谙熟精通,故其所括,颇多失律现象。
夏承焘先生指出:"校《风雅遗音》两卷完。用韵颇杂,又非永嘉乡音,破句律平仄
处亦甚多。佳者不过十首左右,有二、三首几不成韵语也。"[1]

在林氏 41 首作品中,以括晚唐卢仝《有所思》诗成《满江红》一阕为最佳,兹
举以为例。词云:

为忆当时,沉醉里、青楼弄月。闲想像、绣帏珠箔,魂飞心折。羞向
姮娥谈旧事,几经三五盈还缺。望翠眉、蝉鬓一天涯,伤离别。　寻作
梦,巫云结。流别泪,湘江咽。对花深两岸,忽添悲切。试与含愁弹绿
绮,知音不遇弦空绝。忽窗前、一夜寄相思,梅花发。

俞陛云《唐五代两宋词选释》曾说:"此词櫽栝卢仝《有所思》诗意,笔颇清老,而少
驰荡夷犹之致。"卢仝原诗如下:

当时我醉美人家,美人颜色娇如花。今日美人弃我去,青楼珠箔天
之涯。天涯娟娟姮娥月,三五二八盈又缺。翠眉蝉鬓生别离,一望不见
心断绝。心断绝,几千里。梦中醉卧巫山云,觉来泪滴湘江水。湘江两
岸花木深,美人不见愁人心。含愁更奏绿绮琴,调高弦绝无知音。美人
兮美人,不知为暮雨兮为朝云。相思一夜梅花发,忽到窗前疑是君。

---

① 《天风楼学词日记》1940 年 2 月 12 日,《夏承焘集》第六册,浙江古籍出版社、浙江教育出版社 1997 年版,第 177 页。

相比之下,卢诗写得烟波万叠而灵气酣畅,秾丽怪奇而饶有风致,乃个中人自诉;林词则沉潜凝重,清健精绝,生新拔俗,有似老儒代拟。一骀荡一清老,各具其妙。

最后,简单谈一谈两宋浙江词史上的宗教词人。

两浙有崇奉宗教的悠久历史,浙东尤多佛寺道场、洞天福地。宋代统治者一直提倡儒、释、道三教互补,共同为国家政治服务,两宋浙江词中亦不乏佛子、道士手笔。据上一章《两宋浙江词人区域分布及其存词数量表》进行统计,佛教词人计有圆禅师、净端、如晦、元净、南轩 5 家,道教词人计有张伯端、龚大明、夏元鼎 3 家。这里只介绍有较好词作传世的作者。

首位是释净端。**净端**,字明表,姓邱,归安(今湖州吴兴)人。肄业吴山解空禅院,参龙华齐岳禅师得悟。丛林中号端师子,自号安闲和尚。崇宁二年卒,年七十二。著有《吴山集》,已佚。

净端今存词 5 首,其四为调寄《渔家傲》的渔父词,宣扬佛家大义,文学意味不强。余一为调寄《苏幕遮》的救荒词,较有价值。词云:

> 遇荒年,每常见。就中今年,洪水皆淹遍。父母分离无可恋。幸望豪民,救取庄家汉。　最堪伤,何忍见。古寺禅林,翻作悲田院。日夜烧香频□□,祷告皇天,救护开方便!

这是 21200 多首宋词中,唯一一首真正意义上的悯农词,有较高的文献学价值,弥足珍贵。

第二位是释如晦。**如晦**,名仲皎,居绍兴明心寺,与王铚相酬答,有诗传世。存词 1 首,曰《卜算子·送春》:“有意送春归,无计留春住。毕竟年年用着来,何似休归去?　目断楚天遥,不见春归路。风急桃花也似愁,点点飞红雨。”风调绝似《花间》,又有民歌韵味。末尾化用前人词句亦自然贴切。“毕竟”二句的反问,无理而有妙趣,道尽痴情人的执着和幻想。

第三位是道家词人**龚大明**(1168－1238)。大明字若晦,仁和(今杭州)人。宁宗闻其名,召其禁中斋修,赐号冲妙大师。大明存词共 6 首。《山居》组词五首,缺调名。其中三、四两首颇有文学意味,俱录如下:

> 山居好,山居好,竹杖芒鞋恣幽讨。坐分苔石树阴凉,闲数落花听啼鸟。

> 山居好,山居好,斫月锄云种瑶草。泠泠碧涧响寒泉,簌簌落花风自扫。

另一首《西江月·书怀》,则是这位道长的夫子自道。词云:“我本无为野客,飘飘浪迹人间。一时被命住名山,未免随机应变。 识破尘劳扰扰,何如乐取清闲？流霞细酌咏诗篇,且与白云为伴。"

第四位是道家词人**夏元鼎**。元鼎字宗禹,永嘉人,生卒年不详。少从永嘉诸老游,屡试不第。尝入山东幕府,奔赴燕赵间。宝庆中为小校武官,年未五十,弃官入道。好观《阴符》,游南岳祝融峰,自云受仙人指授,因号云峰散人。有《蓬莱鼓吹》一卷。存词 30 首,《满江红》一阕差强人意,可以一读。词云:"人世何为？江湖上、渔蓑堪老。鸣榔处,汪汪万顷,清波无垢。欸乃一声虚谷应,夷犹短棹关心否。向晚来、垂钓傍寒汀,牵星斗。 砂碛畔,蒹葭茂。烟波际,盟鸥友。喜清风明月,多情相守。紫绶金章朝路险,青蓑箬笠沧溟浩。舍浮云、富贵乐天真,酾江酒。"

至此,笔者用整整两章篇幅,终于将宋代浙江词繁荣和发展的基本情况和主要成就叙述完毕。相信广大读者对"宋代是浙江词的繁盛期,流派众多,名家辈出,佳作如林",以及"在此期间,浙江词在百花齐放的基础上,已逐渐形成具有浙江区域文化特色的词体风格,最终确立起了尚艺、崇雅、尊情、重寄的词学理念,对后世有重大影响,清代浙西词派实结胎于此时"的论断,会首肯心折,从而认识到两浙地区在宋代词史上的重要地位和深远影响。

第五章　曲折向前——元明浙江词的新变、
洄溯与重振

　　浙江词于两宋全面发展和繁荣之后,在元明两朝步入一个发展相对低缓的历史阶段,姑谓之浙江词史的中衰期。需要说明的是,宋元之交的周密、王沂孙、张炎、仇远等一批浙籍遗民词人,本书已按惯例归入南宋,客观上削减了元代浙江词家的人数和元代浙江词的艺术成就。元代浙江词的成就虽不能与两宋相比,却在题材内容和艺术特色两大方面都表现出鲜明的时代特征,并产生了赵孟頫、朱晞颜、张可久、周权等优秀词家。明代浙江词承元之衰,总体看成就依然不高。但明初的刘基,明中的陈霆,明末的金堡、李渔、张煌言和徐灿,不仅是明代浙江词而且也是整个明词,最为杰出的几位词家,即使在千年大词史上也有一席之地。与同时代其他地区词家作横向比较,元明两代浙江词家更是表现不俗,而明代浙江词的词史地位还要高出元代。受国家灾难和民族矛盾激发,明末词坛风气陡转,曲终奏雅,重回急筑悲筲、紧锣密鼓的高音区。① 同时,家族词体创作的风气也在易代之际的浙西地区兴起,并形成柳洲、西陵、梅里几个有重要影响力的区域性家族词人群体。基于上述两大因素,清代浙江词终于迎来雄视天下的中兴气象。值得关注的是,明代浙江女性词成就空前,并且诞生了像徐灿这样的杰出词家。

第一节　元代浙江词的新变及其创作成就

　　蒙元崛起沙漠,挟弓马之威,灭夏吞金平宋,混一宇内,建立起空前庞大的大元帝国。由于结束了南北对峙的分裂局面,元代词家的视野变得广阔起来。但另一方面,元灭金在 1234 年,平宋在 1279 年,其间 40 余年,蒙元实际上成为又

---

　　① 钟振振著《论金元明清词》,《第一届词学国际研讨会论文集》,台北"中央研究院"中国文哲研究所筹备处 1994 年版,第 283 页。

一个与南宋对峙的北朝,而其词作者则多是以金源遗民为主的北方人,主导元初词坛的乃是与金词一脉相承、偏于阳刚的苏辛豪放派。同时,平宋之后,元统治者实行民族歧视政策,南宋故地臣民成为最下等的"南人";社会地位、民族心理、词学传统的不平衡和南北不同区域文化相结合,又使元代南北词风继续表现出一定的差异性。在此种较为复杂的历史背景下,元代浙江词表现出有别于两宋时期的新风貌。

一、元代浙江词的创作概况

据唐圭璋先生《全金元词》①,并参阅近人周庆云《历代两浙词人小传》,进行统计,元代浙江地区共有词家 39 人,占元代词人总数的 18.40%;词作 533 首,占元词总数的 14.32%。兹将这些词家的籍贯及词作存留情况,大致以年代先后,列表显示如下:

序　号	姓　名	籍　贯	存　词
1	张伯淳	嘉兴崇德	22
2	赵孟頫	湖州	37
3	陈　孚	台州临海	2
4	管道升	湖州乌程	4
5	张玉娘	丽水松阳	16
6	许　谦	金华	2
7	杨　载	杭州钱塘	1
8	朱晞颜	湖州长兴	40
9	郑　禧	温州	3
10	吴氏女	温州	4
11	周玉晨	杭州钱塘	1
12	周　权	丽水松阳	34
13	赵由儁	湖州吴兴	1

---

① 唐圭璋编纂《全金元词》元代部分,共收录词人 212 人、词作 3721 首。顺带说明,宋元、金元之交的词人和元末明初词人,其朝代归属,主要依据唐圭璋先生所编的《全金元词》。后文论述明代浙江词,其文本依据主要是饶宗颐、张璋二先生编纂的《全明词》,以及周明初、叶晔二先生辑录的《全明词补编》。斯二编中明初词人,若有与《全金元词》重复者,则依《全金元词》归入元代。

续　表

序　号	姓　名	籍　贯	存　词
14	徐再思	嘉兴	1
15	张　雨	杭州钱塘	51
16	白　贲	杭州钱塘	1
17	张可久	宁波庆元	66
18	赵　雍	湖州	17
19	吴　镇	嘉兴魏塘	29
20	王国器	湖州吴兴	13
21	李孝光	温州乐清	22
22	沈　禧	湖州吴兴	55
23	王　蒙	湖州吴兴	1
24	张　羽	杭州建德	1
25	金　炯（一作絅）	嘉兴	1
26	吴景奎	金华兰溪	11
27	袁士元	宁波鄞县	7
28	郯　韶	湖州吴兴	1
29	何可视	嘉兴	2
30	柯九思	台州	4
31	何景福	杭州淳安	1
32	吴　瓘	嘉兴	3
33	陶宗仪	台州黄岩	6
34	沈景高	湖州乌程	1
35	高　明	温州瑞安	1
36	俞　和	杭州桐江	1
37	凌云翰	杭州钱塘	28
38	释明本	杭州钱塘	9
39	释梵琦	宁波象山	32

　　从表中可以清楚看出元代浙江各地区词体创作的基本情况。今嘉兴地区有词家 6 人,词作 58 首;杭州地区有词家 9 人,词作 95 首;宁波有词家 3 人,词作

105 首;湖州有词家 10 人,词作 170 首;温州有词家 4 人,词作 30 首;台州有词家 3 人,词作 12 首;丽水有词家 2 人,词作 50 首;金华有词家 2 人,有词作 13 首。可见杭、嘉、湖、宁等今浙江北部地区是元代浙江词创作比较活跃的地带,这与浙江北部地区经济文化比较发达且词学传统深厚有一定关系。再从主要词人的占籍情况来看,初元有张伯淳(嘉兴)、赵孟頫(湖州)、张玉娘(丽水),中元有朱晞颜(嘉兴)、周权(丽水)、张雨(杭州)、张可久(宁波)、赵雍(湖州)等,晚元有吴镇(嘉兴)、王国器(湖州)、李孝光(温州)、沈禧(湖州)、吴景奎(金华)、陶宗仪(台州)、凌云翰(杭州)和梵琦(宁波),共 16 人;其中,只有张玉娘、周权、李孝光、吴景奎和陶宗仪 5 位不属浙江北部。

总体看,元词与金词一脉相承,推崇苏、辛,以清疏豪宕为美,多写隐逸、山水之趣,更多北方文学色彩。不过,浙江乃山水秀丽温润之区,又是南宋旧地,词学渊源深厚,加之蒙元统治者推行民族歧视政策,人为阻隔南北文化交流,故元代浙江词所承,仍多南宋余韵,与北方词风有较大差别。当然,换一个角度考察,文化和人心的交流毕竟无法隔断;何况天下既已统一,则各种因缘和形式的南北交流自然无法阻遏。故与两宋相比,元代浙江词呈现出一些新气象、新风格,特别是北方词坛爽逸之气的熏染浸润。此外,经过宋代的辉煌,词到元代开始衰落,而北曲兴起,同为音乐文学,且形式颇多类似,则元曲对元词包括元代浙江词的影响也不容忽视。

二、元代浙江词发展的阶段性及其主要成就

元代浙江词人,依其生活的时代,大致归入以下三个阶段:宋元之际的词人,姑曰元代前期词人;一统时期的词人,姑曰元代中期词人;元末词人。元明之际词人的归属,按唐圭璋先生《全金元词》执行。

首先,讨论元代前期浙江词人。

由于周密、王沂孙、张炎、仇远等一大批遗民词人已援旧例归入南宋,则元代前期浙江词人便仅剩有张伯淳、陈孚、赵孟頫、管道升和张玉娘五人了。其中赵孟頫、张玉娘二家成就较高。

张伯淳(1243-1303),字师道,号养蒙先生,崇德(今嘉兴桐乡)人。宋末举进士,除太学录。入元,历任杭州儒学教授、浙东按察司知事、福建廉访司知事、庆元路总管府治中,以练达称。成宗大德四年,拜翰林直学士,七年卒,谥文穆。《元史》有传。伯淳与赵孟頫、邓文原、程钜夫、鲜于枢友善,为元代前期较有影响的江南文士。后人编其遗文为《养蒙集》十卷。其文学韩愈,颇见重于当时。唐圭璋先生《全金元词》录存其词 22 首。词多祝寿,佳篇甚少。《唐多令·寄吴闲》

一阕,颇有潇洒爽逸之气。词云:

> 移住还瀛洲,天槎去莫留。数归期、已过中秋。上界群仙官府足,云不碍,水长流。　酒令与诗筹,依然记旧游。倚斜阳、分付羁愁。应与鳌峰人共语,还不减,去年不?

陈孚(1259—1309),字刚中,号笏斋,天台临海人。少颖悟,及长,博学有气节。藏书楼"万卷楼"主人。至元二十二年(1285),上《大一统赋》。二十九年,世祖命梁肃以户部尚书出使安南(今越南),以陈孚为副使。还,除翰林院待制,兼国史院编修官。廷臣以南人尚气,颇嫉之,遂除建德路总管府治中,再迁衢州治中。任满,授奉直大夫、台州路总管府治中。大德七年(1303)台州旱,因救灾同不恤民疾的浙东元帅脱欢察儿斗争甚剧。以疾归,至大二年卒,年五十一。追谥文惠。陈孚多才不羁,为诗文任意而成,不事雕琢,至元中颇有诗名,五古简淡,七律整丽,七古超迈。著有《观光稿》、《交州稿》、《玉堂稿》等。

陈孚的词仅存《太常引·端阳日当母诞不得归》二首,清人沈雄《柳塘词话》评曰:"读之天性油然。"俱录如下:

> 彩丝堂上簇兰翘。记生母,在今朝。无地捧金蕉,奈烟水、龙沙路遥。　碧天迢递,白云何处,风急雨潇潇。万里梦魂消。待飞逐、钱唐夜潮!

> 短衣孤剑客乾坤。奈无策,报亲恩。三载隔晨昏。更疏雨、寒灯断魂。　赤城霞外,西风鹤发,犹想倚柴门。蒲醑谩盈尊。倩谁写、青衫泪痕!

据明人蒋一葵《尧山堂外纪》记载,陈孚出使安南,尝有诗云:"老母越南垂白发,病妻塞北倚黄昏,蛮烟瘴雨交州客,三处相思一梦魂。"可以参读,而词人之"自然情性"宛然在目,孝思、至情、快语颇能摇动人心。

赵孟頫(1254—1322),字子昂,自号松雪道人,宋太祖子秦王德芳之后。以其五世祖为孝宗之父,赐第湖州,遂为湖州人。其先人历仕于宋,皆至显位。年十四,以父荫补官,后授真州司户参军。入元,程钜夫存于朝,受元世祖赏识,授兵部郎中,后迁集贤院直学士,出同知济南总管府事,迁知汾州。至大三年(1310),召至京师,为翰林侍读学士,迁集贤侍讲学士,拜翰林学士承旨,官登一品。延祐六年(1319)南归,再召不赴。至治二年卒,封魏国公,谥文敏。赵孟頫是元代前期浙江词人中身份、地位最为尊显的人物,词体创作的成就也最高。

孟頫多才多艺,通晓音律,又是书画名家。元仁宗极为称赏,方之李白、苏轼。据元人欧阳元《圭斋集》卷九《赵文敏公神道碑》一文记载,元仁宗尝与侍臣论赵孟頫有人所不能及者七："苗裔，一也；姿表，二也；博学，三也；操履纯正，四也；文词古雅，五也；书画绝伦，六也；旁通释老书，七也。"可谓推奖备至。孟頫书法遒丽圆转，称雄一世，世称"赵体"。尝奉旨书金字藏经，时人叹服。其画山水、木石、花竹、人马，皆入隽品，变南宋院体格调，开元代画风。与戴表元为知交，推尊唐诗。赵诗在元代前期诗坛有较大影响。诗风清丽，富于情趣，七律成就最高。为文叙则清新流畅，议则辞理严密。有《松雪斋文集》十卷，《外集》一卷。词存集中卷三、卷十。《全金元词》录其词 37 首。

　　松雪词清雅婉丽，超逸拔俗，或遣自然逸兴，或抒历史沧桑，或叙冶游闲情，多可吟讽。因其特殊的身世处境，郁积哀伤之余，故国之思、愧疚之情，时时辗转、吞吐笔端。如《蝶恋花》词云：

　　　　傃是江南游冶子。乌帽青鞋，行乐东风里。落尽杨花春满地，萋萋芳草愁千里。　扶上兰舟人欲醉。日暮青山，相映双蛾翠。万顷湖光歌扇底，一声催下相思泪。

本咏艳情，理当欢欣，而触目成愁，卒至泪下，满纸凄凉哀怨，情不自已，显然别有寄托。盖子昂以赵室苗裔，易节事元，自难谐于物议。赵氏宗族自然视之为逆子，据传其族兄赵孟坚只准其从后门入，又对其冷嘲热讽，走后竟清洗其坐具；而在蒙古贵族眼里，他又是贰臣，虽受世祖、仁宗恩宠，实际上并未获得普遍的尊重。关键是他本人，也时有履迹违心之愧悔。观其与世祖论留梦炎、叶李优劣，极称李以布衣凛然上书请斩贾似道误国事为贤，因赋诗云："状元曾受宋家恩，国困臣强不尽言。往事已非那可说，且将忠直报皇元。"其中自有伤心说不出者在。而晚年《和姚子敬韵》一诗则说得更明白："同学故人今已稀，重嗟出处寸心违。自知世事都无补，其奈君恩未许归。"子昂本是性情中人，修饰和抑制非其所长，故其词时时流露哀愁忧思就显然十分自然了。比如同样写艳情的《浣溪沙·李叔固丞相会间，赠歌者岳贵贵》词云：

　　　　满捧金卮低唱词，尊前再拜索新诗。老夫惭愧鬓成丝。　罗袖染将修竹翠，粉香吹上小梅枝。相逢不似少年时。

关于此词，吴梅先生有深切通透的认识，《词学通论》云："说者谓承平习气，未能尽除，不知此正杜牧之鬓丝禅榻、粉碎虚空时也。读公词，宜平恕。"在吴先生之前，陈廷焯《词则·别调集》卷三已有"一声何满"的评价。笔者以为，陈、吴二公的意见大致正确。否则，上片末句不会暗用杜牧《醉后题僧院》，下片首二句也不会化用杜甫的《佳人》和晏几道的《虞美人》(小梅枝上东君信)。这些作品无一例外，都是"将身世之感打并入艳情"。

词人的多愁易感,在早年所作艳情词《南乡子》中,已有流露。词写善歌之美人,以"云拥髻鬟愁"起,以"一朵芙蓉满扇秋"收,浴春温而知秋冷,末世王孙风流闲雅的外表下其实是一颗敏感、脆弱的心灵。

艳情词尚如此,直抒历史兴亡之感的作品就不用说了。这类作品中,下面这首《浪淘沙》可为代表。词云:

> 今古几齐州,华屋山丘。杖藜徐步立芳洲。无主桃花开又落,空使人愁。　波上往来舟,万事悠悠。春风曾见昔人游。只有石桥桥下水,依旧东流。

全词苍凉凄婉,意味深长,语言平常而淡雅流美,堪称佳作。但《虞美人·浙江舟中作》一阕则更为典型。词云:

> 潮生潮落何时了?断送行人老!消沉万古意无穷,尽在长空淡淡鸟飞中。　海门几点青山小,望极烟波渺。何当驾我以长风,便欲乘桴浮到日华东。

此篇或为子昂晚年得请南归、舟行浙江时作。作者是浙人,浙江是南宋腹地,眼前的潮水青山、烟波飞鸟,无不激起词人深沉的感慨。全词直抒胸臆,感染力很强。起句令人联想起李煜的《虞美人》,同样问得悲怆,将沉郁与惆怅和盘托出。次句"断送"如飞湍直下,似答而实启,奠定了全篇哀怨凄楚的基调,力敌千钧。"消沉"一句述怀,将首句的发问变成苍茫的感怆。"尽在"句似扬而实抑,将无限感慨搓揉、消解成淡淡长空、悠悠飞鸟,让读者一起仰望而浩叹。这种寓情于景的手法,看似平常,其实高妙,在结构上起到自然过渡的作用。下片首二句便紧承上片末句的仰望、远望,以景传情,进一步以苍茫遥寂的青山烟波,烘托家国何在、前途凄迷的心境。"望极"一词,着力深重,是借景销愁而物我交渐的自然表露。末二句写情不能已,因实生幻,寄送痴想,聊以自慰。全词怨而不怒,沉郁跌宕,洵为佳制。

在恨悔交加的矛盾、复杂心情驱使下,作者写景咏物,亦每每触处生愁,咏巫山十二峰的《巫山一段云》组词,即其显例。其首阕《净坛峰》云:

> 叠嶂千峰碧,长江一带清。瑶坛霞冷月胧明,欹枕若为情。　云过船窗晓,星移宿雾晴。古今离恨拨难平,惆怅峡猿声。

第十一首《望泉峰》云:

> 晓色飘红叶,平沙枕碧流。泉声云影弄新秋,触处是离愁。　脸泪横波漫,眉攒片月收。佳人欲笑卒难休,半整玉搔头。

"古今离恨拨难平"、"触处是离愁",不独是贯穿 12 首《巫山一段云》,而且贯穿了所有松雪词。

只有在故交面前,作者才能一吐胸中的郁闷,暂作心灵的突围。如《木兰花慢·和李笋房韵》云:

> 爱青山绕县,更山下、水萦回。有二老风流,故家乔木,旧日亭台。梅花乱零春雪,喜相逢、置酒藉苍苔。拼却眼迷朱碧,惭无笔泻琼瑰。　徘徊,俯仰兴怀。尘世事,本无涯。偶乘兴来游,临流一笑,洗尽征埃。归来算未几日,又青回、柳叶燕重来。但愿朱颜长在,任他花落花开。

李笋房,即宋末遗民李彭老,本书第三章已有论述。作者心底,缅怀的仍是"故家乔木,旧日亭台",企盼能"洗尽征埃";尘世间的俯仰已是身不由己,只能在虚拟世界中偶作心灵的突围,相逢一饮,乘兴一游,临流一笑。

元末著名词人邵亨贞《追和赵文敏公旧作十首》序有云:"公以承平王孙而婴世变,离黍之悲,有不能忘情者,故深得骚人之意度。"可算得赵氏解人。后来陈廷焯、吴梅的类似评价,可追溯至此。

管道升(1262－1319),赵孟頫妻。字仲姬,乌程人。至大四年,封吴兴郡夫人,延祐四年加封魏国夫人。工书善画能诗。兰梅墨竹均有韵致。《元诗选》存其诗 6 首,此外尚有佚诗。管是元代浙江词史上地位尊崇的著名女词人,《全金元词》录存其《渔父词》四首,语言朴素,格调高雅,意趣天成。兹俱录如下:

> 遥想山堂数梅树,凌寒玉蕊发南枝。山月照,晓风吹,只为清香苦欲归。

> 南望吴兴路四千,几时回去霅溪边。名与利,付之天,笑把渔竿上画船。

> 身在燕山近帝居,归心日夜忆东吴。斟美酒,脍新鱼,除却清闲总不如。

> 人生贵极是王侯,浮利浮名不自由。争得似,一扁舟,弄月吟风归去休。

一目了然,皆劝归之什。这样的境界,不是一般女子所能企及的。或许与家庭的影响有关。其父管坤,性倜傥,以任侠名闻乡里。道升无兄弟,父母特钟爱之,磊落有丈夫气,年二十余,适赵孟頫,相携到京师,时赵已受元聘。故知管词所表达的隐逸情趣,乃个人天性养成,与政治无涉。据《女子绝妙好词》小序记载,赵孟頫欲置妾,管道升作《泥人词》报之,赵乃罢。词中有云:"把一块泥,捻一个你,塑一个我。将咱两个，一并打破，用水调和，再捻一个你，再塑一个我。我泥中有你，你泥中有我。"虽小说家言，倒很符合管氏的性情。

张玉娘。与管道升的幸福和尊贵形成对照的是张玉娘的不幸与凄苦。玉娘字若琼，生卒年不详，自号一贞居士，松阳（今丽水遂昌）人。有《兰雪词》一卷。《钦定四库全书总目》卷一百七十四云："元松阳女子张玉娘……明慧知书，少许适沈佺。既而父母有违言，玉娘不从，适佺属疾，玉娘折简贻佺，以死自誓。佺卒，玉娘遂以忧死。……至嘉靖中，邑人王诏得其诗于《道藏》中，乃为作传，以表其事。"王诏传中谓玉娘乃宋仕族女，卒年二十八，又言沈佺为其中表。然玉娘《王将军墓》诗小序有云："宋亡，与元兵战于望松岭，死之。"可知玉娘为元人，最早也是宋元之际的人。管道升乃才女，惜其存词不多；故若论实际成就，则玉娘要胜出管氏许多。

玉娘是封建包办婚姻的牺牲品，短暂的青春几乎全在忧愁和苦闷中度过。据王诏传记，玉娘与表兄订婚后，充满快乐和期待，却因父母的反悔而陷入无奈和痛苦之中。不久，表兄沈佺又要随父远游京师，使玉娘又承受着生离的煎熬。情动于中而不能已，玉娘由此写出许多凄楚动人的词章。如《玉蝴蝶·离情》云：

> 极目天空树远，春山甃损，倚遍雕栏。翠竹参差声夏，环佩珊珊。雪肌香、荆山玉莹，蝉鬓乱、巫峡云寒。拭啼痕，镜光羞照，孤负青鸾。　　何时星前月下，重将清冷，细与温存。蓟燕秋劲，玉郎应未整归鞍。数新鸿、欲传佳信，阁兔毫、难写悲酸。到黄昏，败荷疏雨，几度销魂。

沈佺赴京后，玉娘忧思不已，写了这首词。词境凄寂，词意愁苦，词旨婉约蕴藉，低徊曲折处颇似淮海词。类似的作品还有《玉女摇仙佩·秋情》：

> 霜天破夜，一阵寒风，乱渐入帘穿户。醉觉珊瑚，梦回湘浦，隔水晓钟声度。不作《高唐赋》。笑巫山神女，行云朝暮。细思算、从前旧事，总为无情，顿相孤负。正多病多愁，又听山城，戍笳悲诉。　　强起推残绣褥，独对菱花，瘦减精神三楚。为甚月楼，歌亭花院，酒债诗怀轻阻。待伊趋前路。争如我双驾，香车归去。任春融、翠阁画堂，香霭席前，为我翻新句。依然京兆成眉妩。

相思无以慰藉，遂生悲戚，以至凄苦愁绝；而"不作《高唐赋》……顿成相负"数语，更似有"不曾真个"之悔意。

词人被重重愁苦包围着，真是看花落也溅泪，听鸟鸣也惊心。且看《玉楼春·春暮》：

> 凭楼试看春何处。帘卷空青淡烟雨。竹将翠影画屏纱,风约乱红依绣户。　小莺弄柳翻金缕。紫燕定巢衔舞絮。欲凭新句破新愁,笑问落花花不语。

虽是暮春,依然景物鲜丽娇美,惹人依恋;然"风约乱红"、燕"衔舞絮"二句,已露情思难收之意,而末二句则分明是无望人苦中作乐的写照了。不过,与上二阕相比,此词却显得清新婉丽,流美圆熟。

风格比较接近的还有《南乡子·清昼》:

> 疏雨动轻寒。金鸭无心爇麝兰。深院深深人不到,凭阑。尽日花枝独自看。　销睡报双鬟。茗鼎香分小凤团。雪浪不须除酒病,珊珊。愁绕春丛泪未干。

以及《浣溪沙·秋夜》:

> 玉影无尘雁影来,绕庭荒砌乱蛩哀,凉窥珠箔梦初回。　压枕离愁飞不去,西风疑负菊花开,起看清秋月满台。

但此二阕又更多了几分清疏幽寂之美。可见相思怀人虽是玉娘词体创作的惟一主题,但风格却并不单一,而是同中有异,需读者细心体味。

在玉娘所有词作中,《水调歌头·次东坡韵》显得最为清朗超迈。词云:

> 素女炼云液,万籁静秋天。琼楼无限佳景,都道胜前年。桂殿风香暗度,罗袜银床立尽,冷浸一钩寒。雪浪翻银屋,身在玉壶间。　玉关愁,金屋怨,不成眠。粉郎一去,几见明月缺还圆。安得云鬟香臂,飞入瑶台银阙,兔鹤共清全?窃取长生药,人月满婵娟。

词人欲冲破"金屋",效嫦之娥奔月,去追寻爱情的自由。然而"粉郎一去",此愿难偿,惟有付之怨嗟而已。此词虽仍不脱哀婉愁怨,但高旷清拔之气却潜涌其间。除显受苏轼原唱的影响外,也与玉娘自身倔强不挠的性格有内在联系。如非情种,若无精诚,倘不决绝,亦何至于青春早逝!

玉娘词,篇篇可诵,限于篇幅,不再作介绍。要之,乃元代浙江词坛一当行本色词家。

接着,介绍元代中期的浙江词人。

在一统时期的词家中,当以朱晞颜、周权、张雨、张可久、赵雍五家最为杰出,不但存词数量较多,且艺术质量较高,需着重讨论。其余词人则作简单介绍。

朱晞颜①，生卒年不详，字景渊，长兴（今属湖州）人。早年笃志于学，士大夫多从之游。家住闹市，仍能静心读书，牟巘称为"廛隐"。因识"国书"即蒙古文字，选任为平阳州蒙古掾。又任长林丞，并在江西瑞州监税，吴澄目为"良吏"。终身屈居下僚，与杨载、揭傒斯、鲜于枢唱和往还。著有《瓢泉吟稿》五卷，其词一卷在焉。牟巘《瓢泉吟稿序》对其诗评价很高，云："读之愈出愈奇，拟古则不失古人作者之意，咏史则能得当时之情。至于他诗，各有思致。"《全金元词》录其词40首。

　　景渊为词以雅丽精工为主，神理法度仿佛南宋格律——风雅词派，艺术质量均衡，时有秀句。只惜才情有限，手段单纯，又多为祝寿、节序、送别、酬唱之作，取径欠宽，成就因此受到限制。然沉着矫健者，亦偶见之。这里所选两首咏物词和一首登临咏怀之作，可为例证。《满庭芳·和赵仲敬咏雪》云：

　　　　剪水飞花，裁冰作絮，龙宫不管严寒。斜侵风帽，吟鬓忽衰残。谁念梁园倦客，黄金尽、作赋才悭。飘流久，寒欺敝褐，犹事马蹄闲。　　儿时曾纵猎，呼鹰野外，落雁云端。猛呼酒霜鞯，湿遍红鸳。倚马酣歌秦妓，紫貂暖、不上裘船。今迟暮，翩翩孤剑，寂寞度桑干。

《贺新郎·归雁，用刘季和韵》词云：

　　　　云影低平楚。看翩翩、离群避暖，去寻孤戍。犹记登临看瘦字，零落西风无数。把往事、书将空处。乍别榆关秋梦迴，向江南、睡足菰蒲雨。天欲暝，雪初絮。　　江空岁晏衡阳度。尽冥冥、稻粱谋拙，弋人何慕？行断惊飞悲吊影，谁念嗥风最苦？算只有、天涯羁旅。莫听城笳迷去翩，被落花飞絮相萦住。输海燕，笑迟暮。

《念奴娇》词云：

　　　　倦怀无据，凭危栏极目，寒江斜注。吴楚风烟遥入望，独识登临真趣。晚日帆樯，秋风钟梵，倚遍楼东柱。兴来摇手，与君更上高处。　　隐约一水中分，金鳌戴甲，力与蛟龙拒。拟访临幕清夜鹤，谁解坡仙神遇？断壁悬秋，惊涛溯月，总是无声句。胜游如扫，大江依旧东去。

咏雪词并不拘泥于雪，而是将题旨落实在咏怀，写羁旅飘零和落魄失意的情怀。

----

　　① 按：《钦定四库全书总目》卷一百六十七《瓢泉吟稿》提要云："考元代有两朱晞颜。其一为作《鲸背吟》者；其一为长兴人，字景渊，即著此稿者也。"

咏雁词更是用拟人手法,赋予雁以人的情感和意志,从而将深沉的羁旅情怀展露无遗,但处处又能关合雁的习性。而羁旅行役之苦正是景渊词经常表现的内容。《念奴娇》登临抒怀,词气豪迈,境界开阔。作者借日间、夜晚所见大江景象,抒发雄快乐观的精神气概。从立意到遣词,都显然受到苏轼同调赤壁怀古词的影响,只是不及苏词浑成。

总体看,朱晞颜的词一方面较好地继承了南宋格律—风雅词派的传统,另一方面又受到北方词风的影响,从而形成雅丽精健的特色,就元代浙江词史而言,尚堪称大家。

周权(约 1275－1343),字衡之,号此山,松阳人。平生着意于诗,袁桷目之为"磊落湖海之士"。早年不得志,延祐六年携诗北游京诗,翰林学士袁桷十分赏识,曾向朝廷举荐充任馆职,未获批准。回到江南,更专心词章,故宋遗民舒岳祥、当时名流赵孟𫖯、谢瑞、揭傒斯、欧阳玄、陈旅等皆推许之。揭为其居室"此山堂"题诗,赵为书"此山"。有《此山集》十卷。周权一生未仕,其诗主要表现个人生活感受,视野较窄,应酬之作也较平庸。然正如欧阳玄《此山集序》评曰:"无险劲之词,而有深长之味;无轻靡之习,而有春容之风。"清人顾立嗣《元诗选》初集卷四十五更曰:"衡之句法,实多可观。"实为当时一大家。《彊村丛书》录其词,名曰《此山先生乐府》。《全元词》录其词 34 首。

周权的词,特色、成就实亦不让其诗。词人襟怀疏放拔俗,故其词多清旷豪迈之章。如《满江红》词云:

> 独酌新丰,任疏放、从人不识。还只是、旧时把酒,秋风狂客。颠倒天吴归短褐,风涛岁月头将白。笑平生、尽有气如是,难教屈。　也不学,悲弹铗。也不作,谈扣虱。共梅花心事,岁寒冰雪。眼底山川徒历遍,胸中史记无雄笔。合归来、依旧饭吾牛,歌明月。

此词小序云:"别毗陵二十载,一日北归,舣舟访旧,落落如晨星,阛阓之人无识面者,戏调此词以自述。"访旧半为鬼,惊呼热中肠。一般人遇到这样苍凉冷落的情景,都会哀感横生、唏嘘叹息的。但周权却能以疏放自强的态度处之,磊落傲岸之气,怀才自足之状,洁身自好之情,都溢于言表。周权似乎已尝遍人世间的冷暖辛酸,故每能跳出红尘,俯视众生,超然处之,而所倚凭者便是自己的操守与才华。

下面这首《沁园春》,更能显示周权的人生态度。词云:

> 笑此山人,抛却白云,又来玉京。忆太华黄河,曾观巨丽;轻衫短帽,只恁飘零。鸥鹭洲边,杉萝溪上,尽可渔樵混姓名。瓶无粟,有西山

芝熟，南涧芹生。　底须役役劳形，但方寸、宽闲百念轻。况末路逢人，
眼应多白；东风吹我，鬓已难青。酒浪翻杯，剑霜闪袖，磊块频浇未肯
平。何妨去，借相牛经读，料理归耕。

这才是真正的词人、词心。全词以曲折的心理活动，反映了"又来玉京"的失望，
是词人自我慰藉和超脱的表现。下片写尽作者怀才不遇的愤懑与无奈。"酒浪"
三句，奇崛峥嵘，允称佳制。

　　当其平日，牢骚蛰伏未动，而眼前胜景和昔时良辰让其留恋不已时，便会有
《念奴娇》这样的词作：

水连天碧，更山光蘸绿，春醅初泼。不尽长淮平似掌，漠漠乱云堆
雪。彩笔留诗，画船载酒，曾醉沙头月。胜游历历，输他鸥鹭能
说。　犹念歌吹楼西，执红牙度曲，那时留别。一片离愁天共远，目送
征鸿明灭。杨柳春初，梅花雪后，旧梦还消歇。多情如许，教人添几
华发。

上片绘景如图画，意境开阔，情韵悠长；下片借离愁喻失意，言情如醇酒。全词画
意诗情俱胜，亦佳作也。

　　比《念奴娇》更为疏逸的，则是《水调歌头》：

亭小可容膝，真似寄鹪枝。客来休讶迫窄，老子只随宜。兔鹤短长
莫问，鹏鹞逍遥自适，何暇论成亏。万事一尊酒，齐物物难齐。　种株
梅，移个竹，凿些池。添他无限风月，尽可著吾诗。世上黄鸡白日，门外
红尘野马，役役付儿痴。起舞一挥手，天外片云飞。

此词淡雅疏逸，具有浓厚的隐逸色彩，当是周权无可奈何状态下，以闲适自遣的
反映。"起舞"二结句，清劲飘逸，非庸才能为。这样的作品还有《青杏儿》：

两鬓点霜花，汉南柳、心事蹉跎。幼舆只合居岩谷，绳床近竹，柴门
临水，任我婆娑。　诗老日相过。爱苍苔、屐齿新蹉。生涯点检无多
子，东篱种菊，南山种豆，醉后高歌。

词笔疏放，意境高雅，充分表现了词人的放逸襟怀。

　　正因为有了这样的疏放超迈情怀，此山词中才时时涌动着一股清灵、激越之
气。即使是最易流于晦涩质实的咏物词，也能写得清丽幽雅，耐人玩味。如《百
字谣》咏海棠云：

粗桃俗李，漫眼底纷纷，等闲开落。得似花仙夸艳质，暖透胭脂犹

薄。梅不同时，芳心难聘，空妒肌如玉。自然佳丽，不须归荐华
屋。　最好一抹彩云，轻盈飞不去，漫空高簇。霁日浓熏浑欲醉，照映
光风眩烁。遍倚栏干，犯渠清赏，聊为怜幽独。簪花醉也，夜深犹索
芳酿。

若遇和性情相切合的题材，则更是得心应手，尽显本色。如《清华乐·怀古》云：

残山剩水，陌上多尘土。此地当时分汉楚，俯仰几番今古。　暮云
野树苍茫，秋风荒草沙场。极目寒鸦归外，数家篱落斜阳。

词境凄冷荒寒，笔带秋声，句法结构和景物意境，都有颇似马致远散曲《天净沙·
秋思》的地方。此词可视为此山词中小令的代表作。

总之，周权的隐忍坚贞，超旷自持，苦笑为词，更多继承了金元词风，与南宋
浙江豪放词派也小有差异。这也是新时代背景下的一种新变。

张雨（1277－1350），字伯雨，一字天雨，号贞居子，钱塘人，宋理学家张九成
之后。博学多闻，襟怀洒落。年二十，弃家为道士，居茅山，作黄箓楼，藏书甚多，
世称句曲外史。张雨虽托迹黄冠，实属文士，交流很广，以方外诗人与馆阁词臣
相颉颃。他曾从赵孟頫学书法，从虞集学符箓，一时名士范梈、袁桷、马祖常、杨
载、揭傒斯、黄溍等均与之交结，以至名动京师。晚年尤为杨维桢推重，称其诗
"俊逸淡澹"。明人顾起纶《国雅品》列其诗为仙品，称"其诗如深谷幽兰，苾芬远
袭，亦品中灵秀也"。清人王士禛《香草笔记》则称赏其拗体绝句，认为"颇有坡谷
遗风"。张雨亦善词，今存词51首，风格多样，成就较高。著有《贞居先生诗集》、
《贞居词》等。

张雨与朱晞颜一样，都是南宋格律—风雅词派的继承者。张雨是仇远的弟
子、张翥的同窗，填词学白石，颇得清丽瘦劲之旨。且看《满庭芳·重九次赵侯韵》：

湖曲荒烟，石林斜日，笛声凄断山阳。孤怀无托，只用醉为乡。回
首西风黄落，尽输他、松桧青苍。相思处，书题新桔，还待满林霜。　人
生难会合，良辰孤负，把菊传觞。便三人对月，独自清狂。正为躞音空
谷，天远近、鸿鹄高翔。空追和，阳春一曲，聊代紫荽囊。

全词清空峭拔，大有白石和玉田的遗风，上片尤为神似。有时甚至直接模拟白石
的风格，如《早春怨·拟白石》：

盼得春来，春寒春困，陡顿无聊。半剔残缸，片时春梦，过了元
宵。　空山暮暮朝朝，到此际无魂可消。却倚东风，水如衣带，草似
裙腰。

拟作而能自出机杼,风神俊美,格调洒落。下片写意造语,变熟为生,造语新奇,令人称赏。

不过,《贞居词》最突出的成就还是反映在咏物词的创作上,不但数量最多,而且质量也较高,计有《摸鱼儿·双莲一干为人折去,仲举邀予赋之》《瑶花慢·赋雪次仇山村》《宴山亭·赋杨梅》《烛影摇红·红梅》《水调歌头·盆荷》《凤凰台上忆吹箫·和欧阳彦珍催桂》《满江红·玉簪次班彦功韵》《雪狮儿·赋梅次仇山村韵》《东风第一枝·玉簪》9 首。兹以《宴山亭·赋杨梅》为例:

> 鹤顶朱圆,丰肌粟聚,宝叶揉蓝初洗。亲剪翠柯,远赠筠笼,红泉流齿。骨换彤砂,笑尚带、儒酸风味。谁记,曾问谱西泠,绿阴青子。　君家几度尊前,摘天上繁星,伴人同醉。纤手素盘,历乱殷红,浮沉半壶脂水。珍果同时,惟醉写、来禽青李。争似,为越女、吴姬染指。

状物细腻精细,指代形象生动,衬托鲜明妥帖,委实工巧而圆转。

虽然,这还算不得贞居咏物词的代表作。贞居词中的咏物精品,当数《水调歌头·盆荷》一阕,托物咏怀,格调超迈。词云:

> 江湖渺何许,归兴浩无边。忽闻数声水调,令我意悠然。莫笑盆池咫尺,移得风烟万顷,来傍小窗前。稀疏淡红翠,特地向人妍。　华峰头,花十丈,藕如船。那知此中佳趣,别是一壶天。倒挽碧筒酾酒,醉卧绿云深处,云影自田田。梦中呼一叶,散发枕书眠。

小小盆荷在作者笔下,竟有如此摇曳的风姿、脱尘的韵致与阔大的境界,读之令人忘却眼前乃一小小盆荷,竟是万顷莲池与浩瀚烟波,而词中的主角——这株荷花,俨然就是凌波而至的荷花仙子了。这份俊逸潇洒,已不是"白石体"或"玉田体"所能牢笼的了。

正如他的身份和为人,张雨作词,不拘一格,虽多为唱和赠答之作,但或写流年易逝的感叹,或写山居生活的恬淡,或写人生的闲情与人世的清愁,或诙谐,或婉约,或豪俊,诚元代中期浙江词坛一位别开生面的词家。

张可久(1280－1352 后),原名张久可,字可久,号小山,以字行,庆元(今宁波)人。家世业儒,早年客居吴江,即以散曲知名。至大、延祐间长期生活于杭州,与贯云石、刘致、薛昂夫等人优游湖山。后任绍兴路吏,历衢州、婺州路吏。至元年间在桐庐典史任上。至正初,改徽州松源监税。至正九年(1349)在昆山任幕僚,出入顾瑛玉山堂。张可久是散曲大家,是元代作品传世最多的曲家。作词虽是"副业",然亦收获颇丰,不但词作数量多达 66 首,且自具特色,独步一时。

张可久词最鲜明的特色有两点:一是题材以山水景物为主;二是词风清丽潇

洒。先来看下面这首《风入松·湖上九日》：

> 哀筝一抹十三弦，飞雁隔秋烟。携壶莫道登临晚，双双燕、为我留
> 连。仙客玲珑玉树，佳人窄索金莲。　琅琅新雨洗湖天，小景六桥边。
> 西风波眼山如画，有黄花、休恨无钱。细看茱萸一笑，诗翁健似当年。

全词抒情俊爽洒脱，写景明丽疏快，以情带景，融景入情，直抒胸臆，有回肠荡气
之感。随性勾勒，故能有清新夺魄之韵。化用前人典故，不但如同己出，连情味
亦能类似，读者分明可见杜甫《九日蓝田崔氏庄》、杜牧《九日齐山登高》的影响
在。不过，词中已依稀流露出几丝元曲的滑熟来。

相比之下，下面这首《百字令·春日湖上》，更多保留了南宋以来形成的词体
特色。词云：

> 扣舷惊笑，想当年行乐，绿朝红暮。曲院题诗，人去远、别换一番歌
> 舞。鸥占凉波，莺巢小树，船阁鸳鸯浦。画桥疏柳，风流不似张
> 绪。　闲问苏小楼前，夕阳花外，归燕曾来否？古井香泉秋菊冷，坡后
> 神仙何许？醉眼观天，狂歌喝月，夜唤西林渡。穿云笛响，背人老鹤
> 飞去。

本篇所写，乃张可久晚年隐居杭州时所作。上片追忆旧时欢娱，下片悲悼物是人
非，全词脉络分明而意象流走灵动，作者以回忆和联想绾结起生命的时空长廊，
声色光影，调度得当，放收自如。全词将行乐与警省、清隽潇洒与迷惘感伤，调配
一处，令人印象深刻。

赵雍（1289－?），赵孟頫次子，字仲穆。泰定四年（1327）以荫授昌国知州，改
知海宁。至正十四年，累迁集贤待制。至正十六年（1356），以湖州路同知致仕。
卒年七十余。赵雍能书擅画，尤善画兰木竹石。著有《赵仲穆遗稿》一卷，今存，
凡诗、词各 17 首。《彊村丛书》刊《待制词》一卷。

仲穆作词，与其父大不相类，清丽妩媚，缠绵婉约，盖学《花间》、南唐，或柳
永、清真而得其仿佛。学《花间》、南唐者，如《人月圆》。词云：

> 人生能几浑如梦，梦里奈愁何。别时犹记，眸盈秋水，泪湿春罗。
> 绿杨台榭，梨花院宇，重想经过。水遥山远，鱼沉雁渺，分外情多。

学柳、周者，则有《烛影摇红》。词云：

> 新绿成阴，落红如雨春光晚。当年谁与种相思，空羡双飞燕。寂寞
> 幽窗孤馆。念同游、芳郊秀苑。香尘随马，细草承轮，都成肠断。　别
> 久情深，几时重约闲庭院？高楼终日卷珠帘，极目愁无限。莫恨蓝桥路

远,有心时、终须再见。休教长怨,镜里孤鸾,箧中团扇。

又如《玉耳坠金环》(即《烛影摇红》)词云:

> 乳燕交飞,晓莺轻啭花深处。画堂帘幕卷东风,晴雪飘香絮。犹记当时院宇。悄寒轻、梨花暮雨。绣衾同梦,鸳枕双敧,绿窗低语。　春已阑珊,落红飘满西园路。强拈针线解春愁,只是无情绪。无奈年华暗度,黛眉颦、柔肠万缕。章台人远,芳草和烟,萋萋南浦。

这些词作,虽有"人生能几浑如梦,梦里奈愁何"、"莫恨蓝桥路远,有心时、终须再见"、"强拈针线解春愁,只是无情绪"之深挚动人,意境亦堪称浑厚,但总体看,婉丽有余,而精警不足,骨力较弱。

使《待制词》的格调在整体上攀上一个新台阶的,是如下词作。且听《江城子》词云:

> 仙肌香润玉生寒。悄无言,思绵绵。无限柔情,分付与春山。青鸟能传云外信,凭说与、带围宽。　花梢新月几时圆。再团圆,是何年。可是当初,真个两无缘。极目故人天际远,多少恨,凭阑干!

再听《水调歌头》词云:

> 春色去何急,春去尚微寒。满地落花芳草,渐觉绿阴圆。马足车尘情味,暑往寒来岁月,扰扰十余年。赢得朱颜老,孤负好林泉。　宝装鞍,金作镫,玉为鞭。须臾得志,纷华满眼纵相谩。功名自来无意,富贵浮云何济,于我亦徒然。万事付一笑,莫放酒杯干。

与赵雍一般词作不同,此二阕中有感慨,有寄托,风格豪健,情感本色,格高品雅,情韵悠长,意境浑茫。清况周颐《蕙风词话》卷三曾言"待制词以婉丽胜",但上述两首词,虽有婉丽之句,却更显示出一种疏放矫健的骨力,分明有郁怒不平之意寓焉。明人许初跋赵雍自书乐府卷子,称此二阕"颇以孤忠自许,纷华是薄,而兴亡骨肉之感,默寄其中"①,可谓赵氏解人矣。

赵氏还有另一首《江城子》,更直言其"耿耿孤忠",亦应提及。词云:

> 五陵衣马恣轻肥,竞新奇,亦何为? 混处贤愚,谁与辨雄雌! 任尔刺天何足道,终不肯、羡群飞。　燕山花落暮春时。杜鹃啼,劝谁归? 耿耿孤忠,惟有此心知。天赋我才还有用,应不至、负心期。

---

① (清)沈辰垣于奉敕编撰《御选历代诗余》卷一百一十九引,文渊阁《四库全书》本。

在元代中期"第二梯队"词家中,赵雍无疑是非常杰出的一位。

五家之外,其他较具特色的词家,按时间先后,列叙如下。

许谦(1270－1337),字益之,其先京兆人,后徙金华。幼孤,伯母口授《孝经》、《论语》。稍长,发愤读书,虽病不废。年三十一,受业于金履祥之门,尽得其传。于书无所不读。有司闻其名而辟之,皆不就。延祐初,居东阳八华山,开门讲学,从学者达千人。不出里巷四十年。晚年自号白云山人,人称白云先生。至元三年卒,年六十八,谥文懿。谦与北方理学家许衡齐名,并称南北"二许",又是"金华四先生"之一。他站在理学立场,认为诗文之作应"扶翼经义,张维世道"。其文醇古,无宋人语录习气,是理学家兼擅文章者。诗也不同于一般理学家诗,能于理中含兴象。五言古诗有魏晋高古之格,七言歌行亦较有气势。著述丰富,诗文有《白云集》四卷。

许谦虽为理学家,亦能词,《全金元词》录其词2首。兹录其《蝶恋花·正月十一日》如下:

> 杨柳池塘春信早。帘卷东风,犹带余寒峭。暖透博山红雾绕,洞箫扶起歌声杳。　初试花冠金凤小,鬓乱钗横,长怯旁人笑。银烛未残尊未倒,鸡声漏永频催晓。

细致生动,清丽隽永,无一丝酸腐气,不让名家。另一首《祝英台近·次韵潘明之秋思》,写"磊落胸怀"、"行藏心事"与"野月"、"山云"之乐,亦潇洒可诵。

杨载(1271－1323),字仲弘,建宁蒲城(今属福建)人,后徙居杭州。少孤,博涉群书,年四十不仕。户部贾国英数荐于朝,以布衣召为翰林国史院编修官。调管领系官海船万户府照磨,兼提控案牍。延祐初进士及第,授饶州路同知浮梁州事,迁宁国路总管府推官。至治三年卒。其文深得赵孟頫推重,因而名动京师。《元史·儒林传》"其文章一以气为主,博而敏,直而不肆,自成一家言"。惜其文已散失殆尽。杨载为元诗四大家之一,虞集誉之为"百战健儿",范梈赞其所作为"一代之杰作"。其论诗推崇汉、魏、盛唐,讲究诗法,写作态度认真。各体中俱有佳作,最为传诵者为七律《宗阳宫望月》。七言歌行则写得雄浑流丽,正是"百战健儿"风貌。在虞、杨、范、揭四家中,杨诗流传下来的最少。盖杨死时,其子尚幼,残稿流落,无人收拾编次。今传诗集《杨仲弘集》八卷。另有《诗法家数》(四库馆臣认为此书系伪托)。

唐圭璋先生《全金元词》录杨载词1首,调寄《水龙吟》。词云:

> 鸿沟定约东归,又谁遣赤龙回指。青娥舞罢,重瞳饮泣,断肠声里。半壁酸风,两淮寒月,古今兴废。眇乌江满眼,惊涛卷雪,分明总是英雄

泪。　　木末招招舟子,载何人断烟流水。平沙尽处,青山数点,江东千里。长啸风前,无人会我,登临此意。但黄庐苦木,夕阳回照,有渔歌起。

此系怀古之作。虽然遣词造语,时见前人印痕,词意也未必新鲜,但仍当得起"气韵沉雄"四字。身为宋末出身的南方人,自有切身体会在内。

郑禧,生卒年不详,字天趣,温州人。曾登进士第,任黄岩州同知。有自传体爱情小说《春梦录》传世。小说中载其与吴氏女唱和词篇数阕,皆可诵。兹录《木兰花慢》一阕如下:

> 任东风老去,吹不断,泪盈盈。记春浅春深,春寒春暖,春雨春晴,都来杀诗人兴。更落花、无定挽春情。芳草犹迷舞蝶,绿杨空语流莺。　　玄霜着意捣初成,回首失云英。但如醉如痴,如狂如舞,如梦如惊。香魂至今迷恋,问真仙、消息最分明。后夜相逢何处?清风明月蓬瀛。

借暮春时节的风雨落花来写柔情,最易令人改容动心;而上下片叠字的连用,更将抒情主人公不堪愁闷和无限渴慕的浓情传达出来。

周玉晨,字晴川,钱塘人。有《晴川词》,不传。朱晞颜《瓢泉吟稿》中有与周晴川兄弟会饮词,则与晞颜为同时代人。沈雄《古今词话·词辨卷上》载:"元程钜夫曰:'予于近代诸家乐府,惟清真集犁然当于心目,晴川殊有宗风。'"则玉晨当为周邦彦后人,且卓有成就。近人周庆云《历代两浙词人小传》谓玉晨即"邦彦从子"。可惜今仅存《十六字令》1首,见《花草粹编》卷十。词云:"眠。月影穿窗白玉钱。无人弄,移过枕函边。"寥寥数语,清新可喜。

赵由俨,赵孟頫侄,字仲时,吴兴人,身世不详。存词1首,调寄《清平乐》,词云:"楚云迷断,桃叶江南岸。春去秋来情汗漫,愁绝一行新雁。　　锦书欲寄双成,殷勤为谢芳卿。明月碧梧凉夜,有谁知度箫声?"词情浓郁,词意深长,词格柔婉,词语悠扬,为元代写情词中的佳作,即使置之晚唐、北宋,亦有立足处。

徐再思,生卒年不详,字德可,号甜斋,嘉兴人,曾任嘉兴路吏,为元代著名曲家,与贯云石(号酸斋)齐名,时人号为"酸甜乐府"。徐再思存词一首,亦调寄《清平乐》,词云:

> 西风吹断,帆迥浔阳岸。水影碧涵天影漫,倒印片云孤雁。　　琵琶旧谱新成,舟中应有苏卿。愁耳不堪重听,声声又复声声。

词人借白居易《琵琶行》典故,写知遇难得,深挚感人。

最后,讨论元代后期浙江词人。

此期浙江词人,有吴镇、王国器、李孝光、沈禧、王蒙、吴景奎、袁士元、陶宗仪、凌云翰、明本、梵琦等,共 21 家。其中,吴镇、王国器、李孝光、沈禧、吴景奎、陶宗仪、凌云翰 7 家,较有特色和成就,姑以"七子"名之。元代后期词坛虽然没有产生比较突出的大家,但在元词三期中,人数最多,作品最多,风格也更为丰富,或潇洒,或细腻,而一以情意真切为本。这说明经过一段时期的发展,词体终于挣脱元曲的羁绊,逐渐受到文士的重视,开始向词体本位回归,同时也显示出重情、言情的趋向。另外也表明经过一段时间的沉寂,浙江重又成为词体创作的重镇,并显露出发展和繁荣的气象。

吴镇(1280-1354),字仲圭,号梅花道人,嘉兴人。志行高介,一生隐居不仕,被称为"吴隐君"。至正十四年卒,享年七十五岁。书仿晚唐杨凝式,画出关、荆、董、巨,每作山水竹石,必题诗词于上,时号为"三绝"。尝临荆浩《秋景渔父图》,题《渔父词》16 首,又作《酒泉子》8 首,分题所图"嘉禾八景"。早年与其兄师事毗陵柳天骥,垂帘卖卜于市朝。居室号"梅花庵",自署"梅花庵主"。明人将他与黄公望、倪瓒、王蒙并称"元四大家"。后人辑其诗文为《梅花道人遗墨》,《钦定四库全书总目》卷一百六十八提要有云:"镇以画传,初不以文章见重。而抗怀孤往,穷饿不移,胸次既高,吐属自能拔俗。"《彊村丛书》辑《梅花道人词》一卷,存词 29 首。

吴词多为题画所作,淡雅俊逸,清新脱俗。其《渔父词》之高妙,实不减始祖志和。且录其数阕如下:

> 红叶村西夕照余,黄芦滩畔月痕初。轻拨棹,且归欤,挂起渔竿不钓鱼。

> 点点青山照水光,飞飞寒雁背人忙。冲小浦,转横塘,芦花两岸一朝霜。

> 重整丝纶欲掉船,江头新月正明圆。酒瓶倒,岸花悬,抛却渔竿和月眠。

> 残阳浦里漾渔船,青草湖中欲暮天。看白鸟,下平川,点破潇湘万里烟。

> 绿杨湾里夕阳微,万里霞光浸落晖。击楫去,未能归,惊起沙鸥扑鹿飞。

> 残霞返照四山明,云起云收阴复晴。风脚动,浪头生,听取虚篷夜雨声。

> 五岭风光绝四邻,满川凫雁是交亲。云触岸,浪摇身,青草烟深不见人。

这些题画小令,以清新优美、空灵明丽的山水为背景,衬托出一个抛却功名富贵、寄意山水的高洁渔父形象,显示出浙江文化精神中一脉相承的人格追求。

吴镇《酒泉子》8 首,分别题咏所绘其乡"空翠风烟"、"龙潭暮云"、"鸳湖春晓"、"春波烟雨"、"月波秋霁"、"杉闸奔湍"、"胥山松涛"、"武山幽澜"八景,地方特色鲜明,描写简朴生动,足资读者延赏。如题"胥山松涛"画卷云:

> 百亩胥峰,道是子胥磨剑处。嶙峋白石几番童,时有兔狐踪。　山前万个长松树,下有高人琴剑墓。周回苍桧四时青,红日战涛声。

王国器(1284－?),字德琏,号云庵,一作筠庵,湖州人。王蒙父,赵孟𫖯婿。至正二十六年(1366)犹存。《词林纪事》引《词统》云:"王德琏学识为时所推,尤长于今乐府。"今存词 13 首。《踏莎行》10 阕,咏美人"沐发"、"匀面"、"啼痕"、"颦色"等等,实香奁之体,价值不大;唯"破窗风雨,为性初微君赋"一阕,纯写相思之苦,尚堪讽咏。词云:

> 润逼疏棂,寒侵芳袂,梨花寂寞重门闭。检书翦烛话巴山,秋池回首人千里。　记得彭城,逍遥堂里,对床梦破檐声碎。林鸠呼我出华胥,恍然枕石听流水。

云庵词中,最值得称道的,是 3 首题画词,颇能传画意于虚实之间,兹俱录如下:

> 青山不趁江流去,数点翠收林际雨。渔屋远模糊,烟村半有无。　大痴飞醉墨,秋与天争碧。净洗绮罗尘,一巢栖乱云。
>
> ——《菩萨蛮·题黄子久溪山雨意图》

> 秋声吹碎江南树,正是潇湘肠断处。一片古今愁,荒碛水乱流。　披图惊岁月,旧梦何堪说。追忆谩多情,人间无此情。
>
> ——《菩萨蛮·题倪征君惠麓图》

> 金润飞来晴雨,莲峰倒插丹霄。蕊仙楼阁隐岩峣,几树碧桃开了。　醉后岂知天地,月寒莫辨琼瑶。一声鹤叫万山高,画出洞天清晓。
>
> ——《西江月·题洞天清晓图》

以上三阕,首阕通篇俱佳,次阕上片激荡,末阕下片传神。

李孝光(1285－1350),字季和,号五峰,温州乐清人。少博学,隐居雁荡五峰下,四方之士远来受学,泰不华、陶宗仪均师事之。至正间,应诏入京,授著作郎,迁秘书监丞。至正十年卒,年六十六。孝光以文章负名当世,其文取法古人而不趋世尚。其诗风骨遒上,力欲排古人,与杨维桢齐名。著有《五峰集》六卷。有《五峰词》一卷,凡 22 首。

五峰词多写隐居情趣,农家风物,或涉荣枯宠辱,行藏出处,词风浅俗波俏,显然有元曲的影响在内。《满江红》一阕为其代表作,词云:

> 烟雨孤帆,又过钱塘江口。舟人道、官侬缘底,驱驰奔走。富贵何须囊底智,功名无若杯中酒。掩篷窗、何处雨声来,高眠后。 官有语,侬听取;官此意,侬知否?叹果哉忘世,于吾何有?百万苍生正辛苦,到头苏息悬吾手。而今归去又重来,沙头柳。

此词借用与舟子的一场问答,写为官之道,反映出作者一心为民、不辞辛苦的思想情操。方言的运用,使得词作显得俚俗可亲。

《念奴娇》则是一首比较单纯的风土词。词云:

> 江南春暮,看麦枯蚕老,故乡风物。缟袂青裙桑下路,笑动斜阳村壁。鹅鸭比邻,牛羊日夕,父老头如雪。桑麻旧语,宁论汉庭人杰。 谁办草草杯盘,朱樱绿笋,逸兴尊前发。冉冉年华吾老矣,目送孤云明灭。拾穗行歌,摘瓜抱蔓,此事真毫发。逢君轰饮,与吾唤取明月。

词中写五月江南乡村风土人情如在目前,而贯穿其中的则是一股清刚自守之气和怡然自得之意,一个无待于外、自足自立的隐者形象傲然其间。

相比之下,《水调歌头·题于彦明新居》更能表现作者寄情山水的隐逸情怀。词云:

> 东湖浸南麓,北荡带西山。其中大有佳处,元不减商颜。上有雁峰千叠,下有龙滩百曲,别是一人寰。昨夜雨新过,流水到花间。 一张琴,一壶酒,伴渠闲。诗成真宰应妒,万象入嘲讪。北海尊罍依旧,东里杖藜无恙,未放鬓毛斑。吾亦秣吾马,不怕路盘盘。

此词虽为他人新居而赋,而欣悦赏爱之情跃然纸上。"昨夜雨新过,流水到花间",新美芳香,令人沉醉向往;"吾亦秣吾马,不怕路盘盘",振奋昂扬,让人从容淡定。这是生活和生命的赞美诗与主旋律,这是清醒而健全的理想主义和现实主义,这是乐观而自信的隐逸情怀。德国诗人荷尔德林在其名诗《在柔媚的湛蓝中》中写道:"人充满劳绩,但还诗意地栖居在这片大地上。"陶渊明、张志和、李孝光,就是中华民族"诗意栖居"的明证,而志和式的潇洒、孝光式的俏皮,更反映出浙江文化乐观自信和机智幽默的一面。

　　沈禧,生卒年不详,字廷锡,吴兴人,至正前后在世。能词曲,有散曲八套与《竹窗词》一卷传世,存词 55 首,其数量在元代浙江词人中位居第二,仅次于张可久。

　　沈词多写景、题画、咏物之作,格调洒脱,风格清丽,语言平易。总体看,竹窗词清幽俊逸,萧疏淡雅。如《风入松·咏画景》云:

> 竹冠藜杖葛裁襟,华发半盈簪。尘缘一点无萦绊,闲边趣、不管浮沉。姓字不闻入耳,梦魂长绕山林。　相随惟有一床琴,得趣最幽深。溪桥野径忘危险,任逍遥、为觅知音。一曲高山流水,利名都不关心。

以及《满江红·咏全溪清隐》云:

> 拣好溪山,容我住、有幽禽调曲。缚数椽、低低茅舍,也胜华屋。镇日柴门无俗客,一渠流水铿金玉。任苔痕、草色带朝烟,侵阶绿。　篱边种,陶潜菊。窗前植,王猷竹。乐有余、坦率频忘荣辱。吾爱吾庐真得趣,男婚女嫁情缘足。总明朝、风雨及阴晴,眠初熟。

这样的词作,显然是在有意承续陶渊明以来形成的隐逸文化传统。其他诸如《八声甘州·咏施以和溪南小隐》《菩萨蛮》(峨冠博带青藜杖)、《浣溪沙》(著罢南华一卷书)、《阮郎归·山市樵歌》、《清平乐·题渔父图》,以及调寄《风入松》的大多数作品,也都是旨趣相近的词作。从这些词作,读者不难看出沈氏胸襟洒脱的人生境界。

　　意气旨趣所及,就连写景、咏物,也大多带上超凡脱俗的清逸之气。如《鹧鸪天·水仙词》云:

> 邂逅江妃泽畔逢,何年谪降蕊珠宫?轻绡翡袂罗裁袜,秋水为神玉作容。　清浅处,月明中,凌波微步欲飘空。三生已断身前梦,一味全真林下风。

形象晶莹洁净,想象清奇瑰丽,令人有出尘飘举之感。又如《清平乐·题扇小景》词云:

> 平湖渺渺,一叶扁舟小。荡漾不须频举棹,观尽云山多少。　问渠乐意如何?平生惯识烟波。载却月明归去,数声欸乃清歌。

这哪里是题咏扇面,分明是一阕清旷绝尘的渔父词啊。沈禧《风入松·题驿亭图》词有云:“丽词一曲按新声,调格总高清。”事实上,沈禧词高雅清逸,读之令人神清气爽,是当得起这样的评价的。“格调总高清”,不妨看成是他夫子自道。

当然,我们知道,真隐士未必真忘却尘世,在他们的心底,必定仍保留着对人间是非善恶的道德、情感评判。就像陶渊明当年写《咏荆轲》、《读山海经》等作品一样,沈禧也写下《满庭芳·为施克明题〈雪拥蓝关图〉》、《沁园春·追次文丞相,题张巡、许远两忠臣庙》这样的词作,表明词人尚有一颗崇敬贞荩之臣的激烈忠勇之心。

与上述词作相比,沈氏次韵王国器所作《踏莎行》香奁八咏,就可以等闲视之了,虽然这些词作代表了沈氏深婉绮艳的另一种词风。兹举其"绣床凝思"一阕,以资品鉴。词云:

> 杂组香绒,错综纹理,倚床脉脉如春醉。沉吟暗想玉京人,雕鞍何处鸣珂里。　　无限离愁,谁知就里,滔滔比似西江水。无情日夜向东流,一缄好寄相思泪。

风流蕴藉,一往情深,可以看作竹窗词中的别调。

吴景奎(1292—1355),字文可,兰溪人。年十三,为乡正。年三十,海道万户刘贞为浙东宪府掾,辟为从事。次年刘离任,景奎亦辞归,绝意仕进。后又荐署兴化路儒学录,以母老辞不就。至正十五年卒于家,年六十四。景奎于书无所不读,工诗,众体皆备,有唐人遗风。又喜论诗,尝辑《诗家雅言》三卷,今未见。去世后,其子吴履及门人黄琪编其遗诗为《药房樵唱》三卷。词存集中,后人辑为《药房乐府》一卷,凡11首。

吴氏之为人,潇洒不羁,药房词亦豪放恣肆,音节疏放。如《满江红·天台道中》词云:

> 翠逼篮舆,天台路、树迷烟际。襟袖冷、朔风初定,露华才坠。珠斗横空孤嶂远,金波摇月寒潭碎。问刘郎、采药遇神仙,知何地?　　终不负,风云志。还有待,江山意。想琐窗应念,故人归去。翠羽梅花山下梦,青衫枫叶江头泪。算邮亭、一曲好姻缘,何时会?

行走天台道中,自然会想起刘、阮遇仙的典故,又由美好姻缘,联想到人生的际遇。如此,词作的题旨、境界和风格都得到提升。"终不负,风云志。还有待,江山意"数句,分明是作者的夫子自道了;而"算邮亭、一曲好姻缘,何时会",则明白是作者的期盼和慕求了。以意逆志,是否可以认为词人之绝意仕途,实有不得已的苦衷?

药房词仅存11首,词风基本一致,即使是交游之作,也写得亢爽矫健,让人意举兴起。如《念奴娇·寄萧善云》词云:

绛河明月,到中秋、不比寻常三五。神女梦,寒生嫉妒,特地行云行
雨。天上婵娟,人间阴晦,怅望成凄楚。金尊翠袖,澹然相对无
语。 遥想天柱峰头,通宵宴赏,此地今何处?争似银桥侵汉表,直入
琼楼玉宇。桂树婆娑,羽衣凌乱,偷得霓裳谱。素娥应笑,醉来狂兴
如许!

从词序看,这是一首交游词。实际上也是一首节序词,中秋词。友情已足可怀,
又适逢中秋独酌,自然情不能已。于是,面对可见之皓月,和想象之神女,词人终
于"醉来狂兴如许"。

陶宗仪(1316—?),字九成,号南村,黄岩人。少试有司,一不中即弃去。务
古学,无所不窥。出游浙东、西,师事张翥、李孝光、杜本。元季寓松江,著书授
徒,累辞避举。明初尝任学官,永乐元年(1403)犹存。工书,能诗。著有《辍耕
录》三十卷、《南村诗集》四卷、《沧浪棹歌》一卷等。

南村存词6首,见《沧浪棹歌》,附于诗后。周泳先《唐宋金元词钩沉》辑为
《南村诗余》一卷。其三为隐逸词,余三为咏物词,数量虽少而品格甚高。如《南
浦》词云:

如此好溪山,羡云屏九叠,波影涵素。暖翠隔红尘,空明里、着我扁
舟容与。高歌鼓枻,鸥边长是寻盟去。头白江南,看不了,何况几番风
雨! 画图依约天开,荡清晖,别有越中真趣。孤啸拓篷窗、幽情远,都
在酒瓢茶具。水葓摇,晚月明,一笛潮生浦。欲问渔郎无恙否,回首武
陵何许?

此词借山水描写表现词人的清高人格,动静相间,明暗结合,虚实互补,情景一
体,隽永含蓄。清人王奕清《历代词话》卷九称此词卒章"水葓摇"以下数句"其高
致可想见也"。此词前原有小序云:"会波村,在松江城北三十里。其西九山离
立,若幽人冠带拱揖状。一水并九山南过村外,以入于海。而沟塍畎浍,隐黔竹
树间。春时桃花盛开,鸡犬之声相闻,殊有武陵风概,隐者停云子居焉。一舟曰
水光山色,时放乎中流,或投竿,或弹琴,或呼酒独酌,或哦咏陶谢韦柳诗,殆将与
功名相忘,尝坐余舟中,作茗供,襟抱清旷,不觉度成此曲。主人即谱入中吕调,
命洞箫吹之,与童子棹歌相答,极鸥波缥缈之思云。"情景思致俱佳,意境清幽,淡
泊优美,冲粹不凡,可与此词相辉映。

相比之下,《念奴娇·九日有感,次友人韵》一阕,直抒胸臆,作者之牢落不
平溢于言表,而卒归高蹈。词云:

黄花白发,又匆匆佳节,感今怀昔。雨覆云翻无限态,故国寒烟榛

棘。杜老飘零，沈郎瘦损，此意天应识。划然长啸，不知身是孤客。　呼酒漫被清愁，玉奴频劝，两脸添春色。眼底平生空四海，倦拂红尘风帻。戏马台荒，龙山人老，往事休追惜。山林无恙，也须容我高展。

此词正可为《南浦》之注脚和旁白，词人遗世之缘由，隐逸之决心，皆表露无遗。

南村之咏物词，《露华》一阕赋碧桃，《一尊红》赋红梅，《月下笛》赋落梅，俱可诵，而尤以《月下笛·赋落梅》最见作者精神。词云：

> 东阁诗悭，西湖梦残，好音难托。香消玉削。早孤标顿非昨。阿谁底事频横笛？不道是、江南摇落。向空阶闲砌，天寒日暮，病鹤轻啄。　情薄。东风恶。试快觅飞琼，共翔寥廓。冰魂漠漠，谩怜金谷离索。有时巧缀双蛾绿，天做就、宫妆绰约。待一点脆圆成，须信和羹问却。

上片极写梅花之零落不偶，下片寄托美好之愿望，赋梅实咏人，为飘零人生寻求归宿。

凌云翰，生卒年不详，字彦翀，号柘轩，钱塘人。至正间举浙江乡试，授平江路学正，不赴。明洪武十四年(1381)，受荐至京，授四川学官。坐贡举乏人，谪南荒以卒，归骨西湖。著有《柘轩集》四卷。其诗华而不靡，驰骋而不离轨。亦工词，后人辑为《柘轩词》一卷，凡 28 首。明瞿佑《归田诗话》卷下曾言凌氏有"梅词《霜天晓角》一百首，柳词《柳梢青》一百首，号'梅柳争春'者，属予和之"，惜未见。

柘轩词的题材内容，大致可分为两大类：一类是感慨人生之作，如《苏武慢》组词 12 首、《念奴娇》(等闲屈指)、《风入松·和贝廷琚助教韵》等；另一类则是咏物、题画、写景及应酬的闲适之作，如《蝶恋花·杏庄为莫景行题》2 阕、《满江红·咏梨花鸟图》、《凤凰台上忆吹箫·赋凤仙花》、《瑶华慢·赋雪》、《狮儿词·赋梅和仇山村韵》、《一剪梅·寿俞子中紫芝》、《渔家傲·寿杨复初》等。两类作品，均有不俗表现。在元末明初的浙东词坛，凌氏堪称大手笔。

第一类词可以《苏武慢》组词第五首为代表。词云：

> 破帽多情，布帆无恙，兴尽便寻溪转。明月来时，浮云飞尽，千古翠屏宜晚。桂棹兰桨，荷衣芰制，偏称药炉经卷。看轻鸥、点破长烟，一望水连天远。　尝记得、雪满山阴，舟回剡曲，何必过门相见。浩气难消，哀情谁会，万里碧空横剑。一道虹桥，半天龙驾，尚忆慢亭开宴。要长生、须出人间，未卜道缘深浅。

词中既有对隐居生活的憧憬,也有对人世俗务的淡泊,但作者并不是空洞说理,而是借助山水形象和隐者生活情形的描写,来表达遗世高蹈的胸襟,这就使作品具有了较高的艺术性。至于被清人沈雄《柳塘词话》评为"悟后人语"的《念奴娇》(等闲屈指)一阕,纯以议论为主,缺少生动的形象,就未免空洞说教了。

柘轩词的艺术成就,主要还是体现上第二类词作上。且看其《蝶恋花·杏庄为莫景行题》词云:

> 一色杏林三百树,茅屋无多,更在花深住。旋压小槽留客醉,举杯忽听黄鹂语。　醉眼看花花亦舞,风卷残红,飞过邻墙去。恰似牧童遥指处。清明时节纷纷雨。
>
> 过雨春波浮鸭绿,草阁三间,人住清溪曲。旧种小桃多似竹,乱红遮断松边屋。　有客抱琴穿翠麓,隔水呼舟,应是怜幽独。历历武陵如在目,几时同借仙源宿。

这是柘轩词中最为流行的两首作品。问其好处,大致有二:一是善于捕捉日常生活中的清丽景象,并用浅近的语言表达出来,从而形成清新隽永的风格;二是化用前人诗词,以故为新,使眼前景象增添诗情画意和书卷气息。

凌云翰在《论诗》诗中曾表明自己的创作主张:"开门方觅句,折简复论诗。每到真成趣,由来不费辞。艰深文浅近,臭腐化神奇。得失真悬绝,须劳一转移。"可见凌氏追求的是一种清新俊逸、感情真挚、平易自然的诗格,反对一味求奇而艰涩的作风。上述二阕,正是凌氏文学观在词体创作上的具体反映。明田汝成《西湖游览志余》卷十二曾评"一色杏林三百树"一阕"辞格清逸,一洗铅华,非骈金俪玉者比也"。清褚人获《坚瓠补集》卷五亦云此词"辞格清逸,不减宋元名家"。清人沈雄《柳塘词话》所云"柘轩词格爽逸",指的也是这类作品。

《狮儿词·赋梅和仇山村韵》也是柘轩词中写得较好的一首。词云:

> 寒驴破帽,知是几度寻春,山南山北。惆怅亭荒仙远,苔枝空绿。村醪正熟,为花醉、何妨留宿。春光似怕人冷落,先回空谷。　潇洒生意自足。有高标、不厌矮篱低屋。与雪相期,侧耳隔窗虫扑。晚晴纵步,又还信、一枝筇竹。莫嫌独,自在画阑东曲。

这是一首咏梅词,写得灵活多变,潇洒自如,情趣盎然。作者言处处寻春,终于发现春在山间,这"春"便是梅花。一句"春光似怕人冷落,先回空谷",不但道出词人的欣喜,还用拟人的手法写出了梅花对词人的体贴,梅花与词人在精神上的契合。下片便集中笔墨来描写梅花。"潇洒生意自足"是对梅花整体形象的概括。以下便从不同角度来表现梅花的品质和精神。"有高标"一句,写梅花生于荒山幽谷、矮篱低屋而怡然自得;"与雪相期"二句,写梅花笑傲霜雪严寒;"侧耳隔窗虫扑",这"虫扑"声是梅枝轻触?还是飞雪轻敲?真是灵变至极。"晚晴"二句,照应前文,点明乃雪后扶杖散步。直到末二句,词人才将读者引向梅花;而"莫嫌独"三字,既照应开篇之"寻春",明言此词所写乃早梅一枝,同时也是词人见早梅油然而生的欣喜、满足之情。此词之高妙,一语以蔽之,曰:"潇洒生意自足。"

事实上,柘轩词的整体风格,也同样可以"潇洒生意自足"来概括,前人所谓"清逸"、"爽逸"是也。

"七子"之外,其余14家,但择其作品之有可称者列叙之。

王蒙,字叔明,吴兴人,王国器子,赵孟頫甥。敏于文,工山水,善人物。元末隐居仁和黄鹤山,号黄鹤山樵。入明,知泰安州事。坐与胡惟庸交往,被捕,洪武十余年瘐死狱中。词存《忆秦娥·南方怀古》一阕,云:"花如雪,东风夜扫苏堤月。苏堤月,香销南国,几回圆缺?　钱塘江上潮声歇,江边杨柳谁攀折?谁攀折,西陵渡口,古今离别!"苍劲高古,不减太白"西风残照,汉家陵阙",而苍茫悲慨之中,又缠夹无限妩媚妖娆,是百炼钢化为绕指柔,可谓"雄丽"者也。如此词作,虽一而足。

张毦,字翔南,建德人,徙居嘉兴。**金炯**,字子尚,嘉兴人,元季中乡举,洪武初,知苏州府,以上书请减赋额,赐死。张、金二人各有一首《踏莎行·题破窗风雨图,和王筠庵韵》一首,而以金作为优。词云:"草带残编,荷衣断袂。破窗风雨深深闭。江南倦客正思家,灯花摇梦来乡里。　翠竹檐前,碧蕉丛里。秋声斗合愁心碎。不教潘鬓总成霜,也应有泪如铅水。"深挚浑涵,出语流畅,允称佳作。

袁士元,生卒年不详,一名宁老,字彦章,鄞县人。以荐授鄞县县学教谕,历西湖书院、鄮山书院山长、平江路学教授。召为翰林国史院检阅官,不赴。筑别业城西,自号菊村学者。著有《书林外集》七卷。《彊村丛书》辑为《书林词》一卷,凡7首。其六为祝颂、交游之作,其一咏盆荷。《八声甘州·饯帅阃张仲渊外郎》一阕开篇之叙景,颇有生气,词云:"又西风、吹动塞云飞,碧天倚清秋。拥长亭祖席,斜阳旗影,枫叶江头。"又《瑞鹤仙·寿倚云楼公》开篇"绿阴深院宇。正帘卷华堂,午风清暑。榴花红半吐"数句,前三句祥和宜人,末句警丽动人。

郯韶,字九成,吴兴人。至正中,尝辟试漕府掾,自号云台散史。存《清平乐》一阕,其下片云:"谁将琼管吹霞?柳花飞过东家。说与门前去马,断肠休为琵琶。"说离别而能别出心裁。

何可视,字思明,嘉兴人。元末世乱不仕,自号烂柯樵者。存词2首。《蝶恋花·送春》用陈出新,情思绵邈。词云:"金井啼鸦深院晓。飏尽东风,柳絮吹难了。燕子多情相识早,杏梁依旧双双到。　一缕沉烟帘幕悄。满眼飞花,只觉人怀抱。十二玉楼春树杪,天涯不断青青草。"《玉楼春》写羁愁旅思,婉转层深,意味深永。其下片云:"小楼一半屏山隔,不灭银钉通照夕。还乡好梦却忘愁,梦破那堪仍在客!"

柯九思(1312—1365),字敬仲,号丹丘生,台州人,积官至奎章阁鉴书博士。有《柳梢青·和杨无咎梅词四首》,依次和未开、欲开、盛开和将残之梅,大致如其于跋语中自言,乃"勉强续貂"。其二"和欲开",可供一览。词云:"姑射论量。渐消冰雪,重试新妆。欲吐芳心,还羞素脸,犹吝清香。此情到底难藏。悄默默、相思寸肠。月转更深,凌寒等待,更倚西廊。"

高明(1305?—1359),字则诚,瑞安人。至正五年(1345)年中第,官处州录事。洪武初,召修《元史》,以老病辞归。所著除《琵琶记》外,有《柔克斋集》,今不传。存《鹧鸪天·题顾氏筠堂》1首,颇可诵读。词云:"绿玉参差傍短楹,高堂清梦已冥冥。满枝只带湘灵点,一曲空听秦凤鸣。　天莫问,物多情,此君潇洒若平生。风声月色来亭榭,老泪年来湿几更!"咏竹、颂人、感怀时世,三者完美统一,允称咏物佳构。

释明本(1263—1323),号中峰,钱塘孙氏子。坐道场于天目山狮子院,仁宗赐号广慧禅师,文宗赐号智觉。所至结庵,俱名"幻住"。著有《中峰广录》三十卷。工诗,有捷才,尝和冯子振梅花百咏。唐圭璋先生《全金元词》录其《行香子》词共9首,俱写释家清雅襟怀,如话家常,亲切动人。如:"短短横墙,矮矮疏窗。一方儿、小小池塘。高低叠嶂,曲水边旁。也有些风,有些月,有些香。　日用家常,竹几藤床。尽眼前、水色山光。客来无酒,清话何妨?但细烘茶,净洗盏,滚烧汤。"又如:"水竹之居,吾爱吾庐。石粼粼、乱砌阶除。轩窗随意,小巧规模。却也清幽,也潇洒,也安舒。　懒散无拘,此等如何?倚阑干、临水观鱼。风花雪月,赢得工夫。好炷些香,图些画,读些书。"若不经意,天真明妙,乃方外词家本色。

释梵琦(1296—1370),字楚石,号昙曜,象山人。俗姓朱,母姓张。年十六,为杭州昭庆寺僧,历主杭州报国寺、嘉兴本觉寺,退隐海盐永祚寺西斋,自号西斋老人。明洪武三年卒,年七十五。著有《西斋净土诗》三卷。词存集中,凡32首,均调寄《渔家傲》。其中"婆婆苦"16首,每首皆以"听说婆婆无量苦"起句;"西方乐"16首,每首皆以"听说西方无量乐"起句。西斋词大抵皆释氏劝导语,文学意义不大。其中"婆婆苦"诸曲,较多现实内容,涉及恶俗、商旅、战乱、打渔、奴役、狱讼、旱灾等等。少数词句尚有一定的形象性。如云:"绿发红颜留不住,英雄尽向何方去?回首北邙山下路,斜阳暮,千千万万寒鸦度。"又云:"卸却云帆停却橹,打头风急鲸鱼舞。滚滚潮声喧万鼓,愁肝腑,遭逢患难谁依怙!"语法苍老,令人警悟。

三、小　结

综而论之,有元一代浙江词的创作,是在立足浙江地域文化、继承南宋词学传统的基础之上,又深受北方文化清刚气质和金源词疏宕、劲爽词风的浸润,以及北曲的影响,继续向前发展的。故其与单纯的南宋浙江词或金源词都有所不同,形成许多新变,并表现出发展的阶段性特征。

第二节　明代浙江词的洄溯与振作

由上节之论述,可知元代浙江词思想感情的广博与真率。如果蒙元享祚久长,以元代后期浙江词坛的创作情况而言,应当能在题材、风格多样化的道路上走得更加稳健,有更加突出的成就。然而,随着朱明王朝的崛起,蒙元退缩回漠北,浙江词史的发展也随之发生了重大转变。这便是从情志一体到偏嗜言情,从健硕清新到柔靡秾丽;一言以蔽之,明词向晚唐五代回溯,步入相对萎靡、衰落的发展阶段。

不过,承变与盛衰,是事物发展演变之常理规律。若无新变,不能代雄;盛极而衰,衰极转盛。以此观之,则世人所谓明词之衰变与言情,实亦明词立足千年词史之根据。更何况,词体发展的大势和规律并没有被阻断,有洄溯更多顺流,有萎靡亦有振作。明末词坛因民族矛盾而激起的振作和高歌,以及浙西区域性、家族性创作群体的涌现,也印证了词史发展因变盛衰的曲折性和规律性。由此出发,我们或许能对明代浙江词的创作特色及其艺术成就,重新做一次更为全面而科学的把握和认识。如何看待"明词之衰",张仲谋先生所著《明词史》亦有非常中肯的论述①,可资参阅。

一、明代浙江词的创作概况

笔者据《全明词》及《全明词补编》二书,并参考《全清词·顺康卷》及其补编,进行统计,明代浙江地区共有词人 463 人,词作 8953 首。其中,嘉兴地区有词家 149 人,词作 4263 首;杭州地区 96 人,词作 2220 首;宁波地区 77 人,词作 358 首;绍兴地区 65 人,词作 554 首;湖州 38 人,词作 707 首;金华 12 人,词作 435 首;温州 12 人,词作 79 首;台州 6 人,词作 52 首;丽水 5 人,词作 277 首;舟山 2 人,词作 5 首;衢州 1 人,词作 3 首。不难看出,今浙江北部地区依然是词体创作比较繁荣的地区。

---

① 张仲谋著《明词史》之《绪论》,人民文学出版社 2002 年版。

明代浙江词人占籍及存词数量一览表①

序　号	姓　名	籍　贯	存词	序　号	姓　名	籍　贯	存　词
1	贝　琼	嘉兴桐乡	28	23	马　洪	杭州仁和	29
2	宋　濂	金华浦江	6	24	于　谦	杭州钱塘	1
3	刘　基	丽水青田	243	25	郭　南	绍兴上虞	2
4	张　著	温州苍南	1	26	张　楷	宁波慈溪	1
5	王　骥	杭州仁和	6	27	黄润玉	宁波鄞县	2
6	胡　奎	嘉兴海宁	8	28	魏　安	宁波鄞县	1
7	桂　衡	杭州仁和	4	29	郑　棠	金华浦江	9
8	王好问	绍兴会稽	1	30	王　来	宁波鄞县	1
9	朱维嘉	丽水缙云	2	31	商　辂	杭州淳安	6
10	陈嘉绩	绍兴诸暨	2	32	姚　绶	嘉兴嘉善	29
11	严震直	湖州乌程	1	33	胡　超	衢州龙游	3
12	杨　范	宁波鄞县	1	34	张　宁	嘉兴海盐	26
13	瞿　佑	杭州钱塘	242	35	王娇莺	杭州临安	1
14	花　纶	杭州仁和	1	36	莫　璠	杭州钱塘	10
15	程本立	嘉兴崇德	2	37	章　懋	金华兰溪	6
16	张　肯	杭州钱塘	28	38	朱仲娴	嘉兴海宁	2
17	虞原璩	温州瑞安	4	39	洪　贯	宁波鄞县	3
18	黄　淮	温州永嘉	13	40	卢　格	金华东阳	17
19	王　洪	杭州钱塘	13	41	魏　偶	宁波鄞县	14
20	戚　虎	金华	1	42	杨子器	金华兰溪	1
21	王　毓	温州永嘉	2	43	谢　迁	宁波余姚	6
22	顾　悫	宁波慈溪	1	44	李　麟	宁波鄞县	3

---

①　本表主要依据饶宗颐与张璋二先生编纂之《全明词》、周明初与叶晔二先生辑录之《全明词补编》二书,编制而成。元明之际词人归属,依《全金元词》而定,明清之际词人归属,主要依《全明词》而定。个别词家,如徐灿,《全明词》虽未收,而理当划归明代,亦从《全清词》中移出,列入本表。顾姒、杨琇,《全明词》《全清词》俱收,而理当入清。如此,本表共收明代词人 463 家。在《全明词》所录 1390 余人、20000 余词中,有浙江 374 人、6681 首词作,分别占27%、33%的比例。在《全明词补编》所辑 629 家、5021 首词作中,则有浙江 144 人、1634 首词作,分别占 23%、33%的比例。可见,明代浙江词人数量约占全国的 1/4,而词作数量则约占全国的 1/3。

续 表

序号	姓名	籍贯	存词	序号	姓名	籍贯	存词
45	夏镤	台州天台	3	75	赵金	湖州乌程	1
46	陆廷玉	杭州仁和	1	76	江泛	宁波奉化	6
47	符俊	杭州余杭	10	77	骆文盛	湖州德清	6
48	朱谏	温州永嘉	19	78	唐枢	湖州归安	1
49	李堂	宁波鄞县	18	79	朱东阳	绍兴山阴	13
50	郑满	宁波慈溪	5	80	徐应丰	绍兴上虞	40
51	陈沂	宁波鄞县	1	81	丰坊	宁波鄞县	1
52	张琦	宁波鄞县	1	82	陆塇	嘉兴嘉善	2
53	朱朴	嘉兴海盐	5	83	吕希周	嘉兴崇德	44
54	陈霆	湖州德清	266	84	张铁铗	宁波慈溪	2
55	卢浚	台州天台	1	85	来汝贤	杭州萧山	2
56	倪宗正	宁波余姚	4	86	陈束	宁波鄞县	2
57	陶谐	绍兴会稽	2	87	朱公节	绍兴山阴	4
58	王矿	台州黄岩	2	88	闵如霖	湖州乌程	4
59	王激	温州永嘉	7	89	闵珪	湖州乌程	1
60	姚惟芹	嘉兴	2	90	蔡宗尧	台州天台	38
61	章玄应	温州乐清	23	91	孙应奎	宁波余姚	3
62	徐子熙	绍兴上虞	27	92	沈铼	绍兴会稽	4
63	汪应轸	绍兴山阴	3	93	冯光浙	宁波慈溪	4
64	贾大亨	绍兴上虞	1	94	侯一元	温州乐清	2
65	谢耀	绍兴上虞	2	95	张天复	绍兴山阴	6
66	项乔	温州永嘉	1	96	王交	宁波慈溪	41
67	顾应祥	湖州长兴	8	97	王叔果	温州永嘉	4
68	张邦奇	宁波鄞县	39	98	胡膏	宁波余姚	1
69	钟梁	嘉兴海盐	12	99	凌立	杭州钱塘	1
70	季本	绍兴会稽	6	100	黄中	丽水括苍	1
71	郑晓	嘉兴海盐	2	101	姚一元	湖州长兴	1
72	包梧	宁波鄞县	8	102	张元谕	金华浦江	7
73	祝继伦	嘉兴海宁	1	103	董份	湖州乌程	4
74	孙一元	湖州乌程	3	104	孙升	宁波余姚	1

序 号	姓 名	籍 贯	存 词	序 号	姓 名	籍 贯	存 词
105	杨文俪	宁波余姚	1	135	陈庚蕃	宁波	8
106	钱 氏	湖州	3	136	马邦良	杭州富阳	95
107	舒 缨	宁波余姚	3	137	岳和声	嘉兴	5
108	沈 稠	湖州归安	2	138	项兰贞	嘉兴秀水	6
109	陈有年	宁波余姚	2	139	梁玉姬	杭州武林	2
110	徐 渭	绍兴山阴	35	140	沈纫兰	嘉兴秀水	3
111	沈明臣	宁波鄞县	1	141	王思任	绍兴山阴	2
112	余有丁	宁波鄞县	1	142	茅 维	湖州归安	93
113	陈文璧	宁波鄞县	1	143	陈子龙	宁波鄞县	1
114	屠本畯	宁波鄞县	1	144	朱 勋	宁波鄞县	1
115	管大勋	宁波鄞县	5	145	成 岫	杭州钱塘	3
116	田艺衡	杭州钱塘	6	146	卓发之	杭州仁和	7
117	周履靖	嘉兴秀水	265	147	陈 祶	绍兴会稽	16
118	黄淑德	嘉兴秀水	3	148	陈云龙	杭州钱塘	7
119	胡文焕	杭州钱塘	19	149	支如玉	嘉兴嘉善	1
120	缪崇正	嘉兴	2	150	王继贤	湖州长兴	2
121	陈曼年	湖州归安	2	151	薛三省	舟山定海	4
122	郭子直	嘉兴海宁	1	152	姚青娥	嘉兴秀水	5
123	高 濂	杭州仁和	205	153	张鸿逑	宁波鄞县	11
124	彭绍贤	嘉兴海盐	1	154	田玉燕	杭州钱塘	3
125	支大纶	嘉兴嘉善	2	155	陶望龄	绍兴会稽	1
126	朱 赓	绍兴山阴	1	156	李日华	嘉兴	11
127	王慎德	嘉兴嘉善	1	157	沈 演	湖州乌程	1
128	李 培	嘉兴秀水	38	158	王嗣奭	宁波鄞县	8
129	顾际明	嘉兴嘉善	1	159	徐胤翘	杭州钱塘	2
130	屠 隆	宁波鄞县	10	160	诸庆源	宁波余姚	1
131	郑汝璧	丽水缙云	29	161	全大训	宁波鄞县	1
132	姚应龙	宁波慈溪	3	162	周卜辅	绍兴山阴	2
133	卞洪勋	嘉兴嘉善	2	163	来继诏	杭州萧山	5
134	冯敏效	嘉兴平湖	16	164	戴 澳	绍兴剡上	27

续 表

序号	姓 名	籍 贯	存词	序 号	姓 名	籍 贯	存 词
165	邵泰宁	杭州	1	195	冯玄玄	杭州武林	1
166	员贞闺	湖州归安	1	196	黄尊素	宁波余姚	1
167	吴静闺	湖州乌程	2	197	胡友华	嘉兴	1
168	魏大中	嘉兴嘉善	1	198	周拱辰	嘉兴桐乡	62
169	钱士升	嘉兴嘉善	1	199	曹 勋	嘉兴嘉善	1
170	钱继登	嘉兴嘉善	5	200	归淑芬	嘉兴	14
171	钱继振	嘉兴嘉善	3	201	唐世济	湖州乌程	161
172	陆 钰	嘉兴海宁	48	202	钱夫人	湖州吴兴	6
173	陶士奇	嘉兴	1	203	陶奭龄	绍兴会稽	10
174	孙茂芝	嘉兴嘉善	2	204	祁承㸁	绍兴山阴	7
175	冯盛世	嘉兴嘉善	1	205	陈于朝	绍兴诸暨	9
176	徐石麟	嘉兴	10	206	陶崇道	绍兴会稽	1
177	李端卿	杭州钱塘	3	207	王扬德	绍兴会稽	16
178	顾若璞	杭州钱塘	10	208	陈士聪	宁波余姚	1
179	周懋宗	绍兴山阴	16	209	冯元仲	宁波慈溪	9
180	王钦豫	温州永嘉	1	210	陈龙正	嘉兴嘉善	8
181	黄 鸿	杭州钱塘	4	211	董斯张	湖州乌程	47
182	黄修娟	嘉兴秀水	2	212	胡 莲	台州天台	3
183	陆锡明	嘉兴平湖	1	213	李玉照	绍兴会稽	4
184	周丕显	宁波鄞县	1	214	沈自继	嘉兴平湖	7
185	徐之垣	宁波鄞县	1	215	韩智玥	湖州乌程	5
186	李福谦	嘉兴	4	216	吴 柏	杭州钱塘	2
187	范 沩	湖州乌程	3	217	王 屋	嘉兴嘉善	547
188	彭 琬	嘉兴海盐	3	218	张 岱	绍兴山阴	17
189	彭 琰	嘉兴海盐	2	219	彭孙贻	嘉兴海盐	231
190	陈民俊	宁波鄞县	3	220	彭孙婧	嘉兴海盐	3
191	陆 宝	宁波鄞县	2	221	吴 熙	嘉兴	167
192	朱颜复	嘉兴嘉善	1	222	钱 涓	嘉兴	5
193	顾士林	嘉兴	4	223	钱应金	嘉兴	6
194	支如增	嘉兴嘉善	2	224	钱应扬	宁波余姚	1

序号	姓名	籍贯	存词	序号	姓名	籍贯	存词
225	张大烈	杭州钱塘	23	255	李渔	金华兰溪	359
226	周珽	嘉兴嘉善	2	256	金堡	杭州	466
227	陈洪绶	绍兴诸暨	38	257	钱光绣	宁波	7
228	孙光烈	宁波余姚	1	258	俞汝言	嘉兴	4
229	谢晋	绍兴会稽	6	259	陆圻	杭州钱塘	1
230	祁彪佳	绍兴山阴	7	260	黄双蕙	嘉兴秀水	2
231	祁象佳	绍兴山阴	1	261	吴本泰	杭州钱塘	2
232	邵夒	绍兴会稽	1	262	钱继章	嘉兴嘉善	95
233	张萼	绍兴山阴	1	263	高承埏	嘉兴秀水	1
234	王翃	嘉兴	166	264	方维新	绍兴	1
235	董玄	绍兴会稽	35	265	钱棣	嘉兴嘉善	4
236	周凤翔	绍兴山阴	2	266	徐之瑞	杭州仁和	7
237	商景兰	绍兴山阴	56	267	江广	杭州仁和	1
238	商景徽	绍兴山阴	3	268	徐灿	嘉兴海宁	101
239	吕福生	绍兴会稽	3	269	李因	杭州钱塘	22
240	陶虬	绍兴山阴	1	270	胡介	杭州钱塘	47
241	沈窦	嘉兴嘉善	1	271	钱肃图	宁波鄞县	1
242	超琛	嘉兴	1	272	柳如是	嘉兴	34
243	钱肃乐	宁波鄞县	20	273	张丹	杭州钱塘	22
244	魏学洙	嘉兴嘉善	17	274	蒋玉立	嘉兴嘉善	1
245	魏学濂	嘉兴嘉善	6	275	徐棖	嘉兴	17
246	徐白	嘉兴嘉善	1	276	陆阶	杭州钱塘	1
247	吴芳	嘉兴	2	277	陆垤	杭州钱塘	1
248	潘炳孚	嘉兴嘉善	51	278	陆鸣皋	杭州钱塘	3
249	钱㳭	嘉兴嘉善	1	279	钱继振	嘉兴嘉善	1
250	李天植	嘉兴乍浦	5	280	朱曾省	嘉兴嘉善	2
251	徐士俊	杭州仁和	203	281	冯紘	绍兴会稽	5
252	徐灏	杭州仁和	4	282	来集之	杭州萧山	64
253	梁孟昭	杭州钱塘	1	283	郑溱	宁波慈溪	1
254	沈宣	杭州仁和	2	284	孙绍祖	嘉兴嘉善	1

续 表

序 号	姓 名	籍 贯	存 词	序 号	姓 名	籍 贯	存 词
285	孙瑶英	杭州钱塘	4	315	范 路	嘉兴	4
286	马淑祉	绍兴会稽	1	316	褚 醇	嘉兴	1
287	沈 捷	杭州仁和	3	317	赵承光	杭州钱塘	17
288	沈 璇	杭州仁和	1	318	沈亿年	嘉兴	90
289	沈祖孝	湖州归安	1	319	沈英节	嘉兴	3
290	李 桐	宁波鄞县	1	320	蒋 暎	杭州仁和	3
291	顾长任	杭州钱塘	4	321	卓人月	杭州仁和	95
292	陆嘉淑	嘉兴海宁	90	322	曹元芳	嘉兴海盐	361
293	陆宏定	嘉兴海宁	61	323	徐 远	嘉兴嘉善	1
294	张煌言	宁波鄞县	6	324	关 键	杭州钱塘	1
295	沈 谦	杭州仁和	222	325	沈 泓	嘉兴嘉善	2
296	缪 泳	嘉兴梅里	187	326	沈兰英	湖州归安	1
297	潘廷章	嘉兴海宁	35	327	徐 在	嘉兴嘉善	3
298	查 容	嘉兴海宁	106	328	孟士楷	绍兴会稽	2
299	赵 氏	杭州钱塘	1	329	潘云赤	杭州钱塘	3
300	胡 山	金华兰溪	14	330	董汉策	湖州乌程	1
301	沈懋德	嘉兴嘉善	4	331	吕师濂	绍兴山阴	1
302	秦懋德	台州临海	5	332	陆繁弨	杭州仁和	1
303	冯 柯	宁波慈溪	6	333	黄德贞	嘉兴	15
304	孙 鳌	宁波余姚	2	334	黄媛贞	嘉兴秀水	108
305	骆问礼	绍兴诸暨	4	335	黄媛介	嘉兴秀水	17
306	周 诗	杭州钱塘	1	336	朱廷旦	嘉兴嘉善	1
307	李 标	嘉兴嘉善	1	337	沈宗塙	杭州仁和	7
308	柴贞仪	杭州钱塘	2	338	李 鄂	嘉兴嘉善	1
309	柴静仪	杭州钱塘	4	339	张嘉昺	宁波鄞县	2
310	孟称舜	绍兴会稽	23	340	毛先舒	杭州仁和	143
311	韩曾驹	湖州乌程	1	341	周 篔	嘉兴	6
312	钱 棻	嘉兴嘉善	31	342	韩纯玉	湖州归安	10
313	朱一是	嘉兴海宁	171	343	冯 娴	杭州钱塘	3
314	沈 榛	嘉兴嘉善	45	344	张 逸	嘉兴	1

续　表

序　号	姓　名	籍　贯	存　词	序　号	姓　名	籍　贯	存　词
345	李明岳	嘉兴	1	375	吴晋昼	嘉兴海盐	10
346	李元组	嘉兴	1	376	蒋　倪	绍兴山阴	17
347	魏允枬	嘉兴嘉善	1	377	王元寿	杭州钱塘	16
348	魏允札	嘉兴嘉善	3	378	柳人曾	绍兴会稽	16
349	张　琮	杭州钱塘	1	379	屠惟英	宁波鄞县	2
350	唐　达	湖州德清	1	380	陈国光	绍兴会稽	8
351	沈　恒	湖州吴兴	1	381	曾　益	绍兴山阴	4
352	沈　汇	湖州德清	2	382	张懿才	绍兴山阴	2
353	韩　珮	金华婺州	6	383	王静淑	绍兴山阴	3
354	张文宿	杭州钱塘	2	384	王端淑	绍兴山阴	9
355	顾之琼	杭州钱塘	12	385	曹尔堪①	嘉兴嘉善	591
356	唐元观	湖州乌程	4	386	李　炜	嘉兴嘉善	6
357	田　彻	嘉兴海宁	1	387	沈　煌	嘉兴	2
358	吴景旭	湖州归安	50	388	金蕉杞	绍兴会稽	5
359	韩　宛	金华婺州	7	389	李　栋	嘉兴嘉善	2
360	钱贞嘉	杭州钱塘	6	390	卓　回	杭州仁和	1
361	朱玉树	杭州钱塘	1	391	李　炳	嘉兴嘉善	5
362	钱士贲	嘉兴嘉善	1	392	何嘉延	绍兴会稽	5
363	丁奇遇	杭州	2	393	陈　滗	湖州长兴	2
364	桂　姮	杭州	1	394	翁　箐	杭州仁和	2
365	徐　喈	嘉兴	1	395	于启璋	嘉兴	3
366	周　文	嘉兴橘李	2	396	沈卓永	嘉兴	2
367	孙兰媛	嘉兴	9	397	朱　絪	杭州仁和	1
368	孙蕙媛	嘉兴	8	398	胡玉莺	湖州德清	2
369	刘　芳	嘉兴嘉善	34	399	董守正	宁波鄞县	2
370	倪　抚	嘉兴	1	400	董剑锷	宁波鄞县	2

---

① 《全明词》第六册于"曹堪"名下录词 309 首,且云:"曹堪,字子顾,嘉兴人。生卒年不详。与王屋、钱继章、吴熙过往甚密。有明刊《未有居词笺》五卷。"据笔者初步考证,此"曹堪"实即明末清初诗词名家曹尔堪之误。《全清词·顺康卷》及其补编共录曹尔堪词 299 首。兹去其重复,曹尔堪共有词 591 首,为明代存词最多的词家。

续 表

序 号	姓 名	籍 贯	存 词	序 号	姓 名	籍 贯	存 词
371	沈士矿	杭州钱塘	2	401	邬昭明	宁波奉化	2
372	戈 止	嘉兴嘉善	1	402	李文靖	宁波鄞县	1
373	蒋尔玙	绍兴诸暨	1	403	李文缵	宁波鄞县	1
374	殳丹生	嘉兴嘉善	7	404	高宇泰	宁波鄞县	3
405	范兆芝	舟山定海	1	435	俞昌龄	宁波余姚	1
406	冯恺愈	宁波慈溪	1	436	赵云章	绍兴诸暨	1
407	冯恺章	宁波慈溪	6	437	钱人楷	宁波余姚	1
408	董 升	嘉兴嘉善	1	438	胡之遇	嘉兴	1
409	吴惟修	嘉兴海宁	2	439	褚廷玉	嘉兴	1
410	商 彩	绍兴山阴	4	440	顾大芳	嘉兴	1
411	刘 建	杭州钱塘	3	441	沈 潜	宁波慈溪	4
412	程光禋	杭州钱塘	1	442	严 振	湖州	5
413	袁 株	嘉兴海宁	2	443	毛 蕃	嘉兴嘉善	2
414	吴棠桢	绍兴山阴	20	444	吴九思	嘉兴	2
415	朱茂晭	嘉兴	5	445	王仙媛	杭州仁和	2
416	袁揆燮	嘉兴	2	446	武文斌	杭州仁和	2
417	王衮锡	绍兴山阴	1	447	杨毓贞	丽水青田	2
418	周 蕉	杭州钱塘	3	448	王昙影	金华兰溪	2
419	俞 湛	绍兴山阴	1	449	钱静婉	杭州钱塘	1
420	孙尔遇	嘉兴	1	450	计 能	嘉兴嘉善	1
421	沈士芳	绍兴山阴	4	451	计 敬	嘉兴嘉善	1
422	翁与淑	杭州仁和	3	452	计 善	嘉兴嘉善	2
423	张 戬	杭州钱塘	5	453	吴芳华	杭州钱塘	1
424	丁文策	杭州钱塘	1	454	朱尔迈	嘉兴海宁	1
425	朱蕙花	杭州钱塘	3	455	陆宛椿	嘉兴	6
426	柴绍炳	杭州钱塘	1	456	释仲光	杭州	6
427	包 爕	宁波鄞县	1	457	李绳远	嘉兴	1
428	金 柔	绍兴山阴	1	458	释超直	宁波鄞县	1
429	季淑贞	嘉兴嘉善	1	459	释本昼	温州平阳	2
430	陆 垩	嘉兴平湖	4	460	徐继思	宁波余姚	18

序　号	姓　名	籍　贯	存　词	序　号	姓　名	籍　贯	存　词
431	沈　栗	嘉兴	4	461	余一淳	杭州	1
432	钟　青	杭州仁和	6	462	自闲道人	杭州钱塘	2
433	林时跃	宁波鄞县	17	463	方是仙	湖州吴兴	2
434	郭维坤	绍兴诸暨	1	/	/	/	/

上表中的许多晚明词家,张宏生先生主编之《全清词·顺康卷》及《〈全清词·顺康卷〉补编》(以下分别省称为《顺康词》和《顺康补》)同样收录。[①] 他们是:吴本泰、冯元仲、陆钰、卓发之、李天植、释超直、顾若璞、黄鸿、曹勋、曹元芳、曹尔堪、钱夫人、归淑芬、钱棅、张岱、陈洪绶、胡文焕、王翃、徐橒、徐士俊、来镕(来集之)、商景兰、商景徽、黄媛介、徐之瑞、张戬、张文宿、顾之琼、殳丹生、唐元观、黄德贞、孙蕙媛、孙兰媛、陆宛椒、张鸿述、黄双蕙、陆嘉淑、潘廷璋、胡山、田彻、张家曧、孟称舜、沈捷、李渔、吴景旭、朱一是、范路、褚醇、钱涓、钱棻、李栋、释本昼、卓回、陆圻、陆埴、陆鸣皋、钱光绣、徐在、俞汝言、金堡、王静淑、王端淑、丁文策、彭琬、彭琰、彭孙贻、李炜、李炳、胡介、何嘉延、柴绍炳、徐灿、李因、李玉照、柳如是(柳是)、张丹(纲孙)、陆垙、沈谦、徐远、关键、吕师濂、余一淳、周蕉、吕福生、李标、丁奇遇、孙绍祖、王屋、冯娴、董守正、吴熙、徐喈、李福谦、周珽、李鄂、袁揆燮、沈士𬭚、毛蕃、魏允枏、魏允札、韩曾驹、程光禋、袁袾、张大烈、沈煌、吴芳华、柴贞仪、柴静仪、朱玉树、黄淑德、钟青、沈兰英、沈祖孝、季淑贞、黄修娟、周赟、沈英节、董汉策、冯弦、韩纯玉、翁与淑、胡玉莺、杨琇、朱茂暐、吴九思、释超琛、桂姮、金柔、韩珮、韩宛、陆宏定、彭孙婧、蒋晈、吴棠桢、朱尔迈、陆繁弨、查容、赵氏、钱士贲、沈榛、吴柏、孟士楷、顾长任、潘云赤、钱静婉、钱贞嘉、周文、方是仙、胡莲、陈滟、孙瑶英、刘建、杨毓贞、沈士芳、项兰贞、顾姒、张琮、王仙媛、赵承光、于启璋、王嗣奭、沈自继、计敬、计能、计善、沈栗,共 166 人。对于这些词家,本章前面已有说明,将归入明代部分进行讨论。

各位词家作品数量的统计,也必须综合《全明词》及其补编和《顺康词》及其补编,进行计算,以免遗漏或重复。如黄德贞《顺康补》录词 9 首,孙蕙媛《顺康补》录词 5 首,孙兰媛《顺康补》录词 4 首,陆宛椒《顺康补》录词 1 首,张鸿述《顺康补》录 2 首,陆嘉淑《顺康补》录 23 首,丁文策《顺康补》录 2 首,何嘉延《顺康

① 　张宏生主编《全清词·顺康卷》(全二十册),中华书局 2002 年版;张宏生主编《〈全清词·顺康卷〉补编》(全四册),南京大学出版社 2008 年版。

补》录 2 首，沈谦《顺康词》录 219 首、《顺康补》录 3 首，余一淳《顺康词》录词 3
首，李标《顺康词》录词 4 首，毛蕃《顺康词》录词 9 首，魏允柟《顺康词》录词 5 首，
沈煌《顺康词》录词 4 首，钟青《顺康词》及《顺康补》共录 10 首，陆宏定《顺康词》
录 24 首、《顺康补》录 70 首，陆繁弨《顺康词》、《顺康补》各录 1 首，潘云赤《顺康
词》录 15 首、《顺康补》录 1 首，曹尔堪《全明词》录 5 首、《顺康词》及《顺康补》又
共补 17 首，计敬、计能、计善《顺康词》录词依次为 5 首、5 首和 2 首，等等。

　　特别是毛先舒，《全明词》仅录词 4 首，且词艺平常，而《顺康词》及《顺康补》
共录其词 143 首，且颇有可观之作，本章即主要依据《顺康词》所录进行考察。情
况类似的词家尚有归淑芬、张丹、陆垫、吕师濂、魏允札、程光禋、周筼、董汉策、韩
纯玉、朱茂暽、沈栗、钱士贲、吴棠桢等 13 家。又如缪泳（永谋），《全明词》不收，
《顺康词》及《顺康补》共录其词 177 首，而缪泳实为明遗民，故笔者将其归入本章
予以讨论。再如女词人徐灿，其夫陈之遴虽降清为重臣，而徐氏志行、词品皆与
其夫陈氏大相径庭，学术界目前虽习惯列其为清代词人，而委实应置其于明遗民
行列。至于女词人杨琇，乃沈丰垣之妾，女词人顾姒，乃诸生鄂曾妻，都是清朝
人，则当归入清代。

　　如果将明代浙江词史分为前期（约太祖洪武至英宗天顺的百年间）、中期（约
宪宗成化至穆宗隆庆的百年间）和晚期（约神宗万历至清初顺治的百年间）三个
历史阶段，则前期约有词人 31 家，词作首 662 首；中期约有词人 85 家，词作 912
首；晚期约有词人 347 家，词作 7379 首。不难看出，明代浙江词加速发展的势
头。当然，数量只是一个方面，更值得注意的是重要作家在不同历史阶段的分布
情况。明代浙江词史上存词数量在 20 首以上和存词数量虽少而比较重要的词
家，如贝琼、宋濂、刘基、瞿佑、张肯、王洪、马洪、郑棠 8 家属明代前期，姚绶、张
宁、章懋、夏鍭、朱谏、郑满、陈霆、张玄应、徐子熙、章邦奇、徐应丰、吕希周、蔡宗
尧、沈链、王交、徐渭 16 家属明代中期，周履靖、胡文焕、高濂、李培、屠隆、郑汝
璧、马邦良、茅维、张鸿述、卓发之、戴澳、陆钰、徐石麟、周拱辰、唐世济、董斯张、
王屋、张岱、彭孙贻、吴熙、张大烈、陈洪绶、祁彪佳、王翃、商景兰、钱肃乐、魏学
濂、潘炳孚、徐士俊、李渔、金堡、钱继章、徐灿、李因、胡介、张煌言、柳如是、来集
之、陆嘉淑、陆宏定、沈谦、缪泳、潘廷章、查容、孟称舜、钱棻、朱一是、沈榛、沈亿
年、卓人月、曹元芳、黄媛贞、毛先舒、吴景旭、刘芳、曹尔堪、吴棠祯 57 家属明代
晚期，三阶段共 81 家。三期名家及重要词家人数，分别约占 10％、20％和 70％
的份额。而明代浙江词史上"重量级"的名家，如贝琼、刘基、瞿佑、张肯、马洪、陈
霆、彭孙贻、商景兰、李渔、金堡、张煌言、徐灿等人，则集中在前、后二期。

二、明代浙江词的阶段性成就

兹即依上述所分三期,讨论明代浙江词,并按词家成就之大小、特色之显微,或详或略。

首先,讨论明代前期浙江词。

明代前期浙江词,表现出三方面的创作特色:一是继承元代后期浙江词任性主情的作风,词情率真清新,这是一般词家都有的共性;二是受易代风云之激荡,而多慷慨呜咽之音,可以刘基为典型;三是受明初高压政治、森严文网之禁锢,转向世俗与淫靡,可以瞿佑这代表。刘基、瞿佑可谓明初浙江词坛二雄,自当详论,余者视情况或详或简。

刘基(1311－1375),字伯温,号犁眉,处州青田人。元元统元年(1333)年进士。任高安县丞,有廉直声。官至浙江儒学提举,因受排挤压抑,怒而弃官归隐。至正二十年(1360),受聘至金陵,陈时务十八策,为朱元璋筹划军事,佐其剪灭群雄,北伐中原,建立帝业。明初授太史令,累迁至御史中丞。明初重要典章制度,多由刘基与宋濂等计定。封诚意伯,以弘文馆学士致仕。性刚嫉恶,坚毅慷慨。后为胡惟庸所构陷,愤忧卒。正德中追谥文成。刘基博通经史,精工诗词古文。《钦定四库全书总目》卷一百六十九谓"其诗沉郁顿挫,自成一家,足与高启相抗。其文阂深肃括,亦宋濂、王祎之亚"。《明史》卷一百二十八本传亦谓其"所为文章,气昌而奇,与宋濂并为一代之宗"。著有《诚意伯文集》二十卷。其词集名曰《写情集》,惜阴堂裁为《诚意伯词》,计 242 阕。另外,清人徐釚《词苑丛谈》卷八录刘基《沁园春》1 阕。合计,刘基今存词共 243 阕。

刘基是明初浙江词坛成就最高、影响最大的一代词宗,不唯数量丰富,而且品质杰出。叶蕃序《写情集》云:"或愤其言之不听,或郁乎志之弗舒,感四时景物,托风月情怀,皆所以写其忧世拯民之心,故名之曰《写情集》,厘为四卷。其词藻绚烂,慷慨激烈,盎然而春温,肃然而秋清,靡不得其性情之正焉。"清人陈廷焯《云韶集》卷十二评"伯温词秀炼入神,永乐以后诸家远不能及"。近人王国维《人间词话》卷下称"明初诚意伯词,非季迪、孟载诸人所敢望也",而吴梅《词学通论》则言其词"固足为朱明冠冕"。据叶蕃小序推断,《写情集》中的作品大多写于入明之前。其时,刘基尚是一位怀才不遇、有志难骋的仁人志士,故其作词,虽以清婉秀丽、典雅精工为主导风格,然每每志深而笔长,呜咽而倔强,比兴寄托,深沉含蓄,甚至偶露峥嵘,豪情激荡,慷慨任气。至于一般的写景言情之作,自是婉约词家的当行本色,秾纤秀炼,妙丽流美。

刘基词取材宽广,风格多样,其中最有价值的作品,则大致有以下几类:

其一，为咏怀词。刘基的咏怀词内涵丰富，或展示伤乱忧世之心，如《渔家傲》(江上秋来惟有雨)、《浣溪沙》(布谷催耕最可怜)、《江神子》(丝丝纤雨织黄昏)、《八六子·晚思》、《醉落魄》(东风太恶)、《蝶恋花》(白水茫茫烟渺渺)等；或倾吐郁积难伸之志，如《水龙吟》(鸡鸡风雨潇潇)、《玲珑四犯·台州作》、《江神子》(城头吹角夜沉沉)、《一剪梅》(征雁来时木叶红)、《沁园春·过安庆吊余忠宣公》等；或流露忧惧苦闷之情，如《踏莎行》(瓶水知秋)、《摸鱼儿》(问春光尚余几许)、《沁园春·清明日作》、《忆秦娥·次石未公韵》、《渡江云·初夏即景》、《隔浦莲》(朱帘不卷昼雨)、《声声慢·咏愁》、《阮郎归·怨情》、《尉迟杯·水仙花》等；或吟讴隐逸超迈胸襟，如《水调歌头》(雨过百花尽)、《归朝欢》(紫燕成雏辞旧宇)、《浣溪沙》(半亩荒园自看锄)、《渔歌子·为赵德怀赋》七首、《满江红·次韵和石未元帅》等；亦偶有直抒慷慨壮烈情怀之作，如《沁园春·和郑德章暮春感怀，呈石未元帅》、《沁园春》(生天地间)。

刘基的咏怀词，佳作很多，限于篇幅，不能逐类一一细说。在各类咏怀词中，下面这首《水龙吟》最有著名，反映了刘基词体创作的主导风格，可为刘基咏怀词之代表作。词云：

> 鸡鸡风雨潇潇，侧身天地无刘表。啼鹃迸泪，落花飘恨，断魂飞绕。月暗云霄，星沉烟水，角声清袅。问登楼王粲，镜中白发，今宵又添多少？　极目乡关何处？渺青山、髻螺低小。几回好梦，随风归去，被渠遮了。宝瑟弦僵，玉笙指冷，冥鸿天杪。但侵阶莎草，满庭绿树，不知昏晓。

这首词所抒发的是典型的怀才不遇者对政治理想的诉求，当作于元末天下纷乱、作者未遇朱元璋之际，堪称词中的《登楼赋》。上片借王粲故事，言未遇明主，有才难申；下片借乡关之思，言前途迷茫，归宿难求。明人陈霆《渚山堂词话》卷一即云："刘未遇时，尝避难江湖间，往见有《水龙吟》一阕云云。此词当是无聊中作。'风雨萧萧'、'不知昏晓'，则有感于时代之昏浊。而世无刘表、'登楼王粲'，则自伤于身世之羁孤。"清人徐釚《词苑丛谈》卷三亦云："刘伯温未遇时，赋感怀《水龙吟》云云，激昂感慨，择木之志见矣。"全词借言王粲，寄语乡思，托辞景物，感情色彩显得既鲜明强烈，又低沉含蓄，而词的艺术感染力则愈见深厚矣。

有一类咏怀词比较特别，需重点陈说，这便是写词人入明后忧谗畏讥、孤危惶惧的作品。如《声声慢·咏愁》：

> 无踪无迹，难语难言，依依只在心曲。雨冷云昏日暮，海涯天角。轻衾梦回酒醒，夜悠悠、虫响灯绿。事去也，纵相怜，不是那时金

屋。　　镜里清扬婉娩,凭朱槛,知他为谁颦蹙?凤老桐枯,惨淡九峰青蠹。湘江泪痕未尽,有哀猿、相伴幽独。向此际,更那堪怀古送目。

在《写情集》中,哀调苦语,触目皆是,本篇径咏其愁,极具代表性。作者并未明言愁者为何,虽然词中运用"金屋"、"湘江泪痕"等典故,但显然并非写男女之情,而就其苍茫、深沉与哀痛的基调与"怀古送目"的写作目的看,分明可知其乃借言男女爱情,诉说知音不遇、有情难通的深哀沉痛。于此不难看出朱元璋猜忌苛刻,施行高压政治,广大文士窘迫艰危的处境。这样的情感在《忆秦娥·次石末公韵》中,表现得更为强烈而集中。词云:"阳春月,蜂喧蝶竞芳菲节。芳菲节,风狂雨横,魂消心折。　　凤凰台上箫声绝,长洲苑里光阴别。光阴别,有人愁叹,泪珠成血!"这类言说忧惧苦闷的咏怀词为数颇多,大多写得沉痛感人。这种忧畏之情,弥漫了刘基后期词的创作,我们几乎从所有类别的词作中,都能发现它的存在。

其二,为咏物词。刘基其人,伟烈其外,谨柔其内,感情极为敏感细腻。《明史》卷一百二十八本传即云:"基虬髯,貌修伟,慷慨有大节,论天下安危,义形于色。……所为文章,气昌而奇,与宋濂并为一代之宗。"且时人"西蜀赵天泽论江左人物,首称基,以为诸葛孔明俦也"。刘基的诗文"气昌而奇",而填词则幽婉典丽。其词一方面远祧晚唐北宋词风,另一方面又深受南宋词的影响。加上易代之际的风云激荡和明初的政治压抑,遂形成刘基词婉约其外而沉郁其内、流美其韵而哽咽其意的创作范式。既不愿明言,又不能直言,便往往比兴寄托,借景使物,以达其情。这样的创作动因,在刘基的咏物词中有最明显的表现。

与前人相比,刘基的咏物词创作进步显著。首先是题材的拓展。前人咏物词,多为风花雪月,除去这些传统题材,刘基还咏及蛙、蝶、露、雨、槿花、红树、鸡冠花、灯花,甚至檐铎、游丝。其次是题旨的出新,这一点尤为难得。如《念奴娇·咏蛙》之开篇:"问青蛙、有底不平鸣,真个为公私?"《玉漏迟·咏雁》之结句:"天路阴,谁知此情愁苦?"《蓦山溪·咏檐铎》要表达的是"凭谁细写,此意入朱丝。呼郢客,招湘灵,添作江南调!"《风流子·咏草》则由"萋萋处,风景最愁人"联想到"一生风度青春"。而《浣溪沙·槿花》、《踏莎行·咏游丝》二阕,通篇比兴象征,旨意超拔。且看首阕云:

可怪西园木槿花,强将孤艳斗轻霞。不知门外夕阳斜。　　应有断魂随蛱蝶,岂无幽恨寄寒鸦?那堪横被绿苔遮!

此词写槿花之孤芳自振、傲立迎秋,上片似反语相嘲,下片则情深惜悼,语调愤激,情感浓烈,分明是托花自比之词。再听后阕云:

弱不胜烟,娇难着雨,如何绾得春光住?甫能振迅入云霄,又还猗
旎随风去。 高拂楼台,低黏花絮,如狂似醉无归处。黄蜂粉蝶漫轻
盈,也应未敢窥芳树。

此词同样是借物自喻之什,概以游丝反衬自己孤危处境。首言游丝之细微无力,
次言游丝之轻捷自由,末言游丝之护花意愿,迅速将词旨拉升至高远境界。

其三,为乡情词。思念故乡是刘基词体创作的主题之一,《写情集》中此类作
品甚多,往往借景言情,情景交融,大多深挚哀婉,优美动人。如《河传·江上
作》、《淡黄柳·台城秋夜》、《怨王孙》(漏悄人静)、《怨王孙》(翠被夜冷)、《贺新
郎·愁思》、《玉楼春》(春来触处花成绮)、《捣练子》(烟漠漠)、《阮郎归》(寥寥庭
馆暮寒时)、《梅花引》(晚云凝)、《忆旧游·闻砧》、《满路花》(山烟掠草低)、《玉烛
新·梦归》、《临江仙》(楼外西风将雨过)、《菩萨蛮》(月华泛滥秋塘草)、《瑞龙吟》
(秋光好)、《浪淘沙》(春半江城不见花)、《摸鱼儿》(洒轩窗数声疏雨)、《祝英台
近》(翠烟收)、《二郎神》(卷帘邀月)、《少年游》(清风收雨)等,数量众多,羁思旅
愁,深广浓郁,读之令人唏嘘。且看《瑞龙吟》词云:

秋光好。无奈锦帐香销,绣帏寒早。钩帘人立西风,送书过雁,依
然又到。 故乡杳。空把泪随江水,梦萦池草。何时赋得归来,倚松对
柳,开尊醉倒? 衰鬓不堪临镜,镜中愁见,蓬飞丝绕。门外远山青青,
长带斜照。石泉涧月,辜负夜猿啸。伤心处,枫凋露渚,荷枯烟沼,燕去
玄蝉老。满天细雨鸣羁鸟,花蔓当檐袅。庭院静、遥闻清砧声捣。拥衾
背壁,一灯红小。

此词共三片,前两叠字句、音韵等同,是所谓"双拽头"。首片写家人来信,中片
写词人由家信引发怀乡思归之情。下片承中片而来,追缅家乡山水景物,悲秋伤
老,情感转加孤独凄清。末句"拥衾背壁,一灯红小",精警传神,令人黯然神伤。

在《玉烛新·归梦》一阕中,刘基的乡思表达得更为亲切细腻。词云:

羁魂悲别久。但闷晓忧昏,感新怀旧。任他万壑千峰阻,径度不劳
回首。楼台侧畔,记向日、新栽花柳。斜照里、一带青山,山前翠浮琼
溜。 佳人倩笑来迎,有野舞村歌,龀童鲐叟。故池半甃,风叶动、搅乱
数升科斗。周章未了,早画角、吹残更漏。翻蓦起、无限愁端,中心
自受。

词人客久思归,乡愁难解,禁不住神游故里,聊以自慰。故乡山水清丽,人物秀
美,民风淳厚,生活自由而祥和。神游正酣之际,忽一声画角,吹裂词人的怀乡

梦,于是无限乡愁,如狂风回旋,又破门而入,齐集词人心房,恣意妄为。

除去乡愁,刘基在乡情词中,也表达了对事业和前途的担忧。如《淡黄柳·台城秋夜》篇末所言"白发参军,青衫司马,休向天涯泪滴",《满路花》篇末所言"岁暮蛟龙蛰。干将挂壁,任他苔锈生涩",《贺新郎·愁思》所言"赤水珠沉迷象罔,暗尘深、不见长安道",《摸鱼儿》篇末所言"随分莫多求,五湖有路,波浪未应阻"。

其四,为写景词。这类词作多为短调,写得蕴藉含蓄,色彩明艳,意境清拔,风韵绰约,读之令人齿颊生香,情灵摇荡,风格近于晚唐、北宋,与其咏怀词大异其趣。如《谒金门》词云:

> 风袅袅,吹绿一庭青草。天际夕阳无限好,断肠芳树老。　尘世茫茫难料,有酒便须倾倒。落叶满阶从不扫,醒来新月皎。

又如《浣溪纱·处州叶叔安溪南草堂》写道:

> 细草垂杨村巷幽,白沙素石引溪流。青苔矶上有扁舟。　门外好山开幛画,屋顶新月学帘钩。窗风一榻似清秋。

再如《菩萨蛮·越城晚眺》:

> 西风吹散云头雨,斜阳却照天边树。树色荡湖波,波光艳绮罗。　征鸿何处起?点点云霞里。月上海门山,山河莽苍间。

以及《眼儿媚》:

> 烟草萋萋小楼西,云压雁声低。两行疏柳,一丝残照,数点雅栖。　春山碧树秋重绿,人在武陵溪。无情明月,有情归梦,同到幽闺。

甚至连表达伤乱情怀的咏怀词,也写得明媚动人,鲜美如画。如《浣溪沙》:

> 布谷催耕最可怜,声声只在绿杨边。夕阳江上雨余天。　满地蓬蒿无旧雨,几家桑柘有新烟。战场开尽是何年?

明人王士贞《弇州山人词评》所称"刘诚意伯温秾纤有致",清人沈雄《古今词话·词评》卷下引江尚质评刘词所言"妙丽入神",上引陈廷焯"伯温词秀炼入神"之语,皆就其写景而言。

当然,刘基的写景词,极少有纯为绘景而作者。相反,大多数写景词都是借景抒情,甚至述怀言志。《浣溪沙》(布谷催耕最可怜)便是一个典型。此外,像《浪淘沙·秋感》、《鹧鸪天·冬暖》、《蓦山溪》(檐铃风过)、《长相思·晚兴》、《金人捧露盘》(水如蓝)、《长相思·嘉兴道中》等,实乃布景陈情之作,不得视为单纯的写景词。像《江神子》(霏霏轻雨弄秋光)、《阮郎归·题画扇》之类,视为咏怀词亦未为不可。

其五,为闺怨词。《长相思》(雁南归)、《踏莎行》(雨过山明)、《生查子·惜花》、《江神子》(春晴杨柳郁金丝)、《虞美人》(红榴花下宜男草)、《玉漏迟·初夏》、《花犯·秋夜》、《卖花声》(门外绿杨堤)、《卖花声》(楼上倚栏干)、《浪淘沙·闺怨》、《临江仙·闺怨》、《苏幕遮》(雨潇潇)、《浣溪沙》(袅袅西风吹草黄)、《生查子》(槐云弹坠鬓)等,都是《写情集》中的闺怨佳作。

刘基的不少闺怨词,既有传统闺情词女子伤春悲秋的习惯性主题和哀婉词风,同时又融进了作者自身的生活阅历和人生感怀,从而使词的内涵变得更为深厚、坚实。且举二词为例。其一为《生查子·惜花》,词云:

> 东风为爱花,著意吹原野。秾艳正堪怜,何忍轻吹谢!　闷损玉楼人,独立花枝下。微睇敛双蛾,红泪和花洒。

此词显然不是单纯的闺怨词,而有作者的寓意在焉。"东风"先是催花,既又摧花,让读者自然联想到朱元璋对开国功臣的猜忌和迫害。这样的寓意,托之以"惜花",出之以闺怨,其手段是非常高明的。其二为《小重山》,词云:

> 月满江城秋夜长,西风吹不断、桂花香。碧天如水露华凉。人不见,有泪在罗裳。　何许雁南翔?堪怜一片影、落孤房。百年浮世事难量。空回首,天阔海茫茫。

篇末"百年"以下三句,显然也突破了传统闺情词的藩篱。

刘基为有明一代最杰出的词家,词作数量丰富,题材广泛。除去上述五类,尚有交游、节序、隐逸、怀古、闲愁等类别;而交游、隐逸、怀古、节序几类,都是社会性较强的诗性题材,可见刘基词反映现实生活的深广度。限于篇幅,不能一一论述。但总体看,刘基词长于抒情绘景,以深挚、哀婉、典丽为主要特色和主导风格。与其在现实世界运筹帷幄、决胜千里的胸襟胆识和取得的丰功伟绩相比,刘基的词确实显得过于阴柔、含蓄了。这一方面固然主要是其远祧唐宋的词体观念使然,另一方面也是由于时代政治的影响,以及性格中敏感、细腻的一面。但作为一代伟人、词宗,刘基的风格和方向,无疑会对明代浙江词坛产生重要影响。

瞿佑(1347－1433)①,字宗吉,号存斋,钱塘人。据瞿佑《归田诗话》卷下记载,瞿氏少年时,即以和杨维桢《香奁八咏》诗、凌云翰"梅柳争春"词而知名当时。

---

① 依周明初、叶晔《全明词补编》,浙江大学出版社 2007 年版,第 37 页。

洪武中任宜阳训导、临安教谕。永乐中迁周王府长史，以诗祸编管保安。洪熙元年（1425）放还，复原职。瞿佑一生只做过几任小官，不甚得意，但为人却如田汝成《西湖游览志余》卷十二所云，"学博才赡，风致俊朗"。一生著述丰富，有《存斋诗集》、《归田诗话》、《剪灯新话》、《春秋贯珠》、《阅史管见》，及词集《乐府遗音》、《余清集》等二十余种。据《全明词》及《全明词补编》，瞿佑今存词共242首，仅少刘基1首。

在明代前期几位重要词家中，瞿佑是创作特色最为显著的一位。一是大量创作艳情词；二是词的俗化、曲化倾向更为突出。

词本以言情为能事，从它诞生起便擅长于艳情的表达，但低俗变态之情当不在其内。蒙元实行民族等级制度，又长期废除科举，文士社会地位低下，沉沦放浪者为数甚多，沾染许多不良习气，其末流至有以淫荡邪亵为风流雅事者。瞿佑生当元明之际，文人放荡不检之风尤甚，又没有刘基那样的胸襟抱负，加之少年时即与杨维桢、凌云翰等名流交往，从而深受流俗影响而不自觉。据瞿氏《归田诗话》卷下记载，杨维桢携竹枝、柳枝、桃花、杏花四家妓恣游，过杭必访瞿氏叔祖，流连累日，"尝以《香奁八题》见示，予依其体，作八诗以呈"，"廉夫加称赏，谓叔祖曰：'此君家千里驹也！'因以《鞋杯》命题，予制《沁园春》以呈。大喜，即命侍伎歌以行酒。词云云。欢饮而罢，袖其稿而去"。这样的环境和际遇，自然进一步养成瞿佑畅写艳情的词体观念。除《沁园春·咏鞋杯》这样特为邪鄙淫亵之词外，瞿佑尚有《满庭芳》咏友人"遇而不谐"即向女子求欢不遂、《念奴娇》咏"友人陈端殁于闽中妓馆"、《南乡子》咏"嘉兴客馆听陶氏歌"、《西江月》咏"妓朱观奴营造妓题疏"、《醉太平》咏"送人往嘉兴"等以狎妓冶游为内容的词作。即以今日社会习尚与审美标准审视，亦难称其雅。

词之曲化、俗化，始自南宋。向滈、赵长卿、蒋捷等人试验不断。元代北曲兴盛，词体之雅重大不如前，曲化、俗化倾向日趋显著，以致词曲混淆。至元明之际，士风颓放，词体的曲化、俗化现象就更为严重了。瞿佑本有由少年得意而促成的放诞不羁之习，恃才逞能，创作态度往往不够严肃认真，走笔即成，故其词之曲化、俗化，比一般人更甚。瞿佑《鹧鸪天》（村酒频笞不用钱）小序有"率口成俚语，走笔戏书"之语，虽是自谦，但就其总体情况而言，却是实话。正因为经常游戏笔墨，如其《南乡子·嘉兴客馆听陶氏歌》所言，是"一曲新腔唱打油"，所以瞿佑的艳情词也往往如其《贺新郎·送春》词所言，是"便锦囊、纵有相思句，吟不到，断肠处"，而流于浅淡轻浮了。

不过，萧艾弥望，间有兰蕙；披沙拣金，亦能获宝。即就瞿佑之艳情词而言，也有如《满庭芳》这样情真意切的作品。此词出自瞿佑小说集《剪灯新话》附录

《秋香亭记》,据田汝成《西湖游览志余》卷十二,"或谓《秋香亭记》乃宗吉事,使其果然,亦元微之《会真》意也"。正因此故,《满庭芳》一词满纸遗恨,幽婉深曲,情深意长。可见创作态度乃是决定词作雅俗和境界高下的第一要义。

瞿佑毕竟是明代前期词坛上的杰出词家,其集中亦有不少如明人陈敏政《乐府遗音序》所云"词调高古,而其间寓意讽刺。所以劝善而惩恶者,又往往得古诗人之遗意焉"之类的佳作。此类词作有三,其一为怀古词,其二为怀乡词,其三为咏怀词。

先言怀古词。如《八声甘州》云:

> 倚危楼、矫首问天公,何时故乡归?对碧云千里,绿波一道,山色周围。风景不殊畴昔、城郭是耶非。满目新亭泪,独自沾衣。　遥望白云飞处,念堂堂甘旨,久误庭闱。况兵尘四起,海内故人稀。负元龙、旧时豪气,恨金戈、无计挽斜晖。栏干外、白鸥惊起,未信忘机。

作者自序云:"至正丙午季秋重到孤苏,登楼有感。"明人陈霆《渚山堂词话》卷三亦云:"瞿宗吉寓姑苏,作《八声甘州》以自遣。"且按云:"丙午乃至正二十六年,时张士诚尚据姑苏。明年丁未灭亡,则是时张之国势盖蹙矣。"可见此词乃作者特针对张氏小东吴之陵夷而发者。

又如《木兰花慢·金故宫太液池白莲》:

> 记前朝旧事,曾此地、会神仙。向鹓鹉桥头,花迎凤辇,浪捧龙船。繁华已成尘土,但一池秋水浸长天。白鹭曾窥舞扇,青鸾惯递吟笺。　多情唯有旧时莲,照影夕阳边。甚冷艳幽香,浓涵晚露,淡抹昏烟。堪嗟后庭玉树,共幽兰远向汝南迁。留得宫墙杨柳,一般憔悴风前。

借咏金故宫内白莲,发思古之幽情,题材算不得新鲜,但下片"多情"以下五句,绘物传神,如在目前,而意境顿出,可谓善赋物者也。

生值易代之际,念乱怀古之情触处可发。其《满庭芳·西湖夜泛》云:

> 露苇催黄,烟浦驻绿,水光山色相连。红衣落尽,辜负彩莲船。点检六朝杨柳,但几个、抱叶残蝉。秋容晚云寒雁背,风冷鹭鸶肩。　华筵,容易散,愁添酒量,兵减诗颠。况情怀冲淡,渐入中年。扫退舞裙歌扇,尽付与、一枕高眠。清闲好,脱巾露发,仰面看青天。

聚散本无常,又添天下乱,更兼"渐入中年",则幽愁何以堪?唯有"一枕高眠"、"脱巾露发"之豁达,方可消解其一二。此等怀古词,可见作者之真情实感。

瞿佑的怀乡词,则多作于贬居保安时期,追念故土,触景生情,每逢佳节良辰,更是情不能堪。如代表作《唐多令·九日登保安城楼》云:

> 千里塞垣秋,风沙满戍楼。望天涯、何处是吾州?雁杳鱼沉音信断,空一片,暮云浮。 佳节尚淹留,妻孥念我不?数年来、弊尽貂裘。采得黄花谁共赏?将破帽,自笼头。

开篇二句写边塞情景,精警妥帖;以下写对故乡和亲人的眷念,令人动容;末三句言自我慰藉,亦使人生恻隐之心。全词感情之真挚、用典之自然,俱足供吟赏。而思乡之殷切、深刻和沉重,则于《临江仙·雨夜》中可见:

> 客里频闻连夜雨,不堪滴碎乡心。未秋天气已萧森。梧桐深院静,杨柳小窗阴。 短梦不成还又觉,起来坐拥孤衾。残灯无焰漏声沉。何须量海水,方信客愁深。

同类词作还有《木兰花慢·秋晚城南闲步》:

> 向郊原散步,知岁月,又秋深。莽衰草寒烟,汀浦掩翠,野菊堆金。荒村悄无人迹,但一渠流水绕城阴。落日群鸦聚散,长空孤鸟消沉。 渔樵旧侣杳难寻,袖手自微吟。对满目青山,横岗断坞,枯木乔林。峰峦四周环绕,恨重重、隔断故乡音。安得身生羽翼,抟风飞过遥岑!

一个年逾古稀的老人,以戴罪之身孤苦零丁地在边陲生活,其处境、心境可想而知。然而,身家不幸词家幸,此词感情之深沉,意境之阔大,几乎全由瞿氏孤老危苦之际遇得来。写于同一时期的《望江南·辛丑元夕》组词,更从多个角度,具体比较边塞与杭州的元宵节,以目前的荒凉、贫穷和孤寂,突出强烈的怀乡之情,也是值得一读的作品。

瞿佑的咏怀词,可以十首《桂枝香》为代表,写看破红尘、超脱潇洒的胸度,从中不难看出作者对现实的愤激与否定,惜立意虽高,词艺粗疏,不堪细赏。瞿佑另有一首《沁园春·观三国志有感》,写自己阅读《三国志演义》的感受和认识,批评陈寿不为二丁立传于史德有亏,并表明自己尊刘的正统立场。另外,正如张仲谋先生《明词史》所言,此词在小说研究上也有不可低估的文献价值。①

除以上三类佳作外,瞿佑还有两类词,也写得别有风致,更能体现瞿佑的性情和风格。其一为伤春悲秋的闲愁词,其二为表达隐逸超脱情怀的闲适词。

---

① 参阅张仲谋著《明词史》第二章,人民文学出版社 2002 年版,第 69 页。

《卜算子·暮春》可为闲愁词代表作,词意高妙,词语清峭。词云:

> 双鹊唤春来,双燕衔春去。春去春来为底忙,有似波光注。　一阵雨催花,一阵风吹絮。惟有啼莺不负春,强要留春住。

作者于"丙午暮秋,寓居吴江别业"时所作四首《鹧鸪天》,可为闲适词代表作。如其二云:

> 坡垅高低水四围,人家相并列柴扉。休耕老叟模糊醉,失学顽童蓇葖肥。　斜日坠,暮烟微。出门黄叶打头飞。数声短笛骑牛过,一丈长竿赶鸭归。

更妙的是,瞿佑有时竟能将闲愁和闲适两种看似相反的情感水乳交融地统一到同一首作品中。且看下面这首题菊的《点绛唇》:

> 花禀中黄,挺然独立风霜表。冒寒闲来,占得秋多少。　正是重阳,蝶乱蜂儿绕。归田早。为谁倾倒?有个柴桑老。

蕴藉风流,令人怡悦而神往,而潇洒超脱之中,又有一丝淡淡的伤感和轻愁。

《钦定四库全书总目》卷二百《乐府遗音》提要曾说瞿佑"词欲兼学南北宋,反致夹杂不纯,殊不称其名也"。此说固然没错,但我们不妨反过来理解,认为瞿佑词在一定程度上也学到了北宋词的秾烈、南宋词的清疏和元曲的平易。像《一剪梅·舟次横塘书所见》,咏作者冶游情事,曲化、俗化的倾向都非常明显,但写得清丽流美,活泼可爱,可谓学北宋词、南宋词和元曲而兼得之者。词云:

> 水边亭馆傍晴沙。不是村家,恐是仙家。竹枝低亚柳枝斜,红是桃花,白是梨花。　敲门试见一瓯茶。惊散群鸦,唤出双鸦。临流久立自咨嗟,景又堪夸,人又堪夸。

至于其流于浮艳、粗俗的词作,则不在本书讨论的范围之内。

　　贝琼(约1294—1379),字廷琚,一名阙,字廷臣,崇德(今嘉兴桐乡)人。元末领乡荐,遭乱退居殳山。洪武初,征修《元史》,除国子监助教。与张美和、聂铉齐名,时称"成均三助"。琼博览经史,工于诗,有《清江集》四十卷,文三十卷、诗十卷,词附。《全明词》又录其《天净沙》组曲十三首。按:《天净沙》为元人小令,又名《塞上秋》,《钦定词谱》列为词调。

　　明人陈霆《渚山堂词话》卷一称赏其《八六子》"意思警妙"。近人赵尊岳《惜阴堂汇刻明词提要》评价尤高,以其词与稼轩、玉田、竹山、梅溪诸家相比。今观贝氏所存词,确实兼有内敛浑成、清丽闲雅之妙。

内敛浑成者,如《玉蝴蝶》:

> 极目江南千里,故人何处,一段伤心。漠漠行云,才霁又作轻阴。诉西风、寒蛩近户,背落日、归鸟投林。正秋深,残山剩水,应怕登临。　难禁,多情总老,流黄不寄,尺素空沉。绿滞红迷,岂知零落到如今。似丁香、离肠暗结,点白雪、衰鬓先侵。思惝惝,一声羌管,几处邻砧。

上片勾勒衰飒景象,下片抒发空老情怀,与刘基《水龙吟》(鸡鸣风雨萧萧)风格类似,是元末知识分子心态的典型反映。他如《风入松》(踏槐犹记伴儿童),题旨、风格亦近似。

清丽闲雅者,如《瑞鹧鸪》:

> 风林初夜月轮高,鸟飞不尽楚天遥。一曲清江,恰似潇湘路,何处人家傍小桥?　十年空负归来约,已无旧杏新桃。谩思田父前时,同在鸡豚社、日相招,酒压梨花醉一瓢。

他如《应天长·吴仲圭秋江独钓图》、《玲珑四犯·春情》、《南浦·赋水光山色舟》、《西江月》(十日催花雨过),亦清雅细腻之作,与南宋词相去不远。

张肯,字继孟,或作寄梦,号梦庵,钱塘人,生卒年不详,明洪武末前后在世。少从宋濂学,诗文清丽有法度,尤长南词新声。今存《梦庵词》一卷,为《惜阴堂汇刻明词》本。

梦庵绍姜宗张,清切婉丽,律吕谐畅,为明初词坛名家。其代表作当推写景组词《东城八咏》9首和咏花组词《联芳词》3首。《东城八咏》以《水龙吟》一调为序曲,以《清平乐》、《浪淘沙》、《声声慢》等八调分咏八景;《联芳词》以《暗香疏影》一调咏梅花,以《瑞鹤仙》一调咏水仙,以《声声慢》一调合咏梅花、水仙,开创了咏物词的新体例。且各举一例以品其风味。

《东城八咏》之《浪淘沙·咏沙滩》云:

> 雨过碧云秋,占断滩头。沧浪翻处湿纤柔。谁展翠茵平似剪?宿鹭眠鸥。　沙尾远凝眸,雨惨烟愁。萋萋不共水东流。几度渔人来傍宿,绿映孤舟。

赋景清幽淡远,生机盎然,韵味悠长,于中不难发现词家的旷达隐逸情怀。借用、化用前人成句,如同己出,自然浑成。

再看《联芳词》之《声声慢》云:

> 雪晴山坞,月冷江皋,岁寒解后相逢。携手归来轻盈,一样春容。

行行间鸣环佩,暗香霏、缥缈东风。弄花手,与安排、金屋共贮芳
秾。　雅淡暗通心素,笑桃根桃叶,冶艳妖红。试问韶华,尊前若个情
浓?想是乔家姊妹,可人处、清致皆同。春正好,淡眉山、愁减几重?

按:"解后"即邂逅。桃根、桃叶姐妹,虽然美丽,但是倡家,所谓"冶艳妖红",而梅
与水仙则好比大乔、小乔姐妹,具有雅淡的心素和可人的"清致"。作者以人喻
花,并称双美梅与水仙之素心和清致。《联芳词》总题下,原有小序,云:"霜入千
林,众芳俱歇。青阳肇令,梅先著花,与梅共芳,惟水仙耳。韶华九十,二花开端。
水仙虽微,见梅之清,深加敬爱,遂度夹钟宫一曲以美之,曲曰《暗香疏影》。梅亦
爱水仙之秀,答以黄钟商之曲,曲曰《瑞鹤仙》。东君乐其二花之交欢,不能自默,
亦度无射羽一曲,以嘉赏焉,曲曰《声声慢》。夫梅与水仙,皆以色事东君者,乃能
咸无妒忌,而爱敬赞美若此,可谓贤矣。既嘉其贤,不可不录其曲,援笔遂录一
过。录之者,画眉京兆之裔,人称之梦庵云。"词、序结合,不难发现题旨之方正,
格调之清雅,构思之巧妙,体制之新异,而小序本身也是一篇有趣的小品文,比兴
寄托,可资玩赏。

更为难得的是,梦庵词于写景、咏物之际,又每每感慨系之,以增重其内涵,
提升其境界。咏梅与水仙二花,寄托隐约可见。而《东城八咏》之序曲《水龙吟·
咏东城》,名为写景,实为伤乱忧生的咏怀之作,直抒胸臆,满纸悲凉。这正是《东
城八咏》组词避世隐逸主题产生的缘由和背景。

马洪,字浩澜,号鹤窗,仁和人。生卒年不详,正统初前后在世,布衣。工诗
词,有《花影集》,今存词 29 首。马洪作词,刻意求工,力求情感之真实和境界之
幻妙。其《花影集》自序即云"四十余年,仅得百篇",并且解释以"花影"名集的理
由:"花影者,月下灯前,无中生有,以为假则真,谓为实犹涉虚也。"这显然是作者
自道其词学观。不过,言情风气已开,马洪亦未能免;加之年辈稍晚,已无刘基、
贝琼、张肯、瞿佑等人的人生经历,故其心慕手攀,乃在晚唐北宋,重在言说闺情
和伤春、春秋之类的闲愁,词风委婉清丽,然亦偶有粗豪、旷达语。

且看其《少年游》咏情窦未开的少女:

弄粉调脂,梳云掠月,次第晓妆成。鹦鹉笼边,秋千墙里,半晌不闻
声。　原来却在瑶阶下,独自踏花行。笑摘朱樱,微揎翠袖,枝上打
流莺。

上片写女子晓妆及室中院内活动,下片写女子阶前花下的嬉戏。末三句写少女
活动细节如在目前,运用前人诗句而翻出新意,活脱脱展现出一个天真烂漫、未
谙春情的少女。

再如《满庭芳·落花》咏落花云:

> 春老园林,雨余庭院,偏惹蝶骇莺惊。蔫红皱白,狼藉满苍苔。正是愁肠欲断,珠箔外、点点飘来。分明似,身轻飞燕,扶下碧云台。 当初珍重意,金钱竞买,玉砌新栽。更翠屏遮护,羯鼓催开。谁道天机绣锦,都化作、紫陌尘埃。纱窗里,有人怜惜,无语托香腮。

词人从多个角度、用多种手法,使数例典故,写落花之堪怜可惜,而最终将镜头摇向"纱窗里"的惜花悼花之人,一句"无语托香腮"既点明惜花者乃闺中人,又告知上述种种即其人凝望、伤感与联想。于此已可见马洪之柔情与巧思。

在具体表现手法上,马洪每以虚写实,勾皴点染,从而营造朦胧而又空灵的抒情氛围。比如《青玉案》:

> 平川渺渺花无数,明镜里,孤舟渡。花下美人和笑顾,问郎莫是,乞浆崔护,别久来何暮。 盈盈罗袜凌波步,眉月连娟鬓如雾。人世光阴花上露。劝郎休去,再来便误,个是桃源路。

此词记梦,上片崔护乞浆,下片刘阮遇仙,都是令人绮思绵绵、幻想翩翩的故事,已是情不能禁,复用"渺渺"、"盈盈"、"雾"、"露"、"莫是"、"误"等虚实不定的词语和意象,更添梦幻色彩。马洪自名其词集曰"花影",于此可以验证。风格类似的作品还有《凤凰台上忆吹箫·秋夜》、《行香子》(红遍樱桃)、《东风第一枝·梅花》等。

马洪虽以委婉含蓄见长,但偶尔也有豪放率直之作。如《昭君怨·题小景》云:

> 路远危峰斜照,瘦马风尘衣帽。此去向萧关,向长安? 便坐紫薇花底,只似黄粱梦里。三径易生苔,早归来!

此词虽是一首题画之作,但词旨高远,境界开阔,格调雅正。上片写路途辛劳,开篇二句仿马致远《天净沙·秋思》,以六个生动而又典型的意象,刻画奔波仕路者的艰苦落魄,十分传神。下片深究一层,写功名之虚幻。"便坐"二句,借用白居易的两首《紫薇花》诗,表达身居高位者的寂寞与无聊,细微贴切。马洪词清切婉丽,即使是咏怀之作,也非常注意意象和意境的营造,运典力求自然妥帖,不着痕迹。除马致远、白居易二典,此篇尚使用了《汉书·武帝纪》"北出萧关"、汉代赵岐《三辅决录》"三径"二典故,均有如盐化水之效,而无生硬牵强之弊。风格类似的作品还有《金菊对芙蓉·九日》之言"当时二子今安在? 乾坤大,容我粗豪",以及《鹊桥仙·中秋》之言"平生不作负恩人,惟负了、今宵明月"等。

王洪(1380—1420),字希范,号毅斋,钱塘人。八岁能文,才思颖发。与闽人王偁、王恭、王褒皆有文名,时称"四王",又为闽中十才子之一。洪武三十年进士及第,擢吏科给事中。以荐入翰林,历官编修、侍讲,为《永乐大典》副总裁。有《毅斋诗文集》八卷,词附。今存词13首。赵尊岳《惜阴堂汇刻明词提要》称其"词笔清迥,似山林间人,作濠、濮上想,弥复佳胜"。代表作为《卜算子》组词。其中《西山晚翠》、《江桥暮雨》二首尤可称道。兹依次俱录如下:

> 斜日照疏帘,雨歇青山暮。白鸟鸣边一半开,香霭和烟度。　楼上见平湖,影隔青林雾。吹断鸾箫兴未阑,月照芙蓉露。(其四)

> 淅沥带秋烟,两岸蒹葭响。何处渔舟暝未还,隔浦闻清唱。　撩乱下枯槎,一夜苕溪涨。天目应添翠几重,明日看晴嶂。(其七)

此二阕诚如赵尊岳先生所言,"景中弥有情致,而雅怀若契,闲韵欲流",乃"萧然物外之语",当是词人胸襟旨趣的形象反映。

郑棠,生卒年不详,字叔美,浦江人,宋濂从子,美文至行,为人称道。郑棠嗜学,勤于诗文,有《道山集》,词附。今存词9首。赵尊岳《惜阴堂汇刻明词提要》评曰:"词非专长,而真挚之致,见于楮墨。"今观其词,每发议论,写超脱隐逸思想,虽胸襟自现,而词艺欠精。惟《醉蓬莱·寄鹤塘清逸》一阕,清疏深厚,差强人意。词云:

> 喜秋风近日,扫退炎蒸,一清残暑。独坐空山,有酒无诗侣。挂颊看云,江东日暮,论文共谁语?欲寄相知,鹤塘咫尺,寸步千里。　遥想清逸,尽多佳句。得意处,但诗筒闲贮。荷花数顷,有新莲嘉味。应笑青门,故侯瓜圃,摘寄添肴旅。醉倒玉山,满前风景,尽皆诗趣。

其次,讨论明代中期浙江词。

明代中期浙江词,当以陈霆为中军统帅,而佐以卢格、姚绶、张宁、魏偁、朱谏、李堂、章应玄、徐子熙、张邦奇、徐应丰、吕希周、蔡宗尧、沈炼、王交、徐渭等人。明代中期浙江词坛,只有陈霆一人尚可在大词史立足,其余作者均表现平平。究其原因,主要有三:一是理学浸淫,情趣寡淡;二是戏曲兴旺,词体式微;三是世盛人庸,才情匮乏。不过,陈霆的出现,多少弥补了这种缺憾。

陈霆(1479—1560前后)①,字声伯,号水南,德清人。弘治十五年(1502)进士,授刑部给事中。正德元年(1506),因上书弹劾张瑜,被其同党刘瑾陷害入狱,

---

① 陈霆生卒年历来无载,此据张仲谋《明词史》所考,人民文学出版社2002年版,第136页。

谪判六安。瑾以谋反罪伏诛后,复刑部主事,次年出任山西提学佥事。以师道自任,士习丕变。不久辞官回乡,嘉靖中屡荐不出,隐居渚山四十年,著述百余卷。有《仙潭志》、《两山墨谈》、《水南稿》、《渚山堂诗话》、《渚山堂词话》等。

其词有《惜阴堂汇刻明词》本《水南词》。今存词266首,不仅数量丰富,而且质量稳定,于明代实为一大家。《渚山堂诗话》不甚彰显,《渚山堂词话》为明代词话之佳构。近人刘承干《吴兴丛书跋语》亦云:"水南工于词,论词校诗为确。"

陈霆论词主张"有关系,有感慨",推崇南宋张孝祥、辛弃疾、刘过、文天祥等词家。观陈氏自作词,诚如《钦定四库全书总目》卷一百七十六所云,"其豪迈激越,犹有苏、辛遗范";但正如张仲谋先生所补充的,水南词除学东坡之旷达、稼轩之雄健外,尚兼学白石之冷峭①。此外,还有部分作品效法晚唐五代和北宋词风,清丽深婉,有晏欧风味。展阅水南词,不时可见"和吕居仁"、"和晁无咎"、"和辛稼轩"、"和苏东坡"、"和周美成韵"、"用宋秦淮海韵言怀"、"和宋人刘改之韵"、"用宋王介甫韵"、"和章质夫韵"、"用宋人韵"的词作,足证陈霆对于宋词的全面学习和多方效仿。

先言其学苏之词。可以《齐天乐·至六安写怀》为代表。词云:

> 秋风万里骑黄鹄,翩然白云南去。芳草闲情,沤波醉眼,一枕苍寒留住。清时有味,尽棋局坐忘,茶瓯相对。百首新诗,江山风月助奇思。　功名自来浪许。道炊烟未散,丛阴无处。磨蚁嫌贪,竿鱼讶冷,一笑晚山横翠。闲门静闭,任蝴蝶上阶,崔罗张砌。梦落朝班,日高慵未起。

此词是作者谪迁六安时所作,写超然物外、无所羁縻的情怀胸襟,虽不及苏词渊雅深沉,而清健爽直之致却足以抚慰、振作人心。此外,像《水调歌头·己卯初度》、《水调歌头·庚辰初度》、《念奴娇·赤壁图用东坡韵》、《渔家傲·志渔图》等,皆学苏而能差近之。

再言其学辛之词。可以《满江红·书京口驿楼中,时为候舟不至故也》为代表。词云:

> 官柳参差,春城迥、驿楼高出。阑干外、遥山数点,断云千尺。斜日半江鸣去橹,落梅满地悲长笛。念有谁、抚景独伤神,天涯客。　江南使,无消息。桃叶渡,迷踪迹。渺孤舟何处,水云遥隔。雁后坐看行计晚,花前不奈离愁积。问几时、天意借周郎,东风力。

---

① 参阅张仲谋著《明词史》第四章,第142页。

这首词同样写于贬谪六安之时。上片写寂寥空远之景,下片言蓄志难骋之意,颇得稼轩为词沉雄矫激的风格和稼轩为人坚忍执着的品格。此外,像《风流子·送人归吴中》、《酹江月·送人之南雍》、《沁园春·和辛稼轩》、《念奴娇·三忠庙祀汉诸葛宋岳武穆文文山》等,或苍老,或沉雄,或感慨,或悲壮,皆学辛之佳作。

三言其学姜之词。可以《念奴娇·墨芙蓉》为代表。词云:

> 孤芳无主,被西风、送与一天愁色。顾影含羞还有恨,彩笔怎生描得?颓白如矜,蒌红自倚,真意谁能识?影娥池古,晚妆犹剩香墨。　惆怅别浦芳洲,水云静处,珮冷菱歌寂。幽梦偶随归燕化,荏苒乌衣消息。浊世堪惊,细尘易染,清泪空狼藉。江南望断,一痕月照凉夕。

格调骚雅,境界清空,情调幽冷,颇有几分白石的真传。此外,像同调咏"梅"、"雪"、"桂岩"诸曲,以及《点绛唇·渔舟吹笛》、《踏莎行·九鸾图》,亦皆学姜之显著者。

末言其学晚唐北宋之词。当以《踏莎行·晚景》为代表。词云:

> 流水孤村,荒城古道,槎牙老木乌鸢噪。夕阳倒影射疏林,江边一带芙蓉老。　风暝寒烟,天低衰草,登楼望极群峰小。欲将归信问行人,青山尽处行人少。

此词叙写秋日晚景,于萧疏清淡之中略带苍劲凄厉之气,以真情实景熔化秦观、欧阳修、李贺等人词句、诗句,自然浑成,一如己出,可谓善学者矣。其他颇具晚唐宋初韵味的词作,还有不少。如《蝶恋花·春暮旅怀》云:

> 雨雨风风花事退,芳草愁痕,绿遍长亭外。辛苦杜鹃流血泪,碧山春尽行人去。　城上楼高休遍倚,烟柳斜阳,总是伤心处。一点柔情风里絮,遥遥去度长江水。

以及《风入松·江楼秋眺》云:

> 水云微淡侵江楼。山势涌沧洲。黄花欲绽丹枫老,吴霜冷、雁叫清秋。云外离情耿耿,天涯归信悠悠。　乱鸦投树夕阳收。江水向东流。登楼望断平芜影,凭阑久、多少闲愁。风里一声渔笛。浪中数点行舟。

总之,在明代中期词坛,乃至有明一代词坛,陈霆确实是一位创作数量丰富、题材风格多样的杰出词家。

卢格(1412—1489),字正夫,东阳人。成化十七年进士,官至江西道监察御史。有《荷亭集》。惜阴堂裁为《荷亭诗余》。

卢格所存 17 首词，也多庆贺、应酬之作。然《谒金门·贺之任》一阕，对新官上任满怀期许："愿君化作光明烛，偏照逃亡屋。"关怀民瘼，值得肯定。而《如梦令·思亲》三首亦朴素可咏，其首阕云："昨夜北堂春透，满目花开如绣。梦断五更钟，百结愁肠依旧。知否？知否？沈约腰肢消瘦。"

姚绶（1422－1495），字公绶，号谷庵，自号仙痴，晚号云东逸史，嘉善人。天顺八年进士，授监察御史。成化初为永宁郡守。解官归，筑室曰丹丘，啸咏其中，人称丹丘先生。工书画，有《云东集》，词附，惜阴堂裁为《谷庵词》，存词 29 首。

谷庵词情高逸而词艺不称。《苏武慢》十二首写脱俗胸襟，颇有感慨体会，惜以论为词，又杂以道家气，难称佳制；《水龙吟·题山水四首》名为叙景，意在述怀，亦陷于议论。惟《醉花阴》一曲，不但状景物如临其境，而且述情绪有如身受，新巧别致。词云：

> 秋宵有月明如昼，怪石疑蹲兽。闲步向中庭，桂影风香，玉露朱衣透。　重阳前面中秋后，七夕彩丝犹在袖。兔走逐乌飞，人在天涯觉近，莫怪新来瘦。

张宁，字靖之，号方洲，海盐人，生卒年不详，弘治八年（1495）前后在世。景泰五年（1454）进士。官至都给事中。出为汀州知府。宁工书画，能诗，有《方洲集》二十六卷，词附。惜阴堂裁为《方洲诗余》。

张宁今存词 26 首，皆交游送别之作。其《满江红·题碧梧、翠竹送李阳春》云：

> 一曲清商，人别后、故国几度。想翠竹、碧梧风采，旧游何处。三径西风秋共老，满庭疏雨春都过。看苍苔、白石易黄昏，愁无数。　峄山畔，淇泉路。空回首，佳期误。叹舞鸾鸣凤，归来迟暮。冷淡还如西涧草，凄迷番作江东树。且留他、素管候冰丝，重相和。

这是一首题画词。作者借咏画中桐、竹叙写友情，将咏物与抒情巧妙而自然地联系在一起，句句写实，又句句紧扣离别思念之情，清新而深婉，构思精巧。

魏偶，字达卿，一字云松安子，鄞人。明成化二十二年（1486）进士。有《云松诗略》。惜阴堂裁为《云松近体乐府》。今存词 14 首。云松词秀丽深挚，轻隽婉曲，有晚唐宋初风味。且看其《浣溪沙》：

> 九十韶光太半非，一樽歌舞莫相违。游丝网不住春归。　纤草有情和霜长，好花无语任风飞。石栏徒倚对斜晖。

词心敏感,词情深沉,词笔细微,词语尖新,词意警策,写韶华易逝、美好不常的闲愁而能沉着深永,得二晏余绪,亦有梦窗《浣溪沙》(门隔花深梦旧游)的影响在其中。

朱谏(1462—1541),字君佐,永嘉人。弘治五年(1492)进士,官至吉安知府。有《荡南集》。《全明词》辑其词 3 首,《全明词补编》复辑得 16 首。在朱氏所存 19 首词中,有 18 首都是吟咏雁荡山各处风景名胜,可见朱氏对家乡山水的热爱。

兹举其《梁州令·谢公岭》为例,以斑窥豹。词云:

> 着屐登山客,历尽云崖天壁。屐痕犹在白云中,峰回路转,千古无人识。春来秋去成尘迹,一代风流息。斜阳影落溪边石,长松几树连天碧。 抚景遥相忆,诗句从来清逸。池塘春草梦初回,无端五马,又费开山力。人非事往皆堪惜,雾拥藤萝密。泉声转向梢头滴,山高月落玄猿泣。

朱谏的雁荡词风格峻拔,措词磊落,融胸次襟怀于描绘刻画之中,别具一格。此词将写景与怀古糅为一体,有描述,有感慨,内涵远胜一般写景词。

李堂(1463—?),字时升,号堇山,鄞县人。成化二十三年(1487)进士,官至工部右侍郎,总理漕河。有《堇山文集》十五卷。惜阴堂裁为《堇山诗余》。

李堂今存词 18 首,计题画词 7 首,拟古词 4 首,交游词 3 首,咏花词 3 首,闲愁词 1 首。其题画词多能灵活而有感慨。最饶词味者,则推"效苏长公体"《四时词》。这组效仿苏轼《木兰花令》而作的四时风景词,韵味悠长,确实颇有些苏词的影子。且看其二咏夏云:

> 暗绿深深红几朵,槐阴波水榴如火。鸣檐铁马闹南薰,避暑银蟾穿秘锁。 幽居夏夜永如年,坐看星河横远天。万里清流注何处? 不教洗尽浮生缘。

所叙夏日生活图景,鲜活生动,历历在目,让人感同身受,当是咏夏词中的佳作。

章玄应,一作元应,生卒年不详,字顺德,乐清人。成化十一年(1475)进士,为南京给事中。仕终广东布政史。《明史》卷一百六十二有传。有《雁荡山樵诗集》,词附。惜阴堂裁为《雁荡山樵词》。

玄应今存词 23 首,善交游,多咏梅,词风清壮。《青玉案·仪真阻风》一阕,触景生情,真挚感人,可资吟诵。词云:

> 龙盘佳气霏烟雾,几回首,通江路,万里云帆天外度。早来潮也,晚

来潮也,断送朝还暮。　可人明月知何处,一片离怀谁与度? 深夜无眠重起步。官程有约,乡心无限,都被东风误。

徐子熙,生卒年不详,字世昭,上虞人。弘治十八年(1505)进士,官至光禄少卿。有《丹峰先生文集》,词附。惜阴堂裁为《丹峰词》。赵尊岳跋语称其"淹贯经史百家,下笔语高意古,不落时格,或劝其少为贬损者,益笃志好古,襟怀磊落,不拘小节",又谓其"词虽不工,饶有逸趣"。

今观徐氏所存词 27 首,多抒写胸襟怀抱,果然高古磊落,精于炼意,词韵铿锵,野逸而警策,往往可以想见其人风姿。然好发议论,词韵欠工,是其短处。兹举二阕为例。其《渔家傲》自咏胸襟云:

> 鸭头水绿春真透,桃花香滚红云溜。孤舟不怕颠风骤。眉不皱,一篙真与风涛斗。　贯鱼绾断青丝柳,老渔自信经纶手。濯足沧溟动星斗。君知否? 醉里放歌惊宇宙,长天倒碧水东走。

境界阔大,想象奇特,词意高爽,气势酣畅,催人奋发。

即使写儿女深情,也往往有出人意表的想象和修辞。且听其《蝶恋花》云:

> 海棠露重滴春娇。翠烟香雨,细把柳丝缲。断却花魂何处招? 小春吹透玉人箫。　红云桃浪滑兰桡。峭天风,一信送到蓝桥。原为梭上锦丝条,长与天孙织绛绡。

"翠烟香雨,细把柳丝缲",比喻新奇贴切,令人过目不忘。"峭天风,一信送到蓝桥"的联想和典故,则引人无限情思。此诚可谓以健笔、硬笔写柔情者。此外像《玉楼春》(东风一夜取花魂),亦属此类。

张邦奇(1484－1544),字常甫,号甬川,别号兀涯,鄞县人。弘治十八年(1505)进士,历官南京吏部尚书,改兵部,参赞机务,卒谥文定。《明史》卷二〇一有传。有《张文定公四友亭集》。

《全明词》据《四明近体乐府》收张氏词 3 首,《全明词补编》据《张文定公四友亭集》卷二十辑得词作 36 首,合计 39 首。其中多为交游、应酬之作,又喜议论为词,乃至以词"论学"、"论诗"、论"学规"。然作者十九岁时所作"思归词"《玉烛新》一阕,却朴素峻爽,别具一格。词云:

> 山城梅雨霁,对剩柳残花,许多心绪。怅家在、万里烟霄,琴剑独留燕蓟。资囊橐空,听杜宇、只教归去。最萧瑟、旅况离情,却又时逢失意。　白云望断天涯,奈思绕椿萱,魂萦棠棣。青云万里,想事业功名,有时相济。兴阑歌住,取匣底、豪曹磨砺。明朝事、短棹沧波,翩然故地。

此词写年轻士子的羁旅情怀,融怀乡思亲、功名失意于一炉,是一首内容充实、感情真挚、品格高洁的咏怀词。

不过,《苏幕遮·睡思》《青玉案·忆别》二首写闺思,又能含情婉转,怨慕交加,反映出张邦奇词风的多样性。

徐应丰,生卒年不详,字德中,上虞人。嘉靖间,以善书擢中书舍人,奉召侍直。后遭严嵩诬陷,廷杖削为编民。有《贻谷堂集》,别称《平山先生集》,词在卷五。惜阴堂裁为《平山词》。《全明词》录其词 40 首。

其词亦多题画、交游之作,又颇有寿老爱幼之词。唯《天仙子·雪》一阕,咏雪而怜贫,与一般雪词不同。词云:

> 平白相看起烟雾,万里山河俱密布。凹时凸起满还堆,风相助,云相护,浪说丰年应有数! 罗绮谁家围玉树,肯为长安贫者虑?须臾又早一阳初,天转度,岁将暮,明日乾坤新雨露。

全词化用晚唐罗隐《雪》诗旨意,可谓典型的悯农词。至于末尾数句,未必是写实,不妨看成善良的祝愿。

吕希周(约1501—1554),字师旦,崇德人。嘉靖五年(1526)进士,官至政通司使。有《东汇诗集》十卷。《全明词》录其词 1 首,《全明词补编》补录其词 43 首。

希周所存词作,皆和晚唐、宋、金词人韵,而以和北宋诸家为多。从温庭筠、欧阳修、张先、柳永、林逋、胡浩然、王安礼、赵令畤、秦观、周邦彦、万俟咏、李清照、康与之、曾觌、马子严,到范仲淹、王安石、苏轼、黄庭坚、叶梦得、赵汝愚、黄升,再到吴激,可谓好学者矣。这在明代词人中,是不多见的。然创作贵在有真性情、真精神,故其取径不足法。当然,与陈允平遍和清真词不同,吕氏乃杂取各派诸家,又多有具体的创作动机,时有真情实景,故尚有值得肯定的地方。如《重叠金①·惜别作,次黄叔旸韵》写道:

> 粉痕未褪梅妆雪,骖鸾忽度梨花月。雪月不如人,冰壶更复清。 恨作经时客,余香销永夕。瞻伫倚栏干,潇潇风雨寒。

这样的作品,即使置诸晚唐、北宋,也毫无愧色。

蔡宗尧,生卒年不详,字龟陵,自号东郭子,天台人。嘉靖十六年(1537)举人,官松溪教谕。有《龟陵集》,词附。《全明词》录其词 38 首。

---

① 按:"重叠金"即"菩萨蛮",典出温庭筠《菩萨蛮》"小山重叠金明灭"句。

龟陵词伤春悲秋、感旧怀人之作,词风以婉约为主,深受晚唐、北宋诸家影响,可吟诵者颇多。如《锦堂春·远思》云:

> 翠藻涟漪池馆,紫云缥缈人家。几回欲把泥缄寄,飞雁在天涯。　　容镜瘦随日减,泪珠细逐风斜。醒回午梦人千里,春睡一庭花。

俨然《花间集》中作品。而《浪淘沙·过宝应湖》云:

> 风卷一湖秋,纹簟湘流,黄苑碧树淡烟浮。客子寸心千里月,相对扁舟。　　俯槛眺双眸,波浪悠悠。好歌还看水东楼。酒市花灯如醉梦,醒后方休。

又宛如秦观、舒亶所作矣。

沈铼(1507—1557),字纯甫,号青霞,会稽人。嘉靖十七年(1538)进士,除溧阳知县。忤御史,迁茌平。入为锦衣卫经历。上疏论俺答请贡事,并劾严嵩父子罪状,廷杖,谪佃保安,又为嵩党杨顺、路楷构入蔚州白莲妖人阎案中,弃市。嘉靖四十一年(1562),严党被劾,严嵩削职,严世蕃处死,沈铼一案才得以昭雪。天启初追谥忠愍。《明史》二〇九有传。有《青霞集》十一卷,词附,惜阴堂裁为《青霞词》。《全明词》录其词3首,《全明词补编》补录其词1首。

沈铼本忠烈英雄,其词直抒胸臆,而磊落不平之气,充塞天地。所存4阕皆交游送别之作。兹举其《满江红·送邓菊坡先生致政还河南》一阕为例。词云:

> 世路悲凉,朱衣客、化为豺虎。心毒狠、轻才薄道,文章如土。权计潜将羽檄招,奸谋暗把衷情吐。大丈夫、名行重丘山,谁从□。　　俺心事,生的古;他意思,由来苦。那有个蕙兰香,肯共邪蒿为伍?豪杰场中麾剑戟,英雄队里争旗鼓。谩行来、浩气满天壤,谁能侮!

人乃民族脊梁,词亦英雄本色。文字虽然粗俚,而满纸悲愤与浩气。这是为人生的艺术,拿身家性命为抵押的创作,自不必以雕虫琐艺来做计较。

王交(1514—1570),字征久,号龙田,又号同斋,慈溪人。嘉靖二十年(1541)进士,选翰林院庶吉士。授刑科给事中,转户科给事中。官至南京太仆寺丞。有《绿槐棠集》。《全明词补编》录其词41首。

王交词在取材上颇有特点。除去交游应酬之作,王交词有4首词分别记述"梦"、"笑"、"闲"、"醉"人生四趣,又4首词分别记述"昼观刈禾"、"夕迟牧归"、"夜听鸣榔"、"晓喜得雨"乡居四乐,又4首词分别铺陈七夕、中元、中秋、重阳四节,又4首分别再现"孙康映雪"、"游杨立雪"、"袁安卧雪"、"苏卿嚼雪"五位高士,又4首分咏落花、柳絮、榆荚、竹箨四种暮春节物。此外还有《小重山》二阕记

"秋日庭榴盛花,不能禁邻指之竞取也。坐中寄赏,因嘲之"这样的作品。从这些作品中,不难发现王交高洁的人生旨趣、豁达的人生态度,而且是个生活的有心人、细心人,有一颗敏锐、细腻的词心。如《钗头凤·竹箨》云:

> 雷声应,苔痕迸,绿玉胎芽出土净。黄苞薄,清修格,龙儿渐长,锦鳞脱却。剥,剥,剥。 凌云性,披烟劲,旬有六日竹堪并。新稍弱,半含箨,君子丛中,虽少必作。落,落,落。

最为难得的,是其于个人进取、休闲之余,尚能不忘民生疾苦。正如他在《夏云峰·昼观刈禾》下片中写的:"想他不辞辛苦,炎热无休。怜他去后,有多少、券取官勾?怎知他,五月卖了,剜却心头!"

要之,以王氏词句评价其词,即所谓"绿玉胎芽出土净"者。

徐渭(1521—1593),字文长,一字文清,又字天池,自号青藤山人。山阴人。诸生。嘉靖中,客总督胡宗宪幕。宗宪下狱,渭惧祸发狂,后以罪系狱,张元忭力救得免。渭天才超逸,诗、文、戏曲、书、画皆工。《明史》卷二百八十八有传。有《徐文长集》三十卷、《逸稿》二十卷。《全明词》录其词 31 首,《全明词补编》补录其词 4 首。

徐渭词在取材上也颇有特点。一是以组词形式描写笔、墨、砚、剑,二是写战争捷报,三是模拟民族创作《竹枝》词一组。至于咏"美人解"、"闺人纤趾"、"为张子奇遇作"之类,则不足论矣。另外,徐渭词在风格上,呈现出非常明显的曲化倾向,时闻俚语、口语,甚至油腔滑调。

徐渭借物咏怀诸作,每大言阔论,意气粗放,然少词味。倒是两首风土词,生动活泼,明媚如画,趣味盎然。其一为《浣溪沙·鉴湖曲》,词云:

> 浅碧平铺万顷罗,越台南去水天多。幽人爱占白鸥莎。 十里荷花迷水镜,一行游女怯舟梭。看谁钗子落青波。

其二为《南乡子·八月十六夜泛舟西湖》,词云:

> 月倍此宵多,杨柳芙蓉夜色蹉。鸥鹭不眠如昼里,舟过,向前惊换几汀莎。 筒酒觅稀荷,唱尽塘栖白苎歌。天为红妆重展镜,如磨,渐照胭脂奈褪何。

排除性情、修养等个人因素,我们从沈炼、王交、徐渭等人身上,可以比较强烈地感受到浙东词人更为质朴、耿介甚至矫激的一面。而下文所论明末英雄词人,又俱为浙东人,更足证明浙东文化刚健、豪放的秉性和特色。

再次,讨论明代后期浙江词。

明代后期浙江词坛,是明代浙江词史上最为繁荣的一个历史时期,作者人数是前两期总和的三倍,作品数量则是前两期总和的四倍多。存词 200 首以上者有 10 家,存词 100 首以上者有 18 家,存词 50 首以上者有 30 家,存词 21 首以上者则多达 47 家。此期作者不仅阵容整齐雄壮,而且名家迭现,像金堡、李渔、徐灿、张煌言等,都可与刘基、陈霆相抗,词作质量也较前、中期有整体上的提高,可圈可点的作品颇多。这表明明词经过相当长一段时间的沉寂后,终于振作起来,再次兴旺,并成为清代浙江词全面繁荣的前奏。

需要注意的是,明代后期浙西词坛表现出非常明显的家族性和地域性,使明末浙江词坛的主导权和影响力集中到浙西几个词学世家和以词学世家为核心的郡邑。清代影响最大的浙西词派,正是在柳洲、西泠、梅里等地域性词坛、词派的基础上,汇合、发展而成的。对此,本章第三节将做专门论述。

笔者讨论前、中期词家、词作时,遵循的是"就繁"原则,而本期由于词家众多,限于篇幅,只能"从简"了。明代后期词人,以易代为界,其创作往往可分为两个时段。前期多承平光景、伤乱之怀,后期多家国之思。就其大节而观之,则可粗判为英雄词人和遗民词人两类。兹大致依年代排次,列叙如下。

首叙英雄词人。

明清易代之际的浙籍英雄词人,主要有祁彪佳、钱肃乐、张煌言、董玄几位。

祁彪佳(1603－1645),字虎子,又字幼文、宏吉,号世培,山阴人。天启二年(1622)进士,授兴化府推官。崇祯时为御史,巡按苏、松,为群小所诋,移疾去。弘光元年(1645),清军攻陷杭州,以金币来聘刘宗周、祁彪佳等,祁彪佳数辞不许,计不得脱,遂自赴池水死。唐王时赠少保、兵部尚书,谥忠敏。有《祁彪佳集》。《全明词》录其词 5 首,《全明词补编》补录 2 首,皆写景词。

祁彪佳原有旧寓密园,在山阴道上的高士里,傍寓山。后来,他开辟寓山,又在山上构建寓山园,其有名景点多达十六处。祁彪佳将他本人以及广泛征求得到的文人士绅吟咏寓山园的诗赋文章,裒辑成《寓山注》一书。祁承勋、王扬德、陈祼、周懋宗、张岱、孟称舜、王翃、单恂、董玄、周凤翔等,都是其中的作者。祁彪佳存词极少,《蝶恋花》寓山十六景之作仅存 5 首。

从根本上讲,文学即情感之学,于词尤然。《论语·里仁》有云:"唯仁者,能好人,能恶人。"所谓英雄,杀身成仁者也。由此不难推断,英雄都有一颗率性忠直之心。此理亦可在祁彪佳、钱肃乐、张煌言等人身上得到验证。祁氏所存数阕虽赋景之篇,然皆作者性情之体现,可作人物心史观之。读《水龙吟·寓山闲话》,可见祁氏性情、志趣,原在于躬耕闲居;而读《蝶恋花》咏寓山"通台夕照"、

"三山霁雪"、"远阁新晴"、"百雉朝霞"数阕,则可见作者迥出凡尘的胸襟、人格,和以兴亡为己任的远大志向。可见所谓英雄,乃时势、道义和责任催迫而生,多不得已而为之;而唯其如此,更显其英勇和杰出。兹俱录如下:

山翁问我行藏,一丘一壑吾将老。妻梅子鹤,餐惟桂柏,侣为鱼鸟。还我青山,输他紫绶,归来赋早。任杯中世界,逍遥一枕,但只觉、乾坤小。　风月凭谁细讨?尽幽人、吟余醉倒。村春夜雨,鸡豚晓日,躬耕堪饱。有福消闲,无方医懒,愁眉都扫。五岳游,若待完将婚嫁,此时迟了。

——《水龙吟·寓山闲话》

落日半衔峰顶碍。百尺高台,迥出清都界。霞表独登餐沆瀣,青山笑舞如眉黛。　林畔晚烟平一派。谷口柴门,似听樵歌赛。明月欲来松影外,寒鸦犹带斜阳在。

——《蝶恋花·通台夕照》

贺监湖光才半曲。缥缈三山,倒映分为六。昨夜林峦都照玉,画桥流水渔舟宿。　晴日映来看不足。嚼碎梅花,瑶阙呼狂独。我□一峰相对矗,疑从海上银涛浴。

——《蝶恋花·三山霁雪》

微雨夜来翻叠嶂。晓色新开,旭日瞳瞳上。吞吐烟光还荡漾,远山一似浮轻浪。　独向危楼凭槛望。鸟语花香,故故添佳况。眼界任从天外放,迷青叠嶂千千状。

——《蝶恋花·远阁新晴》

红绽琉璃天一罅。千丈芙蓉,影落轻波泻。远阁上头惊见乍,亭台幻住蓬瀛化。　一带春城云树下。隐约龙山,若木朝光射。兜起兴亡千古话,越王台上乌啼罢。

——《蝶恋花·百雉朝霞》

这样的词情、词境和词旨,已然上接苏轼、张孝祥而自成一家。

钱肃乐(1606－1648),字希声,一字虞孙,号止亭,鄞县人。崇祯十年进士,授太仓知州,政绩甚著。迁刑部员外郎,寻以忧归。清兵下杭州,倡议起兵,应者数万人,遣使请鲁王监国,任右佥都御史。为方国安、王之仁所扼,愤而弃军,欲披发入山。及鲁王流亡海上,进肃乐东阁大学士,又以郑彩专柄,不能有所作为,忧愤卒于舟中。谥忠介,清朝谥忠节。有《正气堂集》。《全明词》录其词7首,《全明词补编》录其词13首,共计20首。

由于遭逢国难，有志救世，效法前贤，身体力行，每慷慨以当歌，长歌以当泣。常以宋末文天祥、王清惠自比、自励，悲慨横生，实可当气韵沉雄之评。如《唐多令·和文文山旅怀》云：

> 旧恨指芦花，新愁结暮笳。织兴亡、寒云一梭。千古凄凉轮到我，挑冰雪，卖谁家？　晓日上窗纱，轻禽散晚衙。木兰舟，有客咨嗟。不道江南浑似水，愁帆指，夕阳斜。

词中弥漫的是英雄末路的寂寞悲凉和知其不可为而为之的坚贞不渝。"挑冰雪，卖谁家"、"愁帆指，夕阳斜"，读之令人黯然神伤。而同调"和文信国旅恨"一阕所云"白眼看繁华，风流安在邪"、"欲借东风重拾取，早蹴损，牡丹芽"，更将国事不可为的悲愤直陈出来。当他发现"军人有伐松为爨者"时，惜松悼松之情油然而生，乃填《满江红》以寄慨，中有"况深山、不用栋梁材，吾休矣"、"斧斤斫，苍龙髓。鳞甲堕，春苔紫。便梧桐爨下，犹然半死"、"但逢人、为说岁寒心，应留耳"诸语，显然皆托物言志、夫子自道之词。

在追和文天祥、王清惠的数首词作中，以《沁园春·过东瓯信国祠，即和信国题睢阳庙韵》一阕最为沉痛悲慨。兹敬录如下：

> 屠义为糜，粉忠作脍，此味同尝。况秋风约恨，遥联袊带，汗青传语，其嚼冰霜。家在沧洲，人随鸥鹭，愿向庐陵认故乡。前乎此，有先生心事，古庙睢阳。　伤心先哲云亡，又一片、黄昏目满墙。叹茫茫烟际，与天上下，渐渐石里，剪水封疆。背地伶仃，对人惶恐，风雨重过旧日洋。夫何故，说先生姓氏，嗅也还香。

其慕效前贤、英勇赴义的襟抱和决心，真是"嗅也还香"。这种见贤思齐、一脉相承的忠贞和坚持，正是中华民族绵延不绝、愈发壮伟的精神息壤。

笔者常言，真英雄必有真性情，于钱氏亦然。止亭长年漂泊奔波，生死难卜，其眷故怀亲之情必较常人为烈，观其两首悼亡词，知吾言之不虚；而其亲情爱心，又与小儿女不同，柔肠侠骨，深沉苍劲，全无颓靡、扭捏之态。其调寄《乌夜啼》者写道："晓来一事如钩，贴心头。恰似青山高插，数峰秋。云度水，风穿纸，不堪忧。一夜西风吹老，白蘋洲。"

董玄，字天孙，会稽人。生年不详。曾与祁彪佳等结诗社"枫社"。南明鲁王监国，授礼部主事。顺治八年（1651），清兵攻破舟山，自缢殉国。《全明词补编》据《寓山志》录其词35首。董玄现存词，大多为吟咏寓山风景而作，所谓清雅悠闲之歌。兹录《风流子》一阕，以窥一斑：

晴烟散曲水,垂杨上、早见小朱楼。对草锁画桥,云磨碧嶂,动人清赏,好景须留。步松底、石奔丘壑老,苔晕薜萝幽。斜日半山,暮钟别岸,一声孤鹤,几点归舟。 客游常作伴,笙歌与檀板,惊起凫鸥。生憎夕阳风细,满院清秋。看陂塘烟树,红稠绿绽,疏香薄霭,相对悠悠。坐到曲栏人静,欲睡还休。

可惜身丁末世,战乱很快便将这清幽俊赏击得粉碎。于是,幽人变成了烈士。

张煌言(1620－1664),字玄著,号苍水,小字阿云,鄞县人。崇祯十五年(1642)举人。弘光元年(1645),清兵下江南,福王政权覆灭,煌言与同郡钱肃乐等起兵,奉鲁王监国。赐进士,加翰林院编修,典制诰,晋侍讲,擢右佥都御史,监张名振军,屡抗清师,迁兵部侍郎。桂王在云南,亦遣使海上,命煌言为东阁大学士,兼兵部尚书。鲁王监国六年(1651),清兵破舟山,煌言扈从鲁王入闽依郑成功。永历十三年(1659)与郑成功大举入江,所向披靡。煌言移师上游,下皖地二十余城。顺治十八年(1661)郑成功入台湾,煌言军益孤。康熙三年(1664)张煌言隐居象山悬嶴岛,旋为清军所俘,押解杭州,英勇就义。有《张苍水集》。存词6首,皆退居海岛后作。

赵尊岳跋《张尚书词》云:"词虽不多,风格自高抗;孤忠所托,岂偶然哉!"确实如此,与一般文士的伤春悲秋、离愁别怨不同,苍水词是末路英雄人格意志和牺牲精神的真实写照,是英雄视死如归的慷慨悲歌,词风激越昂扬,一扫明代词坛以纤弱靡曼为主导的创作风气。

且听其《满江红·步岳忠武王韵》:

屈指兴亡,恨南北、皇图销歇。更几个、孤忠大义,冰清玉烈?赵信城边羌笛雨,李陵台畔胡笳月。惨模糊、吹出玉关情,声凄切。 汉苑露,梁园雪。双龙游,一鸿灭。剩遗臣怒击,唾壶皆缺。豪气欲吞白凤髓,高怀肯饮黄羊血。试排云、待把捧日心,诉金阙!

词人有《将入武陵二首》。其一云:"生比鸿毛犹负国,死留碧血欲支天。忠贞自是孤臣事,敢望千秋青史传!"其二云:"国亡家破欲何之?西子湖头有我师。日月双悬于氏墓,乾坤半壁岳家祠。"国难当头,词人决心以岳飞、于谦等民族英雄为榜样,精忠报国,舍生取义。此词和岳飞《满江红》名篇而作,放笔直抒,跌宕起伏,悲激踔厉,喷薄而出,正气凛然,如在目前。

词人虽有视死如归的决心和勇气,但大仇未报,复国无望,固不免有孤立无助、前路茫茫的悲怆。《长相思·中夜闻筝》二首及同调咏秋词,都是这种思想感情的产物。像"一更更,一星星,都是商声与羽声,离人不忍听","几更更,几星星,半是商声与徵声,羁人和梦听",以及"故国盟,故国情,夜阑斜月透疏棂,孤鸿三两声",皆凄绝而令人不忍卒听。

因此,对于葬送锦绣河山的昏君奸臣,词人满怀愤怒与谴责。《柳梢青》便是这样的作品。词云:

> 无数江山,何人断送,雨暗烟蛮。故国莺花,旧家燕子,一样阑珊。　　此身原是天顽,梦魂到处也间关。白发镜中,青萍匣里,和泪相看。

上片言国,大好江山沦陷敌手,风雨如晦,满目凄凉;下片述己,既表明知其不可为而为之、慷慨赴义的立场,也痛陈英雄空老、徒劳无功的孤愤与沉痛。全词写得郁怒而清深,最能代表苍水词的精神和风格。

次叙遗民词人。遗民词人人数众多,而成就不一。兹择要论之。

周履靖,生卒年不详,明隆庆、万历间人。字逸之,号梅墟、螺冠子、梅颠道人。秀水(今嘉兴)人。喜梅,好金石,工各体书法,致力为古文诗词,亦为戏曲。隐居不仕。编篱引流,杂植梅竹,读书其中。有《夷门广牍》、《梅颠稿选》、《寻芳咏》等。《全明词》录其词 3 首,《全明词补编》录其词 262 首,创作数量居全明词人第七位。排在周氏前面的依次是曹尔堪 591 首、王屋 547 首、金堡 466 首、曹元芳 361 首、李渔 359 首、陈霆 266 首。

周履靖写得最多的是闺情词、隐逸词、闲愁词和羁旅词,体制以令词为主,兼擅长调,所学在晚唐北宋,词风婉约,为后期浙江词坛上的重要词家。惜滑熟有余,新巧不足,又略见曲化痕迹。兹依其题材内容,各举一二阕为例。

首先看其闺阁相思之词。且听其《醉花间·闺情》:

> 无音信,成孤闷,难向旁人问。蝴蝶舞双双,睹物心犹忿。　　夜雨响疏棂,灯花俄已烬。慵向象牙床,枕冷眠难稳。

这是梅颠闺情词中写得比较好的,但从内容、情境、意象到修辞,都可看到从前此类作品的影子。倒是《凤凰台上忆吹箫·离别》的开头"魂魄飞扬,恍如波浪,懒妆云鬓蓬头"三句,显示作者尚有想象和表述的能力。

其次是隐逸闲适之词。周氏此类词作最为繁富。单从作者以每组 24 阕、共 96 阕的数量来分咏"渔"、"樵"、"耕"、"牧"四事,就不难发现其重视的程度。不过,同样大多未曾摆脱传统隐逸词的窠臼,新意不多。兹举其《定风波·幽居》以见一斑:

> 潇洒幽然溪上居,白蘋红蓼日相于。明月吐山移桂棹,依岛,闲抛

香饵钓江鱼。 日逐闲鸥为侣伴,桃岸,卷纶归去枕残书。老妻慢开宜城酒,聚首,满斟低唱乐空虚。

其三是伤春悲秋的闲愁词。写得最好的一首闲愁词,当数《江南春·和倪瓒原韵》。词云:

> 春林夜雨朝迸笋,桃李芳菲门径静。主人寂寂对疏棂,帘外交飞双燕影。峭寒风雨罗衣冷,几树梨花开近井。社酒归来倒角巾,敧斜醉步动轻尘。 蝶飞忙,花信急,杜鹃声里春衫湿。韶光捻指嗟何及,倚楼芳草连天碧。几处笙歌满城邑,垂杨系马风前立。请看绿水泛青萍,堪笑随波空自营。

整首词写得酣畅淋漓,如痴如醉,音韵流转自如,颇有感染力。究其根由,这类作品的创作动机,大致如《临江仙·雨夜》所云:"当年豪侠成春梦,霜华上鬓心惊。琴调流水散孤情。人生浑逆旅,君醉我还醒!"

其四是羁旅思归之词。这类创作数量不多,但质量并不逊色。且看《解蹀躞·旅思》:

> 郊外风声如吼,片片丹枫舞。旅亭孤客,展转愁无主。时听哽咽笳音,况是漫漫长夜,倩谁为侣? 助愁思,天际淋漓淫雨,乱洒回廊庑。满怀归绪,积乱如丝缕。何日得返乡间,对妻孥泛村醪,诉程途苦。

高濂,字深甫,号瑞南,仁和人。生卒年不详,万历前后在世。曾任鸿胪寺官,后隐居西湖不仕。高为戏曲名家,有《节孝记》、《玉簪记》二种。此外尚有散曲、小令十余支,套曲十余套。又工诗词,有《雅尚斋诗草》、《芳芷楼词》。《钦定四库全书总目》卷一百八十称其诗"大旨主于得乎自然以悦性情,故往往称心而出,无复锻炼之功"。清人沈雄《古今词话·词评》卷下称"高深甫词,独出清裁,不附会于庸俗者"。《全明词》录其词205首。

从现存词作看,高濂是个认真为词的作者。其词主要写文人雅士的生活和情感,举凡读书写作、山居水泊、西湖风景、闲适情趣、四时节序、名花异草、闺情、友情,皆或多或少咏及,题材广泛,而于花草、节序和西湖,用力尤多。以组词形式进行创作,是高濂用力填词的第二个表现。如《天仙子·闲居十首》、《清平乐·湖上四时》、《西江月·题情,代作》十首、《风入松·闲适十首》、《风入松》西湖十首、《浪淘沙·山居十首》等。尤其是咏花词,竟以百调咏及百种花卉,蔚为大观。

总体看,高濂词洗脱浅俗,清新雅丽,旨趣高逸。《鹧鸪天·自述》颇能揭示高氏取材和风格形成的根由。词云:"打伙红尘四十年,空将一线为人牵。如今准给山林贴,作正支销风月钱。　红满面,白盈颠,朝朝花柳傍湖边。从教占定人间乐,不向风尘计可怜。"

值得注意的是,高词一方面着力叙写文士高雅洒脱的生活和旨趣,另一方面又对情感表现得非常痴迷,沉吟闺情、恋情、友情之作颇多。而在笔者看来,正是这些言"情"之作,乃高氏人生热望的曲折反映,更能反映高氏心底深沉的企盼。这些作品往往写得深情绵邈,耐人咀嚼。如《桃源忆故人·怀友》云:

　　望入烟云天际杳,风战绿杨如扫。鸡塞雨淹芳草,路隔知多少。　离情解妒腰肢小,梦里此情偏好。唤醒数声啼鸟,花落春归早。

友情词写得如此深挚、浓烈而幽婉,在历代词人中也不多见。而怀念昔时情侣之作,更是相思入骨,魂牵梦绕。如《浣溪沙·怀旧》云:

　　云净长天抹靛蓝,一轮寒影浸珠帘。黄昏愁恨较平添。　玉笛耳边声的的,冰弦灯下指尖尖。如今剩有病相淹。

至其径叙男女相思之词,则其所指更灵活,意蕴更深广。如《浣溪沙·题情》云:

　　陌上花开不忍看,厌厌尽日倚雕栏。不禁憔悴怯春衫。　有梦不愁天近远,多情空害病疑难。一春双泪为谁含!

此词的抒情主人公,可女可男。如果理解为女性,则代叙闺情之作;如果将抒情主人公理解为男性,则所题之情乃恋情或艳情。无论怎样理解,词情之深挚、浓烈,一样让人设身处地,感同身受。

屠隆(1542—1605),字长卿,一字纬真,号赤水,别号由拳山人、一衲道人、蓬莱仙客,晚号鸿苞居士。鄞县人。万历五年(1577)进士,除颍上知县,调青浦,迁礼部主事、郎中。为官清正,关心民生疾苦。万历十二年蒙受诬陷,削籍罢官。为人豪爽好客,纵情诗酒,所交多海内名士。晚年游吴越间,寻仙访道,说空谈玄,以鬻文为生,怅悴而卒。屠隆以戏曲名家,精通音律,家有戏班,尝登台献艺。论曲主张"针线连络,血脉贯通","不用隐僻学问、艰深字眼"。有《由拳集》,词附。《全明词》录其词 8 首,《全明词补编》补录 2 首。

《明史》卷二百八十八本传,称屠隆"生有异才,尝学诗于(沈)明臣,落笔数千言立就","诗文率不经意,一挥数纸"。《钦定四库全书总目》卷一百七十九称"陈子龙《明诗选》谓其诗如冲繁驿舍,陈列壶觞,顷刻办就,而少堪下箸"。

屠隆的词风,与其诗风有近似处,且因数量太少,历来不受重视。但就现存词作看,由拳词确实也有率意之蔽,但也有奔放不羁、洒脱清丽的一面。如《清江裂石》咏西湖云:

> 淼淼重湖，背郭斜、永日坐蒹葭。四面青山不断，楼阁外、乱水明霞。有画船绵缆载词客，金翘杂珮，强半挟吴娃。水穷处，长林古寺，夏木绿阴遮。　　回首望空明，白鸥隐隐，飞来一片轻沙。把酒问西湖，今来古往都不管，兴亡旧恨年华。且与客棹扁舟，听取衰弦急筑，散发弄荷花。

全词写得空灵秀逸，素丽相宜，颇能体现西湖的特色和风貌，而词人风流放浪的性情，亦于词中得到表现。

茅维（1575－?），字孝若，自号僧昙，归安人。茅坤之子。万历四十四年（1616）举人。《明史》卷二百八十七称其"能诗，与同郡臧懋循、吴稼竳、吴梦旸并称四子"。钱谦益《列朝诗集小传》丁集谓其"不得志于科举，以经世自负"，"有《十赉堂集》数十卷，浏览篇帙，才调斐然"。沈雄《古今词话·词评》称"盛明以帖括之余，而涉为诗词者，十不一工。孝若独浸淫于古，而才情又横放杰出，故一时艳称之，有《十赉堂词》"。《全明词》录其词 37 首，《全明词补编》录其词 56 首。

茅维既出名门，负才颇高，而不得意于科场，则不能不无牢骚，故其咏怀之作，感慨较他人为沉痛。其《天仙子·志痛》云：

> 偶步西堂都惨景，虫网湘帘苔满径。何时春到又春深。花片暝，柳丝凝。寒食清明空忆省。　　琴捐空床灯剪影，衣桁凝尘茶白冷。竹林子弟风流映。玉麈柄，谈锋盛。玄味而今谁解领?

与此种凋敝、凄凉形成鲜明对比的，则是他前期所作之《小重山·梦塞上》，词云：

> 夜半星河挂女墙，几杯残酒醒，拊空床。忽然吹梦到辽阳，光射甲，日锁阵云黄。　　绿草覆沙场，胡儿腾马上、射雕忙。琵琶对舞出红妆，亲倚剑，风洒战袍凉。

不过，茅维写得更多的，还是写景、咏物、言情之作。此类创作，效法两宋名家，偏重北宋，而用情沉邈，状景新警传神。兹举《小重山·冬日垂虹亭，同沈汝兴、丘叔遂、周安期、顾世卿宴集分别》，以窥一斑。词云：

> 新月城头惨碧空，人家烟柳外、亘长虹。渔灯风乱贴江红，歌吹拥、竞权画桥东。　　半醉倚霜蓬，凉州翻揭调、唱回风。吹残芦管咽离鸿，重省恨、往事十年中。

当然，茅维词中也不乏明快欢欣的曲调。如下面这首描述山村闲居生活的《渔家傲·山居，寄陈眉公》，词云：

溪外青山山外田，绕村桑柘郁蓝天。夹岸山樱红欲然。柳飞绵，日斜风起不开船。　赤脚捞虾刚数钱，红亭绿水隔斜川。沽酒重来藉草眠。拾花钿，采桑人正闹溪边。

陈眉公即明代著名的隐士陈继儒（1558－1639），于茅维为前辈。此词不妨看成茅维对隐居生活理想境界的陈说。

马邦良（1557－?），字君遂，又字汝莘，号象湖，富阳人。万历十四年（1586）进士，授丹徒知县。擢户科给事中，转礼科左给事中。历福建布政司右参议，转本省按察副使。累官至行太仆寺卿。有《公余寄兴草》，《全明词补编》据卷三录词95首。

象湖以词言志，不拘一格，风格豪壮，取材极宽。除咏物、节序、写景、隐逸、交游等传统题材内容外，连"孝"、"弟"、"忠"、"信"、"劝学"、"勉学"、"勖子"、"勉二子勤学"、"与林玉峰仙丈谈心有感"、"与林玉峰仙翁讲道有悟"之类，也直接用作词的标题。不过，象湖词中最见词格、也最有词味的作品，还是借景言情、托景述志的海防词。兹举二阕为例。

其一为《长相思·松山誓师》。词云：

花满堤，柳满堤，绿嫩红娇黄鸟啼，香尘逐马蹄。　渡长溪，绕长溪，剑气横空牛斗齐，风清塞草凄。

松山，位于福建霞浦县东十里。据《方舆纪要》卷九十六"霞浦县"条记载，松山"下有松山港。昔时风涛险恶，岁患溺舟，后流沙渐合，有径可行。正统九年，徙置烽火寨于山下。其对峙者曰后崎山，山全体皆石，巨细磊砢，争奇竞秀"。

其二为《临江仙·嵛山望海》。词云：

表里海门成胜概，澜回天堑悠悠。七星错落聚龙湫，四礌千派合，五湾一腔收。　砥柱中流鲸浪靖，烟消烽火清幽。坐看带砺壮皇州。屏风坚内障，台伞控遐陬。

嵛山，即嵛山岛，由大嵛山、小嵛山、鸳鸯岛、银屿等十一个大小岛屿组成，位于福鼎东南海域，是闽东最大的列岛。嵛山岛扼闽浙海路咽喉，战略意义十分重要。为抵御倭寇骚扰，明政府在嵛山岛设置军事要塞，归福宁卫烽火寨管辖。

巡察兵备、海防、清军、监军，是明代按察副使的职掌之一。以上二阕，当是作者任福建按察副使时所作，不妨看成传统边塞词的特殊形式，一雄丽，一壮阔，读之可生豪情。

周拱辰，生卒年不详，字孟侯，桐乡人。崇祯岁贡生。长于文学，有《圣雨斋诗文集》,词附。惜阴堂裁为《圣雨斋词》。《全明词》录其词 62 首。

圣雨斋词数量虽不算很多,但令慢兼擅,庄谐并作,婉豪俱下,内容丰富,举凡伤春悲秋、写景咏物、蚕姑渔妇、僧道仙妓、怀古讽今、讴忠咏烈、读书述怀、节序寿庆、羁旅行役、闺思友情,皆一一摄入,诚可谓富赡矣。论其词艺,则杰作多在友情、羁旅、写景之中。

且看友情词《踏莎行·哭陆仲昭》,词云:

> 玉树刚摧,兰英犹褪,骚魂何处空悲咽?冻竹披残名士风,老枫吹黑文心血。 哭世声高,骂人肠热,地中傲骨坚难折。至今芳草不忍生,当春还怕闻啼鴂。

仲昭乃晚明著名诗论家陆时雍字,陆氏主要著有《诗镜总论》,与周拱辰为至交。此词高度评价陆氏的道德文章,文采风流,长歌当哭,哀痛彻骨,感人至深,不愧为友情词中的杰作。

《浪淘沙·野驿》抒发羁旅情怀,凄苦孤寂,哀婉动人,而《鹧鸪天·旅粤》一阕则于愁苦之外,尽显岭南风情。词云:

> 榕发毵毵我不如,愁丝千尺有谁知?青帘高矗前村店,且脱鹔鹴典一卮。 岗近远,步迟迟,红绵梯索倚墙垂。墙中浓笑风吹递,知是蛮姬采荔枝。

这样的羁旅词,已略等风土词了。

说到写景,《蝶恋花·山行》值得一读。词云:

> 一路沙岗岗断续,何处钟声,云影蒩僧屋。槲刺勾人屏皱蹙,怖他虎迹如牛足。 三两同行行转曲,猿啸呼风,樵斧连禽啄。山色偷他秋水绿,浑身翠湿松花馥。

全词意境悠远,生新灵活,不难看出作者敏感细腻的艺术感知和表达能力,似乎也有南宋杨万里的影响在其中。

最为难得的是,作者怀有一颗炽热的忧时爱国之心,《金人捧露盘·宗将军祠》讴歌英勇捐躯的抗倭将领宗礼,《贺新郎·吊岳墓》凭吊南宋抗金名将岳飞,《满江红·咏剑》志在"洗肝胆"、"酬国耻",前引《踏莎行·哭陆仲昭》所颂"哭世声高,骂人肠热",皆其典型。

唐世济(1570—约1649),字美承,号存忆,乌程人。万历二十六年(1598)进士,授宁化知县。以廉卓,征为监察御史,巡按淮扬,总督漕运。历兵部右侍郎。累官至左都御史。年八十卒。有《琼糜集词选》等。《全明词补编》录其词 161 首。

存忆词以短调为主,兼采长调,婉豪皆擅,既长于咏物、写景、言情,又颇多直抒胸臆、关怀国事民瘼之作。咏物、写景、言情之作,大多写得新警明丽,情意深邈;而咏怀、感时之作,亦能气韵沉雄,感慨横生。

先看其咏物、写景词作。看《望江南》咏秋柳云:

> 秋来柳,憔悴夕阳斜。岁岁暖风吹到冷,枝枝黄鸟变为鸦。游子尚
> 天涯。

关于此词,作者跋云:"'岁岁暖风吹到冷',歙诗人米君梦句也。吾乡沈榔庵太守极称之,然其对句云:'枝枝绿叶变成黄',可谓殊不相称。客请易之,击节称赏。但此乃词中致语,不可入诗,因为足成《望江南》一阕。"从中不难看出作者小小的得意。

如果说《望江南》尚算不得作者的原创,那么下面这首《丑奴儿令·桃山道中晓行》,则可体现唐氏杰出的艺术才华。词云:

> 坚冰满地征骖滑,倒映残星。未有鸡声。风吼荒坡不暂停。　萧
> 萧两鬓霜花湿,十里山程。睡思懵腾。嫩日烘人似宿醒。

此词不但叙景状物彩焕声嘎,而且写出了主人公的生理、心理和情感状态,使人如临其境,感同身受,虽仍有温庭筠《商山早行》的影响在,但已可笑傲前贤了。

唐氏的闲愁词、闲情词,也都写得耐人咀嚼涵咏。如《菩萨蛮·秋感》写道:"花底金风未肯休,砌虫相对诉穷愁。芭蕉难道独宜秋?　树影槛边如有失,雁声天末若为酬。夕阳衰鬓怯登楼。"怅惘凄迷,运思深远。而《行香子》咏"闲情",则写得风流潇洒,清雅诱人。词云:

> 有酒如春,有竹如宾,半酣时、有句如神。山堂木石,慰我沉沦。是
> 素心交,青眼客,白头人。　野鹿恂恂,好鸟谆谆。月来时,花影匀匀。
> 水云幽梦,乞与闲身。喜屋临溪,琴挂壁,菜成畦。

不过,笔者以为,唐氏感怀现实时事的咏怀之作,更能体现作者的胸襟和抱负,更值得重视。如《鹧鸪天·家园独饮,次阅邸报,为之不欢,罢酒》云:

> 正在稠花乱蕊中,忧来真觉杞人同。干戈满地无安石,布绢盈庭见
> 李崇。　停社酒,莫治聋,愁闻空手学搏熊。中兴兵马何时洗,一畅皇
> 威海岱东!

词人借东晋名将谢安、北魏名将李崇自喻,渴望迎难而上,尽忠报国。

此外像《渔家傲·悲辽阳》、《渔家傲》(尽把铁来都铸错)二阕,老当益壮,沉

痛激奋,以中流砥柱自任的英雄豪情溢诸笔端。又如《贺新郎》和辛词三首,称颂辛弃疾、陈亮之人物、情谊,有如"廉颇、蔺相如,千载犹有生气",慨叹世无英雄"一展其胸中抱负,为中原生色",亦寓自诩之意。而《点绛唇》(赤子嗷嗷)、《卜算子·苦雨二首》(其二)、《虞美人》"难道邻邦非赤子"、"累累饿莩重安聚"二首咏齐鲁饥荒及拯救饥民,最为难得,是唐氏品格节操的典型反映。

潘炳孚(1573—1634 后),字大文,嘉善人。家多藏书,穷三年读遍,文笔雄健。崇祯三年应乡试,主考拟擢第一,因故见遗,遂废于酒。为人矜傲,以名行自砥。有《珠尘遗稿》一卷,惜阴堂裁为《珠尘词》。《全明词》录其词 51 首。

珠尘词多咏闺情,离别相思,缱绻缠绵。《中兴乐·别体》一阕,写男女初见时女子的好奇与害羞,饶有情趣。词云:

> 坐来咫尺玉容温。嫣然笑,不知因。迫视成欢,无语逡巡。　娇红还自羞人,匿双鬟。悄然背面,转身误应,似假疑真。

《黄钟乐》一阕径写分携光景,哀婉沉郁,韵味悠长。词云:

> 城边烟草袅横塘,舟舣渡头杨柳,小院画阑长。楼外斜阳闻细语,有人立向水云傍。　良久无心复应郎,微晕说来隐隐,鹦鹉爱博扬。却自双拈榴带舞,教侬不得诉伊行。

当然,作者并未也不可能无视现实时世,因此有了《满江红·与客语江淮间事移日,意未能竟,遂赋两章为当对语》。其一云:

> 千里奔流,叹一带、烟芦染血。谁曾向、楚关蜀道,飞来捣穴。西北神州牵臂指,东南水递危喉舌。更连年、处此困留都,中原裂。　赤壁事,周郎绝。清口役,杨王蔑。便哭堪据地,击难凭楫。妙手长闲欧冶铸,名山空宝豪曹铁。恨几篇、儒术误人书,羁英杰。

张岱(1597—1679),字宗子、石公,号陶庵,又号蝶庵,山阴人,侨寓杭州。出身仕宦之家,而一生未仕。少时生活优裕,落拓不羁,放情山水,爱好戏曲音乐。清兵南下,披发入山,隐于剡溪,著书立说,文笔清新,时杂诙谐。有《琅嬛文集》、《陶庵忆梦》、《西湖寻梦》及《石匮书》等行于世。词集名《陶庵诗余》,有《惜阴堂汇刻明词》本。《全明词》录其词 17 首。

张岱所存词皆写景之作,除《念奴娇·丁亥中秋寓项里作》一首外,其余 16 阕皆调寄《蝶恋花》,乃为祁彪佳"寓山园"而作。张岱词笔灵活,善于表现变化之景物,饶有野逸之趣,除自身性格、趣味外,盖亦有诚斋体的影响在。如《镜湖帆影》一阕云:

山似芙蓉青百叠，隔住林峦，穿度轻如蝶。树底疏疏时闪灭，依稀深浅湘裙褶。　伫立高岗随宛折，剡水归帆，犹带山阴雪。遮住人家林外堞，墙头又露他山趺。

他如《远阁新晴》之"一抹轻烟，横截青山趾"，《三山□雪》之"山入秋湖皆小垤，滋蔓难图，迢递如瓜瓞"，《古岸芙蓉》末句之"秋水澄澄清似峡，倒垂花影鱼吞呷"等，皆生动如见。偶发的议论，也每每语夹机锋，警惕人心。如《隔浦菱歌》云："画舫笙歌顷刻过，只有菱歌，不拾人间唾。口既如簧眼似箕，几回看得兴亡破？"《通台夕照》云："收拾残山藏绣缬，霞湿瘢痕，坟起丹丘血。"

惜存词太少，未建大功。

陈洪绶（1598—1652），字章侯，幼名莲子，一名胥岸，晚年自号老莲。诸暨人。明诸生，崇祯十五年（1642）召为舍人，入内廷临摹历代帝王图像。南明鲁王授翰林待诏，隆武帝召为监察御史，皆不赴。明亡后，卖画自活，遁入空门。在绍兴云门寺为僧，自号悔迟、老迟、弗迟、悔僧、云门僧、九品莲台主者，又号小净名。有《宝纶堂词》。《全明词》录其词38首。

陈乃书画名家，理当能描善绘，然其词乃以议论感慨为能事，盖以其深蒙圣恩，遭逢国难，久历兵戈，故忠贞不渝之志较常人为坚，情不能已，遂多怨愤欷歔。如《诉衷情·东阪步还》云：

春光半落甲兵中，天子恨匆匆。愧不书生戎马，一剑倚崆峒。　长中酒，卧溪风，海棠红。父书未读，事君无路，转眼成翁。

但或许是因为觉得苦难过于沉重，需要消解和排遣，老莲词往往将本自沉痛和深刻的情感和主题，归于超脱甚至放纵。如《眼儿媚》云："汉家宫阙映斜阳，断送九回肠。千秋霜草，半轩落日，几堵颓墙。　有人劝我三杯酒，明日又商量。人生不过，题诗纨扇，系马垂杨。"下片与上片之间从内容到风格上的不协调是十分显著的。这样的结构和风格，容易消解作品的庄重与深沉，可一试而不可常为。

孟称舜（1600—1684），字子若，又字子适、子塞，号小蓬莱卧云子、花屿仙史，会稽人。崇祯间诸生，入复社，并参加祁彪佳等组织的枫社。清顺治六年被举为贡生，官松阳县训导，顺治十三年力辞归。为人方正孤介，有政声。著名戏曲家、戏曲理论家，亦工诗词。有杂剧《桃花人面》、《英雄成败》、《死里逃生》、《花舫缘》等，传奇《娇红记》、《二胥记》等。其诗文集不见著录，唯词有《花屿集》行世。《全明词》录其词5首，《全明词补编》据《寓山志·寓山词》补录18首，俱为祁彪佳寓山园而作，其中有17首皆调寄《蝶恋花》。

与张岱所作寓山词之灵活谐趣不同，孟称舜所作往往上片叙景，下片吐情，且多寓落寞伤逝之怀。如《平畴麦浪》一阕云：

> 风景年年如去箭，甫断壶瓜，又见栽秧遍。嫩绿和烟平似剪，一川翠色春无岸。　恰似繁华开满院，碧浪黄云，早更成秋晚。手把酒杯莫放缓，朱颜怕逐年光变。

又如《隔浦菱歌》下片写道："一曲沧浪千古意，信口无腔，堪入渔樵队。隔浦有人闲自倚，听他似说兴亡事。"此类应景唱和之作，也一以言情写意为根底，不难发现孟氏重情、言情的词学观。

事实上，最能反映花屿词特色的作品并非以上应酬写景之作，而是直抒其情的作品。如《卜算子·江上》写离情：

> 回首望西陵，隔别人南浦。缥缈孤云自往来，寂寞归时路。　蓼渚小鸿飞，梦断风吹雨。江外峰青似剑铓，难割愁肠去。

不难看出苏轼孤鸿词、柳宗元望乡诗的影子。甚至边塞这类题材，也被写成言情的乐章。如《渔家傲·塞下》：

> 数点红旗斜照水，千群牧马连天起。古道长河残照里。心欲碎，黄花满地征人泪。　三月天南归雁未？上林只字凭谁寄！烟树茂林家万里。风光异，饮将闷酒城头睡。

孟称舜《蝶恋花·春去》有句云："多情只为情担误。"今移评其词可也。

彭孙贻，字仲谋，一字羿仁，海盐人。生卒年不详，约崇祯十年（1637）前后在世。选贡生，与同邑吴蕃昌（字仲木）创瞻社，为名流所重，时称"武原二仲"。痛其父殉国难，终生不仕，杜门奉母以居。及卒，乡人私谥孝介。工诗画，尤善倚声。七言律诗学陆游，为王士祯所称赏，有《茗斋集》。词有《茗斋诗余》二卷。《全明词》录其词231首。

赵尊岳惜阴堂本《茗斋诗余》跋语有云："茗斋承明词敝，以俊爽药庸下，以婉约运清空，颇极声家能事。"浏览茗斋词，诚有以也。然次韵之作太多，也束缚了他的创作成就。比较而言，写于明亡前后的一些次韵之作，借他人酒杯以浇胸中块垒，从思想内容到艺术表现，都更胜一筹。如《满江红·次文山和昭仪韵》，词云：

> 曾侍昭阳，回眸处、六宫无色。惊鼙鼓、渔阳尘起，琼花离阙。行在猿啼铃断续，深宫燕去风翻侧。只钱唐早晚两潮来，无休歇。　天子气，宫云灭。天宝事，宫娥说。恨当时不饮，月氏王血。宁坠绿珠楼下

井，休看青冢原头月。愿思归、望帝早南还，刀环缺。

词下有小序云："昭仪'愿嫦娥、相顾肯从容，随圆缺'句，须于'相顾'处略读断。原是决绝语，不是商量语。然文山所作二结句，又高出昭仪上。读之悲感，敬步二阕。"这里所选是其一。彭氏认为文天祥对王清惠词的理解有偏颇之处，但很佩服天祥和作"算妾身，不愿似天家，金瓯缺"的结句。彭氏通过描写王清惠的遭遇，借题发挥，抒发遗民之痛，表达了坚贞不屈的态度和凄厉悲郁的情绪。"宁坠"一联，活用典故，振懦起衰。他如《西河·金陵怀古，次美成韵》、《满江红·和鄂忠武韵》二首、《贺新郎·感时，用稼轩韵》，都是经得起反复阅读的佳作。

至于朱彝尊所言之"俊爽药庸下，以婉约运清空"，亦可各以一、二例见之。前者请看《阮郎归》咏"花影"云：

> 无端花影上纹窗，冥冥春思长。一庭蜂蝶不闻香，隔帘人淡妆。　随月色，下西厢，枝枝横绣床。安排画稿向回廊，片云糊短墙。

以及《一斛珠·燕京秋夕》咏乡思云：

> 衰荷病叶，助人愁绪闲凄切。桑干夜色芦沟月，流火频飞，点点萤明灭。　思归小梦轻于蝶，剪西风、暗灯花妕。关河夜冷人踪绝，万叠青山，遮断东南缺。

而后者，则不妨以《多丽·忆湖上》为例。词云：

> 去年秋，移家曾到湖头。正西风、山山黄叶，飘零偏打秦楼。翠嫣然、西施敛黛，浑销瘦、苏小含愁。无限湖山，那堪回首，柳枝争似旧风流。问当日，舞鬟歌靥，衰草乱汀洲。空肠断，酒醒花倦，同睡兰舟。　任芙蓉、红衣冷落，不关溪鹭沙鸥。万松前、故宫何处？两峰外、残照将收。风雨多情，烟波有恨，江声日夜几时休？暗想昔时心事，人月两悠悠。休重把，新愁钓起，初月如钩。

顺便提及，从明代前期开始，词的曲化问题便已存在，此后许多词家都或多或少写过曲化特征比较明显的词作，茗斋亦然。如其《霜天晓角·卖花，用蒋竹山折花韵》一阕，便是显例。词云：

> 睡起煎茶，听低声卖花。留住卖花人问："红杏下，是谁家？""儿家。花肯赊。"却怜花瘦些。"花瘦关卿何事？"且插朵，玉搔斜。

全词以口语问答、调笑结构，生活气息浓郁，风情旖旎，人情音貌神色跃然纸上，几欲与蒋捷原词争美。可见对于词的曲化问题，需辩证分析，对其中的优秀作品,还是应予肯定的。

总体看,彭孙贻兼学两宋,偏重南宋,力求有所提高,但原创性不足。

吴熙,字止仲,嘉兴人。生卒年不详。与王屋、钱继章、曹尔堪过往甚密。工词,有明刊《非水居词笺》三卷。《全明词》录其词167首。

从现存词作题材内容看,吴熙的生平、词趣都与王屋接近,然较王词更为娴熟灵动,自主性和独创性也都较王氏为高。其中写得较好的作品,还数咏怀、即兴之作。如《鹊桥仙·清宵独坐咏怀》词云:

> 春花开歇,夏花开歇,又见芦花如雪。当时若不种黄花,谁与共、凉天嘉月? 蝉声啼彻,蛩声啼彻,又听雁声呜咽。当时若不会琴声,倩谁慰、一宵孤绝?

以种菊、抚琴为双核,托物寄怀,意兴兼融,洵为佳构。

又如《南乡子·春暮》亦与一般伤春气息不同。词云:

> 鸟语韵偏工,门外千层绿树同。入户残花惊不定,朦胧,灯下犹飞一瓣红。 休放一樽空,瓮底还余椒雨浓。醉后葛巾俱撇去,蓬松,短发萧萧柳下风。

以及时行乐、快意人生来应对惆怅凄切,在特定时代背景下,此种态度和作风应予肯定。而鸟语有韵、灯下飞红、散发当风之鲜活生动,更让人过目难忘。

可见作者有一颗极为细腻敏感的词心,善于捕捉和表达深微婉转的词意与词情。甚至像《一剪梅·秋思,和易安》之类的和作,也能体贴入微,既深且新。词云:

> 羞见芙蓉懒上楼。开是谁看,落是侬愁。寒霞飞尽水粘天,燕子东归,雁字南游。 万里晴江默默流。忙杀征人,闲杀沙鸥。小鬟牵我问行期,瞒却明朝,只说来秋。

吴熙中、长调亦能写得洒脱自如。且举《水调歌头·自题小像》为例,词云:

> 为我不自信,欲语且踟蹰。虽然我意良快,于世更何如?毁誉在人偶尔,那得然然可可,从古正人殊。吾念自兹释,梅影亦方舒。 急须白,意中事,孰知余?从前种种断送,赖我一杯醹。此后何须忆着,惟有闭门觅句,笑读古人书。落叶解我意,飘集满庭除。

词下有小序云:"许生为余写照,乃为握管凝思之图。余病弗思,思则善矣,虽然纵思而得之,又安能尽当于人哉!"从不偶于世的牢骚出发,而达于笑傲洒脱,这正是作者的高明、可敬之处。

　　李渔（1611－1680），原名仙侣，字笠鸿、谪凡，号无徒，又号笠翁，别署觉世稗官、随庵主人、湖上笠翁等。兰溪人。有才子之誉，时称李十郎。崇祯八年（1635）曾应童子试。十年，考入府庠。后两次应乡试，均不第。遂绝意仕进，明末清初曾卖文刻书为生。康熙五年（1666），组织家庭戏班，周游各地，藉为达官贵人演出以博取钱财。李渔才能全面，著述丰富，覆盖诗、文、词、戏曲、小说和文学理论。其与词及词学相关者，有《耐歌词》《笠翁词韵》《窥词管见》等。《全明词》录其词 359 首。

　　笠翁《窥词管见》论词主张"词意贵新"、"词语贵自然"、"意之曲者词贵直"、"好词当一气如话"，强调"词与诗有别"、"词与曲有别"、"词宜耐读"。今观其为词，多能实践其理论，取材自日常生活，写景、咏物、叙事、言情，皆能清新自然，活泼生动，趣味盎然，于明清之际独树一帜。

　　如《丑奴儿令》咏秋海棠云：

　　　　从来绝色多迟嫁。脂也慵施，黛也慵施，慵到秋来始弄姿。　　谁人不赞春花好？浓似胭脂，灿似胭脂。雅淡何尝肯欲斯！

将秋海棠与春花比较，突显前者的高洁品格。起、结高度概括，既是咏花，亦是论世。

　　又如《忆秦娥》咏荷云：

　　　　披襟坐，冷然一阵荷香过。荷香过，是花是叶，分他不破。　　花香浓似佳人卧，叶香清比高人唾。高人唾，清浓各半，妙能调和。

道前人所不能道，令人耳目一新，欣然心会。不难看出，笠翁咏物，目的在于揭发其中的理趣，引人妙悟。故就其艺术渊源看，应有诚斋体的深刻影响在内。

　　至其叙事、言情，也坚持同样的追求。如《浪淘沙》写"秋日登山"云：

　　　　十日不登山，屐齿留难，杖藜深悔作渔竿。山上足同弦上指，日日须弹。　　萧寺怪僧闲，深掩柴关，枫林对户没心看。也类司空由见惯，轻薄红颜。

上片"山上足"二句运用比喻，下片末二句借用成语，皆新巧贴切，化平淡为神奇。

　　又如《浪淘沙》咏"午坐"云：

　　　　槐午绿阴浓，正覆庭中。移床就石俯花丛。手把残书非爱读，聊伴疏慵。　　游辙悔西东，知己难逢。蚤从树下曲吾肱。纵使童颜留不住，也类仙翁。

寻常树荫午憩,也能翻出新意和深意,足见词人洞悉世事的智慧和本自潇洒旷达的胸襟。"手把"二句,深得读书生活三昧,一经拈出,既真切又新鲜。

这样的作品还有《江城子·夜行赠月》咏月:

> 江南明月喜随人。逐芳辰,指迷津,渡水过桥、紧护夜游身。不似昨夜瓜步月,才数里,便藏云。　明朝虽与暂时分。约黄昏,会吴门,相近枫桥、觅个有花村。由我踏歌谁禁夜,酹数盏,谢殷勤。

全词用拟人手法,以日常浅近语言,咏习见生活情景,写人生热烈感情,将本来孤寂惊惧的夜行表现得轻快愉悦,词情深永,词语新活,可谓深新者矣。

洒脱旷达的心胸,当然不会与生俱来,而是源自生活中的煎熬和体悟。反之,若以此襟怀来应对、消解生活中的各种磨难,则每可收获既深挚又超脱的作品。且看《忆秦娥》咏"离家第一夜"云:

> 秋声搅,夜长容易催人老。催人老,终年独宿,自无烦恼。　不堪身似初分鸟,凄凉倍觉欢娱好。欢娱好,昨愁不夜,今愁不晓。

上片以长年客居的假设,为下片言初分独宿作铺垫,以增强乡愁,自见匠心。末二句又让读者在体验词人浓烈乡思的同时,也因其睿智的表达而稍觉宽慰,更显慧心。同样写归思而能兼深情、妙思的,还有《春风袅娜·归思》的开篇:"是谁家吹笛,不避离人? 从白昼,到黄昏。细听来、如有针藏字里,一声一刺,悉中愁根。"

推己及人,笠翁咏闺情亦能有超出常人的理解。如《玉楼春·闺卜》结句云:"而今不敢问回家,但卜几时来梦里!"《送入我门来·得信》开篇云:"不望书来,但求人至,从来闺阁真情。口与心违,故作问书声。"

有时,作者将叙事、抒情与哲思融为一体,让平常言语焕发光华。且看《风入松》咏游子归家云:

> 身慵无力鼓轻桡,一叶任风飘。青帘遇着随沽酒,霜林岸、落叶堪烧。不必多携饮伴,二三白发渔樵。　归来蓬户不须敲,有犬吠林皋。山童自识开门待,左接杖、右接诗瓢。一枕生涯已足,三餐活计全消。

倘若末二句仍能敛口不议,以情景语结束,就堪称完美了。作者《窥词管见》尝称"结句述景最难",果然不假。

笠翁填词刻意创新,同时又力避"书本气"、"道学词"以及"禅和子气",故其言理之作,亦多能以情景、意象出之,让生活本身来说话。如《临江仙·又一体》云:

　　　　竹下常安卧榻，花前喜置鸣琴，不弹不睡也清心。俗缘随境化，道
味入林深。　　往事茎茎白发，来时寸寸黄金，瓶中无酒赍来斟。当时名
利客，几个到如今？

以及下面这首同调：

　　　　身逐扁舟泛泛，眼随逝水茫茫，愿从鸥鸟卜行藏。得埋江上骨，胜
似葬沙场。　　老向红裙队里，声销白苎歌旁，去从柳七较宫商。但留词
曲在，夜夜口脂香。

　　总体看，笠翁词特色鲜明，成就卓异，当为明清之际一大家。要之，李笠翁，
实易代之际一隐忍且善隐忍之士也。基于其独立不迁的个性和操守，笔者是将
他作为明遗民看待的，所谓"隐于市"者也。

　　金堡(1614—1680)，字道隐，一字蔗余，号卫公，杭州人。生于万历四十二
年，崇祯十三年(1640)进士。官临清州知州。清顺治二年(1645)，清军陷杭州，
堡与姚志卓等起兵抗清，事败，奔绍兴，谒鲁王监国。永历二年(1648)年诣肇庆，
谒桂王朱由榔，授礼科给事中。性耿直，被诬下狱，谪戍清浪卫，途经桂林，削发
为僧，法名性因。桂林陷，投广州雷峰寺，易名今释，字澹归。康熙初筹创韶州丹
霞山别传寺。康熙十九年卒。有《遍行堂集》，词附。《全明词》录其词466首。

　　金堡乃明清之际一大豪放词家。其词多作于剃发之后，以其耿亮性情，又身
遭世变，故虽以稼轩、竹山为宗，但更为苍劲悲凉、沉痛凄厉。其词多交游、祝颂、
咏怀、写景篇章，有着非常鲜明而强烈的主体性和现实性。如其代表作《贺新
郎·感旧次竹山兵后寓吴韵》云：

　　　　古剑花生锈，忆当初、仰天长叹，风尖石透。几叠哀笳吹白露，化作
清霜满袖。唤一纳、芒鞋同走。入夜欲投何处宿？见半弯月上三更后，
刚挂住，驼腰柳。　　隔溪渔网悬如旧。渡前村、叩门不应，狺狺多狗。
积得陈年零落梦，搬出胸中堆阜。要浇也不须杯酒。老大无人堪借问，
照澄潭、吾舌犹存否？窥白发，自摇手。

蒋捷原词乃据实叙述，本章则纯以意象组合法凭空结撰，抒发词人无法排遣的孤
寂落寞情怀。"剑生锈"、"霜满袖"、"月挂驼腰柳"，鲜明而苍凉，压抑又倔强，令
人难忘。又如《八声甘州·卧病初起，将还丹霞谒别孝山》写道：

　　　　算军持、频挂到于今，已是十三年。便龙钟如许，过头拄杖，缓步难
前。若个唤春归去，高柳足啼鹃。有得相留恋，也合翛然。　　况复吟笺
寄兴，似风吹萍聚，欲碎仍圆。只使君青鬓，霜雪又勾连。叹人间支新

收故,尽飞尘、赴海不能填。重相惜,后来还得,几度相怜。

"军持",梵语 kundi 音译,也作"君迟"、"君持",即净瓶,僧徒用以贮水随身洗手。自永历四年(1650)出家,迄康熙元年(1662)桂王朱由榔殉国,已经十三年。永历帝死于三月,故上片有"唤春归去,高柳足啼鹃"之语。上片由自身说到国家,下片由友人说到国家。"叹人间"二句,言世变沧桑、人情反复而自己无力回天的悲愤,与上片开篇"算"、"已"、"便"三虚字所领内容相呼应。"重相惜"三句结题,写乱世对友情和信念的坚守。笔力遒劲,奇崛厚重,兼而有之。

《满江红·大风泊黄巢矶下》是作者的另一首代表作,但更能体现金堡作为豪放词家的特色和风格。词云:

> 激浪输风,偏绝分,乘风破浪。滩声战,冰霜竞冷,雷霆失壮。鹿角狼头休地险,龙蟠虎踞无天相。问何人唤汝作黄巢,真还谤?　雨欲退,云不放。海欲进,江不让。早堆垗一笑,万机俱丧。老去已忘行止计,病来莫算安危帐。是铁衣著尽著僧衣,堪相傍。

据《明一统志》卷七十九云:"黄巢矶在清远县西南九十里,昔黄巢兵败舟覆于此。"矶所在水名浈水,今名浈江、东江。钱仲联先生《清词三百首》谓黄巢矶在长江边①,误。又据陶毂《五代乱纪》记载:"巢败后为僧,依张全义于洛阳。曾绘像题诗,人见像,识其为巢云。"这便是世人熟知的《自题像》:"记得当年草上飞,铁衣著尽著僧衣。天津桥上无人识,独倚栏干看落晖。"其实此诗乃后人据元稹《赠智度师》二首改写而成并嫁名黄巢的。但词人宁愿看作黄巢诗,以引黄巢自比。此词雄浑悲壮,一气注下,于自然浑成中显示艺术匠心。上片述景怀古,言阻于风浪,泊舟黄巢矶,见江上雄壮险峻景象,于是联想到一代枭雄黄巢;下片述己抒怀,言以恢复不遂,出家为僧,勉强淡忘,至于老迈。最后又绾结到黄巢,并回应上片提出的问题,将题旨引向纵深。

与《满江红》的雄浑悲壮不同,《风流子·上元风雨》则写得隐曲深沉。词云:

> 东皇不解事,颠风雨、吹转海门潮。看烟火光微,心灰凤蜡;笙歌声咽,泪满鲛绡。吾无恙,一炉焚柏子,七碗覆松涛。明月寻人,已埋空谷;暗尘随马,更拆星桥。　素馨田畔路,当年梦,应有金屋藏娇。不见漆灯续焰,蔗节生苗。尽翠绕珠围,寸阴难驻;钟鸣漏尽,抔土谁浇?问取门前流水,夜夜朝朝。

---

① 钱仲联选注《清词三百首》,岳麓书社 1992 年版,第 19 页。

此词题曰"上元风雨",上片即从佳节和风雨落笔,用以暗喻南明政权的倾覆;时作者寄身广州丹霞寺,下片即侧重写广州,以南汉宫人的殒没隐喻南明前仆后继的抵抗与败亡。最后以唐僧一行至天台国济寺访求算法而寺门前水西流的典故,表明词人不忘故国的态度。因为永历政权原在西南,而满清起自辽东,言水向西流即暗寓眷念朱明之意。全词感情深沉,意志坚决,众多典故的运用,使感情的表达变得更加邃密曲折、隐晦含蓄,字里行间,血泪斑斑。故叶恭绰《广箧中词》评之曰:"痛切!"

最后来看一首与金堡主导风格不同的词作,即《小重山·得程周量民部诗,却寄》。词云:

> 落落寒云晓不流,是谁能寄语,竹窗幽。远怀如画一天秋。钟徐歇,独自倚层楼。 点点衅霜稠。十年山水梦,未全收。相期人在别峰头。闲鸥意,烟雨又扁舟。

按:民部,即户部。程周量,名可则,号湟溱,又号石臞,广东南海人。顺治九年(1652)会试第一,以磨勘不得与殿试。越十年,试授中书,历户、兵两部曹,出为桂林知府。著有《海日堂集》,为清初广东著名诗人。作者是明朝遗民,而程可则很早就出仕清廷,并非同路人,其间只是文艺往来。此词风格萧疏淡远,然于平淡之中隐含深意。词人"独自倚层楼",而"相期人在别峰头",明写朋友天各一方,暗示的则是双方不同的立场。但词语平和,疏淡有致,从而掩饰住了词人悲凉的心境。

除去上述词作外,《八声甘州·留别阿字无兄》、《水调歌头·重阳喜雨》、《水调歌头·忆螺岩霁色》等,都是值得称道的佳制。总之,金堡词除部分作品比兴寄托以求内敛外,大多写得雄放壮浪、声情激荡,对清代豪放词风的进一步发展有重要影响,对浙江豪放词人的影响更为直接,"浙西六家"之一的沈暭日即一显例。

来集之(1607—1682),初名伟成,又名镕,字元成,号倘湖樵人。萧山人。来继韶子。崇祯十三年(1640)进士,授皖城司理。福王弘光时官太常寺少卿。弘光政权覆灭后,隐居倘湖之滨三十年,耕读自给。有《倘湖樵书》,词附。惜阴堂载为《倘湖诗余》。《全明词》录其词64首。

集之父继韶亦能词,词风忧壮,存词4首。受父亲影响和时代风云激荡,倘湖同样豪放为词。更为难得的是,倘湖继承杜甫"诗史"精神,以词直叙明末史事,实堪"词史"之谓。比如用10首《应天长》写"江东遗事",分别讴歌十位抗清殉明的英雄人物;用2首《金缕曲》"哀江南",愤慨南明小朝廷的无能与腐败;用

2首《水龙吟》"追痛燕京失陷",哭叹明朝灭亡和崇祯殉国,都是明显的例证。这些词怒发冲冠,慷慨悲歌,正气浩然,唯失之粗豪,守律不严,词艺欠精。

最能反映来氏词艺的,当是明亡后抒写遗民情绪的一些作品。下面这首《玉楼春》可为代表。词云:

> 窗外松篁初过雨,半天爽气开烟雾。狂怀无计奈花飞,倚楼独自和莺语。　偏是春来无意绪,只身没有安排处。泉流一派送愁来,山围四面萦愁住。

松竹过雨,莺语泉流,爽气四溢,理当欣悦;但词人感受到的竟是雨打花飞、孤独无依,以及像溪流一样绵长、像四山一样围困的忧愁。词人没有明说所愁为何,但以其豪放磊落之心性胸次,自非伤春闲愁,而是内心无法言传的家国隐痛。虽为小令,然开篇俊爽,收束蕴藉,体味细腻,写得一波三折,颇见功力。

此外,倘湖的题画词也颇可诵读,多能揭发画作的寓意,提升画作的境界。且来看两首题沈周所绘雪景的词作:

> 看槎枒古树,劲骨撑天,乱遮茅屋。茅屋低垂,屋里人幽独。坐对残书,博山炉冷,渐寒生肌粟。何处梅花,推窗望眼,江天寂寞。　剩有孤松,苍鳞短发,尚费精神,堆青抹绿。俯仰乾坤,劲草标芳躅。不写渔蓑,酒旗村杏,扫尽三分俗。一段清严,岁寒心事,端的谁属?
>
> ——《醉蓬莱·沈石田雪景》

> 垂垂风雪江南路,占断蒹葭浦。八尺短篷何处去?孤村茅屋,草桥断岸,不见旗帘舞。　同云漠漠天先暮,天也将无误。故把寒威欺淡素,想有袁安卧。
>
> ——《青玉案·题沈石田雪景》

两首题画词,前者写实,后者写意,皆臻佳境,各得其妙,也是作者胸襟操行的曲折反映。

陆嘉淑(1620—1689),字孝可,更字冰修,号辛斋,海宁人。陆钰之子,明诸生。以父殁于乱,弃诸生业,不应有司之试,家道日落。晚岁游京师,一时名公巨卿,交相推重,文采风流,名震辇下。有以博学鸿词荐,力辞不赴,以遗民终老。与查继佐、黄宗羲、全祖望、王士禛等往还唱和。其婿查慎行、弟陆宏定皆从学诗,得其指授颇多。著有《辛斋遗稿》、《辛斋诗余》。《全明词》录其词90首。

辛斋词大致可分为三类:第一类词叙写儿女情长,侧艳妩媚,风流缱绻,是词人风流秉性的反映。如《眼儿媚·纪事》、《虞美人·纪事》、《暗香·纪事》、《一斛珠·纪事》、《小桃红》、《眼儿媚·又答》、《意难忘·本意》、《减字木兰花·与孙豹

人枝蔚》等,近 20 首之多。且举《眼儿媚·纪事》为例,词云:

> 轻舟如叶溯江流,相对坐空楼。我犹沦落,君真憔悴,总属幽忧。 信宿归来浑莫解,别是一番愁。无端谣诼,可怜飞鸩,莫是鸣鸠。

也许是毕竟身处易代之际,有家国之恨在心,故其艳情之作也有意无意地沾带上"幽忧"。或者,作者就是学小晏、秦观,将身世之感打并入艳情。又或者,"将身世之感打并入艳情"的做法,只是作者使用的一种手段,为的是使艳情之作显出几分骚雅的意味。

第二类词抒发颓唐沧桑之感,词风豪放恣肆,古直悲凉。如《浪淘沙·送钟静远》、《一斛珠》(晚山微雪)、《眼儿媚·移寓偶作》、《玉楼春·和先渭南立春》、《鹧鸪天·和稼轩》、《小重山·望万石窝》等。且听《浪淘沙·送钟静远》:

> 燕市忽相逢,直是匆匆。三千客路挂孤篷。算取归期花信老,开遍芙蓉。 庭树绿阴浓,谢豹声中。杨梅冰齿火齐红。欲觅莵裘黄叶路,许否袁翁。

以及《玉楼春·和先渭南立春》:

> 少时走马邯郸道,风扑征衣沙扑帽。归来高卧几沧桑,依然春发王孙草。 松醪冻拍浮蛆好,长啸一尊频自倒。已知一岁是平添,可能遍遣英雄老。

这类作品备写身世盛衰之感,苍凉激楚,不仅有陆游的悲慨,以及东坡的放旷、稼轩的沉雄,还有几分张炎晚年的况味,哀乐有过于人者。

第三类词则寄寓亡国破家的深哀巨痛,词风沉郁坚劲。如《多丽·湖上赠徐竹逸嗒凤》、《汉宫春·甲辰元日试笔》、《汉宫春·客中九日》、《念奴娇·送魏叔子禧之江东》、《念奴娇·与陈集生兼寄蒋》、《曲游春·与查伊璜,即用其客珠江元韵》三首等。且看《汉宫春·客中九日》:

> 极目平原,见疏林肃飒,远水潆漫。举头一声衰雁,别泪空弹。秋容惨淡,但心伤、行路艰难。何况是,重阳时节,天涯风景凄然。 长恨征途憔悴,叹敝裘风雨,疲马关山。为问故园黄菊,知有谁看。风吹破帽,漫凭高、一醉尊前。浑未解,远游何意,白云回首江天。

以及《念奴娇·送魏叔子禧之江东》:

> 萧条万里,问江山风景,何如畴昔？故国离宫旧都草,几见铜驼荆棘。楚尾吴头,燕南越北,处处迷羌笛。相逢何意,一尊且醉今夕。 闻

道天外虔南,翠微缥缈,上有幽人宅。鸟道千寻高绝处,对结衡扉讲易。

底事东来,间关驿路,策杖行安适。浙江云断,斜阳江上岑寂。

这类词作寄托隐曲,情感沉痛,格调低沉,心事浩茫,意蕴丰富,故多用长调,以便铺叙和陈述,而尤工结句,意味深永。以辛斋风流潇洒的个性,而遭此世变,虽外示沉静,但内心充满悲愤与激荡,故其为词往往盘曲奇崛,郁勃难禁,拗怒之气潜转其间,最终在结句上显现出来。

陆宏定(1629—?),字紫度,号轮山,与兄陆嘉淑齐名,时称"冰轮二陆",也是一位优秀的词人,入清亦不仕,有《凭西阁长短句》。《全明词》录其词61首。轮山小令清婉,长调沉郁,与辛斋仿佛,但骨力偏弱,境界稍窄。况周颐《蕙风词话》卷五尝亦谓其"风格差逊"。

先看其令词。如《罗敷媚·梅里归舟》云:

烧烟一带云零乱,柔橹轻舟。急涨回流,落日青山远黛收。　如钩新月盈盈上,何处凭楼?短笛悲秋,若着羁人一片愁。

此为归路思妇之词,柔丽深情,含蓄蕴藉。又如《虞美人》写道:

花源药坞忙锄去,会底天工意。却移双桨傍渔矶,刚被一轮新月照前溪。　来霜往露须臾换,都是牵愁案。渐添华发入中年,悔把高山流水者回弹。

此为惜悼知己零落之词,词旨含蓄隐晦,词情孤高哀伤,词境清幽缥缈,耐人咀嚼。

至于其慢词,则以《望湘人·新秋偶成》一阕最为人称道。词云:

记归程过半,家住天南,吴烟越岫飘渺。转眼秋冬,几回新月,偏向离人燎皎。急管消残,疏钟梦断,客衣寒悄。忆临歧、泪染湘罗,怕助风霜易老。　是尔翠黛慵描,正恹恹憔悴,向予低道:念此去谁怜?冷暖关山路杳。才携手教,款语丁宁,眼底征云缭绕。悔不剪、春雨蘼芜,牵惹愁怀多少。

此亦为归路思亲之词。上片叙述寄身他乡的孤独,下片回忆当日离别情景。全词情景交融,虚实相生,折叠推进,细密缠绵,沉着可诵。《本草纲目·草部三》云:"蘼芜,一作麋芜,其茎叶靡弱而繁芜,故以名之。当归名蕲,白芷名蒚。其叶似当归,其香似白芷,故有蕲茝、江蒚之名。"可见蘼芜兼寓离别、思归双重意思,由此不难发现本词结句之含蓄多情。况周颐《蕙风词话》卷五颇赏以上二词,特意拈出以为表彰。

此外，轮山之佳词尚不少。赵尊岳《惜阴堂汇刻明词提要》尝称其《烛影摇红·除夕》为"沧桑之作，是拟杜甫者也"，称《柳枝》"以抒其家国之思者也"，称《蓦山溪·南山寻菊》换头"写景清劲有致，亦庸中之佼佼者也"。

查容（1636—1685），字韬荒，号浙江，海宁人。明崇祯间在世。少应童子试，因场中例搜挟带，以为慢士，拂衣径出，遂弃举子业。从表兄朱彝尊出游四方。性简慢，好臧否人物，坐此不为世用，以布衣终老。据说吴三桂曾待之为上宾，但他觉察吴有反心，遂佯醉骂座而走，并以"将军有酒能投辖，壮士闻鸡已出关"诗纪之。笔耕自给，家贫而天才超绝，工诗文，精史学，长于诗论。年五十客死楚中。有《浙江词》。《全明词》录其词106首。其妻赵氏，钱塘人，亦有词传世。

浙江词中最有韵味的作品，当数世路奔波中的交游、写景篇章。兹各举其一。《小重山·与徐髯话旧》咏友情云：

> 诗酒清狂二十年，两心同一意，转相怜。吴头楚尾路三千，东西望，消息几茫然。　红雨送归船，依依情话久，又樽前。楝花风起夕阳天。春如水，流恨到谁边？

上片写友情的持久、深厚，下片写重逢的温馨以及回味的感伤。景语即情语。"楝花"句写竟日叙谈，情到深处而归于平淡。"春如水"二句几近神来之笔，写词人从自身对友情的渴求与满足，推及对他人的理解与宽慰。

《江城子·溪行》则是一首意境优美的写景词。词云：

> 蛮溪屈曲乱山中。瘴烟濛，望难通。船尾船头，惊起晓霜浓。一片银涛穿石出，摇素练，曳晴空。　峰回岸转去无穷。树重重，间青红。袅袅藤萝，如带尚临风。料得鹧鸪声里月，依旧是，竟谁同？

色泽明艳，生机盎然，使人如临其境。末尾"料得"三句，由景入情，以羁思作结，巧妙而自然，也使词旨得到了深化。

他如《浣溪沙·曾青藜》、《苏幕遮·寄初邻》、《浪淘沙·同王左车璞庵望莫愁湖》、《高阳台·黄鹤楼》等，也都是清俊可诵的篇章。

沈亿年，字矩承，号幽祁，嘉兴人。生卒年不详。师事蒋平阶，入清隐居不仕。顺治九年（1652）编刻蒋平阶、周积贤及己作为《支机集》合集，共三卷，人各一卷。《全明词》录其词90首。

亿年所作，皆为闺思、闲愁之类传统内容的短调，词风婉丽，接近花间、北宋，但所咏皆为空泛的类型化情感，新意、特色俱不明显。相较之下，《江城子》一阕叙情尚可称灵动，词云："藕花初起半江风，对□□，绿波中。夕阳回首，人在越山东。千里相思吹不断，羌管落，戍楼空。"而《柳枝词》咏柳絮亦稍有新意，词云：

"汴水堤边春又春,枝枝交影隔行人。晚来飞入征车上,半似沙场梦里尘。"

曹元芳,或作元方,字介皇,别号耘庵,海盐人。据钱保塘《历代名人生卒录》,年八十二卒。崇祯十六年(1643)进士,南明唐王隆武元年(1645)授吏部验封司郎中。后兵败还家,隐居硖石(今海宁)以终,自号檇李遗民。有《淳村词》。《全明词》录其词361首。

淳村之志本在于救世,于词艺尚算不得行家里手,故所作音律每有乖谬。但其词数量众多,取材广泛,内容充实,境界阔大,风格雄肆,亦自可诵。概言之,淳村词有三类作品最值得注意,一是直抒胸臆的咏怀之作,二是借写景咏物以寄寓故国之思的作品,三是闲居交游之作。

《淳村词》中,以"感怀"、"述怀"、"自嘲"名篇者颇多,显示出淳村极强的主体意识。如《满江红·感怀》词云:

> 踏破清霜,正北雁、南来时节。谁信道、今朝寒峭,昨宵烦热。画舫青帘成客梦,舞裙歌扇俄消歇。问苍天、端的是何因,刚一剧? 滴长河,稽公血。惊紫塞,苏公节。听箨卷蕉窗,孤怀悲咽。林梢犹带雕戈怒,篱下空埋猛士辙。但年终、呼酒读《离骚》,声凄绝!

今昔对比,备受炎凉;孤怀无托,悲苍鸣呃;英雄末路,满腔幽愤。读斯词如见斯人,声情吞吐,有稼轩之余烈。相比之下,《水调歌头·送秋》一阕,则更似张孝祥风格。词云:

> 迟暮重为客,装轻不似愁。故园冷尽萝月,鸟倦未能休。忽念依刘王粲,再睹寓蜀杜甫,牢落占风流。我有一杯酒,篱菊正高秋。 临歧路,无可赠,解羊裘。万骨功成一将,莫浪说封侯。空忆西湖荇藻,且听陇头鹦鹉,慷慨上兰舟。丈夫各有志,儿女徒离忧。

如果说《满江红·感怀》是执着与沉痛,那么本阕则是放达与排遣。但其根本上,则是深挚热烈的故园情与家国恨。此类佳作还有《风入松·檇李送罗篁庵还金陵》,以及金陵、钱江、闽越、燕都、西湖等地怀古之词,还有吊岳飞、于谦等忠烈之词。总之,正如作者在《行香子·喜吴长龄北归》其二中借他人之口所言:"家在横塘,身隔长江。算不中、早卸诗囊。秋郊禾黍,遍地琳琅。也带些风,带些尘,带些香。 未入兰房,先拜萱堂。满眼前、弟妹儿郎。乍归久客,诉语偏长。有许多情,许多恨,许多伤。"

淳村的第二类词作,题旨也往往与家国之思相关,但在表现方式上更多是借写景、咏物来陈诉,因而更显深沉。如《汉宫春·寓剑津》上片写异地乡思,"消受皓月孤烟",下片则转而"问中原、何日蹦跹",竟至"羡煞塞雁先还"。最典型者,当数《青衫湿·感怀》：

> 凤凰台畔伤心碧，雨湿满江花。昔年尚恨，垣颓栋败，今属谁家？　夕阳秋暮，乱飞黄叶，宫树栖鸦。秦淮桃渡，孤村晚泊，愁听琵琶！

在秦淮河畔以"青衫湿"之调写兴亡之感和家国之恨，已足引人发思古之幽情了。兹又糅和李白《菩萨蛮》情境、刘禹锡《乌衣巷》题旨、宋徽宗《眼儿媚》意绪和马致远《天净沙》藻色，且能如同己出，是可谓善学者矣。展阅《淳村词》，家国之思时有流露，如"今古恨，兴亡泪，付流霞。浔阳江上不忍，听琵琶。"（《乌夜啼》）"饥鸟愁霖，惨淡江南暮。"（《蝶恋花》）"最堪怜、离乱相思，只碎愁零恨，怕遇佳时节"（《浪淘沙慢》）之类。

受其家国之思影响，淳村的闺情词也写得与众不同，幽微其义，矫崛其体，如《瑞龙吟·咏别》。词云：

> 团圆好。无奈荡子情痴，卦侯志小。飘然撇下空闺，紫燕喃喃，梦魂难到。　关河杳。遥望长堤衰柳，黄沙白草。何年解却征鞍，刻烛成诗，狂吟潦倒。　绿鬓那堪长别，别后愁听，朝鸦宿鸟。寂寥庭院隐隐，似闻歌啸。桐花萝月，惟有新蝉噪。夜深后，鸿度楼头，蛙鸣荷沼。对镜颜乍老。秋风细雨孤桿，砧声敲到晓。清露洒、自问寄衣犹早。倚遍栏干，花枝独袅。

作者以"团圆好"的愿望、两分离的现实这对矛盾为全词的总纲，分别就闺人与荡子两条线展开叙述，实写闺人的盼归之思、伤老之愁，虚拟荡子的去家之苦、失志之忧，而绾结于两地同一的无奈与抗争。叙述井然有序，抒情鲜明沉着。由于用的是他者的立场和眼光，全词遂变得冷峻深沉，易生共鸣。而传统经典意象的运用，以强力制衰弱的修辞方式，又使词情在孤绝中有矫健之姿，在灰冷中生希望之光。词末"花枝独袅"，读之俨然如见闺人倔强而殷红的坚守。由此又可反观荡子之远游，必有其可谅可敬者在。

此外像《金人捧露盘·山中别》，更是以"干戈满路纵横"为背景，径写"家在乱云深处，何日重逢"的闺思。

第三类是闲居交游之作。此类作品甚多，内容也很丰富，以述怀为主，每每写得过于直白，词味较薄。但《渔家傲·田家乐》一阕，生活气息浓郁，兹录如下：

> 渔舟泊在危桥曲，种得藤萝花满屋。屋头哑哑催布谷。吴蚕熟，缲丝小妇深更宿。　麦黄茧白庭前熟，篱边粉腻新生竹。短布驱牛发半秃。薄酒足，牧笛数声远山绿。

写五月乡村农忙时节,人物、景物都鲜明生动,而末句显系柳宗元《欸乃曲》余韵。

吴景旭(1611—1695后),字又旦,号仁山,归安人。明诸生,入清不仕。著有《南山堂自订诗》,词附。《全明词》录其词50首。

仁山作词,有较明显的曲化痕迹,喜用复叠,以成荡漾之致、流美之韵,惜稍乏精彩。集中有以《虞美人》咏虞美人者十阕,其六云:

> 夜闻骓近朝何处,不道乌翔树。忽逢骤雨打荷新,认作怒声喑哙废千人。 身经七十余争战,败落空嗟怨。妾尚二十四番风,此亦天之亡我乱飘红。

所咏虽纤细,所寓诚壮阔。另有《撷芳词》一阕,可观其性情志操,亦录于此,词曰:"诗空录,书空读,老天那管眉头蹙。凭他派,还他债,古货千箱,近今难卖。 穷何逐,劳何赎,眼前勘破精魂熟。徒相害,休相再,不工一字,乐哉无赛。"调下原有小序云:"下第后,游三生石,僧拾瓷片,请作句刻之修竹上。一自忏,一嘲僧,一代僧解嘲,共三首。"此为第一首,虽以释家语称"自忏",而实为怀器不遇的自我解嘲。

刘芳,生卒年不详,字墨仙,嘉善人。明崇祯年间在世。少孤,抚于祖。年三十跻身士林,一时名士皆乐与之游。既而游金陵,疽发于背而卒。有《清唤斋遗稿》一卷,惜阴堂裁为《清唤斋词》。《全明词》录其词33首,《全明词补编》补录1首。

墨仙词多闺思之作,格局幽深,手法纤微。如《阮郎归》云:"泼残幽恨与阶墀,苔根饮便知。药炉风静苦烟私,高床费剪诗。 停旧梦,纺离思,愁多影似迟。一身载尽许多痴,行来碍竹枝。"不难发现作者有一颗敏感深细的词心和善于捕捉纤微感知的词笔。以这种深微做背景,《贺新郎·答尔斐》一阕直陈感慨便显出它的矫劲来;尤其"英雄血,书生药"一句,令人过目不忘。

第三节　明末浙西乡邑词派复兴词学的传薪之功

吴熊和先生指出:"明清易代,并没有造成文学的衰落或中断。这一点,与历史上的朝代更迭如秦汉之际、隋唐之际、唐宋之际的情况,大为不同。"又言:"天启、崇祯以来,词的复兴气候业已形成。清初一些词派,其源概出于明末。这些词派创于明末而盛于清初,然而其原委始末,并不限于一代人,往往是同一风会所趋之下相继而起,各有传承的两代人或三代人。"据吴先生《〈柳洲词选〉与柳洲词派——明清之际词派研究之一》、《〈西陵词选〉与西陵词派——明清之际词派研究之二》、《〈梅里词缉〉与浙西词派的形成过程——明清之际词派研究之三》等文稽考,柳洲、西陵、梅里三个乡邑词派于明末俱已成派。① 既如此,则柳洲、西陵、梅里三词派,理当提前至明代部分,在本章讲述,而不应拖延至清。由于柳洲、西陵、梅里三词派俱有相关专著行世②,故本节仅做简要论述。

一、柳洲词派

自万历以来,嘉善钱、魏、曹、陈氏、夏氏、徐氏、柯氏等望族,俱好词学,风气甚浓,几人各有集。魏塘为县治所在,柳洲亭为魏塘名胜,乃词人游赏酬唱之所,遂为一方词学渊薮,柳洲词派生焉。清顺治间,戈元颖、陈谋道等集嘉善词家作品而成《柳洲词选》,收录嘉善词人 158 家,词作 552 首。其中,王屋、钱继章、曹尔堪、魏学渠,可谓"柳洲四大家"。

总体看,柳洲词派诸家的创作大致分三个阶段。早期与云间词派一样,都是沿袭花间之秾丽;明清之际,遗民心态凸显,多隐逸、田园之作;到顺康之际,受阳羡词派首领陈维崧影响,钱继章、曹尔堪、魏学渠等人,又每有清雄爽利之作。入清以后,受政治因素左右和朱彝尊个人影响,柳洲后继者更多追随朱彝尊,转向南宋张炎一路,写景咏物,工巧洒脱。

王屋(1595－?),初名晼,字孝峄,又字蕙蘪、鲜民、无名,嘉善人。少尝佣书,过目成诵,即能诗文。邑诸生顾艾荐于魏大中,魏叹赏其诗,命诸子以兄事之。魏罹难,屋作长歌哭送,随护千里。著作甚多,惜少有流传,仅存《学可斋诗笺》、《草贤堂词》、《蘪弦斋词》等。《全明词》录其词 547 首。

王屋是明代存词数量仅次于曹尔堪的词家,也是明代为数不多的豪放词家之一。清人朱彝尊《静志居诗话》卷十九谓其"以诗受知于魏忠节,因与忠节一门群从和酬。诗类刘改之,词学辛幼安"。然浏览其所作,不免滑熟粗率之弊,于稼轩之深沉锻炼相去较远。至于词作的内容,则无比之丰富宽广,举凡生活和人生之内容,基本囊括其中,尤多交游、述怀、遣兴之作,艳情、咏物、写景为数亦不少。漫步沙滩,亦偶见珠玑闪烁。

王屋词之最大特色,在于随情任性,直抒胸臆。若情与事契,神与景合,便可得淳巧之章。如《青玉案·暮秋乡思》云:

---

① 三文皆出自杭州大学出版社 1999 年版《吴熊和词学论集》,而引文则出自《〈柳洲词选〉与柳洲词派——明清之际词派研究之一》一文,见第 371－372 页。

② 这三部专著分别是金一平著《柳洲词派——一个独特的江南文人群体》,同济大学出版社 2002 年版;谷辉之著《西陵词派研究》,杭州大学 1997 年博士学位论文未刊稿;陈雪军著《梅里词派研究》,上海古籍出版社 2009 年版。

> 　一天风雨江城暮,渐落叶、遮归路。高会一生能几度? 去年寒食,
> 今年重九,总为伊人误。　翔乌不住追飞兔,几日熏风凤繁露,满眼新
> 知谁我顾? 点分秋雨,铢量天地,不似愁无数。

悲秋与乡思、秋愁与孤独交织在一起,极写其愁苦之深重广大、难以突破。这是一个失意者的悲秋与挣扎。末三句写愁,可与历代言愁之工巧者争胜。

又如《离亭燕·秋日闲居,次孙浩然韵》写乡居闲适心境,鲜活清美,如在目前。词云:

> 　秋色满庭堪画,微雨晚来重洒。一片绿云蕉叶大,隙景霞光交射。
> 修竹短垣西,新筑几椽蜗舍。　门外鱼罾闲挂,五柳枝枝相亚。烟里小
> 舟谁容至,野老携罇寻话。烂醉不须扶,只在豆花棚下。

这样的词作,用作者自己的话来评价,便是"浅语中人情"(《南乡子·释莲生文贞》)。即使比较纯粹的写景之作,也能以情运景,情景交融。如《浪淘沙·秋景》云:"一霎雨兼风,枯了梧桐。西楼残月北楼钟。梦远不禁风雨妒,凉透帘栊。　柳外木芙蓉,强作娇红。黄衣蝴蝶绿衣虫。侵捐夭姿黏坏粉,冷淡秋容。"而《调笑令》写游子对亲人的思念之情,新颖别致,深挚动人。词云:"风叶,风叶,撩乱满空蝴蝶。穿帘达户随人,疑有天涯断魂。魂断,魂断,记得小名低唤。"

王屋曾以《南乡子·读友人诗》组词十四首,列评诸友人诗,所赏在"俊"、"清"、"枯淡"、"妙"、"风流"、"秀"、"真"、"奇险"、"隐秀"、"消摇"、"轻圆"、"趣高"、"会心"等等,所言虽诗,实亦作者词学观之流露。词中"不用苦推敲"、"笔势走峨岷"、"浅语中人情"诸语,分明也是王屋自己的追求与实践。而《江月晃重山·无题》一阕,可谓王屋"随情任性"填词观的极端反映。词云:

> 　安得身轻似蝶,随风任意倾斜。锦帆泾上那人家。云屏掩,无数未
> 开花。　纵被齐纨扑杀,图形尚在裙纱。尽他麟阁竞相夸。身名好,我
> 定不输他。

词后有跋语云:"袁五序每见余词,辄盛言其兄二仲之词美。曰:'词本风流家物,愈淫愈妙,愈妙愈淫。如欲达情写意,何不竟作诗文也?'因戏为拈此。"从中不难发现明人词学观之一般,纵使豪爽朴率如王屋,亦不免有流于淫靡的时候。

钱继章(1605－1674 后),字尔斐,号菊农,嘉善人。崇祯九年(1636)举人。入清,以词名于清初浙西词坛,为"柳洲词派"重要作家,有明刊本《雪堂词笺》及《菊农词》。《全明词》录其词 90 首(其中 2 首重收,实 88 首),《全明词补编》补录7 首。

康熙十三年(1674),陈维崧访嘉善名人,曾填《贺新郎·魏塘舟中读尔斐先生〈菊农词稿〉》,对菊农词大加赞赏。从现存作品看,菊农词多写景、咏物、闲适、交游之作,词风清切婉丽、深细简净,盖学晚唐北宋而能自出机杼者。尤以写景词最为高妙。如《小重山·云栖山中作》云:

> 败叶飘摇速又迟,苍然无尽处、冻云飞。幽人挂笠小桥西。闲坐久,兔雁戏清池。　山晚更生眉。问伊谁画就、老松枝?夜来一事遇尤奇,衣带里,林影共波漪。

"幽人"三句尖新细腻,"夜来"三句审察细致,使全词清幽空灵。又如《菩萨蛮·移情槛雨中独坐》写道:

> 桃香杉气来何处?好风吹过随风去。小雨细如丝,幽人薄醉时。　栏干闲倚伫,深意谁同语?忽有玉人来,双双白鹭回。

同样以清幽灵动见长。

菊农词中闺情作品不多,但亦清隽可喜。尤以《谒金门》二阕为上。其一云:

> 晨光促,露气往来疏竹。理罢晓妆开绣屋,翠翘金凤簇。　午倦恰宜新浴,树影半遮罗縠。枝上余花闲更续,晚来红簌簌。

虽是言情,而辅以清幽、鲜丽之景语,遂使全篇得到提升,显出优雅静美之境界。

菊农不以议论见长,但其咏怀之作,清新甘美,纯正洁净,一样耐读。如《浪淘沙·闻春榜》写道:

> 往事不堪谈,休更凭栏。年华冉冉入吟鬐。且喜长安人下第,身在江南。　何处较青蓝?梦里邯郸。曲桥花影覆澄潭。一领烟蓑三尺钓,满眼春山。

有关怀,有劝慰,有引导,更有审美的提升,这样对待科举,词中绝少,自是佳制。

又如《鹧鸪天·酬孝峙》借夫子自道:

> 发短鬐长眉有棱,病容突兀怪于僧。霜侵雨打寻常事,仿佛终南石里藤。　闲倚杖,戏临晋,折腰久矣谢无能。熏风未解池亭暑,捧出新词字字冰。

孝峙,乃王屋字。王屋是作者的好友,其人其词已论于前。钱继章引王屋为同道,高度评价其词,同时借机表明自己不愿出仕新朝的政治立场和人生态度。词的上片从外貌写到意志,表明自己能够承受外来的打击而坚贞不屈;下片直写自己不愿为官而宁愿隐居的心迹,最后借王词之清美重申己志。

总体看,钱继章是明清之际一位有着恬淡胸襟和清美词艺的婉约词人。

曹尔堪(1617—1679),字子顾,号顾庵,嘉善人。生于明万历四十五年,卒于清康熙十八年。清顺治九年(1652)进士,授编修。丁艰,起补侍读,升侍讲学士。其诗清丽可诵,与宋琬、汪琬、施闰章、王士禛等人并称"海内八家"。其词工于寓意,发为雅音,品格在周、秦、姜、史之间。明崇祯年间,曹氏即有词名,与王屋、钱继章、吴熙等过往甚密,彼此唱和。入清以后,词学活动影响更大。著有《未有居词笺》、《南溪词》等。今存词共 591 首,是明代存词数量最多的词家。

曹氏在清初曾发起、参加过三次大规模的唱和活动,使词体创作得到迅速推广。前两次是康熙四年的杭州江村唱和(又叫湖上唱和)和扬州红桥唱和,后一次是康熙十年(1671)的北京秋水轩唱和。秋水轩唱和在时任吏部侍郎的孙承泽府上举行,前后参与唱和的著名词家多达 26 人,得词 176 首,严迪昌先生甚至称之为"'辇毂诸公'发挥影响力的一场社集性质的群体酬唱活动,也是'稼轩风'从京师推向南北词坛的一次大波澜。"① 曹尔堪自己写了 7 首,表达自己在易代之际的不幸遭遇,以及国破代易、仕宦艰险的感慨,词风深沉悲慨。有鉴于此,本书将曹尔堪置于本章叙述。

曹氏为柳洲词派盟主,所填词十之八九为小令。浏览一过,虽然填词手法滑熟,但艺术质量稳定,亦偶见精彩之作。观其取材,多集中在四时景物、村居交游、闺情和闲愁几方面,变化较少。然淡中细味,平中选奇,亦颇有可资咀嚼者。如写村居生活的《丑奴儿令·晨起远眺》:

> 孤帆渺渺轻烟里,坡柳成围。野屋霜微。红日楼头雀健飞。　朝来每把西窗挂,客对清晖。犬卧荆扉。目送归鸿没翠微。

将景物的远近、动静、人物心灵的冷热、躁安,表现得细致入微,耐人回味。于中不难发现抒情主人公不甘平居的心志。果然,《一剪梅》便直接道出了作者心中的郁闷:

> 青萍风色破林皋。屋也萧条,树也萧条。青帘墙角远相招。诗也堪描,画也堪描。　好寻山水构书巢。少也渔樵,老也渔樵。为看时事恨难消。醒也《离骚》,醉也《离骚》。

再如《减字木兰花》访友,写高士居所之自然生机,亦令人过目留神。词云:

> 一双青眼,独向江皋弥望远。绿树长渠,中有高人早卜居。　茶瓯

---

① 严迪昌著《清词史》第三章,江苏古籍出版社 1999 年版,第 125 页。

未洗,嫩绿满棚垂枸杞。芳草初删,傍水柴扉一半关。

　　从中不难窥见词人自己的性情与节操,正如词人在另一首同调词中所云:"生来孤冷,触目繁华殊可憎。"有了这样的胸襟怀抱,当其与四时景物相遭遇,自能融情入景,有所寄寓,甚至平中见奇,养成境界,新人耳目。如《南乡子·白蛇塘道中》:"塘口露沙明,浓淡青山四面横。顶上白云飞不去,屋外苍烟次第生。　笠底晚风轻,长短柔桑一路青。泉响流来还自合,停泓,涧阔应嫌失水声。"化熟为生,活泼可爱,生机盎然。"长短柔桑一路青",多么朴素自然又精警明丽!"涧阔应嫌失水声",又多么感觉敏锐而善于捕捉!

　　而当不平袭来,心事潮生,则又满纸涸晕,无限闲愁。如《眼儿媚·村居》所云:"萧萧古渡暮云秋,孤坐起闲愁。渚蓼飘红,汀芦飞雪,正倚帘钩。　轻帆一片归平浦,棹拨白蘋流。山外斜阳,楼头落日,几点沙鸥。"学者每每批评曹词较平,少奇崛瑰玮;但也许这正是易代之际,词家甘居寂寥而刻意压抑的结果。

　　曹尔堪写闺情,亦有可诵之作。如《眼儿媚·春闺》云:"海棠深院雨初收,红紫颤温柔。燕子来时,杜鹃啼处,忆起闲愁。　芳菲满目凭花诉?欲说又还休。解人要识,一春心事,只看枝头。"以怒放之花喻郁积之情,化无形成具体,变抽象为秾丽。前言枝头"红紫颤温柔",末言"只看枝头",既首尾呼应,又拍题点睛,使上片的"红紫颤温柔"成为意蕴丰富、鲜活灵动的比喻和象征。另外,《生查子·闺恨》上片云:"梅花倚短墙,刚是侬肌瘦。绿水漾晴波,刚是侬眉皱。"亦贴切传神。

　　魏学渠,生卒年不详,字子存,号青城,嘉善人。顺治五年(1648)举人,授成都推官,迁刑部主事,出为湖广提学道佥事,擢江西湖西道参议。康熙己未举博学鸿词。负诗才,工骈文,善书法,名重于时。与王士禛、彭孙遹等唱和,各赋无题诗,合而刊之,称《彭王唱和集》,学渠为之序。生平轻财好施,桐城钱澄之与学渠交最深,感德不忘,名其楼曰"怀青"。有《青城词》三卷。

　　魏青城入仕清廷,且居官不薄,按理当移入清代讨论;只是由于其创作尚沿袭晚明风气,词史地位又一般,同时也使柳洲词派保持相对的完整性,故附论于此。

　　青城词无论就题材还是内容,与云间派一样,上承花间秾艳作风,每以伤春、悲愁笔法写为写闺阁幽怨。如《菩萨蛮·秋闺》云:"玲珑丝藕抽难尽,水纹皱处西风紧。细雨浴鸳鸯,江花满渚片。　红桥双桨急,鬓蝉罗裙湿。回首隔汀洲,横波一寸留。"而《上西楼·春晴》云:"是谁漏泄春光?柳条黄。乱落榆钱无数,买愁长。　人千里,思两地,泪几行?燕燕莺莺故故,恼人肠。"大率如此。不过《误佳期》一阕,却能于侧艳之中渗透落寞悲怆之气,词云:

> 花满驿亭香浅,恨翠啼红宛转。碧城十二曲阑干,送落英无算。　铜
> 漏莫嫌长,银烛偏愁短。寒情孤坐愦眠迟,好梦终难选。

盖感慨激发之作,有所寄寓者也。此情此境,亦使青城更多上托云间而更少浙西词派风尚。

其他还有一些词家,虽声名不显,存词不多,然灵光乍现,亦偶有所获。如嘉善李炜《南乡子·感怀》、嘉兴沈煌《浣溪沙·秋闺》、山阴吴棠祯《相思引·金陵感旧》、余姚徐继思《点绛唇·湖歌》等。

二、西陵词派

西陵词派,也叫"西泠词派"。西陵派的得名,乃因其结社唱和于西湖西陵桥畔。西陵桥,亦写作"西泠桥"、"西林桥",位于孤山与北山之间,为西湖著名游赏之地。

"西陵词派"的形成,导源于"西陵十子",或作"西泠十子"。据吴熊和先生《〈西陵词选〉与西陵词派——明清之际词派研究之二》一文考述,西陵十子的聚合,可追溯到明末。陆圻、柴绍炳、丁澎等与陈子龙共结登楼社[①],张丹、沈谦、毛先舒复称"南楼三子",于明末俱已成名。陆圻、柴绍炳本拟编选《西陵文选》,因战乱未果。顺治七年(1650),柴绍炳、毛先舒刻《西陵十子诗选》,录陆圻、柴绍炳、陈廷会、孙治、吴百朋、张丹、沈谦、毛先舒、丁澎、虞黄昊 10 家诗,遂有"西陵十子"之称,世亦谓之"西陵派"。清康熙十一年(1672),陆进、俞士彪、沈丰垣、吴仪一、张台柱等,在杭州成立词社,次年着手选辑《西陵词选》,并于康熙十七年(1678)刻成。《西陵词选》是续继《西陵文选》、《西陵诗选》之举,十子中入选《西陵词选》的是陆圻、沈谦、丁澎、张丹、毛先舒、柴绍炳 6 人。词选八卷,共录词家175 人、词作 664 首。至此,西陵词派终于蔚为大观了。

西陵词派人数众多,上起明末天启、崇祯,下迄清康熙前二十年,凡历三代,择其精壮而言之,徐士俊、卓人月等第一代耆宿;西泠诸子为第二代,而陆进、王晫、王嗣槐、沈丰垣、吴仪一、张台柱、俞士彪等属第三代。就其成就而言,则徐士俊、卓人月与十子中的张丹、沈谦、毛先舒、丁澎,可并称"西陵六大家"。

---

① 西陵词派与陈子龙的云间派有非常密切的渊源关系。据毛先舒《白榆集·小传》,清人甚至有"西泠派即云间派"之说。《小传》云:"……其后'西泠十子'各以诗章就正,故十子皆出卧子先生之门。国初,西泠派即云间派也。"台湾大学谢明阳先生《云间派的形成——以文学社群为考察脉络》一文认为,此传当系清人追补,而非毛先舒自传。谢文载 2007 年 5 月《台大文史哲学报》第 66 期。

徐士俊，生卒年不详，约崇祯前后在世。原名翙，字三有，号野君，仁和人。工杂剧，所撰多至60余种，佳者可与王、关、马、郑抗手。有《雁楼集》，附诗余一卷，《癐歌》一卷。《全明词》录其词203首。

雁楼词于内容、风格，皆以承袭传统为主，创新不多，但清丽跌宕，依然可诵。如《贺圣朝影·冬晓渡湖作》词云：

> 云影移山似烧痕，淡烟屯。轻舟风触浪成纹，暗销魂。　孤屿梅花类远村，兴谁温？重寻楼阁涌金门，尽无存。

又如《解佩令·苕中雨归》：

> 山横云阻，溪平浪舞，恰装来、一船清苦。细雨纷纷，记得起、清明前路。唤舟人、急摇双橹。　披衣寒楚，推篷风许（音虎）。小炉中、水沉香吐。远树微微，恍惚是、桃源迷渡。但闲将、落花偷数。

将雨中舟行苕溪的清苦与闲趣表达得生动活泼，真切自然。

而《渔家傲·早春湖上作》一阕，写西湖早春时节的游女，鲜活如在目前，令人不胜向往。词云：

> 趁却新晴湖岸走，断桥一夜烟生柳。柳外有人骑马骤，娇影瘦，春风吹动丁香扣。　杏子轻衫蝴蝶袖，逢人似欲闲招手。日上三竿眠未透，裙褶皱，销魂只在花前后。

相比之下，《水调歌头·歌席》一阕，写听歌而生无限感慨，跌宕起伏而又一气流走，从中不难看出雁楼词的另一侧面。词云：

> 无限不平事，醉眼觑吴钩。世上升沉离会，东海一浮沤。聊尔擎杯按拍，梦想草茵花径，莺燕语啾啾。愿得知音者，齐上十三楼。　绿朝云，青玉案，破闲愁。曼声长啸，惊起落叶不胜秋。试问钱塘苏小，捣取梅花香汁，点染墨痕留。天下伤心处，都付与歌头。

卓人月（1606—1636），字珂月，号蕊渊，仁和人。诸生。喜交游，浪迹江湖间，与孟称舜、袁于令颇有交谊。崇祯二年（1629），与徐白、徐士俊、孟称舜等先后入复社。六年，随父侨寓南京，与同里徐士俊合辑《古今词统》十六卷。工词曲，有《晤歌》、《蕊渊集》，惜阴堂裁为《蕊渊词》。《全明词》录其词94首，《全明词补编》补录1首。

蕊渊存词虽多至95阕，但取材比较狭窄；仅咏虞美人花的两套组词即多达20首，余者亦半数以上为闺情、艳情。至于其词风，则如清人邹祗谟《远志斋词衷》所言,"珂月《蕊渊》、野君《雁楼》二集,亦复风致淋漓,艳诀竞响,但过于尖透处,未免浸淫元曲耳"。

不过,蕊渊词中亦有少数词,效法温庭筠、苏轼、辛弃疾、李清照、秦观、方岳等名家,体态矜持,风骚犹存,至有拜岳飞墓和作《满江红》者;又或因题材性质限定,如咏史、赋景之类,亦稍能出之以雅正,而较少曲味。

且看其《谒金门》咏"山居"云:

> 闲甚好,且看一庭新草。几个花枝窗外袅。又将春半了。　刚入
> 空林悄悄,飞过残云小小。最喜幽居无懊恼,山低明月早。

写景生动,体验真切,淡淡的曲味正好加强了山居所要表达的闲逸的词旨。上片"几个"句,赋物尤觉灵动,乃邹祇谟所谓"尖透处"。也许,这种"尖透",正是作者的创新之处。

蕊渊词的创新在咏史词的创作上也得到表现。如《一剪梅·读三国志》云:

> 闲看人物似看花。少似春花,老似秋花,少年英俊属谁家?表在刘
> 家,策在孙家。　我今四海久无家。空读儒家,空羡兵家,悠悠二十未
> 舒花。不是春花,难道秋花?

与一般咏史词借古讽今、发表政见、史观不同,此词题旨全在咏怀,慨叹人生不偶,功业未就。以花开喻功成,亦令人耳目一新;而末句则仍于悲观之中保留了一分希冀,反映出词人不甘蹉跎的心音。换言之,这其实也是词人人生价值观和社会责任感的体现。正因如此,词人也才会写出《满江红·拜鄂王祠,追和原韵》"叹未成一篑,为山功缺"、《百字令·次坡公赤壁词》"讨逆将军兄若弟,撑着东南半壁……积耻从教雪"、《千秋岁·次秦少游韵,吊少游》"心从天外,笔扫千人退"这样的词句。

《古今词统》之辑录,词体曲化之标新,过于"尖透"之词风,也许正是卓氏功名未遂之情感转移的表现。

张丹(1619－?),初名纲孙。字祖望,号秦亭、竹隐,钱塘人。恬淡,喜山水。据王嗣槐撰《张秦亭先生传》,丹于明亡后"尽力以养其母,不复干时",又尝"再游京阙,历览西山……先朝十二陵,一一伏谒……归卧秦亭山下,喟然叹曰:余老死不复渡黄河矣",其眷明之意然。工诗词,"西泠十子"之一。清康熙三十九年(1700)尚在世。著有《张秦亭集》。《顺康词》录其词20首,《顺康补》录其词2首。存词虽不多,但可诵之篇不少。

在现存秦亭词中,取材比较集中又写得较好的,是几首怀古词。如《乌夜啼·越中感怀》写道:

　　扁舟又渡江东，正西风。旧日越王栖处，草连空。　兴亡事，千年里，恨无穷。偏是若耶溪畔，蓼花红。

感情沉着，笔力雄健，意象鲜明，意境苍老，正是怀古词的典型况味。又如《浪淘沙·西湖怀旧》：

　　老去学渔翁，啸傲湖中。当时歌舞太匆匆。粉雨香云都散了，留得眉峰。　何处宋行宫？浅草寒蜩。可怜往事竟无踪。只有凤凰山上月，蘸着波空。

题材和题旨都是习见的，但"粉雨香云都散了，留得眉峰"一句，凄楚、感慨而造语俊秀、机巧。此外尚有《祝英台近·秋日泊舟采石矶》、《喜迁莺·长安吊古》、《华胥引·重登北固山阁，寄姜真源》、《苏幕遮·滕王阁怀古》等，都有感慨、苍凉的特点。检阅《明诗综》，见毛先舒称其诗"悲凉沉远，矫然不群"，朱彝尊称其"五言古体，波澜老成，南北行旅诸篇，尤为奇崛"。其实，秦亭词也可作如是观。

　　当然，也有轻快、明亮和温暖的时候，尤其正当盛春呼朋引类的时节。且看其《风入松·王阮亭招游平山》吟道：

　　东风吹散木兰桡，春色闹河桥。胜游俱集平山港，一丝丝、罗绮香飘。凫鸭栏边歌板，蒲葵亭外吹箫。　衍波才子把人招，诗压柳花娇。酒阑薄暮纱灯乱，待归去、满路光摇。处处红楼醉花，画帘明月初高。

人言欢愉之词难巧，而张丹此词则是欢愉而工巧的典型。首二句化用前成意境而如同己出。"酒阑薄暮纱灯乱"二句，温情摇曳，陶醉如梦幻。末二句以"明月初高"喻精神之愉悦、亢奋，既明朗，又婉曲。若论艺术感染力，这首词可为秦亭词压卷。

　　沈谦（1620－1670），字去矜，号东江，仁和人。明诸生。崇祯末与柴绍炳、丁澎等并称"西泠十子"。据毛先舒《沈去矜墓志铭》，入清后沈"遂自托迹方技，绝口不谈世务"，而肆力于诗文，吟咏不绝，著述丰富，尤工于词。今传之《东江别集》有词三卷。另有《填词杂说》、《词韵略》。《全清词·顺康卷》及其补编录其词222首。

　　东江词学陈子龙云间派，以清绮深婉为主，半数以上俱咏闺情、艳情与闲愁，其中颇有可诵之章。如《浪淘沙·春恨》云：

　　弹泪湿流光，闷倚回廊。屏间金鸭袅余香。有限青春无限事，不要思量。　只是软心肠，蓦地悲伤。别时言语总荒唐。寒食清明都过了，难道端阳？

又如《玉楼春·秋夜独宿有怀》云：

> 湘帘一片秋声碎，残月窥人人不寐。心儿似你最无情，此时也合频垂泪。　寒风摇曳孤灯背，落落星光如欲坠。思量还是影多情，夜夜伴侬愁里睡。

不过，东江词中最好的作品，还是在亡国后所作的写景、交游和怀古篇什。如《厌金杯·吴山雪望》、《东风无力·南楼春望》、《氐州第一·送邹程村之江西》、《沁园春·寄赠王扬州阮亭》、《六州歌头·凤凰山吊南宋行宫》等。且看其《东风无力·南楼春望》一阕：

> 翠密红疏，节候乍过寒食。燕冲帘，莺睍树，东风无力。正斜阳、楼上独凭栏，万里春愁直。　情思恹恹，纵写遍新诗，难寄归鸿双翼。玉簪恩，金钿约，竟无消息。但蒙天卷地，是杨花、不辨江南北。

南楼，在杭州，沈谦与同郡毛先舒、张丹号称"南楼三子"，盖为三人吟唱之地。全词写景言愁，而关键在"玉簪恩，金钿约，竟无消息"数句，托情闺妇，以寄遗民故国之思。沈雄《柳塘词话》说："去矜列名'西泠十子'，填词称最。……贻我《东江别集》有云：'野桥南去不逢人，蒙蒙一片杨花雪。'此即小山'梦魂惯得无拘检，又踏杨花过谢桥'也，谁谓其仅仅言情者乎？"此词同样就杨花寄恨、作结，也正当作如是观。

与《东风无力》之寄托遥深不同，《六州歌头·凤凰山吊南宋行宫》乃放笔直抒，情绪激昂，是东江词中为数不多的豪放乐章。词云：

> 烟销艮岳，一马却浮江。南渡事，真草草；寓钱塘，正苍黄。怎爱湖山秀，新歌竞，离宫起，将二帝，冰天苦，竟相忘。恸哭朱仙，三字成疑狱，自弃封疆。反半湖灯火，蟋蟀当平章。播越堪伤，遂销亡。　空余五寺，山钟歇，悲辇路，草荒荒。子规叫，精灵出，景凄凉，泪沾裳。回忆骑驴笑，崖山远，断归航。西湖上，却依旧，奏笙簧。闻道鹤归华表，城廓是、人去何方。恨东风一夜，吹变几沧桑，满地斜阳。

铿锵嘡嗒，悲壮激越，有起懦振衰之力，将词人心中长久蓄积、压抑的痛苦与悲慨瞬间喷溅出来。以"满地斜阳"一语作结，苍凉凝重，余韵无穷。

毛先舒（1620—1688），原名骙，字驰黄，后改名先舒，字稚黄，仁和人，为"西泠十子"之一。明诸生。曾从事音韵学研究，也能诗文。与毛奇龄、毛际可齐名，时称"浙中三毛，文中三豪"。先舒自幼聪慧过人，年十八著刊《白榆堂诗》，才华深得名士陈子龙赏识，并师事陈，后又随学者刘宗周讲学。明亡后，不求仕进，享年六十九岁。著述甚丰,于词则有《平远楼外集》、《鸾情集填词》等。《顺康词》及《顺康补》共录其词143首。①

毛氏论词,主张"旖旎"与"雄放"兼施(《毛驰黄集》卷五《与沈去矜论填词书》),"雅不矜壮采,而笃尚婉至"(《毛驰黄集》卷六《沈氏词韵序》),概言之曰"清豪"(毛氏《凤凰台上忆吹箫·读常州邹吁士新词作》);强调"秀发清丽"、"妙在离合","情以景幽"、"景以情妍"(《与沈去矜论填词书》);而贵有"讹离"、"怨旷"之"托"(《潚书》卷一《平远楼外集自序》),"乃慎其存心焉"(《鸾情集选自题》)。毛词存量既多,内容亦丰,闺思虽占十之四五,而写景、状物、遣兴、述怀、咏史、交游之作,亦居其半。其中既有明词余风和陈子龙的影响,也有时世背景下毛先舒个人的感受和见解。

笔者以为,毛词中写得最浑成的,便是《醉落魄·城南晚兴》。词云:

> 凤凰西岭,古松万颗云盘顶。残山剩水闲风景。雁落江滩,帆布排千艇。　　丹枫一径胭脂冷,斜阳断处烟微暝。归来残酒朦胧醒。瘦马吟鞭,踏碎垂杨影。

既是写景,也是遣兴,同时还是述怀,而旨趣、生平和时世,俱可触摸矣。

他如《浪淘沙·江头即事》一阕,借景抒怀,寄托遥深,又能跳脱自如。词云:

> 沉黑压江城,蓦地潮生。北风吹断雨零星。恰好南峰留半面,烟翠微晴。　　眉黛莺秋清,一抹分明。莫愁艇子唤谁迎。短柳长亭今古泪,只为多情。

毛氏作词喜用"瘦"字。如《玉楼春·闺晚》有"月明背着陡然警,不信我真如影瘦",《踏莎行·书来》有"空闺寂寂念相闻,书来默淡知伊瘦",《临江山·写意》有"鹤背山腰同一瘦,且看若个诗仙"。据说因为这三个"瘦"字,世谓之"毛三瘦",事见清徐钒《词苑丛谈》卷五。其实"瘦"字用得好的远未止这三首。它如自度曲《拨香灰》"除却鞋尖似昔时,都是今春瘦",《虞美人》"花枝解我因花瘦,故意相挑逗"等。又特善写愁。如《江城子》云:"沧海月明都成泪,还道是,不曾愁。"《菩萨蛮》云:"冥蒙帘外如烟气,积成一点花梢泪。"《更漏子》云:"麝熏笺脂抹印,一点泪痕红晕。将折处、更迟留,安排读了愁。"《风来朝》云:"觉愁来,觅愁无处。黯黯飞将去,在晓树冥蒙许。"《青杏儿》云:"红芜绿漫,朱零碧落,一段新愁。"皆尖新警策语,新妙动人。试探其趣味和动机,毛氏《水调歌头·与洪升》一阕所言

---

① 《全清词·顺康卷》及其补编共录毛词144阕,然《醉落魄·城南晚兴》与《一斛珠·城南晚兴》实为一首,盖因同调异名而误重也。按:"一斛珠",又名"醉落魄"、"怨春风"。

之"心欲小之又小,气欲敛之又敛,到候薄青冥。勿谓常谈耳,斯语可箴铭"数语,或可一觇。

丁澎(1622—1686),字飞涛,号药园,仁和人,回族。顺治十二年进士,官刑部主事,调礼部。充河南乡试副考官,升礼部郎中。以事被贬,流放塞上五年。少有隽才,与弟景鸿、溁并称"三丁",又为"西泠十子"之一。其《白燕楼》诗曾盛传吴下。所作诗,语多忠爱,无怨诽之思。亦善词,有《扶荔词》三卷、《词变》一卷。《全清词》录其词245首。

药园词的取材非常广泛,主要有闺情、山水田园、唱和等内容,还有咏史、怀古、节序、咏物之类创作,既多秾丽纤巧的短调,也颇有模拟苏、辛的长调,词风多变,与一味追攀季宋的浙西词派尚保持着一定距离。丁澎乃清人无疑,但有鉴于此,姑依附本节进行叙述。且看药园词的几首代表作:

> 郎采花,妾采花,郎指阶前姊妹花,道侬强是他。 红薇花、白薇花,一树开来两样花,劝郎莫做他。
>
> ——《长相思·采花》
>
> 叠叠巫山不是高,茫茫鄂渚未云遥。难挨惟有可怜宵。 两意半含如豆蔻,寸心千转似芭蕉。东风不管倩魂消。
>
> ——《浣溪沙·春词》
>
> 苦塞霜威冽。正穷秋、金风万里,宝刀吹折。古戍黄沙迷断碛,醉卧海天空阔。况叠叠、又添明月。榆历历兮雪械械,只今宵、便老沙场客。搔首处,蟇如结。 羊裘坐冷千山雪。射雕儿、红翎欲堕,马蹄初热。斜鞚紫貂双纤手,挡罢银筝凄绝。弹不尽、英雄泪血。莽莽晴天方过雁,漫掀髯、又见冰花裂。浑河水,助悲咽。
>
> ——《贺新凉·塞上》

前两首写闺情,轻巧流丽;后一首写因科场案贬谪东北苦寒之地的凄惨,苍凉浑厚,从中不难感受清初词人面临新朝而产生的凶险莫测的忧惧。

三、梅里词派

梅里,又叫梅会里、王店,属嘉兴县,为该县四大镇之一,距县城三十里。在明末清初词坛,梅里虽一小邑,词人辈出,名家雁列,并进而汇聚成横绝一代的浙西词派,即在整个大词史上亦属罕见。清乾隆五十一年(1786),薛廷文辑《梅里词绪》,得词人71家,词365首。道光九年(1829),冯登府广搜遗稿,重编《梅里词缉》,上起万历,下迄嘉庆,共收明清两代梅里词人凡86家、词作423首。虽然数量稍逊于柳洲、西陵，但影响却大得多。

　　梅里词派与柳洲词派、西陵词派同为清代浙西词派之源，而关系更为直接。与柳洲、西陵二派一样，梅里的形成和发展也是几代人努力的结果。本章着重介绍王翃、朱一是、缪泳和王庭四位。曹溶被称为浙西词派初祖，理当留待下一章讨论。自朱彝尊主盟梅里，进而成为宗主式人物，自是清代浙西词派的范畴了。虽然尊南宋、崇雅正是包括梅里词派在内的整个浙西诗派的宗旨，但早期梅里词人所受影响更多来自陈子龙及其云间派，故仍当看成明词的余波，从王翃、朱一是、缪泳等人的创作中，俱可看出这一点。同时，早期梅里词人，也更多表现出地域文化和家族传承的特色，王氏、朱氏、李氏和沈氏都盛产词家，不像后来的浙西词派，因为一以南宋雅正为尊，成为大合唱，个人及地域的特色反而弱化了。

　　王翃（1602－1653），字介人，嘉兴梅里人。家本业染，而勤学不辍，遂以布衣工诗词。与里中诸子相唱和，遂有"梅里派"之称。后渡江遭盗，沉水身亡。有《二槐堂词》，原词稿以千计，迨遭盗，尽沉于江。《全明词》录其词 165 首，《全明词补编》补录 1 首。

　　据光绪《嘉兴府志》卷五十一记载，王翃为人狂狷，操行高洁，慨然以起衰为己任，陈子龙谓其有"盛唐之风"。今观其词，似更具中唐趋尚，险怪奇崛，不类流俗，差可拟之诗中李贺。如其《鹧鸪天·金华怀家》词云：

> 败屋萧然蔓草添，梦归犹自立茅檐。琴魂挂雨秋淋壁，书鬼招萤夜入帘。　途次泪仍归阮籍，门前柳亦待陶潜。此身到处成羁旅，且向羊群老黑甜。

言归思每以温柔深挚圆熟出之，王翃则于萧败阴森处求之，戛然自异。

　　按理，乘醉登高，尤其是徐州戏马台这样的名胜古迹，当飞扬酣畅才是，然其《蝶恋花·醉登戏马台》一阕，一样让我们联想到李贺的《梦天》。词云：

> 官舍东风人醉矣。酒倦飞杯，一啸空中起。平野山围云表里，青徐接望青无已。　戏马台高临楚尾。天落河黄，春水三千里。南客愁来仍独倚，夕阳斜处伤心每。

有驱使，有飞扬，也有几分酣畅，但更多的却是羁绊和苦闷。

　　虽然同为豪放词家，但王翃之奇崛，与王屋、吴熙之平易、流畅，于明末浙江词坛各擅胜场。这在同为自诉其怀的言志词中，亦有比较明显的表现。《玉蝴蝶·大风，自京口抵白沙舟宿，晓发金陵》一阕，于王翃词中堪称平易流畅，但仍表现出矫激突兀的一面。词云：

> 自顾平生胸次,长波千里,一泻微茫。放迹忘归,不觉两鬓吟苍。
> 漆园身、虚成蝶梦,桃源桴、久误渔郎。奈行藏,今来只在,水驲萍
> 乡。 汪洋。吴天无畔,高风惊羽,独走危樯。渊堕云升,壮怀坚坐啸
> 奔光。绿初沉、树离京口,青渐远、山别维扬。势汤汤,大江东去,浪白
> 尘黄。

为了达到卓异生新的艺术效果,王翃甚至不惜拆分"绿树初沉离京口,青山渐远别维扬"这样的熟词成句。此外像《多丽·北固晚望》,写景怀古,更是沉着浩荡之篇。从中不难看出早期梅里词人艺术风格的创变。

朱一是,字近修,海宁人。生卒年不详。崇祯十五年(1642)举人。素怀经济天下之志。明亡后,流亡海上。后移居梅里,莳桑种竹,披缁衣授徒,主持当地文社。其诗词多揭露清兵屠掠惨酷,抒发故国之思。有《为可堂集》及《梅里词》一卷。《全明词》录其词171首。

以客居梅里为界,一是词大致分为前后两期。早期词风受云间派影响不小,闺情、闲愁、风土、写景、节序、羁旅、交游等传统主题,仍是一是词经常表现的内容,也不乏佳篇;而后期则多吊古、感怀和应酬之篇。早期佳作如《浪淘沙·无题》咏闺思云:

> 柳舞弱腰肢,桃颊凝脂。清扬才盼即头垂。暗掷伤春心一点,到底
> 难移。 记得月迟迟,香暖罗帏。几番巫峡梦回疑。最是别时霜满地,
> 有泪无辞。

上片写目前伤春,下片记当时别离。"几番"句写闺人已模糊记忆与现实,遂使全词波澜顿生。末句落笔分携时刻的凄惶,正是词家显身手处。

初到梅里,便欲思归,且看其《醉公子·初客》咏羁愁云:

> 梅里半宵风,桐水千帆雨。客梦到家园,芳菲庭外树。 仿佛画栏
> 斜,妆罢有人嗟。春闲一庭老,海棠空自花。

写词人初客梅里时幽细的感伤情绪,明艳细腻,空灵静美。同类题材还有《卜算子·湖州客舍柬汪影湘》:

> 一自别扬州,又值西吴地。梨白桃绯覆碧溪,消受三春丽。 莫话
> 客途愁,同买当垆醉。小径城阴画阁幽,到晓深深睡。

不同的是,此词流露更多的是无奈的匆促,和作为应对手段的偷闲,但悲凉之意更显深沉。

又如《浣溪沙·秋感》写秋愁:

谁染枫林一叶红,篱边黄菊水芙蓉。伤心人是白头翁。 落日山
头蝉语咽,乱云天外雁书空。吹来哀角急西风。

上片言白头人见眼前红叶、黄菊、芙蓉等秋来易衰之艳美物候,徒增伤感;下片推进一层,更以落日、秋蝉、乱云、雁阵等转瞬即逝之景象,增强悲秋情绪。满目凄凉,人已难堪;而末句则将悲秋之情推向浪峰,写尽哀乱栖惶之心境。此外像《一剪梅·晓泛》,清幽明丽之中掺杂流年易逝的羁愁,亦非纯粹的写景词。

与一般词人不同的是,朱一是还用词直接描述战乱带来的危害,特别是自己的亲身感受。《长相思·久住濡溪》是其代表作。词云:

妻同行,子同行,北陌东阡随意耕。鼍鼊溪上盟。 兵无惊,盗无
惊,夏税秋粮畏法清。逢人说太平!

上片所写俨然世外桃源,下片陡然跌入现实,直言苛政猛于兵盗。末句乃苦语、反语,意味深长。

此外,像《眼儿媚·南村》之"相逢尽说住时秦"、《离亭燕·重逢闵未孩》之"兵革东西奔走"、《满庭芳·方丘维正》之"向兵锋喧处,隙地偷安"、《玲珑四犯·和刘伯温原韵》之"关河渺渺干戈扰"等等,所述情事,皆与战乱有关。甚至在艳情词中,作者也同样以战乱为背景。如《眼儿媚·谢旧》下片写道:"关山兵火年年隔,辜负是卿卿。云中雁断,水中鱼绝,一样飘零。"令人联想起杜甫的《江南逢李龟年》、白居易的《琵琶行》以及刘过的《唐多令》来,大有"旧江山浑似新愁"之叹。

至于那些怀古词,因为词旨所在,亦无不与战乱关联。《二郎神·登燕子矶秋眺》可为其代表作。词云:

岷峨万里,渺渺水流东去。指远近关山,参差宫阙,起灭长空烟雾。
南望沧溟天边影,辨不出、微茫尽处。叹三楚英雄,六朝王霸,消沉无
数。 真个长江天堑,飞艎难渡。自玉树歌残,金莲舞罢,倏忽飞乌走
兔。燕子堂前,凤凰台畔,冷落丹枫白露。但坐看、狎鸥随浪,渔父扁舟
朝暮。

此词表面写六朝,实则凭吊南明。上片总写长江恢宏气象,引发兴亡之慨;下片胪陈历代繁华之消歇,言长江天堑不足恃。末尾故作淡泊,以示悲苦无望。全词章法严谨,色调纷繁,豪壮、沉郁、感伤、旷达融于一炉,恰到好处地表达了词人复杂矛盾的思想感情。

他如《水调歌头·过康郎湖,遥吊忠臣庙》、《倦寻芳·维扬遇闯贼旧姬毳四

有感》、《应天长·登北固山怀古》、《念奴娇·步吕半隐吴山超然屋揽西湖之作》、《一萼红·过于坟》、《霜叶飞·漂母祠》等，也都是现实性、针对性很强的怀古乐章。

缪泳（1623－1702），初名永谋，字天自，后更名泳，字于野，又字潜初，亦曰一潜，嘉兴梅里人。初居荇溪，故称荇溪居士。缪崇正孙。明县学生，入清为遗民。范路弟子。学有根柢，著述甚富。厌弃公安、竟陵而传习古文和南朝乐府。著有《荇溪文钞》、《荇溪诗草》、《南枝词》等。《顺康词》录其词21首，《顺康补》录其词166首。

缪氏自序其《南枝词》，以为"小词之作，必以花间为宗，唐季五代是已"，"若纵横长调，按律谐声，宫商协应，自当以南北宋为归"。缪氏填词亦如其论，短调酷似花间，慢词与南宋为近，但又能不为花间、南宋所缚，显得疏荡、跳脱，表现出多方面的艺术素养。故其词虽多言情，但内容尚称充实，四时风景、相思怀人、羁旅闲愁俱来笔下，亦间有怀古、感慨之篇。兹各举一二阕为例。

如《浣溪沙》咏闺情云："才卷珠帘罢晓妆，落花飞絮太猖狂。撩人偏惹鬓云长。　秋水娇横眉翠薄，春心暗度口脂香。倚栏为看浴鸳鸯。"颇有温庭筠韵味。而《鹧鸪天》"梅子黄时绿渐肥，谁家红袖采桑归。野田流水侵花径，杨柳轻风度板扉"之句，又有孙光宪余风。

其长调则多学姜夔之幽峭。如《台城路》金陵怀古词云：

> 十年不向台城路，依然旧时江左。两岸烟波，数行衰柳，无复千寻铁锁。云山紫逻。怕南国香销，西风尘浣，玉树歌残，尊前一曲泪交堕。　眼前春色都过。对新亭好景，藉草愁坐。桃叶传情，竹枝写怨，记取明妆婀娜。闲花几朵。自团扇人归，乌衣梦破。月满秦淮，夜深偏照我。

此外像《扬州慢》（瓜步烟深）、《催雪》（小市灯收）、《真珠帘》（画楼深处重门掩）、《抛球乐》（朔风边马秋早）、《暗香》（小窗寒彻）等长调，也都能品出姜夔，还有张炎的滋味。

下面这首《唐多令》，又分明可见李贺诗和蒋捷词的影响。词云："城上欲栖鸦，相逢油壁车。锁葳蕤、锦瑟年华。芳草依依知去处，杨柳外，那人家。　流水不溪斜，何时来浣纱。照高楼、碧树红霞。蝴蝶满园春色里，元不是，隔天涯。"而《菩萨蛮》"庭前不种相思草，笼中不畜相思鸟。但种合欢枝，长年无别离"，显系刘禹锡《竹枝词》遗制。最能体现词家个人性情、地域特色和艺术传承的作品，或许是下面这首《江城子》：

　　　垂虹桥畔水悠悠。接天浮，不禁愁。郭外人家，茅屋映清流。又是
吴江枫落候，菱芡熟，酒新篘出。　　稻畦全浸荻花洲。晚霞收，月如钩。
寒潦初平，露下五湖秋。蟹舍渔村随处美，杨柳岸，系扁舟。

　　凡此种种，不难看出缪词多方面的艺术素养。这些表现，与入清后浙西词派
一味尊崇南宋清空雅正宗旨的单一作法，无疑更多情趣，也更为自由灵动。

　　王庭（1607－1693），字言远，号迈人，嘉兴人，王翃从弟。崇祯九年（1636）举
人，顺治六年进士，授广州府知府，十一年充广东乡试同考官，迁广西左江道，按
擦副使，移四川北道、布政使，擢四川按察使、江西右布政使。以忧归，后补山西
右布政使。年六十一致仕。归后布衣芒鞋，足迹不入城市，以著书明道自任。诗
有陶韦之风。亦工词，有《秋闲词》。《全清词·顺康卷》录其词276首，补编增录
1首。

　　王庭虽为梅里词派中人，同样入仕清廷，且居官不薄，却较有个性，填词取材
广泛，风格多样，较少脂粉味，未被浙西词派完全裹挟，故亦援例在本节附论。

　　《秋闲词》或写现实见闻，激壮顿挫，如《凤凰台上忆吹箫·忆昭潭》、《醉落
魄·村家》；或写怀才不遇、羁旅天涯的悲愁，感慨横生，如《望海潮》（繁华成梦）、
《满庭芳·旅次》；或借景抒情，清幽萧疏，如《点绛唇·访友》、《杏花天·和史蓬
庵登烟雨楼》。

　　从词艺看，最具词家本色韵味者，还是上述第三类作品。如《点绛唇·访友》
词云：

　　　　曲港萍开，轻舟缓动微风起。人家能几？一半萦流水。　　树倚危
桥，带得昏鸦语。情何许？淡烟如雨，秋在斜阳里。

整首词清丽闲淡，末句有余味。不过，此类题材的长调，清雅醇厚，已接近浙西词
派了。

第四节　明代浙江女性词人及其杰出表现

　　能词之女子，代不乏人。朱明以来，闺阁中有意为词人者，较两宋为多。作
为经济和文化都相对发达的浙江，明代女性词人之创作亦殊有可观者，甚至出现
了像徐灿这样的杰出词家。兹列叙其要者如下：

　　商景兰（1604－?），字媚生，一字眉生，山阴人。吏部尚书商周祚长女，巡抚
祁彪佳室。能书善画，德才兼备，名重一时，人称伯商夫人，一名锦囊夫人。有
《锦囊诗余》一卷，存词56首。

在明代女性词人中,商氏是佼佼者之一。商氏所作,多为小令,清词丽句,曲折幽婉。如《捣练子》写闺思云:

> 人去也,情难舍,花枝吹散风潇洒。霜天宿鸟静无声,流苏锦帐含愁下。

全词由直浅而静深,将离别所带来的深哀巨痛表达得既浓烈又含蓄。《明词综》于锦囊词惟取此阕,良有以也。

又如《临江仙·坐河边新楼》云:

> 水映玉楼楼上影,微风飘送蝉鸣。淡云流月小窗明。夜阑江上桨,远寺暮钟声。　人倚栏干如画里,凉波渺渺堪惊。不知春色为谁增?湖光摇荡处,突兀众山横。

情景一体,动静结合,淡奇相生,结句尤工。这样的作品还有不少,如《菩萨蛮》词云:

> 春光难驻伤心色,远山暮影烟如织。花气傍高楼,游人在上头。　闲倚栏干敞,湖水平如掌。浪影乱晴空,渔舟荡晚风。

国破家亡之后,商氏词风变得深曲沉郁,物是人非之感时常流露笔端。如《烛影摇红·咏雏堂忆旧》写道:

> 春入华堂,玉阶草色重重暗。寒波一片映栏干,望处如银汉。风动花枝深浅,忽思量、时光如箭。歌声撩乱,环佩玎珰,繁华未断。　游赏池台,沧桑顷刻风云换。中宵笳角恼人肠,泣向庭闱远。何处堪留顾眄?更可怜、子规啼遍。满壁图书,一枝残蜡,几声长叹。

此外像《点绛唇·春日游寓园》、《忆秦娥·初春剩国忆子》、《洞天春·初春同友坐剩国书屋》、《青玉案·即席赋赠友言别》等,皆所谓"唤起当年万种愁,泪湿青衫袖"(《卜算子·春日寓山春花》)之类。

商景徽,生卒年不详,商景兰之妹,商周祚次女。景徽字嗣音,有国色,适上虞徐咸清。博学工诗,诗逼盛唐。清兵入关,与咸清偕隐,年逾八十犹吟诗读书不辍。其子女承母训,多才华,名重一时。有《咏雏堂集》,一作《承堂集》。景兰、景徽姐妹二人齐名。景徽今存词仅3首,以《江城子·怀黄皆令》一阕为工。词云:

> 孤舟一叶去林皋,雨潇潇,滴芭蕉。犹记楼头,杨柳万丝飘。写就行行离别意,总付与、浙江潮。　一灯明灭篆烟销,度长宵,任无聊。美杀当时、月夕共花朝。转忆停针频絮语,空目断,路迢遥。

虽身为女性，却有丈夫气，全词自成浑成，气韵流贯，几臻上品。

　　徐灿，生卒年不详，字明霞，号湘蘋，又号深明，晚号紫䇲。本江苏长洲人，光禄丞徐子懋之女，适弘文院大学士海宁陈之遴为继室。陈氏简介已见前文。陈未第时，以丧偶故游苏州，避雨徐氏园，徐翁遂以女许配。陈氏以事免死流徙，徐灿亦随夫谪迁塞外。徐灿善属文，精书画，画得北宋法。工诗词，词尤工，有《拙政园诗余》三卷，今存词101首。

　　论成就，徐灿不仅是明代女性词人第一，即置诸明词史，甚至千年大词史，亦无愧名家之誉。陈维崧称其为"南宋后闺秀第一"①，谭献《箧中词》称其有"兴亡之感"。陈廷焯《白雨斋词话》卷五称"闺秀工为词者，前则李易安，后则徐湘蘋。"朱祖谋《望江南·杂题我朝诸名家词集后》题徐灿词云："双飞翼，悔杀到瀛洲。词是易安人道韫，可堪伤逝又工愁。肠断塞垣秋。"俞陛云《清代闺秀诗话》卷二称："清代闺秀词有三大家：湘蘋特起于前，顾太清、吴蘋香扬芬于后，卓然为词坛名媛。"寓深惜之意。

　　陈之遴人品低下，而徐灿高标自置，志行雅洁，殊为难得。她原拟避世遁隐，无奈所适非偶，竟做了降臣之妻，因此内心抑郁，遂将家国之恨、难言之隐，一并发之于词。虽然以往学术界皆依例将其视为清代词人，但无论就其志行，还是就其词品，徐灿皆应当以遗民身份归入明代讨论才是。既列其为明代词家，则徐灿不仅为明代闺秀词人第一，而且在整个明代词人中，亦是名列前茅的杰出词家，可与刘基、金堡、李渔等人平分秋色。

　　《风流子·同素庵感旧》作于南明福王弘光小朝廷覆亡、陈之遴降清之后。词云：

　　　　只如昨日事，回头想，早已十分秋。向洗墨池边，装成书屋，蛮笺象管，别样风流。残红院，几番春欲去，却为个人留。宿雨低花，轻风侧蝶，水晶帘卷，恰好梳头。　西山依然在，知何意凭槛，怕举双眸。便把红萱酿酒，只动人愁。谢前度桃花，休开碧沼，旧时燕子，莫过朱楼。悔煞双飞新翼，误到瀛洲。

上片写作者从南京回到北京旧居，回忆起明末来京寓居时，夫妻伉俪笃好，书画联吟，有多少闲情逸致；下片写此番重返，已是改朝换代，景物依旧而人事已非，满目凄凉，万千感慨。当此易代之际，为人最重忠孝节操，守则义士，降则贰臣。受家教、个性影响，徐灿视投降变节为大耻。"谢前度"以下数句，是自警亦是警

---

① 《清史稿》卷五百零八《列女一·陈之遴妻徐传》，引陈维崧语。

夫；"悔煞"二句，则分明是斥责和追悔了。

这种斥责和追悔，到《踏莎行·初春》里，已成了讥刺与哀悼。词云：

> 芳草初芽，梨花未雨，春魂已作天涯絮。晶帘宛转为谁垂，金衣飞上樱桃树。　故国茫茫，扁舟何许？夕阳一片江流去。碧云犹叠旧河山，月痕休到深深处。

张珍怀先生称此词"内容丰富，寄托深邃，是徐灿词中杰作"，并逐句指明所寓何意。① 总之，上片表面句句写春景，却是字字讽喻清初朝政，并讽刺丈夫陈氏奴颜婢膝，投降清廷，骤成新宠而自鸣得意。下片则以悲悼感慨之笔，写因丈夫降清，自己无法归隐故乡，抒发对明朝覆亡的哀悼之情，并对南明各地颠沛流离、宁死不屈的忠臣义士报以深切的同情和忧虑。难怪谭献《箧中词》卷五称此词"兴亡之感，相国愧之"。可惜"相国"与她名曰夫妻，而实为陌路，既无"兴亡之感"，自然也不会"愧之"。

当此处境，能安慰词人的，唯有想回也回不去的梦中故园了。事实上，"梦回故园"几乎成为词人唯一的生存理由了。《一斛珠·有怀故园》见题知义，自不必说。《浪淘沙·庭树》末尾同样是诉说："雁声和梦落天涯，渺渺濛濛云一片，可是还家？"而《唐多令·感怀》全词皆写怀乡病也。词云：

> 玉笛送清秋，红蕉露未收。晚香残、莫倚高楼。寒月羁人同是客，偏伴我，住幽州。　小苑入边愁，金戈满旧游。问五湖、那有扁舟？梦里江声和泪咽，何不向故园流？

此词作于顺治十三年陈之遴初次获罪革职，旋又以原官发辽阳居住之时。作者虽居幽州，仍是夫人身份，尚能在高楼上压玉笛而望寒月，满怀却是惶惧，慨叹不能归隐故乡。孰料数年之后，陈氏再获论斩大罪，弄得全家流放辽东，词人也成囚犯了。词以健爽之笔写家国之恨。下片首二句，一用杜甫《秋兴八首》第六句"芙蓉小苑入边愁"，一用五代人著《江南余载》卷下所引诗"干戈满目家何在"句，写词人的现实处境，既大开大阖，又妥贴自然，将激扬与痛楚糅合一处，最见词人艺术功力。这两句与《踏莎行·初春》中的"碧云犹叠旧河山，月痕休到深深处"二句，一激切，一幽深，都是经得住反复咀嚼的名句。

徐灿的创作才情和艺术修养也许并不在李清照之下，但缺少易安宁折不弯的果敢和刚毅。受个性、家教影响，她一方面对故国沦亡和丈夫变节痛心疾首，

---

① 张珍怀选注《清代女词人选集》，黄山书社2009年版，第3页。

微讽于词;另一方面却又无能为力,不能作坚决的痛斥和绝裂。但惟其如此,其词也才更多深哀巨痛而令人读之酸楚难禁。如《永遇乐·舟中感旧》云:

> 无恙桃花,依然燕子,春景多别。前度刘郎,重来江令,往事何堪说?逝水残阳,龙归剑杳,多少英雄泪血?千古恨,河山如许,豪华一瞬抛撇。　白玉楼前,黄金台畔,夜夜只留明月。休笑垂杨,而今金尽,姊李还销歇。世事流云,人生飞絮,都付断猿悲咽。西山在,愁容惨黛,如共人凄切。

诚如严迪昌先生所言,"这样的词,不要说陈之遴《浮云集》中两卷诗余难作比并,就是置之当时词坛上也无愧为杰出之作"[①]。其实,何止当时词坛,即便置之大词史,依然是佳作。

有徐灿加盟明末词坛,这是明词的幸运,她和金堡、张煌言词人一起,使得长期回溯、颓靡的明代浙江词终于重新振起,留下浓墨重彩的一抹辉煌。

李因(1616－1685),字今生,号是庵,又号龛山逸史,钱塘人,一作会稽人。明光禄寺卿海宁葛征奇妾。崇祯初,从夫寓京师。十六年,随夫偕隐江南,与柳如是、王修微相唱和。入清,夫死,茕然一身,矢志守节,卖画为生,凡数十年。诗多故国之痛,身世之感。著有《竹笑轩吟草》,词附,共22首。

以其身世经历,李因为词风格沉郁,且较多故国黍离之悲。《临江仙·九日》二阕为其代表。兹俱录如下:

> 重九催开黄菊早,霜林染就丹枫。何须直上最高峰。紫萸仍遍插,令节古今同。　把盏篱边供独醉,不劳馈酒王弘。遥看秋色月朦胧。欲将亡国恨,细说与归鸿。

> 信步登高频整帽,恐防先露秋霜。扶筇着屐到篱傍。疏林云黯淡,野色树苍茫。　笑把黄花何处酒,前村新酿开缸。仰天长叹感时伤。闲评今古事,默坐记兴亡。

感慨深沉,词风苍老,不让须眉。其人其词如此,自当归入明代。

柳如是(1618－1664),本姓杨,名爱儿,字影怜,一作应怜。后改姓名为柳是。又名因,名隐,字蘼芜,又字如是,号我闻居士。嘉兴人。一说江苏吴江人。盖以嘉兴、吴江相邻故也。初为吴江周相婢,继为盛泽归家院妓,与陈子龙等交往,深受影响。后归钱谦益,称河东君。尝劝钱殉国难,未从。又助钱与徐式粗、

---

① 严迪昌著《清词史》,江苏古籍出版社1999年版,第595－596页。

郑成功等抗清义师通。后以复明无望，遁入空门。钱谦益死后月余，柳投缳自尽。能诗词，善书画。有《东山酬和集》等。其诗词集《戊寅草》有崇祯刻本。《全清词钞》卷三十谓其别有《我闻室鸳鸯楼词》，未见。《全明词》录其词34首。

柳如是存词不多，以相思怀人为主调，感情深挚，词风清隽。且录其《梦江南·怀人》二十首之数阕为例：

> 人去也，人去鹭鸶洲。蓠荬结为翡翠恨，柳丝飞上钿筝愁。罗幕早惊秋。（其二）

> 人去也，人去梦偏多。忆昔见时多不语，而今偷悔更生疏。梦里自欢娱。（其九）

> 人何在，人在枕函边。只有被头无限泪，一时偷拭又须牵。好否要他怜？（其二十）

据考《梦江南》组词乃为怀念当时几社领袖陈子龙所作。从这里所选三首看，柳词深挚缠绵，淡宕蕴藏，风神隽逸，不待修饰而工稳妥帖，而柳氏作为女子所具有的敏感、细腻和深情，也跃然纸上。每阕的三、四两句，都是可以回味的情语。

柳如是另有长调《金明池·寒柳》一阕，托物寄兴，精微婉转，如怨如慕，又别具韵味。词云：

> 有恨寒潮，无情残照，正是萧萧南浦。更吹起、霜条孤影，还记得、旧时飞絮。况晚来、烟浪迷离，见行客、特地瘦腰如舞。总一种凄凉，十分憔悴，尚有燕台佳句。　春日酿成秋日雨。念畴昔风流，暗伤如许。纵饶有、绕堤画舫，冷落尽、水云犹故。念从前、一点春风，几隔着重帘，眉儿愁苦。待约个梅魂，黄昏月淡，与伊深怜低语。

据陈寅恪先生所撰《柳如是别传》，此词乃感激于陈子龙《上巳行》诗而作，陈诗有"垂柳无人临古渡，娟娟独立寒塘路"之句，所指即柳如是，亦此词"寒柳"之题所本。词的上片通过寒柳意象寄托寥落生意与凄怨情怀，下片则转写词人对命运的参悟、希冀与追求。词中比兴寄托手法的成功运用，使连翩的意象都获得弦外之音、象外之境。陈寅恪先生即疑"一点春风"即借指陈子龙之姓，而"春日酿成秋日雨"，乃言当年陈氏等人为柳氏所作春闺风雨之艳词，竟成今日飘零秋雨之预兆。由此不难发现作者丰邃的心灵和娴熟的词艺。

沈榛，字伯虔，一字孟端，嘉善人，生卒年不详。明天启进士沈德滋女，清顺治十二年进士钱黯妻，年五十二卒。有《松籁阁诗余》。《全明词》录其词45首，内容多伤春悲秋、写景咏物、闺思闲愁之类，特色、成就均一般，恕不详论。

黄媛贞，字皆德，秀水人。贵阳知府朱茂时妾。万历到崇祯年间在世。有

《云卧斋诗稿》。《全明词补编》录其词108首。

在明代女性词人当中，媛贞存词最丰，也藉此成为晚明比较重要的女性词家。与传统女性词人相仿，媛贞词取材集中于离别相思、伤春悲秋、题咏美人、写景赋物、姊妹亲情，以及其他闺妇日常生活情景。以其存量较多，故各方面皆有涉及。其中写得较好的作品，一在怀人，二在写景。

先言写景词。如《谒金门·春晴》词云："春雨透，夹岸柳长花瘦。风入闲扉开绿牖，一江新水皱。　万里不堪回首，莺语好天清昼。芳草青青匀浦口，游人车马骤。"色泽清丽，形象生动。又如《菩萨蛮·春景》："绮窗春昼东风起，春残花落愁无底。暖日照兰闺，梦回闻鸟啼。　一江流水碧，垂柳青无力。极目画桥西，烟深芳草迷。"写暮春天气、物候，情景融洽，如在目前。学前人炼字琢句处，皆能自然熨帖，是媛贞词的一大特色，此二阕亦不例外。

再言怀人词。《蝶恋花·寄书》怀念夫婿，殷切深挚；《临江仙·新夏怀妹》思念妹妹，柔婉悠长。兹依次俱录如下：

> 笔下徘徊心上结，恰向红笺，字字分明说。何限殷勤无处撇，只愁闲却闲时节。　倚遍栏干春几折，人未归来，空待南楼月。一种艰难书未彻，梦中添个新离别。

> 草色青深风渐满，罗衣犹带春寒悄。空楼独望水盈盈。旧愁方解脱，新语未分明。　花气薰人人起懒，不堪芳树啼莺。满庭云日好相迎。爱将新夏景，闲送落红声。

他如《美人十八咏》组词之《菩萨蛮·初浴》中的"小立试轻扶，花光艳绮罗"，《踏莎行·看美人卷帘》中的"笑拈花瓣掷春驹，两眸如水看无定"，《踏莎行·春思》中的"园林昨夜已春归，闲愁何不随春往"，《临江仙·舟中夏赏二首》其一中的"离心远著故园楼"等等，皆是深妩可诵的佳句。

嘉兴黄氏家族，女子能词者颇多。媛贞之妹**黄媛介**，字皆令，别号无瑕词史，有《离隐歌》、《湖上草》，《全明词》录其词16首，《全明词补编》补录1首。同族**黄德贞**，有《雪椒草》、《名闺诗选》、《彤奁词选》，《全明词》录其词15首。德贞二女、儿媳，亦俱能词。

其中，媛介词更胜一筹。如《眼儿媚》谢别柳如是，殷切感人。词云："前灯絮语梦难成，分手更多情。栏前花瘦，衣中香暖，就里言深。　月儿残了又重明，后会岂如今。半帆微雨，满船归况，万种离心。"聚会的温馨，归家的急切，重逢的期待，离别的感伤，都恰到好处地融合在一起，仅此一首，便可见其笔力之不凡。

　　词史的发展演变,自有其规律与流程,各期亦皆有其独具偏胜之资,未可遽言高下荣衰。否则,词史著述会有中断难续之憾,词体亦有肢解残缺之痛。词学界每言明词萎靡不振,乃词史中衰之期。今仅就浙江一省以证之,其说亦颇有可商榷处。粗言"中衰"则可,若以学术眼光视之,则当细辨深究,未可轻以"中衰"将明词,尤其是明代浙江词,一带而过。首先,明词之言情,是对南宋、金元以来去情渐远的矫正和补偿。况周颐《蕙风词话》卷三亦云:"元明人词,亦复不无可采,视抉择何如耳。"其次,明人以词名家者代不乏人,虽不敢说胜过温韦、正中、后主、柳周、姜吴、苏辛、吴蔡、易安、遗山诸大家,但与唐宋金元二流小名家,则可一较短长。而刘基、陈霆、李渔、金堡、张煌言、徐灿诸家,置诸唐宋,亦自是一家。第三,自明代始,浙北、苏南渐成词场,而清初形成、影响全清的浙西词派,明末浙北诸派、诸家实有发轫之功。尤其值得关注的,是明清之际浙北涌现出的若干个区域性、家族性词人群体,使区域性、家族性词体创作,成为一个具有突出学术意义的词学研究论题。因此,无论是就词史嬗变,还是就这些词家的个人成就而言,明代浙江词都值得我们进行全面而深细的研究。至于元代浙江词的新变,更不待言。故合论元明两朝,则宋末以来浙江词的发展变化,以及后来浙西词派的形成、发展,都有脉络可寻。本章题曰"元明浙江词的新变、洄溯与重振",起步和落脚都在发现与肯定。

第六章　风正帆悬——清代浙西词派
与浙江词的复兴

浙江词发展到清代,终于又迎来它的复兴。清代浙江词不仅词家数量庞大,而且形成具有全国和长期影响的浙西词派。浙西词派的形成和一枝独秀,不仅是宋后浙江词的复兴,也为整个古代浙江词史的发展画上了一个圆满的句号。而浙西词派的充分发育、独大偏盛和长期发展,又必然催生新一轮的革新和发展,从而开创近代浙江词的新局面、新气象。本章即重点考察浙西词派的形成、发展历程,探讨浙江词派的创作特色和艺术成就。此外,非浙西词派作家和女性词家的创作,也必须予以关注。

首先说明,"浙西"是个发展变化的地理概念。在历史上,今浙江杭、嘉、湖等地,与苏州、松江、常州、镇江等今苏南、上海地区,甚至今安徽部分地区,都属于"浙西"。清初,浙西的范围仍很广,有杭、嘉、湖三府 22 县。本章所言"浙西词派"之"浙西",即主要指杭、嘉、湖三地;只是在具体论述时,已将非今浙江省地域,如松江,即华亭或云间(今上海地区,当时隶属嘉兴)排除在外了。又,钱塘江为西南—东北走向,故传统所言浙西,有时也称"浙北"。本书亦偶尔"浙西"、"浙北"并用。不过,今人所言"浙北",有时还包括浙东地区北部的绍兴、宁波在内,即杭、嘉、湖、绍、宁五市并举。

第一节　清代浙江词坛概况

兹据近人周庆云撰《历代两浙词人小传》,整理成《浙籍清代词人概览表》。据饶宗颐、张璋所纂《全明词》,明末清初的李渔、董汉策、吕师濂、查容、陆垲、孟士楷、周篆、吴棠桢、魏允札、徐榠、袁揆燮、潘云赤、王衮锡、余一淳、吴柏、黄媛介、王端淑、赵承光、于启璋、冯娴、顾长任、钱贞嘉、翁与淑、商景兰、商景徽、毛先舒、顾之琼、彭琬、周蕉、王晜影、黄德贞、唐元观、姚青娥、刘建、柴静仪、孙兰媛、孙蕙媛、胡莲、孙瑶英、吴九思、柳如是、沈榛、彭孙婧,计 43 家,归入明代。此外,依笔者观点,徐灿归入明代;而杨琇、顾姒归入清代。最后,共得清代普通词人、方外词人和闺阁词人计590家。

浙籍清代词人概览表

序号	姓名	占籍	序号	姓名	占籍
1	曹溶	嘉兴	29	谈九干	湖州德清
2	魏学渠	嘉兴嘉善	30	谈九叙	湖州德清
3	王庭	嘉兴	31	胡会恩	湖州德清
4	曹尔堪	嘉兴	32	沈三曾	湖州乌程
5	丁澎	杭州仁和	33	沈涵	湖州归安
6	周宸藻	嘉兴嘉善	34	毛远公	杭州萧山
7	毛际可	杭州遂安	35	彭孙遹	嘉兴海盐
8	洪升	杭州钱塘	36	陈之群	湖州武康
9	支隆求	嘉兴嘉善	37	陆荣	嘉兴平湖
10	陆世楷	嘉兴平湖	38	毛奇龄	杭州萧山
11	闵亥生	湖州乌程	39	景星杓	杭州仁和
12	丁裔沇	嘉兴嘉善	40	朱彝尊	嘉兴秀水
13	张星耀	杭州钱塘	41	王嗣槐	杭州钱塘
14	王晫	杭州仁和	42	罗坤	绍兴会稽
15	高士奇	杭州钱塘	43	李良年	嘉兴秀水
16	吕淇烈	绍兴山阴	44	柯崇朴	嘉兴嘉善
17	金烺	绍兴山阴	45	郑元庆	湖州归安
18	吴秉钧	绍兴山阴	46	潘世暹	湖州乌程
19	何鼎	绍兴山阴	47	李符	嘉兴
20	沈裦年	嘉兴	48	汪森	杭州桐乡
21	孙在丰	湖州归安	49	汪文柏	杭州桐乡
22	徐倬	湖州德清	50	吴之登	宁波余姚
23	闵荣	湖州德清	51	吴兴祚	绍兴山阴
24	王岵	绍兴山阴	52	吴秉仁	绍兴山阴
25	李应机	嘉兴平湖	53	鲁超	绍兴会稽
26	邵锡荣	杭州钱塘	54	陆进	杭州仁和
27	汪鹤孙	杭州钱塘	55	陆次云	杭州钱塘
28	邵瑸	宁波余姚	56	沈丰垣	杭州钱塘

续　表

序号	姓　名	占　籍	序号	姓　名	占　籍
57	杨琇	杭州钱塘	87	郑江	杭州钱塘
58	诸匡鼎	杭州钱塘	88	沈圣昭	杭州仁和
59	沈皞日	嘉兴平湖	89	王锡	杭州仁和
60	吴仪一	杭州钱塘	90	姜垚	宁波余姚
61	陈谋道	嘉兴嘉善	91	周禹吉	杭州钱塘
62	王六吉	杭州分水	92	顾仲清	嘉兴
63	俞士彪	杭州钱塘	93	金标	杭州钱塘
64	沈叔培	杭州钱塘	94	柯炳	嘉兴嘉善
65	沈岸登	嘉兴平湖	95	徐昌薇	杭州钱塘
66	沈进	嘉兴	96	高宗元	杭州钱塘
67	沈季友	嘉兴平湖	97	徐怀仁	嘉兴
68	盛枫	嘉兴秀水	98	黄千人	宁波余姚
69	盛禾	嘉兴秀水	99	许田	杭州钱塘
70	盛本枏	嘉兴秀水	100	查慎行	嘉兴海宁
71	张镳	杭州仁和	101	戴锜	嘉兴
72	龚翔麟	杭州仁和	102	郑培	嘉兴秀水
73	沈尔燝	湖州乌程	103	叶之溶	嘉兴平湖
74	俞兆曾	嘉兴海盐	104	吴思	绍兴山阴
75	沈昆	嘉兴平湖	105	楼俨	金华义乌
76	汤叙	嘉兴海盐	106	陆纶	嘉兴平湖
77	钱肇修	杭州钱塘	107	徐逢吉	杭州钱塘
78	韩献	湖州乌程	108	方启英	金华义乌
79	魏坤	嘉兴嘉善	109	厉鹗	杭州钱塘
80	查嗣瑮	嘉兴海宁	110	徐林鸿	嘉兴海宁
81	范允锅	杭州钱塘	111	王琪	嘉兴
82	董炳文	湖州乌程	112	李式玉	杭州钱塘
83	杨守知	嘉兴海宁	113	许尚质	绍兴会稽
84	韩云	湖州乌程	114	钱瑛	嘉兴嘉善
85	茅麟	湖州归安	115	柳葵	杭州钱塘
86	沈名沧	杭州仁和	116	缪泳	嘉兴

续 表

序号	姓 名	占 籍	序号	姓 名	占 籍
117	柯 煐	嘉兴嘉善	147	陶元藻	绍兴会稽
118	柯刚灿	嘉兴	148	陈荣杰	绍兴会稽
119	王 倩	绍兴山阴	149	张云锦	嘉兴平湖
120	张云锦	杭州仁和	150	陈 皋	杭州钱塘
121	徐 汾	杭州仁和	151	陆天锡	嘉兴平湖
122	吴 沐	杭州萧山	152	汪 宪	杭州钱塘
123	柴 才	杭州钱塘	153	章 恺	嘉兴嘉善
124	汪 筠	嘉兴秀水	154	江炳炎	杭州钱塘
125	丁文衡	杭州仁和	155	陆 烜	嘉兴平湖
126	柯 煜	嘉兴嘉善	156	夏叙典	嘉兴嘉善
127	杨 恒	嘉兴嘉善	157	夏 葛	嘉兴嘉善
128	许昂霄	嘉兴海宁	158	朱芳霭	杭州桐乡
129	张宗楺	嘉兴海盐	159	汪仲鈖	嘉兴秀水
130	董师植	湖州乌程	160	张宗松	嘉兴海盐
131	张玉轮	嘉兴海盐	161	纪复亨	湖州乌程
132	姚世钧	湖州归安	162	周天度	杭州仁和
133	邢汝仁	湖州归安	163	周大枢	绍兴山阴
134	季元春	温州太平	164	王又曾	嘉兴秀水
135	陈 沆	嘉兴海宁	165	钮世楷	嘉兴
136	陆 培	嘉兴平湖	166	孙凤飞	绍兴会稽
137	金 焜	杭州钱塘	167	戴文灯	湖州归安
138	张奕枢	嘉兴平湖	168	黄 庭	杭州钱塘
139	沈修龄	嘉兴平湖	169	沈开勋	嘉兴海盐
140	查 学	嘉兴海宁	170	高文照	湖州武康
141	吴 焯	杭州钱塘	171	董 潮	嘉兴海盐
142	符 曾	杭州钱塘	172	何承燕	杭州仁和
143	金肇銮	杭州钱塘	173	胡奕勋	嘉兴平湖
144	毛士仪	杭州遂安	174	余 集	杭州仁和
145	陈 章	杭州钱塘	175	汪孟铜	嘉兴秀水
146	赵 昱	杭州仁和	176	陈 稬	杭州钱塘

序　号	姓　名	占　籍	序　号	姓　名	占　籍
177	王方恒	嘉兴	207	周嘉猷	嘉兴海宁
178	许瑛	嘉兴	208	沈长春	湖州归安
179	王彝鼎	嘉兴秀水	209	章光曾	湖州归安
180	李稻塍	嘉兴秀水	210	汪如洋	嘉兴秀水
181	王书田	嘉兴	211	程瑜	杭州仁和
182	徐天柱	湖州德清	212	周宗梗	杭州仁和
183	陈朗	嘉兴平湖	213	李汝章	嘉兴秀水
184	严骏生	嘉兴	214	查岐昌	嘉兴海宁
185	张云璈	杭州钱塘	215	方熏	嘉兴石门
186	蒋元龙	嘉兴秀水	216	金德舆	杭州桐乡
187	吴兰庭	湖州归安	217	顾列星	嘉兴秀水
188	沈堡	杭州萧山	218	王树芳	嘉兴
189	陶维垣	绍兴会稽	219	顾澍	杭州钱塘
190	严鼎臣	湖州归安	220	沈振鹭	嘉兴
191	许肇封	嘉兴海宁	221	邵源	嘉兴平湖
192	马纬云	嘉兴海盐	222	张师诚	湖州归安
193	吴锡麟	杭州钱塘	223	陈新	嘉兴海盐
194	汪辉祖	杭州萧山	224	戴敦元	衢州开化
195	徐志鼎	嘉兴平湖	225	孙锡	杭州仁和
196	魏之琇	杭州钱塘	226	叶绍楏	湖州归安
197	王翰青	湖州归安	227	钱清履	嘉兴嘉善
198	宋维藩	湖州归安	228	费融	湖州德清
199	施国祁	湖州乌程	229	沈莲生	嘉兴平湖
200	吴展成	嘉兴	230	李澧	嘉兴
201	黄易	杭州钱塘	231	姜安	杭州钱塘
202	王复	嘉兴秀水	232	邵丰城	嘉兴嘉善
203	李旦华	嘉兴	233	曹言纯	嘉兴
204	张诚	嘉兴平湖	234	曹三选	杭州桐乡
205	皇甫椫	杭州桐乡	235	顾修	嘉兴石门
206	陈珏	嘉兴	236	杨蟠	嘉兴

续 表

序 号	姓 名	占 籍	序 号	姓 名	占 籍
237	张衢	杭州萧山	267	黄安涛	嘉兴嘉善
238	汪仁溥	绍兴山阴	268	戴鼎恒	湖州乌程
239	许宗彦	湖州德清	269	蔡聘珍	杭州萧山
240	钱枚	杭州仁和	270	张应昌	杭州钱塘
241	熊德庆	绍兴山阴	271	沈涛	嘉兴
242	金衍宗	嘉兴秀水	272	吴衡照	杭州仁和
243	李若虚	杭州钱塘	273	李堂	杭州仁和
244	袁通	杭州钱塘	274	徐善迁	嘉兴海宁
245	陈咸庆	嘉兴海盐	275	章黼	杭州仁和
246	柴源	杭州桐乡	276	余铿	金华龙游
247	汪继熊	嘉兴嘉善	277	吴振棫	杭州钱塘
248	叶绍本	湖州归安	278	戴铭金	湖州德清
249	金式玉	杭州仁和	279	王敷	湖州归安
250	徐一麐	嘉兴平湖	280	查奕照	嘉兴嘉善
251	查揆	嘉兴海宁	281	张昌衢	嘉兴
252	冯如璋	湖州德清	282	屈为章	嘉兴平湖
253	吴存楷	杭州钱塘	283	胡金题	嘉兴平湖
254	叶以偯	杭州钱塘	284	胡金胜	嘉兴平湖
255	许乃嘉	杭州仁和	285	沈星炜	杭州仁和
256	朱彭	杭州钱塘	286	马汾	嘉兴
257	孙颢元	杭州仁和	287	冯登府	嘉兴
258	吴骞	嘉兴海宁	288	周樽元	嘉兴嘉善
259	朱人凤	杭州钱塘	289	马洵	嘉兴海宁
260	倪稻孙	杭州仁和	290	汪远孙	杭州钱塘
261	李方湛	杭州仁和	291	汪初	杭州钱塘
262	张鉴	湖州乌程	292	徐球	湖州德清
263	屠倬	杭州钱塘	293	胡重	杭州钱塘
264	蒋沄	嘉兴平湖	294	徐敦叔	湖州德清
265	徐保子	湖州归安	295	袁钧	宁波鄞县
266	李绍城	杭州仁和	296	周世绪	宁波鄞县

序　号	姓　名	占　籍	序号	姓　名	占　籍
297	潘谘	绍兴会稽	327	叶元墀	宁波慈溪
298	严冠	杭州仁和	328	诸嘉杲	杭州仁和
299	王修垆	嘉兴秀水	329	胡咸临	嘉兴
300	梁绍壬	杭州钱塘	330	计光炘	嘉兴秀水
301	董恪	湖州	331	方隽	杭州仁和
302	赵庆熺	杭州仁和	332	许谨身	杭州仁和
303	祝壬林	杭州仁和	333	奚疑	湖州乌程
304	徐金镜	湖州武康	334	陶景义	绍兴会稽
305	朱声希	嘉兴秀水	335	沈爱莲	嘉兴
306	项映薇	嘉兴	336	姚燮	宁波镇海
307	江介	杭州仁和	337	金濂	杭州仁和
308	陈希敬	嘉兴海盐	338	费丹旭	湖州
309	朱紫贵	湖州长兴	339	陆长春	湖州乌程
310	邱登	杭州仁和	340	董蠡舟	湖州乌程
311	龚巩祚	杭州仁和	341	董恂	湖州乌程
312	范锴	湖州乌程	342	余新传	杭州仁和
313	柯万源	嘉兴嘉善	343	张泰初	杭州钱塘
314	汪琨	杭州钱塘	344	黄燮清	嘉兴海盐
315	陈行	杭州仁和	345	魏谦升	杭州钱塘
316	杨凤苞	湖州归安	346	章溥	嘉兴
317	严元照	湖州归安	347	邵建诗	嘉兴
318	赵华恩	嘉兴秀水	348	汪适孙	杭州钱塘
319	倪炜文	湖州归安	349	陈长孺	湖州归安
320	李贻德	嘉兴	350	王锡拯	绍兴山阴
321	杨懋建	嘉兴	351	钮福畴	湖州乌程
322	蔡廷弼	湖州德清	352	陈其泰	嘉兴海盐
323	杨懋麖	嘉兴平湖	353	车伯雅	杭州仁和
324	吴珩	杭州仁和	354	严适	杭州仁和
325	项廷纪	杭州钱塘	355	杨尚观	杭州钱塘
326	黄曾	杭州钱塘	356	许兰身	杭州仁和

续　表

序　号	姓　名	占　籍	序号	姓　名	占　籍
357	金楷	杭州仁和	387	陈裴之	杭州钱塘
358	金楹	杭州仁和	388	冯镗	杭州钱塘
359	康允吉	杭州仁和	389	钟景	嘉兴海宁
360	宋恭敬	杭州桐乡	390	周良邵	宁波鄞县
361	葛景莱	杭州仁和	391	孙悦祖	绍兴会稽
362	赵庆澜	杭州仁和	392	韩泰华	杭州仁和
363	孙瀜	嘉兴秀水	393	高颂禾	杭州仁和
364	钟步崧	嘉兴平湖	394	张道	杭州钱塘
365	殳庆源	杭州钱塘	395	徐鸿谟	杭州仁和
366	张金镛	嘉兴平湖	396	杨国遴	杭州钱塘
367	孙锵鸣	温州瑞安	397	许光治	嘉兴海宁
368	吴廷燮	嘉兴海盐	398	汪日桢	湖州乌程
369	应宝时	金华永康	399	钱祖荫	嘉兴平湖
370	董葆身	杭州钱塘	400	赵福堂	绍兴山阴
371	吴承勋	杭州钱塘	401	周学源	湖州乌程
372	陈元鼎	杭州钱塘	402	徐延祺	湖州乌程
373	张炳堃	嘉兴平湖	403	王思沂	湖州归安
374	孙廷璋	绍兴会稽	404	徐芝淦	湖州德清
375	周惺然	绍兴诸暨	405	刘履芬	衢州江山
376	徐镜清	湖州德清	406	韩钦	杭州萧山
377	周星誉	绍兴山阴	407	刘观藻	衢州江山
378	俞樾	湖州德清	408	张鸣珂	嘉兴
379	秦光第	嘉兴	409	许善长	杭州仁和
380	金绳武	杭州钱塘	410	汪铖	杭州钱塘
381	蒋坦	杭州钱塘	411	魏熙元	杭州仁和
382	洪昌许	杭州钱塘	412	王星诚	绍兴山阴
383	曹籀	杭州仁和	413	徐本立	湖州德清
384	周世绪	宁波鄞县	414	杜文澜	嘉兴秀水
385	金璋	温州永嘉	415	王彦起	杭州钱塘
386	陈祖望	绍兴会稽	416	李煊	湖州乌程

序　号	姓　名	占　籍	序　号	姓　名	占　籍
417	沈景修	嘉兴秀水	447	周元瑞	杭州仁和
418	高望曾	杭州仁和	448	许　增	杭州仁和
419	沈文荧	宁波余姚	449	孙庆曾	绍兴会稽
420	褚荣槐	嘉兴	450	李慈铭	绍兴会稽
421	郑云林	宁波余姚	451	徐　琪	杭州仁和
422	诸可宝	杭州钱塘	452	葛金烺	嘉兴平湖
423	周洪彝	湖州乌程	453	周庆贤	湖州乌程
424	杨锦雯	杭州钱塘	454	周庆森	湖州
425	戚人镱	湖州德清	455	张　预	杭州钱塘
426	江　蓝	杭州仁和	456	吴恩采	杭州钱塘
427	许颂鼎	嘉兴海宁	457	严以盛	湖州归安
428	周星诒	绍兴会稽	458	施　山	绍兴会稽
429	朱衍绪	宁波余姚	459	陆　政	金华兰溪
430	蔡　篴	台州黄岩	460	袁祖志	杭州钱塘
431	谭　献	杭州仁和	461	袁　起	杭州钱塘
432	许德裕	湖州德清	462	丁文蔚	杭州萧山
433	王诒寿	绍兴山阴	463	沈湘衡	绍兴山阴
434	朱文炳	杭州仁和	464	胡廷荣	绍兴山阴
435	岑应麐	绍兴会稽	465	金　元	杭州仁和
436	汪王泉	绍兴山阴	466	胡念修	杭州建德
437	潘　鸿	杭州钱塘	467	郑　琦	杭州仁和
438	张景祁	杭州钱塘	468	唐际虞	嘉兴嘉善
439	周作镕	湖州乌程	469	金　石	绍兴会稽
440	邓秉南	绍兴会稽	470	张上龢	杭州钱塘
441	项　瓒	温州瑞安	471	张传鸿	湖州归安
442	严锡康	杭州桐乡	472	朱方饴	湖州归安
443	丁立诚	杭州钱塘	473	丁三在	杭州钱塘
444	汪行恭	杭州钱塘	474	云门僧	绍兴云门
445	陶方琦	绍兴会稽	475	西湖老僧	杭州
446	朱镜清	湖州归安	476	周道昱	湖州乌程

续表

序 号	姓 名	占 籍	序 号	姓 名	占 籍
477	张谦	嘉兴海盐	507	王兰佩	杭州钱塘
478	徐映玉	杭州钱塘	508	沈宛	湖州乌程
479	钱彻	嘉兴	509	孙云凤	杭州仁和
480	束蘅	湖州乌程	510	孙云鹤	杭州钱塘
481	王琛	湖州乌程	511	钱凤纶	杭州仁和
482	陆瑶英	杭州钱塘	512	钟筼	杭州仁和
483	蔡婉罗	杭州钱塘	513	曹鉴冰	嘉兴嘉善
484	虞兆淑	嘉兴海盐	514	顾姒	杭州钱塘
485	沈佩	杭州桐乡	515	吴瑛	杭州钱塘
486	胡慎仪	绍兴山阴	516	陈素安	杭州仁和
487	胡慎容	绍兴山阴	517	钟韫	杭州仁和
488	俞浚	杭州仁和	518	彭贞隐	嘉兴海盐
489	毛媞	杭州钱塘	519	沈彩	嘉兴平湖
490	丁瑜	湖州长兴	520	李佩金	绍兴山阴
491	王炜	嘉兴海盐	521	汪蘅	杭州仁和
492	顾瑶华	杭州钱塘	522	孙荪蕙	杭州仁和
493	徐简	嘉兴	523	梁德绳	杭州钱塘
494	吴氏	湖州归安	524	屈凤辉	嘉兴平湖
495	吴湘	杭州钱塘	525	李畹	嘉兴
496	王芳与	杭州仁和	526	许延祁	湖州德清
497	丁一揆	杭州钱塘	527	黄履	杭州钱塘
498	严曾杼	杭州余杭	528	袁淑	杭州钱塘
499	吴碧	杭州仁和	529	袁青	杭州钱塘
500	闵怀英	杭州钱塘	530	袁嘉	杭州钱塘
501	杨绛子	嘉兴	531	袁绶	杭州钱塘
502	葛宜	嘉兴海宁	532	吴藻	杭州仁和
503	鲍芳蒨	杭州余杭	533	赵我佩	杭州仁和
504	申蕙	嘉兴秀水	534	戴韫玉	湖州归安
505	王璋	杭州钱塘	535	汪菊孙	杭州钱塘
506	许传姒	宁波余姚	536	许英	杭州钱塘

续　表

序　号	姓　名	占　籍	序　号	姓　名	占　籍
537	陈素贞	嘉兴嘉善	564	戴　珊	杭州钱塘
538	汪仲媛	杭州钱塘	565	朱美英	杭州钱塘
539	石锦绣	绍兴会稽	566	严永华	杭州桐乡
540	蒋纫兰	嘉兴嘉善	567	方怀英	杭州钱塘
541	钱斐仲	湖州秀水	568	包韫珍	嘉兴秀水
542	沈允慎	杭州仁和	569	王文瑞	嘉兴
543	苏始芳	湖州归安	570	邓　瑜	杭州钱塘
544	徐　菡	湖州乌程	571	王　淑	杭州仁和
545	赵　棻	湖州乌程	572	钱令芬	绍兴山阴
546	朱　玙	嘉兴海盐	573	戴　锦	湖州吴兴
547	查　慧	杭州钱塘	574	钱启缯	湖州归安
548	谈印梅	湖州归安	575	叶静宜	杭州仁和
549	关　锳	杭州钱塘	576	叶澹宜	杭州仁和
550	陈　嘉	杭州仁和	577	叶翰仙	杭州仁和
551	沈善宝	杭州钱塘	578	蒋　英	嘉兴海昌
552	凌祉媛	杭州钱塘	579	许诵珠	湖州归安
553	陆　珊	杭州钱塘	580	戴　青	湖州归安
554	陈珍瑶	湖州归安	581	俞绣孙	杭州钱塘
555	阮恩滦	杭州钱塘	582	屈蕙纕	台州临海
556	汪淑娟	杭州钱塘	583	俞庆曾	湖州德清
557	郑兰孙	杭州钱塘	584	徐云芝	杭州仁和
558	孙莹培	杭州仁和	585	徐裕馨	杭州仁和
559	秦　云	杭州萧山	586	查若筠	嘉兴秀水
560	陈尔士	嘉兴	587	劳　纺	嘉兴秀水
561	汤湘芷	杭州钱塘	588	许德韫	杭州仁和
562	沈　蕊	杭州桐乡	589	胡　蓁	杭州仁和
563	龚自璋	杭州钱塘	590	陆　蒨	杭州

在上表中,杭州词人 243 家,嘉兴词人 175 家,湖州词人 97 家,绍兴词人 47 家,宁波词人 14 家,金华 5 家,温州 4 家,衢州 3 家,台州 2 家。不难发现,清代浙西地区确实已成为词学渊薮。浙江东北部的绍、宁地区,也诞生了不少优秀

词人。

不过,现在看来,周庆云《历代两浙词人小传》所录,远非清代浙江词坛的全貌。张宏生先生主编之《全清词》,已出版顺康、雍乾两卷及顺康卷补编(以下有时分别省称《顺康词》、《雍乾词》及《顺康补》)①。笔者据此三书进行统计,即已得浙籍词家 985 人、词作 29907 首,这里面尚不包括《全明词》及《全明词补编》和《顺康词》重复收录的 160 余家。不难推想,有清一代浙江地区词体创作的成果是十分惊人的。与大词史一致,清代也是浙江词史的繁荣期、复兴期和集成期。

兹将两浙清代顺康两朝所存 727 位词家、19626 首词作,雍乾两朝 256 位词家、9795 首词作,俱列表展示如下:

清顺康两朝浙籍词家及其存词一览表

序 号	姓 名	占 籍	存词	序 号	姓 名	占 籍	存词
1	顾若群	杭州钱塘	2	19	张文懋	杭州	1
2	方大猷	湖州乌程	6	20	孙起蟠	杭州	1
3	归淑芬	嘉兴	64	21	徐孺煌	杭州	1
4	王召	湖州吴兴	1	22	邵再登	杭州	1
5	蔡诒来	湖州吴兴	1	23	章勘功	杭州	1
6	徐启明	杭州禹航	1	24	杨润征	杭州	1
7	陈祜	杭州	1	25	陈之桯	杭州	1
8	许日舟	杭州	1	26	释正岩	杭州仁和	18
9	叶光耀	杭州新城	162	27	徐咸清	绍兴上虞	5
10	查继佐	嘉兴海宁	4	28	王庭	嘉兴	277
11	沈擎	嘉兴秀水	5	29	傅静芬	杭州钱塘	1
12	冯恺章	宁波慈溪	3	30	陈之遴	嘉兴海宁	100
13	蒋应仔	绍兴山阴	1	31	陈之暹	嘉兴海宁	2
14	叶生	杭州仁和	1	32	陈洁	嘉兴海宁	5
15	屠粹忠	宁波鄞县	12	33	吴亮中	嘉兴嘉善	9
16	钱尔复	嘉兴海盐	6	34	冯肇杞	绍兴会稽	5
17	孙士元	杭州	10	35	王舟瑶	杭州余杭	4
18	邵圣锡	杭州	1	36	潘最	台州黄岩	2

---

① 张宏生主编《全清词·雍乾卷》(全十六册),南京大学出版社 2012 年版。

续　表

序号	姓名	占籍	存词	序号	姓名	占籍	存词
37	曹溶	嘉兴秀水	287	67	徐旭升	杭州钱塘	25
38	丁彦	嘉兴嘉善	2	68	徐旭昌	杭州钱塘	1
39	陆阶	杭州钱塘	1	69	徐业圻	杭州钱塘	21
40	沈九如	杭州钱塘	1	70	周世荣	杭州钱塘	20
41	李煊	嘉兴嘉善	1	71	吴景斌	杭州钱塘	7
42	朱万花	杭州	3	72	沈圣昭	杭州仁和	5
43	陆瑶林	嘉兴平湖	164	73	沈圣清	杭州仁和	1
44	王枢	杭州仁和	1	74	陈云武	杭州钱塘	1
45	严渡	杭州余杭	12	75	李式玉	杭州钱塘	13
46	严沆	杭州余杭	14	76	吴枌	杭州仁和	1
47	王芳与	杭州仁和	2	77	周禹吉	杭州钱塘	3
48	曹尔坊	嘉兴嘉善	4	78	沈霆发	嘉兴嘉善	1
49	曹尔植	嘉兴嘉善	4	79	沈世培	杭州钱塘	1
50	曹尔埏	嘉兴嘉善	4	80	沈叔培	杭州仁和	4
51	曹尔垣	嘉兴嘉善	5	81	张竞光	杭州钱塘	1
52	王猷	杭州钱塘	12	82	沈元琨	杭州仁和	6
53	余缙	绍兴诸暨	21	83	高云龙	杭州钱塘	1
54	杨绛子	嘉兴	1	84	诸九鼎	杭州钱塘	4
55	钱德震	嘉兴嘉善	5	85	诸匡鼎	杭州钱塘	9
56	诸长祚	宁波余姚	1	86	孙圣兰	嘉兴嘉善	2
57	姜希辙	绍兴山阴	1	87	吕师濂	绍兴山阴	15
58	张纲孙	杭州钱塘	20	88	李滢	宁波鄞县	1
59	张振孙	杭州钱塘	2	89	胡埏	杭州钱塘	3
60	张士茂	杭州仁和	4	90	孙缵祖	嘉兴嘉善	2
61	柯耸	嘉兴嘉善	3	91	裘昌今	嘉兴	1
62	陆埜	嘉兴平湖	46	92	胡莆	嘉兴嘉善	1
63	吴秉仁	绍兴山阴	77	93	钱廷枚	杭州仁和	3
64	孙兴宗	杭州钱塘	4	94	王有尚	绍兴	3
65	茅麟	湖州归安	76	95	何廷相	嘉兴嘉善	1
66	徐旭旦	杭州钱塘	598	96	蒋睿	嘉兴嘉善	4

续表

序 号	姓 名	占 籍	存词	序 号	姓 名	占 籍	存词
97	汪棨	杭州钱塘	1	127	王崿	绍兴山阴	2
98	王业	丽水遂昌	1	128	姚袁鉴	嘉兴	1
99	顾珵美	嘉兴嘉善	7	129	张甸	杭州	1
100	陈谋道	嘉兴嘉善	12	130	沈窠	嘉兴嘉善	5
101	戈元颖	嘉兴嘉善	9	131	郁荃	嘉兴嘉善	1
102	沈淀	嘉兴嘉善	3	132	郁自振	嘉兴嘉善	2
103	沈湛	嘉兴嘉善	6	133	孙复炜	嘉兴嘉善	4
104	朱梦来	嘉兴嘉善	1	134	陈晖吉	嘉兴嘉善	2
105	朱泗滫	嘉兴嘉善	2	135	陈学谦	嘉兴嘉善	3
106	沈玄龄	嘉兴嘉善	3	136	陈谊臣	嘉兴嘉善	2
107	沈受祜	嘉兴嘉善	2	137	盛峣	嘉兴嘉善	1
108	沈受祉	嘉兴嘉善	1	138	孙锆	嘉兴嘉善	1
109	沈权之	嘉兴嘉善	1	139	孙涛	嘉兴嘉善	3
110	毛羽宸	嘉兴嘉善	7	140	王岵	绍兴山阴	2
111	王琪	嘉兴嘉善	1	141	喻捻	嘉兴梅里	3
112	周遇缘	杭州仁和	1	142	顾戬宜	嘉兴嘉善	4
113	李光尧	嘉兴嘉善	1	143	仲九皋	杭州	2
114	李应机	嘉兴嘉善	133	144	仲九章	杭州钱塘	2
115	郑人表	宁波镇海	1	145	张宇泰	杭州仁和	1
116	潘时升	湖州安吉	2	146	徐沁	金华兰溪	188
117	柳星	宁波慈溪	1	147	李明岳	嘉兴	1
118	吴统持	嘉兴	1	148	柴望	杭州仁和	1
119	项佩	嘉兴秀水	1	149	毛蕃	嘉兴嘉善	9
120	张辰	嘉兴嘉善	1	150	毛楠	嘉兴嘉善	1
121	金长舆	杭州仁和	5	151	毛棚	嘉兴嘉善	2
122	陆淮	嘉兴嘉善	5	152	毛穗	嘉兴嘉善	2
123	徐然	嘉兴	1	153	王璐	杭州余杭	1
124	凌如升	嘉兴嘉善	1	154	陆世楷	嘉兴平湖	7
125	凌如恒	嘉兴嘉善	11	155	陈增新	嘉兴嘉善	6
126	孙以镎	嘉兴嘉善	6	156	陈钺	嘉兴嘉善	1

序号	姓名	占籍	存词	序号	姓名	占籍	存词
157	魏学渠	嘉兴嘉善	405	187	傅感丁	杭州钱塘	3
158	魏允枚	嘉兴嘉善	8	188	张我朴	嘉兴嘉善	3
159	魏允札	嘉兴嘉善	181	189	陈璜	台州临海	1
160	魏允桓	嘉兴嘉善	1	190	王蔚章	杭州钱塘	1
161	邵锡荣	杭州仁和	61	191	关仙渠	杭州钱塘	3
162	沈绍祥	杭州	1	192	陆槑	嘉兴平湖	2
163	王绍雍	杭州钱塘	3	193	蒋玉立	嘉兴嘉善	4
164	沈载锡	杭州	2	194	卓天寅	杭州仁和	1
165	袁英	杭州新城	1	195	董衡	湖州乌程	2
166	陈舒	嘉兴嘉善	1	196	沈兆琏	杭州钱塘	1
167	马绍曾	嘉兴平湖	2	197	何祖仁	嘉兴嘉善	1
168	王绍隆	嘉兴海宁	2	198	陈景鳌	杭州仁和	4
169	毛万龄	杭州萧山	4	199	蒋会贞	嘉兴嘉善	2
170	盛际斯	嘉兴嘉善	1	200	卓麟异	杭州仁和	8
171	吴启思	湖州归安	16	201	方象璜	杭州遂安	1
172	徐白	嘉兴嘉善	9	202	顾豹文	杭州钱塘	4
173	董炳文	湖州乌程	100	203	包景行	杭州钱塘	1
174	何思	绍兴山阴	83	204	陈敳永	嘉兴海宁	1
175	金敬敷	绍兴山阴	4	205	何元英	嘉兴秀水	1
176	蒋璟	嘉兴嘉善	4	206	洪若皋	台州临海	1
177	周宏藻	嘉兴嘉善	2	207	周宸藻	嘉兴嘉善	2
178	王溶	杭州钱塘	1	208	许风	杭州钱塘	1
179	姚鉴	杭州	1	209	杨枉度	杭州钱塘	1
180	杨鹤鸣	嘉兴嘉善	1	210	张鹏	宁波	3
181	顾秉坚	嘉兴嘉善	1	211	胡兆凤	绍兴山阴	3
182	徐功燮	嘉兴嘉善	2	212	郁褒	嘉兴嘉善	1
183	程光禋	杭州钱塘	8	213	徐之凯	衢州西安	3
184	童雯	杭州仁和	2	214	俞灏	杭州仁和	4
185	胡亦堂	宁波慈溪	2	215	钱元修	杭州钱塘	1
186	李钱琇	嘉兴桐乡	1	216	屠梓忠	宁波鄞县	2

续 表

序 号	姓 名	占 籍	存 词	序 号	姓 名	占 籍	存 词
217	钟韫	杭州仁和	11	247	项灏	杭州	1
218	金镇	绍兴山阴	9	248	汤显宗	杭州钱塘	1
219	丁澎	杭州仁和	245	249	李璇	杭州	4
220	丁洁	杭州仁和	13	250	王廷标	嘉兴嘉善	2
221	汪蟾	杭州仁和	16	251	徐之陵	嘉兴嘉善	1
222	丁一揆	杭州仁和	2	252	吕升	嘉兴嘉善	3
223	周嗣训	宁波鄞县	3	253	丁胤佺	嘉兴嘉善	5
224	支遵范	嘉兴嘉善	2	254	朱以洽	嘉兴嘉善	3
225	支隆求	嘉兴嘉善	2	255	潘睿隆	杭州钱塘	5
226	鲁超	绍兴会稽	14	256	胡嗣显	杭州	1
227	孙铢	嘉兴嘉善	11	257	王尧臣	宁波慈溪	1
228	沈鏄	嘉兴嘉善	2	258	赵宪斌	杭州仁和	3
229	严胤肇	湖州归安	1	259	徐倬	湖州德清	103
230	陈哲庸	嘉兴嘉善	6	260	项奎	嘉兴秀水	1
231	颜黄	嘉兴嘉善	1	261	陈祚明	杭州仁和	52
232	钱燫	嘉兴嘉善	4	262	陈晋明	杭州钱塘	1
233	钱炯	嘉兴嘉善	6	263	丁珝	湖州吴兴	17
234	钱煐	嘉兴嘉善	14	264	沈兰	嘉兴秀水	2
235	陆凝	嘉兴嘉善	2	265	沈贞永	嘉兴	11
236	支毓祺	嘉兴嘉善	4	266	周篁	嘉兴秀水	3
237	褚伟	嘉兴嘉善	2	267	周赟	嘉兴	34
238	王国瑛	嘉兴嘉善	3	268	王倩	绍兴山阴	128
239	孙元鉴	嘉兴嘉善	1	269	沈忆年	嘉兴	92
240	孙雯镜	嘉兴嘉善	3	270	董汉策	湖州吴兴	152
241	吕鼐	嘉兴嘉善	4	271	冯梦祖	绍兴诸暨	108
242	王恺	嘉兴嘉善	2	272	毛奇龄	杭州萧山	348
243	徐学龙	杭州钱塘	1	273	屠紫珍	嘉兴	1
244	叶素娘	台州临海	2	274	屠�佩	嘉兴	12
245	洪氏	台州临海	1	275	李瑞卿	杭州钱塘	3
246	张亨梧	台州天台	1	276	吴山涛	杭州钱塘	1

序　号	姓　名	占　籍	存　词	序　号	姓　名	占　籍	存　词
277	韩纯玉	湖州归安	93	307	陈　槐	台州黄岩	3
278	陆　进	杭州余杭	434	308	洪云来	杭州钱塘	28
279	陆曾禹	杭州钱塘	4	309	沈丰垣	杭州钱塘	228
280	金　璐	杭州钱塘	2	310	杨　琇	杭州钱塘	11
281	王武功	杭州钱塘	3	311	俞　璥	杭州钱塘	3
282	俞美英	杭州钱塘	7	312	陆　浣	湖州德清	5
283	俞士彪	杭州钱塘	216	313	章士麒	杭州仁和	8
284	姜光祚	杭州仁和	1	314	朱　纪	杭州	1
285	周郃孙	杭州钱塘	2	315	朱　溥	杭州仁和	1
286	姜培胤	杭州仁和	10	316	罗　镛	绍兴会稽	1
287	张应参	杭州钱塘	1	317	朱茂晭	嘉兴檇李	95
288	邵斯贞	杭州	2	318	沈用济	杭州钱塘	6
289	王倩玉	杭州武林	1	319	沈　沣	杭州仁和	2
290	邵斯扬	杭州余杭	5	320	姚期颖	杭州	2
291	邵斯衡	杭州余杭	1	321	陈可先	杭州钱塘	3
292	徐无为	嘉兴秀水	1	322	释宏修	绍兴山阴	1
293	陆曾绍	杭州仁和	2	323	金之坚	杭州钱塘	3
294	姜锡熊	杭州仁和	2	324	邵锡申	杭州余杭	1
295	张泰飏	杭州	3	325	仲　恒	杭州仁和	997
296	顾有年	杭州钱塘	9	326	钟　筠	杭州仁和	34
297	柴　震	杭州钱塘	5	327	钟嗣瑠	杭州仁和	4
298	聂鼎元	杭州钱塘	6	328	王鸿宇	嘉兴	5
299	陈　恭	杭州仁和	1	329	项景襄	杭州钱塘	2
300	翁远业	杭州仁和	1	330	沈　进	嘉兴嘉善	10
301	俞文辉	杭州钱塘	3	331	沈良诒	嘉兴嘉善	2
302	陆　隽	杭州仁和	2	332	史先震	嘉兴	1
303	张郿曾	杭州	1	333	姜宸英	宁波慈溪	3
304	张台柱	杭州钱塘	138	334	吴之登	宁波余姚	9
305	柴际溶	杭州钱塘	1	335	朱彝尊	嘉兴秀水	657
306	李际旿	台州黄岩	3	336	虞兆淑	嘉兴海盐	1

续 表

序 号	姓 名	占 籍	存 词	序 号	姓 名	占 籍	存 词
337	沈尔璟	湖州乌程	188	367	张天锡	杭州	1
338	徐旭龄	杭州钱塘	1	368	李良年	嘉兴	110
339	徐长龄	杭州钱塘	109	369	章晒	杭州余杭	5
340	吴秉钧	绍兴山阴	30	370	柳葵	杭州钱塘	4
341	陆莱	嘉兴平湖	223	371	朱遹岁	嘉兴嘉善	3
342	方炳	绍兴会稽	208	372	杨之顺	杭州钱塘	3
343	徐嘉炎	嘉兴秀水	60	373	周霂	杭州钱塘	2
344	彭孙遹	嘉兴海盐	217	374	倪濂	杭州仁和	1
345	鲍芳倩	杭州余杭	3	375	王暐	杭州仁和	6
346	宋俊	绍兴山阴	207	376	张远	杭州萧山	1
347	姜垚	绍兴会稽	168	377	徐汾	杭州仁和	5
348	吴棠桢	绍兴山阴	167	378	龚廷钧	嘉兴嘉善	1
349	葛宜	嘉兴海宁	13	379	吴升	杭州萧山	1
350	吴兴祚	绍兴山阴	25	380	史许	绍兴山阴	2
351	王复礼	绍兴山阴	1	381	徐勉	绍兴山阴	1
352	吴嘉枚	杭州钱塘	63	382	孙凤仪	杭州钱塘	2
353	何之杰	杭州萧山	1	383	孙琮	嘉兴嘉善	106
354	吴农祥	杭州钱塘	11	384	吕洪烈	绍兴山阴	14
355	方象瑛	杭州遂安	1	385	钱士赟	嘉兴嘉善	14
356	王廷璋	杭州仁和	5	386	钱黯	嘉兴嘉善	1
357	吴沐	杭州萧山	2	387	陆次云	杭州钱塘	167
358	周中玉	杭州钱塘	1	388	韩铨	杭州	3
359	毛际可	杭州遂安	192	389	陈调元	杭州钱塘	1
360	李绳远	嘉兴	1	390	陆本征	杭州	4
361	吴自求	嘉兴嘉善	4	391	陆信征	杭州钱塘	1
362	詹夔锡	杭州钱塘	4	392	孙序皇	嘉兴嘉善	4
363	沈萧	嘉兴嘉善	2	393	柯崇朴	嘉兴嘉善	151
364	吴陈炎	杭州钱塘	131	394	柯维桢	嘉兴嘉善	7
365	陆鸿图	杭州	3	395	罗坤	绍兴会稽	13
366	沈圣祥	嘉兴海宁	2	396	贺炳	嘉兴海宁	9

序　号	姓　名	占　籍	存　词	序　号	姓　名	占　籍	存　词
397	周之道	杭州萧山	61	427	严曾模	杭州余杭	2
398	姜　启	绍兴会稽	2	428	沈长益	杭州钱塘	1
399	丁裔沆	嘉兴嘉善	3	429	严曾杼	杭州余杭	10
400	徐林鸿	嘉兴海宁	3	430	沈长豫	杭州钱塘	2
401	周斯盛	宁波鄞县	336	431	高　士	嘉兴海宁	2
402	周斯垣	宁波鄞县	1	432	沈胤范	绍兴山阴	2
403	徐　邺	杭州仁和	2	433	蒋汉纪	杭州仁和	4
404	周　雯	杭州钱塘	5	434	吴相如	杭州仁和	1
405	丁　白	杭州钱塘	3	435	钱　櫄	杭州仁和	1
406	陆瑶英	杭州钱塘	2	436	谢起蛟	杭州钱塘	1
407	杜致远	嘉兴	17	437	朱　敞	丽水处州	2
408	释济日	金华婺州	7	438	沈　游	杭州仁和	2
409	郑维飚	丽水缙云	3	439	吴　艾	杭州	1
410	谢为宪	宁波鄞县	1	440	邵德延	杭州钱塘	1
411	谢为衡	宁波鄞县	3	441	卓允域	杭州仁和	1
412	徐　灏	杭州钱塘	6	442	何　鼎	绍兴山阴	107
413	许昂霄	嘉兴海宁	10	443	臧眉锡	湖州长兴	30
414	陈　枚	杭州	3	444	王　沆	嘉兴	1
415	任己任	杭州萧山	1	445	沈皞日	嘉兴平湖	87
416	李　符	嘉兴	181	446	唐之凤	湖州乌程	239
417	吴复一	杭州仁和	1	447	唐遂功	湖州乌程	2
418	徐懋昭	宁波鄞县	1	448	释德成	湖州乌程	1
419	范　炜	宁波鄞县	1	449	朱　辂	嘉兴平湖	1
420	周振瑗	嘉兴嘉善	1	450	虞文彪	嘉兴海宁	1
421	陈　论	嘉兴海宁	2	451	吴之振	嘉兴石门	1
422	沈嘉诏	杭州	3	452	徐怀仁	嘉兴	13
423	严曾榘	杭州余杭	10	453	陈喆伦	嘉兴嘉善	6
424	严曾业	杭州余杭	1	454	金　烺	绍兴山阴	308
425	严曾执	杭州余杭	1	455	胡大溁	杭州仁和	2
426	严曾相	杭州余杭	4	456	张　昊	杭州钱塘	2

续 表

序 号	姓 名	占 籍	存 词	序 号	姓 名	占 籍	存 词
457	毛 媞	杭州仁和	4	487	李将开	金华兰溪	1
458	徐吴升	杭州钱塘	132	488	徐 潮	杭州钱塘	1
459	孙在丰	湖州归安	2	489	王元珠	嘉兴嘉善	1
460	丁 瑜	湖州长兴	9	490	周青霞	杭州西湖	1
461	黄敬修	杭州钱塘	2	491	陈奕禧	嘉兴海宁	4
462	黄弘修	杭州钱塘	2	492	傅 鑅	杭州钱塘	1
463	钱凤纶	杭州钱塘	25	493	刘淑章	杭州	3
464	顾 姒	杭州钱塘	15	494	郑景会	宁波慈溪	204
465	黄 延	杭州仁和	2	495	俞 浚	杭州仁和	7
466	黄 墀	杭州仁和	1	496	许尚质	绍兴山阴	172
467	黄 扉	杭州仁和	1	497	韩 裴	湖州乌程	29
468	黄藻修	杭州仁和	1	498	钱 霞	嘉兴嘉善	3
469	吴芳珍	杭州钱塘	1	499	骆仁姃	杭州	1
470	钱肇修	杭州钱塘	125	500	黄千人	宁波余姚	1
471	钱来修	杭州钱塘	7	501	沈 谦	杭州仁和	219
472	洪 升	杭州钱塘	13	502	沈谦益	杭州仁和	2
473	吴仪一	杭州钱塘	20	503	向茂英	宁波慈溪	2
474	钱 璜	杭州钱塘	3	504	陈 昌	嘉兴嘉善	5
475	高士奇	嘉兴平湖	96	505	董宗元	杭州余杭	1
476	董师植	湖州乌程	3	506	陈霆万	嘉兴嘉善	1
477	魏 坤	嘉兴嘉善	18	507	曹鉴平	嘉兴嘉善	35
478	魏儒照	嘉兴嘉善	1	508	曹鉴章	嘉兴嘉善	5
479	魏儒勋	嘉兴嘉善	1	509	曹鉴征	嘉兴嘉善	4
480	魏哲嗣	嘉兴嘉善	1	510	金 侃	杭州仁和	1
481	柯刚灿	嘉兴嘉善	2	511	钱 晔	嘉兴嘉善	1
482	曹 章	绍兴古虞	87	512	沈士则	杭州仁和	2
483	沈心友	杭州	4	513	凌克藩	杭州钱塘	1
484	孙 炌	嘉兴嘉善	7	514	沈 炳	杭州钱塘	1
485	李淑昭	金华兰溪	3	515	张云锦	杭州仁和	17
486	李淑慧	金华兰溪	3	516	王 燮	嘉兴	1

序　号	姓　名	占　籍	存　词	序　号	姓　名	占　籍	存　词
517	汪鹤孙	杭州钱塘	60	547	沈　栗	嘉兴嘉善	22
518	马　翀	杭州富阳	1	548	胡会恩	湖州德清	31
519	沈岸登	嘉兴平湖	87	549	汪　霦	杭州钱塘	5
520	查慎行	嘉兴海宁	234	550	翁　嵒	嘉兴海宁	1
521	杨大龄	杭州	1	551	张　韬	嘉兴海宁	4
522	邬汝霖	杭州仁和	1	552	毛远公	杭州萧山	7
523	张　翀	杭州临安	1	553	沈仁敷	绍兴	1
524	沈　涵	湖州归安	1	554	赵　泗	嘉兴平湖	2
525	沈家恒	杭州钱塘	3	555	戴镜曾	杭州萧山	1
526	钱　琰	嘉兴桐乡	8	556	刘又伶	嘉兴嘉善	1
527	朱昆田	嘉兴秀水	2	557	詹弘仁	杭州仁和	1
528	李　镜	嘉兴	1	558	蔡　耀	嘉兴	1
529	钱瑞征	嘉兴海盐	1	559	陈之群	湖州武康	1
530	钱　枋	嘉兴桐乡	1	560	周　珂	嘉兴嘉善	10
531	赵维藩	绍兴山阴	39	561	卓允基	杭州仁和	3
532	沈　翼	嘉兴	2	562	沈　氏	绍兴会稽	2
533	闵　荣	嘉兴	4	563	王修玉	杭州仁和	1
534	戴　锜	嘉兴	8	564	陆树骏	湖州乌程	3
535	冯　景	杭州钱塘	2	565	金　标	杭州钱塘	1
536	李葵生	嘉兴嘉善	35	566	施　鉴	嘉兴	4
537	顾璟芳	嘉兴	25	567	黄景昭	嘉兴海盐	2
538	查嗣瑮	嘉兴海宁	8	568	沈士立	嘉兴	1
539	顾仲清	嘉兴	4	569	蒋国荣	嘉兴嘉善	1
540	汪　森	嘉兴桐乡	154	570	曹鉴伦	嘉兴嘉善	2
541	释慧海	杭州	2	571	吴任臣	杭州仁和	2
542	朱愿为	嘉兴海宁	1	572	许先甲	杭州	2
543	冯　瑛	丽水宣平	3	573	俞公谷	绍兴会稽	119
544	张曾提	嘉兴海宁	4	574	陈曾蓂	绍兴山阴	1
545	沈三曾	湖州乌程	57	575	沈大纶	宁波慈溪	1
546	毛升芳	杭州遂安	2	576	金　张	杭州钱塘	6

续表

序　号	姓　名	占　籍	存词	序　号	姓　名	占　籍	存词
577	卓令式	杭州仁和	7	607	沈季友	嘉兴平湖	7
578	宋琦	杭州仁和	3	608	沈尔煜	湖州	1
579	吕澳	杭州仁和	3	609	沈淑兰	湖州吴兴	58
580	卓长龄	杭州仁和	7	610	蔡升元	湖州德清	3
581	卓松龄	杭州仁和	8	611	吴周瑾	嘉兴嘉善	1
582	卓龄	杭州	5	612	汤叙	嘉兴海盐	1
583	卓灿	杭州仁和	4	613	丁璜	嘉兴嘉善	2
584	沈宛	湖州乌程	5	614	郑梁	宁波慈溪	3
585	吴湘	杭州钱塘	6	615	蔡士麟	宁波鄞县	1
586	吴碧	杭州仁和	4	616	吕澄	杭州仁和	2
587	顾姒	杭州钱塘	15	617	邵延龄	嘉兴平湖	1
588	林以宁	杭州钱塘	3	618	陈成水	嘉兴海宁	6
589	林枚	嘉兴秀水	1	619	江纫佩	湖州	2
590	徐张珠	杭州钱塘	2	620	蒋廷栋	嘉兴嘉善	1
591	徐昌薇	杭州钱塘	24	621	关仙圃	杭州钱塘	1
592	赵瑜	湖州武康	1	622	徐体仁	杭州萧山	1
593	许傅奶	宁波余姚	2	623	沈夏铤	嘉兴嘉善	1
594	周稌	宁波慈溪	3	624	龚翔麟	杭州仁和	190
595	李琇	嘉兴桐乡	3	625	吴启元	杭州新安	111
596	陆焕光	嘉兴平湖	1	626	钱永基	嘉兴嘉善	3
597	孙蕖	嘉兴嘉善	1	627	蔡琳	杭州萧山	1
598	周振璜	嘉兴嘉善	5	628	严允弘	湖州归安	1
599	汪光被	杭州仁和	3	629	赵嗣贤	宁波鄞县	1
600	倪晋	嘉兴嘉善	4	630	陈仲永	嘉兴海宁	7
601	俞兆曾	嘉兴海盐	16	631	陈慈永	嘉兴海宁	10
602	赵昱	绍兴上虞	24	632	韩献	湖州乌程	4
603	侯嘉翻	台州临海	37	633	高式青	杭州仁和	9
604	沈昆	湖州乌程	3	634	胡荣	杭州钱塘	25
605	蒋光祖	嘉兴嘉善	54	635	□殿英	杭州钱塘	19
606	沈峒	嘉兴平湖	1	636	李炯	嘉兴嘉善	2

序　号	姓　名	占　籍	存词	序　号	姓　名	占　籍	存词
637	陈至言	杭州萧山	66	667	柯煜	嘉兴嘉善	186
638	王绍曾	杭州仁和	1	668	柯煐	嘉兴嘉善	4
639	王升	杭州仁和	1	669	柯炳	嘉兴嘉善	3
640	朱崇文	杭州	1	670	许田	杭州钱塘	16
641	丁介	杭州仁和	109	671	商采	绍兴山阴	4
642	王鹏	金华	23	672	袁莲似	杭州西湖	2
643	马若虚	杭州钱塘	2	673	王用说	绍兴会稽	2
644	王霖	绍兴山阴	74	674	何倬炎	杭州萧山	1
645	叶之溶	嘉兴平湖	1	675	龚在璇	嘉兴嘉善	3
646	朱樟	杭州钱塘	84	676	沈嘉	嘉兴嘉善	1
647	范允锁	杭州钱塘	2	677	盛枫	嘉兴嘉善	100
648	谈九叙	湖州德清	217	678	盛禾	嘉兴嘉善	136
649	孙在中	湖州吴兴	330	679	盛本枬	嘉兴嘉善	74
650	周芳	宁波慈溪	1	680	吴嗣广	嘉兴海宁	1
651	汪文柏	嘉兴桐乡	56	681	王锡	杭州仁和	37
652	马福娥	嘉兴平湖	7	682	胡应宸	嘉兴嘉善	33
653	何黄	嘉兴	3	683	郑允达	衢州西安	14
654	姜氏	嘉兴嘉善	2	684	顾琦芳	嘉兴嘉善	19
655	黄之传	宁波鄞县	1	685	徐文驹	宁波鄞县	3
656	马诠	杭州钱塘	3	686	柴才	杭州钱塘	128
657	林之松	台州太平	5	687	毛季连	杭州余暨	
658	姚之骃	杭州钱塘	213	688	王士瀚	绍兴山阴	2
659	姚炳	杭州钱塘	90	689	王璋	杭州钱塘	3
660、	赵式	绍兴诸暨	157	690	宋维藩	杭州建德	7
661	顾瑶华	杭州钱塘	11	691	沈堡	杭州萧山	229
662	罗文颕	绍兴会稽	255	692	姚大祯	杭州钱塘	196
663	沈佩	嘉兴桐乡	13	693	朱梅	嘉兴嘉善	1
664	潘世暹	湖州乌程	1	694	钱彻	嘉兴	1
665	方桑者	宁波鄞县	113	695	李涵	杭州钱塘	18
666	王嗣槐	杭州仁和	4	696	范廷培	宁波鄞县	1

续 表

序号	姓名	占籍	存词	序号	姓名	占籍	存词
697	范廷辅	宁波鄞县	1	713	严怀熊	杭州余杭	9
698	周祖丰	宁波鄞县	1	714	姜汝彭	湖州归安	50
699	刘天相	宁波慈溪	1	715	陈敬璋	嘉兴海宁	2
700	张昌言	嘉兴平湖	1	716	徐善迁	嘉兴海宁	24
701	沈树本	湖州归安	50	717	吴玉辉	嘉兴海宁	27
702	陆自震	杭州钱塘	3	718	郑培	嘉兴秀水	4
703	沈渭	杭州钱塘	1	719	袁旦釜	宁波慈溪	2
704	刘锡勇	嘉兴平湖	1	720	董德镜	宁波鄞县	1
705	朱彝爵	嘉兴	22	721	韩云	湖州乌程	6
706	徐简	嘉兴	2	722	应声振	台州黄岩	2
707	冯体婧	湖州归安	8	723	张秉甄	台州临海	4
708	楼俨	金华义乌	282	724	王崇炳	金华东阳	165
709	杨守知	嘉兴海宁	32	725	王崧寿	金华东阳	2
710	曹士勋	嘉兴桐乡	157	726	周志嘉	宁波鄞县	1
711	邹天嘉	嘉兴秀水	51	727	周志焕	宁波鄞县	1
712	吴焯	杭州钱塘	133	/	/	/	/

清雍乾两朝浙籍词家及其存词一览表

序号	姓名	占籍	存词	序号	姓名	占籍	存词
1	叶之溶	嘉兴平湖	147	11	周天度	杭州钱塘	26
2	陆培	嘉兴平湖	200	12	查学	嘉兴海宁	3
3	厉鹗	杭州钱塘	263	13	郑虎文	嘉兴秀水	7
4	查为仁	嘉兴海宁	58	14	查礼	嘉兴海宁	147
5	陈章	杭州钱塘	94	15	金焜	杭州钱塘	78
6	胡天游	绍兴山阴	71	16	陶元藻	绍兴会稽	150
7	金肇銮	杭州钱塘	14	17	茹敦和	绍兴会稽	82
8	陈沆	嘉兴海宁	161	18	朱方蔼	嘉兴桐乡	118
9	王又曾	嘉兴秀水	115	19	钱皋	杭州钱塘	175
10	钱载	嘉兴秀水	29	20	顾列星	嘉兴秀水	66

序　号	姓　名	占　籍	存词	序　号	姓　名	占　籍	存词
21	胡慎容	绍兴山阴	37	51	俞忠孙	绍兴会稽	221
22	庄肇奎	嘉兴	24	52	施沧海	宁波鄞县	83
23	戴文灯	湖州归安	134	53	丁敬	杭州钱塘	1
24	何琪	杭州钱塘	17	54	张湄	杭州钱塘	1
25	黄璋	宁波余姚	57	55	沈维材	杭州仁和	1
26	朱彭	杭州钱塘	49	56	赵信	杭州仁和	1
27	吴骞	嘉兴海宁	42	57	齐召南	台州天台	6
28	沈彩	湖州吴兴	59	58	张宗柟	嘉兴海盐	1
29	王梦篆	丽水遂昌	21	59	张云锦	嘉兴平湖	74
30	蒋元龙	嘉兴秀水	60	60	汪格	杭州钱塘	1
31	邵鏊	宁波鄞县	61	61	姚宗璜	嘉兴	52
32	高文照	嘉兴武康	50	62	王元鉴	嘉兴秀水	39
33	余集	杭州钱塘	80	63	张宗楟	嘉兴海盐	102
34	徐志鼎	嘉兴平湖	131	64	陆炌	嘉兴平湖	8
35	李汝章	嘉兴秀水	131	65	万光泰	嘉兴秀水	1
36	杨星曜	杭州钱塘	22	66	袁德达	宁波鄞县	1
37	汪大经	嘉兴秀水	20	67	陈素	嘉兴海宁	23
38	徐昌图	杭州仁和	18	68	姚大昌	杭州钱塘	17
39	邵晋涵	宁波余姚	8	69	汪筠	嘉兴秀水	1
40	黄易	杭州钱塘	19	70	陆烜	嘉兴平湖	145
41	梁文濂	杭州钱塘	1	71	彭贞隐	嘉兴海盐	52
42	史荣	宁波鄞县	1	72	袁枚	杭州钱塘	2
43	陈撰	宁波鄞县	1	73	徐廷柱	衢州	210
44	江炳炎	杭州钱塘	129	74	张载华	嘉兴海盐	2
45	汪仁溥	绍兴山阴	115	75	章恺	嘉兴嘉善	58
46	符曾	杭州钱塘	2	76	谢墉	嘉兴嘉善	1
47	陈荣杰	绍兴会稽	4	77	冯浩	嘉兴桐乡	1
48	张宗松	嘉兴海盐	125	78	孙士毅	杭州仁和	1
49	张奕枢	嘉兴平湖	55	79	李饮冰	温州瑞安	75
50	李凯	宁波鄞县	2	80	汪孟铒	嘉兴秀水	2

续 表

序号	姓 名	占 籍	存 词	序 号	姓 名	占 籍	存 词
81	汪宪	杭州钱塘	3	111	孙梅	湖州	5
82	金士芳	绍兴	85	112	何承燕	杭州仁和	202
83	汪仲钤	嘉兴秀水	28	113	吴文溥	嘉兴	1
84	纪复亨	湖州乌程	1	114	胡重	嘉兴秀水	1
85	陈朗	嘉兴平湖	290	115	潘庭筠	杭州钱塘	1
86	吴斐	杭州萧山	109	116	何文焕	嘉兴嘉善	23
87	卢镐	宁波鄞县	3	117	吴展成	嘉兴	5
88	沈清任	杭州仁和	1	118	章煦	杭州钱塘	1
89	薛廷文	嘉兴	14	119	陈世熙	绍兴山阴	30
90	卢址	宁波鄞县	1	120	李淦	嘉兴	1
91	顾栴	宁波慈溪	4	121	奚冈	杭州钱塘	1
92	王朝俊	嘉兴海宁	28	122	汪淮	嘉兴桐乡	2
93	范永祺	宁波鄞县	2	123	李澧	嘉兴	332
94	徐映玉	杭州钱塘	2	124	吴锡麟	杭州钱塘	525
95	鲍廷博	嘉兴桐乡	6	125	程瑜	杭州仁和	160
96	陶维垣	绍兴会稽	74	126	王启曾	嘉兴	71
97	俞经	宁波鄞县	4	127	张云璈	杭州钱塘	163
98	费承勋	杭州仁和	234	128	王复	嘉兴秀水	36
99	沈初	嘉兴平湖	1	129	胡正基	嘉兴平湖	47
100	项映薇	嘉兴秀水	4	130	冯思慧	绍兴会稽	13
101	吴半庭	湖州归安	1	131	张诚	嘉兴平湖	31
102	俞大谟	嘉兴桐乡	1	132	屈凤辉	嘉兴平湖	1
103	陈涛	嘉兴海宁	20	133	金德舆	嘉兴桐乡	4
104	徐天柱	湖州德清	2	134	倪象占	宁波象山	97
105	吴瑛	嘉兴平湖	24	135	周嘉猷	嘉兴海宁	9
106	沈范孙	嘉兴秀水	19	136	袁钧	宁波鄞县	50
107	方熏	嘉兴石门	3	137	金翀	杭州仁和	227
108	李旦华	嘉兴	51	138	汤元苣	杭州萧山	1
109	高宗元	绍兴山阴	264	139	费融	湖州德清	74
110	沈振鹭	嘉兴	373	140	屈为章	嘉兴平湖	58

序　号	姓　名	占　籍	存　词	序　号	姓　名	占　籍	存　词
141	钱　东	杭州仁和	3	171	张玉轮	嘉兴海盐	1
142	沈长春	湖州归安	54	172	李宗仁	嘉兴秀水	3
143	傅学沆	绍兴诸暨	40	173	李宗淮	嘉兴秀水	1
144	汪世隽	杭州钱塘	79	174	李宗潮	嘉兴秀水	1
145	许肇封	嘉兴海宁	27	175	李宗信	嘉兴秀水	1
146	汪如洋	嘉兴秀水	13	176	李宗智	嘉兴秀水	1
147	李若虚	杭州钱塘	158	177	陆大复	嘉兴平湖	1
148	王　昙	嘉兴秀水	9	178	周科耀	嘉兴	1
149	钱　枚	杭州仁和	58	179	孔继光	嘉兴桐乡	1
150	王翰青	湖州乌程	110	180	李　均	宁波鄞县	1
151	孙云凤	杭州仁和	95	181	姚世钧	湖州归安	2
152	孙云鹤	杭州仁和	123	182	夏叙典	嘉兴嘉善	2
153	李方湛	杭州仁和	64	183	夏　葛	嘉兴嘉善	3
154	徐裕馨	杭州钱塘	68	184	陆天锡	嘉兴平湖	8
155	戴　珊	湖州	109	185	陈学书	杭州钱塘	1
156	金志章	杭州钱塘	1	186	姚　构	绍兴	1
157	屠元淳	嘉兴	62	187	陈景钟	杭州钱塘	1
158	江浩然	嘉兴	16	188	叶　丰	台州临海	2
159	陆　纶	嘉兴平湖	12	189	张应伦	台州临海	2
160	范从彻	宁波鄞县	1	190	陈天颜	台州天台	1
161	胡作肃	台州天台	1	191	许用良	嘉兴海宁	2
162	沈廷陛	嘉兴平湖	1	192	徐以丰	湖州德清	1
163	金文淳	杭州钱塘	1	193	朱应麟	嘉兴秀水	4
164	魏之琇	杭州钱塘	7	194	倪一擎	杭州仁和	1
165	杨　谦	嘉兴秀水	8	195	查　义	嘉兴海宁	1
166	范　铎	宁波鄞县	1	196	范用炳	宁波鄞县	1
167	张春苞	湖州归安	2	197	姚廷栋	嘉兴嘉善	1
168	吴玉墀	杭州钱塘	1	198	缪绥武	嘉兴秀水	1
169	杨　恒	嘉兴嘉善	2	199	王方恒	嘉兴秀水	6
170	谈起行	湖州德清	4	200	王　湘	嘉兴秀水	1

续　表

序　号	姓　名	占　籍	存　词	序　号	姓　名	占　籍	存　词
201	郑　融	嘉兴秀水	2	229	马纬云	嘉兴海盐	4
202	李复龄	嘉兴	1	230	桂廷嗣	宁波慈溪	1
203	范　镳	宁波鄞县	2	231	王　焯	嘉兴秀水	1
204	许　煐	嘉兴	1	232	高树程	杭州仁和	2
205	李稻塍	嘉兴	2	233	孙慰祖	杭州仁和	2
206	朱休承	嘉兴秀水	2	234	徐本礼	宁波鄞县	1
207	朱　乔	湖州长兴	1	235	陈　珏	嘉兴	1
208	魏攀龙	嘉兴	2	236	李　兰	嘉兴秀水	1
209	高　桐	嘉兴秀水	2	237	郑锡元	宁波慈溪	1
210	汪彝鼎	嘉兴秀水	2	238	邵　源	嘉兴平湖	1
211	冯　沄	嘉兴平湖	1	239	郭　暄	嘉兴平湖	1
212	黄　庭	杭州钱塘	2	240	李　隽	嘉兴秀水	3
213	章　梁	杭州钱塘	1	241	邵丰城	嘉兴嘉善	3
214	沈　超	杭州钱塘	1	242	蔡赓堂	湖州德清	2
215	汪如藻	嘉兴秀水	1	243	李德华	嘉兴	1
216	陈　涵	嘉兴海宁	14	244	曹三选	嘉兴桐乡	2
217	沈开勋	嘉兴海宁	1	245	顾　修	嘉兴石门	1
218	胡奕勋	嘉兴平湖	2	246	刘志鹏	宁波余姚	1
219	陈　嵇	杭州钱塘	7	247	王　琴	湖州归安	2
220	金　蓉	嘉兴秀水	8	248	唐以封	湖州归安	1
221	陈　源	嘉兴秀水	1	249	吴友松	嘉兴秀水	1
222	董　宏	宁波鄞县	1	250	李　莹	嘉兴秀水	3
223	郭　鹤	嘉兴秀水	2	251	李祥金	嘉兴	1
224	周　镎	嘉兴秀水	1	252	杨　蟠	嘉兴	9
225	施　焘	杭州仁和	1	253	张祖望	嘉兴秀水	4
226	朱火鼎	嘉兴秀水	2	254	王炳虎	嘉兴秀水	6
227	陆　海	宁波鄞县	1	255	蒋思栋	嘉兴秀水	1
228	陈素安	杭州仁和	3	256	郑　竺	宁波慈溪	1

统计显示,顺、康两朝,杭州籍词家 304 人,存词 7442 首;嘉兴籍词家 265 人,存词 6308 首;湖州籍词家 44 人,存词 1911 首;绍兴籍词家 48 人,存词 2677 首;宁波籍词家 40 人,存词 730 首;金华籍词家 9 人,存词 674 首;台州籍词家 12 人,存词 62 首;衢州籍词家 2 人,存词 17 首;丽水籍词家 4 人,存词 9 首。而到雍、乾两朝,则词家、词作数量均明显减少,计嘉兴词家 129 人、词作 4016 首;杭州词家 60 人、词作 3322 首;湖州词家 18 人、词作 564 首;绍兴词家 14 人、词作 1187 首;宁波词家 27 人、词作 388 首;台州 5 人、词作 12 首;温州、衢州、丽水词家各 1 人,分别存词 75 首、210 首、21 首。当然,将来《雍乾词》若有补编问世,各地区词家和词作的构成情况会可能有一定变化。结合顺、康、雍、乾四朝,可以看出,浙西杭、嘉、湖地区和浙东北绍、宁,即今之整个浙北地区,是词的繁荣区域。相比之下,浙西又在总体上胜过浙东。

浙西、浙东词学繁荣程度的不同,与各自的地域性因素紧密相关。以钱塘江为界,浙江省被分隔成“浙东”、“浙西”两块,杭、嘉、湖为浙西,绍、宁、台、温、金、衢、丽为浙东。因区域性的生存形态,诸如地理环境、物候气象、民俗风情、人文环境等的不尽相同,便产生了质性不同的文化品性,浙西人和浙东人的秉性也就有了较大差异。群山环抱的浙东劲直豪放,水网密布的浙西温柔婉约,两者形成鲜明对照。浙西的水乡文化偏于秀婉、灵巧,大致可名之曰“水性”;而浙东的山地文化更多刚劲、耿直,大致可名之曰“土性”。很明显,浙西的人文环境和文化秉性,更适宜词体的生存和发展;加上杭、嘉、湖地区唐宋以来就是浙江经济、文化最为发达的地区,这里成为词学最为繁荣的地区也就顺理成章了。《浙籍清代顺康两朝词家及其存词一览表》也表明,清代浙西地区是名副其实的词学渊薮,仅杭、嘉二市,其词家及词作存量,即远过浙江其他地区的总和。而浙东的词学活动则相对微弱,但绍、宁乃在浙西辐射范围之内,亦小有可观。

当然,浙西杭、嘉二地词学的繁荣,除地理文化外,还有其他多方面的促进因素,尤其是与苏、沪词坛即吴中、云间词坛的交流与互动。相反,湖州地处浙江西北角,与苏州隔太湖而望,相对偏僻,跟吴中词坛交流不便,其词学活动亦相对较弱,遂与绍、宁处于同一层次。而绍兴毗邻杭州,加之南宋以来人文传统深厚,遂成为浙东地区词体创作相对活跃的地区。此外,杰出词家如曹溶、朱彝尊等人的榜样、推助作用,也是浙西词学兴旺发达的重要原因;而随着这些杰出词家的离世,浙西词学也呈现出衰落的态势。

由于浙西词派是整个清代浙江词坛的主体和主流,本章便以浙西词派的形成和演进为线,以重要词家为点,以发展演变的阶段性和重要的词学现象为面,展开讨论。最后附带论述非浙西词派词人和女性词人。

第二节　浙西词派的形成及其前期成就

在上一章中,笔者已述及明末浙江词坛之振作,实已拉开清代浙江词复兴的帷幕;而明末浙西几个区域性、家族性词人群,更直接催生了浙西词派。可惜,承明而起的清朝实现苛厉的民族政策和专制政策,薄冰之上,深渊之侧,广大汉族文士收敛起锋芒和斗志,战战兢兢,谨言慎行,抑制、淡化情感,疏离、模糊俗世政治,词体创作的风气因此大变,奉雅正、清空为旨,转向南宋姜、张一派。自曹溶、朱彝尊相继登坛执法,倡导风雅,浙西诸派于是合而为一。吴熊和先生论清初词坛有云:"就清初的浙西地区而言,开始是柳洲、西陵、梅里三派相继而起。至朱彝尊词名大著,声满大江南北,浙西诸彦群起而影从。三派遂殊途同归,合而为一,奉朱彝尊为共主,因而形成浙西词派。"①本章即由此对浙西词派展开论述。

"浙西词派"之名由《浙西六家词》的刊刻而来。康熙十八年(1679),龚翔麟在南京将朱彝尊的《江湖载酒集》、李良年的《秋锦山房词》、李符的《耒边词》、沈皞日的《茶星阁词》、沈岸登的《黑蝶斋词》以及龚氏自己的《红藕庄词》,合刻为《浙西六家词》。盖六人中,沈为仁和人,其五人皆嘉兴人,故称"浙西六家"。"浙西词派"之名,从此广传天下。然而诚如蒋景祁所说:"浙为词薮,'六家'特一时偶举耳,故未足概浙西之妙。魏塘柯氏,三世(岸初先生、寓匏昆仲,南陔群从)齐美;武林陆君,二难(荩思、云林)分标。其他作家,不可枚数。"②朱彝尊自己也有更宏通的陈述:"宋以词名家者,浙东西为多。钱塘之周邦彦、孙惟信、张炎、仇远,秀州之吕渭老,吴兴之张先,此浙西之最著者也。三衢之毛滂、天台之左誉,永嘉之卢祖皋,东阳之黄机,四明之吴文英、陈允平皆以词名浙东。而越州才尤盛,陆游、高观国、尹焕倚声于前,王沂孙辈继和于后。今所传《乐府补题》,大都越人制作也。自元以后,词人之赋合乎古者盖寡。三十年来,作者奋起浙之西者,家娴而户习,顾浙江以东鲜好之者。"③从这份宋代浙江词人点将录,不难看出朱彝尊身为浙人的那份自豪,及其欲远冠桃宋贤、续写辉煌的抱负。而从朱彝尊对《乐府补题》的重视,也不难看出该书对朱彝尊本人和浙西词派在形成过程中所起的重要影响。故浙西词派号称兼法姜、张,其实主要还是学的张炎等宋末词人。

---

① 吴熊和著《〈梅里词缉〉与浙西词派的形成过程——明清之际词派研究之三》,载《吴熊和词学论集》,杭州大学出版社1999年版,第436页。

② 《刻〈瑶华集〉述》,见《瑶华集》卷首,康熙二十五年刻本。

③ 《孟彦林词序》,见《曝书亭集》卷四十,《四部丛刊》本。

浙西词派的一代宗主虽然是朱彝尊，但其初祖却是曹溶。这已是共识。吴梅先生《词学通论》称其为"浙词之最先者"。卢前先生《饮虹簃论清词百家》之《望江南》词云："秀水从游薪火在，浙西宗派此先河。"更重要的是，浙西词派宗主朱彝尊本人即持此论。朱氏晚年序曹溶《静惕堂词》有云：

> 彝尊忆壮日从先生南游岭表，西北至云中，酒阑灯灺，往往以小令、慢词更迭唱和，有井水处，辄为银筝檀板所歌。念倚声虽小道，当其为之，必崇尔雅，斥淫哇，极其能事，则亦足以宣昭六义，鼓吹元音。往者明三百祀，词学失传，先生搜集遗集，余曾表而出之。数十年来，浙西填词者，家白石而户玉田，春容大雅，风气之变，实由于先生。

由此可见曹溶对浙西词派尤其是朱彝尊本人的启导之功。这个影响，主要表现在"崇尔雅，斥淫哇"，"宣昭六义，鼓吹元音"，转变风气，使词学上接南宋之"春容大雅"，以致"家白石而户玉田"。故论浙西词派，自当先论曹溶。由曹溶而朱彝尊，浙西词派承传发展的脉络清晰可见。

当朱彝尊以其雄才杰作，主盟词坛之时，柳洲、西陵、梅里三个乡邑词派终于汇合成一个完整的声势浩大的浙西词派，从此影响几乎贯穿有清一代词史，而兴盛则在康、雍、乾三朝。至嘉庆间，常州人张惠言以《风》、《骚》之旨相号召，强调比兴寄托，又成一时风尚，遂夺浙派之席。即使如此，浙西词派仍余威袅袅，绵延不绝，直至近代。纵观浙西词派的发展历程，大致可分为四个阶段，以朱彝尊为宗主的顺康两朝为前期，以厉鹗为领袖的雍乾两朝为中期，以吴锡麒、郭麐为双子星座的嘉道两朝为后期，咸同光宣四朝为浙西词派末期。

词学界普遍认为，浙西词派初祖为曹溶，前期领袖为朱彝尊，中期领袖为厉鹗，后期执牛耳者乃吴锡麒，郭麐则有"浙派殿军"称号，而江苏吴县的戈载被称为"'浙派'词风最后坚守者"[①]。其实，之后姚燮、黄燮清，下迄王诒寿、李慈铭、朱祖谋等，法乳并未断绝。事实上，浙西词派的影响贯穿有清一代。限于体例，郭、戈二家不在本书讨论范围之内。

本节主要讨论浙西词派前期创作情况。吴蓓女士也认为，"'浙西词派'是一个时间跨度极长、阵容极为庞大的作者群体，它的上限始于朱彝尊等六家词人，下限则划至道光间黄燮清时期比较合适。若追溯浙派先河，还可至曹溶乃至王翃、王庭，浙派余响则到同、光间词人如何兆瀛等人。'浙西词派'的风格自然也

----

① 严迪昌著《清词史》，江苏古籍出版社 1999 年版，第 451 页。

是因时因人而异,但异中有同。"①浙西词派各家之异,在讲述具体作家作品时自有陈述;而浙西词派诸家之共同艺术倾向,则主要有三端:一是推尊词体,提高词的地位,同等对待诗词;二是主要以南宋姜夔、吴文英、周密、张炎、王沂孙等人为师法对象,作风骚雅典丽;三是在艺术形式上强调符合词体,赞同李清照的"别是一家"之说,主张用清丽工致的语言表达含蓄幽曲之情。不难看出,浙西词派的功绩主要在承宣和集成,而非独创;不过,各期词家每能从现实出发,有所变通。由于浙西词派过分强调"空中传恨"②,幽隐寄托。当民族矛盾消退,生活趋于安定,浙西词派的后继者们便走上琢字炼句的游戏娱乐和形式主义的创作道路,出现许多"淫词"、"游词"、"鄙词"③。于是强调寄托、注重情感内容的常州词派就起而胜之了。

曹溶(1613-1685),字洁躬,一字鉴躬,号秋岳,一号倦圃,秀水人。明崇祯十年进士,官御史。入清,官至户部侍郎,康熙十八年举博学鸿词。十九年,由徐元文荐,佐修《明史》。曹溶少日即有诗名,及长,风格日进,气体自然,意匠深稳,与龚鼎孳齐名,时称龚曹。又与陈之遴同年相善。家富藏书,勤于诵读,好收宋元人文集。性爱才,主持诗坛数十年,才士归之者众。工于填词,有《静惕堂词》。《全清词·顺康卷》录其词287首,《顺康补》录其词5首。

秋岳词前期颇有雄壮之气,后期渐趋清柔,内容多写景、咏物、谈艺、悼亡、忏悔之作。其中写得最好的,则是表达故国之思的作品。声情最为激壮,当是《满江红·钱塘观潮》一首。词云:

> 浪涌蓬莱,高飞撼、宋家宫阙。谁荡激、灵胥一怒,惹冠冲发。点点片帆都卸了,海门急鼓声初发。似万群风马骤银鞍,争超越。　江妃笑,堆成雪。鲛人舞,圆如月。正危楼湍转,晚来愁绝。城上吴山遮不住,乱涛穿到严滩歇。是英雄未死报仇心,秋时节!

词作表面写钱塘潮,而隐寓清兵覆明、志士复仇之意。首言潮撼宋宫,灵胥愤怒,末言英雄不死,有心报仇,首尾响应,一气呵成,情采壮阔。陈廷焯《云韶集》卷十四称"此词沉雄悲壮,卓为千古名作。如目睹潮至,雄文骇俗,读之起舞",可谓解人。

---

① 吴蓓著《浙西词派研究》未刊稿,浙江大学2001年博士学位论文。按:何兆瀛,字通甫,号青耜,江苏上元(今南京)人,道光举人,官至两广盐运使,有《心盦词》。
② 语出朱彝尊《解佩令·自题词集》词作,参见下文。
③ 张惠言《词选序》、金应圭《词选后序》、谢章铤《赌棋山诗词话》续编、王国维《人间词话》,皆论及词之"三弊"。

只是这样的作品并不常见,更多的则是以写景、咏物为依托,抒发幽隐难言之痛。如《踏莎行·答客问云中》:"堠雪翻鸦,城冰浴马,捣衣声里重门闭。琵琶忽送短墙西,当时不是无情地。　帐底烧春,楼头热浴。百钱便博征夫醉。寒原望断少花枝,临风也省看花泪。"造语生新警策而情韵深沉流走。类似的作品还有《永遇乐·雁门关》,词云:

> 眼底秋山,旧来风雨,横槊之处。壁冷沙鸡,巢空海燕,各是酸心具。老兵散后,关门自启,脉脉晚愁穿去。一书生、霜花踏遍,酒肠涩时谁诉?　阑珊鬓发,萧条衣帽,打入唱骊新句。回首神州,重重遮断,惟有翻空絮。岁华贪换,刀环落尽,草际夕阳如故。嗟同病、南冠易感,登楼莫赋。

精警凝重,意脉潜转,张合自如,确实与张炎晚期词颇为接近。此外,像《花犯·重过林家看牡丹》、《珍珠帘·对菊》,借物抒怀,幽恨绵邈,都与张炎词类似。

秋岳词长调宗尚南宋,而短调则每有晚唐北宋风味。如《醉花阴·春怨》词云:"嫩柳亭前黄几许,雪密莺无语。指冷入瑶弦,画烛微昏,只觉情如缕。　人生最是离时苦,问故园归路。不惜马蹄忙,香草连天,拟逐东风去。"优美婉曲,蕴藉深微,但依然能感受基于时代背景的个人感慨。

作为师辈,曹溶给朱彝尊以深刻影响,在师徒"更迭唱和"的过程中,朱彝尊完成了他的前期词的创作,并形成他开宗立派所需要的理论思考。

朱彝尊(1629-1709),字锡鬯,号竹垞,又号驱舫、小长芦钓鱼师、金风亭长,秀水人。为明朝宰辅朱国祚曾孙,早年曾秘密参加抗清复明活动,事败出走,游幕四方,以布衣自尊。康熙十八年(1679)荐举博学鸿词,除翰林院检讨,充《明史》纂修官。二十年充日讲官,知起居注,出典江南乡试,称得士。二十二年入值南书房。三十一年罢归后,著述以终。朱彝尊为著名文学家兼学者,博学多闻,天资卓异,在诗、词、古文诸方面创作及理论上都有很高成就,影响巨大。诗与王士禛齐名,称南北二宗。词与陈维崧并驾,号曰"朱陈"。尝纂辑唐宋金元五百余家词为《词综》。创浙西词派,影响有清一代词学。有手自删定《曝书亭集》八十卷。《全清词·顺康卷》录其词656首,《补编》录1首,存量甚丰。

朱彝尊为浙西词派前期宗师,论词奉南宋姜夔、张炎为圭臬,试图以醇雅典丽力挽明词颓靡浮艳之风,在当时影响巨大。然而就他本人的创作历程来说,是有明显的阶段性特征的,有前辈学者即据以将朱氏的填词经历,分为初、中、后三个阶段。① 从顺治十三年(1656)到康熙二年(1663)为初期,少年风流,师友酬唱,短调花间尊前,慢词柳秦黄周,是为《眉匠词》;从康熙三年到十七年(1678)为中期,作者游历"西北至云中",入幕府,举鸿博,寄僧舍,落魄坎坷,于是情见乎词,而成《静志居琴趣》、《江湖载酒集》、《蕃锦集》三集;康熙十八年至三十一年(1692)为后期,罢归乡里,专意词学,声名大振,成为浙派宗主,然盛名自负之下,不免矜夸游鄙之语,多载《茶烟阁体物集》,此亦浙西词派极盛而衰之征兆欤?

兹就主要题材内容作品,各举一二阕为例,以观朱彝尊词体创作的基本风貌。

朱彝尊的情词写得较好的作品,有《桂殿秋》(思往事)、《忆少年》(飞花时节)、《金缕曲·初夏》、《鹊桥仙·十一月八日》、《摸鱼子》(粉墙青)、《高阳台》(桥影流虹)等。如《桂殿秋》写道:"思往事,渡江干。青蛾低映越山看。共眠一舸听秋雨,小簟轻衾各自寒。"传说此词乃为作者妻妹冯氏而作,词中"往事"即指当年作者与小姨冯氏因清兵至嘉兴而随妇家冯氏避地村居时事。小词写得情意绵绵,深婉蕴藉,备受好评。上列数阕,皆写朱氏私情,自然能真挚感人;但《高阳台》写的更是一个凄婉悲怆的爱情故事,述他人情事同样令人回肠荡气。该词小序云:"吴江叶元礼,少日过流虹桥,有女子在楼上,见而慕之,竟至病死。气方绝,适元礼复过其门,女之母以女临终之言告叶。叶入哭,女目始瞑。友人为作传,余记以词。"全词哀感缠绵,回肠荡气,是朱彝尊集中有数的佳作。

第二类写人生感怀。作者或吊古,或抒怀,或写实,每有意深格高、调壮辞清之作。如《卖花声·雨花台》、《青玉案·临淄道上》、《百字令·自题画像》、《虞美人·寒食太原道中》、《霜天晓角·晚次东阿》。如吊古名篇《卖花声·雨花台》词云:

> 衰柳白门湾,潮打城还。小长干接大长干。歌板酒旗零落尽,剩有渔竿。　秋草六朝寒,花雨空坛。更无人处一凭阑。燕子斜阳来又去,如此江山!

南京是六朝古都,也是明王朝开国建都之地,更是南明福王政权建都与灭亡之地。开国勋臣徐达、常遇春的子孙也世居于此。雨花台是南京城南的名胜,遥眺长江,俯临城市,相传梁武帝时,有云光法师在此讲经,上天为之感动而降花如雨。作者身处易代之际,登临俯仰,借古伤今,感喟世事沧桑,情深辞遒,声可裂竹,而意蕴无尽。同类佳作还有《消息·度雁门关》、《水龙吟·谒张子房祠》、《百

① 严迪昌著《清词史》,江苏古籍出版社1999年版,第259页。

字令·度居庸关》《金明池·燕台怀古》《满江红·吴大帝庙》等。

《青玉案·临淄道上》则是一首将思古与怀乡结合起来的羁旅行役之词,但落脚点却是宣泄人生感慨。词云:

> 清秋满目临淄水,一半是,牛山泪。此地从来多古意:王侯无数,残碑破冢,禾黍西风里。　青州从事须沉醉,稷下雄谈且休矣!回首吴关二千里。分明记得,先生弹铗,也说归来是。

此词写于康熙七八年之间,作者已值壮年而功名不遂。行走古城临淄道中,自然会看到不少遗迹,想到许多典故,联系起当年的稷下人才之盛和自己怀才不遇的处境,不免伤神和悲慨。伤悲的人,恋家的魂。故园和亲人永远是疗救挫伤心灵的最有效去处。可自己功业无成,如何荣归两千里外的故乡呢?全词感情深沉丰富,格调古直苍凉,吐语雄快精警,洵为佳作。

《解佩令·自题词集》和《百字令·自题画像》,干脆直抒胸臆,痛陈感慨,而同样写得令人动容警心。前词曰:

> 十年磨剑,五陵结客,把平生、涕泪都飘尽。老去填词,一半是空中传恨。几曾围、燕钗蝉鬓?　不师秦七,不师黄九,倚新声、玉田差近。落拓江湖,且吩咐、歌筵红粉。料封侯、白头无分!

写壮志未酬,唯以听歌填词排遣,愤激不平之气溢于纸表。朱氏早年曾从事抗清活动,结交祁佳彪、魏耕、屈大均等志士,发端三句实有所指。紧接着的"填词传恨",便是说将个人失意之恨和宗国覆亡之恨相联系,并以此为平台,将经历覆国亡家之痛的张炎作为师法对象,从而使词境有了屈骚的意味和魅力。故下片所言"倚新声、玉田差近",并非仅指词艺、词风的近似,更指身世、情操之相通。陈廷焯《云韶集》即评曰:"字字精警而夭矫。幻影空花,《离骚》变相。"这是朱彝尊的名作,一直被视为作者词学观的夫子自道,它确实能够当得起这样的重任。《百字令·自题画像》更直写自己半生奔波,一事无成,惟赢得枯槁衰老,孤苦失意,首句以落难的"菰芦穷士"伍子胥自比,足见其悲愤难遏之气。

朱彝尊另有一些旅途述景之作,清新明快,鲜活生动,透露出作者对生活的热爱。如《霜天晓角·晚次东阿》写道:"鞭影匆匆,又铜城驿东。过雨碧罗天净,才八月,响初鸿。　微风何寺钟?夕曛岚翠重。十里鱼山断处,留一抹、枣林红。"捕捉眼前实景,令读者如临其境。这类作品还有《虞美人·寒食太原道中》《东风齐着力·延平道中》等。

至于咏物之作,后期所作居多,但堪称佳制的还是前期所作《长亭怨慢·雁》。词云:

结多少、悲秋俦侣,特地年年,北风吹度。紫塞门孤,金河月冷,恨谁
诉?回汀枉渚,也只恋、江南住。随意落平沙,巧排作、参差筝柱。　别
浦,惯惊移莫定,应怯败荷疏雨。一绳云杪,看字字悬针垂露。渐欹斜、
无力低飘,正目送、碧罗天暮。写不了相思,又蘸凉波飞去。

此词显系有感于张炎《解连环·孤雁》而作,但能自出机杼,别有怀抱。朱氏早年
尝从事反清复明活动,失败后以布衣游幕四方,所作诗词多遗民心态。张炎为公
子王孙,宋亡后以遗民终老,孤雁词有名句"写不成书,只寄得相思一点",朱彝尊
此词则翻出新意:"写不了相思,又蘸凉波飞去",而掘进一层,愁苦更深。陈廷焯
《云韶集》评此词有云:"大率寓身世之感,以凄切之情,发为哀婉之调,既悲凉,又
忠厚,读之久而其味愈长。"所言不差。可惜这样的作品实在不多。位高权重,生
活安乐,诗酒酬唱,逞才斗巧,友朋追捧,这也许是封建时代一个文人的世俗幸
福,但这种世俗的幸福和快乐对于艺术创作的品格和境界,却往往有阻滞甚至促
退作用。朱彝尊后期所作咏物篇什,几咏遍日常生活所见,更咏遍美女五官体
态,排比嫩辞,襞积冷典,奢侈无聊,谢章铤《赌棋山庄词话》卷九斥之为"饾饤
派"。这对浙西词派产生了不小的消极影响,笔者曾撰《论咏物词创新的前提》一
文,对朱氏后期咏物词创作的弊端,有较为深细的讨论。[①]

前期浙西词派即使从朱氏同辈算起,人数也颇多,这里只能就几个主要成员
的创作略做陈述。首先是"浙西六家"中的李良年、李符、沈皡日、沈岸登和龚翔
麟五位。此外还有邵瑸、柯崇朴、汪森、陆葇、查慎行等人。

李良年(1635-1694),字武曾,又作符曾,号秋锦,秀水人,少与朱彝尊齐名,
与兄绳远、弟符并称"浙西三李"。以诸生游食四方。著有《秋锦山房词》。曹贞
吉作《秋锦山房词序》,尝引李氏语云:"南宋词人,如梦窗之密,玉田之疏,必兼之
乃工。"可见其填词宗尚。

秋锦词多咏物之篇,写得较好的有《暗香·绿萼梅》一阕。咏物而兼怀人,写
花清雅脱俗,抒情隐约含蓄,得姜夔"幽韵冷香"之胜。李良年另有一首金陵怀古
词,虽出以短调《踏莎行》,却疏密得当,而兼沉雄、蕴藉两长。词云:

两岸洲平,三山翠俯,江豚吹雪东流去。故陵残阙总荒烟,斜阳鸦
背分吴楚。　青雀钿红,朱楼画鼓,冥冥一片杨花路。游人休吊六朝
春,百年中有伤心处。

李符(1639-1689),原名符远,字分虎,一字耕客,号桃乡,亦曾受知于曹溶,

---

① 拙文《论咏物词创新的前提》载《苏州大学学报》(哲社版)2002 年第 3 期。

又与朱彝尊结诗社。彝尊序其词集，称其"精研于南宋名家"，"愈变而愈工"。著有《耒边词》。

陈廷焯《白雨斋词话》卷三称其与兄良年皆"羽翼竹垞者，符曾较雅正，而才气则分虎为胜"。今观其词，所谓才气，则是在张炎之外，兼有蒋捷之活泼，风力较为遒劲。如《巫山一段云·西湖感旧》云：

> 废苑苍苔里，残山白骨边。旧游如梦总凄然，况是晚秋天！　　墟散红腰女，空携卖酒钱。荇湾细火自年年，只有捕鱼船。

色泽清丽明媚，音调跳荡轻快，而所见又如此触目惊心，所发感慨又如此深沉锥心，可见其功力不浅。《续修四库全书提要》称《耒边词》"言近指远，风骨遒上"，评价并不为过。

比这首西湖怀古更为"言近指远"的词作，则是李符吟咏隐逸情趣的名篇《钓船笛》。词云："曾去钓江湖，腥浪粘天无际。浅岸平沙自好，算无如乡里。　　从今只住鸭儿边，远或泛苕水。三十六陂秋到，宿万荷花里。"言及家乡山水，满纸喜悦亲近。"宿万荷花里"，该是怎样的仙境！

至于真正接近南宋姜夔、张炎的清空、雅正之作，如《扬州慢·广陵驿舍对月，遇山左调兵南下》《疏影·帆影》，或写"竹西歌吹，甚听来、都换笳音"的"伤心"，或写"宛转随人"的"客愁凄楚"，以其词艺创新不多，就不细说了。

沈皞日（1637－1703），字融谷，号柘西，又号茶星，平湖人。早年游粤，复游京师，后以贡生授广西来宾知县，后升任辰州同知，卒于任。游粤时与金堡酬唱，又与淮安金人望相交接，创作和理论都颇受影响。有《柘西精舍词》。柘西词同样效法张炎，工于羁旅怀人。代表作《解连环·寄家书用张玉田韵》词云：

> 断蛩吟晚。正苔痕露冷，离魂吹散。坐旅馆、听尽琼签，是人倦背灯，家山犹远。泪洒难收，又和墨、书来点点。算乡城月黑，秋风望极，故人愁眼。　　尘飞软红冉冉。纵无情别去，也成凄怨。伴雁影、芦荻烟波，为频嘱明年，归程同转。双鬓霜前，想镜里、星星先见。只销凝、南浦长亭，玉田半卷。

上片"人倦背灯"、以泪和墨数语，写情景如在目前，读来感同身受。而下片则多拟语套话矣。

沈皞日在创作上的创新并不突出，但其序金人望《瓜庐词》所云"一代有一代之风气，一人有一人之性情"、"各自吐其所怀，自成一家之言"、"若别之为南，别之为北，则茫茫无以答也"、"于字句间求此一刻之快意"数语，见解精当，道出了文学创作的真谛和要诀。这与浙西词派逐渐形成的规模、蹈袭南宋诸家的做法，颇有区别,显示出沈氏在词学理论认识上的卓异不凡之处,成为浙西词派理论中的"别调"。

沈岸登(1639—1702),字覃九,又字南淳,号惰耕村叟,为沈皞日从侄,诗书画兼工,有《黑蝶斋词钞》。登岸性好林泉,浙西六家中为词最多隐逸之风。如《风入松·村居》云:

> 东湖东畔有鲈乡,绿遍旧垂杨。故人问我移家处,隔秋云、一线溪长。恼乱比邻鹅鸭,传呼日夕牛羊。　　玉缸分碧过苔墙,薄醉引新凉。茅堂不为斜阳闭,怕年时、燕子思量。荷叶青裁衫袖,竹根淡约钗梁。

时节清幽,景物清美,人情清馨,诗情画意兼而有之,无愧"惰耕村叟"的称号。另一首《月华清·退谷》也是一首隐逸词,但同样既是景物之胜,又写人情之美,从而为传统隐逸词增添了新的内涵,即风物美与人情美的结合,才是隐居游憩的理想场所。

不难看出,主情是黑蝶斋词的命脉和灵魂。隐逸词既是如是,叙友情、恋情就更是"情"见乎词了。如《永遇乐·扬州除夕和竹垞韵》以浅近话语,写旅次夜晚所见,而贯以家国身世之恨,读至"凄凉东阁,官梅初发,对酒看人儿女",几欲下泪。至于写恋情的《卜算子》,那就任"情"而为了。词云:

> 长箪点疏萤,冷砌银蟾堕。吹遍梧桐叶叶风,定自挑灯坐。　　一片乱山秋,不管离魂破。望断天边少个人,雁字空排过。

写夫妻相思,明写思妇,暗写自己。一样节物,两处销魂。从对方着笔,曲折而至,使词境更为深婉。特别值得一提的是,黑蝶斋词工于造语,时有警句,也使词作更富于诗情画意。如"一片乱山秋,不管离魂破"二句,前句化实为虚,后句化虚为实,虚实结合写离人、旅人的"痴"情。这已不是南宋家数,而是晚唐北宋风味了。

龚翔麟(1658—1733),字天石,号蘅圃,仁和人,是浙西六家中唯一的非嘉兴人。龚为潞河金事龚佳育之子,副贡,补兵部主事,官至监察御史,历掌浙江、山西、陕西、京畿诸道事,为言官而有直声。蘅圃生为贵公子,仕途平坦,致仕后优游林下;浙西论词主清空,而龚生活少风浪,填词难免浅薄滑俗。故严迪昌先生认为龚氏所著《红藕庄词》"可看作浙西词派日渐趋于空疏流向的一个中介环节"①。即使是被学者举为佳作的《好事近·沂水道中》、《霜天晓角·涿州道中

---

① 严迪昌著《清词史》,江苏古籍出版社1999年版,第285页。

望胡良僧寺作》,写景、抒情亦未见奇崛处。

邵瑸(?-1709),原名宏魁,字殿先,号柯亭,别号石帆山人,龚佳育之婿,余姚人。康熙十四年(1675)顺天府举人,官至山东昌邑县知县。词学朱彝尊,与浙西词派关系紧密。有《情田词》。

柯亭词风格最近蘋圃词,但内容比龚翔麟丰富,手法也更细密,写得最好的是羁旅行役之作,可以《金缕曲·雄县晓行》为代表。词云:

> 挂壁篝灯早。是何村、不住鸡声,乱催寒晓。铃铎郎当妨断梦,提缲愁吟未了。喧衰树、啼鸦多少。帽拂新霜衣隐月,漏鱼天、数点残星小。昏沙外,行人悄。　官亭倦柳西风扫。趁鞭丝、镫影匆匆,远峰横照。榜字红桥三五处,风景最宜闲讨。爱两岸、芦花深绕。忽忆西湖西子镜,被双鸥、唤起乡心渺。听流水,买舟好。

写旅途晓景,将目前所见北方壮阔萧疏景致,与家乡西湖妩媚清雅风光,两相比照,从而勾起旅人的乡思和归心。

柯崇朴,生卒年不详,字寓匏,嘉善人,曹尔堪之婿。有《振雅堂集》。亦为浙西词派羽翼,但词风较为疏宕,工于吟咏羁旅行役,惜词意平平,所感发者大抵如《采桑子》所云:"生涯合在天涯路。马足车尘,到处知津。余也东西南北人。　总教游倦归无计。芳草如茵,飞絮随轮。客里韶光倍怆神。"

汪森(1653-1726),字晋贤,号碧巢,桐乡人。有《桐扣词》。为词亦效张炎之醇雅。协助朱彝尊编辑《词综》,并作《词综序》,主张诗词同源并流,推尊词体,力驳"诗降为词,以词为诗之余"的"诗余"说,成为浙西词派理论的重要代表之一。至于其创作,则多写柔婉闲情,虽然精致雅正,但词境平常,新意不多。

陆葇(1630-1699),原名世枋,字义山,又字次友,号雅坪,平湖人,朱彝尊中表弟。康熙六年(1667)进士,试博学鸿词科为一等,授编修,后奉直南书房。康熙三十三年擢内阁学士兼礼部侍郎,总裁诸书局。有《雅坪词谱》。

陆葇为词效法张炎而能有疏朗凝重、悲凉慷慨之致,是浙西六家之外的重要浙西派词家。如《留客住·鹧鸪》咏客愁云:

> 夕阳暮。占山头、冷风如剪,钩辀格磔,又向南云飞去。啼声枉是凄楚,渺渺江上,孤帆留不住。蛮烟蛋霭,最销魂此际,乱峰无数。　隔残雨。野水黄昏,漫天芦絮。旅夜难闻,更带几枝鹃语。多少桂阳行客,吟罢沾衣,泪添湘竹苦。任教斑点,似生香熟结,拥炉愁炷。

意象、造语虽有读者熟悉的南宋味,但熟旧中亦有生新,习语套话中也有真情,作者的主体感情仍起到了主导作用,使作品染上了浓重的人情和个性。

其他像《瑞鹤仙·慈仁寺松》、《梦芙蓉·寒月》、《惜秋·牵牛花》等咏物篇什,也比同派中人的同类创作更为充实、矫健。

查慎行(1650—1727),初名嗣琏,字夏重,号他山,又号橘洲。后改今名,字悔余,号查田,晚号初白老人,海宁人。少学文于黄宗羲,学诗于钱秉镫,与朱彝尊为中表兄弟。康熙四十一年(1702)应召入值南书房,次年赐进士出身,授编修。五十二年,乞长假归,专意吟咏。雍正五年(1727),以三弟嗣庭诽谤罪系狱,复幸免南归,一月后即病卒。慎行诗学苏轼、陆游,有《敬业堂诗集》,附《余波词》二卷,计240余阕。

受朱彝尊影响,《余波词》亦多与浙西词派同调,多羁旅、咏物之作。但慎行早年奔波南北,注目现实,诗学苏、陆,题材内容比较丰富,羁旅之作每有沉雄悲壮之致,惜大多收结凡俗,新警不足。其中《永遇乐·燕子矶同韬荒兄观剧》、《贺新凉·秋晚独上荆州城楼》、《无闷·黎峨阻兵漫题旅壁》、《台城路·登岳阳楼》、《阆州慢》、《拜星月慢·夜渡荆江,时官军初下湖南》、《金缕曲·客窗初夏,触景思乡》等,内容充实,词风矫健,格调悲慨,是较好的作品。如《贺新凉·秋晚独上荆州城楼》一阕写道:

> 飞过蛮天雨。背孤城、夕阳西下,大江东去。虎渡龙洲依然在,长是马嘶日暮。有独客、登楼怀古。豚犬英雄都不问,问成名、孺子今何处?秋太晚,散砧杵。　　山川洵美非吾土。向江陵、夹衣催换,一番寒暑。翠冷红酣微霜后,变了荆门烟树。且目送、边鸿南渡。隔岸残云流欲尽,指空蒙、下是衡阳路。愁浩浩,共谁语?

此词写深秋雨后、傍晚时分独登荆州古城的见感,意境深沉雄浑。通过联想荆州历史上"豚犬"和"英雄"的命运,表达清贫"孺子"怀才不遇的孤苦,有郁勃难平之气激荡其中。

浙西词派前期作家尚多,限于篇幅,不能一一举论。通过以上清代前期浙西词派众词家的叙论,不难看出宗尚和流派对于文学创作正负两方面的影响。有效法的目标,有明确的宗旨,甚至有成套的技法手段可供模拟,自然能形成稳定性强、影响力大的流派,但同时也会束缚流派成员艺术创新的自觉性和主动性。从大处说,北宋词与南宋词各有千秋,南宋词虽然艺术上更成熟,但也更僵化,缺少北宋词的鲜活灵动;从小处看,浙西词派最为崇拜的张炎,在宋词史上也只是二流甚至三流词家。他固然无法与苏、辛、柳、周相提并论,甚至不能与晏、欧、秦、黄、贺、李、姜、吴相抗。他的公子王孙身份、风流儒雅气质和亡国失家痛楚,能够催熟他的艺术涵养,促成他的词艺精进,却无法从根本上弥补与其身份地位和生活情趣相应的人生阅历与艺术境界窘促和偏狭的缺陷。

因此，浙西词派从它将张炎等人作为明确的模拟对象之日起，便意味着它预备走一条幽邃而狭窄的道路。它的确阵营庞大，吸附力强，声势浩然，创作丰富，但由于预先设定了艺术旨趣甚至具体技法，所以它的原创性、超越性和艺术成就自然没法跟唐宋词人相比，也无法跟被它追攀、效仿的姜、张等人相比。兵法云：取法乎上，仅得其中；取法乎中，仅得其下。文学创作也同样如此。浙西词派如果要继续有所发展，艺术观念和艺术手段上的创新变化就已成当务之急。

第三节 中后期浙西词派的发展与新变

一、中期浙西词派的洄溯与成就

严迪昌先生认为，"自雍正朝到乾隆前期约五十年时间，是'浙派'风靡海内的鼎盛期"，"中期'浙派'词人群体，按籍贯和活动地域划分，主要是浙江的杭嘉湖地区、江苏的苏州地区，以及寓居扬州的皖籍人氏等三大块"。① 本书所言浙江词人，为占籍浙江或长期生活于浙江者，故吴中词人和扬州皖籍词人都不在讨论范围之内。但即使将"三大块"一并纳入，中期浙西词派也似乎较前期为逊。从人数上讲，中期确实超过前期，但中期名家仅有厉鹗、陆培、江昱、赵文哲等几人，余者在大词史上皆默默无闻，整体实力远逊于前期。如果去除吴中、扬州二地词人，实力就更加单薄了，名家既少，能保持一定个性特征的就更少了。所以本书论中、后期浙西词派，主要看变化和发展，而不是综合实力的强弱。

考察中期浙西词派词学观念的变化，可以更直接地了解中期浙西词派在创作上的新变。变化发展是文学创作前进的生命力，没有新变便没有历史地位。前期浙西词派虽然以骚雅醇正为审美高境，效法的对象也包括姜夔、王沂孙等人，但更强调表达家国身世之感，故最主要对象还是张炎，创作中和韵张炎之作甚多。但到了中期，词家们则以姜夔为最主要效法对象，而审美观念也渐变为幽隽高清。因此，中期浙派词较前期相比，就多了几分清灵婉曲。如厉鹗《论词绝句》12首主张"清"、"婉"、"淡"、"幽"，标举《离骚》、《花间》，推尊李白、韦庄，肯定张先、晏几道、贺铸，而于南宋则只举姜夔，同时排斥苏、辛。这些都与前期浙派颇有不同。而其论陆培《白蕉词》，更以"清丽闲婉"高之，"清婉"成为厉鹗论词的至境。又如浙西词派吴中词人群重要词学理论家王昶，他在评论陶梁《红豆树馆

---

① 严迪昌著《清词史》，江苏古籍出版社1999年版，第355—356页。

词》时,认为陶善学宋之姜夔、史达祖、张炎,元之张翥,清之朱彝尊、厉鹗六家,他将这六家的共同特点,概括为"幽洁妍靓"。而其评陆培《白蕉词》,同样以"声情妍婉"相赠。这样的看法,显然也与前期理论家不同。可以说,中期浙派是在尊南宋词的基础上,融入了五代、北宋的滋味。换言之,是想以五代、北宋之清婉改善南宋词之质实与僵硬。因此,厉鹗之词"幽隽",陆培之词"幽凄",江昱之词"清淡",赵文哲之词"幽艳",都成了写情的能手。兹将本书所圈定的中期浙西词派代表作家列叙如下:

首先要介绍的当然是中期浙派的盟主和旗帜厉鹗。

厉鹗(1692—1752),字太鸿,又字雄飞,号樊榭,又自号南湖花隐。钱塘人,原籍慈溪。少孤家贫,发愤读书。康熙五十九年(1720)举人。其后十年,两赴京闱未中。乾隆元年(1736)被荐博学鸿词试,又落选。遂于扬州马曰琯、马曰璐兄弟处坐馆授徒以养母。近30年间,与马氏兄弟,及同乡陈章、陈撰等结社酬唱,主盟词坛,影响遍及大江南北。厉鹗著述众多。精治宋诗,与查慎行齐名。填词成就最高,《樊榭山房全集》有词八卷。

厉鹗为浙西词派中坚巨匠,词学主张见于《论词绝句》12 首,及《群雅词集序》、《陆培白蕉词序》、《张今涪红螺词序》等。词以"幽隽"著称。陈廷焯《白雨斋词话》卷四称其词"幽秀冷艳,如万花谷中,杂以芳兰"。《续修四库全书提要》称其词"骚情雅意,曲折幽深,声调高清,丰神摇曳","为朱彝尊所未易到之境"。

厉鹗今存词 260 余首,最擅长借景陈情,代表作有《谒金门·七月既望湖上雨后作》、《玉漏迟·永康病中,夜雨感怀》、《百字令》(秋光今夜)、《百字令·丁酉清明》、《忆旧游》(溯溪流云去)、《齐天乐·吴山望隔江雾雪》、《齐天乐·秋声馆赋秋声》、《惜余春慢》(绿遍山腰)、《八归·隐几山楼赋夕阳》等,无一不是以景传情,以情带景,情景交融的佳作。兹举一二为例以赏其味。

如《百字令》咏桐江七里泷一篇写道:

> 秋光今夜,向桐江,为写当年高躅。风露皆非人世有,自坐船头吹竹。万籁生山,一星在水,鹤梦疑重续。翠音遥去,西岩渔父初宿。　心忆汐社沉埋,清狂不见,使我形容独。寂寂冷萤三四点,穿过前湾茅屋。林静藏烟,峰危限月,帆影摇空绿。随流飘荡,白云还卧深谷。

富春江桐庐段称桐江,上游七里滩,又名七里泷、七里濑,群山夹峙,水流如奔,是著名的旅游胜地,人称富春江小三峡。江边有两峰相对,称东、西二台,景曰"双台垂钓"。东台为东汉严光隐居垂钓处,西台为南宋遗民诗人谢翱恸哭文天祥处。谢翱尝与友人王英孙、林景熙、方凤等组织汐社,吟唱家国身世之恨。此词上片绘景,清爽浏亮;下片融情入景,幽寂空明。古今、虚实、响寂、动静、水陆、明暗、光影错综组合,星月、风露、桨声、帆影、烟林、危峰、萤火、茅屋轮番呈现,构成一片清幽绝尘的人间胜境。此词调下原有小序云:"月夜过七里滩,光景奇绝。歌此阕,几令众山皆响。"不难看出作者本人对七里滩美景的欣赏和对此词的自信。

厉鹗的另一名作《忆旧游》也同样是清幽隽逸之作,备受好评。词云:

> 溯溪流云去,树约风来,山剪秋眉。一片寻秋意,是凉花载雪,人在芦碕。楚天旧愁多少,飘作鬓边丝。正浦溆苍茫,闲随野色,行到禅扉。　忘机。俏无语,坐雁底焚香,蛩外弦诗。又送萧萧响,尽平沙霜信,吹上僧衣。凭高一声弹指,天地入斜晖。已隔断尘喧,门前弄月渔艇归。

全词以寻秋起,以感秋结,上片写实,下片入虚,而"秋意"贯通首尾。这样的词作,确实当得起"幽香冷艳"的赞语,而高远浑茫、蕴藉空灵的意境,却又非"幽香冷艳"四字可以概括。像"凭高一声弹指,天地入斜晖"这样俊迈清拔的句子,即便姜夔、张炎再世,也未必写得出。而词前的小序,记述事由始末,亦一精美短文,足资延赏。序云:

> 辛丑九月既望,风日清霁,唤艇自西堰桥,沿秦亭、法华、湾洄,以达于河渚。时秋芦作花,远近缟目。回望诸峰,苍然如出晴雪之上。庵以"秋雪"为名,不虚也。乃假僧榻,偃仰终日,唯闻棹声掠波往来,使人绝去尘俗营竞所在。向晚宿西溪田舍,以长短句纪之。

序文绘景如摄,而条达朗畅,较白石词序又别有一番风味。

厉鹗词的高明之处,在于无论感情多么沉痛,都有一股清拔脱俗之气,腾转其间,并随时随地借助那些鲜明的物象、意象表达出来,从而使词境明澈隽逸起来,悲怆中有振作,凄凉中暖意。比如他的又一名篇《齐天乐·吴山望隔江霁雪》也是如此。词云:

> 瘦筇如唤登临去,江平雪晴风小。湿粉楼台,酽寒城阙,不见春红飞到。微茫越峤,但半沍云根,半消沙草。为问鸥边,而今可有晋时棹?　清愁几番自遣,故人稀笑语,相忆多少。寂寂寥寥,朝朝暮暮,吟得梅花俱恼。将花插帽,向第一峰头,倚空长啸。忽展斜阳,玉龙天际绕。

此词上片叙景,凄清而迷茫;下片抒情,荒寂而清狂。"将花插帽"以下数语,生气突现,希冀顿生,全词为之振起,引人无限遐思。

厉鹗的短调也同样能写得幽秀清丽,令人赏玩不已。如《谒金门·七月既望湖上雨后作》:

> 凭画槛,雨洗秋浓人淡。隔水残霞明苒苒,小山三四点。　　艇子几时同泛?特折荷花临鉴。日日绿盘疏粉艳,西风无处减。

上片写景,轻倩明丽;下片写情,意中有人。又以荷花凋谢寄寓对佳人韶华衰逝的伤感,从而使词作注满了幽怨而温厚的怜美惜生之情。读毕下片,方能领悟上片"秋浓人淡"四字之精妙。此四字实乃一篇之警策,统制全词,"秋浓"言秋景令人悲,"人淡"言深愁催人淡,分别提辖上、下二片。可见写景只是因缘和契机,抒情才是关键和目标。陈廷焯《白雨斋词话》卷四说他"最爱樊谢《谒金门》",以其"中有怨情,意味便厚",《续修四库全书》之《秋林琴雅》提要也称此词"感时览物,寄托深微",都指出了厉词注意融情入景的鲜明特色。

言情是文学的基本属性和主要功能,婉曲要眇的词体从它诞生之日起便是更加适于抒情,南宋姜、张诸家本以隐抑、修饰情感为能事,浙西词派以其为宗师,变本加厉,显然有违文学特别词文学的文体属性和创作规律。词一旦隐藏、离弃了情感,那还能剩下什么呢?因此,厉鹗重拾尊情、言情的词统,上溯晚唐、北宋,对前期浙派诸家的晚期创作作适当纠偏,显然是符合词文学发展规律的明智选择,他能取得较高成就而成为中期浙西词派宗主,也就在情理之中了。

当然,樊榭词重情、言情和幽隽凄清格调的形成,从根本上讲,还是作者困顿抑郁的人生幽怨的曲折反映。朱彝尊前期未得意之时,亦多言情,且每有郁怒不平之气,后期仕途转顺,身受富贵,所作便多僵枯琐细之弊。厉鹗落魄孤寒的一生,正是其能于前期浙西词派显露衰竭之象时,几乎只手掣鲸,使浙西词派继续保持发展态势的前提和保障。此之谓"人生不幸词学幸"也。不过,与其长处相对应的,厉鹗词的缺点也同样比较明显。首先是情感和意境的枯寂轻淡,缺乏沉厚博大的怀抱和眼界。二是与朱彝尊后期词一样,咏物堆砌典故,凿虚镂空,巧构形似,同样显得饾饤琐细。清人谢章铤《赌棋山庄词话》、谭献《复堂词话》等,均已指出这一点。

陆培(1686—1752),字翼风,号南芗,亦作南香,又号白蕉,平湖人。雍正二年(1724)进士,授安徽东流知县,转署贵池。乾隆初,以不合上官意,拂袖归里。晚年以授徒为业,尝主讲东台、当湖、九峰书院。为诸生时,善填词;罢归后,致力于诗。杭世骏、厉鹗等引重之。有《白蕉词》,存词200首。

陆培是中期浙派的重要词家,厉鹗序《白蕉词》,以"清丽闲婉"为评,足见厉氏推赏之高。今观白蕉词,幽凄近似厉鹗,但不如樊榭词的深挚专注和空灵隽逸,流于平泛。陈廷焯《白雨斋词话》卷四称其"全祖南宋,自是雅音,但无宋人之深厚,不耐久讽也"。

白蕉词以咏物、写景和酬唱为主,而长于咏物。《齐天乐》咏蝉一阕,乃效《乐府补题》而作,词心与樊榭深相契合,可称佳作。词云:

> 西风消息凭伊说,骚人最怜新凄调。散带庭荫,拖筇野外,听够几番斜照。江干放棹。又劝客殷勤,数声林杪。不似荒蛩,宵分镇傍玉附闹。　吴歈谁唱巷陌。井梧迟点径,一任嘶早。漠漠凉云,疏疏老柳,赢得年时怀抱。曲房曳到。指薄翅吟商,镜心人笑。浅约山眉,鬓边慵斗巧。

全词幽凄而疏淡,表面写实而内寓寄托,虚实相生,对比映衬,动静结合,蝉声本聒噪,却写得婉曲悠扬,令人沉醉。景中有人,人为景痴,物我关合。"拖筇野外,听够几番斜照"二句,移觉通感,令读者如临其境,如闻其声,感同身受。

当然,白蕉词也偶有峭劲爽朗之什,别有韵味。如《一剪梅·自紫岩至吴田,闻有虎警,词以纪之》云:

> 面面秋峰列画屏,料峭风生。羃篱烟轻。笋舆鸦轧信归程。到眼分明,一路红情。　见说林荟夜气腥。颓照西倾,断却人行。风流五马著贤声。寄语山灵,莫任纵横。

"紫岩"、"吴田"皆在今安徽贵池,此词当作于作者由东流转任贵池知县上任之时,故有"风流五马著贤声"之谓。上片写一路美景和词人的轻松得意。下片"见说"以下三句写虎警,大笔横拖而杀气蒸腾,末三句却以自信之寄语而一扫之。可惜这样的作品极少见到。

陆培《踏莎行·自题词集》自述其词学观,以"宛约抒情,圆匀叶调"、"一把秾华扫"为目标,都大体做到了。但总览《白蕉词》,亦确实如作者所自谦的,每有"学翻绣谱颠还倒,引吭涩处似雏莺"之弊,显示出"刻楮心劳,雕虫技小"的功力上的不足。

中期浙派词家尚有吴焯、陈章、陈撰、徐逢吉、张云锦、张奕枢、朱方霭、薛廷文等,不能一一细举。这里说一说张奕枢和薛廷文。

张奕枢(1691－?),字掖西,又字今涪,平湖人。雍正诸生。有词集《月在轩琴趣》。厉鹗视为朱、李之绝响。事实上,奕枢词虽学张炎,却偏向亢扬刚劲,较一般浙派词家有异。且看其《长亭怨慢》:

> 问侧帽、飘零何苦?直恁清狂,他乡迷路。不是悲秋,欲飞终自铩残

羽。剪灯心绪,早办了、纪游诗句。摒挡提壶,好吟到、夕阳荒树。　街
鼓。透纸窗深处,似诉声声倦旅。几阵尖风,又卷起、一庭凉絮。引寒
梦,逗人空亭,算只有、波心愁鹭。笑踏遍穷途,直是不如归去。

一个悲慨不平的寒士形象跃然纸上。浙西词派每多自我压抑,游丝虫唱者十之
八九;其实稍一放情坦陈,便可成龙吟飘风。

　　薛廷文(1724－?),字鸣上,号卤斋,一号春树,嘉兴人。性孤介,不妄干人,
鬻画以食。诗宗唐,画得北宋人意,尤善荷花。乾隆五十一年(1786)尝辑同邑词
家之作为《梅里词绪》,有功于词苑。晚岁凄居寺院。乾隆五十八年(1793)尚在
世。有《听雪斋诗钞》四卷。所作《听雪斋诗余》14阕,附录于《梅里词绪》。

　　卤斋词存量虽不多,却一如其人,颇见个性。如《蝶恋花·夜泊烟雨楼》云:

　　　　隐约鸿声云外断。月映寒波,镜里澄银汉。一抹秋光笼小院,露华
细滴芙蓉岸。　　渔火萧萧明柳畔。戍鼓声低,月浇高城暗。客梦惊眠
心绪乱,船头唤取沙禽伴。

此词写羁愁,苍茫而深细,迷乱而专诚,有兼融晚唐薛昭蕴、欧阳炯、孙光宪、鹿虔
扆、李珣诸家之风味。这样的羁愁其实正是作者一生际遇的曲折反映。当这样的
感慨附着于候鸟这类特定事物上时,便有了《满江红·送燕》这样的作品。词云:

　　　　社后初来,曾掠遍、杏花林杪。记当日、穿帘度幕,衔泥春晓。转眼
西风门巷静,画梁梦断秋容老。恁难忘、辛苦旧营巢,频飞绕。　　斜阳
影,低荒草。乡国远,关山杳。受天南海北,风尘多少。撇却闲愁君且
去,飘零还是家园好。问春来、秋去苦依人,何时了?

咏燕实为写人,慨叹身世之飘零和寄人篱下的悲凉。末句"问春来、秋去苦依人,
何时了",振聋发聩,已成迄今未解之题。风尘迷漫,知识分子对精神家园的追
寻,仍在继续。

　　此外,钱塘**江炳炎**,生卒年不详,字研南,号冷红词客。祖籍安徽。书画家。
填词亦学南宋,合者得其神理,有《琢春词》、《冷红词》。《垂杨》咏柳影,形神兼
备,清新妩媚,仿佛史达祖。

二、后期浙西词派的持续发展与新变

　　浙西词派自朱彝尊开其端,经过厉鹗的扭转、发展,至吴锡麒、郭麐,又有新
气象。这也是学术界对浙西词派发展变化的一般体认。其中,郭麐虽被称为"浙
派殿军",但浙西词派发生较多新变,却是从吴锡麒开始的。严迪昌先生指出:

"所谓'浙派'的晚期嬗变,简要地说也就是由密返疏,变艰涩为流利,并以情趣来调剂一味讲雅洁的空枵。这样的创作路子较之原先一些作家的作品来显然活泼自然得多,情味也要浓足得多。吴锡麒的词是这一嬗变的先声。"①至于承袭前贤,又能融而化之,自成一体者,则以项廷纪为杰出。吴、郭、项,可谓浙西词派后期三大家。加上钱枚、严元照、冯登府、赵庆熺诸人,阵营遂成,蔚为壮观。

吴锡麒(1746—1818),字圣征,号谷人,自署东皋生,钱塘人。乾隆四十年(1775)进士,授编修。嘉庆元年(1796)入值上书房,为曾皇孙师傅。六年授国子祭酒。乞养归,主讲扬州定安、爱山、云间诸书院。校刊《全唐文》,称善本。清中叶重要骈文作家。词尤佳。有《有正味斋全集》,词附。《全清词·雍乾卷》录其词 525 首。

吴锡麒为后期浙西词派代表作家,力图纠该派乏真情、少意味之弊。其《董琴南楚香山馆词钞序》提出"正变斯备"的发展观,主张不唯姜、张是尊,注重"性情"和"天籁",兼取"精心"与"健骨"。其自序《仡月楼分类词选》,则重申"穷而后工"的诗学传统,强调抒写真实自然的"萧寥孤奇之旨"。这些观点虽是老调重弹,但对于修正前期浙派的偏颇,使浙西词派在朱彝尊、厉鹗之后仍有发展的余地,是有着切实的纠偏与自砺的作用的。

如其理论主张所追求的,吴锡麒的创作特色,也表现在两个方面:一是学五代、北宋之清新流丽,代表作有《采桑子·马兰头》《少年游》(江南三月听莺天)、《洞仙歌·田家词》《临江仙》(桥外有堂堂外竹)、《南楼令·题曲江亭为柳村赋》《虞美人》(寻莲寻藕风波里)、《台城路·富春道中》等;二是东坡、稼轩之沉痛壮阔,代表作有《百字谣·夜宿清河大风》《无闷·出古北口》《齐天乐·游岱宿碧霞宫下》《满江红·题唐六如画郑元和像》《过秦楼·怀柔道中》《珍珠帘·滦河大雪》等。但不管哪种风格,根本上是一致的,即自然与真情。而像《望湘人·春阴》《月华清》(鸦影偎烟)、《合欢带·蜀府扇》《水龙吟·秋芦》《湘月·题马湘兰兰竹》《眉妩》(怅银云写影)等,又分明姜、张诸家法式矣。兹各举例以观其风貌。当然,无论哪一类作品,细读之下,都能感受作者尽量内敛含蓄而不过分任性或张扬的矜持,此其所以为浙派也。故梁绍壬《两般秋雨斋随笔》卷一有云:"吴谷人祭酒,词华盖代,然偶以雕琢掩其才气。"

第一类词作如《少年游》:"江南三月听莺天,买酒莫论钱。晚笋余花,绿阴青子,春老夕阳前。　欲寻旧梦前溪去,过了柳三眠。桑径人稀,吴蚕才动,寒倚一梯烟。"以白描直叙手法写文人的闲情逸致,贴近生活,清新活泼,仿佛一轴山村

---

① 严迪昌著《清词史》,江苏古籍出版社 1999 年版,第 438 页。

野行图卷。此外像《台城路》下片写月光下富春江上的钓船渔火,俊逸鲜丽如在目前:"空明一片。想深谷高眠,白云都懒。钓火何来,隔滩流数点。"

第二类词作请看《无闷·出古北口》。词云:

> 垂者云耶?立者铁耶?相对峥嵘万古。绕一发中原,自成门户。照出墙边冷月,怕更向、秦时从头数。断鞭笼袖,回身马上,但看来路。 行旅,乱山去。问酒肆谁家,冒寒沽取?任落叶呼风,吼声如虎。高歌出塞,尽卷入、丁丁琵琶语。待射侣、相约残年,为短衣休误。

古北口,在北京密云县东北一百二十里,亦曰虎北口,为县城口。据顾炎武《昌平山水记》:"唐庄宗取幽州,辽太祖取山南,金之破辽兵,败宋取燕京,皆由北古口。故中居庸、山海而制其阨塞者,北古、喜峰二口焉。"经此兵家必争之地,自然豪壮感慨丛生。全词沉雄遒劲,气概昂扬,实苏、辛之流亚,可与陈维崧并辔而行。

第三类词作如《望湘人·春阴》。词云:

> 惯留寒弄暝,非雨非晴,误抛多少春色!半带闲愁,半迷归梦,黯黯蘼芜空碧。阁处云浓,禁余烟重,欲移无力。最晚来、如雪东栏,一树梨花明白。 孤负饧箫巷陌。已清明时过,懒携游屐。只润逼熏炉,约略故香留得。天涯燕子,问伊来也,可有斜阳信息?听傍人、半晌呢喃,似怨暮寒帘隙。

上片写春阴蒙蔽无限春光,唯一树梨花略呈鲜丽;下片写宅室幽居,徒见春色散耗,呢喃的归燕也似乎怨嗟不已。梁绍任《两般秋雨庵随笔》卷一评此词云:"细腻慰贴,玉田、白石不得专美于前。"由此可见吴锡麒多方面的艺术素养和才能。

有了吴锡麒尊性情、重自然,以及求新求变的引导示范,到后来"浙派殿军"郭麐以"诚斋体"和"性灵派"的理论主张来从事词体创作,浙西词派才终于从醇雅沉缓而一变为鲜活灵动,成就它最富于创新活力的一段历史。惜郭麐本江苏吴江人,虽迁居嘉善,但长期客游江淮,多年馆幕淮安,故未能在本书讲述。

后期浙西词派除吴锡麒外,尚有二十余家,也多表现出求新求变的蕲向。其中风格特征较为突出者,有钱枚之浅近凄恻,严元照之清丽婉约,冯登府之婉豪兼施,赵庆禧之清空激越。吴衡照则是后期浙派的重要理论家,惜创作特色不明显,成就一般。

钱枚(1761—1803),字枚叔,又字实庭,号谢盦,仁和人。嘉庆四年(1799)进士,官吏部文选司主事。工词,与杨芳灿、吴自求、杨夔生辈唱和。有《微波词》。谢盦一生落拓不遇,纵酒成疾,卒年四十三。其词用语素净而清丽凄婉,深挚感人。如《浣溪沙·寄内》云:

征鸿南下水东流，早晚行人过兖州，客中难得寄书邮。　一枕轻寒千里梦，两边明月十分愁，不眠同在五更头。

“客中”句朴实，“不眠”句专诚，皆动人好句。

又如《金缕曲·题黄仲则先生〈悔存斋词稿〉，即用集中赠汪剑潭原韵》云：

太白才奔放。记扁舟、洞庭吹笛，高楼秋望。读罢《金荃》新乐府，又见苏辛身量。细领略、一生惆怅。今日先生埋骨矣，只春愁，难付秋坟葬。一缕缕，夜飘荡。　才名合在孙（渊如）洪（稚存）上。尽消磨、闲中滋味，客中情况。书剑飘零朋旧散，剩得灵光无恙。肯掷向、蓬蒿穷巷。高卧玉楼仙梦稳，有明霞作枕云为帐。天风送，佩声响。

常州黄景仁才华出众而落拓不遇，与作者正相似，故多同病相怜之感，写来情真意切，满纸悲慨，风调激越。

严元照（1773－1817），字修能，又字久能，号悔庵，湖州归安人。有《柯家山馆词》。《金缕曲》可为其代表作。词云：

无那春归早。正连宵、风风雨雨，落红如扫。狼藉韶光留不住，啼煞花间妖鸟。又惹起、闲愁多少。风貌只今成惆怅，对菱花、不比当年好。帘半卷，柳丝袅。　天涯是处多芳草。问东君、匆匆此去，几时重到？来岁雕栏还依旧，只怕凭栏人老。须底物、忏除烦恼。离合悲欢浑闲事，似雪泥、偶印飞鸿爪。人世恨，更何道。

此词取材、立意均无多新意，基本秉承浙派温雅感伤的传统，但又表现出一定的变化，比如意象的翻陈出新，语言的平易晓畅，和整体风格的清婉流丽。“天涯”以下三句，和“来岁”二句，运用前人成句，转出生新，更显情深。

冯登府（1783－1841），字云伯，号勺园，又号柳东，嘉兴人。嘉庆二十五年进士，授江西将乐县知县。不两月，以亲病辞官。服阙，授宁波府教授，又辞归。有咯血疾，闻英人陷宁波，病剧而卒。金石、古文、诗、词皆工，著述甚多。有《种芸仙馆词》。存词200余首。

柳东词工于写景状物，宗姜、张，承朱、李，又“意欲独立一帜，故其词辄戛戛生造”，然“繁绮弗删，遂嫌质直”。① 总体看，虽创新不多，却婉豪清壮兼施，风格多样，自具特色。如《惜余春慢·夕阳》词云：

淡抹岚头，微明沙尾，萧瑟楚天将暮。半痕欲断，几点才斜，露出秋

---

① 谢章铤撰《赌棋山庄词话》卷二，《词话丛编》第四册，第3348页。

城疏树。不尽千山万山,一片残晖,乱鸦驮去。趁征人马背,鞭丝影里,倦扶归路。　蓦又见、腰笛吹残,荷锄话晚,指点荒村何处。古寺红墙,江亭白舫,都为酒人留住。莫问铜驼故宫,金粉飘零,六朝谁主？正寒烟衰草,凄迷凝远,倚楼无语。

此宗姜、张而承朱、李者。而《忆王孙》云:"疏疏杨柳不藏秋,点点芦花半覆洲。衰草粘天无尽头,怕登楼。一片斜阳一片愁。"以及《南乡子·雨夜》云:

春梦过红樱,三月东风惯作阴。夜雨催人眠得未,声声。滴到芭蕉总在心。　旧事最关情,一曲潇潇唱与听。听得尊前频报道,清明。开遍桃花不放晴。

清丽婉约,显系晚唐、北宋风味。而《忆旧游·京口渡江》词云:

忽帆移岸走,涛挟山奔,万里长风。一舸频呼渡,如惊沙倏下,乱蹴晴空。三山远排天外,七十二芙蓉。正日浴鼋鼍,云翔鸑鷟,笛吼鱼龙。　冥濛,回望处,笑一霎江行,树失千里。便欲乘槎去,认南朝烟绿,东海霞红。江山尊俎非昔,秋色又相逢。渐酒醒潮平,前津已落瓜步钟。

意境阔大,气象雄浑,感慨深沉,又显系豪放派路数。

赵庆熺(1792—1847),字秋舲,仁和人。道光二年(1822)进士,家居二十年,始授陕西延川知县,以病不赴;改授金华府教授,亦未履任。授徒为生。性倜傥,工诗词,尤擅散曲。有《香销酒醒词》。存词100余首。

赵庆熺终生沉埋,自然满腹悲慨。这种人生际遇,加上他的豪宕性情,遂使他在一定程度上成为浙西词派传统的疏离者。所以,虽然项名达《香销酒醒词序》称其词"一往情深,谐姜、张之声,缋吴、蒋之色,深入南宋诸名家三昧",却又不为所囿,时露郁勃、激越之声情。此亦人生际遇影响词风之又一显例也。

庆熺词短调多写离别相思,风格清丽婉约;长调多写羁旅情怀,风格幽矫激越。如《长相思》云:"苏公堤,白公堤,十里亭台高复低。断桥流水西。　杜鹃鸣,鹧鸪啼,楼外斜阳一酒旗。杨花不住飞。"写情而纯以景出之,如明珠仙露,不着点尘,绝似一幅图画。而《陌上花》写荒郊野外的羁愁,却又是另一番滋味。词云:

西风画角,荒城吹上,满天霜气。远水斜阳,红到乱山无际。楼台一味销魂色,翠袖有人寒倚。料珠帘半卷,断愁如我,百端难理。　向关河走马,飘零长剑,旧梦凄凉空记。便作黄花,瘦也问谁提起？年来多少无名泪,何处生绡缄寄？但青衫,幅幅啼痕印满,湖波不洗。

有张炎晚年的劲峭,但更为矫激。多不平之气,故多夸张之语。像"远水"二句,"断愁"二句,"啼痕"二句,皆决绝沉痛语,读之酸楚。

庆熺另有《金缕曲》题"亡友陈小鲁《一窗秋影庵词集》"二阕,借他人之杯酒,浇自己胸中块磊,甚见其态度和识见。如第一首下片写道:

> 可怜笔阵千人扫。奈何他、古今常例,词场纱帽! 传与不传原偶耳,传者岂皆绝调?　只达士、付之一笑。如此奇才偏抹煞,想天涯、埋没知多少。布衣耳,有谁晓!

这是对怀才不遇的同情与愤慨。文坛亦如官场,话语权在权贵手里。如果寒士亦有扬眉吐气的机会,文学史上一定会增添不少充满个性的作家作品,可惜现实往往像第二首下片所言:"满纸白描秋水影,落笔山林气概,在秦柳、苏辛之外。不少旗亭同赌酒,奈词坛、从此无君派。"

项廷纪(1798-1835),原名继章,乡举名鸿祚,字莲生,改名廷纪,钱塘人。幼失怙,艰难力学,弱岁即有声庠序间。沉默寡言,尝读书寺院。道光九年(1829),家遭火灾,应亲戚之招,奉母北上京邸,途中遇水,母死舟中。廷纪归里后,幽忧益深。道光十二年(1832)中举人,再上春闱不第,归即病重。廷纪家资本富,中年以后,屡遭变故,以致困顿。自谓"不为无益之事,何以遣有涯之生"(《忆云词丙稿序》),故肆力于词,"当沉郁无憀之极,仅托之绮罗芗泽以泄其思,盖辞婉而情伤矣!"(《忆云词丁稿序》)谭献《箧中词》以之与纳兰性德、蒋春霖并举,称"三百年中,分鼎三足",评价甚高。有《忆云词》甲乙丙丁稿。

谭献《箧中词》对忆云词推崇备至,甚至说:"莲生,古之伤心人也! 荡气回肠,一波三折,有白石之幽涩而去其俗,有玉田之秀折而无其率,有梦窗之深细而化其滞,殆欲前无古人。"评价或稍许过当,但必须承认,忆云词的深厚功力、集成功劳,尤其是深情特质,在中期浙西词派作家中,确实是无与伦比的。黄燮清《国朝词综续编》便强调这一特色:"《忆云词》古艳哀怨,如不胜情,猿啼断肠,鹃泪成血,不知其所以然也。"项氏自己也承认:"生幼有愁癖,故其情艳而苦,其感于物也郁而深。"(《忆云词甲稿序》)谢章铤《赌棋山庄词话续编》卷三则进一步指出其创作的渊源:"莲生深于情,小令尤佳。其词仿吴梦窗。"忆云词虽以学梦窗词为主,但其之所以能独立名家,还在于如谭献《项君小传》所云:"君……善填词,幽异窈渺,浸淫五代两宋而撷精弃滓。好拟温、韦以下小乐府,津逮草窗、梦窗,蹊径既化,自名其家,谈者比之江淹《杂体诗》云。"可见项氏是一位转益多师,又能食而化之、自成一体的词家。

忆云词小令写得最好的,当数《减字木兰花·春夜闻隔墙歌吹声》:

阑珊心绪,醉倚绿琴相伴住。一枕新愁,残夜花香月满楼。　繁笙
脆管,吹得锦屏春梦远。只有垂杨,不放秋千影过墙。

这是作者二十五岁之前的作品。上片写自己终日与琴、酒为伴,夜不能寐;下片
以隔院笙歌反衬自己的幽独孤愁。末二句反用张先《青门引》"那堪更被明月,隔
墙送过秋千影",言垂杨竟不放秋千影过墙,既是暗指所思之人未能前来,也进一
步凸显出主人公的孤寂焦虑,从而回应上片满枕新愁、彻夜无眠的缘由。篇幅虽
小,构思精巧,宛转入情,耐人咀嚼。

《清平乐·池上纳凉》则是一首更具象征意味的作品。词云:

水天清话,院静人消夏。蜡炬风摇帘不下,竹影半墙如画。　醉来
扶上桃笙,熟罗扇子凉轻。一霎荷塘过雨,明朝便是秋声。

此词写于道光初年,也是作者的早期作品。上片写景,以动衬静,以虚写实,别出
心裁。下片写池上纳凉,由写实出发,最后又化实为虚,以秋声作结,催生无限萧
条秋意,从而使全篇主题具有了隐喻和象征意味,足见作者词心之细微幽渺。这
既是作者悲凉身世的流露,也似乎是清王朝走向下坡路的征兆。

忆云词长调佳作亦颇多。如《水龙吟·秋声》:

西风已是难听,如何又着芭蕉雨?泠泠暗起,渐渐渐紧,萧萧忽住。
候馆疏砧,高城断鼓,和成凄楚。想亭皋木落,洞庭波远,浑不见、愁来
处。　此际频惊倦旅。夜初长、归程梦阻。砌蛩自叹,边鸿自唳,剪灯
谁语?莫便伤心,可怜秋到,无声更苦。满寒江剩有,黄芦万顷,卷离
魂去。

"秋声"自宋玉以来便是常写不衰的题材,其中尤以欧阳修的《秋声赋》最为有名,
本篇构思显然受此影响。全词紧扣秋风,从风声、雨声、砧声、鼓声到砌蛩声、边
鸿声,组成一片肃杀凄楚的秋声。由"已是难听"到"如何又着",由"听"到"想",
层层递进,然后归结到"莫便伤心,可怜秋到,无声更苦",别开新境。绘秋声不脱
不粘,写情绪入木三分。末三句境界阔大浑茫,荡魂夺魄,把读者带进一幅空阔
而又迷茫的"寒江芦荡图"中。

与忆云词每言苦愁不同,《百字令·将游鸳湖,作此留别》是茫茫愁海中一片
难得的喜色和亮点。词云:

啼莺催去,便轻帆东下,居然游子。我似春风无管束,何必扬舲千
里?官柳初垂,野棠未落,才近清明耳。归期自问,也应芍药开矣。　且
去范蠡桥边,试盟鸥鹭,领略江湖味。须信西泠难梦到,相隔几重烟水。

剪烛窗前,吹箫楼上,明日思量起。津亭回望,夕阳红在船尾。

从词序和作品内容可知,本词作于将游鸳湖而与妻子话别之时,写的是因将游鸳湖而引起的想象与情思。词中既有对早春景物的描绘,也有与妻子暂别的留恋,写得委婉曲折而又轻松愉快,是忆云词中的别调。"我似春风无管束"、"夕阳红在船尾",都是令人过目不忘的佳句。

其他像《湘月》(绳河一雁)、《三犯渡江云》(断潮流月去)、《玉漏迟·冬夜闻南邻笙歌达曙》等,也都是可以反复品读的长调。阅读忆云词,已使我们认识到它博取众长的一面,但还须注意到它自铸一体,甚至推陈出新之处。像《水龙吟·秋声》、《百字令·将游鸳湖,作此留别》两篇"豹尾"式的煞拍,就不是朱、厉二家所能涵盖的。当然,总体看,必须承认,忆云词还是承袭较多而创新偏少。

论资质、阅历和取径,项廷纪当有越迈朱、厉的可能,惜天不假年,中道夭殒,未能有更多发展,从而对词史形成足够大的冲击,甚至有所突破,使之改辙易轨,产生历史性巨变。在谭献所云"清词三大家"中,廷纪也是力量较弱的一位。痛哉!

另外,钱塘陈文述(1771-1843),仁和李堂(1772-1831?),填词也都以学梦窗词为主,如陈氏所作《一剪梅·青鸾阁雪夜对饮》、李氏所作《探芳信·西湖秋感》,都以密丽幽凄见长,算是项廷纪的同调。

纵观浙西词派自初祖曹溶以降的发展情形,很容易发现一个基本的变化规律。最初,曹、朱、二李诸人生当易代之际,有欲言而不能直言者,选择学南宋,以寄托其家国身世之感;嗣后,朱彝尊仕途通达,生活无忧,遂渐生雕琢饾饤之弊;再后,厉鹗以真情与幽隽矫其琐细、僵硬,追求清婉深秀之致,其实只是回到曹、朱之当初而略有变化。至此,浙西词派实已用足、用完姜、张一派所能提供的门径和资源。要想使创作有突破,有新意,就必须另寻出路。于是,到后期吴锡麒这里,便转而兼学别样,博取众长,在坚持姜、张本位的同时,竟越迈鸿沟,来取苏、辛之豪壮。其实,若就文学创作原理与规律而言,本不应有所偏颇,故大家博取广施;然于一般流派、风格型作家,一旦博取广施,又是对其宗旨、特色的自我消解。故所谓流派者,说得刻薄些,便是瘸着腿走狭窄的路,永远都身处两难境地。

当然,必须承认,在千年大词史上,无论是吴锡麒、郭麐,还是项廷纪,如果与朱彝尊、厉鹗两位相比,还是稍逊一筹,该屈居"第二梯队"。不错,吴、郭等人的创作,不再囿于前贤和成规,有了可喜的新变,但从流派的稳定性和特色来讲,却又是背离和散失。无论从哪个角度看,浙西词派到发展后期确实呈现出衰落的趋势。这种衰落有它的必然性。一方面,创作规律有求新求变的内驱力;另一方面,清王朝内外交困的社会政治局面,使得词家们不得不变,这是创作发生变化的外推力。

我们不必为浙西词派的衰落悲观,相反它恰恰昭示新局面的开启和新事物的诞生。常州词派和大量反帝反侵略爱国词篇的出现,便是这种新变催生的果实。在取材的广泛和艺术境界的拓展上,都有"承宋之绪而后来居上者"①。

三、生机犹存的浙派嗣响

跟前、中、后期一样,晚清末期浙西词派作家,并不仅限于浙籍。像长洲(今江苏苏州)陶梁、孙麟趾、宋志沂,以及金匮(今江苏无锡)杨夑生等,岭南的叶衍兰、汪瑔、沈世良,福建的叶大壮,皆承浙派法乳而能自鸣一家。本书讨论的末期浙派名家主要是姚燮、黄燮清、杜文澜、张鸣珂四位,其中姚、黄二位成就较高。

姚燮(1805—1864),字梅伯,号复庄,又号野桥,别号大梅山民、二石生、东海生、疏影词史、复道人等。宁波镇海人。道光十四年(1834)举人。学识广博,著作宏富,除诗集《复庄诗问》外,其《今乐考证》、《读〈红楼梦〉纲领》尤称伟制,影响巨大。词有《疏影楼词》。前五卷刊于道光十三年,为三十岁前所作;《续疏影楼词》八卷旧有校写本。1986 年浙江古籍出版社刊行合编为《疏影楼词》。此外尚有《苦海航》等作。《苦海航》系《沁园春》组词 108 首,乃作者咸丰三年(1853)沪渎狭邪冶游之作。

姚氏填词宗浙西词派,前期多应酬、侧艳之作。如《一痕沙》云:"卷起低低帘子,飞出双双燕子。不见也相思,况逢时! 燕早飞飞去了,帘又低低垂了。若识恁匆匆,悔相逢。"后期历经战乱,格因情变,颇多记事,清苍老辣之味转多,每咏芜田、寂市、断井、颓楼,总而合之,可为《芜城赋》。代表作有《月下笛·绝塞》、《高阳台·登越州酒楼题壁》、《霓裳中序第一·故苑》、《石州慢·残村》等篇,都是作者后期的创作。

且看《月下笛·绝塞》:

> 班骑归斿,苏旌老矣,万里山隔。轮台雁绝,那寄中原红帛?戍龙堆、穹庐夜寒,画笳递怨云四幂。叹沙肥雪大,春风不到,尽年无碧。 军缯久敝,问一荷雕戈,几能归得?边程再北,但有浑茫天色。泛香酥、琵琶醉倒,紫驼狎梦冰窟窄。倚楼人,定看杨花,远忆霜氅白。

道光十八年(1838),林则徐以钦差身份赴广东查禁鸦片,鸦片战争爆发后不久即

---

① 钱仲联选注《清词三百首》前言,岳麓书社 1992 年版,第 4 页。

被停职，并遣戍新疆伊犁，此词即缘此而作。作者并未到过边疆，题曰"绝塞"，写的全是想象之辞，却使人如临其境，感同身受。全词有对荒塞风景的想象及描绘，有对谪戍者的想念，有对其遭遇的不平和同情，勾连递进，一唱三叹。使事典故和化用成句妥帖自然，一如己出。音韵沉缓而铿锵，好似启动将奔的列车，扣人心弦。"沙肥雪大"、"紫驼冰窟"的描写亦奇丽而又准确。

再来看《霓裳中序第一·故苑》：

> 江山易换局，昔苑今栖樵与牧。多少椒丹蕙绿，叹复道沉虹，香斜埋玉。舻棱一握，尽上摇、天半凉旭。无回挐，草深花谢，那忍问前躅！　乔木，荒鸦来宿。便披殿、只游麋鹿。当年旄骑卫毂，想禁御秋拦，壶衔春束。才人遭乱逐，苦卖唱、内家旧曲。陵台树，杜鹃哀魄，夜望紫烟哭。

这里的"故苑"指圆明园，词作写的就是英法联军入寇北京后，圆明园被焚毁的凄惨景象。全词用今昔对比手法，表达盛衰兴亡的感慨，沉郁悲凉，大有痛定思痛的感人效果。与《月下笛·绝塞》一样，使事用典和化用前人成句，都不但熨帖自然，而且大大强化了作品骚雅浑厚的艺术品格，使作者成为继厉鹗之后，最具浙西词派风格特征的浙东籍浙西词家。

黄燮清（1805—1864），原名宪清，字韵珊，改名后字韵甫，号吟香诗舫主人、茧情生、两园主人，嘉兴海盐人。道光十五年（1835）举人。以实录馆誊录授湖北知县候补，称病不赴，筑倚晴楼著书自娱。咸丰十一年（1861）太平军攻占海盐，间关至湖北，就官宜都令，再迁松滋，旋卒。燮清于骈散文、诗词曲、传奇无所不习，而尤擅词曲，为道、咸两朝著名传奇作家和词人。尝选辑《国朝词综》续编二十四卷，选词宗旨与规式悉尊朱彝尊《词综》和王昶《国朝词综》。有《倚晴楼诗余》四卷，入晚清名家词之列。

黄氏论词，效法白石之苍峭、梅溪之幽隽，所作浅近含蓄，新活流美，感情深挚。短调《蝶恋花》咏闺情云：

> 自送行人无意味。独上高楼，何处愁堪寄？闻道长安西北是，阑干不向东南倚。　别恨似烟春似水。一阵轻寒，一阵游丝起。小院落花飞燕子，夕阳闲在蘼芜地。

作者用疏淡轻巧的笔墨，形容离愁别恨，人与景、情与境交融无间，轻淡中见奇巧，朴实处显功力，看似平易，却又含蓄深婉，警策动人，别有滋味。多处化用前人词句、词意，不着痕迹，犹如己出，浑然一体。相比之下，长调《高阳台·平山堂废园》吊古伤今，则显得悲慨沉痛。词云：

　　酒国寒深,箫楼梦远,平芜绿过危廊。翠减红疏,知他几阅星霜? 黄
金销尽繁华歇,有流莺、代诉荒凉。漫思量,罗袂珠帘,一例斜阳。　烟
花休忆南朝事,便寻常池馆,也历沧桑。蝴蝶飞来,犹怜往日衣香。东
风自觉无聊甚,到春来、懒上垂杨。最心伤,月里歌声,都在邻墙。

平山堂在今扬州西北蜀冈,是宋代文豪欧阳修知扬州时所建,为著名的历史胜
迹。全词采用今昔对比手法,抒发人事无常、盛衰难料之慨叹,虽然词旨平常,但
深沉凄怆,含蓄婉转,颇耐咀嚼。

　　杜文澜(1815－1881),字小舫,秀水人。诸生。少孤苦,依舅父褚氏为生,长
大后为幕宾多年,声名渐噪。后捐资为县丞,以军功晋布政使衔,官两淮盐运使。
杜氏长于吏治,有干才,于词学亦颇用力。有《采香词》、《词律校勘记》、《憩园词
话》。另有《曼陀罗花阁琐记》、《平定粤匪纪略》,并辑有《古谣谚》。

　　杜氏在晚清咸、同年间力挺声律之学,推尊万树《词律》和戈载《词林正韵》,
而他本人的创作,亦词清笔婉,造语密深,又殊多感慨。如《清平乐》咏暮春羁愁
词云:

　　　　笙歌才住,桃花坪下春归去。尽有含愁娇不语,冷落凤鞋金缕。　休
怜遇合难齐,荒衙暂假幽栖。满地落红狼藉,一天风雨凄迷。

《憩园词话》卷六叙及此词创作缘由:"忆余出靖州桃花坪,正瑶人吹芦笙赌唱自
择配偶之时,以日暮天雨而散,颇有佳丽空归者。……是晚苦无栖址,适有汛官
空署,借居之,听事三楹,蔷薇一架,因篱倒扑地,荒斋幽寂,风雨凄迷,增人羁旅
之感。"今日读来,其幽寂凄迷仍能摇动人心。

　　杜氏累年漂泊奔波,写羁愁是他的拿手好戏。即便因军务而驰驱,也能以羁
旅出之,如《八声甘州·淮阴晚渡》:

　　　　尚依稀、认得旧沙鸥,三年路重经。问堤边瘦柳,春风底事,减却流
莺? 十里愁芜凄碧,旗影淡孤城。谁寄山阳笛,并入鹃声?　空剩平桥
戍角,共归潮暗咽,似恨言兵。坠营门白日,过客阻扬舲。更休上、江楼
呼酒,怕夜深、野哭不堪听。还飘泊、任王孙老,匣剑哀鸣。

咸丰元年(1851),作者以金判任两淮盐运分司。咸丰三年二月,太平军攻入扬
州,四月又克仪征、六合、浦口,淮阴亦遭兵燹。四年春,作者重来淮阴,时淮阴已
成军防重地。作者抚今追昔,抒写重来的感受,兼志忧时伤世之怀。故表面写羁
愁,但缘由和根本却在战乱,感慨才是它的核心内容。"更休上"二句,似虚而实,
读之令人震慑。全词精警凄婉,哀转久绝。风格类似的词作还有《水龙吟·舟夜

闻笛》等。从这类词作可以看出作者对浙派传统的坚持和实践。

张鸣珂(1829—1908),原名国检,字公束,号玉珊,晚号寒松老人、窳翁,嘉兴人。早孤,年二十四始就举业,咸丰十一年(1861)拔贡。同治间曾任江西新建知县,期满又任德化、德兴知县,后因事去官。晚年以卖文鬻书为生,郁郁以终。有《寒松阁词》四卷,另有《国朝词续选》《寒松阁谈艺录》等。

鸣珂师事黄燮清,又与谭献、谢章铤等人交厚,为浙派末期重要词家。作词以姜、史为宗,但又在一定程度上受到常州词派的影响和渗透。戈载、黄燮清、谢章铤、李慈铭、谭献等人都对其词有所称赏。如李慈铭《寒松阁诗序》说到寒松阁词,有云:"至于倚声寻律,圭臬姜、张,玉屑天风,葩流藻采,虽才情烂漫,尚逊竹垞,而和协宫商,严辨去上,则本其师黄君之学,与樊榭山民为近,有非朱、李诸老所及。"虽有保留,但褒扬居多,评价中肯。

今观其所作,一些词作确实能承受这些赞誉。短调如《浣溪沙》咏胸臆云:

> 瑟瑟芦花已白头,西风凉入鬓丝秋。夕阳无语乱山愁。 戍角声中人独立,画眉桥畔水西流。五湖容得一扁舟?

词心细微,词境苍茫,词韵流美,词旨遥深,耐人寻味。长调如《八声甘州》咏恋情为云:

> 甚年时、踪迹似浮萍,东风又天涯。望乡关渺邈,羊车再到,开落桃花。可是栖香愿满,疏雨冷琵琶。忍听哀蝉曲,愁鬓都华。 记得凤嘴桥畔,展眉簑残月,同倚窗纱。道寻春未晚,仙梦碧城遮。剪淞波、绿芜千里,误几回、燕子傍谁家?魂归也,有垂杨处,啼煞昏鸦。

此词当为一位热爱过的女子而作,哀婉缠绵,不忍竟读。化用众多典故和前人成句,而浑然如同己出,也在一定程度上加强了词的深沉曲折和优雅端庄。此外,《寒松阁词》中也有少数比较欢愉和雄壮的作品,如《金缕曲·李樾卿雯出其尊甫刚介公〈传忠录〉见贻,谨书其后》咏前辈英雄人物云:

> 世事堪悲咤,望遥空、星分翼轸,天狼低射。几辈忧时能射镝,屈指公真健者。才不愧、书生戎马。楚尾吴头连克捷,更长驱、东逐江流下。迎战急,鼓声哑。 浓磨盾墨淋漓写,走龙蛇、蜿蜒腕底,整军多暇。自制铙歌朱鹭曲,文采跨颜凌谢。原不惜、以膏涂野。怎奈援师三舍避,剩孤忠,碧血长弘化。千古恨,泪频洒。

写得悲怆感慨,激扬沸腾,足见题材、题旨对于作品风格的影响。同时,这也可以反证流派对于创作的消极影响。

除上述四名家外，晚清浙西词派作家尚有王敬之、朱葵之、仲湘、张金镛、陈元鼎、潘钟瑞、周保璋、王允皙等十余位。其中，平湖**张金镛**（1805－1860）、钱塘**陈元鼎**（1815－?）二家较为突出。兹各录一阕，以窥其词情：

> 千山冷抱城如斗，铜壶夜来冰凝。唤梦雁声，高把微醒吹醒。残红寒自耿，又严角、咽风哀警。白酒愁斟，绿琴孤弄，篆销香鼎。　萧回，认长安，重关外、层层乱云横暝。两地故人，心有飞狐中亘。星晨天半影，抵多少，雁笺鸿帧。问前约，马后桃花，是几时红迸？
>
> ——张金镛《徵招·宁城小住，急景凋年，风雪夜寒，呵笔题句，寄长安一二故人读之，当有霜天晓角之思矣》

> 更不须柑酒共寻春，凄凉胜游非。但关心烽火，匆匆急羽，惨惨征鞌。自悔闲云出岫，暗泪洒尘衣。何处江南梦，草长莺飞。　莫怨乡书间阻，怕传来消息，翻易惊疑。况桃花零落，难问武陵溪。费殷勤、杜鹃催去，算归期我尚未能归。休凝望、有斜阳地，总是依依。
>
> ——陈元鼎《八声甘州·南中告警，乡愁惘然，谱示同乡诸子》

浙西词派之所以能在晚清仍有一定的阵势和影响力，其主要原因就在于它所倡行的醇雅浑厚的词旨和清隽空灵的词风，是传统型文人士大夫普遍认可的艺术旨趣，因而具有比较恒常的艺术生命力。只是任何一种艺术样式一旦定型并被刻意模拟，则僵化停滞之弊生焉。此流派之利弊互生者也。因此，即便抛开社会现实因素不论，单从艺术发展的角度看，浙西词派的衰落也是势所必然。

当然，还应当看到另一方面的事实。即在浙西词派的发展过程中，总有一些词家能或少或多地坚持艺术个性，从而自鸣一家，奠定自己的词史地位，也使浙西词派拥有不断前行的生命力，并使整个清代浙江词呈现出多姿多彩的气象。

第四节　非浙西词派词人浏览

作家的生命在于作品，作品的生命则在于个性化风格。文坛固多风随影从之流派，亦不乏独守孤往之异士。清代两浙词坛自始至终，都有一些与流俗、时尚保持一定距离因而自具特色的词家。

在清初，则有陈之遴、毛奇龄、彭孙遹、高士奇、宋俊、方炳、金烺数家。

陈之遴（1605－1666），字彦升，号素庵，海宁人。明崇祯十年（1637）进士。授编修，迁中允。以父陈祖苞巡抚顺天失事，牵连革职，永不叙用。入清，官至户部尚书，弘文院大学士。后以贿结内监，革职籍没，全家移徙盛京，殁于戍所。之遨颇与文士周旋,妻徐灿素工词翰,酬唱遂多。撰有《浮云集》十二卷,康熙五年(1666)自序刊行。乾隆十年(1745)有周星兆重刊本,改题《素庵诗钞》,附词二卷。

　　陈氏之为人固有不足道者,而填词则意捷语新,沉郁苍劲,类似吴梅村,成就颇高,但似乎未能引起词学研究者应有的重视。兹举二三阕以见其大概。如《忆秦娥·三月》:

　　　　春时节,年年三月偏愁绝。偏愁绝,断冈残树,几枝寒雪。　招魂
　　一曲商歌阕,伤心两把啼痕血。啼痕血,锦帏鸳带,那年曾结。

表面伤春,实则祭明,悲凉凄楚,有令人不忍卒读者。作者虽为降臣,而羞耻之心尚存,故悲悼之词,实愧悔之语。

　　相比之下,《虞美人·感兴》就显得豪放自然得多了,显示了作者的另一种风格。词云:

　　　　凤凰台畔茫茫草,不信秋真老。霜风吹月落人怀,记得一天豪兴渡
　　江来。　琵琶声咽鱼龙舞,弹指成今古。绵绵此恨几时休,除是石城江
　　水向西流!

感慨纵横,沉郁苍茫,深沉而又超脱,确有大手笔之做派。类似的作品还有《踏莎行》:

　　　　千古英雄,三秋倦客,樽前相对还相惜。毛锥宝剑总飘风,惊心只
　　怕头空白。　燕雀安知,狐狸啖尽,山川何处留陈迹。一声清啸紫台
　　秋,长空点点愁烟碧。

以轻隽之词调写沉苍之感慨,似乎是陈之遴的擅长,此亦学苏、辛而又能自保其格调者。

　　毛奇龄(1623－1716),又名甡,字大可,一字初晴,一字于一,又号齐于、秋晴、晚晴,别号河右,又字西河,萧山人。康熙十七年(1678)举博学鸿词,授翰林院检讨,预修《明史》。著书数百卷。精音律,工骈文诗词,词学《花间》,兼有南朝乐府遗意。著有《西河全集》,附《桂枝词》六卷,数量可观。

　　陈廷焯《白雨斋词话》卷三论西河词,有云:"西河经术湛深,而作诗却能谨守唐贤绳墨,词亦在五代、宋初之间。但造境未深,运思多巧;境不深尚可,思多巧则有伤大雅矣。"但朱祖谋《望江南·杂题我朝诸名家词集后》却更看重西河词的特色,有云:"脱手居然新乐府,曲中亦自有齐梁。不忍薄三唐。"总体看,西河虽精音律,填词也有一定特色,惜乎未能精纯。不过,身处浙西而未受时俗影响,自

有主张,也属难得。

且看其《相见欢》云:"花前顾影粼粼,水中人,水面残花片片绕人身。　私自整,红斜领,茜儿巾。却讶领间巾底刺花新。"西河是学问家,填词亦讲来处。此词写女子水边照影情态,水面花与水中人影交相辉映,明显脱胎自王安石两首咏杏花的诗,《北陂杏花》与《杏花》。前者有句云:"一陂春水绕花身,花影妖娆各占春。"后者有句云:"石梁度空旷,茅屋临清炯。俯窥娇娆杏,未觉身胜影。嫣如景阳妃,含笑堕宫井。怊怅有微波,残妆坏难整。"但由写人花交映到具体写领巾刺花,又系从温庭筠《菩萨蛮》词所写女子晨起梳妆之"照花前后镜,花面交相映。新贴绣罗襦,双双金鹧鸪"中来。难得的是,此词虽有所本,却能自然浑成,清丽生动,一如己出。

《南柯子·淮西客舍接得陈敬止书,有寄》一阕,却是另一番滋味。词云:

> 驿馆吹芦叶,都亭舞柘枝。相逢风雪满淮西。记得去年残烛照征衣。　曲水东流浅,盘山北望迷。长安书远寄来稀,又是一年秋色到天涯。

此阕写于客馆怀念北京友人,上片言去年在淮西相逢,下片言今年北京书到,风雪故人,情意绵长,造境浑茫,允称佳作。

彭孙遹(1631-1700),字骏孙,号羡门,别号金粟山人,海盐人。顺治十六年(1659)进士。官内阁中书。康熙十八年(1679)召试博学鸿词,擢一等一名,授编修。历官礼部侍郎、吏部侍郎,充经筵讲官,兼翰林院掌院学士,纂修《明史》总裁。年七十致仕归,御赐"桂松堂"额,遂以名其集。有《松桂堂全集》三十七卷、《延露词》三卷、《金粟词话》一卷。

彭氏工词章,与王士禛齐名,号"彭王"。其《金粟词话》论词,主张"自然",认为"自然不从追逐中来,便率易无味"。今观其所作,学南唐、北宋,工小令,多艳情,韵味婉曲,惜风力不够。如《临江仙·遣信》词云:

> 青琐余烟犹在握,几年香冷巾箱。此生为客几时休?殷勤江上鲤,清泪湿书邮。　欲向镜中扶柳鬓,鬓丝知为谁秋?春阴漠漠锁层楼。斜阳如弱水,只管向西流。

久客不归,怀远伤别,缠绵往复,孤愁难遣,末二句极尽凄婉之致。同类作品还有《生查子·旅夜》:

> 薄醉不成乡,转觉春寒重。鸳枕有谁同?夜夜和愁共。　梦好却如真,事往翻如梦。起立悄无言,残月生西弄。

一样写羁旅孤愁,新意无多,却因能善用曲笔,以及醉与醒、梦与真的虚实结合,而使全篇寥寥四十个字一波三折,余韵袅袅。

但羡门词中写得更有寓意和深意的词作,还是《柳梢青·感事》这样的作品。词云:

> 何事沉吟? 小窗斜日,立遍春阴。翠袖天寒,青衫人老,一样伤心。 十年旧事重寻,回首处、山高水深。两点眉峰,半分腰带,憔悴而今。

此词表面写被冷落的美人。以回忆口吻,将十年旧事与而今憔悴相对照,凸显主人公的痛苦和深情,俨然一首情词。但"青衫人老,一样伤心"二句,则暗示词中所叙绝不仅仅是寻常的男女爱恋,而有作者本人的际遇和感慨在。因有这样的现实感触,作品也变得稍具力量和风骨。另外,与其他作品每用曲笔、虚笔不同,此词直写其人、其事与其意,却又如谭献《箧中词》所云"不嫌太尽",盖情之所至,有不能自已者,而人同此心,心同此理,易生共鸣也。

高士奇(1645—1704),字澹人,号瓶庐,又号江村,赐号竹窗。钱塘人。康熙初,由监生供奉内庭,官至詹事府少詹事,深得康熙帝宠遇。自少好学能文,为诗诸体具备。著有《清吟堂全集》,含《蔬香词》、《竹窗词》、《独思词》各一卷,总名为《清吟堂词》,计96首。

江村词沿袭晚明习尚,以绮丽缠绵为工,在低吟浅唱之中,时寓淡淡的忧伤与感慨。如《点绛唇》写伤逝云:

> 老更多情,殷红深碧开还好。露寒霜早,憔悴花多少。 摇落萧斋,几阵西风到。怜清晓,疏枝低袅,一点芳心悄。

末三句的特写,寓珍惜和挽留之意,精警含蓄,是伤心人一份难得的慰藉。长调《玉蝴蝶》总写漂泊与追逐,感慨更多。词云:

> 十年载酒蓟北,萍踪不定,虚送韶光。相对春灯,夜话往事难忘。柳丝摇,风翻翠袖;花影乱,日晃明珰。总堪伤、吴宫宋苑,燕垒空梁。 痴狂。若耶溪畔,几番密意,都付荒唐。书剑飘零,敝裘寥落少年场。拟重寻、梦中蛱蝶,休追忆、湖上鸳鸯。向闲堂,深松残雪,钟漏微茫。

以作者际遇之盛,仍有这样的感伤,沉沦下僚者又情何以堪? 尽管反思与感慨稍嫌轻淡微茫,但其对人生、对家园的执着殷勤却是可以感知的。

宋俊,生卒年不详,字长白,号柳亭,山阴人。康熙诸生。少怀大志,雅负隽才,但仕途坎坷。侘傺无聊,乃漫游楚粤,与俞樵同为制府吴留村重客。交吴棠桢、张桐君,屈翁山与之亦有唱酬。著《岸舫词》三卷,计 210 首。

柳亭多羁旅、闺情、写景、咏物之词,其涉及个人情操、抱负者,每有气势、情韵俱胜之篇。如《一丛花·潞河阻雪,题旅壁》词云:

> 长镵短策为谁留? 昂首赋《登楼》。潞河阻道余孤愤,旗亭畔、且拭征裘。影折冰须,风搏雪眼,筑起一天愁。　当垆十五解绸缪,纤指捧新篘。拈毫欲写思乡句,回头看、锦带双钩。万里关山,十年尘土,心事付沧州。

奇崛遒劲,苍莽沉痛,写尽孤愤英雄的深情与气概,几臻辛、陆之上。而《行香子·感兴》咏羁愁,又是另一种滋味。词云:

> 细雨濛濛,流水溶溶。倚栏杆、山影重重。弦调黑黑,歌度红红。看日迟迟,风细细,语喁喁。　挥手匆匆,别恨忡忡,望天涯、烟树曚曚。帘窥燕燕,门掩虫虫。任月娟娟,云淡淡,漏冬冬。

此词虽刻意使用叠韵,属于为技巧而技巧类的创作,却能写得自然流畅,感情饱满,意境浑涵,盖学李清照《声声慢》、葛立方《卜算子》而极为成功者。

方炳,生卒年不详,字文虎,会稽人。弱冠,补县学生。为人多奇气,惜累踬场屋,不遇于时。家居授徒,以诗文自娱。与陆进、吴棠桢、王晫酬唱。年五十余,夫妇相继病逝。其《倚和词》多为康熙元年至二十年间所作。方炳词一如其为人,每多慷慨不平之奇气,足可惊警人心。

方炳词的主题,多是"感不遇赋",所谓"贫贱人生百事哀"者。一如其集名所宣示,方词十之六七为倚和词,但与一般唱和不同,方词每借他人酒杯浇自己胸中块垒。至于那些秉笔直书的作品,更是词家人生际遇和胸襟情操的写照。如《临江仙·旅况》写道:

> 年少才华成底事? 寻常升斗西邻。荆妻笑我戴儒巾。厨中长脱粟,席上不堪珍。　闻道扬州作客好,琼花久矣成尘。不如馐粥本家贫。客为行乞子,吏是负心人。

满纸是穷愁与牢骚,但失意不平中仍有节操自守的清高与坚贞。

感情比此词更浓烈,牢骚比此词更激愤,操守比此词更决绝,读之几让人热血潮涌的作品也有的是。比如下面这首《苏幕遮·倚楼》:

> 倚高楼,思往事。秋月春花,都是英雄泪。如许乾坤身莫寄,万壑千岩,为觅无愁地。　采芙蓉,搴薜荔。叹老嗟卑,不觉人憔悴。拼饮香醪成一醉,醉后悲歌,歌罢挥如意。

不屈之气充盈字里行间,郁勃蒸腾,几乎随时可能喷薄而出。这样的人,纵使失败,也依然是豪杰。

方炳让我们联想起美国作家海明威小说《老人与海》中的那句名言:"人不是生来就要被打败的,你尽可以消灭他,可就是打不败他!"

金烺(1641—1702),字子阊,号雪岫,山阴人。生于明崇祯十四年(1641)。曾与其岳父吕洪烈、同邑吴棠桢等人两广都督府幕。清康熙四十年(1701)以贡生授儒林郎,官湖州府学训导。次年病卒于任所。有《绮霞词》。

雪岫性雅洁,好游历,慷慨磊落,能文,尤擅词,为清初越中名家。其词多言风景、闺情、伤春悲秋及羁旅游历,题材丰富,感情充沛,寄意深远,风格清隽疏朗。如《南乡子·江上》云:

> 细雨湿烟楼,几幅征帆出石头。燕子矶边风浪急,飚飚,才过瓜州又润州。　天地一沙鸥,踪迹飘零信客舟。还念故园丛菊好,深秋。开遍东篱不解愁。

此词是纪行么? 是怀古么? 是思乡么? 是咏怀么? 盖兼而有之者也。又如《雨中花慢·晚泊江上》:

> 浦口迷离,沙嘴依稀,金焦落日鲸吞。尽布帆高卷,估舶洲村。两岸芦花白雪,一江灯火黄昏。看潮生潮落,浪舞神鸦,风拜江豚。　伤心游子,襆被征衫,飘蓬青鬓秋云。人争诉、赤乌丹槛,青襟红巾。击楫遥怜祖逖,闻鸡学舞刘琨。追思往昔,多愁洗马,能不销魂?

一样是将纪行、怀古、思乡、咏怀融为一体,但绘景更为鲜明生动,言情更为浓烈深沉,洵为佳作。

甚至咏闺情,雪岫也能酝酿出天风海涛之音。如《丑奴儿令·郎去》云:

> 迢迢郎去无音信。道是龙沙,又说三巴,何日云帆始到家?　藕丝衫子凝红泪。小立窗纱,数尽归鸦,风雨黄昏嫁落花。

盖其怀才不遇、襟怀难施之穷困与不屈,已渗透到生活和人生的方方面面,而成为作者的基调和格调了。

于清中叶,则有胡天游、陶元藻、汪仁溥、丁子复诸家。

胡天游(1696—1758),一名骙,字稚威,号云持,山阴人。雍正间副贡生,乾隆元年(1736)荐举博学鸿词,以病未终试报罢。尝客游河北、山西等地。孤傲任气,终生未仕。工骈文,能诗词。有《石笥山房诗余》。

与一般词家令、慢兼采不同,天游词多用长调,从一个侧面显示出作者对词

韵的娴熟。以其落魄、奔波之处境,填词也多以旅况、风景和感怀为主要内容,风格雄放奇诡。且看《贺新凉·赋琵琶》:

> 冰向檀槽裂,是谁将、画眉娇语,嘈嘈细说?摆袖香风吹未了,花里春情抱月。忽千里、惊沙振雪。泪湿紫轮随雁去,正乌孙、帐下歌声咽。龙城路,阵如铁。　性灵弟子梁州抹。夜沉沉、璅窗深闭,几番凄切。老我伤怀千秋事,推手四弦重拨。赚山鬼、吹灯欲灭。壮士萧萧冲冠意,奈小怜、心与弦俱绝。倩为我,更弹彻。

这是效法辛弃疾的同调同题词。借众多有关琵琶的典故,抒发"老我伤怀千秋事"的抑郁不平,苍劲沉潜,力能扛鼎,颇得辛词风骨。

《最高楼·夜闻归雁》,则又在雄苍之上,别添一番风味。词云:

> 湘水暖,归雁别汀沙,千里趁残霞。阵阵喜逢关路近,迢迢不著塞云遮。甚春来,人作客,汝还家。　明玭玭、几声云外玉,清瑟瑟、几声弦上曲。似惆怅,又嗟呀。帘儿怕了风儿大,枕儿赚了梦儿赊。再添些,灯儿晕,月儿斜。

绘景壮阔雄丽,写情奔放活泼。"甚春来"三句,寓至情于非理之中。下片借鉴散曲的俚俗,表现旅人的孤寂与祈愿,使烦闷的羁愁生出些许轻快与洒脱。这样的人生态度,其实正是下层文士艰难处境下不屈与乐观的生动写照。

天游词中的短调,也一样能写出遒劲峭拔,情意浩茫。如《采桑子·途次》:"年年饥走关山道,千里残阳。一骑苍茫,独傍秋风古战场。　英雄抵死忙归去,沙草烟霜。争做兴亡,别唤琵琶说数行。"这样的作品,置诸两宋名家间,亦无愧色。

陶元藻(1716—1801),字龙溪,号篁村,晚号凫亭,会稽人。诸生,久困场屋,怀才不遇。尝游京师,客维扬,诗名大振。晚归隐杭州,筑泊鸥山庄于西湖葛岭,以著述自娱。有《泊鸥山房集》,中有词四卷,又名《香影词》。

与胡天游情况类似,篁村词也以雄肆感慨见长,但风格较为多样。如《南歌子·春日村居》云:

> 柳陌莺声老,茅堂燕影雏。东皋亚旅把犁初。正值如膏春雨、腻平芜。　阳羡纲将赐,兰陵瓮已沽。长腰适口软于酥。只待一江新水、上鲥鱼。

写南方乡村风物习俗,生动活泼,清丽如画。上片"正值"二句,下片"长腰"以下三句,都是来自生活一线的真切体验,令人过目不目,感同身受。这类作品还有《南乡子·雪》《采桑子·桐庐舟中》等。

另一类更多反映作者思想感情的创作,则是《水调歌头·登滕王阁》《永遇乐·宿泊鸥庄》。前者下片有云:"漫说能文世少,只恐知音人远,俯仰总神伤。几点卷帘雨,溅上客衣凉。"怀才不遇之恨,落魄身世之悲,都宛然耳目之间。后者上片云:"掩月柴门,沉云老屋,杖藜重倚。梦怯难成,句敲未稳,中夜披衣起。半明不灭,寒篝灯火,尚照一堆书史。听声断、天边雁语,叶叶风鸣窗纸。"又分明可见其拗怒坚守之志。

汪仁溥(1682-?),字苍霖,号雨亭,山阴人。生平事迹不详。乾隆二十七年(1762)尚在世。著有《雨亭诗余》。

雨亭词以短调见长,兼擅长调,多闺情、景物和题咏之篇。词风娴雅沉静,感情深挚。几首友情词和吊古词写得不落窠臼。如《南歌子·怀严又澄》写道:"人比黄花淡,词同白雪高。忆来千里许神交。梦醒半窗月上,竹风敲。"寥寥数语,即写尽好友的品性、成就、风神,以及自己对至交的深情怀念。又如《浣溪沙·和丁子建客邸春游》,一样写友情,却又是另一番风味:

> 恻恻春阴野外天,栩栩蝶影梦中缘。旅怀随地寄留连。 红点乱飞
> 桃瓣雨,绿痕深锁柳条烟。问君何处不堪怜?

写春景说友情似梦似幻,惹人流连。春景固然美好,但美得让人流连忘返的最根本原因,还在于友情的深挚。因为友情,所以留连。末句以"问君何处不堪怜"拍题,委实亦是画龙点睛之笔。

作为一个湮没无闻的乡村知识分子,雨亭词中亦多怀才不遇之感,并时时渗透到他所阅历的事物当中。像《念奴娇·浣纱石》,明为吊古,实为咏怀,道古今才人不遇之恨。词云:

> 苎萝山畔,有当年西子,经行遗迹。霸越亡吴弹指去,留得江头片
> 石。土渍苔封,沙崩浪啮,磊砢难销蚀。一拳千古,动人多少思忆。 宁
> 料一缕溪纱,偶然出浣,显此倾城质。今日西村何限女,谁向尘埃物色?
> 石傥能言,也应似我,望古增呜唈。精灵何在? 悄然长卧江侧。

西施本一乡村女子,却因得"伯乐"赏拔,而成就一番惊天动地、青史流芳的丰功伟绩。"今日西村何限女,谁向尘埃物色"二句,分明是为郁郁不得志的读书人,发一声控诉和责问。这样的情怀,在《风中柳·孤山吊林处士墓》中,得到更凄切沉痛的表达:"横影浮香,空有当年绝调。怕春归、梅魂缥缈。生原如寄,莫漫相悲悼。取樽罍、自浇怀抱。"慨叹自己空有林逋一般的才情,而不能闻达当世。

丁子复,生卒年不详,字见堂,号小鹤,室名"片石居",嘉兴人。贡生。工诗、古

文辞。古文得归有光家法。喜朱彝尊诗,又与恽敬、许宗彦等相唱和,所喜唯"宋元习"、"秦汉师"。著有《见堂诗文钞》,词附。

丁氏虽占籍嘉兴,作词却多慷慨激昂之气。如《水调歌头·西台吊谢皋羽》:

> 手执竹如意,晞发向沧洲。钓竿寂寞千古,云物自悠悠。忽尔歌声变徵,涌起一江寒濑,惊醒老羊裘。山鬼作人语,凄断暮猿愁。　西台泪,柴市血,恨同流。望中关水天黑,魂去不禁秋。剩有倚天长剑,分付平生知己,未便死前休。酹我一樽酒,孤月照山头。

西台即富春江严子陵垂钓处,文天祥就义后,谢翱尝登此台恸哭,作《登西台恸哭记》。本词则谢翱、文天祥同吊,歌颂前贤的业绩和精神,表达景仰追慕之意,风格类似张孝祥,显苏辛一派之流亚。

于晚清则有屠倬、龚自珍、周闲、刘履芬、徐本立、张景祁等人。其中龚自珍、周闲、张景祁三家成就较高。

屠倬(1781—1828),字孟昭,号琴坞,晚号潜园,又号耶溪渔隐,钱塘人。嘉庆十三年进士。授江苏仪征知县。劝纺织,重蚕桑,有治绩,循声大著。道光初,先后授江西袁州、九江知府,皆以疾辞。倬夙智早成,诗文书画金石篆刻并长。诗才优爽,与郭麐、查揆齐名。郭麐称其诗有幽并烈士、河朔少年之风。入官后诗境淡远,胸襟高旷。有《是程堂诗文集》。亦擅词,有《耶溪渔隐词》。

琴坞词缜密深沉,亦不乏激越慷慨之音。如《满江红·自京口泝江至金陵》云:

> 落日横江,翻鸦背、万千点墨。云水外、汀沙岸柳,几分萧瑟。暮色浑迷山远近,钟声不隔江南北。只中流、锁钥控金焦,谁移得?　秋黯黯,横长笛。波渺渺,怀迁客。怅飘零千古,风流裙屐。挥扇赌棋谈笑定,投鞭伐获英雄毕。算从来、无此太平年,如今日。

即便将末句当做写实,也仍能读出词中的萧瑟迷茫、幽愤不平之气。又如《忆旧游》词云:

> 又冻云如墨,鸦阵排空,一片萧骚。雪意江天迥,待荆关手笔,画出寒郊。此际苍茫独立,意气尚能豪。想射虎残年,阴山万骑,猎火通宵。　风高太凄紧,早瘦尽寒烟,落尽寒潮。何处吹横竹,正清商满耳,万籁习调。隔岸群峰戍削,落木下亭皋。只暝色遥分,似盘之字江一条。

调下原有小序云:"天寒日暮,层阴酿雪,步清平山顶,凭城远眺,抚景悲欢,觉激楚之声四山皆响也。"正可为此词解题。

龚自珍(1792—1841),字璱人,更名易简,字伯定,又更名巩祚,号定盦,又号羽琅山民,仁和人。父龚丽正,官苏松太兵备道,署江苏按察使,有经、史著述行世;母段驯,为著名小学家段玉裁之女,有《绿华吟榭诗草》。渊源家学,才华卓异,年方冠,所为诗文已有不可一世之概。嘉庆二十三年(1818)中举人。二十五岁为内阁中书。道光九年(1829)进士,十五年擢宗人府主事,十七年改礼部主客司主事、祠祭司行走。冷署闲曹,困厄下僚,颇不得志。道光十九年(1839)辞官南归。二十一年(1841)秋,暴卒于丹阳云阳书院。定盦自幼天资聪颖,长而淹贯古今,通经学、小学和史地之学。经学谈公羊学派,讲求经世致用,在政治上要求改革。又通佛学,崇尚天台宗。著述丰富。其著作后人辑为《龚自珍全集》。定盦词名为诗名、文名所掩。有《定盦词》,包括自定词集五种,各一卷,分别题曰《无著词选》、《怀人馆词选》、《影事词选》、《小奢摩词选》和《庚子雅词》。

晚清杰出学者沈曾植《书龚定盦文集后》称"定庵之才,数百年所仅有也",又在《龚自珍传》中将他与魏源并称为"奇才"。定盦词亦如其人及其诗文,堪称奇作。诚如谭献《复堂日记》所云,定盦词"绵丽飞扬,意欲合周、辛而一之,奇作也"。在《箧中词》中,谭献又说:"定公能为飞仙、剑客之语,填词家长爪梵志也。"可见定盦词以师心写意为主,兼有周邦彦、吴文英、辛弃疾诸家特色,融密丽、雄豪与怪奇为一炉,形成奇谲瑰丽的艺术特色。其友洪子骏赋《金缕曲》赞曰:"一棹兰舟回细雨,中有词腔姚冶。忽顿挫,淋漓如话。侠骨幽情箫与剑,问箫心剑态谁能画?且付与,山灵诧。"侠骨幽情,箫心剑态,顿挫淋漓,正是对定庵词艺术风格的生动概括。

且听其短调《桂殿秋》二阕云:

> 明月外,净红尘。蓬莱幽窅四无邻。九霄一派银河水,流过红墙不见人。

> 惊觉后,月华浓。天风已度五更钟。此生欲问光明殿,知隔朱扃几万重?

想象大胆,境界光明,极富浪漫主义色彩。词中所表现的"蓬莱仙境"的幽窅迷离,以及追求仙境的艰难阻陇与执着坚定,正是词家现实处境和人格精神的曲折反映。

这样的迷茫与艰难,到了《鹊踏枝·过人家废园作》里面,就变成了满纸的荒芜与凄凉。词云:

> 漠漠春芜春不住。藤刺牵衣,碍却行人路。偏是无情偏解舞,蒙蒙扑面皆飞絮。　绣院深深谁是主?一朵孤花,墙角明如许。莫怨无人来折取,花开不合阳春暮。

不难发现,当情感的犁头安装上思想的扶手,随时随地,目光所及,皆能变成隐喻和象征,使作品满含寄托与深思。这首词通篇运用比兴手法,废园象征当时的社会现实;春芜丛生,春光不驻,象征国家衰败命运;藤刺碍路,飞絮扑面善舞,象征阻碍进步的醉生梦死的腐朽势力;绣院当是象征无力主宰自己命运的中枢机构。最后突出一朵孤花于墙角独明,则显系词家自拟,以与这废园形成鲜明对比。这是一朵无人顾盼、爱怜的孤花,乃作者怀才不遇的写照。但无论如何,这孤花毕竟是阴暗中尚存的一丝明亮,可算是作者理想未泯、不甘沉沦的坚持与抗争。

定庵的长调更是写得生气郁勃,融雄奇与哀艳于一炉。且看《湘月》:

> 天风吹我,堕湖山一角,果然清丽。曾是东华生小客,回首苍茫无际。屠狗功名,雕龙文卷,岂是平生意?乡亲苏小,定应笑我非计。　才见一抹斜阳,半堤香草,顿惹清愁起。罗袜音尘何处觅?渺渺予怀孤寄。怨去吹箫,狂来说剑,两样消魂味。两般春梦,橹声荡入云水。

调下有小序云:"壬申夏泛舟西湖,述怀有赋。时予别杭州盖十年矣。"壬申为嘉庆十七年(1812),时年作者二十一岁。是年,作者全家南下,四月随母至苏州外祖父段玉裁家探亲。同时,与表妹段美贞在苏州结婚,婚后夫妇同返杭州。夏,泛舟西湖,填此词。据郭延礼《龚自珍年谱》,词人于嘉庆八年(1803)七月自杭州赴京,故有"别杭州盖十年"之语。这时作者尚未中举,功名于他尚很渺茫,况且"屠狗功名"也并非词人的壮志所在。春末离京之时,词人由副榜贡生考充武英殿校录,但在他看来却不过是"雕龙文卷"的工作,也不是平生志向。幸好,"怨去吹箫,狂来说剑","两般春梦"般的"消魂味",尚能安慰词人孤寂不平的心灵。全词写的虽是西湖泛舟,实为咏怀之作,风景不过是点缀,用作起兴的媒介和烘托罢了。词人将箫与剑、优美与壮美、雄奇与哀艳两种风格有机融合,显得抑扬顿挫,激楚悠长。

比《湘月》更为雄放杰出,如幽燕老将,有沉雄气韵的,则是下面这首《台城路》:

> 山陬法物千年在,牧儿叩之声死。谁信当年,犍锤一发,吼彻山河大地。幽光灵气。肯伺候梳妆,景阳宫里?怕阅兴亡,何如移向草间置?　漫漫评尽今古。便汉家长乐,难寄身世。也称人间,帝王宫殿,也称斜阳萧寺。鲸鱼逝矣。竟一卧东南,万牛难起。笑煞铜仙,泪痕辞灞水。

此词作于道光二十年(1840),作者四十九岁。是年八月作者来游南京,九月方离去,第二年便病逝了。调下原有小序:"赋秣陵卧钟,在城北鸡笼山之麓,其重万钧,不知何代物也。"古钟废卧山野,这样的对象,原本就是吊古咏怀的好题材,更何况遇上定庵这样的大手笔呢,因此成为词人晚年的一篇力作。钱仲联先生《清词三百首》这样分析此词:"借卧钟这一庞然大物寄寓感慨,思想境界达到相当高度。写钟即自写。犍槌一发,要吼彻山河大地,是振聋发聩,召唤九州生气的风雷。不肯伺候梳妆于景阳宫里,目无皇帝,比李白'安能摧眉折腰事权贵'大胆得多。一卧东南,万牛难起,又明显地为自己退隐东南,不能起来担负救亡的重担而自伤。最后对铜仙铅泪中的王朝兴亡,报以一笑,笑中有泪,亦见骨气。词风横放杰出,剑气横秋,心目中何有常州派!"是的,有境界才有高度,才能超越。连时下盛行的常州派都不在眼中,已经"过气"的浙西词派自然也不在话下了。定庵词可谓自鸣一家。

　　周闲(1820－1875),字小园,号存伯,又号范湖居士,秀水人。英人寇边,曾磨盾草檄。后佐戎幕,以谋划镇压太平军有功,于同治初官江苏新阳知县。旋罢去,寄迹苏州,卖画自给。博学工诗文、词曲,善绘事。著述多散佚,由其后人辑成《范湖草堂遗稿》,词附。

　　周闲多才多艺,文韬武略兼备,其词作也具有精致秀美与慷慨悲壮两种风格。范湖词内容广泛,或述颂浙东军民抗击外国侵略者的英勇事迹,或揭露统治者昏聩软弱本质,或直抒投笔从戎、击楫中流的爱国豪情,或表达对战争败局的悲痛忧愤。像《水龙吟·渡海》、《月华清·军中对月》、《征部乐·领健儿戍郭津》、《大酺·陪葛云飞、王锡鹏、郑国鸿三帅夜饯定海城楼》等都是佳作。且看《月华清·军中对月》:

> 毡幕天晴,牙旗风静,枕江营垒初暮。潮满春濠,帐底轻寒如洉。朗魄映、万里霏烟,皓彩散、一身零露。延伫。悄不闻夜鹊,更无芳树。　　独对娟娟三五,料燕子琼闺,海棠朱户。网遍帘尘,冷落玲珑光素。认旧时、凉槛圆晖,照此夕、戍楼人语。凄楚。看玉绳转影,银河催曙。

以词纪史,写营地肃杀冷峻情景,将兵荒马乱中的萧瑟寥落表现得细致入微,性情豪放而沉着,格调凄清而明澈,颇得几分东坡词、于湖词韵味。

　　这种凄清,在《感皇恩·连夕宿上虞县》里,就表现得更为明显了。词云:

> 歇马入离亭,湿烟凄晚。细雨寒花上虞县。驿门深闭,翠黯半庭秋藓。栏干无客倚,尘堆满。　　永夜不眠,绣衾空展,戍鼓零星四三点。短屏人坐,凉送西风一剪。赋诗黄叶里,孤灯闪。

周闲是画家,其词在形象塑造、意境经营方面也较同侪为优,此词即一显例。全词几乎每一句都是一个画面,既与传统意象、意境相联系,又能切合眼前景象、感受。其情凄然,其韵锵然,其境悠然。如果说上片表现的是孤独和凄凉,那么下片则主要表现操守和坚持。煞拍"黄叶里,孤灯闪"六字,将主人公不屈和充满期待的艺术形象烘托得鲜明突出。

　　与《月华清》、《感皇恩》的凄凉不同,《水龙吟·渡海》则是满页的奇情壮彩。词云:

411

　　海门不限萍踪,危樯直驰东南去。怒涛卷雪,轻舟浮叶,乘风容与。浪叠千山,天横一发,鱼龙能舞。向船舷叩剑,舵楼酾酒,何人会,茫茫绪?　遥指虚无征路,望神州、琼烟霏雾。汪洋弱水,惊魂骇目,蓬莱犹故。绝岛扬尘,孤帆飘羽,重渊垂暮。且当杯散发,中流击楫,放斜阳渡。

此词又分明稼轩体矣。作者写海上军事行动,既豪情满怀,又潜藏茫然,而一以贯之的则是奋命及其悲壮。

　　与一般词人不同,周闲直接投身保疆卫国的战争,描述见闻,抒发感慨,还能像杜甫那样,以词纪事,从而成为晚清浙江词史上难得的词史型作家。其中一些词作直陈时事、时人,本身即具有史料价值。像《大酺·陪葛云飞、王锡朋、郑国鸿三帅饯定海城楼》、《尉迟杯·军中与孙县丞丈应昭话旧,时同监钩金塘工》、《忆旧游·上凤皇山》等。

　　徐本立(1820?－1874?),字子坚,号诚庵,德清人。道光二十六年(1846)举人,权知江苏南汇县(今属上海)。有《荔园词》二卷。另有《词律拾遗》八卷,可补万树《词律》之不足。

　　荔园词虽宗浙西,但能融入伤时忧世之怀,反映社会现实,值得肯定。如《贺新郎》词云:

　　夜色明于水,是何人、及时行乐,燕巢沉醉。依样姑胥纤月影,移照瀯埭佳丽。堆几许、阶前蜡泪。道是柘枝颠未了,乍朝暾、替却春膏腻。长夜饮,此何地?　匆匆夜漏笙歌里。更谁知、金戈铁甲,四郊多垒?尽道诸戎能掎鹿,倚作长城万里。便壁上、闲观来此。同是通宵人不寐,只迁生、独为闻鸡起。浑欲击,唾壶碎。

此调下原有小序云:“五月上浣自川沙至沪渎,泊舟城外,见洋泾浜选舞征歌,肩舆络绎,觞飞管逐,达曙方休。褐夫睨之,私谓过当。古云‘四郊多垒,此卿大夫之辱也’,又云‘好乐无荒,良士瞿瞿’,凡百君子,其敬听之。”虽同是“通宵不眠”,但一边是“金戈铁甲”、“闻鸡起舞”,一边是“壁上闲观”、“及时行乐,燕巢沉醉”,在这鲜明强烈的对比中,作者沉痛激愤的爱国忧国之心也得到深刻而集中的表现。

　　《荔园词》中贴近现实的作品还有不少,像《贺新郎·听人说金陵事叠前韵》、《水龙吟·金陵偶成》、《念奴娇·题潘麟生词稿,用石帚韵》等,或用冷寂的意境,或用悲怆的语调,将作者在太平天国内乱时期的凄惶心境展现无余。

　　刘履芬(1827－1879),字彦清,号泖生,一号沤梦,江山(今属衢州)人。诸生。早年随父居京师,闭门读书,咸丰九年(1859)战乱,举家漂泊江淮间。同治七年(1868),苏州设书局,充提调。光绪五年(1879),代理江苏嘉定县知县。因辖下发生命案,总督使者恃命骄横,牵连及无辜,本人又遭轻侮,愤而刺喉自绝。履芬温和坦荡,博览群书,喜金石图书,工诗文词。有《古红梅阁遗集》八卷,乃其死后湖口高心夔为之编录,广州许应荣出资,于光绪六年刊于苏州。其中《沤梦词》一卷,凡70余首。

沤梦命运多舛,词风亦幽婉深挚,时有沉痛决绝之语。短调《蝶恋花》云:

> 细草平沙三月暮。一夕花开,零落春无主。看作舞衣金缕缕,啼鹃何苦留人住。　斜掩翠翘迷处所。酒半相思,却听连宵雨。银烛乍销窗未曙,断魂只在闲庭户。

伤春是寻常题材和题旨,但作者善用衬托手法,增强情感的浓度,并使感情曲折层深。像"看作"二句和"酒半"二句,都是让人不忍卒读的深挚痴迷之语,末二句言蜡烛燃尽而长夜犹深,真个要使人"断魂"了。

再来看一首《长亭怨慢》。词云:

> 漫回首、漂萍零絮。如此江山,可怜鼙鼓。不分魂销,夜灯酸对镇无语。琐窗人静,曾记听、天涯雨。宿雁起沙滩,算一样,衔芦辛苦。　愁赋。问斜阳古巷,王谢几时曾住? 西风做冷,叹秋雁、寻巢都误。画一片、败叶疏林,悄傍着、谁家朱户? 只天外姮娥,能共清辉千古。

写战乱后南京的冷落萧条景象,感秋伤怀,读之如身临其境。用典精微妥贴,切合眼前实况,使词作更具表现力,从中不难体会作者伤时忧世的深重忧患。

刘履芬在词艺上虽尚秉承浙西词派,但因个人困厄身世和艰难时世,其词的现实主义色彩大大增强,从而与传统浙派拉开距离。像《金缕曲》(一幅伤心景),更直接写战乱后人民流离失所、惶惧无助的凄惨景况,虽为题画而作,实可入"词史"之属。

与徐本立、刘履芬风格比较接近的还有张景祁。他们都是词艺学浙西,而后期渐趋深沉与写实,留意世事,关心民生,从而突破浙西樊篱,使词旨和词品都更臻高境。相比之下,张景祁更胜一筹。

张景祁(1827－1895后),字孝威,更字蘩甫,又字韵梅,号新蘅主人,钱塘人。弱冠即喜填词,学词于黄曾、黄燮清,被谭献等奉为导师。同治三年(1864)拔贡,十四年中进士。充武英殿协修、国史馆协修。光绪二年(1876),知福建武平县。九年,调台湾淡水知县。值中法战争,以与巡抚意见不合,被谪去职,入左宗棠幕府。后返任闽南,历官晋江、连江、仙游、福安知县,有政声。卒于福州。诗词并工。有《新蘅词》九卷。

　　景祁初好侧艳之词,如《小重山》云:"几点疏鸦眷柳条。江南烟草绿,梦迢迢。十年旧约断琼箫,西楼下,何处玉骢骄？　酒醒又今宵。画屏斜月上,篆香销。凭将心事托回潮,清溪水,流得到红桥。"可入《花间》,可配晏、欧。后期则力追两宋,刻意姜、张,研声刊律。战乱以来,渐去华藻,展其激昂。尤其是渡台后诸作,诚如谭献《箧中词续》所云,"箫吹频惊,苍凉词史,穷发一隅,增成故实",慷慨悲壮。叶衍兰《新蘅词序》称其词"选调必精,摛辞必炼,有石帚之清峭而不偏于劲,有梅溪之幽隽而不失之疏,有梦窗之绵丽而不病其秾,有玉田之婉约而不流于滑",洵词坛一时之秀。

　　新蘅词中最具特色,也最有分量的作品,当是吟咏中法之战及台湾烽火诸作,确称词史珍品,为近代浙江词增添辉煌一页。1844 年 8 月,法国侵略台湾基隆,被中国守军击退,转而突袭福建马尾。9 月再犯台湾,淡水军民坚守阵地,再败法军。张景祁皆有词纪之。其《秋霁·基隆秋感》云:

　　　　盘岛浮螺,痛万里胡尘,海上吹落。锁甲烟销,大旗云掩,燕巢自惊危幕。乍闻唳鹤,健儿罢唱从军乐。念卫霍,谁是汉家图画壮麟阁？　遥望故垒,氄帐凌霜,月华当天,空想横槊。卷西风、寒鸦阵黑,青林凋尽怎栖托？归计未成情味恶。最断魂处,惟见莽莽神州,暮山衔照,数声哀角。

此为台湾而作。《曲江秋·马江秋感》则为福建马尾而作,词云:

　　　　寒潮怒激,看战垒萧萧,都成沙碛。挥扇渡江,围棋赌墅,诧纶巾标格。烽火照水驿。问谁洗、鲸波赤？指点鏖兵处,墟烟暗生,更无渔笛。　嗟惜。平台献策,顿销尽、楼船画鹢。凄然猿鹤怨,旌旗何在？血泪沾筹笔。回望一角天河,星辉高拥乘槎客。算只有鸥边,疏菼断蓼,向人红泣。

两首词都写得悲壮慷慨,沉痛激切,情、事、理、景熔铸一炉,颇能激荡人心,有很强的艺术感染力,充分反映了作者不凡的艺术功力。新蘅词长于铺叙,以景传情,尤善于结束,耐人咀嚼。这一对姐妹篇,无论是前者的苍莽悲凉,还是后者的凄艳幽咽,都一样能令人触目警心,热血腾涌。如果说前一首的结句如钱江潮有倒卷全篇之势,那么后一首的结句则如漩涡有吸纳全篇之效。

　　再如《酹江月》写基隆沦陷后,作者所经历的一次"虎口脱险",也同样显示出作者不凡的艺术功力。词云:

　　　　楼船望断,叹浮天万里,尽成鲸窟。别有仙槎凌浩渺,遥指神山弭节。琼岛生尘,珠厓割土,此恨何时雪?龙愁鼍愤,夜潮犹助呜咽。　回忆呜镝飞空,飙轮逐浪,脱险真奇绝。十幅布帆无恙在,把酒狂呼明月。海鸟忘机,溪云共宿,时事今休说。惊沙如雨,任他窗纸敲裂。

调下有序云:"法夷既据基隆,擅设海禁。初冬,余自新竹旧港内渡,遇敌艘巡逻者驶之,几为所困。暴风陡作,去帆如马,始免于难。中夜,抵福清之观音澳,宿茅舍。感赋。"初冬,指光绪十年(1884)十月。据连横《台湾通史·外交志》记载,光绪十年八月,法国海军攻占基隆后,"布告封港,北自苏澳,南至鹅鸾鼻,凡三百三十九海里,禁出入,分驻兵船巡缉"。此词写的虽是"脱险真奇绝",但作者并无半点欣喜;相反,他悲慨"浮天万里,尽成鲸窟"、"时事今休说",彻夜不眠,"惊沙"二句力透纸背,警策有力。

此外,像《齐天乐》(客来新述瀛洲胜)纪述台湾设立行省后的繁荣昌盛,并认识到台湾作为"神州门户"的重要性,也是不可多得的"词史"。作者在词序中满怀热情地写道:"台湾自设行省,抚藩驻台北郡城,华夷辐凑,规制日廓,洵海外雄都也。赋词纪盛。"爱国之情溢于言表。

在内外矛盾的激荡震撼下,晚清浙江词家在取材和风格上都有了程度不同的转变,作品中的社会现实内容明显增多,词风更趋坚实壮阔,格调更见庄重骚雅,种种迹象表明,传统词学或将迎来更多、更大、更彻底的新变和发展。

上述三期非浙西词派词家的创作,取材广泛,风格多样,成就突出,为清代浙江词的繁荣和发展做出了重要贡献。需要指出的是,前两期艺术个性鲜明、词风偏于激越豪放的作家,以浙东人士居多;而自列强侵凌、内乱严重、政局动荡、民生凋敝以来,越来越多的知识分子开始觉醒,关注社会现实,同情民间疾苦,讴歌呼号,揭露讽刺,甚至直接投身抗战、平乱事业,使创作的内容和风格都发生重大变化,涌现出许多新题材、新内容、新作风,从而在很上程度上消弥了浙西和浙东的文化差异,以及传统和新学的观念差异。事实上,浙江词的近代化和现代化,正是在这样的背景下和基础上发轫起程的。

如果将浙西词派和非浙西词派作家作一比较,不难发现,浙西词派的作者,多是科举、仕途比较顺利的文士,而自具个性风格的作者,则多为出身清寒、仕途偃蹇的怀才不遇者。即使同属浙西词派,承平词人也更多闲情逸致,留意词艺,自觉效仿姜张骚雅典重作风,成为浙西词派的中坚力量和维护者;而晚清时局动荡,词家每每感激振奋,忧国忧民,直抒胸臆,因而从浙西词派中逸出,成为自具风貌的作者。为文学而文学,为人生而文学,本都无可厚非;盛世醉艺,乱世倡道,词学之演进,也是历史风云际会的结果,有非人力所能左右者。若究浙西词派式微之由,亦当首先于此中求之。

第五节　清代浙江女性词人对前途和命运的探索

　　清代词学昌盛，历久不衰，风气所及，达官显宦、文人士夫之流皆擅此道，而家中眷属亦受熏染，颇有能工词者。女子能词，自唐宋以来代不乏人，至有李清照这样的词学宗匠。明代女子能词者，亦不在少数。但若论填词人数之众，普遍成就之高，还数有清一代。近人徐乃昌刻《小檀栾室汇刻闺秀词》，收清代女词人96家；周庆云《历代两浙词人小传》，录清代闺阁词人144家；叶恭绰辑《全清词钞》，收女词人490家，约占总数的1/6。更重要的是，清代女性词人、词作数量远迈过往，创作内容更是多姿多彩，婉豪兼施，各臻其妙。与此种情形相应，清代浙江女性词人、词作及成就，亦不逊宋代，大有可陈述者。张珍怀选注《清代女词人选集》①，共收清代女性词人64家，词作260首，浙籍词人19家，词作97首。最为难得的是，传统词学所举清代三大女性词家，浙江竟占其二。清代浙江女性词人为数众多，囿于篇幅，本节只能择其卓越者，列叙如下。

　　首先讨论清初女词人。

　　由于柳如是、徐灿、李因、黄媛介等人，都已安排在明代，所以清初女性词人剩有杨绛子、杨琇、李淑昭、李淑慧、沈宛、顾姒、林以宁等人。这几位成就虽较一般，但所存词作，却皆可讽咏。

　　杨绛子，嘉兴人，柳如是胞妹，独居吴江，后入峨嵋终隐，卒于四川。有《灵鹊阁小集》。

　　据清人柴紫芳《芦峰旅记》记载，柳如是归钱谦益后，绛子犹居吴江垂虹亭，鄙姊之行，遂不与人往来，日诵《楞严》、《金刚》诸经。柳如是数以诗招之，终不应。下面这首《高阳台·春柳寄爱姊》，就是对柳如是的讽喻之作。词云：

　　　　过雨含愁，因风助态，江南二月春时。少妇登楼，怜他几许相思。
　　流莺处处啼声巧，织柔条、摇曳丝丝。散黄金、持赠旗亭，劳燕东西。　　逢
　　人莫便纤腰舞，纵青垂若辈，浊世谁知？张绪风浪，灵和情更依依。天
　　涯一霎飞花候，也应嗟、堕溷沾泥。怨东风、吹醒芳魂，吹老芳姿。

咏柳是词的传统题材，但借以讽劝者，实未易见。句句看似写柳，而句句有影射，亦可谓难矣。但词人的出发点是讽喻，而非讥刺，希望姐姐能及时醒悟。上、下片末二句皆为警惕之语，亦足见其用意之殷切。

---

　　① 张珍怀选注《清代女词人选集》，黄山书社2009年版。

杨琇,字倩玉,钱塘人。后改姓王,适同邑沈丰垣。有《远山楼词》。《全清词·顺康卷》录其词 11 首。

关于杨琇,最值得一提的,不是其词,而是其人。这是一位可歌可泣的不幸与不屈的女性。据王士禛《香祖笔记》卷二记载:"武林女子王倩玉,貌甚美而工诗词,已字人矣,悦其中表沈生遹声而越礼焉。母家讼于官,杭守戈珽断离,鬻于驻防旗下。沈百方赎归,复为沈生一女而死。传其寄沈《长相思》一阕云云。虽淫奔失行,其才慧亦尤物也。"这位王倩玉,正是杨琇。遹声,乃沈丰垣字。据袁牧《随园诗话》卷十一记载:"予幼时,大母常为予言:大父旦釜公,性豪侠,与沈遹声秀才交好。秀才中表杨大姑,有文君夜奔之事,托先祖为之道地。杨纤足,夜行不能逾沟。先祖助沈,为扶而过之。事发,藏匿余家。大姑纤腰美盼,吐属娴雅。大母亦怜爱之。母家讼于官。太守某恶其越礼,鬻与驻防旗下。大姑佯狂披发,自啖其溺。旗人不能容。沈暗遣人买归,终为夫妇,生一女而亡。后阅《香祖笔记》载此事,称武林女子王倩玉者,盖即杨氏,讳其姓为王也。其寄沈《长相思》一曲云云。"

与那些模式化的伤春悲秋、销愁解忧之作不同,杨琇的相思怀人词,是以名誉和性命为代价的长歌当泣。语真景真情真,虽不计较技艺而纯乎天成之作。且听《长相思》云:

> 见时羞,别时愁。百转千回不自由。教奴怎罢休?　　懒梳头,怯凝眸。明月光中上小楼。思君枫叶秋。

此词虽短,但"见"、"别"、"转"、"回"、"休"、"懒"、"怯"、"上"、"思"一连串动词的高频使用,果真是"百转千回",曲尽主人公的娇羞、深情与煎熬。秋天殷红的枫叶,是热烈、深沉而坚贞的象征,以此作结,言简而意丰,韵短而情长。

杨琇词写的虽是男女私情,结句却往往柔情浓缩,精警有力。《长相思》已是一例。再看《清平乐》:

> 离愁满面,转自羞人见。多少泪珠心里咽,搅断柔肠如线。　　挂帆刚趁长风,霎时分手西东。恨不将身化石,填他江上青峰。

离别自是习见的爱情题材,出新并不容易。此词下片却别开生面,令人难忘。"挂帆"二句以"刚"、"霎时"怨分别之速,不能追随而去,将情感推成一个浪峰,一般词人至此便顺势而下,以凄婉相思作结;但此词结拍,却异想天开,奇峰突起,说自己恨不能飞身江心青峰,化作翘首企盼的望夫石。虽是女儿情词,却有男儿气概。

再如《西江月》写相思也是如此,且更见巧思。词云:

　　　　镜里双蛾时蹙,枕边香泪长抛。邻姬无事爱吹箫,不管旁人潦
　　倒。　　露下野莲有子,风凉秋燕离巢。银河千丈也填桥,天上原来
　　恁巧。

上片写相思,以"邻姬"侧面反衬,已见小巧。下片"露下"二句,前句谐音双关,言己月下怀人,下句以秋燕喻人在他方。又由望空而见银河,由银河、秋燕而思鹊桥,不但思致工巧自然,而且由实入虚,达成词旨:牛郎、织女尚得一年一会,自己却不得不与心上人长久分离。李调元《雨村词话》卷四称此词"出语殊有仙气",盖亦服其高妙自然。

　　李淑昭,字端明,李渔长女,兰溪人。《全清词·顺康卷》录存其词3首。

　　李淑慧,字端方,李渔次女,兰溪人。《全清词·顺康卷》录存其词3首。

　　淑昭尝作《捣练子》3阕,分咏"春景"、"秋景"与"月下合箫",淑慧皆依韵和之。淑昭咏春景云:"桃花锦,柳如烟,莺不停梭蝶不闲。妨却绣窗多少事,尽抛针黹到花前。"言春景诱人,竟至放下女红,前来赏花,惜春怜花之态已足可媚人。据况周颐《蕙风词话续编》卷一,淑慧和韵如下:

　　　　收晓雾,散朝烟,遽阁忙人到此闲。绣线未抛针插髻,脚根早已到
　　花前。

淑慧和作更言晓雾刚散,闺中绣人不等放妥绣线,便忙不迭跑出去赏花,只好暂将绣花针插在发髻上,惜春怜花之情更是跃然纸上。

　　淑昭咏秋景云:"枫叶落,菊枝垂。无奈金风次第催。索性催霜催雪到,冲寒早放一枝梅。"枫老菊残,时序匆匆,年光易老,不免伤怀;不料却笔峰一转,言索性催得霜雪,好让梅花凌寒怒放。闺中人有此思致、笔力,委实难得。而淑慧的和作,出手更不凡。词云:

　　　　秋日短,菊花垂。减线工夫着意催。春景欲来秋景谢,菊花莫绣绣
　　寒梅。

淑昭原韵乃就秋景发挥;淑慧则深入一步,将刺绣与秋景绾合起来,言时序年光既然如此迅捷,桃啊荷啊菊啊,转瞬已是陈迹,那不如直接来绣寒梅得了。言下之意,已经失去的就放手吧,赶紧抓住那即将到来的。这真是明智果决的人生态度,令人钦佩。

　　相比之下,妹妹淑慧似乎更胜一筹。据李渔《捣练子·理绣和次女淑慧》附原韵后跋云:"予二女性耽柔翰,颇有父风,好作诗词,又不屑留稿,如此等词而随作随毁者,不知凡几。虽曰女子当然,然亦甚为可惜。"又云:"'添线'二字,口头

语也。有增即有减,'减'字未经人道,不料闺中女子,亦能补缺拾遗。"可见淑慧诗词确有过人之处。知女莫若父,李渔是诗文大家,他都说"甚为可惜",我们当然更是为词史的损失痛心不已。不然,李氏姐妹,定可在清代浙江词史上占据更重大的位置。

"月下合箫"一阕,乃姊妹二人埙、篪合奏之歌,含义一般,暂置不论。

沈宛,字御蝉,乌程人,适词人纳兰性德为妾。有《选梦词》。《全清词·顺康卷》录存其词 5 首。《长命女》《一痕沙》《菩萨蛮》三阕述相思,《临江仙》《朝玉阶》二阕分别写伤春、悲秋情绪,皆凄婉动人之章。

且看其《菩萨蛮·忆旧》云:"雁书蝶梦都成杳,云窗月户人声悄。记得画楼东,归骢系月中。　醒来灯不灭,心事和谁说?只有旧罗裳,偷沾泪两行。"近人王蕴章《然脂余韵》卷二说:"清初词人工为南唐五季语者,当以纳兰容若为最……余最爱其集中悼亡诸作,逸响凄音,含思宛转,想见闺中风调,亦复不凡,宜乎熏香荀令,有神伤之戚也。然观蒋氏词选,录吴兴女史沈御蝉宛《选梦词》,谓是容若妾,其《菩萨蛮》云云。妾侍中有如许才调,乃《饮水》诗词中绝无一语提及,宜词意之有怨抑也。"纳兰性德著述较多,散失者亦不少,其中或有提及沈氏者,但沈氏未得其宠,则是肯定的,否则不必有这样凄苦的诗行。词序"忆旧"二字,也说明这是先宠后疏、忆往伤怀之作。谢章铤《赌棋山庄词话》卷七称此词"丰神不减夫婿",这样的作品,置之花间,亦居中流以上。尤其"记得"二句,仙心灵语,摇曳妩媚,果是言梦方有之境。唯其如此,梦破后的孤寂才更见凄楚。

旧时一般女子,若情感不幸,便再难有快乐了;阳春好花溅泪,晚秋落叶惊心,更何况春去花落时节呢。且听沈宛《临江仙》:

> 难驻青皇归去驾,飘零粉白脂红。今朝不比锦香丛。画梁双燕子,
> 应也恨匆匆。　迟日纱窗人自静,檐前铁马丁东。无情芳草唤愁浓。
> 闲吟佳句,怪杀雨兼风。

暮春时节,落红飘飞,固易有伤逝之叹,但日暖燕舞,风铃丁东,芳草连天,果真能静心赏玩,闲吟觅句,亦是大好。可惜失宠伤心人,非但见不得落花,更容不下双燕,哪里还能"人自静"呢?而窗前芳草,终以其积久深厚的伤离意蕴,引燃词人胸中那团孤寂的火焰。花自飘零水自流,不怨青皇恩薄,不怨双燕恼人,只怪那无情风兼雨,凭甚苦相催?细味末句,盖词人失意,乃纳兰别有新宠,而新人又恃宠骄纵之故吧。

顾姒,又作仲姒,字启姬,生于顺治初,钱塘人,同邑诸生鄂曾妻,诗词俱佳,得王士禛赞赏。与其姊长任及林以宁、钱凤纶、柴静仪等结社唱和。有《静如堂

集》、《翠园集》。《全清词·顺康卷》录存其词 15 首。

其《桃源忆故人·寄姊重楣》以月之圆缺喻亲人聚散,深情动人。词云:"经年怕睹天边月,做尽凄凉时节。不解离人伤别,倏忽圆还缺。　东风昨夜吹鱼帖,半幅新词凄绝。谁道关山隔越,历历灯前说。"如果说此词尚未见特色和功夫,那么再看下面这首《满江红·泊淮示夫子》:

> 一叶扁舟,轻帆下、停桡古岸。灯火外、几株疏树,人家隐见。漂母祠前芳草合,韩侯台上寒云断。叹从来、此地困英雄,江山惯。　穷愁味,君尝遍。人情恶,君休叹。问前村有酒,金钗拼换。举案无辞今日醉,题桥好遂他年愿。听三更、怒浪起中流,鱼龙变。

上片写晚泊淮河景象,并由漂母祠与韩侯台引出英雄多厄,笔力苍劲。下片劝夫振作图强,旷达爽朗。全词浑无女性习见的纤柔与狭窄,自是女性词中难得的佳作。

接着来看清代中叶女性词人。

清中叶女词人则有孙云凤、孙云鹤、孙荪薏、袁绶、袁嘉、吴藻、沈善宝、钱斐仲、谈印梅等。其中以吴藻最为杰出。

孙云凤(1764－1814),字碧梧,仁和人。按察使孙嘉乐女,程懋庭室,袁枚女弟子。擅诗词,兼工绘事。惜所适非偶,程氏见笔墨辄憎,终至反目离异,归居母家,抑郁成疾,青年早逝。有《湘筠馆诗》、《湘筠馆乐府》二卷。《全清词·雍乾卷》录其词 95 首。

云凤幼随父官滇、蜀间,所至斐然成咏,多清新可诵。日与妹云鹤相酬和以为乐,后云鹤至岭南,故卷中忆妹之作居其半,佳作亦多。如《菩萨蛮》词云:

> 翠衾锦帐春寒夜,银屏风细灯华谢。鸳枕梦难成,绿窗啼晓莺。　愁来天不管,鬓堕眉痕浅。燕子不还家,东风天一涯。

上片写怀人难眠,直至灯油耗尽,晓莺啼枝;下片写人在天涯,如燕去不还,自己无心梳妆。说它是思念亲人固然甚妥,其实说它是爱情词、友情词,亦未尝不可。全词寄意杳微,含情幽渺,置诸宋贤间,亦称佳作。

下面这首《苏幕遮》,同样是怀人的佳作。词云:

> 白蘋洲,黄叶渡。云静秋空,人逐飞鸿去。目断高楼天欲暮。远水孤帆,衰草斜阳路。　漏声沉,桐影午。江阔山遥,有梦还难渡。帘外霜寒风不住。明月芦花,今夜知何处。

上片言秋深人去,登楼望远,更添离愁别绪;下片言午梦情形,江阔山遥,绝难成渡,至于惊醒,只听得窗外寒风劲吹,不由得替远行的旅人担忧起来,不知他今夜停泊何处,是否安康。明月下,芦花荡,他一定也有一个不眠之夜吧。此词情意深长,格调高阔,意境浑茫,造语纯熟,有丈夫气,非一般女性可为。

对于一个所匹非偶、归居娘家的孤寂女性来说,怀人遣愁也许便是生活的常态了,所以即使像《虞美人》这种比较单纯的伤春题材,也一样能与其人生缺憾及其补偿心理联系起来,从而使作品变得内涵丰邃,气韵酣畅,动人心弦。词云:

> 昨年燕子衔花去,春色难留住。前年人倚画楼东,惆怅一帘飞絮暮烟中。　今年又是酴醾节,此景还如昔。小廊立尽看归鸦,却恨无情芳草遍天涯。

前年空盼望,去年空盼望,今年看来又是空盼一场。一心怀人,如画春色,词人竟无丝毫牵挂,任它从眼前滑过。先言"昨年",再言"前年",曲转一层。"小廊"二句,写整日登楼廊下痴望,直至暮鸦归巢。怀人无望,忧愁难遣,遂将满腹怨楚吐向连天碧草。《楚辞·招隐士》说:"王孙游兮不归,春草生兮萋萋。"词人能获得的宣泄,竟全在这里了。

阮元《两浙輶轩续录》称:"碧梧倚声之学著称于时,佳者绝似北宋人语。"郭麐《湘筠馆词序》称其词"清新婉美,在梦窗、竹山之间",《国朝词综续编》又说其词"寄意杳微,含情幽渺"。究其原因,云凤本是素心人,故其词有清音;竟成伤心人,故其词多凄婉。

孙云鹤(?—1816),字友兰,一字仙品,仁和人。孙云凤妹,县丞金玮室。袁枚女弟子。工诗词,善画,兼长骈体文。与姐云凤齐名,命运亦相似,所适非偶,故多幽怨。吴兰修深赏其词,助以付梓。有《听雨楼词》二卷。《全清词·雍乾卷》录其词123首。

云鹤词取法南宋,每以怀人为寄托,风韵萧然,与其姊类似;而深情迷朦,意境浑成,则似有过其姊处。比如《点绛唇》:

> 黄鹤楼头,塞鸿声里清秋暮。水边归路,人立斜阳渡。　十二屏山,有个人凝伫。知何处?暝烟残雾,几点潇湘树。

和《菩萨蛮》:

> 迢迢不断天涯路,今宵又向芦汀住。梦断酒初醒,雁声疑橹声。　满篷霜似水,渺渺情千里。残月在孤舟,故人何处楼?

以及这首《更漏子》:

> 绿阴浓,红雨乱,无奈春归人远。梁燕去,塞鸿来,闲阶生暗

苔。　　长亭路,分襟处,惆怅画屏烟树。流水远,夕阳沉,倚栏千里心。

而下面这首《水龙吟》长调,更将云鹤词的多种好处,都集成到一块。且听:

　　一痕烟收黄昏,重门静掩闲庭宇。茅檐月色,竹篱灯影,依稀行旅。深巷传更,高楼吹笛,动增离绪。记北窗旧日,梅花如雪,曾同咏、鸡鸣句。　　应忆罗浮客信,渺苍波、难逢鱼素。浮踪天外,故人梦里,家山何处?松菊秋怀,莼鲈风味,望迷云树。但微茫一片,寒光远籁,写销魂谱。

此调下有序云:"新会南仓,住屋西偏即爨所。茅舍竹篱,宛然村店。黄昏人静,霜月在檐,一灯荧然,射出篱外,望之有旅人晓发意,写此以寄碧梧姊,当仿佛共吟'出店马驮残梦客,隔篱灯照正啼鸡'时也。"序、词二美相得,正可益彰其意。读至"记北窗"数句,恨不得与之偕坐;而至"浮踪"数句,又恨不能代其罹忧了。

　　孙氏姊妹,正在伯仲之间,实难轩轾;亦毋须比较,二美并传,彼此映照,相得而益彰。孙氏姊妹,李氏姊妹,还有下文的袁氏姊妹,皆家族、家庭教养所育成,浙词传统之深厚于是可见一斑。

　　孙荪蕙(1783－?),字秀芬,号苔玉,仁和人。孙震元女,萧山儒学训导高第继室。工诗,兼善倚声。有《衍波词》二卷。

　　苔玉幼承庭孙,精通翰墨,其夫为名士,其子是达官,一生美满幸福,是历代女词人中的幸运儿。据孙振械辑《杭郡诗续辑》,"苔玉幼失母,其父授以诗法,年未及笄即有诗若干卷。迨归于高,亦名士也,闺房酬唱,各称畏友。"她所作《贺新郎》咏《红楼梦》黛玉词,流传至日本,明治时东京著名诗人森槐南曾有和作。

　　不过,人生有得亦有失。若就以词言情,其深度固不若孙氏姊妹,即与沈宛相较,似亦难以胜出。盖欢愉之词难巧,而愁苦之词易工也。观其所作,读书、品鉴、登览、妆饰,乃至夫妇闺房之乐,一一道来。噫!欢惬如此,损失点词情、词境,也就罢了。

　　且看其《贺新郎·题〈红楼梦〉传奇》云:

　　情到深于此。竟甘心、为他断肠,为他身死。梦醒红楼人不见,帘影摇风惊起。漫赢得、新愁如水。为有前身因果在,拚今生、滴尽相思泪。频唤取、颦儿字。　　潇湘馆外春余几?衬苔痕、残英一片,断红零紫。飘泊东风怜薄命,多少惜花心事。携鸦嘴、为花深瘞。归去瑶台尘境香,又争知、此恨能消未?怕依旧、销蛾翠。

戏曲《红楼梦传奇》,泰州仲云涧撰,取材于曹雪芹小说《红楼梦》宝、黛恋爱故事,内容与现代越剧所演者相近。词序云"题《红楼梦传奇》",自然是在看戏后所作。此词在清末传至日本,明治词人森槐南和之,题曰"读《红楼梦》用孙苕玉女史韵"。男权时代女性的婚姻幸福,多是侥幸获得;知书达礼如词人,自然明白这样的道理。这恐怕是她能对黛玉悲惨遭遇深表同情的深层原因吧。现在看来,此词自然新意无多,但读至"帘影摇风惊起"句,还是有追魂摄魄之感。

相比之下,《水调歌头·登六和塔》更见作为一个词家应有的胸襟与境界。有此一阕,苕玉亦可与历代女性词人一争高下了。词云:

> 到眼忽金碧,塔影挂晴空。问谁为此翠堵,卓笔写苍穹?最好凭阑长望,隔岸越山如笑,揖我白云中。城郭渺茫际,铃语坠天风。　登临兴,怀古意,两何穷。是处江山淘美,韶景惜匆匆。算话钱王旧事,惟有无语潮水,日夜自流东。欲去更回首,落日一江红。

六和塔是杭州名胜,在月轮峰旁,宋初开宝三年智觉禅师建,宣和间毁于兵火,南宋绍兴间重建。作者登临此塔,凭栏长望,聘目放怀,史事洞明,壮景激荡,一时交汇融合,乃有此作。全词出语豪俊,格调高古,意境浑茫,委实是不可多得的怀古佳作。这样的词作,显与闺中人一般言情之篇迥异,是词人才华与修养的突出表现。

作者另有一首《高阳台·题李香君小影》,写于观看孔尚任《桃花扇》传奇后,虽为写人,而卒章拍题,言南明破灭而香君小像犹存,亦是怀古一路。下片"江山半壁成何事?但苍茫、一片芜城。莫伤心、金粉南朝,犹剩娉婷"数语,也是显示学养、胸襟的好句子。至于《菩萨蛮》写夫妇床第欢愉,虽有"吹灭小银灯,半窗斜月阴"之安谧,与"好梦与郎共"、"何须共断肠"之快乐,好语生香,引人绮思,然其境终逊六和塔词数筹。

袁绶,生卒年不详,字紫卿,钱塘人。袁枚孙女,袁通女,上元吴国俊室。著有《簪云阁诗词稿》。绶与袁嘉为从姊妹,二人俱工诗词,咏物之作尤为精湛。惟嫁后遭遇不同,风格亦各异。绶所作咏物词缘情体物,刻画微妙,堪称佳作。写人情世态,开合有度,真切动人。

咏物之作如《齐天乐》。其咏"竹夫人"云:

> 灵根自是潇湘种,生来便矜风质。瘦玉玲珑,淡云孤冷,依倚底因人热。横陈七尺。怅一段秋心,未秋先活。午梦初回,桃笙如水嫩凉逼。　廉纤疏雨乍歇。正微醒倚遍,娇情无力。静掩金铺,低垂银蒜,又是黄昏时节。中宵转侧。爱宠妒全消,自然倾国。碧拥纱厨,有心香沁骨。

所谓"竹夫人",又名"竹姬",唐时已有之,乃旧时消暑用品。最初用青竹编成长笼,后也用整段竹根,四周开洞,使之中空光滑。与凉席并用,依倚而眠,以解暑热。首句言竹夫人出身不凡,用以笼罩全篇。接着从形、性、质、用多方面展开描述和比拟,将一日用品写得形神兼备。全词生动细致,意新句美,幽雅芊绵,发人绮想。

《鹧鸪天》一阕写丈夫宦游之艰辛失意,令人动容。词云:

> 三载京华误守株,冯谖依旧食无鱼。貂裘已敝黄金尽,风雪迎人返故庐。　才息影,又饥驱,归迟别速怨征车。故将眠食殷勤嘱,生恐啼痕染客裾。

上片写丈夫失意归来,下片言其为生计所迫,又要远行。结句言因怕行为伤感,忍泪话别。用典使事,精切妥当,而又体贴人意,世情冷暖尽收上片寥寥四句之中。全词情深意厚,真挚温婉,款款动人。

袁嘉(?—1853),字柔吉,钱塘人。袁枚孙女,袁迟女,安徽天长崇一颖室。主要生活于道光年间。著有《湘痕阁诗词稿》。夫妇伉俪情深,惜一颖早逝。据王笃生《崇节母传》记载,丈夫死后,袁嘉"奉姑抚孤,饮冰茹檗,尽慈尽孝。无何,二子殇,姑亦逝。茕然独处,与孤女形影相吊。不得已返随园,侍父母,代弟辈理家,怡怡如也。会父母、次弟、三弟夫妇均殁,遗三孤,抚如己子。每当风宵雪夜,一灯课读,俨若严师"。后来"合肥梁氏慕其才,请授女公子经","南汀于相山观察延入署,课诸女及爱妾,而才名噪袁浦"。咸丰三年(1853)春,太平军攻克金陵,袁嘉"仰天太息,谓一生茕独,守节命也,即死节亦命也",于是她"投池水,浅不死。服阿芙蓉,喘二日乃死"。以身世凄凉,所作咏物词托意自伤,与从姊妹袁绶咏物词异曲同工,各臻其妙。

首先来看"对镜"自伤的《沁园春》。词云:

> 圆冰之中,似是疑非,端详欲惊。恁两眉恨锁,潜消蛾绿;双鬟愁拥,暗换鸦青。水剪瞳寒,花拈频艳,昔日怜伊此日憎。憔悴问,今吾故我,谁驻真形?　晶莹。枉自通灵。只难卜、团圆过一生。叹凭人幻象,随悲随喜;泥人痴坐,如醉如醒。帘卷春风,奁开秋月,独舞吟鸾感不胜。重磨拭,照瑕疵无愧,心共澄清。

起句以冰喻镜,既写镜形,亦喻镜操如人,有冰清玉洁之质,是为词旨所在。接着通过对镜心惊,今昔对比,写自己容颜憔悴,从而引出下片对镜子的责难和申诉。"晶莹"数句暗用"破镜难圆"典故。"叹"以下四句,诉说夫亡后的凄苦处境。"帘卷"三句,言纵有春风荡漾,镜明如月,失侣孤鸾也无心临照了。结拍照应开篇,言己心有如新拭之镜,澄澈无瑕。全词托意幽洁,情感真挚,章法邃密,洵咏物佳作。

另一首《唐多令·芦花》,更是自然浑成,情韵谐美。词云:

> 惯送往来舟,风生瑟瑟秋。傍荒滩、影共江流。一片冷云低欲护,栖不定,有沙鸥。　浑似柳绵柔,吹残红蓼洲。叹年华、逝水难留。最是愁多头易白,担尽了,别离愁。

上片写芦花生长环境,下片写芦花形态,刻画入微,关情贴切。试想秋风萧瑟,旅鸿哀鸣,芦花惨白,怎能不让人顿生满怀离愁别绪,发出人生如梦、年华易逝的凄凉感叹?结句物我关合无间的拟人手法,更增添许多凄楚苍凉意味,引人共鸣。

吴藻(1799—1862),字蘋香,自号玉岑子,仁和人。陈文述女弟子。自幼好学,长则肆力于词。嘉庆、道光间颇著词名。嫁与同邑黄姓商人为妻,终生不乐。晚年移家南湖,古城野水,地多梅花,取佛经语,名曰“香南雪北庐”,由此绝意于人间事,皈依佛门以终。有《花帘词》一卷,《香南雪北词》一卷,总称《香雪庐词》,存词近500首。

吴藻不仅是嘉、道间,而且也是有清一代女性词史上的杰出词家,自然也是清代浙江词史,甚至历代浙江词史上的杰出词家。言其杰出,不仅因为她词艺的超群,更因为她能超越一己之不幸,在探索女性社会地位和人生出路方面,做出远过同侪的思考和努力。吴藻尝手绘《饮酒读骚图》,图中自己的形象改为著男子装。又作杂剧《乔影》,借剧中人谢絮才“恨不生为男儿身”,诉说封建时代才女的孤傲与怨愤,一时广为传唱,名动大江南北。她还另据五代前蜀女子黄崇嘏女扮男装,在幕府中任参军,由于才智出众而被蜀相周庠招为女婿,不得已贡诗自白以谢,诗中有“幕府若容为坦腹,愿天速变作男儿”之句的故事,绘成《速变男儿图》,为自己与广大知识女性作抗争和呼吁。时人钱塘梁应来题《速变男儿图》,诗中有句云:“南朝幕府黄崇嘏,北宋词宗李易安。”吴藻是当得起这样的赞誉的。

前人对吴藻词评价很高。魏谦升《花帘词序》盛赞:“词学中绝,不谓继起者乃在闺阁之间。”钱泳《履园丛话》卷二十四称其“长短调俱妙绝,实今之李易安”。易安词婉豪兼擅,蘋香词亦然。其师陈文述《花帘词序》即云:“顾其豪宕,尤近苏、辛。宝钗桃叶,写风雨之新声;铁板铜弦,发海天之高唱。不图弱质,足步芳徽。”黄燮清《香南雪北词序》亦云:“初刻《花帘词》,豪俊敏妙,兼而有之。续刻《香南雪北词》,以清微婉约为宗,亦久而愈醇也。尝与研订词学,辄多慧解创论,时下名流,往往不逮。其名噪大江南北,信不诬也。”陈廷焯《云韶集》卷二十五则指出“蘋香词轻圆柔脆,其秀在骨。”王云五《续修四库全书提要》之《花帘词提要》

更细说其《菩萨蛮》、《江城梅花引》、《河传》、《祝英台近》诸首,皆缠绵宛转,韵味悠长,持律亦不苟"。概括起来,吴藻词有两大特色:一是长于言愁,缠绵宛转,多能摇人心魄;二是惯于思索,婉豪兼擅,时有新意秀句。

先来看她的言愁之作。吴藻的愁,既包括个人婚姻的不幸,也有要求突破性别束缚的怨愤在内。这样的压抑心态,在《浣溪沙》一阕中有非常清晰的表达。词云:

> 一卷《离骚》一卷经,十年心事十年灯。芭蕉叶上几秋声?　欲哭
> 不成还强笑,讳愁无奈学忘情。误人犹是说聪明。

上片三句含蓄而深刻,下片三句直诉其浓愁与委屈。前人每将词人与李清照相提并论,主要是就其才华而言,其实吴藻的身世倒更与朱淑真相近。此词正是作者生平的概括,中多沉痛的自诉和压抑不平之鸣。读之如闻其声,如见其人。不妨将此词看作吴藻身世、情感的总叙。

如果《浣溪沙》是总叙,那下面这首《行香子》,就是细说了。词云:

> 长夜迢迢,落叶萧萧,纸窗儿、不住风敲。茶温烟冷,炉暗香销。正
> 小庭空,双扉掩,一灯挑。　愁也难抛,梦也难招,拥寒衾、睡也无聊。
> 凄凉境况,齐作今宵。有漏声沉,铃声苦,雁声高。

吴藻写孤愁的闺情词,与传统写相思离别的闺情词,有很大不同。她往往不直接写人性和情爱,而是集中表现对人性、人情、人世的绝望与冷漠,使作品更少脂粉气和主观性,更多世情味和写实性。此词上片写愁境,下片言愁绪,字字句句都围绕一个"愁"字逐层展开。上片从室外到室内,最后落笔孤灯;下片从因愁无眠到百愁齐作,最后落笔凄厉雁鸣。都是以愁为核心,曲折向前,逐层推高、拓深,仿佛摄影时的聚焦和多次曝光,直至获得让人情不能堪的符合艺术审美理想的程度。此外,《行香子》词调强烈的节奏感,以及词中叠字和排比句的运用,也大大增强了作品的流畅乐感和层递效果。

吴藻试图从一己命运出发,写出具有普遍意义的女性的悲苦。因此,她写《乳燕飞·读〈红楼梦〉》,对"木石因缘"的破灭,对黛玉的凄惨结局,挥洒同情的泪水。而词中所言,虽是句句写黛玉,又似句句说自己,句句说天下同命运的姊妹。词云:

> 欲补天何用?尽消魂、红楼深处,翠闻香拥。呆女痴儿愁不醒,日
> 日苦将情种。问谁个、是真情种?顽石有灵仙有恨,只蚕丝烛泪三生
> 共。勾却了,太虚梦。　喁喁话向苍苔空。似依依、玉钗头上,桐花小

凤。黄土茜纱成语谶，消得美人心痛。何处吊、埋香故冢？花落花开人
不见，哭春风、有泪和花恸。花不语，泪如涌。

因此，当她写出悲痛欲绝、呼天喝地的不平之作《金缕曲》时，也就不足为奇了。
词云：

闷欲呼天说。问苍苍、生人在世，忍偏磨灭？自古难消豪士气，也
只书空咄咄！正自检、断肠诗阅。看到伤心翻失笑，笑公然、愁是吾家
物。都并入，笔端结。　英雄儿女原无别。叹千秋、收场一例，泪皆成
血。待把柔情轻放下，不唱柳边风月。且整顿，铜琶铁拨。读罢《离骚》
还酌酒，向大江东去歌残阕。声早遏，碧云裂！

词人愤慨不平，责问青天，直白激切，有石破天惊之概。其悲壮淋漓，酷似热血男
儿，请缨无路；又似末路英雄，悲痛欲绝。词中所述问题，涉及对人生、社会、女性
处境等各方面，写出了词人的理想和追求，并明确喊出"英雄儿女原无别"的响亮
口号。身困愁境，而能挣脱束缚，抛下一切烦忧，振袖高唱，声遏行云，其思想之
深广，思路之开阔，感慨之激烈，情感之郁勃，确实无愧其师陈文述"豪宕尤近苏、
辛"的赞誉。其实，身为女性，吴藻是深知自己不入流俗的孤炯性情的，现实境遇
也使她备受煎熬。她在《洞仙歌》中就"夫子自道"："一样扫眉才，偏我清狂！"

行笔至此，自然要提及另一首《金缕曲》。词云："生木青莲界，自翻来、几重
愁案，替谁交代？愿掬银河三千丈，一洗女儿故态。收拾起断脂零黛，莫学兰台
愁秋语，但大言打破乾坤磕。拔长剑，倚天外。　人间不少莺花海，尽饶他旗亭
画壁，双鬟低拜。酒散歌阑仍撒手，万事总归无奈！问昔日劫灰安在？识得天之
真道理，使神仙也被虚空碍。尘世事，复何怪！""愿掬银河三千丈，一洗儿女故
态"，"识得天之真道理，使神仙也被虚空碍"，这样的心志、境界和卓识，确实有过
李清照之处，前人拿她们二人作比，良有以也。

一位女性词人，如果情操和意趣到了这样的高度和深度，那么写出下面两阕
《满江红》也就在情理之中了。词云：

半壁江山，浑不是、莺花故业。叹回首、萧条野寺，凄凉落月。乡国
烽烟何处认，桥亭卜卦谁人识？记孤城、只手挽银河，心如铁。　才赋
罢，无家别。早殉此，余生节。尽年年茶坂，杜鹃啼血。三尺焦桐遗古
调，一抔黄土埋忠穴。想泉底、泉底瘦蛟蟠，苔花热。

怨羽愁宫，算历劫、沉埋燕代。恸今古、电光石火，人亡琴在。南国
穿云谁挈去，西台如意谁敲坏？剩孤臣、尚有未灰心，垂千载。　冬青
落，花无赖。梧桐活，天都快。试一弹再鼓，共增悲慨。凄烈似闻山寺

泣，萧骚不减松风籁。叹伯牙、辛苦旧时情，知音解。

此二阕调下原有小序云："谢叠山遗琴二，首琴名号钟，为新安吴素江明经家藏。"可见这是咏物怀古、悲慨历史之作。首阕咏谢枋得信州抗元失败后，变姓名逃入建宁山中，抱琴隐居，最终绝食殉宋事。次阕写人亡琴在，并以谢翱登严光西钓台哭祭文天祥，及林景熙、唐珏等人偷埋宋帝残骸事作陪衬，歌颂孤臣遗民忠贞不渝的节操。二阕皆是悲歌吊古，激楚苍凉，其立意之高远，情意之沉厚，铸辞之俊拔，都可与苏辛词派名家相较而无愧色。写出这样的作品，吴藻理当在清代女词人中高居榜首。

无疑，有吴藻在，是浙江词史的幸运和骄傲。

沈善宝（1808—1862），字湘佩，钱塘人。江西义宁州判沈学琳女，吏部郎中武凌云继室，陈文述弟子。幼承家学，工诗词，擅书画。其父卒于义宁州判任上时，善宝年方十二，即鬻书画供养母亲和弟妹。惜母及弟妹皆相继故去，孤苦伶仃。道光十七年（1837）北上京师，次年归武氏。教授女弟子，从其受业者百余人。沈氏游走南北，广结才媛，通过编撰《名媛诗话》，奠定了她在当时女性文坛上的领袖地位。有《鸿雪楼诗词》、《名媛诗话》。

沈善宝虽为女性，身世、阅历却使她的词笔调爽朗，潇洒豪宕，不让须眉。《满江红·渡扬子江感赋》一阕，作于鸦片战争期间，号召中华儿女同仇敌忾、抗击侵略者，即便在清代男性词家中亦罕有如此慷慨激昂的作品，洵为清代女性词史上的光辉一页。词云：

> 滚滚银涛，泻不尽、心头热血。想当年、山头擂鼓，是何事业！肘后难悬苏季印，囊中剩有文通笔。叹古来、巾帼几英雄？愁难说。　望北固，秋烟碧。指浮玉，秋阳赤。把篷窗倚遍，唾壶击缺。游子征衫揾泪雨，高堂短发飞霜雪。问苍苍、生我欲何为？空磨折。

此词作于道光二十二年（1842）六月，时英舰三十二艘驶入长江口，而林则徐已遣戍新疆，清廷与英人议和，签订《南京条约》。上片以江涛起兴，用对比手法，写古来女子报国无门；下片言壮美河山遭英人侵略，愤恨难当，而又无可奈何。全词激情洋溢，境界高迈，读之亦使人热血奔涌，是词人胸襟抱负的集中体现。沈善宝《名媛诗话》尝评江苏武进女词人孟缇英所填《念奴娇·感事》词，有云："孟缇弱不胜衣，而议论今古之事，持义凛然，颇有烈士之风。"这话拿来评价她自己，同样当之无愧。

慨叹女子空有绝代才华而不能安邦济世，是鸿雪楼词的一大主题。沈氏尝为当时著名女词人吴藻词集《花帘词稿》题《满江红》二阕，其一上片云："续史才华,扫除尽、脂香粉腻。记当日、一编目睹,四年心识。残月晓风何足道,碧云红藕浑难比。问神仙、底事谪尘寰?聊游戏。"同样是慨叹吴氏空有满腹才华,而只能销融进诗篇。在《凤凰台上忆吹箫》一阕中,作者将这种愤懑表现得淋漓尽致。词云:

> 流水行藏,浮云踪迹,茫茫碧海青天。叹光阴易逝,岁月难延。底事离愁别绪,抛不去、心上眉边。愁都艳,芙蓉秋雨,芍药春烟。 堪怜! 彩毫挥脱,徒萦得蚕丝,万缕缠绵。纵诗成白雪,舌长青莲。究与生平何补? 诚不若、桃李无言。空惆怅、瑶台十二,弱水三千。

此篇词旨,便是自叹女子纵有绝代才华,也终与生平无补。时代发展到清代中后期,女性已开始吹奏起自觉、自尊、自立和自强的号角。其声虽尚呜呜然,而到处都是回音壁,有如蝴蝶效应,假以时日,必将汇合成震彻寰宇的春雷。待到革命家秋瑾登上词坛,吴藻、沈善宝们的提问便终于有了一个完美、响亮的回答。

钱斐仲(1809-1860),字餐霞,秀水人。钱昌龄女,德清戚士元室。于诗词之外,兼工绘画,并著《词话》一卷,有独到见解。年二十余即卒。有《雨花盦诗余》一卷。

餐霞词清丽委宛,尤工小令,有晚唐五代余韵。如《一斛珠》云:

> 凄凉秋作。西风先惹蕉窗破,梦魂已被重门锁。添了香篝,又听雨声过。 蝙蝠频挑帘押鞚,蛾儿愿殉灯花堕。余醒渐醒愁无那。已是新凉,夜夜抱衾坐。

西风破蕉,重门锁梦,倚篝听雨,凄凉欲绝。而蝙蝠挑帘押,飞蛾扑火堕,更添孤寂绝望。长此以往,人何以堪? 常情写得深永,亦足动人。

许是晚唐五代作品读得太多太熟了,一时技痒,拟将起来。《菩萨蛮·嬉春拟飞卿体》就是一例。词云:

> 罗裙翠比新荷叶,春衫低约丁香结。双燕或先归,湘帘莫漫垂。 画绢携小扇,障日非遮面。怕到夕阳斜,暖烘双脸霞。

确实有几分温词的滋味,但清新明丽似乎更像孙光宪或李珣。尤其首句和结拍二句,不事雕琢,尖新、秾艳而又朴素自然,让人过目不忘,温词中很难见到。

作者工于绘事,填词也每有绘画色泽新丽的特色。上引《菩萨蛮》便是。还有一种更常见的情况,那就是题画。如《蝶恋花·自题画藤花双蝶便面》二首云:

> 开到藤花春已暮。可奈东风,不肯将愁去。一任绣床黏柳絮,怜花

只绕闲阶步。 蹴损苔痕无意绪。移个鹦哥,挂在花深处。教与夜来
新谱句,不知花外廉纤雨。

　　雨压烟迷开又密。手绾柔条,结个同心结。一霎软云搓紫雪,花阴
吹下成双蝶。 欲笑还颦留一瞥。淡粉轻脂,便是春消息。作弄微虫
描活脱,闲情付与匀眉笔。

这样的作品,说清婉芊绵,情景交融,已是套话。此二阕最大的好处,在于逼真、
活泼,有杨万里捕捉生活细节和于日常中见新奇的特色,但又保留了晚唐五代的
清丽和香艳。像第一首的"移个鹦哥"以下数句,第二首的"一霎"二句及"欲笑"
以下三句,都是鲜活夺目的本色语。第二首写自己立于紫藤花下的神态和心情,
刻画尤称微妙。

谈印梅,字缃卿,归安人。谈学庭次女,南阳主簿孙亭昆室。主要生活于道
光时期。印梅与其姊印莲、夫族姑佩芬同学诗于孙秋士,并称"归安三女史"。秋
士奇其才,教之遍读古人诗,资其探讨。其词一如其诗,气骨清刚,出语爽朗,清
新宛转,是清代女词人中罕见的格调。著有《九嶷仙馆诗词稿》。

且看《貂裘换酒·与女兄夜话》一阕云:

　　秋掩重门里。坐西窗、联床剪烛,良宵能几?去日匆匆苍狗幻,尝
尽离愁滋味。恨四壁、埋忧无地。蓦念光威分手日,到那时、忆著归宁
未?人一别,便千里。 名山著述成何计?叹年来、东涂西抹,半供游
戏。女伴过从元不少,眼底纷纷罗绮。算谁是、闺中知己?我有吟情抛
未得,便怜卿、骨相都寒矣。一灯灺,浩歌起。

此词乃词人与印莲姊同时归宁,夜话之作。上片言出阁后天各一方,短暂的相聚
之后,又要一别千里;下片言当年女伴嫁后多不再从事翰墨,终于渐少共同语言,
印莲姊也因家贫而辍笔,只有自己仍坚持写作。命运如此,词人不禁悲从中来,
感慨横生。煞拍有如豹尾,有横扫通宵夜话心情沉痛之力。全词夹叙夹议,沉潜
宛转,一唱三叹,峻爽峭拔,脱尽脂粉气息。

此外,像《齐天乐》题隐士图,亦清幽可赏。词云:"高人久抱烟霞癖,山边愿
营茅屋。好手摹成,闲情绘出,空有新诗盈幅。幽栖早卜。算锄月披云,十分清
福。与世长辞,寓形何必恋尘俗。 重重岚翠欲活。更低垂井槛,浓荫花竹。偕
隐何人,速来有客,耕罢还须勤读。名场懒逐,便料理移家,载赓迂轴。莫负鸥
盟,隔溪春水绿。"词人自己的志趣、胸襟和人格也可略见一二。

有这样的思想感情基础,再往前迈一步,就可以和吴藻、沈善宝们站在同一
方阵了。

最后是晚清女性词人。

晚清女词人则有关锳、凌祉媛、赵我佩、汪淑娟、屈蕙纕、俞庆曾、秋瑾等。其中以革命家秋瑾最为突出。

关锳（1822－1857），字秋芙，自号妙妙道人，钱塘人。幼聪慧，诗词、书画、古琴无不精。学道十年，后嫁蒋坦，琴瑟和谐。受夫濡染，多有闺房唱酬。又与吴藻、赵我佩、沈湘涛等女词人为吟友。晚年皈依佛门。蒋坦将其词 60 余首编为一卷，题曰《梦影楼词》。

秋芙词多感怀、酬答、题咏之作。其中最有意义的，当数描写战乱及其影响的作品。如《蝶恋花》云：

> 几日池塘云不住。柳也濛濛，想做清明雨。半榻茶烟和梦煮，画屏几点江南树。　欲卷珠帘风不许。如此黄昏，休去移筝柱。楼上晚山青不去，夕阳正在鸦归处。

暮春清明时节，风鼓云飘，柳絮飞，珠帘晃，一切都处于动荡飘忽之中，搅得居人不宁。终于熬至黄昏，却又是归鸦噪晚，夕阳西下，黑暗将至。全词所写虽是春景，却一概惹人忧愁。景物本不带愁来，而人自生愁。愁从何来？王蕴章《然脂余韵》卷四评此词曰："忧生念乱，其作于粤氛渐逼时乎！"可谓解人。

果然，《高阳台·夕阳》便直接描写战乱带来的影响，更见作者关心时世之深切。词云：

> 断雁飘愁，盘鸦聚暝，一鞭残梦归鞍。酒醒邮程，岭云陇树漫漫。渡江几点归帆影，近荒林、一带枫殷。最难堪、第一峰前，立马斜看。　而今休说乡关路，剩濛濛野水，瘦柳渔湾。短帽西风，古今无此荒寒。芦笳声里旌旗起，问当年、谁姓江山。有悠悠、几处牛羊，短笛吹还。

此词作于太平天国与清廷交战之际，词中所写乃是江南一带战争景象。上片写马上归客在苍茫暮色中所见秋景，下片写踏上故乡土地，却见一片荒凉，只听芦笳声声，军旗猎猎，争夺正酣。暮色笛声中唯有几处晚归的牛羊，稍能慰藉人心。这类作品的出现，说明一部分女性词人已从深闺中走出，在婚恋之外，寻求人生的意义和责任。

《金缕曲·答沈湘涛》一阕，正是词人不满女性现实处境、努力探求人生意义的一个明证。词云：

> 梦想今三载。忽传来、芙蓉笺纸，新词十赉。一样红颜飘泊感，盐

米光阴无奈。好珍重、玉台诗派。明月绛纱春风里,看金钗、尽下门生
拜。浮大白,为君快。　　相逢各有因缘在。算人生、才能妨命,病态何
怪。只惜聪明长自误,身世飘摇文海。况愁里、朱颜易改。不见花间双
蝴蝶,但多情、即是升仙碍。知我者,定能解。

沈湘涛是词人的朋友,以教授女弟子为业。此词是与沈湘涛的酬唱之作。上片
写沈湘涛寄来词作,知道她授徒传诗,有所作为,替她高兴。下片写生发的感慨,
作为女子,成日与盐米家务打交道;纵有过人才智,喜爱诗文创作,也只能给自己
带来身世飘摇的命运,终究不能有所作为。前面讲吴藻、沈善宝,已论及女性自
觉、女性探求自己命运的问题,关锳再次提起,可见它已成为广大知识女性的共
同愿望和迫切需要解决的时代命题。

凌祉媛(1831－1852),字芷沅,钱塘人。光禄寺署正凌咏女,江苏候补知县
丁丙室。生而聪慧,幼即通音律,能吟咏。归丁丙后,因母患风疾,动止需人,常
归宁侍疾。母病剧,祷以身代,未几母果愈,而祉媛卒,年仅二十二。有《翠螺阁
诗词稿》。

据《翠螺阁诗词稿》所附庄仲芳《芷沅传》称其"间为小词,曼声自度,飘飘然
有出尘之概。"于克襄《翠螺阁诗词稿序》说得更详细,称祉媛"近体及诗余清丽芊
绵,湿润如玉,犹可想见林下之风。至于怀古诸章如咏岳武穆、梁红玉等作,感慨
淋漓,沉郁顿挫。其议论雄伟,非复儿女子之态。"

咏岳飞的作品《敬瞻岳忠武王遗翰》系排律,不在本书讨论范围之内,且先来
看一首凭吊岳飞女儿银瓶的《金缕曲·银瓶井吊岳娥》。词云:

不愧英雄后。俯澄波、翩然长逝,贞魂谁偶? 当日风波悲父子,三
字狱成何有? 叹恨海、终难填就。殉国纵非儿女事,抱银瓶、竟向泉台
走! 眢井畔,谩回首。　　援枹肯学韩家妇。便家山、烽烟顿息,奇冤莫
剖。一样赵家干净土,赢得芳名长久。看鸳甃、苔痕如锈。环佩归来潭
影静,早月华、流照长如旧。怀古恨,酹杯酒。

据传,当年岳飞被害,其女抱银瓶投井死,后世遂名此井为银瓶井。岳飞女投井
殉节事,正史未载,但宋元以来民间祀岳飞,皆祔其子女,且杭州亦有此井。元人
郑元祐《重建精忠庙记》:"陇西李君全,初以承事郎来杭,兴复精忠庙。立王像,
及王之五子、部曲诸将像,并立王之女号'银瓶娘子'者,皆肖像以祀事焉。"此词
上片写岳飞被害、岳娥投井情形;下片言即使岳娥能参加战斗,但父兄已死,奇冤
难剖,也只得投井自尽了。作者虽是生长深闺,年纪轻轻,缅怀忠贞,却是无限感
慨,激楚苍凉,足见其才华和学养。

另一方面,凌氏的短调写得清丽芊绵,细腻入微。且看《蝶恋花·夏夜坐翠螺阁纳凉》:

> 亭院灯昏烟暗锁。静夜迎凉,斜凭阑干坐。庭树栖鸦清梦妥,凉蟾飞上阴云破。　银汉无声秋淡沱。露湿钗翘,渐觉鬐双鬖。竹外流萤三两个,随风又向衣边堕。

上片写夏夜庭院景色。一开始是灯错云暗,一片寂静,继而明月升空,襟怀畅快。下片写月光皎洁明净,夜露凝重,坐久鬐湿,倦意欲来,而三两流莹,又使人精神为之一振。

凌氏修能,婉豪兼擅,笔法多样,惜乎早夭,不得施展其才华。

赵我佩,字君兰,仁和人。赵庆熺女,举人张上策妻。近代词学名家张尔田伯母。我佩秉承家学,幼受业于同里魏谦升,工书法,能度曲,善音律,与关锁、吴藻为至友。晚年家道益落,与一养婢同居,字画古玩,易米度日。有《碧桃馆词》一卷,计160余首。张珍怀《清代女词人选集》选录其词11首,与贺双卿等多,仅次于吴藻的18首。

赵氏词清幽婉丽,意境逼似五代、北宋,盖亦深于情、伤于世而精于律者。先来看两首小令。其《南乡子》云:

> 愁锁郁金堂,懒对芙蓉晕晚妆。心事怕从眉际露,遮藏。独自寻思暗断肠。　人瘦比花黄,帘卷西风冷夕阳。鹦鹉不知侬意绪,悲凉。红豆偏教啄一双。

上片言遮藏心事,暗自断肠;下片言长久寂寞,而暗藏的心事却又被鹦鹉道破,倍觉凄凉。构思精巧,又贴切自然。

如果说这样的词作还不足以道相思深情,那么《采桑子》一阕就更见"惨烈"了。词云:

> 桃笙八尺清如水,寒到衾边。意软鬐偏。一样钉花瘦可怜。　近来侬也销魂惯,长夜如年。只是无眠。心似香烧欲化烟。

读至"一样钉花瘦可怜",你大概也会出神遐思,击节称赏。而读至末句,除非铁石心肠,恐怕都要心弦颤抖,心尖灼痛。"心似香烧欲化烟",仅此一句,亦足传世。

再来看两首长调。其一为《江城梅花引·寄采湘》:

> 瘦腰怯似柳枝柔。怕经秋,易经秋。容易西风,吹恨上眉头。谁惜近来憔悴甚? 心似醉,一丝丝、绕乱愁。　乱愁乱愁数更筹。衾半兜,

香半留。梦也梦也,梦不到、旧日妆楼。怪煞销魂,帘底月如钩。照遍
花前携手路,人去也,剩相思、泪暗流。

采湘是赵我佩的外妹,亦是她的闺中知己。采湘去世后,我佩悼念她的作品很
多。此词上片以柳喻人,以柳喻愁,写尽缠绵。换头承上片结句,三叠"乱愁",两
用"半"字,重复"梦也",以言相忆之深切。夜阑不寐,梦亦难寻,月色中犹见曾携
手处,不由不魂销泪流。上片纯为比喻,下片全用叙述,但过渡自然,两相呼应,
声情凄烈,哀转久绝。

其二是《台城路·湖楼晚眺》。词云:

> 一丝残照垂杨外,疏林乱钟敲暝。暖玉栏边,销金帐底,烟袅药炉
> 香凝。奁波万顷。看眉样青山,晚来妆靓。唤起圆蟾,碧天如水夜云
> 静。 良宵谁放画艇?遥闻钗钏响,微露花影。待月窗开,临风扇小,
> 楼上有人愁凭。罗衣靠冷。笑身似梧桐,未秋先病。凉笛惺忪,醉魂吹
> 易醒。

此系记游之作,上片写湖楼内外景物,下片写湖楼内外人物。西湖薄暮,眼前耳
畔都美不胜收。待明月流空,游船往来,亦有女子钗钏声响。回想自己闭户养
病,困久似醉,芳魂渐苏。一曲笛韵忽清婉悠扬而起,不禁神往。全词铺叙、抒情
合为一体,章法井然,清灵婉曲,余韵袅袅。

此外像写给丈夫张上策的《八声甘州·中秋苦雨寄励轩吴门》、仿欧阳修《秋
声赋》而作的《台城路·题俞吉〈听蕉图〉》,也都是以景传情、情景交融的佳作。

汪淑娟,字玉卿,咸同间钱塘人。金绳武室。有《昙花词》。其夫亦有词集,
曰《泡影词》。夫妇琴瑟和谐,所咏多爱情及离愁。

在清代有名的女词人里,除了孙荪薏,夫妇感情之和美,就数汪淑娟了。与
其他女词人所写孤寂不同,汪淑娟的孤寂是有明确对象和具体日期的期待,寂寞
里有温馨、甜蜜甚至撒娇。如《卖花声》词云:

> 绣帐病缠绵,闷极今年。卷帘日日望秋天。望到木樨花放了,望著
> 归鞭。 灯火已阑珊,无可相怜。嘱君今夜莫开船。只怕夜深侬有梦,
> 寻向君边。

调下有序:"离筵未终,东方既白。重拈此解,以代赠言。"这是一首离歌。上片说
日日盼望夫君归来,到桂花散香时节,终于盼得他回。下片说今天又要离别,着
实依依不舍,于是说出一番又痴又妙的话来:今夜不要开船吧,你要是今夜就乘
船走,那我梦到你时,哪里才能找到你啊。

恩爱夫妻有说不完的情话，说到疯痴，便能妙语连珠，即成绝色好词。且看下面这首《南乡子》。词云：

> 独自理琴弦。睡起慵梳髻半偏。新样初三眉子月，娟娟。盼到如今渐渐圆。　此意忒缠绵。背着银釭笑拍肩。如此风光如此夜，天天。安放痴魂在那边。

此词调下序曰："藁砧忽归，刀梦停唱。舫月荐夜，筵花荡春。用谱双声，并畅遥夜。钗冠交错，不知圆蜍西上海棠矣。时壬子五月十五日。""藁砧"二句，指丈夫归来，不用再日思夜想了。《玉台新咏》古绝句云："藁砧今何在？山上复有山。何当大刀头，破镜飞上天！"四句皆隐语。按：古代处决犯人，犯人席藁伏于砧上，用铁斩之。"铁"与"夫"谐音，后因以"藁砧"称丈夫。"山上有山"为"出"字。刀环在刀头，"环"与"还"同音，即归来。"破镜飞上天"，乃"半月"也。四句合起来，意即"夫出，月半当归"。上片说独居孤寂，懒得梳妆，脸儿就像新月，被头发遮住，终于盼得夫归，人与月一样团圆了。上片已是妩媚可人，下片写闺房之乐，恩爱调笑，缠绵缱绻，更见活泼情趣。这样的婚姻，这样的词作，不知要羡煞多少长期独守长夜的女子。

上天也许格外看顾这位汪女士，相比之下，她偶有的孤寂倒更像一份精致爽口的休闲蜜饯。你听她《虞美人》唱道：

> 秋千院落闲庭院，明月移花转。几天不挂玉帘钩。难道春来总是不梳头？　绿窗还是摊书好，何苦寻烦恼。自家去验小腰支，却比垂杨肥了那丝丝。

上片说春来娇慵，久不梳妆；下片说绿窗寂寥，不如看书消愁。妙的是末二句，写相思人瘦，竟拿腰支去比柳丝，说还"肥了那丝丝"。莫非嫌自己的相思还不够深？真是匠心独具的慧心人。这样的慧心，拿去做什么不能成呢？当然，有这样美满的婚姻，其他也许都不足道了。

屈蕙缠，字逸珊，同光间临海人。王咏霓妻。有《含青阁诗余》。近人周庆云《历代两浙词人小传》颇赏其《望江南·溪堂对月》，词云："溪上月，如鉴复如弦。几处画楼人怅望，一年能得几回圆？流影淡秋烟。"称此词"含思绵渺"。其姊茝缠、妹莲缠并工诗词。

蕙缠现存词作 39 首，多咏伤春悲秋和离愁别绪，而"含思绵渺"，也是屈氏词作的一般特色。如《金缕曲·春阴》云：

> 春在溟濛处。怪眼底韶华，都被浓阴遮住。庭院深深帘不卷，只把

沉檀香炷。辜负却阳春几许。屈指清明时已近,有何人约伴寻芳去?
试先绣,踏青履。　却将花事从头数。恨几番芳菲萦梦,游踪迟暮。万
绿模糊天欲暝,不放斜阳一缕。又奚待绿章催护?闲煞海棠花下立,只
听他双燕呢喃语。似相对,诉愁绪。

上片说春阴遮蔽韶华,不能出游,也不见有游伴来预约,不管怎样,还是先绣好踏
青穿的鞋子吧。下片说自己珍惜春光,天却总是不放晴,到底怎样祝祷才能让老
天开眼呢?站在海棠树下,听双燕呢喃,也似乎是满耳的愁怨。全词缠绵往复,
委曲摇曳,极力渲染,尽说春阴恼人,说尽惜春情绪。

即使像《菩萨蛮·桃源图为程清泉先生题》这样的题画、酬赠之作,虽然多了
不少感慨、议论,也仍是清丽宛转,情意深永。词云:

绿溪无限桃花树,渔舟误入花深处。流水自成村,数峰青到门。　避
秦人在否?芳草年年有。世外事纷纷,山中空白云。

此外像模拟南宋词人张炎风格的一组《高阳台》,深长婉曲,也颇耐诵读。

俞庆曾(1865—1897),字吉初,号琴悟,德清人。著名学者俞樾孙女,举人宗
舜年继室。有《绣墨轩词》,存词60余首。她自幼为祖父所钟爱,与弟陛云一起
读书。初嫁宗氏,颇有闺房酬唱之乐;后以无子,其夫纳妾,自此日益消沉,词风
亦由清丽变成凄婉。要之,所作多能声情并茂,亦是女性词家中的佼佼者。

由于有良好的家庭教育,庆曾很早就能填词,并且当行本色。且看《金缕
曲》:

慢把鸭锄放。小楼头、绿阴浓遍,倚栏怅望。一缕情丝烟共化,春
水此情难量。都付与、啼鹃惆怅。不信东皇情最重,五更风、竟把花魂
葬。空剩得,彩幡荡。　前生本在蓬莱上。返瑶池、回头俯视,人间景
况。雨妒风欺归亦好,尘世本来多恙。休苦恋、朱门蓬巷。后果前因难
细问,意迷离、且醉青纱帐。任花底,金铃响。

调下有序云:"用《两当轩》韵咏落花,乃祖父命书院课题,戏效之。""两当轩"系清
代乾隆时期著名诗人黄景仁诗集名。此词是作者祖父俞樾主持书院,为学生出
的课题,庆曾亦同作。上片写春归风吹花落,惹得词人倚栏怅望;下片写花魂对
人间风雨感到惧怕,欣慰自己能重返瑶池。全词虚实结合,联想丰富,深情婉曲,
颇见功力。

文学本是情感之学,多情敏感的心灵,便是取用不竭的创作源泉,于词尤其
如此。古今写秋的作品不知有多少,但庆曾一曲《踏莎行·秋夜》,仍有不同凡响

的地方。词云：

> 秋露泠泠，秋风细细。秋虫切切如私语。有人不寐倚秋灯，银屏疏影秋如水。　秋入愁肠，愁生秋际。秋声听彻无情绪。开帘独自看秋星，秋河隐隐微波起。

此词可圈点者有四：一是以"秋夜"为打量对象，将悲秋的传统主题具体化，分解成秋露、秋风、秋虫、秋灯、秋声、秋水、秋星、秋河等众多意象，让人置身意象密集的秋境秋意之中；二是此词的题旨在突出秋愁，需要众多秋象来激发，故虽句句有"秋"，连续运用，却不觉其繁；三是结句想落天外，不但将银河化虚为实，而且竟言秋日银河有微波隐隐而起，难道天河上也刮起秋风？四是本词所写，乃离人秋日孤愁，但并未明言，而是用"有人不寐"、"独自"二语加以暗示。全词以具体可感的意象、意境，将吴文英《唐多令》"何处合成愁，离人心上秋"的传统命题，表达得委婉含蓄又淋漓尽致，可谓别开生面。

庆曾婚后因为无子，宗氏纳妾，独守与孤寂成为词人反复吟咏的题材内容。下面这首《临江仙》便是她无数个悲愁难眠之夜的典型反映。词云：

> 帘幕几重亲放好，摊书低拥银灯。之无粗识悔今生。秋深风自急，香冷火犹温。　百样思量都已遍，人生何苦钟情。青山它日葬愁痕。红梨花一树，消受月黄昏。

宗氏纳妾负情，作者名为正室，实则为弃妇。偏偏词人又是个出身名门、心高气傲的才女，其内心的悲痛可想而知。想婚初两情谐美，到如今独守深闺，不禁心生怨慨，至于说出"人生何苦钟情"的反语，甚至想到死。"青山"以下三句，词人想象自己死后，冷月诗魂，徘徊于红梨花下，凄绝至极，令人不忍卒读。

庆曾深受传统文化滋养，这是她的优越处，也是她的不幸处，她把婚姻当成她人生的全部。这或许与她本人的个性、毅力也有一定关系。其实，和她同时代的不少女性词人，个人婚姻也都不幸福，但她们却能振起于柔弱、孤愁之中，在其他方面寻求并实现了自己的人生价值。既然"百样思量都已遍，人生何苦钟情"，那就该"移情别恋"，像她的词艺一样，"别开生面"，另寻活路。庆曾似乎没能认识到这一点，或者说虽然认识到却没能去实践，这不能不说是一个遗憾。

秋瑾（1875－1907），原名闺瑾，字璿卿，号旦吾，别署鉴湖女侠。后改名瑾，字璇卿，又字竞雄，又号汉侠女儿。山阴人，生于福建。秋嘉禾孙女，秋寿南女。曾随父居台湾、湖南。光绪二十九年（1903），随夫王廷钧由湖南移居北京。三十年赴日本留学，次年加入光复会、同盟，被推为同盟会评议员和浙江省主盟人。三十一年底回国，主讲浔溪学校，倡办《中国女报》，督办大通学校，继续从事革命活动。三十三年,在绍兴组织起义,被捕就义。秋瑾早年在湖南随曾广钧学,诗词亦受其影响。投身革命后,意境更为开阔。有《秋瑾集》。

孙中山曾题词称赞秋瑾为"巾帼英雄"。邵元冲《秋瑾女侠遗集序》评曰:"鉴湖女侠成仁取义,大义炳然,不必以文词鸣而自足以不朽。然即以文词而论,朗丽高亢,亦有渐离击筑之风,而一往三叹,音节浏亮,又若公孙大娘舞剑,光芒灿然,不可迫视。"历史发展到这里,前代知识女性曾有的人生困惑,所提的出路问题,已被秋瑾用实际行动做了很好的回答。虽然未见成功,但方向业已明确,越来越多的女性都将以各种不同的方式,去追寻、实现自己的人生理想。仅就此一端而言,清代浙江女性词人,亦建功甚卓,足可彪炳史册。

当然,觉醒是以探索为前提的。探索时期的苦闷与彷徨,看似消沉,其实正是那黎明前的黑暗,自有其思想价值和艺术内涵。《昭君怨》一曲,便是秋瑾尚未找到人生出路时苦闷心情的真实写照。词云:

> 恨煞回天无力,只学子规啼血。愁恨感千端,拍危栏。　枉把栏干拍遍,难诉一腔幽怨。残雨一声声,不堪听!

词中抒发报国无路的幽怨,措词委婉而又激烈,沉痛之情溢于言表。

据陈象恭《秋瑾年谱》,"光绪二十九年癸卯,二十八岁。是年中秋,秋瑾曾身穿男装,到戏园观剧,轰动当时北京社会,招来王廷钧一顿打骂。她一怒之下,走出阜城门外,在泰顺客栈住下。王廷钧只得央请吴芝瑛把她接到吴家新宅纱帽胡同暂住。秋瑾激愤之余,填《满江红》一阕。"词云:

> 小住京华,早又是、中秋佳节。为篱下、黄花开遍,秋容如拭。四面歌残终破楚,八年风味徒思浙。苦将侬、强派作蛾眉,殊未屑。　身不得,男儿列。心却比,男儿烈。算平生肝胆,因人常热。俗子胸襟谁识我,英雄末路当磨折。莽红尘、何处觅知音?青衫湿。

全词表现了词人对女性命运的抗争,对国家前途和民族命运的担忧,是在彷徨中的反思与探索。她身为巾帼而烈于男儿,长歌当哭,肝胆照人。第二年,词人便冲破束缚,只身东渡日本。因此,此词可说是词人人生新征程启行的前奏曲。

出路既明,信心自增,笔力也倍健。面对传统和世俗对女性的歧视与压迫,词人喊出了迄其为止,要求女性解放的时代强音。且听《满江红》词云:

> 肮脏尘寰,问几个、男儿英哲?算只有、蛾眉队里,时闻杰出。良玉勋名襟上泪,云英事业心头血。醉摩挲、长剑作龙吟,声悲咽。　自由香,常思爇。家国恨,何时雪?劝吾侪今日,各宜努力。振拔须思安种

类，繁华莫但夸衣玦。算弓鞋、三寸太无力，宜改革！

此词直抒胸臆，大声镗鞳，无丝毫扭捏藏抑，表达了深受性别决定论压制的女词人，对男权世界的鄙夷和斥责，立志要在拯救民族危亡的事业中，重塑新的女性形象。全词感情强烈，气势奔放，议论纵横，重大意蕴和酣畅表达相结合，是一首感染力极强的佳作。

待到写出下面这首《鹧鸪天》，秋瑾词无论在思想上还上艺术上，都达到了越迈前人的完美境界。词云：

> 祖国沉沦感不禁，闲来海外觅知音。金瓯已缺终须补，为国牺牲敢惜身？　嗟险阻，叹飘零，关山万里作雄行。休言女子非英物，夜夜龙泉壁上鸣。

光绪三十年(1904)，秋瑾冲破封建家族罗网，东渡日本，寻找救国真理。这首词，就是在东渡之后不久所作。上片"金瓯"二句，乃全篇主旨，表明词人敢于为国献身的精神。下片"休言"二结句，则不妨看作词人代拟的近代女性宣言。全词风格豪壮慷慨，峻峭爽朗，是表现秋瑾一生的代表作。此词原稿在秋案发生时，为绍兴府搜去，竟作为"罪状"公布。于此亦可反观其意义和价值。

莫以为革命家女侠秋瑾，有的只有壮志、豪情，其实亲情、友情等人伦日常幸福，才是词人内心深处最温柔深厚的眷念。不信？请看《临江仙》词云：

> 把酒论文欢正好，同心况有同情。《阳关》一曲暗飞声。离愁随马足，别恨绕江城。　铁画银钩两行字，歧言无限丁宁。相逢异日可能凭？河梁携手处，千里暮云横。

调下作者自序曰："陶荻子夫人邀集陶然亭话别。紫英盟姊作擘窠书一联，以志别绪：'驹隙光阴，聚无一载。风流云散，天各一方。'不禁黯然，于焉有感。时余游日留学，紫英又欲南归。"紫英，即友人吴芝瑛。陈象恭《秋瑾年谱》记载："光绪三十年甲辰，二十九岁。五月，秋瑾东渡至日本留学，从上海乘轮船出国……离京前，女友吴芝瑛在陶然亭设宴为秋瑾话别，秋瑾有《临江仙》一词，以寄心情。"谁不眷念人伦的日常幸福呢？从一定角度看，这正是革命的理想和目标。面对友朋的离别，秋瑾终于流露出她儿女情长的一面，显示出无限的温柔和细腻，这本该就是她应有的状态啊。现在，她为了更多人未来的幸福，为了国家和民族的前途，毅然远渡重洋，寻求革命道路，恰恰是她崇高品节和光辉精神的生动写照。结句借古诗成句，以壮词写柔情，正可看做黑暗现实中，秋瑾对友情和前途所怀有的无限期许与展望。

　　女侠秋瑾为自己和她的同时代女性,找到了一条切实可行的人生道路。她以她的作品,最后以她的牺牲,为后人高耸起指路的灯塔。"蛾眉队里,时闻杰出"、"休言女子非英物,夜夜龙泉壁上鸣"等词句,都已成为女性耳熟能详的格言警句,铭在座右。直到今天,尤其在今天,秋瑾仍具有极强的现实指导意义,可激励广大女性自尊、自立、自强,为自己,为家庭,也为这个民族和国家,尽一份责任,做一番事业。

余论 百川归海——四大家与近代浙江词的集成和成熟

近代是中国历史上的大变革时代,词家的人生阅历和艺术视野空前广阔,词体的文体属性和表现功能得以较为全面而彻底地实现。近代浙江词坛诞生了不少有重要影响的杰出词家,本书第六章讲述晚清词家时,已经论及。不过,像谭献、朱祖谋、张尔田、王国维四家,不仅是非常重要的词作者,而且是极为重要的词学理论家,从而使他们的创作在词艺的集成和娴熟方面,都达到前所未有的高度。而他们撰写的词话和词论,更成为总结千年词学、探索词体演变规律、对词史发展方向有重要影响的不朽著述。加上生活年代相对偏后,故将他们从晚清析出,作为余论,单独叙述,以彰显他们的词学成就,尤其是词史意义。

一、谭献的词史意识及其宽闳深广的词艺取径

谭献(1832—1901),原名廷献,字涤生,更字仲修,号复堂,仁和人。少孤,负志节,通知时事。同治六年(1867)中举,屡应进士试不第。曾入福建学使徐树藩幕。历任浙江秀水县教谕,安徽歙县、全椒、合肥、宿松等县知县。后辞官归里,锐意著述。张之洞聘其主讲湖北经心书院,年余辞归。谭献于诗学、经学皆有成就。治学宗章学诚,诗文均得古法。年十五学诗,二十三学词,三十后考辨词学流派,为同治、光绪年间词坛重要作家、理论家。有《复堂词》三卷。辑成《箧中词》六卷、续集四卷,为清人选本中的上乘之作,评论尤精审。此书为清末词坛重要读本,影响甚巨。其论词文字由弟子徐珂辑录成《复堂词话》。

陈廷焯《白雨斋词话》卷五云:"仁和谭献,字仲修,著有《复堂词》,品骨甚高,源委悉达。窥其胸中眼中,下笔时匪独不屑为陈、朱,尽有不甘为梦窗、玉田处。所传虽不多,自是高境。"叶恭绰《广箧中词》评价更高,称其"力尊词体,上溯《风》、《骚》,词之门庭,缘是益廓,遂开近三十年之风尚,论清词者,当在不祧之列。"吴梅《词学通论》第九章则兼而概之:"仲修词,取径甚高,源委悉达,窥其胸中眼中,非独不屑为陈、朱,抑且上溯唐、五代,此浙词之变也。"事实上,谭献对于

浙江词的意义,正在于这个"变"字;而这个"变",又主要是基于词史宏阔眼界的集成与提升。

谭献尝作《蝶恋花》六首,陈廷焯《白雨斋词话》卷五以"香草美人,寓意甚远"评之。兹选其最后五、六两阕。词云:

> 庭院深深人悄悄。埋怨鹦哥,错报韦郎到。压鬓钗梁金凤小,低头只是闲烦恼。　花发江南年正少。红烛高楼,争抵还乡好?遮断行人西去道,轻躯愿化车前草。

> 玉颊妆台人道瘦。一日风尘,一日同禁受。独掩疏棂如病酒,卷帘又是黄昏后。　六曲屏前携素手。戏说分襟,真遣分襟骤。书札平安君信否?梦中颜色浑非旧。

这两首词都是写女子怀念作客他乡的情郎。第五阕上片首写居住环境,以烘托女子内心的寂寞。而"庭院深深"四字,自然让读者联想到欧阳修的同调言情名篇。接着以鹦鹉误报,反衬女子相思之殷切;盖鹦鹉所言,亦女子反复诉说的结果。与敦煌词《鹊踏枝》之"叵耐灵鹊多谩语,送喜何曾有凭据",有异曲同工之妙。有了前面的铺垫,"压鬓"两句于是直言女子虽身处富贵,却长期整日含愁;而头饰之精美,亦暗示女子容貌之美丽,这也是诗词常用的手法。相思不得,遂生幻想。下片即写女子想象情郎在江南生活的情景。春天的江南群芳斗艳,情郎又青春年少,他是否正在某处高楼倚红偎翠?可是,外面的世界再精彩,怎抵得上回乡与钟爱你的女子团聚呢?幻想至此,女子真后悔当初没留住情郎。相思至极,终于说出痴情疯狂的话来:我宁愿化身为车前草,也要挡住情郎西去的道路!这煞拍二句,哀婉激烈,富含喻意,已成言情名句,读之让人心弦颤抖。爱情如此,世间一切在意钟情之人事,又何尝不是这样?故末二句好比李商隐笔下的"春蚕"、"蜡炬",有比爱情更为宽广深厚的比喻象征意义。

第六首同样写闺怨,虽然在比喻和象征意味上不及第五首,但在情感之专深的表现上有独到之处。下片尤见精彩。"戏说"二句,写曾牵手戏言分别,不料今日戏言成真。末二句说自己写给对方的信都是报平安的,其实哪有平安可言?如果对方梦见自己,一定能看到因自己过度相思而衰老的样子,怕都认不出了吧?这两句的沉痛,并不在第五阕结拍之下,而婉曲绵渺则过之,只是形象性和象征性略逊一筹。

谭献选《箧中词》,强调旨隐辞微之作。《复堂词话》论读词,言当"侧出其言,旁通其情,触类以感,充类以尽。甚且作者之用心未必然,而读者之用心何必不然。"上述二词表面写情,而实际上都表达了一种为美好理想而忠贞不渝、甘愿献身的高洁品格,有深厚的寄托意义,谭献用他的创作很好地实践着自己的理论主张。

其长调力作《金缕曲·江干待发》,也同样内涵丰富,有高度的概括力。词云:

> 又指离亭树。恁春来、消除愁病,鬓丝非故。草绿天涯浑未遍,谁道王孙迟暮?肠断是、空楼微雨。云水荒荒人草草,听林禽、只作伤心语。行不得,总难住。　今朝滞我江头路。近篷窗、岸花自发,向人低舞。裙衩芙蓉零落尽,逝水流年轻负。渐惯了、单寒羁旅。信是穷途文字贱,悔才华、却受风尘误。留不得,便须去。

词中写江湖倦客对家乡和亲人留念,对风尘奔走、时光流逝的痛苦,还有身处穷途、怀才不遇的愤慨,感思沉痛,婉曲层递,章法严密而自然,抒情真挚而内敛,谈内容坚实丰富,论技艺娴熟浑成,实兼浙西、常州二派之长。叶恭绰《广箧中词》评曰:"如此方可云清空不质实。"清空、不质实固然好,但能不流于浮滑,清空而意蕴深厚,方足称力作。

比《金缕曲》更见熔铸功夫的,当是《桂枝香·秦淮感秋》。词云:

> 瑶流自碧,便作就可怜,如许秋色。只是烟笼水冷,《后庭》歌歇。帘波淡处留人影,袅西风、数声长笛。彩旗船舫,华灯鼓吹,无复消息。　念旧事、沉吟省识。问曾照当年,惟有明月。拾翠汀洲,密意总成萧瑟。秦淮万古多情水,奈而今、秋燕如客。望中何限,斜阳衰草,大江南北。

太平军建国长江、太湖流域,战事不断,苏南一带历经浩劫。湘军攻占南京,屠城三日,自然破坏很大,致使全城一片萧条。此词即写太平天国乱后,秦淮河一带的荒凉景象。作者用今昔盛衰对比,来寄寓历史兴亡的感慨。这本来习见的题材,但作者在角度的切入和意境的开拓上,却别具匠心。与一般词家径写观感不同,此词以个人与秦淮歌舫女子往来的旧情今意,以及自己长期客游无定的伤感为主要表现内容,将荒凉萧条作为故事的背景和环境"附带"托出,显得真实、复杂,又因真实、复杂而更见沉痛、深邃。末尾借秋燕之眼,带出"斜阳衰草"的荒凉并非仅局限在秦淮,而是大江南北,将视野一下子扩展到神州大地,不仅使结拍显得宏阔坚劲,也使词境有了重大的拓展,一路写来别具匠心和远意。庄棫《复堂词序》称谭献"家国身世之感,未能或释,触物有怀,盖风人之旨也",说中复堂词的关键了。

与《桂枝香》有类似表现方法的佳作,还有《临江仙·和子珍》、《一萼红·吴山》,都是借与女子的交往,间接抒发身世家国之恨。像前阕中的"玉人吹笛,眼底是江南"、"树犹如此我何堪？离亭杨柳,凉月照氍氍",后阕中的"一曲琴丝,十三筝柱,原是人间"、"劫换红羊,巢空紫燕,重来步步回旋"及"不分中年到此,直恁荒寒",都是兼寄身世、家国感怀的佳句和警句,充满比喻或象征的意蕴。

这类词写到沉痛处,往往气盛语劲,玉田家法不能缚,而上逼稼轩。上引《一尊红》已微露此态,《渡江云·大观亭同阳湖赵敬甫、江夏郑赞侯》更显郁怒悲壮。词云：

> 大江流日夜,空亭浪卷,千里起悲心。问花花不语,几度轻寒,恁处好登临？春幡颤袅,怜旧时、人面难寻。浑不似、故山颜色,莺燕共沉吟。　销沉。六朝裙屐,百战旌旗,付渔樵高枕。何处有、藏鸦细柳,系马平林？钓矶我亦垂纶手,看断云、飞过荒浔。天未暮,帘前只是阴阴。

大观亭在安徽怀宁县西正观门外,登亭眺望,千里长江,尽收眼底。此处上拒武昌、九江,下扼安庆、铜陵,为兵家必争之地,太平军与清军曾在此激战。序中的赵敬甫名熙文,郑赞侯名襄。赵氏在清军江南大营时,词人曾与其同登大观亭。上片写故人难逢、江山易改,下片写因之生发的忧时伤世怀抱。开篇以谢朓名句发端,将盛衰之感、悲凉之气,贯穿全篇；末尾以垂钓江矶,看断云飞渡,天虽阴而未暮,于无边的消沉和失望中劈出一线希望,使境界高悬而不致沉埋,用以激发读者的情感与意志。

谭献是近代特别具有词史意识的一位大作家。他的清词选本《箧中词》,在推尊词体、勾勒清词流变、选本选源等方面都独具眼光,体现了谭献试图借助词选式批评建构清代词史的用意。谭献自己填词,也同样十分注重对历代不同流派风格作家作品的博取兼施。所以,粗读复堂词,新意、新风并不明显,而细味则可见其熔裁。自隋唐而迄晚清,词体早已成熟定制,推陈出新实属难为。虽然总体看,复堂词仍未突破两宋藩篱,但谭氏以其强烈的词史意识和宽广的词艺取径,使浙江词在开拓创新方面又向前迈出了坚实一步。

二、朱祖谋兼容并包的胸襟、无施不可的技艺与传统词学巅峰的形成

朱祖谋(1857－1931),字古微,后改名孝臧,一字藿生,号沤尹,又号彊村,归安人。父朱光第,曾官河南邓州知州,为官廉正。祖谋自幼随父生活,二十岁已名著中州。光绪八年(1882)举人,次年成进士。改庶吉士,授编修。历充国史馆协修、会典馆总纂总校、江西副考官、会试同考官。升翰林院侍讲,充日讲起居注,累迁侍读庶士、侍讲学士。光绪二十六年(1900)义和团运动中,上疏反对仇

教启畔,几获罪。辛丑条约后,升内阁学士,擢礼部侍郎,寻兼署吏部侍郎。光绪三十年,出任广东学政,因与总督不合,引病辞官,卜居苏州。后应聘为江苏法政学堂监督。宣统元年(1909)特诏征召,次年授弼德院顾问大臣,皆以病辞。辛亥革命后,以遗老自居,结交学者词人,填词赋诗,以校书、著述自娱。1931 年病逝于上海。祖谋早岁工诗,蹊径在黄山谷、孟东野之间。四十岁后,始专力于词,初学吴文英,晚又肆力于苏轼、辛弃疾二家,曾校刊《东坡乐府》。所刻《彊村丛书》,搜集唐、宋、金、元词 163 家、173 种,精加勘校,功著词林。有词集《彊村语业》三卷。另编有《湖州词徵》三十卷、《国朝湖州词录》六卷。还有《宋词三百首》、《词莂》、《清代词坛点将录》等选本,《宋词三百首》至今仍广受欢迎。朱祖谋为"晚清四大家"之一,为传统词学之一大结穴,享誉既高且久,影响至今不衰。

若就其大概而言,则诚如陈匪石《旧时月色斋词谈》所言,"清代之词学,浙西、常州而已"。但艺术上若要创新,则又不能固守一派一家之法度,而需博采兼施。一切有作为有成就之词家,莫不有兼容并包之胸襟与手法。细究浙西词派前后各期重要作家,也不是宗法张炎一人,而是兼及清真、白石和梦窗。前论复堂词,称"其非独不屑为陈、朱,抑且上溯唐、五代",甚至学习稼轩;事实上,彊村词的艺术取径比复堂词还要宽广,成就也更大,言其"为传统词学之一大结穴",这是主要理由。

关于这一点,前人有许多议论。《词学季刊》创刊号载夏孙桐《朱彊村先生行状》,文中有云:"公……身世所历,忧危沉痛,更过于半塘。清末词学,视浙西朱、厉,毗陵张、周诸家,境界又进者,亦时为之也,故公词遂为一代之结局。"夏承焘《天风阁学词日记》一九三二年引张尔田《望江南》词,其序有云:"丈词实为有清一代词流之大殿。"《同声月刊》第二卷第八号载夏敬观《风雨龙吟室词序》,有云:"乾嘉人类皆学白石、稼轩、玉田、草窗、碧山……侍郎出,斠律审体,严辨四声,海内尊之,风气始一变。侍郎词蕴情高夐,含味醇厚,藻采芬溢,铸字造辞,莫不有来历。体涩而不滞,语深而不晦,晚亦颇取东坡以疏其气。"《同声月刊》第三卷第一号载张尔田《龙榆生词序》,更细论云:"余尝谓乾嘉以来词人,大都取径于南宋。……惟朱彊村侍郎词,晚年颇法于苏。"王国维《人间词话删稿》云:"近人词如复堂词之深婉,彊村词之隐秀,皆在半塘老人上。彊村学梦窗而情味较梦窗为胜。盖有临川、庐陵之高华,而济以白石之疏越者。学人之词,斯为极则。"蔡嵩云《柯亭词论》云:"彊村慢词,融合东坡、梦窗之长,而运以精思果力。学东坡,取其雄而去其放;学梦窗,取其密而去其晦。遂面目一变,自成一种风格,真善学古人者。"叶恭绰《广箧中词》云:"彊村翁词,集清季词学之大成,公论翕然,无待扬权。余意词之境界，前此已开拓殆尽，今兹欲求于声家特开领域，非别寻途径不可。故彊村翁或且为词学之一大结穴，开来启后……至所作之兼备众长，不俟再论。"朱庸斋《分春馆词话》卷三云："彊村词笔调屈曲，寄意深邃，而其气之流溢较梦窗为显。到粤后，其词气势笔调始开朗，不局限于宋人范围，笔触广阔，意态郁勃。……清季四家成就以彊村最为杰出。……其晚年之作，遂渐趋疏朗，盖用东坡以疏其气，运密入疏，寓浓于淡故也。"台湾有学者甚至认为："朱祖谋初为词，师法两宋诸名家，北宋如晏几道、周邦彦、柳永，南宋如朱敦儒、陆游、姜夔、王沂孙、陈允平、张炎、蒋捷、吴文英，均能得其仿佛。体备众制，兼收并蓄。"①这些议论，概括起来，两句话：一、彊村词为清词一大结穴；二、其成就的取得，功归集成。

事实上，彊村词也确如批评家所言，无论小令还是中长调，都广采兼施，千锤百炼，绝似杜甫夔州后诗，苍劲沉着，使浙江词在艺术上达到完全成熟的境地，从而不仅将清代浙江词，而且将整个清词推上更高的艺术水准和艺术境界。限于篇幅，本章仅能举其特出者。

先来看他的小令。第一首便是《乌夜啼·同瞻园登戒坛千佛阁》。词云：

> 春云深宿虚坛，磬初残。步绕松阴，双引出朱栏。　吹不断，黄一线，是桑干。又是夕阳无语下苍山。

此词作于光绪二十五年（1899），作者时任礼部侍郎兼署吏部侍郎。瞻园，张仲炘号。仲炘字慕京，湖北江夏人，光绪三年（1877）进士，官至通政司参议。戒坛，又名戒台寺，始建于唐武德五年（622），辽咸雍年间高僧法均在此建坛传戒，清代多次重修扩建。寺在北京西郊门头沟马鞍山，坐西朝东，依山势高低而建。寺内千佛阁重檐层阁，登高可俯视浑河，群岚叠翠，气象万千，惜今已遭拆除。此阕虽是纪游短词，上片纪游寺，下片纪登阁远眺，却是尺幅之中有千里之势，雄浑苍老，气魄宏大，凝重肃穆，自是大家手笔。尤其值得注意的是末句表面写景，而实寓象征意味。此词作于戊戌政变后半载，变法失败，光绪被囚，中国的政治前途黯然无光，故末句语意双关。"吹不断，黄一线，是桑干"三句，兼学李白《望庐山瀑布》之"海风吹不断，江月照还空"和苏轼《澄迈驿通潮阁》之"杳杳天低鹘没处，青山一发是中原"，用而化之，一如己出，自成境界。普通作者有此一阕，亦足留名。

与此词创作背景有关联的佳作，是《鹧鸪天·九日丰宜门外过裴村别业》。词云：

---

① 卓清芬著《清末四大家词学及词作研究》，台湾大学出版委员会 2003 年版，第 316 页。

野水斜桥又一时,愁心空诉故鸥知。凄迷南郭垂鞭过,清苦西峰侧

帽窥。　新雪涕,旧弦诗。惜惜门馆蝶来稀。红黄白菊浑无恙,只是风

前有所思。

丰宜门,北京南门。裴村,刘光第字。刘为戊戌被害六君子之一。作者与刘同为

光绪九年(1883)进士,有同年之谊。据彊村自定稿之《彊村语业》,此词即作于戊

戌年(1898)。刘遇害在八月十三日,作者填此词在重阳节,相距仅二十五天。作

者凭吊死难好友,情恳意恻,掩抑凄怨。通篇都是外在景物的描写,而情在其中,

寄意遥深。时值忧危艰险之际,如此着笔,乃向秀《思旧赋》传统。这不仅是作者

人格操守的反映,也是作者杰出词艺的展露。彊村词几乎句句有来历,此阕亦

然;字面最为平常的末句,最有来历亦最具深意。《有所思》为汉乐府曲名,《乐府

诗集》于该名下所录作品甚众,多言有所思而不得见的相思之情。而"风前"二

字,又显系自李煜《悼诗》"咽绝风前思"化出。综合细味,则此句大有深意。陈邦

炎先生释其词时写道:"如果推广句意,探其'所思'之或有的内涵,则供人寻绎之

空间远不止此。作者虽非推动、参预新政之人,但身丁内忧外患交迫之际,目睹

接踵而至的国耻,固已久怀感慨时事之思,此时更面对变法失败、德宗被囚、国事

益不可为的局面,其'所思'自是千头万绪,匪言可尽,而此结句则亦只有不说破

'所思'之内容,以不尽尽之。"①

读彊村词,一方面深感其内涵、语意的丰富深厚,另一方面并无阻滞艰涩之

感,而反有沉雄痛快、气韵酣畅之意兴。这也是它高于复堂词的地方。再来看

《浣溪沙二首》:

独鸟冲波去意闲,坏霞如赭水如笺。为谁无尽写江天?　并舫风

弦弹月上,当窗山髻挽云还。独经行地未荒寒。

翠阜红厓夹岸迎,阻风滋味暂时生。水窗官烛泪纵横。　禅悦新

耽如有会,酒悲突起总无名。长川孤月向谁明?

光绪二十九年(1903)初夏,作者在任广东学政上,至嘉应州(今广东梅县)视学,

并与放归在家的黄遵宪相聚。公私事毕,经水道返广州,途中作此二阕。光绪二

十六年(1900)庚子国变,彊村与慈禧太后为首的旧派政见不合,在殿上与太后抗

争,终于在二十八年秋,由礼部侍郎外放广东学政,结束了近二十年的京官生涯。

此时的清王朝,已是日薄西山,光绪二十七年辛丑条约的签订,又使国家承受了

更多的负担和更重的耻辱。新愁旧恨,交织胸中,悲愤郁抑,可以想见。此二阕

---

① 钱仲联等撰《元明清鉴赏辞典》,上海辞书出版社 2002 年版,第 1169—1170 页。

按时间顺序,写傍晚至深夜舟行所见所感,忧愤贯穿始终。虽是短调,却写得顿挫铿锵、郁勃拗怒而又气韵潜转、情感激荡。"独"、"孤"、"为谁"、"向谁"、"暂时"、"突起"、"无名"等无力把握外物的不确定性语汇,"波"、"坏霞"、"无尽"、"江天"、"荒寒"、"阜厓夹岸"、"阻风"、"泪纵横"、"悲"、"长川"等流露外物和环境辽阔、艰险的描述性、形容性语汇,以及"冲"、"写"、"弹"、"当窗"、"挽"、"经行"、"会"、"明"等力图抗衡、把握外物的行动性语汇,使作品遒劲有力、感愤交织,从而凸显出词人身处艰危动荡时世,试图有所突破,而又孤独无助、茫然不知所措的悲怆与栖惶。但彊村词的过人之处,并不止于反映环境的凶险和人事的衰微,而是试图寻找、指示出路和前景,像与上述所描述情景相矛盾的"去意闲"、"水如笺"、"并舫风弦"、"山髻"、"还"、"未"、"迎"、"生"、"会"、"禅悦新耽"等,都让人在一片荒寒凄凉中看到一线生机,找到坚持的理由。事实上,这正是彊村词近代化意义的突出表现。王国维《人间词话删稿》对彊村词的评价多有保留,尝言"古人自然神妙处,尚未及见",但《人间词话》附录一却对此二阕大力赞赏:"彊村词,余最赏其《浣溪沙》'独鸟冲波去意闲'二阕,笔力峭拔,非他词可能过之。"亦可佐证这二首成就之高。

这种基于清醒现实主义与坚贞理想主义之人生态度的词学观,在《清平乐·夜发香港》中,表现得更加鲜明强烈。词云:

> 舷灯渐灭,沙动荒荒月。极目天低无去鹘,何处中原一发? 江湖
> 息影初程,舵楼一笛风生。不信狂涛东驶,蛟龙偶语分明。

光绪三十一年(1905),彊村在广东学政任上,因与总督意见不合,遂引疾去官,借道香港,取水路北归。此词即作于离港之际。上片写所见,黑暗荒凉,几近绝望;下片写听觉,启航汽笛,催人振奋,苦闷郁塞,一时荡尽,生机顿生,希望犹存。末二句倔强斩截,别开生面;作者相信自会有"蛟龙"式的人才,来力挽狂澜,忧国、爱国之情深沉而强烈。全词虽短,却是由景及情,由近及远,层层深入。尺幅之中,写尽开船离港后所见夜景及去官北归的心情,内涵丰富,笔力遒劲,语言清奇。这样的词作,已经与现当代知识分子的情操旨趣无多差异。

彊村词中的令词佳作还有很多,像为悼念刘光第而作的《减字木兰花》(盟鸥知否)、写于庚子事变当年除夕的《鹧鸪天》(似水清尊照鬓华),还有临终所作《鹧鸪天》(忠孝何曾尽一分),都是其中的杰作。

王鹏运《彊村词序》说:"公词庚、辛之际,是一大界限。自辛丑夏与公别后,词境日趋于浑,气息亦益静,而格调之高简,风度之矜庄,不惟他人不能及,即视彊村己亥以前词,亦颇有天机人事之别。"王鹏运也是词学大家,对彊村尚如此推

崇,足见彊村词成就之高。相较而言,彊村后期词确实更成熟,更浑成。这固然
是因为其思想感情的成熟、深沉,但更重要的还是词艺上的转益多师。而后期词
的艺术成就,又集中反映在中长调上。

彊村的中长调,上祧屈骚的比喻象征传统,深得梦窗词"密丽"和"潜气内转"
二长,更兼白石之疏越、东坡之清雄与稼轩之骨力,是彊村词艺术功力的具体反
映。最典型的当是《夜飞鹊·香港秋眺,怀公度》。词云:

> 沧波放愁地,游棹轻回,风叶乱点行杯。惊秋客枕,酒醒后、登临倦
> 眼重开。蛮烟荡无霁,飐天香花木,海气楼台。冰夷漫舞,唤痴龙、直视
> 蓬莱。　多少红桑如拱,筹笔问何年,真割珠厓? 不信秋江睡稳,掣鲸
> 身手,终古徘徊。大旗落日,照千山、劫墨成灰。又西风鹤唳,惊笳夜
> 引,百折涛来。

潘飞声《在山泉诗话》引此词,题曰:"甲辰九月,舟过香港,倚船晚眺,寄公度。"甲
辰为光绪三十年(1904)。公度,黄遵宪字。道光二十二年(1842)英国侵占香港,
距作者写此词,已过去六十三年。梦窗词以"密丽"与"潜气内转"见称。此词也
具备这种特点。为了突破吴词繁密、板滞和晦涩的缺陷,词人同时向白石、东坡
和稼轩学习,汲取有益成分,使得这首词既显得密丽高华、章法严密,又有清疏、
遒劲的气势和骨力。加上词作所写乃是失地辱国的悲愤,对同道友人的激励,爱
国内容与高超技艺完美结合,遂成彊村后期长调中的代表作之一。

再看光绪三十三年(1907),寓居苏州时所填《洞仙歌·丁未九日》。词云:

> 无名秋病,已三年止酒。但买茱囊作重九。亦知非吾土,强约登
> 楼,闲坐到、淡淡斜阳时候。　浮云千万态,回指长安,却是江湖钓竿
> 手。衰鬓侧西风,故国霜多,怕明日、黄花开瘦。问畅好秋光落谁家?
> 有独客徘徊,凭高双袖。

词人虽然退出官场,但爱国之心不减。国运日蹙,抑郁悲愤,才不得施,只能做无
可奈何的坐视旁观者。以此入词,便有了这阕《洞仙歌》。故全词以清闲掩执着,
以平淡掩郁愤,清奇疏宕,一气流走,略无滞涩之感。叙事、抒情、议论有机结合,
主人公形象鲜明生动。王国维所言"济以白石之疏越",张尔田、夏敬观所言"晚
年颇法于苏"、"晚亦颇取东坡以疏其气",都可说是针对此词而发。钱仲联先生
甚至说此词"正如陶渊明的诗篇一样,表面看来,显得平淡,掩盖了愤郁"①,不愧

---

① 钱仲联选注《清词三百首》,岳麓书社 1992 年版,第 366 页。

解人。此词无疑是作者后期词体创作的又一杰作。

此外像《齐天乐·鸦》、《石州慢·用东山韵》、《声声慢·辛丑十一月十九日，味聃赋落叶词见示，感和》、《金缕曲·书感寄王病山、秦晦鸣》、《烛影摇红·晚春过黄公度人境庐话旧》、《八声甘州·暮登灵岩绝顶，叔问为述半塘翁昔年联棹之游，歌以抒怀》等，都是转益多师，词艺浑成，词品峻洁，足可反复涵咏的佳作。其实，即使光绪二十三年(1897)、彊村四十一岁所作"早期"词《长亭怨慢·苇湾重到，红香顿稀，和半塘老人》，也是在吴文英的基础上，兼采陈与义、姜夔二家。

总之，兼容并包的胸襟，与无施不可的技艺相结合，彊村词终于成为传统词学的巅峰。

三、史家实录精神和词人师心写意相融会，使近代浙江词别开新境

张尔田(1874－1945)，一名采田，字孟劬，号遯庵，又号许村樵人，室名多伽罗香馆，钱塘人。父张上龢，曾从蒋春霖学词，与郑文焯为词画至交，官直隶知县。弟张东荪，现代著名哲学家。尔田系清末举人，历任刑部主事、知县、候补知府。民国初建，预修《清史》，为当时著名史学家。旋任北京大学教授，晚年为燕京大学国学总导师。尔田少承家学，精于词，曾为郑文焯所著《词源斠律》纠正数条，郑深赏焉。又奉教于朱祖谋，与陈锐等研讨声律。为词游刃于浙、常两派之外，为清词后劲。朱祖谋刻其词入《沧海遗音集》。亦长于文，不宗一派，尤好归有光、龚自珍、恽敬，皆能得其长而去其短，淡雅幽渺，自成一家。著有《遯翁文集》、《史微》、《玉溪生年谱会笺》、《清史后妃传》等。词有《遯庵乐府》。

如果说谭、朱二位，主要是在词艺的集成上做出了大小不等的贡献，使清代浙江词逐步迈入全面成熟的境地，那么遯庵的贡献则主要表现在词情内转和词境掘进上。遯庵既是一位卓越的史学家，又是一位性情独至的诗人，这两方面的素养修为，对他的词体创作产生了深刻的影响。具体说，一是以史家之笔填词，关注时事，写出较多充满现实主义精神的作品；二是坚守性情，孤往独造，应合、突出词体师心写意的本色。两方面相结合，使遯庵词同时具备了杜甫诗歌的忧时伤世怀抱和李商隐诗歌情感的幽隐与深挚，加上他屯蹇而不屈的操守和作风，遂使得他的词风趋向清雄幽微一途。在《词学季刊》第二卷第三号所载《再与榆生论苏辛词书》一文中，张尔田亦夫子自道："苏辛词境，只'清'、'雄'二字尽之。清而不雄，必流于伧俗……弟才苦弱，望苏辛如在天上，亦只能勉强到遗山耳。"夏敬观《遯庵乐府序》更云："君慊然自以为不足，而侪辈已绝叹君诣之深。矧君自遭世塞屯，益励士节，勤撰述。其寓思于词也，时一倾吐，肝肺芳馨。微吟斗室间，叩于窈冥，诉于真宰，心瘅而文茂，旨隐而义正，岂余子所能几及哉？……君

学人也,亦词人也,二者相因相济而不扞格,词境之至极者也。"洵端严不易之论。而叶恭绰《广箧中词》则认为:"孟劬词渊源家学,濡染甚深,与大鹤研讨,复究极幽微,故所作亦具冷红神理。"郑文焯号冷红词客,为词融清真、白石、梦窗、玉田为一体,"缠绵宕动"①,有似诗家李商隐。钱仲联《近百年词坛点将录》遂兼而概之:"孟劬史学泰斗,填词渊源家学,复与大鹤探讨,濡染者深。《遯庵乐府》感时抒愤之作,魄力沉雄,诉真宰,泣精灵,声家之杜陵、玉溪也。"钱先生以杜陵、玉溪二家揭示遯庵词体创作的路径和特色,再恰切不过了。

下面请以具体词作为例,加以说明。遯庵早期词多有哀时忧世之作,其中尤以悲慨庚子事变者最具特色。如《虞美人》词云:

> 天津桥上鹃啼苦,遮断天涯路。东风竟日怕凭栏,何处青山一发是中原? 酒醒梦绕屏山冷,独自恹恹病。故园今夜月胧明,满眼干戈休照国西营。

此词作于光绪二十七年(1901)春,值八国联军入侵北京之后。上片写凄迷悲苦的暮春景象,借以象征八国联军过后的北京,并化用苏轼的著名诗句,暗喻国家面临被列强瓜分的危险。下片接着写入夜情景,月色昏暗,一片惨淡,帝、后西逃,山河破碎,自己感伤国事,却只能借酒浇愁。不过,上片言"凭栏"、"何处",下片言"独自"、"满眼",悬望之炎心犹热,这正是遯庵词缠绵忠贞、感人至深的地方,词家高洁的操守也由此烘托出来。全词骨力沉雄,俨然杜甫诗笔。事实上,词的末句也正是从杜甫《月》诗"干戈知满地,休照国西营"二句而来;意思是说,"国西营"中的士兵会因为明亮的月光而增添思乡愁怀,所以劝告月亮不要去照那里的营房。杜甫所言,乃指长安西面的凤翔,肃宗临时政府所在地;遯庵所言,则是八国联军入京后,帝、后西逃及驻跸西安时的情形。

对于一般词家而言,时事只是创作的起因和背景,但在遯庵词中,却是具体的事件和内容。这正是杜甫"诗史"实录精神的典型反映。作于同年春的八首《杨柳枝》,也是一组寄慨时事的作品。且看其中的二首:

> 春风吹满锦障泥,多少行人唱大堤。无情清渭东流尽,送到咸阳却向西。

> 洛水微波拂苑墙,画屏残蜡照宫黄。东风倾国宜通体,谁赏徐妃半面妆?

---

① "缠绵宕动",语出吴梅《词学通论》第九章《概论四》,上海古籍出版社2006年版,第131页。

这两首词可谓曹植、南朝乐府、杜甫、李商隐、周邦彦数者的熔铸,和《虞美人》所咏是同一事件。因为帝、后在二十六年九月即已逃到西安,故首阕言"无情清渭东流尽"。当时东南各省督抚与英、美等列强实行东南互保,在上海缔结"东南保护约款",不接受清政府中央命令。所以名为保护东南,实为中外勾结,分裂中国。故第二阕有"东风倾国宜通体,谁赏徐妃半面妆"之语。遯庵站在国家统一的立场,对此进行揭露,是其史家精神、民族尊严和进步思想的具体反映。前人填《杨柳枝》,或言情,或写景,或吊古;遯庵用来寄慨时事,旧瓶装新酒,反映出他的艺术创新精神。

庚子事变的直接后果,便是清政府被迫与列强签订《辛丑条约》,国家的灾难变得更为深重。这对于近代知识分子来说,就是一场空前惨痛的国难,几近亡国灭种。遯庵心灵所遭受的打击,更为剧烈沉重,写下不少长歌当哭的文字。长调《金缕曲·闻军中齏栗声感赋》,是其中的代表作之一。词云:

> 何处霜箍彻?望高秋、毡庐四野,绣旗明灭。摇动星河三峡影,坏垒乌头如雪。听一阵、呜呜咽咽。马上谁携葡萄酒,伴将军醉卧沙场月。冰堕指,泪流血。　男儿到此肝肠裂。拥残灯、吴钩笑看,梦魂飞越。日暮金微移营去,白羽千军催发。更几点、遥天鸿没。驻马蓬莱传烽小,正咸阳桥上人初别。清夜起,唾壶缺。

这首慢词,写于光绪二十七年秋。这年七月二十五日,清政府与十一国公使签订《辛丑条约》。八月二十四日,慈禧和光绪返回北京,故词中有"移营"、"催发"、"咸阳桥上人初别"等语。移营,指帝、后移跸;催发,指帝、后从西安出发;咸阳桥上人初别,指西安吏民送别帝、后。冬十月,帝、后始抵达开封,并停留十余日。遯庵听到銮驾从西安出发的消息,写下此词。全词以帝、后西狩及返京为背景,大胆发挥想象,凭虚结撰,却又似句句写实,对帝、后西逃,充满悲愤,肝肠欲裂。词中数次化用杜诗,兼熔史记、盛唐边塞诗文、北朝民歌和辛词,使作品更显凝重沉博。全词慷慨悲歌,响遏行云,诚可谓一代词史。

遯庵一生关注国事,忧时伤世,情动于中,发而为词,实为词家少陵。他的《木兰花慢·尧化门外车中赋》,同样是一首沉痛幽咽的时代悲歌。词云:

> 倚轸天似醉,问何地,著羁才?看乱雪荒壤,春鹃泪点,残梦楼台。低回笛中怨语,有梅花、休傍战园开。燕外寒欺酒力,莺边暖阁吟怀。　惊猜。羃缕霜埃。杯暗引,剑空埋。甚萧瑟兰成,江关投老,一赋谁哀?秦淮。旧时月色,带栖乌、还过女墙来。莫向危帆北睇,山青如发无涯。

旧时沪宁铁路将抵南京总站时,有尧化门小站,城门已不存。宣统三年辛亥八月十九日,即公元 1911 年 10 月 10 日,武昌起义暴发,打响辛亥革命第一枪。全国各地纷纷响应,各省先后宣告独立,或由革命军攻克。时任清政府江南提督的张勋驻防南京,顽固抵抗革命军,并屠杀南京民众数千人。直到十月十二日(11 月 5 日),才被徐绍桢等人攻克,成立江苏军政府,宣告独立。古城南京经历这场战事,满目疮痍,惨不忍睹。遐庵此词,写的就是辛亥革命时南京战事留下的劫火创痕,同时交织着作者怀才不遇、投老萧瑟和对世事深怀忧虑的复杂心境。词中化用屈原、司马迁、庾信、鲍照、杜甫、岑参、刘禹锡、苏轼、陆游等众多古代诗人的句意,使作品内涵异常丰富深厚,耐人咀嚼品味。全词苍凉跌宕,极富张力和顿挫之致。

张尔田词将史家实录精神和词人师心写意相结合,融写实与造境为一体,使近代浙江词再辟新境。邓之诚《民国人物碑传集》卷六《张君孟劬别传》称遐庵"晚岁喜填词,以写其幽忧忠爱之思,成《遐庵乐府》二卷,论者谓半塘、古微而外,未有能及之者也"。遐庵词是当得起这样的评价的。

顺便说一说曾与张尔田齐名的邵瑞彭。

邵瑞彭(1887－1938),字次公,淳安人。清末入浙江省优级师范学堂。南社成员。民国初,当选众议院议员,后以揭露、反对曹锟贿选大总统,声名鹊起。历任北京师范大学、河南大学教授。精研《尚书》、齐诗、《淮南子》及古历算学。晚岁寓居开封,穷愁潦倒。有《扬荷词》四卷、《山禽余响》一卷。

夏敬观《忍古楼词话》称"次公为词,宗尚清真,笔力雄健,藻采丰赡"。叶恭绰《广箧中词》评"次公词清浑高华,工于镕剪"。沈轶刘《繁霜榭词札》则言"清末民初杭州词人张尔田与遂安邵瑞彭齐名"。平心而论,邵氏词承传、效法之功多于拓展、创新,成就和影响比起四家和遐庵来,都要小一些,加上邵氏年辈偏晚,故仅附论遐庵后。兹举其短、长调各一首。

短调请看其《蝶恋花》。词云:"十二楼前生碧草。珠箔当门,团扇迎风小。赵瑟秦筝弹未了,洞房一夜乌啼晓。　忍把千金酬一笑?毕竟相思,不似相逢好。锦字无凭南雁杳,美人家在长干道。"词语密丽,词心婉曲,词情激沌,自是飞卿、清真一路。"忍把"三句真挚动人,朴素可爱,又似小晏、少游,非情种不能出此语。

长调请看《绮罗香·晚过神武门,残荷欲尽,秋意可怜》。词云:"汜瑟烟昏,欹盘露冷,一镜愁漪低护。梦堕瑶台,长恐万妆争妒。念佳人、路隔西风,思帝子、讯沉北渚。怕相逢、恨井秋魂,月明遥夜耿无语。　宫沟谁写泪叶?回首霓裳换叠,繁华轻误。玉簟香消,零落袜尘残步。便立尽门外斜阳,又暗惊、晚来疏雨。问涉江、此际闻歌,断肠君信否?"此词为凭吊珍妃而作,堪与朱祖谋《声声慢》并比。邵氏作为革命者,此词又写于清亡后不久,自然不会在作品中对清朝的灭亡表示同情;但珍妃品德端洁,又支持光绪帝进行政治改革,终于被迫害,故能深得词人同情和追悼。全词绵丽幽艳,介于清真、梦窗之间,深情哀婉则过于此二家,而近于玉田。

四、标举境界、独辟意境与传统词学的终结和现代词学的发端

王国维(1877－1927),字静安,又字伯隅,号观堂、永观。海宁人。清诸生。少有才名,与同邑陈守谦、叶宜春、褚嘉猷交好,号"海宁四才子"。两应乡试,未中,遂弃举业。光绪二十四年(1898)至上海,入《时务报》馆。同年,入罗振玉主办的东文学社学习英、日文及数理学科,以《咏史》诗得到罗振玉赞赏。二十七年,由罗资助赴日本东京物理学校学习。次年,因病回国,任南洋公学虹口分校执事。二十九年起,历任南通师范学堂、江苏师范学堂教习。三十二年入京,专力研究词学理论与中国戏曲史。翌年起,历任学部总务司行走、学部图书馆编译等职。辛亥革命后,以清朝遗老自居,携眷属随罗振玉赴日本京都,致力于甲骨文、金文与汉简研究。1916年春回上海,先后任明智大学教授、北京大学通迅导师。民国十二年(1923),应召任清故宫南书房行走。十三年冬,清废帝溥仪被逐出宫,王国维拟自杀未遂。次年,任清华大学研究院教授。民国十六年,投颐和园昆明湖自尽。溥仪谥之曰"忠悫"。

王国维在哲学、史学、文学、文字学、考古学等诸多领域,均有重大成就。著有《观堂集林》二十四卷、《观堂别集》四卷、《静安文集》一卷、《续集》一卷,和其他学术著作,共约60余种,辑为《王忠悫公遗书》、《海宁王静安先生遗书》。其词学著作有《苕华词》(一名《人间词》)、《观堂长短句》、《人间词话》、《清真先生遗事》、《唐五代二十一家词辑》等。

词集《苕华词》之名,是王国维晚年所更定,出自《诗经·小雅·苕之华》"大夫悯时"之意,以示其对清室衰亡的痛心。与集名涵义一致,其词作也多为忧生哀时伤世之篇,婉曲凄侧。当然,应当指出的是,苕华词多写人间悲愁,低沉凄迷,与叔本华悲观主义哲学也有一定关系。历史大变革和转型时期的知识分子,所受影响是多方面的。既有本土传统的浸淫,也有异质文明的激发;既有性情之使然,也有现实之挤压。有意思的是,以这样的观念来填词,倒显出难得的契合;因为词体长短参差,抑扬顿挫,回环往复,婉曲幽微,正需要以往复幽咽来调节情感思绪,以适应词体形式。从这样的要求出发,填词自然应当以"意境"见长,而不能单以"意"取胜;《人间词话》论词标举"境界",分析起来,理由固然不少,但仅

就词体属性要求和词情特质而言，也是应当之义。

就词论词，观堂词情真切，意缠绵，含哲思，工造境，常幽曲，是件值得欣慰的事。浙江近代词坛，词家众多，能像王国维这样，反朴归真，以词为词，实不多见。众人不是浙西，便是常州，或白石，或玉田，或清真，或梦窗；试问观堂词似谁，大概难以具道，而只能笼统地说近似五代、北宋。王国维自己也承认这一点，但又说"之所以为五代、北宋之词者，以其有意境在"，甚至认为自己超过了五代、北宋，不让纳兰性德。① 就实际成就而言，这不免有些过于自矜。不过，令词创作不能依凭才力，几乎全赖情致性灵，于尺幅数句之中见深厚幽微的意境，在小小的天地中回旋腾挪，"螺丝壳里做道场"，并且尽显自己的才情、面目，洵非易事。因为深知其中的甘苦，更因为自己很好地实现了词学理想，观堂有理由自矜。

观堂词现存 115 首，其中绝大多数为小令，所咏内容主要表现在以下三方面：一是描述生活际遇，抒发对人生、人世的感触。这类词作可以《浣溪沙》为代表。词云：

天末同云黭四垂，失行孤雁逆风飞。江湖寥落尔安归？　陌上金丸看落羽，闺中素手试调醯。今宵欢宴胜平时！

此词四、五两句，一作"陌上挟丸公子笑，座中调醯丽人嬉"。上片写失群孤雁，无所栖息；下片写孤雁被猎，闺人因以调醯，举家欢宴。两相对比，比兴寄托之意明矣。此亦法国存在主义哲学家萨特名剧《禁闭》所言"他人即是地狱"否？人世间每多此类事件，思之隐隐作痛。观堂词多有诉说人生艰辛、世路坎坷之语。像《虞美人》之"不须辛苦问亏成，一霎尊前了了见浮生"，《鹊桥仙》之"人间世事不堪凭，但除却、无凭两字"，《浣溪沙》之"掩卷平生有百端，饱更忧患转冥顽"，同调之"开尽隔墙桃与杏，人间望眼何由骋"，《鹧鸪天》之"从醉里，忆平生，可怜心事太峥嵘"，《点绛唇》之"断崖如锯，不见停桡处"，皆属此类。

二是叙写离别相思、伤春悲秋，借以表达身世家国之恨，展示其忠爱之情。这类作品数量巨大，佳作也很多，不妨多看几首。先来四首《蝶恋花》：

阅尽天涯离别苦。不道归来，零落花如许。花底相看无一语，绿窗春与天俱暮。　待把相思灯下诉。一缕新欢，旧恨千千缕。最是人间留不住，朱颜辞镜花辞树。

昨夜梦中多少恨！细马香车，两两行相近。对面似怜人瘦损，众中不惜搴帷问。　陌上轻雷听渐隐。梦里难从，觉后那堪讯？蜡泪窗前

---

① 樊志厚《人间词》乙稿序。樊志厚系王国维自己托名。

堆一寸,人间只有相思分。

袅袅鞭丝冲落絮。归去临春,试问春何许？小阁重帘天易暮,隔帘阵阵飞红雨。 刻意伤春谁与诉？闷倚罗衾,动作经旬度。已恨年华留不住,争知恨里年华去。

百尺朱楼临大道。楼外轻雷,不问昏和晓。独倚阑干人窈窕,闲中数尽行人小。 一霎车尘生树杪。陌上楼头,都向尘中老。薄晚西风吹雨到,明朝又是伤流潦。

第一首是光绪三十一年(1905)暮春作者暂归海宁时作。妻子莫氏原本体弱多病,此时已疾病缠身,益显憔悴,词人不免万分感伤,触动他更为深广的词心,遂填此阕。第二年又北行,于三十三年夏闻妻子病危返回,抵家旬日而妻子病逝。观堂与妻子伉俪情深,故每道及离别相思话题,总能真挚感人。词人不写归来之喜,却言归来之恨;归来不仅未能消愁,反添更多痛苦。全词以花喻人,咏花即写人,伤春即悲逝,上下片都善用转笔,曲折生波,只是上片明言"不道",而下片却是暗转,最见匠心。又因其所咏乃人间普遍存在的生活及情感现象,故写来颇具普遍性的悲剧意味,富于哲思,更耐人咀嚼涵咏。第二首是光绪三十二年(1906),作者辞家至京后的记梦忆内之作,梦中相见,醒后相思,一往情深,感染力强。第三首写美人迟暮,借言惜春说尽相思恨别之意,极深情婉转之致。这些词作,与微之、义山诗,同叔、永叔词相较,不仅毫无愧色,亦且越迈而上。第四首写居者之相思与旅人之秋愁,同样带有普遍性的悲剧意味,深情绵邈,又饱含哲理。这些词之所以能勾起读者的共鸣,原因在于人们对造成情感悲剧的缘由,或因生计所迫,或为动乱驱逐,已感同身受,每一次阅读,都是对自身际遇和时世风云的重新体会。借用《人间词话》开篇作者自己的话说,便是大诗人所营造之境,往往既合乎自然,又毗邻理想。

下面这首《点绛唇》,也是一首写情感的不可多得的佳作。词云：

屏却相思,近来知道都无益。不成抛掷,梦里终相觅。 醒后楼台,与梦俱明灭。西窗白,纷纷凉月,一院丁香雪。

这是一首悼亡之作,光绪三十三年(1907)年妻子莫氏病逝后所作,用笔层递转折,读之令人无限感伤。上片说明知相思无益,却无法抛撒,现实中不能相见,只能去梦里寻找;下片说梦醒后恍惚迷糊,唯见月照丁香,一片凄婉景象,更加孤寂怅惘。结拍三句,凉月丁香互衬,绘景凄冷鲜明,哀感玩艳;《人间词话·删稿》称"一切景语皆情语",说的便是这样的作品吧。

除上述两大类词作外,还有描写羁旅行役、登临吊古及对景抒怀等作品,亦

颇有佳作。尤以写景抒怀一类,最多杰作。如《浣溪沙》词云:

> 山寺微茫背夕曛,鸟飞不到半山昏。上方孤磬定行云。　试上高
> 峰窥皓月,偶开天眼觑红尘。可怜身是眼中人!

既有眼前实景,亦有虚拟之境,真个很难分辨何者为写境,何者为造境。甚至有学者"以象征之意说此词",认为它是"以假造之景象,表抽象之观念"①陈永正先生说得好:"其实这仍是一首优美的写景小词,只不过造境比现实更为高远罢了。"②全词意境幽邈,寂静肃穆,隽永玄深,实为观堂词中的上乘之作。

又如下面这首《蝶恋花》。词云:

> 连岭去天知几尺。岭上秦关,关上元时阙。谁信京华尘里客,独来
> 绝塞看明月。　如此高寒真欲绝。眼底千山,一半溶溶月。小立西风
> 吹素帻,人间几度生华发。

此系纪游之作,在写实之中存象喻之意,已接近作者自己所说的"造境"了。虽然结拍仍不免伤感,但过片"如此"三句所绘,超尘绝俗,真可谓是千古壮观,令人读之亦生出尘之想。

羁旅行役和登临怀古一类,也同样值得关注。前者如《鹊桥仙》(沉沉戍鼓)、《浣溪沙》(七月西风动地吹)、《减字木兰花》(乱山四倚),后者如《临江仙》(过眼韶华何处也)、《青玉案》(姑苏台上乌啼曙)、《蝶恋花》(辛苦钱塘江上水)、《浣溪沙》(昨夜新看北固山),都是可以反复涵咏咀嚼的佳篇。这两小类词作中,尤以《临江仙》一阕最臻高境。词云:

> 过眼韶华何处也,萧萧又是秋声。极天衰草暮云平。斜阳漏处,一
> 塔枕孤城。　独立荒寒谁语?蓦回头,宫阙峥嵘。红墙隔雾未分明,依
> 依残照,独拥最高层。

此词 1905 年作于苏州,是一首借景抒怀的吊古之作。深秋时节,作者登上虎丘塔,望馆娃宫而生感怀。但又与一般怀古词有明显区别。此词以写景、抒情为主,几乎找不到单纯的感慨之语,而又分明感受到词人的意绪态度。《人间词话》开篇论词,称"词以境界为最上",此词将写景、抒情、悲秋、吊古熔铸一炉,情景交融,意境两浑,当是这高标和至境的完美实现者。祖保泉先生亦认为"这首词在

---

①　叶嘉莹著《王国维及其文学批评》附录《说静安词〈浣溪沙〉一首》,河北教育出版社 1997 年版,第 408 页。

②　陈永正著《王国维诗词笺注》前言,上海古籍出版社年 2011 年版,第 18 页。

王氏词中是意境浑融的佳作,是典型的'苕华词'"①。

当然,观堂并不是一味的感伤哀愁,也有难得的宁静与欢愉,虽然是那样的短暂和稀少。且来看下面这阕《蝶恋花》:

> 独向沧浪亭外路,六曲栏干,曲曲垂杨树。展尽鹅黄千万缕,月中并作蒙蒙雾。　一片流云无觅处,云里疏星,不共云流去。闲置小窗真自误,人间夜色还如许!

此词是光绪末作者在苏州师范学堂任教时所作。上片写在沧浪亭外独步时所见地上夜景,下片写回到居室后所见天空景象,上下一体,极写夜色之可人。末二句说如此良宵美景,自己竟呆在室内,实在可惜,这种近乎痴傻的话语,充分表达出词人独对美好夜色的愉悦与欣喜。因为难得,所以欣喜。他在另一首写舟行所见春日美景的《浣溪沙》词中说:"一生难得是清闲。"清闲已难,何况是欣赏和痛快呢!

行文至此,便想起观堂词中那首矫健爽快的《少年游》来。词云:

> 垂杨门外,疏灯影里,上马帽檐斜。紫陌霜浓,青松月冷,炬火散林鸦。　酒醒起看西窗上,翠竹影交加。跌宕歌词,纵横书卷,不与遣年华。

此词 1905 年作于苏州。清宵游乐归来,词人豪兴未已,遂填是阕。上片写游,下片写息,造语清明俊爽,充满青春气息,体现了观堂作为一代大师所具有的奋发精神和美好心灵。我们当然希望观堂词中能更多一些这样的作品,虽然它稍嫌直白,于观堂的词学理想也许尚有一小段距离。

近现代以来,学者们对观堂词的成就和地位,也给予了应有的评价。张尔田《近代词人逸事》云:"海宁王静安,朴学大师,间作小词,亦循苏、辛一流,不肯昵昵作儿女子语。"叶恭绰《广箧中词》云:"(静安先生)所作小令,寄托遥深,参以哲理,饶有五代、北宋韵格,洵足独树一帜。"赵万里《王静安先生年谱》的评价更高,最为全面、精切:"先生于词,独辟意境,由北宋而反之唐五代,深恶近代词人堆砌纤小之习。……细读先生之词,有清真之绵密,而去其纤逸;有稼轩、后村之闳丽,而去其率直。其意境之高超,三百年间,唯万年少、纳兰容若差可比拟,余子碌碌,实不足以当先生一二词也。"顾宪融《填词门径》亦云:"静安……余事为词,体格高峻,亦有睥睨一世之意。"这已与观堂的自评比较接近了。他在托名樊志

---

① 祖保泉著《王国维词解说》,安徽教育出版社 2006 年版,第 99 页。

厚的《人间词甲稿序》中说："读君自所为词,则诚往复幽咽,动摇人心,快而能沉,直而能曲,不屑于言词之末,而名句间出,往往度越前人。"

在近代浙江词坛上,当众人都在以学养为主要依靠,以集成、熔裁为主手段,而成就各自的词史地位时,观堂却越迈而上,直指词体特性,苦心孤诣,融会情景,标举境界,创作出与时人旨趣、风格迥异的作品,并且佳制纷呈,妙境迭出,见性情,多兴会,从而拓宽了近代浙江词的表现功能和艺术境界,使近代浙江词更上台阶,别出新境,事实已证明其成就和影响都是空前巨大和深远的,称其为近代浙江词第一人亦不为过。其后,现代词体创作正是沿着王国维所倡行的词学方向,继续向前发展。

近代词人,十之八九都是学人,他们的创作也可谓学人之词。除上述五家外,像德清俞樾(1821－1907)《春在堂词录》之善记琐俗,山阴王诒寿(1830－1881)《笙月词》、会稽李慈铭(1830－1894)《霞川花影词》及樾孙陛云(1868－1950)《乐静词》之效姜、张,嘉兴沈曾植(1850－1922)《曼陀罗𡩋词》之效稼轩,也都自具特色,小有成就,限于篇幅,不能一一细论。

经过谭、朱、张、王四大家,以及众多近代浙江词人的共同努力,浙江词在近代发育充分,完全成熟,其成就远过其他省份。近代浙江词名家鱼贯,佳作星繁,他们从现实出发,通权达变,以古为程,自己而出,成就巨大,贡献良多。说近代浙江词的方向,就是整个近代词史的方向,也并不为过。

从历代浙江词发展演变的史实中,可以清晰地看到浙江文化所具有的儒雅与激越、精致与恢廓、持守与变通等双重特性。这些特性在近代词家这里,得到更为鲜明、集中的反映。历代浙江词家在大词史上屡建奇功,浙江地域文化起到了几乎是决定性的作用。

参 考 文 献

（以编著者姓名首字声母为序）

B

鲍恒著《清代词体学论稿》，人民文出版社 2007 年版。

C

陈弘治著《唐五代词研究》，台北文津出版社 1985 年版。

陈乃乾辑《清名家词》，上海书店 1982 年版。

陈水云著《清代词学发展史论》，学苑出版社 2005 年版。

陈雪军著《梅里词派研究》，上海古籍出版社 2009 年版。

陈永正笺注《王国维诗词笺注》，上海古籍出版社 2011 年版。

迟宝东著《常州词派与晚清词风》，南开大学出版社 2008 年版。

［日］村上哲见著，杨铁婴译《唐五代北宋词研究》，陕西人民出版社 1987 年版。

D

［法］丹纳著《艺术哲学》，人民文学出版社 1988 年版。

邓红梅著《女性词史》，山东教育出版社 2000 年版。

邓绍基主编《元代文学史》，人民文学出版社 1998 年版。

邓子勉著《宋金元词话全编》，凤凰出版社 2008 年版。

F

傅璇琮主编《唐才子传校笺》，中华书局 2000 年版。

G

高峰著《花间词研究》，江苏古籍出版社 2001 年版。

高峰著《江苏词文化史论》，凤凰出版社 2011 年版。

高利华著《越文化与唐宋文学》，人民出版社 2008 年版。

葛渭君编《词话丛编补编》,中华书局 2013 年版。

龚显宗著《明初越派文学批评研究》,台北文史哲出版社 1988 年版。

(清)顾璟芳、李葵生、胡应宸编选,曾昭岷审订,王兆鹏校点《兰皋明词汇选》(附《兰皋诗余近选》),辽宁教育出版社 1998 年版。

H

胡迎建著《民国旧体诗史稿》,江西人民出版社 2005 年版。

黄拔荆著《中国词史》,福建人民出版社 2003 年版。

黄海著《宋南渡词坛研究》,贵州人民出版社 2006 年版。

黄雅莉著《宋词雅化的发展与嬗变——以柳、周、姜、吴为探究中心》,台北文津出版社有限公司 2002 年版。

黄天骥、李恒义选注《元明词三百首》,岳麓书社 1994 年版。

黄嫣梨著《朱淑真研究》,上海三联书店 1997 年版。

黄兆汉著《金元词史》,台北学生书局 1992 年版。

J

江合友著《明清词谱史》,上海古籍出版社 2008 年版。

金启华著《中国词史论纲》,南京出版社 1992 年版。

金启华、张惠民、王恒展等编《唐宋词集序跋汇编》,江苏教育出版社 1990 年版。

金一平著《柳洲词派——一个独特的江南文人群体》,同济大帝出版社 2002 年版。

景遐东著《江南文化与唐代文学研究》,人民文学出版社 2005 年版。

K

孔范今主编《全唐五代词释注》,陕西人民出版社 1998 年版。

L

李丹著《顺康之际广陵词坛研究》,上海古籍出版社 2009 年版。

李定广著《唐末五代乱世文学研究》,中国社会科学出版社 2006 年版。

李剑亮著《民国词的多元解读》,浙江大学出版社 2012 年版。

李康化著《明清之际江南词学思想研究》,巴蜀书社 2001 年版。

李梦生著《萧瑟金元调》,江苏古籍出版社、香港中华书局 1995 年版。

李艺著《金代词人群体研究》,首都师范大学出版社 2008 年版。

李泽厚著《美的历程》,安徽文艺出版社 1994 年版。

刘红麟著《晚清四大词人研究》,湖南师范大学出版社 2012 年版。

刘梦芙编选《二十世纪中华词选》，黄山书社 2008 年版。

刘梦芙著《二十世纪名家词述评》，安徽文艺出版社 2006 年版。

刘乃昌选注《宋词三百首新编》，岳麓书社 2000 年版。

刘世南著《清诗流派史》，人民文学出版社 2004 年版。

刘学著《词人家庭与宋词传承》，百花洲文艺出版社 2008 年版。

刘毓盘著《词史》，上海书店 1985 年版。

刘尊明著《唐五代词史论稿》，文化艺术出版社 2000 年版。

龙榆生编选《近三百年名家词选》，上海古籍出版社 1979 年版。

龙榆生著《龙榆生词学论文集》，上海古籍出版社 1997 年版。

陆侃如、冯沅君著《中国诗史》，人民文学出版社 1983 年版。

罗宗强著《隋唐五代文学思想史》，中华书局 1999 年版。

（金）刘祁撰《归潜志》，中华书局 2007 年版。

M

马兴荣著《词学综论》，齐鲁书社 1989 年版。

马兴荣著《词学论稿》，上海古籍出版社 2012 年版。

马兴荣、吴熊和、曹济平主编《中国词学大辞典》，浙江教育出版社 1996 年版。

闵丰著《清初清词选本考论》，上海古籍出版社 2008 年版。

莫立民著《近代词史》，人民文学出版社 2010 年版。

莫立民著《晚清词研究》，中国社会科学出版社 2006 年版。

木斋著《宋词体演变史》，中华书局 2008 年版。

N

牛海蓉著《元初宋金遗民词人研究》，中国社会科学出版社 2007 年版。

O

欧明俊著《词学思辨录》，人民出版社 2011 年版。

欧阳光著《宋元诗社研究》，广东高等教育出版社 1998 年版。

（宋）欧阳修撰《新五代史》，中华书局 1986 年版。

P

潘清著《元代江南民族重组与文化交融》，凤凰出版社 2006 年版。

（清）彭定球等编纂《全唐诗》，人民文学出版社 1996 年版。

皮述平著《晚清词学的思想与方法》，学苑出版社 2004 年版。

Q

钱建状著《南宋初期的文化重组与文学新变》，厦门大学出版社 2006 年版。

钱仲联选注《清词三百首》，岳麓书社 1992 年版。

钱仲联、马兴荣、叶嘉莹、陈邦炎、钟振振、王兆鹏等撰《元明清词鉴赏辞典》，上海辞书出版社 2002 年版。

乔象钟、陈铁民主编《唐代文学史》，人民文学出版社 1995 年版。

［日］青山宏著，陈郁缀译《唐宋词研究》，北京大学出版社 1995 年版。

R

饶宗颐初纂，张璋总纂《全明词》，中华书局 2004 年版。

饶宗颐著《词籍考》（唐五代宋金元编），中华书局 1992 年版。

任访秋主编《中国近代文学史》，河南大学出版社 1988 年版。

任日镐著《宋代女词人评述》，台北"商务印书馆"2001 年版。

任仲敏著《词学研究》，凤凰出版社 2013 年版。

S

沙先一、张晖著《清词的传承与开拓》，上海古籍出版社 2008 年版。

单芳著《南宋辛派词人研究》，巴蜀书社 2009 年版。

沈松勤、黄之栋著《词家之冠——周邦彦传》，浙江人民出版社 2006 年版。

［日］神田喜一郎著，程郁缀、高野雪译《日本填词史话》，北京大学出版社 2000 年版。

施议对编纂《当代词综》，海峡文艺出版社 2002 年版。

施蛰存、陈如江辑录《宋元词话》，上海书店出版社 1999 年版。

史双元编著《唐五代词纪事会评》，黄山书社 1995 年版。

宋抱慈原著，项士元审订《两浙著述考》，浙江人民出版社 1985 年版。

孙虹校注，薛瑞生订补《清真集校注》，上海古籍出版社 2002 年版。

舒红霞著《女性·审美·文化——宋代女性文学研究》，人民出版社 2004 年版。

孙康宜著，李奭学译《晚唐迄北宋词体演进与词人风格》，台北联经出版事业公司 2001 年版。

孙克强编著《唐宋人词话》，河南文艺出版社 1999 年版。

孙克强、岳淑珍编著《金元明人词话》，南开大学出版社 2012 年版。

孙克强、杨传庆、裴喆编著《清人词话》，南开大学出版社 2012 年版。

孙望、常国武主编《宋代文学史》，人民文学出版社 1996 年版。

孙维城著《宋韵——宋词人文精神与审美形态探论》，安徽大学出版社 2002 年版。

孙维城著《张先与北宋中前期词坛关系探论》，安徽大学出版社 2007 年版。

孙维城著《千年词史待平章——晚清三大词话研究》,安徽大学出版社 2010 年版。

孙之梅著《南社研究》,人民文学出版社 2003 年版。

苏利海著《晚清词坛"尊体运动"研究》,中国社会科学出版社 2013 年版。

苏淑芬著《朱彝尊之词与词学研究》,台北文史哲出版社 1986 年版。

苏者聪选注《历代女子词选》,巴蜀书社 1988 年版。

T

(清)谭献辑、今人罗仲鼎校点《清词一千首》,西泠印社出版社 2007 年版。

谭正璧著《中国女性文学史》、《女性词话》,上海古籍出版社 2012 年版。

唐圭璋编《词话丛编》,中华书局 1996 年版。

唐圭璋编《全金元词》,中华书局 2000 年版。

唐圭璋主编《唐宋词鉴赏辞典》,安徽文艺出版社 2000 年版。

唐圭璋著《词学论丛》,上海古籍出版社 1986 年版。

唐圭璋、缪钺、叶嘉莹、周汝昌、宛敏灏、万云骏等撰《唐宋词鉴赏辞典》,上海辞书出版社 1988 年版。

陶尔夫、刘敬圻著《南宋词史》,黑龙江人民出版社 1994 年版。

陶尔夫、诸葛忆兵著《北宋词史》,黑龙江人民出版社 2002 年版。

陶然著《金元词通论》,上海古籍出版社 2001 年版。

陶子珍著《明代词选研究》,台北秀威资讯科技股份有限公司 2006 年版。

W

(清)王昶辑,今人王兆鹏校点,曾昭岷审订《明词综》,辽宁教育出版社 1997 年版。

王伟勇著《宋词与唐诗之对应研究》,台北文史哲出版社 2003 年版。

王水照、熊海英著《南宋文学史》,人民出版社 2009 年版。

王毅著《宋代文学家庭》,湖南师范大学出版社 2008 年版。

王兆鹏主编《唐宋词汇评》(唐五代卷),浙江教育出版社 2004 年版。

王兆鹏著《唐宋词史论》,人民文学出版社 2000 年版。

王兆鹏著《宋南渡词人群体研究》,凤凰出版社 2009 年版。

王兆鹏、王可喜、方星移著《两宋词人丛考》,凤凰出版社 2007 年版。

王镇远著《剑气箫心——细说龚自珍诗》,江苏古籍出版社、香港中华书局 1995 年版。

吴蓓著《浙西词派研究》,浙江大学博士学位论文,2001 年。

吴宏一著《清代词学四论》,台北联经出版事业公司 1980 年版。

吴熊和主编《唐宋词汇评》(两宋卷),浙江教育出版社 2004 年版。

吴熊和著《唐宋词通论》,浙江古籍出版社 1998 年版。

吴熊和著《吴熊和词学论集》,杭州大学出版社 1994 年版。

吴组缃、沈天佑著《宋元文学史稿》,北京大学出版社 1989 年版。

X

夏承焘著《夏承焘集》,浙江古籍出版社、浙江教育出版社 1997 年版。

肖鹏著《宋词通史》,凤凰出版社 2013 年版。

谢国桢著《明清之际党社运动考》,辽宁教育出版社 1998 年版。

谢穑著《宋代女性词人群体研究》,湖南人民出版社 2010 年版。

薛砺若著《宋词通论》,上海书店 1985 年版。

薛玉坤著《宋词与江南区域文化》,中国华侨出版社 2007 年版。

徐珂选辑《清词选集评》,中国书店 1988 年版。

徐志平著《浙江古代诗歌史》,杭州出版社 2008 年版。

徐子方著《挑战与抉择——元代文人心态史》,河北教育出版社 2001 年版。

许伯卿著《宋词题材研究》,中华书局 2007 年版。

Y

严迪昌编著《近代词钞》,江苏古籍出版社 1996 年版。

严迪昌编著《近现代词纪事会评》,黄山书社 1995 年版。

严迪昌著《清词史》,江苏古籍出版社 1999 年版。

严迪昌著《严迪昌自选论文集》,中国书店 2005 年版。

杨柏岭著《晚清民初词学思想建构》,安徽大学出版社 2004 年版。

杨海明著《唐宋词美学》,江苏教育出版社 1998 年版。

杨海明著《唐宋词史》,天津古籍出版社 1998 年版。

幺书仪著《元代文人心态》,文化艺术出版社 2001 年版。

姚惠兰著《南渡词人群体与多元地域文化》,东方出版社 2011 年版。

姚蓉著《明清词派史论》,广西师范大学出版社 2007 年版。

叶恭绰编《全清词钞》,中华书局 1982 年版。

叶嘉莹著《词之美感特质的形成与演进》,北京大学出版社 2007 年版。

叶嘉莹著《王国维及其文学批评》,河北教育出版社 1997 年版。

叶嘉莹著《中国词学的现代观》,岳麓书社 1990 年版。

游惠远著《宋元之际妇女地位的变迁》,台北新文丰出版股份有限公司 2003 年版。

尤振中、尤以丁编著《清词纪事会评》,黄山书社 1995 年版。

余传棚著《唐宋词流派研究》,武汉大学出版社 2004 年版。

余意著《明代词学之建构》，上海古籍出版社 2009 年版。

袁行霈主编《中国文学史》，高等教育出版社 2005 年版。

Z

曾纯纯编《第一届词学国际研讨会论文集》，台北"中央研究院"中国文哲研究所 1994 年版。

曾大兴著《词学的星空——20 世纪词学名家传》，河北人民出版社 2009 年版。

曾昭岷、曹济平、王兆鹏、刘尊明编撰《全唐五代词》，中华书局 1999 年版。

章培恒、骆玉明主编《中国文学史》，复旦大学出版社 2002 年版。

张伯驹、黄君坦选，黄畲笺注《清词选》，中州书画社 1982 年版。

张苍水全集整理小组编《张苍水全集》，宁波出版社 2002 年版。

张宏生编《传承与创新——清词研究论文集》，南京大学出版社 2014 年版。

张宏生主编《全清词·顺康卷》，中华书局 2002 年版。

张宏生主编《全清词·顺康卷·补编》，南京大学出版社 2008 年版。

张宏生主编《全清词·雍乾卷》，南京大学出版社 2012 年版。

张宏生著《清词探微》，上海古籍出版社 2008 年版。

张宏生著《清代词学的建构》，江苏古籍出版社 1998 年版。

张健著《清代诗学研究》，北京大学出版社 1999 年版。

张晶著《心灵的歌吟——宋代词人的情感世界》，河北大学出版社 2001 年版。

张如安著《元代宁波文学史》，中国文史出版社 2002 年版。

张若兰著《明代中后期词坛研究》，中国社会科学出版社 2010 年版。

张世斌著《明末清初词风研究》，天津古籍出版社 2008 年版。

张兴武著《五代作家的人格与诗格》，人民文学出版社 2000 年版。

张珍怀选注《清代女词人选集》，黄山书社 2009 年版。

张仲谋著《明词史》，人民文学出版社 2002 年版。

张仲谋著《明代词学通论》，中华书局 2013 年版。

张子良著《金元词述评》，台北华正书局 1979 年版。

赵维江著《金元词论稿》，中国社会科学出版社 2000 年版。

赵雪沛著《明末清初女词人研究》，首都师范大学出版社 2008 年版。

郑骞撰《宋人生卒考示例》，台北华世出版社 1977 年版。

郑学檬著《中国古代经济重心南移和唐宋江南经济研究》，岳麓书社 2003 年版。

钟陵编著《金元词纪事会评》，黄山书社 1995 年版。

周笃文、马兴荣主编《全宋词评注》，学苑出版社 2011 年版。

周焕卿著《清初遗民词人群体研究》,上海古籍出版社 2008 年版。

周明初、叶晔著《全明词补编》,浙江大学出版社 2007 年版。

周庆云辑刊《历代两浙词人小传》,广陵古籍刻印社 1988 年版。

朱崇才编纂《词话丛编续编》,人民文学出版社 2010 年版。

朱德慈著《常州词派通论》,中华书局 2006 年版。

朱德慈著《近代词人考录》,中国社会科学出版社 2004 年版。

朱德慈著《近代词人行年考》,当代中国出版社 2004 年版。

朱惠国著《中国近世词学思想研究》,上海古籍出版社 2005 年版。

祝尚书编《宋集序跋汇编》,中华书局 2010 年版。

卓清芬著《清末四大家词学及词作研究》,台北台湾大学出版委员会 2003 年版。

祖保泉著《王国维词解说》,安徽教育出版社 2006 年版。

浙江历代重要词家索引

（按词家姓名首字拼音为序编排）

B

贝琼　4,268,278,280

C

蔡宗尧　260,268,282,288

曹龆　77,138,178

曹尔堪　265,295,306,319,322,344,
　371,381

曹冠　77,138,171

曹溶　5,331,373,374

曹士勋　366

曹元芳　264,267,268,295,316

曹章　362

柴才　365

柴望　3,70,76,124,132,164

陈孚　4,233

陈洪绶　4,263,267,268,303

陈克　67,70,77,183,191

陈亮　61,67,77,138,150,151,164,
　173,302

陈霆　4,229,268,282,291,295,342

陈文述　395,425

陈元鼎　350,400

陈允平　3,65,66,76,87,114,123,
　135,188,221,288,372,446

陈章　384

陈之遴　268,337,354,374,400

陈著　77,138,180,197

陈撰　384,387

崔国辅　27,28

D

戴澳　268

戴复古　3,61,63,66,69,77

丁介　365

丁澎　324,327,330

丁子复　405,407

董炳文　345,357

董汉策　264,267,268,343,358

董斯张　14,262,268

杜文澜　350,396,398

F

方炳　400,404

方千里　64,66,87,89,100,221,224

方桑者　365

468

冯登府　330,348,389,391

冯梦祖　358

G

高观国　3,63,66,76,114,124,372

高濂　268,296

高明　257

高士奇　344,362,400,403

高似孙　63,183,184,220

高宗元　345,368

葛立方　6,62,66,77,183,218,404

葛郯　77,138,171

龚大明　63,221,227

龚翔麟　345,364,372,378,380

龚自珍　5,408,411,450

顾姒　259,267,344,416,419

关锳　431,432

管道升　25,230,232,236,237

管鉴　77,138,172

H

何承燕　346,368

何鼎　344,361

何可视　231,256

何梦桂　65,66,77,138

何希尧　40,44,51

贺知章　17,27,146,181

洪惠英　63,183

洪咨夔　64,66,77,138,175

胡介　267,268

胡天游　366,405

胡文焕　261,267,268

皇甫松　2,3,30,40,43,46,52,215

黄机　3,77,138,151,160,372

黄燮清　5,349,373,393,397,413

黄媛贞　264,268,340

J

江炳炎　346,367,388

姜特立　63,66,77,183,219

金堡　4,5,229,267,268,291,295,309,337,339,342,379

金炯　256

金烺　344,361,400,405

净端　221,227

K

柯崇朴　344,360,378,381

柯九思　231,257

柯煜　346,365

L

来集之　4,263,267,268,311

李慈铭　5,198,351,373,399,459

李符　5,372,378

李光　77,132,138,139,168

李莱老　64,66,76,135

李澧　347,368

李良年　5,344,360,372,378

李培　268

李彭老　64,66,76,124,128,130,132,135,236

李淑慧　362,416,418

李淑昭　362,416,418

李堂　282,286,395

李廷忠　4,63,66,77,138,174

李孝光　4,231,232,248,249,250,253

李因　267,268,339,416

李应机　344,356

李渔　4,229,267,268,291,307,337,342,343,418

厉鹗　5,373,383,384,385,386,395

林逋　185

林以宁　364,416,419

林正大　64,66,221,225

凌云翰　4,231,232,248,254,274

凌祉媛　353,431,432

刘芳　268,318

刘基　4,229,271,280,291,333,337,342

刘履芬　350,408,412,413

刘焘　62,66,76,124,132

刘一止　62,66,77,138,139,167

柳如是　4,263,267,268,339,343,416

楼杕　64,183,220

楼槃　64,183,220

楼俨　345,366

卢祖皋　3,63,66,70,76,125,372

陆次云　344,360

陆宏定　264,267,268,312,314

陆嘉淑　264,267,268,312,314

陆进　324,404

陆培　383,384,386

陆莱　344,360,378,381

陆瑶林　355

陆游　3,25,61,67,77,100,138,141,146,156,158,173,195,200,219,304,313,372,382,446,453

陆钰　4,267,268

罗文颉　365

罗隐　40,41,51,52,288

吕本中　66,195

吕渭老　62,66,77,183,184,197,198,202,372

吕希周　260,268,282,288

M

马邦良　261,268,299

马洪　4,268,280

毛际可　328,344,360

毛开　62,66,70,77,91,138,169

毛滂　67,70,77,183,188,215,372

毛奇龄　5,328,329,344,358,401

毛先舒　264,268,324,327,328,343

茅维　4,268,298

孟称舜　264,267,268,291,303,325

缪泳　268,331,334

N

倪偁　62,66,77,138,170

P

潘炳孚　263,268,302

潘汾　183

潘廷章　264,268

潘钟瑞　400

彭孙贻　4,262,267,268,304,306

彭孙遹　344,360,400,402

Q

祁彪佳　263,268,291,293,302,335

钱俶　41,47,48,49,50,51

钱棻　264,267,268

钱继章　263,268,306,319,320,322

钱枚　389,390

钱肃乐　263,268,291,292,294

钱惟演　61,67,69,77,183,184

钱肇修　345,362

钱斐仲　353,420,429

琴操　5,6,429,431,437

秋瑾　5,6,429,431,437

仇远　76,114,124,127,130,229,242,372

屈蕙纕　353,431,435

瞿佑　4,268,269,274

S

商景兰　4,263,267,268,335,343

邵瑸　344,378,381

邵瑞彭　5,453

沈岸登　345,363,372,378,380

沈堡　347,365

沈端节　63,66,77,183,207

沈尔璟　360

沈丰垣　268,324,344,359,417

沈皡日　345,361,372,378,379

沈铼　260,268,282,289

沈谦　5,267,268,324,327

沈善宝　353,420,428,430,432

沈宛　416,419,422

沈蔚　77,183,211,215

沈禧　232,248,251

沈亿年　264,268,315

沈瀛　77,138,173

沈与求　62,183

沈曾植　5,459

沈榛　267,268,340,343

沈振鹭　220,368

盛本梓　345,365,

盛枫　345,365

盛禾　345,365

施肩吾　40,43,51,52

史浩　77,138,168

释梵琦　231,232,248,257

释明本　231,248,257

释如晦　221,227

舒亶　62,66,77,183,184,186,187,188

宋俊　400,403

宋濂　268,269,271,279

宋自逊　64,77,138,177

孙琮　360

孙荪薏　352,422,434

孙云凤　352,369,420

孙云鹤　352,369,421

孙在中　365

T

谈九叙　344,365

谈印梅　353,420,430

郯韶　256

谭献　2,5,6,337,393,399,413,441

唐世济　262,268,300

唐婉 63,148

唐之凤 361

陶元藻 346,366,406

陶宗仪 231,232,248,253

滕迈 28,40

屠隆 4,268,297

屠倬 408

W

汪仁溥 348,367,405,407

汪森 378,381

汪淑娟 353,431,434

汪元量 65,66,67,69,77,114,138

王崇炳 366

王国器 231,248,256

王国维 2,5,88,99,112,441,454

王洪 268,282

王翊 263,267,268,291,331,332,335,373

王交 268,282,289

王敬之 400

王蒙 248,256

王倩 346,358

王十朋 62,66,77,138,169

王庭 335,373,383

王屋 267,268,295,306,319,331

王埜 64,77,138,177

王沂孙 3,5,61,65,66,67,68,69,76,114,123,128,229,232,406

王诒寿 5,351,373,459

王允蜇 400

王之望 62,66,77,183

韦骧 77,183

魏学渠 319,323,344,357

魏允札 265,267,268,343,357

翁元龙 64,66,76,100,124,132,134

吴焯 387

吴陈炎 360

吴二娘 26,27

吴景奎 231,232,248,252

吴景旭 265,267,268,318

吴礼之 63,66,77,183,211,216

吴启元 364

吴潜 3,77,100,138,151,161,188

吴融 2,41,47

吴淑姬 62,183

吴棠祯 268

吴文英 3,61,64,66,67,68,69,76,83,99,100,123,127,133,142,393,409,445,450

吴锡麟 5,347,368,373,389

吴熙 267,268,306

吴渊 77,138,178

吴藻 5,420,425,433

吴镇 248

X

夏镦 260,268

夏元鼎 64,66,221,227,228

项廷纪 5,349,389,393

谢绛 61,77,183,184

徐本立 350,408,412

徐灿 4,5,229,267,268,291,335,337

徐长龄 360

徐逢吉　345

徐石麟　262,268

徐士俊　263,267,268,324,325

徐渭　4,268,282,290

徐吴升　362

徐旭旦　355

徐应丰　260,268,282,288

徐再思　231,247

徐照　183,184,220

徐倬　344,358

徐子熙　260,268,282,287

许棐　211

许谦　246

许尚质　345,362

薛师石　63,77,138,175

Y

严蕊　70

严元照　5,349,389,391

杨绛子　352,355,416

杨琇　344,345,359,416,417

杨载　239,242,246

杨缵　3,76,87,132,133,135

姚炳　365

姚大祯　365

姚合　40,51,52

姚宽　183

姚绶　268,282,285

姚燮　5,373,396

姚之骃　365

叶光耀　354

叶之溶　345,365,366

尹焕　100,124,132,372

俞陛云　5,12,15,20,99,111,116,
　119,182,226,337

俞公谷　363

俞庆曾　353,431,436

俞士彪　324,345,359

俞樾　5,436,459

袁嘉　420,423

袁士元　231,248,256

袁绶　420,423

Z

查容　267,315,343

查慎行　312,345,363,378,382

张伯淳　230,232

张伯端　61,66,227

张翾　231,256

张大烈　263,267,268

张岱　267,268,291,302

张尔田　2,5,433,441,445,450,453

张鸿逑　261,267,268

张煌言　4,229,264,268,291,294,
　339,342

张金镛　350,400

张景祁　5,351,408,413

张可久　4,229,231,232,238,243,251

张肯　4,268,279,280

张鸣珂　350,396,399

张宁　268,282,285

张枢　6,76,115,133,135

张松龄　23,26,29

张台柱　324,359

张先　3,60,61,67,76,77,78,79,80,
　　81,82,83,84,85,90,114,124,126,
　　212,215,288,372,383,394
张玄应　268
张炎　3,5,6,61,67,76,87,95,103,
　　108,111,114,115,116,117,118,
　　120,122,123,127,130,133,155,
　　188,243,313,319,334,372,374,
　　377,379,381,383,445
张奕枢　346,367,387
张雨　4,25,232,238,242,243
张玉娘　230,232,237
张云璈　347,368
张云锦　346,362,367,387
张志和　2,7,811,19,138,146,175,222
张镃　155
章邦奇　268
章良能　63,127,183,184,219
章懋　268
章谦亨　64,77,138,179
赵构　6,221,222,223
赵孟坚　64,66,77,138,179,234
赵孟頫　4,25,229,230,232,233,236,
　　242,244,247,249,256
赵庆熺　349,389,392,433
赵式　365
赵我佩　352,431,433
赵雍　4,232,238,244
赵由儇　230,247
郑景会　362
郑满　268
郑汝璧　261,268

郑棠　268,282
郑禧　247
仲恒　359
仲湘　400
周邦彦　3,5,7,61,62,66,67,76,83,
　　86,99,123,134,136,142,202,224,
　　247,288,409,445,452
周保璋　400
周拱辰　262,268,299
周履靖　261,268,295
周密　3,5,67,76,114,123,127,133,
　　229,232
周权　229,232,238,240,242
周容　184,220
周斯盛　361
周闲　408,411
周玉晨　62,230,247
朱方蔼　387
朱谏　268,282,286
朱葵之　400
朱茂暟　266,267,359
朱庆余　40,46,52
朱淑真　3,61,66,77,183,203,426
朱晞颜　229,230,232,238,239,240
朱一是　4,264,267,332
朱彝尊　5,114,319,344,359,371,
　　375,381,395
朱樟　365
朱祖谋　2,5,373,441,444
卓发之　261,264,267,268
卓人月　4,268,325

图书在版编目(CIP)数据

浙江词史 / 许伯卿著. —杭州:浙江大学出版社,
2014.8
ISBN 978-7-308-13740-9

Ⅰ.①浙… Ⅱ.①许… Ⅲ.①词(文学)—词曲史—
浙江省—古代 Ⅳ.①I207.23

中国版本图书馆 CIP 数据核字(2014)第 198720 号

浙江词史

许伯卿 著

封面题签	钟振振
责任编辑	张小苹
封面设计	续设计
出版发行	浙江大学出版社
	(杭州市天目山路 148 号 邮政编码 310007)
	(网址:http://www.zjupress.com)
排 版	浙江时代出版服务有限公司
印 刷	杭州杭新印务有限公司
开 本	710mm×1000mm 1/16
印 张	30
字 数	570 千
版 印 次	2014 年 8 月第 1 版 2014 年 8 月第 1 次印刷
书 号	ISBN 978-7-308-13740-9
定 价	78.00 元

版权所有 翻印必究 印装差错 负责调换

浙江大学出版社发行部联系方式:(0571)88925591;http://zjdxcbs@tmall.com